Jan Peter Andres

Schwertläufer

Band I
Die Reise nach Arangion

Fornland, eine der drei Provinzen des Landes Elegien auf dem Kontinent Laudora gelegen, ist die Heimat des jungen Schwertläufers Robin. Er verliebt sich in die schöne Merien, doch die Idylle ist getrübt. Asche und Rauch des Tarantuil, des Nebelbergs, verdüstern den Himmel. Die Tage werden kälter und die Winter härter. Doch Robin und der schlaue Elm Boffo glauben nicht an eine Laune der Natur. Die Suche nach den geheimnisvollen Schlüsseln von Ormor führt sie bis ins ferne Arangion. Auf eine Reise voll unerwarteter Wendungen und unglaublicher Ereignisse.

1. Auflage Band I, Die Reise nach Arangion: März 2017
Band II, Die Schlüssel von Ormor, erscheint im Oktober 2017

Bibliografische Information der Deutschen Nationalbibliothek
Die Deutsche Nationalbibliothek verzeichnet diese Publikation in
der Deutschen Nationalbibliografie; detaillierte bibliografische
Daten sind im Internet über http://dnb.d-nb.de abrufbar.

Verlag Heinz Späthling, Weißenstadt
Copyright © 2015 - 2017 – Alle Rechte vorbehalten
Karten: © 2015 Peter Engerisser
Titelillustration und Umschlaggestaltung: Juliane Schneeweiss
Herstellung: Druckkultur Späthling, Weißenstadt
Verarbeitung und Bindung: Müller Buchbinderei GmbH, Leipzig
Auf säurefreiem und alterungsbeständigem Werkdruckpapier gedruckt
Printed in Germany
ISBN 978-3-942668-32-3

INHALT

Diese Geschichte spielt in einer fiktiven Welt zu einer fiktiven Zeit. Die darin vorkommenden Jahresangaben stehen in keinem Bezug zu unserer Zeitrechnung.

Prolog

Rauch stieg auf über den Höhen im Süden. Meridoz hielt inne und ließ den Blick in die Ferne schweifen. Vor ihm lag die Nirondebene. Weites, unwirtliches Land, begrenzt von den schroffen Hängen des Taurongebirges.

Der Elm schlug den Kragen seines Umhangs hoch. Er fröstelte, denn der Oktober neigte sich dem Ende zu. Doch nicht nur deshalb.

Noch vor wenigen Jahren war die Gegend hier fruchtbar gewesen. Und die Witterung mild, selbst um diese Jahreszeit. Nur allzu frisch haftete die Erinnerung daran in seinem Gedächtnis. Denn oft war er diesen Weg gegangen. Als Sendbote der Elme vom Volk der Sirdain. Von Arkandra hinüber in das Hochland von Egulin mit seiner mächtigen Festung Bahor. Oder weiter, nach Trintal, der nördlichen Grenzbastion des Elmenreichs.

An dieser Stelle, umgeben von wogendem Savannengras, waren die Strapazen seiner Wanderungen für gewöhnlich vergessen. Und Vorfreude hatte ihn ergriffen. Auf das liebliche Turontal. Auf die Freunde, die dort auf ihn warteten.

Jetzt war alles anders. Karge, verdorrte Erde, so weit das Auge reichte. Und dunkle Wolken, die über das Gebirge heranrollten. Doch sie verhießen nicht den so dringend notwendigen Regen. Was sie mit sich führten, war ein Gemenge aus Asche, Rauch und übel riechenden Dämpfen. Welches die Sonne verfinsterte und sich als schmutziger Schleier über die Landschaft legte.

Entferntes Grollen lag in der Luft. Leise zwar, doch nicht minder bedrohlich. Dessen Verursacher kannte er gut, auch wenn er ihn selbst nicht sehen konnte. Den Nolintor, oder Tarantuil, wie man ihn in den östlichen Ländern Laudoras nannte. Viele Meilen von hier, am Ursprungsort all dieses Übels, ragte er empor. Kenntlich nur durch die gewaltige Rauchsäule, die über ihm himmelwärts stieg und sich dort in alle Windrichtungen ausbreitete.

Seit geraumer Zeit bereits rumorte der Berg und verdüsterte die Länder rings um das Taurongebirge. Im vergangenen September, anlässlich des Kohirfestes, hatten die Sirdain und ihr Fürst Tantriloz versucht, den Vulkan gnädig zu stimmen. Doch das Ritual konnte nicht vollzogen werden. Nehor, Herrscher über die Elme vom Volk der Turdain, hatte seine Unterstützung verweigert. Und der gute Selmir, den man in dieser Sache nach Bahor gesandt hatte, war bisher nicht zurückgekehrt.

Nun ruhten die Hoffnungen der Sirdain auf Meridoz. Er wandte den Kopf, denn jemand hatte ihm die Hand auf die Schulter gelegt. Hinter ihm stand Tebronil.

»Wir müssen weiter, Bruder! Die Tiere sind durstig und müde. Noch vor Einbruch der Dunkelheit wollen wir Glimm erreichen.«

Meridoz warf einen letzten Blick in die Runde. Dann folgte er Tebronil von der flachen Anhöhe hinunter zur Straße.

Auf ihr zog eine Gruppe Reisender gegen Osten. Um die zwei Dutzend Männer waren es, zumeist jüngeren Alters. Sie trugen naturfarbene, robuste Kleidung, darüber wetterfeste Umhänge und Wanderstäbe in den Händen. Nur unwesentlich überragten sie die Widerriste der langgehörnten Steinböcke, die geduldig zwischen und neben ihnen trotteten. Jeweils paarweise an einer Deichsel zogen diese zweirädrige Karren, hoch bepackt und mit gewachstem Tuch überspannt.

Meridoz und Tebronil beeilten sich, ihre Plätze an der Spitze des Zugs wieder einzunehmen.

»Was glaubst du, Bruder, wie lange noch bis zum Turontal?«, fragte Tebronil. »Unsere Vorräte gehen zur Neige. Und ich bin diesen Gestank langsam leid.«

»Vier bis fünf Tage. Vorausgesetzt, wir bekommen heute Abend genügend Wasser. Hältst du noch immer an deinem Plan fest, weiter im Süden über das Gebirge zu gehen? Du weißt, der Tirionpass liegt ziemlich hoch und es könnte eng werden um diese Jahreszeit.«

Tebronil nickte nachdenklich.

»Versuchen werde ich es jedenfalls. Nur aus diesem Grund bin ich schließlich mitgekommen. Die Angelegenheit in Bahor zu klären, ist deine Aufgabe. Meine ist es, in Elegien nach dem Rechten zu sehen. So lautet Tantriloz' Auftrag. Und diesem werde ich nachkommen.«

Eine Zeit lang schritten sie schweigend nebeneinander her. Die unsichtbare Sonne war längst hinter den westlichen Anhöhen verschwunden und Dämmerung senkte sich über die Niederungen.

Unvermittelt blähten die Steinböcke ihre Nüstern und drängten vorwärts. Sie hatten Wasser gewittert und ihre Treiber hatten Mühe, die Tiere im Zaum zu halten. Bald tauchten die Mauern von Glimm vor den Reisenden auf. Kein Hund bellte und nichts deutete darauf hin, dass die alte Raststation noch bewirtschaftet wurde. Schnell wurde klar, dass auch sie von ihren Besitzern verlassen worden war. Und wie bereits einige Male zuvor auf ihrem bisherigen Weg mussten sich die Wanderer selbst behelfen.

Vier weitere Tage zogen die Sirdain durch die Nirondebene. Am fünften Tag stießen sie auf den Turon. Eine frische Prise strich vom Süden kommend das Flusstal hinauf und vertrieb den Dunst und andere üble Schwaden. Doch der Himmel blieb grau. Es roch nach Schnee. Meridoz musterte besorgt die westlichen Flanken des Nargathgebirges, die bereits auf halber Höhe in den Wolken verschwanden.

Auf der uralten Steinbrücke mit den verwitterten Wächterfiguren zu beiden Seiten querten sie den Fluss und machten Halt.

Niemand erwartete sie. Hier trennten sich die Wege von Meridoz und Tebronil und jeweils einem Dutzend ihrer Begleiter. Nur kurz währte ihr Abschied an diesem trüben ersten Novembertag des Jahres 2196 nach laudoranischer Zeitrechnung. Beide ahnten nicht, dass es ein Abschied für immer sein sollte.

Erstes Kapitel

Feuer und Eis

Robin schwebte. Schwerelos und unbekümmert. Unter ihm zogen die Wälder, Wiesen und Felder Fornlands dahin. Zwischen sanft geschwungene Hügel schmiegten sich Dörfer und einzelne Gehöfte. Am Horizont, über dem Gebirge mit seinen immerwährend schneebedeckten Gipfeln, leuchtete eine warmgoldene Sonne.

Schon konnte er die ersten Häuser seiner Heimatstadt Lindhag erkennen. Von den Ufern des Hochquells drang das Klappern der Mühlräder. Bisweilen auch das dumpfe Pochen der wassergetriebenen Schmiedehämmer aus den Werkstätten dahinter. Im Garten eines schmucken Anwesens stand eine Person und winkte. Sie trug eine weiße Haube und eine weiße Schürze und war gerade dabei, die Wäsche aufzuhängen. Das konnte nur Tante Ortelia sein. Er winkte zurück. Das hätte er nicht tun sollen. Sein Schweben geriet ins Stocken. Er strauchelte –.

Das Klappern war verstummt. Aber der helle Schein war noch immer da. Nur schemenhaft erkannte Robin seine Mutter Miria, wie sie eben sein Zimmer verließ und behutsam die Tür hinter sich schloss. Die Kerze auf dem Waschtisch hatte sie entzündet. Das Licht ihrer Flamme brach sich in den Pupillen seiner noch fast geschlossenen Augen zu einem flimmernden Strahlenkranz.

Noch befand er sich in einem Zustand zwischen Traum und Wirklichkeit. Und einen Augenblick lang dachte er daran, wieder hinüber zu gleiten in das Reich seliger Unbeschwertheit. Doch sein Traum war verflogen. Auch die Erinnerung daran begann bereits zu schwinden. Klare Gedanken verdrängten die Traumgebilde der Nacht.

Vom Hof klang gedämpftes Pferdegetrappel herauf. Er sah zum Fenster. Draußen begann es zu dämmern. Und die langen Eiszapfen am Dachvorsprung erinnerten Robin daran, dass es tiefster Winter war. Man schrieb den 21. Dezember des Jahres 2940.

Zum Aufstehen hatte er noch keine rechte Lust. Lieber genoss er noch ein Weilchen die wohlige Wärme seines Federbetts. Aus der Ferne hörte er das geschäftige Treiben seiner Mutter in der Küche. Und das helle Lachen von Ninia und Laris, der beiden jungen Hausmägde. Es war die erste Nacht, die er seit dem Spätsommer wieder daheim in seinem Elternhaus verbracht hatte. Tief und lange hatte er geschlafen. Was nicht verwunderlich war, denn anstrengende Wochen lagen hinter ihm. Vor wenigen Tagen hatte er sein Studium beendet und erst gestern war er aus Iridien nach Fornland heimgekehrt. Von all dem wollte er sich jetzt erholen – und dabei die Aufmerksamkeit, die man ihm widmete, in vollen Zügen genießen.

Vor kurzem, genau gesagt am dritten Dezember, hatte Robin seinen sechsundzwanzigsten Geburtstag gefeiert. Nicht dass er getrödelt hätte. Die Stationen seiner Ausbildung hatten lediglich ihre Zeit beansprucht: Nach Abschluss der Schule eine solide Kaufmannslehre im Handelshaus seines Vaters Randolf Rob. Danach ein Dienstjahr an den Schwertläuferschulen in Westfurt und Dornburg. Und schließlich zwölf Trimester Bergbau und Hüttenwesen in Pern.

Denn die Robs waren nicht nur im Handel tätig. Sie besaßen auch beachtliche Anteile an der Rotfelsmine am Fuß des Halvortgebirges und ein Hammerwerk, eineinhalb Meilen[1] von Lindhag talaufwärts am Springbach gelegen. Zwar setzten sie, was die zukünftige Führung des Familienbetriebs anbelangte, einige Erwartungen in ihren ältesten Sohn. Doch all das, so

---

[1] Eine Meile entsprach in Elegien, wie in den meisten Ländern des Kontinents Laudora, 4 Kilometern nach unserer Rechnung. Sie war unterteilt in 1000 Ruten oder 5000 Schritte.

hoffte Robin, würde noch ein wenig auf sich warten lassen.

Robins Vater Randolf stand im fünfundfünfzigsten Lebensjahr auf der Höhe seiner Schaffenskraft. Gerade erst war er für weitere vier Jahre zum Ratsvorsitzenden der fornländischen Verwaltung gewählt worden und begleitete damit auch das Amt des Schultheißen oder Bürgermeisters in Lindhag. Dies nahm einige seiner Zeit in Anspruch. Ansonsten aber konnte er sich um seine geschäftlichen Angelegenheiten kümmern. Und selbst Großvater Gerolf Rob war mit achtundsiebzig Jahren noch gut im Geschäft. Robin musste also nicht befürchten, in naher Zukunft über die Maßen beansprucht zu werden.

Über dies und anderes sinnierte Robin noch ein wenig, während er die Umrisse der stattlichen Hoflinde betrachtete, die vor seinem Fenster aus dem grauen Dunst des Morgens traten. Schließlich schwang er sich aus dem Bett. Und es fiel ihm nicht schwer. Die Familie Rob wohnte in einem zwar geräumigen, aber ausgesprochen behaglichen Haus. Warme Luft strömte aus einem hölzernen Gitter in der Wand. Sie kam vom Kachelofen im Erdgeschoss und sorgte dafür, dass Robin auch nachts nicht frieren musste. Was für ein Gegensatz zu seiner Studentenbude in Pern, in der es im Winter zu kalt und im Sommer zu heiß war.

Robin trat an den Waschtisch, auf dem eine Schüssel und zwei Wasserkannen aus hell glasiertem Steingut standen. Eine davon mit heißem Wasser, welches seine fürsorgliche Mutter gebracht hatte. Er griff nach seinem mechanischen Bartschneideapparat. Einem Geschenk seines Onkels Birker, des Uhrmachermeisters. Mit geübten Bewegungen stutzte er seinen Bart auf Zehntageslänge. Dann goss er kaltes und heißes Wasser in die Schüssel, wusch sich, putzte sich die Zähne und glättete mit nassen Händen sein Haar. Den kurzen Haarschnitt hatte er sich in der Hauptstadt zugelegt. Der stand ihm gut – zumindest war dies die Meinung einiger junger Damen in Pern. Denn Eitelkeit gehörte nicht zu Robins Charakterzügen.

Auf dem Sessel neben seinem Bett lag frische Wäsche und

wenig später war Robin fertig für den Tag. Er löschte die Kerze, ging nach unten und betrat die Küche. Laris, die Hausmagd, legte gerade Holz ins Feuer des Küchenherds. Mutter Miria stand daneben, vor einem Topf mit heißer Milch, in die sie geröstetes und fein gemahlenes Gerstenmalz rührte. Es war Freitag und es duftete nach frisch gebackenem Brot. Auf dem Tisch standen Butter, Honig und eine Schüssel mit Getreideflocken.

Dort saß schon Robins jüngerer Bruder Marin und frühstückte. Marin war erst fünfzehn, ging in die fünfte Klasse und hatte heute seinen ersten Ferientag. Seine Schwester Frida neben ihm beschäftigte sich mit einer Stickarbeit. Frida war neunzehn und gerade mit der Schule fertig. Mit ihrem langen, blonden Haar war sie eine ausgesprochen hübsche junge Frau, deren Anblick das Herz etlicher Jünglinge im Ort höher schlagen ließ. Noch wurde sie gut von ihrer Mutter behütet. Später am Tag würde sie ihr, wie jedes Jahr, bei den Vorbereitungen für das große Fest zur Hand gehen.

»Guten Morgen allerseits!« Robin setzte sich an den Tisch und griff in den Brotkorb. Seine Mutter stellte eine dampfende Tasse Malzkaffee vor ihn hin.

»Wie schön, dass du dich auch mal sehen lässt!« Die Stimme kam aus dem Hintergrund und sie gehörte Boffo. Er saß auf der Ofenbank, wärmte sich den Rücken und schaute mürrisch. Robin nickte lächelnd, erwiderte aber nichts. Boffo würde sich nicht lange verstellen können. Die beiden kannten sich seit Robins frühester Jugend. Und der wusste besser als jeder andere, dass sich hinter der bisweilen griesgrämigen Fassade des Elms ein freundliches und stets hilfsbereites Wesen verbarg.

Bis zu seiner Studienzeit und auch später noch während der Ferien hatten sie viele gemeinsame Stunden verbracht. Dabei hatte Robin eine Menge von Boffo gelernt. Beim Angeln, Bogenschießen oder auf der Jagd, beim Sammeln von Kräutern oder Pilzen. Boffo hatte seine Kenntnisse stets freizügig an ihn weitergegeben. Auch Robins Interesse für Bäume und Pflanzen in

Wald und Flur ging auf Boffos Gelehrsamkeit zurück. Und dies galt auch für die Geheimnisse der Gebirge und ihrer inneren Schätze, von denen Elme mehr wussten, als sie den Menschen gemeinhin preisgaben. Denn sie waren es, die in den Stollen südlich des Rauquells nach jenem geheimnisvollen Fornerz gruben, von welchem die hiesige Gegend ihren Namen hatte. Und dessen Beigabe den hier geschürften Roteisenerzen die Eigenschaften verlieh, um Stahlwaren von höchster Güte daraus zu erzeugen.

Robins Urgroßvater Fridolf hatte nach einem Unfall, der ihm vor fünfundzwanzig Jahren bei einem Inspektionsbesuch in der Rotfelsmine widerfahren war, für einige Zeit der Pflege bedurft. Zu diesem Zweck war Boffo in das Haus der Robs gekommen. Er war der Sohn Falons, eines Heilkundigen aus dem Rauquelltal, und seit jungen Jahren mit den Geheimnissen der elmischen Medizin und Wundbehandlung vertraut. Nach Fridolfs Genesung war er einfach hier geblieben. Mittlerweile war der Urgroßvater Einhundertvier und erfreute sich noch immer guter Gesundheit. Und Boffo war immer noch im Haus. Als eine Art Faktotum, wenn man ihn so nennen wollte. Jedenfalls hatte er sich im Laufe der Jahre unentbehrlich gemacht. Ob es um Probleme im Bergwerk ging, um handwerkliche Fragen in der Schmiede, einen wichtigen Geschäftsauftrag oder um einen Rat im Umgang mit schwierigen Kunden: Boffo hatte entweder eine Lösung parat oder er nahm sich der Aufgabe gleich selber an.

Für einen Elm war er groß gewachsen. Genau gesagt maß er drei Fornland-Fuß und neun Daumenbreiten[2]. Was Kraft, Ausdauer und Schnelligkeit anging, so konnte es wohl kaum ein anderer seiner Gattung mit ihm aufnehmen. Sein Alter wusste niemand so genau. Man schätzte ihn auf Mitte Vierzig. Tatsächlich sah er, trotz eines sorgfältig gestutzten Vollbartes, noch recht

---

[2] Was nach den bei uns gebräuchlichen Maßen ziemlich genau 1,25 Meter entspräche.

jugendlich aus. Boffo war nicht verheiratet und wenn er in seinem Heimatort Elmbruck weilte, wohnte er stets bei seinem jüngeren Bruder Taril und dessen Frau Merit.

»Du könntest ruhig ein wenig freundlicher zu Robin sein«, ermahnte Frida den Elm. »Schließlich hat er schwere Zeiten hinter sich.«

»Schwere Zeiten – dass ich nicht lache«, erwiderte Boffo. »Wahrscheinlich wird er sich nie wieder so gut amüsieren, wie in Pern.«

Robin tat so, als hätte er diese Bemerkung überhört.

»Und wie geht's dir, alter Knabe?«, fragte er. »Ich hoffe, du bist noch nicht eingerostet, seit ich das letzte Mal hier war. Ich habe in nächster Zeit einige Pläne und ich zähle auf dich.«

»Schön zu hören, aber zunächst habe ich Pläne mit dir«, entgegnete Boffo, ohne auf Robins Frage einzugehen. »Dein Vater hat mich gebeten, hier auf dich zu warten. Und dich zu fragen, ob du mich begleiten möchtest.«

»Begleiten? Wohin denn?«

»Nach Blechhammer. Es soll dort Schwierigkeiten mit einer der Antriebswellen geben. Du könntest etwas dabei lernen. Und dich bei dieser Gelegenheit wieder näher mit Baldur, dem Werkmeister vertraut machen. Was meinst du?«

»Keine schlechte Idee. Wann soll's losgehen? Noch heute Vormittag?«

»Du meine Güte! Höchste Zeit, dass du wieder im richtigen Leben ankommst. Wir sollten längst unterwegs sein. Aber jetzt iss erst ein paar Happen, damit du zu Kräften kommst. Heute Nacht hat es heftig geschneit. Könnte ein anstrengender Fußmarsch werden.«

»Können wir nicht Bork nehmen? Das wäre weniger anstrengend«, schlug Robin vor. Er biss in sein Honigbrot und nahm einen kräftigen Schluck aus seiner Tasse. Bork war Robins Reitpferd und hatte ihn erst gestern den langen Weg von Pern bis nach Hause gebracht.

»Ich denke, Bork hat erst einmal Ruhe verdient«, erwiderte Boffo. »Und zum Anspannen liegt zu viel Schnee – selbst für den Schlitten. Außerdem sind Frido und Moris bei der Waldarbeit. Ein wenig Bewegung wird auch dir gut tun. Wird sowieso Zeit, dass du wieder in Form kommst.«

Frido und Moris, die beiden Zugpferde, waren mit den Hausknechten Helmbert und Bertold bereits bei Morgengrauen aufgebrochen. Das wusste Robin. Aber da gab es ja auch noch Baros, Luk und Rosie, die Reit- und Kutschpferde. Sie waren zwar nicht ganz so robust wie die Kaltblüter, doch der kleine Ausflug würde ihnen nicht schaden. Und es gab Tinker, der immer gerne für einen Ausritt zu haben war. Von einem größeren Störfall im Hammerwerk der Robs hätte Robin auch gestern schon etwas erfahren. Irgendwie hatte er das Gefühl, dass Boffo die Gelegenheit zu einem Spaziergang suchte, um sich in Ruhe mit ihm unterhalten zu können.

»Ihr könntet bei Tante Ortelia und Onkel Birker vorbeischauen und ihnen die Einladungskarte für morgen vorbeibringen. Und auch bei den Klingsporns«, schlug Mutter Miria vor. »Das ist kein großer Umweg.«

»Kein Problem«, sagte Robin und im Stillen dachte er: ›Typisch – kaum ist man wieder zuhause, hagelt es jede Menge Aufgaben.‹ Doch im Grunde war er froh, sich nützlich machen zu können. Und er genoss die Gesellschaft seiner Familie. Zudem bot sich ihm die Gelegenheit, von seiner Mutter und von Frida Neuigkeiten zu erfahren.

Vor allem die Feierlichkeiten, welche morgen zur Wintersonnenwende stattfinden sollten, waren das beherrschende Thema. Denn das Mithreilfest, wie man es in Elegien und seinen Provinzen Fornland, Iridien und Lusilien nannte, war das wichtigste und glanzvollste Fest des Jahres. Mutter Miria war deshalb schon mächtig aufgeregt. Sie würde, zusammen mit Frida, Ninia und Laris noch viel Arbeit haben. Und ohne die Mithilfe einiger Nachbarsfrauen und deren Töchter wäre diese Herausforderung kaum zu bewältigen.

Natürlich war die Vorbereitung eines solchen Ereignisses nicht nur Frauensache. Auch die Männer halfen mit. Doch betraf dies Robin nur am Rande. Was die Aufbauten für das Turnier auf dem Festplatz anging, so gab es dafür eine eingespielte Mannschaft. Und zum Gelingen der abendlichen Feiern und Gastmahle trug (zumindest bei den vornehmen Familien, wie den Robs) eine gehörige Zahl von Hausbediensteten bei.

Robin trank seine Tasse leer und stand auf.

»Dennoch bin ich dafür, dass wir reiten, mein lieber Boffo. Wir sind spät dran, wie du selbst sagst. Und der gute Tinker steht im Stall und langweilt sich. Ich werde Rudo bitten, ihn zu satteln. Wir treffen uns in zehn Minuten im Hof.«

»Von mir aus«, erwiderte Boffo. »Und vergiss die Einladungskarten nicht.«

Als Robin in den Hof des Rob'schen Anwesens trat, schlug ihm empfindliche Kälte entgegen. Er hatte sich vorsorglich seine wärmste Winterjacke übergezogen und Fäustlinge an den Händen. An den Füßen trug er gefütterte Stiefel und auf dem Kopf eine Strickmütze.

Rudo, der Stallknecht, führte gerade Tinker, den großen Schecken, vor die Eingangstreppe. Boffo trottete hinterdrein. Unter dem Arm trug er eine Decke. Die drückte er Rudo in die Hand, der sie hinter Tinkers Sattel befestigte. Boffo selbst hatte sich in dicke Stricksachen gehüllt und darüber einen kurzen, grauen Kapuzenumhang aus Lodenstoff geworfen. Quer über dem Rücken, an einem Lederriemen befestigt, hing ihm ein länglicher Sack aus wetterfestem Segeltuch. Darin bewahrte er allerlei nützliche Utensilien auf, die er für gewöhnlich bei sich hatte.

Seit gestern Abend war gut ein dreiviertel Fuß Schnee gefallen und hatte sich über die bereits feste Altschneedecke gelegt. Robin sah frische Huf- und Fußspuren, die vom Pferdestall in Richtung Straße führten. Der Anflug eines schlechten Gewissens berührte ihn, als er an Helmbert und Bertold dachte, die schon auf den Beinen waren, während er noch in seinem warmen Bett gelegen hatte. Auch die Spuren eines Reitpferds waren darunter. Sicher stammten sie von Luk, dem Lieblingspferd von Robins Vater Randolf, der das Haus schon in aller Frühe verlassen hatte. Robin schwang sich in den Sattel. Dann zog er mit geübtem Schwung Boffo nach oben, der sich auf der Decke hinter ihm niederließ. Nicht rittlings, sondern die Beine ließ er nach der Seite baumeln. So saß er am bequemsten und viele Meilen schon hatten sie gemeinsam auf diese Weise zurückgelegt.

Robin setzte Tinker in Bewegung und sie verließen die Gebäudlichkeiten der Robs durch die große Toreinfahrt. Auf der fast menschenleeren Hauptstraße begegneten ihnen nur wenige Fußgänger. Solche, die wirklich dringende Besorgungen zu erledigen hatten. Offenbar zogen es die meisten Lindhager vor, bei diesem Wetter zuhause in ihren warmen Werkstätten, Geschäften oder Wohnhäusern zu bleiben.

Ein wenig talaufwärts überquerten sie den Hochquell auf der steinernen Brücke und wandten sich auf der Ostseite des Baches in Richtung Steinwasser. Zu ihrer Rechten lagen bald offene Wiesen und Felder. Es war windstill und die trockene Kälte war angenehmer zu ertragen als das Schmuddelwetter, welches nicht selten kurz vor Jahresende in Fornland vorbeischaute. Robin ließ Tinker im Schritt gehen. Das Pferd hatte keinerlei Mühe, sich seinen Weg durch den lockeren Schnee zu bahnen. Die frische Luft und die Bewegung in der freien Natur schienen ihm außerordentlich zu behagen. Hinter seinem Rücken konnte Robin ein leises Ticken vernehmen, das er nur zu gut kannte. Es war Boffo, der bemüht war, seine Pfeife in Gang zu setzen. Auf die altbewährte Art, mit Feuerstahl und Zunder.

»Du solltest dir von Onkel Birker ein Feuerzeug anfertigen lassen«, bemerkte Robin. »Dann hättest du weniger Mühe.«

»Ach was!« Boffo blies verächtlich die Luft aus. »Neumodisches Zeug. Ich bleibe bei meiner Gewohnheit. Hat sich bestens bewährt. Und funktioniert immer.«

Der Geruch von brennendem Tabak stieg in Robins Nase.

»Wie geht's deinen Leuten in Elmbruck?«, lenkte er die Unterhaltung auf ein anderes Thema. »Ich war seit ewigen Zeiten nicht mehr im Rauquelltal.«

Boffo entließ eine Rauchwolke aus seinem Mund. »Zumindest Taril und Merit geht's gut. Auch wenn sich bei den beiden immer noch kein Nachwuchs einstellen will. Überhaupt lässt der Kindersegen im Rauquelltal schon seit geraumer Zeit sehr zu wünschen übrig. Die Leute werden immer älter und wenn das so weiter geht, sterben wir Elme hier in dieser Gegend irgendwann aus. War vielleicht doch ein Fehler, seinerzeit unserem guten Tantriloz nicht in wärmere Gefilde gefolgt zu sein.[3] Bei dem derzeitigen Wetter würde ich's mir manchmal wünschen. Im Moment jedenfalls ist kaum ein Durchkommen nach Elmbruck. Aber wenn die Straßen wieder frei sind, sollten wir den Leutchen einen Besuch abstatten. Taril und Merit würden sich riesig freuen, dich mal wieder zu sehen. Und meine restliche Verwandtschaft mit Sicherheit auch. Die würden vielleicht staunen, wie erwachsen du geworden bist.«

»Und wie laufen Vaters Geschäfte so?« Robin merkte, dass Boffo heute gesprächiger war, als sonst. Und er sah jetzt eine günstige Gelegenheit, Dinge zu erfahren, die normalerweise nicht Gegenstand üblicher Gespräche waren. Im Verlauf des nun zu Ende gehenden Jahres hatte ihn sein Studium ziemlich in Anspruch genommen. Ihn hatten andere Dinge beschäftigt, als sich mit seinem Vater über geschäftliche Dinge zu unterhalten. Briefe zu schreiben war Robins Sache ohnehin nicht. Und nachdem er in letzter Zeit nichts besonders Nachteiliges gehört hatte, war er davon ausgegangen, dass – wie bei den Robs normalerweise üblich – alles in guter Ordnung sei.

»Ausgezeichnet«, erwiderte Boffo. »Über Auftragsmangel können wir wirklich nicht klagen. Auch die Förderung in der Rotfelsmine läuft gut. Es hat keine größeren Unfälle gegeben und die neu erschlossenen Roteisensteinflöze sind von außerge-

---

[3] Mehr darüber im Abschnitt *Über Elme* im Anhang dieses Buches.

wöhnlicher Reinheit und sehr ergiebig. Zudem scheint deinem Vater seine Aufgabe als Vorsitzender des Fornlandrates nach wie vor gut zu gefallen. Er hatte in letzter Zeit bei seinen Entscheidungen ein glückliches Händchen und wird von den anderen Ratsmitgliedern wie auch von den Leuten allgemein sehr geschätzt. Ich glaube, er hat wirklich Spaß an seiner Arbeit.

Trotzdem«, fuhr Boffo etwas nachdenklicher fort, »laufen einige andere Dinge im Moment nicht so, wie sie sollten. Dass die Winter in den letzten Jahren immer kälter wurden, daran haben wir uns ja schon einigermaßen gewöhnt. Und eigentlich ist daran nichts auszusetzen. Aber in diesem Jahr ist es etwas arg. Schon der Herbst war zu kühl und viel zu trocken für die Jahreszeit. Und bereits Anfang Dezember war ein Teil der Bergbäche beinahe bis zum Grund gefroren. Bei dieser Kälte führen sie einfach zu wenig Wasser, um all die Schmelzhütten, Hammerschmieden und Schleifmühlen ausreichend zu versorgen. Dagegen haben die Gletscher im oberen Halvortgebirge stark zugenommen. Scheint so, als bliebe das Wasser lieber in Gestalt von Eis dort oben, anstatt unsere Wasserräder antreiben zu wollen. Manche meinen, dies wären die Vorboten einer kleinen Eiszeit, wie es sie vor über 700 Jahren schon einmal gegeben haben soll. Ich persönlich glaube, es liegt am Tarantuil. Der spuckt seit drei oder vier Jahren mächtig viel Asche. Selbst die Sommer sind nicht mehr so schön klar und sonnig, wie sie früher einmal waren. Vor allem bei Westwind liegt ständig dieser feine Aschenebel in der Luft. Bisher waren's meist nur die Frauen, die sich ärgern mussten, wenn sie ihre Wäsche zum Trocknen an die Leine hängten. Aber da steckt mehr dahinter. Jemand müsste mal im Taurongebirge nach dem Rechten sehen.«

Der Tarantuil oder Nebelberg war der höchste Berg des Taurongebirges. Wenn man das Nargathgebirge über den Tirionpass erklomm, konnte man ihn im Westen sehen. Robin dachte zurück an seine Kindheit, als sein Vater ihn bisweilen mitnahm, wenn er geschäftlich in Westfurt zu tun hatte. Einmal waren sie die lange, gewundene Straße zur Quellsteigklause und weiter zum Tirionpass hinauf geritten. Dort, eineinviertel Tagesreisen zu Pferd von Westfurt entfernt, hatte er den geheimnisumwobenen Bergriesen in der Ferne erblicken können. Deutlich konnte er sich an die lichtgraue Fahne aus Wasserdampf erinnern, die dem Vulkan entstieg, um sich in großer Höhe aufzulösen. Später, während seiner Dienstzeit als Schwertläufer[4], war er noch einige Male in diese Gegend gekommen. Aber da war die markante Nebelfahne, die dem Berg einst seinen Namen gegeben hatte, bereits einer unschönen Rauchsäule gewichen. Nicht, dass sich die Fornländer wegen eines möglichen Ausbruchs des Vulkans Sorgen machten. Seit undenklichen Zeiten hatte man nie etwas von einem solchen Ereignis gehört, und außerdem war der Tarantuil weit weg.

»Ich denke, du solltest nicht so schwarzseherisch sein, Boffo«, entgegnete Robin. »Mit dem Tarantuil hast du sicher recht. Der verhält sich schon seit geraumer Zeit ziemlich unfreundlich. Aber meinst du, dass er Einfluss auf das Wetter hat? Wir hatten eben in den letzten Jahren einige kalte Winter. Das kam auch schon früher vor. Das fehlende Wasser für die Räder der Eisenhämmer und Mühlen ist allerdings besorgniserregend und könnte, wenn es so weitergeht, zu einem großen Ärgernis werden. Wir werden sehen, wie die Angelegenheit vor Ort aussieht, wenn wir nach Blechhammer kommen.«

Boffo erwiderte nichts. Hinter sich hörte Robin wieder ein leises Ticken. Anscheinend war Boffos Pfeife ausgegangen. Vor ihnen lag jetzt ein gerader Wegabschnitt, den der Wind in der vergangenen Nacht vom Schnee frei geblasen hatte. Deshalb gab Robin Tinker die Schenkel und das Pferd fiel in flotten Trab. Boffo wurde kräftig durchgerüttelt.

»Übermütiger Bengel!«, rief der. »Aber nur zu! Einen Elm wirst du so schnell nicht abschütteln!« Und laut klang sein Lachen durch die frostige Winterlandschaft.

---

[4] Ausführlicheres über Schwertläufer im Anhang dieses Buches, S. 725 f.

Nach einiger Zeit tauchten zu ihrer linken Seite die ersten Häuser von Steinwasser aus dem Nebel auf, der über dem Hochquell lag. Aus den Kaminen der Häuser stiegen dünne Rauchschleier senkrecht nach oben, ohne sich unangenehm bemerkbar zu machen.

»Brrr!« Robin zügelte Tinker. »Fast hätte ich Tante Ortelia und Onkel Birker vergessen.«

Er lenkte das Pferd in eine schmale Einfahrt, die in Richtung des östlichen Hochquellufers führte. Onkel Birker betrieb in Steinwasser eine gut gehende Uhrmacher- und Feinmechanikerwerkstatt und stellte auch astronomische Geräte her. Metallene Taschenuhren aus Steinwasser waren weit über die Grenzen Elegiens hinaus berühmt und begehrt, und deshalb nicht einfach zu bekommen.

»Das solltest du wirklich nicht, wenn du dir keinen Ärger mit deiner Tante einhandeln möchtest«, erwiderte Boffo. »Aber halte dich nicht zu lange auf.«

Vor dem Haus von Birker Rob glitt Robin aus dem Sattel und band Tinker am Geländer der Veranda an. Er sprang die Stufen zum Eingang empor und zog an der Hausglocke. Tante Ortelia öffnete die Tür.

»Robin, was für eine Überraschung!«, rief sie. »Komm doch herein. Ich hole gleich deinen Onkel aus der Werkstatt und dann mache ich uns eine Kanne Tee. Wir haben dich ja schon eine Ewigkeit nicht mehr gesehen. Groß bist du geworden, aber du siehst aus, als könntest du etwas mehr zu essen vertragen. Aber komm erst mal ins Haus, mein Junge. Im Warmen können wir uns besser unterhalten.«

Boffo hatte sie im ersten Augenblick ihrer freudigen Überraschung ganz übersehen. Der war von Tinker gerutscht und trat jetzt hinter Robins rechtem Bein hervor.

»Keine Zeit, Frau Ortelia. Wir haben einen dringenden Auftrag in Blechhammer zu erledigen und wollten nur die Einladungskarte für morgen vorbeibringen. Was hiermit geschehen ist.«

Er zupfte Robin am Hosenbein, als Aufforderung, die Karte endlich zu überreichen. Ortelia warf einen ärgerlichen Blick auf den Elm und Robin war es ganz recht, dass dieser und nicht er ihre Ungehaltenheit auf sich zog. Spätestens morgen würde er die vielen Fragen seiner Tante geduldig beantworten müssen.

»Boffo meint's nur gut, Tante Ortelia. Wir wollen auch noch kurz bei den Klingsporns vorbeischauen, bevor wir uns auf den Weg nach Blechhammer machen. Hier, bitteschön, ist die Einladung. Und besten Gruß an Onkel Birker. Wir freuen uns auf euch!«

Sie wandten sich um, waren im nächsten Moment aufgesessen und trabten davon. Tante Ortelia blieb noch eine Weile verdutzt in der Tür stehen. Natürlich waren sie und ihr Mann, wie jedes Jahr, zum Fest der Wintersonnenwende bei den Robs eingeladen. Das mit den Karten war lediglich eine schöne Tradition, die man so kannte und auch erwartete. Außerdem gab es auf diese Weise keine Missverständnisse mit dem Zeitplan.

Auf einer schmalen, hölzernen Brücke überquerten Robin und Boffo den Hochquell und folgten der Dorfstraße am westlichen Ufer des Baches bis zur stattlichen Klingspornschmiede. Durch den Torbau ritten sie in den Innenhof. Vor ihnen lag ein zweistöckiges Wohnhaus, an welches sich auf der linken Seite die Stallungen und eine Scheune anschlossen. An die rechte Seite des Wohnhauses, etwas versetzt nach hinten, so dass die beiden Wasserräder den Hochquell erreichten, schmiegten sich die Gebäude von Schmiede, Schleifmühle und Werkstatt. Von dort drang nur das Plätschern der sich drehenden Radschaufeln an Robins Ohren. Wie es aussah, machte man gerade Pause.

Die Klingsporns betrieben die bekannteste und eine für die Güte ihrer Erzeugnisse weithin berühmte Schmiede in Fornland. Man fertigte Waffen, Haushaltsgegenstände und Werkzeuge. Vorzugsweise alles, was scharf und hart sein musste.

Unter einem Vordach band Robin Tinker an. Die Haustür war, wie gewöhnlich, unverschlossen. Durch einen langgestreckten Hausflur gingen sie bis vor die Tür an seinem Ende. Robin klopfte kurz und trat, ohne die Antwort abzuwarten, mit Boffo in die Wohnküche. Hier, um einen großen Tisch aus hellem Ahornholz, hatte sich die Familie samt Anhang niedergelassen.

Schmiede begannen üblicherweise schon sehr früh mit ihrem Tagewerk. Vor Arbeitsbeginn nahm man in diesem Gewerbe meist wenig zu sich. Da war es umso wichtiger, nach Stunden kraftraubender Tätigkeit eine anständige Mahlzeit zu genießen. In dieser Beziehung machten die Klingsporns keine Ausnahme.

Heute waren sie ein wenig später dran. Und als hätte Frau Imelia, die Hausherrin, mit Besuch gerechnet, war der Tisch großzügiger gedeckt als üblich. Auf seiner Mitte stand eine dampfende Kanne, der aromatischer Duft entströmte. Daneben, in einem flachen Korb, lag ein aufgeschnittener Hefezopf. Auch Brot, Käse und Schinken waren reichlich vorhanden.

An der Stirnseite des Tisches saß Vater Sigbert, zu seiner Rechten sein Sohn Lorin. Neben Lorin saß Bertram Bartsohn, der nicht nur in der Klingspornschmiede seinen Arbeitsplatz hatte, sondern Lorins bester Freund und Teil der Familie war. Bertram, den man gemeinhin nur Bert nannte, wohnte die meiste Zeit bei den Klingsporns, wenn er nicht – üblicherweise an den Wochenenden – seine Eltern in Walddorf besuchte. Weiterhin am Tisch saßen Lorins jüngerer Bruder Janik, die Altgesellen Bodo Steinbeiss und Borko Knappstock und der Hausknecht Gunilf. Die Haushälterin Mathild und Frau Imelia gaben sich alle Mühe, die hungrige Gesellschaft zufrieden zu stellen.

Bei Robins Anblick waren Lorin und Bert sprachlos. Doch nur kurz währte ihr Erstaunen. Dann sprangen sie wie von Sprungfedern getrieben in die Höhe, um die unerwarteten Besucher lautstark zu begrüßen. Boffo zog sich vorsichtshalber einige Schritte zurück, um nicht getreten zu werden.

»Guten Morgen, Boffo!«, rief Lorin plötzlich aus. »Fast hätte ich dich übersehen.« Er bückte sich und gab dem Elm einen Klaps auf die Schulter, so dass dieser beinahe das Gleichgewicht verlor.

»Passiert mir öfters«, knurrte Boffo. »Euch Großfüßen ist wirklich nicht zu trauen. Ständig muss man auf der Hut sein.«

»Wollt ihr unsere Gäste nicht zu Tisch bitten?«, mahnte Lorins Vater.

Er war eine gleichermaßen stattliche wie einnehmende Person. Trotz seines körperlich anstrengenden Berufs strahlte er ruhige Vornehmheit und freundliche Gelassenheit aus. Wie die Robs gehörten auch die Klingsporns zu den einflussreichen Familien der fornländischen Gesellschaft. Und Sigbert Klingsporn war, ebenso wie Robins Onkel Birker Rob, Mitglied des Fornlandrates.

»Natürlich, wie unhöflich von mir«, entschuldigte sich Lorin. Er hob Boffo mit Leichtigkeit auf und setzte ihn neben sich auf die Bank. Imelia schob ihm einige Kissen unter, damit er hoch genug sitzen konnte und deckte zusätzliches Geschirr auf. Für Robin wurde noch ein Stuhl an den Tisch gerückt. Er hatte seine beiden Jugendfreunde seit geraumer Zeit nicht mehr gesehen und wurde regelrecht mit Fragen überschüttet. Während er sich an einer heißen Tasse Kaffee aus echten Kopobohnen wärmte, versuchte er so gut wie möglich Rede und Antwort zu stehen. Boffo widmete sich in der Zwischenzeit den angebotenen Köstlichkeiten. Denn der Elm war fast immer hungrig oder hatte zumindest Appetit.

Robin war genauso brennend an Neuigkeiten aus Fornland interessiert wie die beiden Freunde an Einzelheiten über Robins Stadtleben in Pern. Doch bald drängte das Familienoberhaupt zum erneuten Arbeitsbeginn. Morgen Abend würde reichlich Gelegenheit für Gespräche sein.

»Wenn Robin und Boffo einverstanden sind, könnt ihr noch einen kleinen Rundgang machen«, schlug Sigbert vor. »Robin wird sicher interessieren, welche Fortschritte die Lieferung für seinen Vater macht.«

»Nicht nur das – ich würde auch gerne sehen, was ihr sonst noch so alles in letzter Zeit geschaffen habt.«

»Dann lass dich überraschen«, sagte Lorin. Die drei jungen

Männer erhoben sich und machten sich zu einer Werkstattrunde auf. Boffo blieb sitzen.

Lorinel Klingsporn, denn man gemeinhin nur Lorin rief, war mit sechsundzwanzig Jahren ebenso alt wie Robin. Wie dieser war er von hochgewachsener, schlanker Statur. Mit kräftigen Armen, die ihr Tagewerk in der Schmiede nicht verleugnen konnten. Sein fein geschnittenes Gesicht wurde von dunklen, halblangen Locken umrahmt. Nach der Schulzeit hatte er eine Lehre als Klingenschmied in der Werkstatt seines Vaters begonnen und – nach Absolvierung seines Wehrjahres – im vergangenen Jahr die Prüfung zum Jungmeister absolviert. Trotz seiner Jugend und obwohl er bis zum endgültigen Meistertitel noch einige Jahre vor sich hatte, war Lorin bereits als Könner seines Faches anerkannt. Mit großem Eifer hatte er sich das handwerkliche Wissen seines Vaters zu Eigen gemacht und dieser hatte ihn auch in solche Geheimnisse der Schmiedekunst eingeweiht, die nur den wenigsten vertraut waren. Schwertklingen, die seine Schmiedemarke trugen, genossen schon jetzt in ganz Elegien und darüber hinaus einen legendären Ruf.

Bertram Bartsohn war zwei Jahre älter als Lorin und hatte in der Klingspornschmiede das Handwerk des Schwertfegers erlernt. Auch er hatte bereits den Jungmeisterbrief und den Ruf eines Künstlers im Umgang mit jeglicher Form von Metall. Was die Körpergröße anbetraf, so konnte Bert nicht ganz mit Robin und Lorin mithalten. Er war mehr der stämmige Typ. Sein Gesicht hatte einen gutmütigen Ausdruck. Und in der Tat hatte er einen sonnigen Humor und war auch in schwierigen Situationen kaum aus der Ruhe zu bringen. Seine Aufgabe war es, den Klingen, welche Lorins und der anderen Schmiede Ambosse verließen, den letzten Schliff und endgültigen Glanz zu verleihen und sie mit kunstvoll verzierten Griffen, Knäufen und Parierstangen zu versehen.

Als sie die Werkstatträume betraten, hatten die Schmiede, Schleifer, Gefäßmacher und Gürtler ihre Arbeit bereits wieder begonnen. Robin sah durch das Fenster auf das große Wasserrad, welches sonst die großen Schmiedehämmer antrieb. Es stand still.

»Wir haben durch die Kälte Probleme mit Eis im Wasserbau«, klärte Bert auf. »Die Enteisung von Rad und Gerinne ist zeitraubend und gefährlich, weshalb wir uns im Moment mehr auf die feineren Arbeiten verlegen.«

Das kleinere der beiden Wasserräder war in Betrieb. An seiner rotierenden Welle saßen die Schleifer vor wassergekühlten Schleifsteinen, mit denen sie den grob geschmiedeten Klingen und anderen Werkzeugen ihre endgültige Form verliehen. Obwohl diese Arbeit, abhängig von der Auftragslage, nicht fortwährend notwendig war, war sie doch aufgrund der Nässe und der Staubentwicklung belastend. Deshalb löste man sich an den Schleifsteinen ab. Wer heute schleifen musste, war anderen Tags in der Schmiede oder der Polierwerkstatt tätig. Letztere konnte Robin in einem Nebenraum sehen, wo den Schwerter- und Messerklingen in mühsamer Handarbeit mit Olivenöl, Schmirgelpulver und Polierhölzern der endgültige Glanz verliehen wurde. In einem anderen Raum sah er Sattler und Gürtler bei der Anfertigung der Lederteile und kunstvollen Beschläge für Schwertscheiden und deren Gehänge.

Lorin schloss die Kammer auf, in der die fertigen Produkte lagerten. Auf der einen Seite lagen in langen Regalen eine Vielzahl von Werkzeugen und Haushaltsgeräten: Spaten, Hacken, Hämmer und Äxte mit oder ohne Stil, Messer für die Jagd und den täglichen Gebrauch, Essbestecke, Scheren in allen Größen für Haushalt und Gewerbe und Werkzeuge für die Leder- und Holzbearbeitung.

Auf der andern Seite des Zimmers, fein säuberlich auf Gestellen und Ablagen geordnet, fanden sich Waffen aller Art. Neben einem Sortiment an Speer- und Pfeilspitzen, Streitäxten und stählernen Bögen für Armbrüste, fielen vor allem die Schwerter ins Auge. Es gab sie in allen Größen und Arten: kürzere und längere, auch mächtige Schlachtschwerter, mit zwei Händen zu führen, waren darunter. Manche waren nur einfach, funktionell und schnörkellos, mit schlichten Scheiden aus lederüberzogenem Holz. Andere hätten mit ihren reichen Verzierungen einem Fürsten zur Ehre gereicht.

Bert zog eines dieser Exemplare aus dem Regal. »Eine unserer Arbeiten der letzten Wochen«, sagte er in beiläufigem Ton und reichte es Robin zur Begutachtung. Es war ein Langschwert nach fornländischer Machart, mit klaren Linien und von einer Eleganz, die Robin selten zuvor bei einer solchen Waffe gesehen hatte. Knauf und Parierstange waren in kunstvollem Eisenschnitt verziert und mit verschiedenfarbigen Metallen eingelegt, der Griff mit Leder überzogen und mit verdrilltem Silberdraht umflochten. Die Klinge steckte in einer mit Silber beschlagenen Scheide aus farbig geprägtem Leder. Darum gewickelt war ein prächtiges Schwertgehänge, gefertigt nach gleichem Muster.

Robin zog das Schwert aus der Scheide. Es lag leicht in seinen Händen und doch konnte er die Kraft spüren, die von dieser Waffe ausging. Die Klinge aus bestem Fornstahl, an ihrer Stärke zweieinhalb Finger breit, schimmerte mattsilbern im durch das Fenster fallenden Winterlicht. In die Hohlkehle der Klinge eingeschlagen war ein Sinnspruch in alter Runenschrift, den Robin nicht lesen konnte.[5] Auf der gegenüberliegenden Seite stand mit in mit Gold eingelegter Elmenschrift der Name *Thorndil*.

»Eine wunderschöne Arbeit. Gehört es zur Bestellung meines Vaters?«

»Leider nein«, antwortete Lorin. »Es hat noch keinen Besitzer und es ist auch nicht verkäuflich. Und selbst wenn es das wäre, könntest Du es dir wahrscheinlich nicht leisten«, fuhr er mit einem Augenzwinkern fort.

»Wie auch immer«, entgegnete Robin. »Nicht das Schwert ist

---

[5] Die Schmiede in Fornland benutzten diese uralten überlieferten Sinnsprüche aus Tradition, ohne dass ihnen oft deren Bedeutung klar war. Die Inschrift auf diesem Schwert lautete: *Der mich gerecht braucht, dem diene ich alle Zeit.*

entscheidend, sondern derjenige, der es zu führen versteht.«

»Welch weise Worte!«, bemerkte Bert mit leichter Ironie in der Stimme. »Dann wirst Du sicherlich morgen am Turnier teilnehmen wollen. Es soll einige wirklich schöne Preise geben. Außerdem sind wir alle gespannt, ob du noch so gut in Form bist, wie vor deiner Studienzeit. Es heißt, dass man in der Stadt schnell träge wird.«

»Ich werd's mir überlegen«, erwiderte Robin. »Jetzt müssen wir aber weiter. Wir wollen noch vor dem Mittagessen in Blechhammer sein.«

Im Hausflur zog Robin seine Jacke über und rief nach Boffo. Zusammen mit Lorin und Bert traten sie hinaus in den Hof. Robin band Tinker los, stieg auf und zog Boffo hinter sich hoch.

»Das hier hätte ich beinahe vergessen. Mit den besten Grüßen von meinen Eltern.« Er reichte Lorin die Einladungskarte.

Sie verließen die Schmiede und wandten sich auf der Dorfstraße nach rechts. An der Kreuzung bogen sie in östliche Richtung auf die von Siebenhütten nach Blechhammer führende Verbindungsstraße ab. Bis dorthin war es von hier noch eine dreiviertel Meile. Ein leichter Wind war aufgekommen und ließ die Kälte noch grimmiger erscheinen. Aber er hatte die Wolkendecke gelockert, so dass zeitweilig sogar die Sonne durch die Lücken blinzelte. Unverdrossen bahnte sich Tinker seinen Weg durch den frischen Schnee. Zu seiner Linken konnte Robin den Springbach sehen, der trotz seines lebhaften Wassers zunehmend vereiste und schon merklich an Breite eingebüßt hatte.

Bald lagen die ersten Gebäude von Blechhammer vor ihnen. Der Ort hatte sich im Laufe der Zeit zu einem Zentrum der Eisenverhüttung und Stahlerzeugung entwickelt. Dies lag zum einen an der Nähe zur Rotfelsmine. Zum anderen war der Springbach normalerweise ein verlässlicher Arbeiter, wenn es galt, Schmiedehämmer und Blasebälge in Bewegung zu halten. Heute stieg nur wenig Rauch aus den Schornsteinen der Essen und Öfen.

Im Hof des Rob'schen Eisenhammers kam ihnen Baldur Arisel, der Werkmeister, entgegen.

»Guten Tag, Herr Robin – guten Tag, Herr Boffo. Willkommen in Blechhammer«, begrüßte er die Gäste. Er hielt das Pferd am Zügel während Robin absaß und Boffo herunterhalf. »Ich hoffe, Ihr hattet unterwegs keine Unannehmlichkeiten. Wir hatten uns schon Sorgen um Euch gemacht, denn es hieß, Ihr würdet bereits am frühen Morgen aufbrechen – aber ich hatte wohl vergessen, dass Ihr jetzt Ferien habt, Herr Robin«, fügte er mit einem Lächeln hinzu.

»Ich freue mich, Euch zu sehen, Meister Baldur.« Robin reichte dem Werkmeister die Hand. »Wir hatten noch eine Kleinigkeit in Steinwasser zu erledigen und bitten um Entschuldigung für die Verspätung. Ich hoffe, wir kommen nicht ungelegen. Ausgerechnet zur Mittagszeit schneien wir hier herein.«

»Im Gegenteil«, entgegnete Baldur. »Ihr kommt genau richtig. Tretet ein und wärmt Euch auf. Das Mittagessen wird gleich fertig sein. Ich hoffe, Ihr habt gehörigen Hunger.«

Er gab den Zügel an Thoril, seinen Vorarbeiter weiter, der hinzugetreten war und das Pferd in den Stall führte. Hunger hatte Robin zwar nicht, nach zwei ausgiebigen Morgenmahlzeiten. Aber was Boffo anbetraf, so konnte er sich ziemlich sicher auf dessen Appetit verlassen. Deshalb neigte er höflich den Kopf.

Robin und Boffo folgten dem Werkmeister und traten durch die Tür des Wirtschaftsgebäudes in einen dämmrigen Flur und von dort in ein gemütlich warmes Esszimmer. Der Raum war vornehm möbliert und vermittelte den Eindruck von zurückhaltendem Wohlstand und Traditionsbewusstsein.

Baldur bot Robin einen bequemen Sessel an und Boffo nahm auf einem gepolsterten Schemel Platz. Der Hausherr selbst holte drei kristallene Becherchen von einem Seitentisch und füllte sie aus einer gläsernen Karaffe mit einer aromatisch duftenden Flüssigkeit.

»Auf Eure Gesundheit!«, sagte er, nahm einen Schluck und setzte sich dann in seinen angestammten Ohrensessel. Robin, der sich nicht viel aus Likörweinen machte, nippte nur. Nach dem Austausch einiger Belanglosigkeiten, begann man sich über geschäftliche Dinge zu unterhalten. Robin erfuhr, dass der gesplitterte Wellenbaum auch hier eine Folge des Eises in den Gerinnen der Wasserräder war. Der Schaden war mittlerweile notdürftig behoben, aber an einen uneingeschränkten Einsatz der betroffenen Maschinerie war momentan nicht zu denken.

»Wir können im Moment nur mit zwei Wasserrädern arbeiten, Herr Robin«, sagte Baldur entschuldigend. »Der Herr Randolf wird wohl in den nächsten Wochen nicht mit den geplanten Liefermengen an Stangeneisen und Stahl rechnen können. Ich hoffe, dass wir dadurch keine Lieferzusagen gefährden. Die Verhüttung haben wir vorübergehend ganz eingestellt. Kohlenvorräte sind zwar reichlich vorhanden, aber bei diesen Straßenverhältnissen können wir in der nächsten Zeit keine Erzlieferungen aus der Mine erwarten. Wir konzentrieren uns deshalb auf die Aufarbeitung und Veredelung unserer Vorräte an Schmiede- und Roheisen. Der Hammer ist damit nicht ausgelastet, aber der Betrieb läuft zumindest weiter. Ihr könnt Euch nachher persönlich davon überzeugen. Zudem glaube ich, dass unsere Schmiede und Hüttenarbeiter ganz zufrieden sind, wenn es jetzt zum Jahreswechsel etwas ruhiger zugeht. Einige haben sich sogar ein paar Tage frei genommen.«

Robin war über diese Nachrichten keineswegs beunruhigt. Vielmehr war er froh, dass alles weit weniger schlimm war, als er befürchtet hatte. Er war sich auch ziemlich sicher, dass sein Vater durch Boffo über die Situation im Rob'schen Eisenhammer bereits aufs Genaueste informiert war. Und Anzeichen großer Besorgnis hatte er gestern Abend bei der Begrüßung nicht bemerken können. Den Robs ging es prächtig, und diejenigen, die für sie arbeiteten, hatten offensichtlich keinen Grund zur Klage.

Mittlerweile hatte sich auch Thoril Brenner, Meister Baldurs Vorarbeiter, eingefunden. Und Robin konnte einen angenehm würzigen Duft nach Essen wahrnehmen. Wenig später öffnete sich die Tür zur Küche. Eine junge Frau betrat den Raum mit einer Schüssel Suppe und stellte sie auf den Esstisch. Dann nahm sie einen Stapel Teller von der Anrichte und begann ihn auszuteilen.

»Darf ich die Herren bitten, Platz zu nehmen?«

Robin war gerade in die Unterhaltung mit Baldur vertieft und hatte das Eintreten von dessen Tochter nur beiläufig zur Kenntnis genommen. Jetzt sah er sie an und ein angenehmer Schauer überkam ihn. Er merkte, wie ihm das Blut in die Wangen stieg.

»Guten Tag, Fräulein Merien«, stammelte er, erhob sich und beugte den Kopf. »Wir haben uns eine Ewigkeit nicht mehr gesehen.«

»In der Tat, Herr Robin«, entgegnete Merien. »Sicher wart Ihr immer sehr mit Euren Studien beschäftigt, wenn Ihr zu Besuch in Lindhag weiltet. Oder haben Euch dringende Verpflichtungen in Pern zurückgehalten, weil man Euch gar so selten sah?«, fragte sie mit einem spitzbübischen Lächeln.

Robin lächelte ein wenig verlegen zurück und setzte sich mit den anderen an den gedeckten Tisch.

»Verzeiht, Herr Robin«, mischte sich Baldur ein. Und an seine Tochter gewandt sagte er: »Du solltest nicht so vorlaut gegenüber Herrn Robin sein, Merien.«

»Ihr nehmt sicher auch einen Teller Suppe?« Merien schien die Bemerkung ihres Vaters geflissentlich überhört zu haben. Sie schöpfte eine Kelle voll aus der Terrine und hielt sie mit fragendem Blick über Robins Teller.

»Sehr gerne!«, erwiderte Robin und Merien füllte mit geschicktem Schwung zuerst seinen, danach die Teller der anderen. Dann machte sie sich wieder an der Anrichte zu schaffen. Robin überlegte, wann er sie das letzte Mal gesehen hatte. Doch konnte er sich nicht genau erinnern. Möglicherweise hatte er sie auch nicht bewusst wahrgenommen, wenn sie sich bei einem seiner Besuche auf einige Entfernung begegnet sein mochten. Bereits seit seiner Schulzeit kannte er sie. Und schon damals war sie ein hübsches Mädchen. Doch Robin interessierte sich in jener Zeit kaum für Mädchen. Später, als er seine Lehrzeit und das anschließende Wehrjahr beendet hatte, hatte sie die höhere Töchterschule in Dornburg besucht. Da war sie neunzehn. Während seines Studiums hatte er sie dann aus den Augen verloren. Er rechnete kurz. Jetzt müsste sie zweiundzwanzig Jahre alt sein. Jedenfalls hatte sie sich nach seinem Empfinden zu einer ausgesprochenen Schönheit entwickelt. Robin betrachtete sie aus den Augenwinkeln. Ihr langes, kastanienbraunes Haar fiel in anmutigen Locken auf ihre Schultern. Sie trug ein einfaches Kleid, wie es für die Hausarbeit üblich war. Jedoch mit einem gestickten Gürtel um die Taille, welcher ihren schlanken und wohl geformten Körper zur Geltung brachte. Doch wirkte sie nicht zierlich oder zerbrechlich, wie manche wohlbehüteten Töchter aus gutem Hause. Ihre Haut hatte eine frische Farbe und ihre Bewegungen waren geschmeidig und elegant. Man konnte erahnen, dass sie sich, zu Fuß oder zu Pferd, gerne im Freien bewegte.

Merien entschwand in die Küche und Robin wandte sich dem Essen zu. Auch Boffo widmete sich mit gleichmütiger Miene seiner Suppe. Doch hatte er Robins Gesten genau beobachtet. »Was denkst du über Fräulein Merien?«, fragte er ganz beiläufig. »Hat sie sich nicht zu einer prächtigen jungen Dame gemausert?«

Robin schreckte aus seinen Gedanken hoch.

»Allerdings, das hat sie«, erwiderte er und versuchte dabei unbeteiligt zu wirken. Aber innerlich war er aufgewühlt. Ein intensives Gefühl freudiger Erregung erfüllte ihn. Das Geschehen im Eisenhammer war ihm mit einem Mal nicht mehr so wichtig.

Als Hauptgericht gab es gebackene Forellen, Kartoffeln mit zerlassener Butter und Wintergemüse. Dazu einen Krug Bier, Obstsaft und Wasser zum Verdünnen. Sefina, eine noch junge Frau um die Fünfundzwanzig und Haushälterin der Arisels, half Merien beim Servieren. Denn Emilia Arisel, die Frau des Werkmeisters, hatte alle Hände voll in der Küche zu tun, wo nicht nur gekocht wurde, sondern auch der Rest der Familie und die Hausbediensteten aßen.

Die Männer widmeten sich mit gutem Appetit der Tafel und unterhielten sich über fachliche Dinge. Merien kam einige Male ins Zimmer, um nach dem Rechten zu sehen. Jedes Mal, wenn sie wieder in die Küche entschwand, sandte ihr Robin einen möglichst unauffälligen Blick nach. So glaubte er zumindest.

Nach dem Essen erhob sich die Gesellschaft zu einem Besichtigungsrundgang. Zunächst durchschritt man die Halle mit den Schmelzöfen, die in einer Reihe an eine durchgehende Wand gemauert waren. Sie hatten eine Höhe von annähernd zwei Klaftern und bestanden an den Seiten und in ihrem oberen Teil aus Bruchsteinen. Die jeweilige Vorderseite oder Ofenbrust, die nach jedem Schmelzgang eingerissen und neu aufgemauert wurde, war aus Lehmziegeln gefügt. Am Ende der Trennmauer angekommen konnte Robin einige der gewaltigen Blasebälge sehen, die hinter dieser Wand installiert waren. Derzeit standen sie still.

»Im Moment verhütten wir kein Eisenerz – wie ich vorhin schon erwähnte. Hingegen verarbeiten wir das bereits vorhandene Roheisen schrittweise zu Stahl weiter. Wie Ihr seht, haben wir einen beachtlichen Vorrat davon.«

Baldur deutete auf eine Halde wahlnussgroßer Eisenbrocken, an der sie gerade vorbeikamen.

»Im Gegensatz zu zähem Schmiede- oder Stabeisen, welches bei geringeren Temperaturen erschmolzen wird, verhütten wir das Eisenerz für die Stahlherstellung bei großer Hitze. Dabei entsteht sprödes Roheisen, welches in noch glühendem Zustand unter dem großen Hammer in kleine Stücke zerschlagen wird. Die vermengen wir mit zerkleinertem Eisenerz und einem gewissen Anteil an Fornerz. In dieser Zusammensetzung kommt das Schmelzgut zu den Lösch- oder Frischfeuern, in denen es dann zu Stahl umgeschmolzen wird.«

Natürlich kannte Robin diese Vorgänge aus seinen Studien. Doch hörte er höflich den Worten des Werkmeisters zu. Denn ohne Zweifel gab es bei genauem Hinsehen und Nachfragen das eine oder andere gut gehütete Geheimnis zu entdecken, welches in keiner Schule gelehrt wurde.

Sie kamen in eine Halle, wo die Meister, Gesellen und Lehrjungen inzwischen ihre Arbeit wieder aufgenommen hatten. Lärm und Hitze schlugen ihnen entgegen. An zwei nebeneinander liegenden Arbeitsstellen konnte man Schmiede beobachten, die an den so genannten Frischherden standen: flach gemauerten Tiegeln, die sie abwechselnd mit besagtem Roheisen-Erzgemisch und mit zerkleinerter Holzkohle füllten. Um sich vor der sengenden Hitze zu schützen, hatten sie sich nasse Tücher vor das Gesicht gebunden. Einer der Schmiede zog an einem Hebel in der Wand und öffnete dadurch einen Schieber im Gerinne des Wasserrades. Sofort stimmten die riesigen Blasebälge in einer Mischung aus Fauchen und Stampfen einen infernalischen Rhythmus an und richteten ihren mächtigen Atem auf die Glut in den Tiegeln. Funkenregen durchzogen die Halle und Robin musste die Augen vor der weißen Glut des Löschfeuers abwenden.

Der Schmied verrichtete seine Arbeit nahezu automatisch und nach Gefühl, ohne unnötigerweise in die Glut schauen zu müssen. Mit Hilfe einer Stange hielt er die zähe Schmelze, die mittlerweile wie ein Hefeteig aufgegangen war, in Bewegung.

Von Zeit zu Zeit nahm er große Klumpen aus der Glut und legte sie auf einen Amboss, wo sie ein Gehilfe breit schmiedete, in Wasser tauchte und anschließend in Stücke zerschlug. An den Bruchstellen konnte er erkennen, ob das Metall bereits die richtige Beschaffenheit hatte. Wenn nicht, so warf er es zurück ins Löschfeuer, wo es unter Zugabe von Hammerschlag und gediegenem Fornmetall erneut aufgeschmolzen wurde. Diesen Vorgang setzte er so lange fort, bis der schließlich gewonnene Stahl alle Verunreinigungen verloren und den höchsten Grad seiner Reinheit erreicht hatte. Der kam dann unter die mächtigen, wassergetriebenen Schmiedehämmer. Unter ohrenbetäubendem Getöse entstanden dort die gewünschten Stangen und Platten aus Fornstahl höchster Qualität.

Robin konnte sich nicht satt daran sehen, wie die Urgewalten der Elemente aufeinander prallten und doch zuletzt durch menschliches Wissen und Geschick in eine dienliche Form gezwungen wurden. Obwohl er sein eigenes Wort kaum verstehen konnte, überhäufte er den Werkmeister mit Fragen, die dieser geduldig beantwortete. In seinen Gedanken malte er sich aus, wie er diesen oder jenen Arbeitsschritt verbessern und sein im Studium erworbenes Wissen in den väterlichen Betrieb einbringen wollte.

Nach Beendigung des Rundgangs kehrten sie zurück in das Esszimmer der Arisels, wo Frau Emilia die Gäste mit einer großen Kanne verdünntem Most erwartete. Die heiße Werkhalle hatte nicht nur bei Robin gehörigen Durst erzeugt und alle nahmen die Erfrischung dankend an.

Schließlich war es an der Zeit, sich zu verabschieden. Auch Merien war anwesend.

»Ich hoffe, der Bericht, den Ihr Eurem Vater überbringt, wird nicht zu hart mit uns ins Gericht gehen, Herr Robin«, äußerte sich der Werkmeister mit besorgter Miene.

»Mitnichten, Meister Baldur«, entgegnete Robin. »Ich persönlich war sehr angetan von dem, was ich sehen konnte.« Und gerade in diesem Augenblick fiel sein Blick auf Merien. Sie lächelte amüsiert. Er hatte plötzlich das Gefühl, etwas Dummes gesagt zu haben und schaute verlegen zu Boden.

»Aufwachen, Eure Schlagfertigkeit«, flüsterte Boffo, und stieß Robin mit dem Ellenbogen an den Oberschenkel: »Sag was, du Döskopp!«

Robin richtete sich auf, räusperte sich und fuhr dann mit leicht belegter Stimme fort: »Meine Familie und ich würden sich sehr freuen, wenn Ihr uns morgen Abend zum Festmahl die Ehre Eurer Anwesenheit geben könntet, Fräulein Merien – natürlich in Begleitung Eurer Eltern, wenn diese es erlauben«, fügte er hastig hinzu und wandte seinen Blick schnell zu Emilia und Baldur Arisel.

»Das wäre in der Tat eine große Ehre für uns«, antwortete der Werkmeister stellvertretend für seine Tochter. »Ich denke, dass wir die Einladung gerne annehmen.« Dabei sah er seine Frau fragend an. Die nickte lebhaft.

»Wir wollten sowieso morgen Nachmittag zum Turnier kommen«, bemerkte Merien leichthin. »Ich habe dort eine kleine Aufgabe zu erfüllen. Ihr werdet doch sicher auch teilnehmen, Herr Robin?«

»Ich denke schon«, erwiderte Robin, obwohl er es bis zu diesem Zeitpunkt nicht wirklich vorgehabt hatte. »Dann bis morgen. Auf Wiedersehen!«

Robin verbeugte sich, Boffo winkte kurz.

Draußen wartete schon Thoril mit Tinker. Die beiden Besucher saßen auf und machten sich auf den Heimweg.

Zweites Kapitel:

Wintersonnenwende

Am nächsten Morgen waren die Einwohner Lindhags früh auf den Beinen. Während der vergangenen Nacht hatte es nicht mehr geschneit und die Straßenverhältnisse hatten sich gebessert. Jung und Alt freuten sich auf das Turnier am Nachmittag und noch mehr auf die Feierlichkeiten am Abend. Zuerst aber waren noch jede Menge Vorbereitungen zu treffen.

Die meisten Handwerker arbeiteten an diesem Samstag nicht. Trotzdem, oder gerade deshalb glich das Städtchen einem Ameisenhaufen. Fast alle Geschäfte hatten geöffnet. Zumindest vormittags, denn so gut wie jeder hatte noch irgendetwas zu besorgen. Die Bauern und Landbewohner der Umgebung nutzten die Gelegenheit, um auf dem Marktplatz ihre Waren anzubieten: Fische, Krebse, Geflügel, Wild, getrocknete Pilze, eingemachte und getrocknete Früchte, Nüsse aller Art, Marmeladen, Kuchen, Wein und auch Hochprozentigeres. Alles was die Küche begehrte, war zu bekommen. Dazwischen gab es Stände, an denen man eine Tasse heißen Tee oder Glühwein schlürfen konnte. Selbst an den Straßenecken bildeten sich kleine Grüppchen. Es gab Neuigkeiten zu besprechen.

Im Gasthof zum Eisenross am nördlichen Stadtrand von Lindhag herrschte vormittags schon Betriebsamkeit. Das Gasthaus hatte seinen Namen von dem eisernen Pferd, welches anstelle eines Wirtshausschildes über der Tür hing. Und die dazugehörige Brauerei lieferte nach übereinstimmender Meinung das beste Bier im Tal. In der Gaststube waren alle Tische besetzt. Meist waren es ledige Handwerker und Schmiede aus Steinwasser, Siebenhütten, Blechhammer, Meilerhof und anderen Ortschaften der näheren Umgebung. Sie hatten sich rechtzeitig einen Platz gesichert, um später hier gemütlich Mittag essen und danach in aller Ruhe das Turnier ansehen zu können. Wer keinen Stuhl mehr gefunden hatte, stand am Tresen, um sich dort eine kleine Stärkung zu gönnen.

An einem der Tische hatte sich eine Gruppe alter Bekannter eingefunden. Da saßen Bodo Steinbeiss und Borko Knappstock, die Altgesellen der Klingsporns. Und Siglund Rotmor, genannt Sig. Er war im Kontor des Rob'schen Handelshauses beschäftigt. Außerdem waren Bertold, der Hausknecht der Robs und einige andere ortsansässige Handwerker und Kaufleute anwesend. Man unterhielt sich angeregt.

»Was glaubt ihr, wer heute das Turnier gewinnen wird?«, fragte Bodo in die Runde.

»Schwer zu sagen«, entgegnete Bertold. »Man munkelt, dass sich sogar einige Wettstreiter aus Pern angekündigt hätten. Da kann man nicht wissen, wer am Ende die Nase vorne haben wird.«

»Na, ich hoffe doch einer von unseren Jungs«, wandte Siglund ein. »Das wäre noch schöner, wenn sich irgendein Iridier die Lorbeeren hier abholen sollte. Aber man darf die Großstädter nicht unterschätzen. Man sagt, sie hätten ganz gute Fechtschulen in Pern. Dafür können sie wohl weniger gut reiten.«

»Darauf würde ich mich nicht unbedingt verlassen«, erwiderte Bertold. »Also, wenn es nur ums Bogenschießen ginge. Da wüsste ich schon, wer da gute Aussichten hätte, wenn er denn teilnähme.«

»Da sei dir mal nicht so sicher«, widersprach Borko. »Denn, falls du deinen jungen Herrn Robin meinst, da hätte unser Herr Lorin auch noch ein Wörtchen mitzureden. Der schießt einer Amsel auf 100 Schritt eine Schwanzfeder ab, ohne sie zu verletzen. Und eine gute Fechtschule haben wir auch. Mit dem Langschwert ist Herr Lorin sowieso eine Klasse für sich. Und dann gibt es noch eine ganze Reihe junger Burschen aus der Gegend, die auch nicht von Pappe sind.«

»Allein die Tatsache, dass man nicht von Pappe ist, wird wohl nicht zum Sieg reichen«, bemerkte Metorn Breggland mit ironischem Unterton. Metorn war Lagerverwalter in der Eisenhandlung des alten Raul Thorson und selbst ein passabler Fechter. »Da gehören schon noch ein paar andere Eigenschaften dazu. Unser junger Herr Roart beispielsweise, der hat schon seit einigen Wochen fleißig geübt. Ich habe ihn in letzter Zeit öfters in der Fechtschule von Walddorf gesehen. Der alte Fechtmeister Bretolf meinte, er fände kaum noch einen angemessenen Gegner für Roart.«

»Von mir aus«, sagte Bertold. »Herr Robin wird sowieso nicht am Turnier teilnehmen. Jedenfalls machte er nicht den Eindruck, als hätte er große Lust. Unser Stallknecht Rudo hat ihn gestern gefragt, ob er seinen Hengst Bork striegeln und zurechtmachen soll. Er sagte aber, er wolle das Wochenende lieber etwas ruhiger angehen lassen. Schade«, fügte er noch lakonisch dazu und nahm einen kräftigen Schluck aus seinem Bierkrug, so, als wolle er seine Enttäuschung hinunterspülen.

Am Morgen dieses 22. Dezembers hatte sich Robin ausgeschlafen. Man hatte ihn gewähren lassen und als er gegen neun Uhr in die Küche kam, fühlte er sich körperlich frisch und ausgeruht. Dennoch hatte ihn innere Unruhe ergriffen. Während er ohne großen Appetit an einem Stück Brot kaute, dachte er an den gestrigen Tag und an die Begegnung mit Merien. Und er hoffte, dass er sie heute wieder sehen würde.

Später setzte er sich mit seinem Vater auf eine gemeinsame Tasse Tee in der Bibliothek des Rob'schen Hauses zusammen. Hier wollten sie die gestrigen Ereignisse, vor allem aber Robins Besuch in Blechhammer besprechen.

Randolf Rob war eine durchwegs vornehme Erscheinung. Nicht nur die sorgfältige Kleidung aus edlen Stoffen, der silberbeschlagene Gürtel mit einem in gleicher Art verzierten Schwertgehänge und die goldene Kette, die er von Amts wegen trug verliehen ihm natürliche Autorität. Auch sein markantes

Gesicht mit dem sorgfältig gestutzten Vollbart und seine kräftige Stimme. Jedoch signalisierten seine freundlichen Augen Gutmütigkeit und eine gehörige Portion Humor.

»Ich hoffe es ist dir recht, dass ich die Familie des Werkmeisters für heute Abend zum Essen eingeladen habe«, bemerkte Robin mit einem Anflug schlechten Gewissens. »Es hat sich so ergeben.«

»Selbstverständlich ist mir das recht! Ich halte es sogar für eine ausgezeichnete Idee. Ursprünglich hatte ich selbst vorgehabt, bei einem meiner nächsten Besuche in Blechhammer die Arisels einzuladen. Doch haben mich die leidigen Tagesgeschäfte bisher davon abgehalten. Dass du daran gedacht hast, ist wirklich sehr aufmerksam von dir. Sicher wird auch Merien mitkommen. Vielleicht hast du sie ja in Blechhammer schon getroffen. Wenn nicht, wirst du erstaunt sein, wie sie sich verändert hat.«

»Ganz gewiss wird sie kommen, Vater. Ich freue mich schon darauf, sie zu sehen«, entgegnete Robin ein wenig irritiert. Dabei war er sich nicht sicher, ob Boffo nicht vielleicht schon etwas ausgeplaudert hatte.

»Du hast wohl nicht vor, am Turnier heute Nachmittag teilzunehmen? Ich kann mir vorstellen, dass du während deiner Studienzeit etwas aus der Übung gekommen bist. Andererseits: es wäre eine gute Gelegenheit, sich nach so langer Abwesenheit wieder bei der fornländischen Gesellschaft in Erinnerung zu bringen.«

Robin merkte, wohin der Hase laufen würde und wollte eben eine ausweichende Antwort geben, als Boffo hereinplatzte.

»Verzeiht, Herr Randolf«, begann der Elm, so als könne er kein Wässerchen trüben. »Ich wollte Eurem Sohn nur Bescheid geben, dass alles gerichtet ist.«

»Was denn gerichtet?«, fragte Robin in banger Vorahnung.

»Nun ja«, fuhr Boffo fort, »ich meine natürlich deine Turnierausrüstung! Außerdem hat Rudo Bork heute besonders sorgfältig gestriegelt und fein herausgeputzt. Eben wie du es dir gewünscht hast. Und deinen Bogen habe ich auf Vordermann gebracht. Eine neue Sehne aufgezogen und einige unbrauchbare Pfeile aussortiert. Auch deine Turnierschwerter und dein Fechthelm liegen bereit. Ich hoffe, ich habe nichts vergessen, oder doch?« Er schaute Robin mit großen Augen an.

Robin stand der Mund offen. Er hätte Boffo in diesem Moment verwünschen können. Randolf dagegen musste herzhaft lachen.

»Da kann man wohl nichts machen.« Er klopfte Robin beschwichtigend auf die Schulter. »Wenn Boffo etwas in die Hand nimmt, dann macht er es gründlich. Und ich bin sicher, er meint es gut mit dir. Ich wünsche dir jedenfalls viel Glück.«

Robin blieb nichts anderes übrig, als sich für das Turnier bereit zu machen. Irgendwie fühlte er sich auch ein wenig erleichtert, dass ihm Boffo die Entscheidung so leicht gemacht hatte. Er dachte wieder an Merien und ihre Worte von gestern Mittag. Vielleicht hatte es wirklich eines kleinen äußeren Anstoßes bedurft. Und letztlich wollte er auf keinen Fall als Drückeberger dastehen.

Bis zum Mittagessen war noch ein wenig Zeit und Robin ging über den Hof in die Sattelkammer. Auf einer Truhe lagen zwei Turnierschwerter. Ein zweites für den Fall, dass eine Klinge brechen sollte. Er nahm eines davon beidhändig auf und übte eine Finte, die er von Boffo gelernt und in früheren Jahren oft in der Fechtschule in Walddorf gebraucht hatte. Boffo hatte immer großen Wert auf Beweglichkeit und ein gutes Auge gelegt. Er hielt dies für wirkungsvoller als die Anwendung schierer Kraft oder übertriebene Klingenakrobatik. Und Robin war mit dieser Taktik bisher gut gefahren. Die Klinge schnitt durch die Luft. Sie war anders konstruiert, als die der scharfen Schwerter. Viel dünner, elastischer und vorne etwas abgerundet. Die Waffe lag in Robins Händen wie ein verlängerter Teil seiner Arme und er nickte zufrieden, als er sie niederlegte.

Neben den Schwertern lagen ein Köcher mit Pfeilen und sein Langbogen. Robin hob ihn auf, bog ihn zwischen den Beinen und hängte mit geübtem Griff die lose Schlaufe der Sehne in die

Kerbe des freien Endes. Prüfend lauschte er dem Klang des Eibenholzes, welches leise knisterte, als er den Bogen spannte. Danach kontrollierte er den Zustand seines Fechthelms, eines leichten Lederhelms mit grobem Gittervisier. Schließlich ging er hinüber zu Bork in den Stall. Der Hengst schaute ihn an und wieherte aufmunternd. Augenscheinlich hatte er sich von dem Ritt vorgestern prächtig erholt. Seine Mähne war kunstvoll geflochten, sein pechschwarzes Fell und die schwarzen Hufe glänzten im Halbdunkel. Er spürte wohl, dass er eine Aufgabe zu erledigen hatte und Robin konnte die Vorfreude in seinen wachen und erwartungsfrohen Augen erkennen.

Über den Hof hinweg hörte Robin Mutter Miria zum Essen rufen. Er ging zurück ins Haus. Auf dem Mittagstisch standen nur eine Schüssel Suppe und einige Beilagen. Denn alles war auf das Festmahl heute Abend ausgerichtet. Außer Robin waren Boffo, Marin und Frida da. Die reichte ihm einen Teller Suppe. Robin nahm nur einige Löffel davon zu sich. Dann schob er den Teller beiseite. Es war wohl die Aufregung, die sich über seinen Appetit gelegt hatte.

»Man sollte vor einem Turnier sowieso nicht zu viel essen. Das macht nur träge und unbeweglich«, ließ sich Boffo vernehmen. Der Elm ließ es sich sichtlich schmecken. »Ich hoffe aber, du hast außer dem Essen nicht noch andere Dinge verlernt«, fuhr er fort. »Beim Bogenschießen will ich alle Pfeile im Schwarzen sehen. Und falls du bis zum Entscheidungskampf kommen solltest, dann richte deine Aufmerksamkeit öfters mal zur Balustrade hin. Dorthin, wo ich stehe. Ich werde ein Auge auf die anderen Fechter werfen. Die kochen auch nur mit Wasser. Wäre doch gelacht, wenn sich da kein Mittelchen fände.«

Nach dem Essen ging Robin in sein Zimmer und zog sich an. Er wählte warme Unterkleidung, eine eng anliegende lederne Hose und halbhohe Stiefel. Dazu ein dickes Hemd aus weicher, heller Wolle. Über dieses zog Robin einen gepolsterten Waffenrock. Man konnte ja nie wissen, ob sich nicht auch beim friedlichen Wettstreit jemand zu forsch gebärdete. Auf den Kopf setzte er sich eine runde Kappe mit geradem Rand und einem kleinen Federgebinde – im Falle, dass es wieder zu schneien beginnen sollte. Dann ging er hinunter. Rudo brachte Bork in den Hof. Sie wickelten die restliche Ausrüstung in einen Mantel, den Robin mit zwei Riemen hinter dem Sattel befestigte. Dann ritt er hinaus auf die Straße.

Das Turnierfeld lag am nördlichen Ende von Lindhag, an der Straße nach Steinwasser. Als Robin ankam, herrschte schon reges Treiben und die Besucher hatten den Schnee auf dem Festgelände größtenteils niedergetreten. Zwar versteckte sich die Sonne hartnäckig hinter den Wolken aber dafür war es nicht so beißend kalt wie in den letzten Tagen.

Der Turnierplatz selbst war mit einer hüfthohen Schranke umgeben. An seiner westlichen Seite war eine geräumige und teilweise überdachte Tribüne errichtet worden. Für die vornehmere Gesellschaft, oder diejenigen, die sich dafür hielten. Das einfache Volk hatte sich entlang der Begrenzungsschranke aufgereiht oder drängte sich um die Hütten und Stände, an denen man Essen, Trinken, Süßigkeiten, kleine Andenken und alle möglichen anderen nützlichen und unnützen Dinge kaufen konnte. Robin ritt zu einem umzäunten Platz am Ende der Tribüne, wo er Lorin und Bert entdeckt hatte. Hier gab es Anbindemöglichkeiten und Heu für die Pferde.

Auch die anderen Wettstreiter hatten sich hier eingefunden. Nach Robins Schätzung etwa sechzig Teilnehmer jüngeren und mittleren Alters. Die meisten von ihnen kannte er aus Lindhag und den umliegenden Ortschaften. Aber auch ihm unbekannte Gesichter waren darunter. Wie man munkelte, einige junge Wettstreiter aus dem lusilischen Dornburg, die noch in der Ausbildung der dortigen Schwertläuferschule waren. Von den Kämpfern, die den weiten Weg von Pern hierher in Kauf genommen hatten, kannte Robin gerade eine Handvoll.

»Na, hast du es dir doch überlegt?« Mit diesen Worten empfing ihn Lorin. Und Bert konnte sich ein breites Grinsen nicht verkneifen. »Er wird doch wohl nicht erwartet haben, dass wir uns hier mit der Schreib- und Zeichenfeder messen, Lorin. Oder vielleicht einen Wettstreit mit Rechenaufgaben führen müssen. Ich fürchte, dies würde die vielen hübschen Mädchen, die heute zusehen, ausgesprochen langweilen.«

»Abwarten!«, erwiderte Robin. »Bisweilen tut eine kleine Pause ganz gut. Womit ich nicht behaupten will, dass mir ein wenig mehr Übung geschadet hätte. Aber wie Boffo zu sagen pflegt: ›Erfahrung und Witz schlägt oft Kraft und Behändigkeit.‹«

Robin löste sein Ausrüstungsbündel und legte es auf den mit Stroh bedeckten Boden. Dann band er Bork an der Schranke fest, nahm ihm das Zaumzeug ab, lockerte den Sattelgurt und legte ihm einen Bund Heu vor. Jemand aus der Turnierleitung kam auf Robin zu und heftete ihm die Nummer 55 auf den Rücken. Robin musste seine Schwertläufermarke vorweisen, seinen Namen in eine Liste eintragen und war somit in aller Form registriert.

In der Zwischenzeit hatte sich der Festplatz gefüllt. Es ging auf zwei Uhr nachmittags zu und das Turnier sollte in Kürze beginnen. Robin konnte seinen Vater, Onkel Birker und Tante Ortelia auf der Tribüne erkennen. Marin turnte mit den anderen halbwüchsigen Jungen an der Balustrade herum. Dort hatte sich auch eine Anzahl Elme eingefunden, weil man von hier die beste Sicht hatte, ohne dass sich irgendein »Großfuß« vor ihnen aufbaute. Die meisten von ihnen waren Angehörige ihrer Gastfamilien aus Lindhag oder Steinwasser. Darunter auch Boffo. Einige wenige hatten den beschwerlichen Weg von Elmbruck hinunter ins Hochquelltal gefunden.

Auf dem Platz wurden gerade die Ziele für das Bogenschießen aufgestellt: zehn runde Scheiben aus Holz mit einer Abdeckung aus geflochtenem Stroh, in dessen Mitte ein schwarzer Kreis von der Größe einer Untertasse angebracht war. Der Abstand zwischen den Scheiben und der Startlinie war nicht bekannt gegeben worden, um den Schwierigkeitsgrad zu steigern.

Robin schätzte die Schussentfernung auf annähernd 100 Schritt.

Nun ertönte eine Glocke. Es wurde still auf dem Platz und Bürgermeister Randolf Rob trat ans Rednerpult. »Liebe Lindhager und Einwohner der umliegenden Orte, liebe Fornländer«, begann er, »sehr verehrte Gäste aus Dornburg und aus unserer Hauptstadt Pern, die Ihr die Strapazen einer solch langen Reise auf euch genommen habt. Euch alle begrüße ich von ganzem Herzen. Möge unser zahlreiches Zusammenfinden zur gemeinsamen Feier des Mithreilfestes ein gutes Vorzeichen für die Geschicke und Geschehnisse des kommenden Jahres sein. Und gerade heute halte ich mich gerne an die Regeln, der jede Rede folgen sollte: laut, damit sie jeder hört, deutlich, damit sie jeder versteht und kurz, damit sie jedem gefällt. Denn ich weiß, dass alle mit Spannung auf den Beginn der Ereignisse warten. Deshalb möge nun unser Turnier seinen Verlauf nehmen und möge der Beste gewinnen.«

Es folgte lang anhaltender Beifall. Einige Zwischenrufe, wie: »Möge ein Lindhager gewinnen!« und »Lang lebe unser Bürgermeister!« kamen aus den Reihen derjenigen Zuschauer, die heute schon dem Wein oder Bier mehr als üblich zugesprochen hatten. Dann betrat der oberste Herold den Platz und erklärte den Ablauf und die Regeln der Veranstaltung.

Als Erstes stand das Bogenschießen auf dem Programm. Die Teilnehmer traten in Gruppen zu jeweils Zehn auf die Schießbahn. Es galt, von fünf Pfeilen mindestens drei ins Zentrum zu bringen, um zur nächsten Disziplin zugelassen zu werden. Robin beobachtete die Schützen mit Respekt. Manchen konnte er die Nervosität ansehen, andere gaben sich vollkommen sicher, trafen aber schlecht. Das heißt, sie verfehlten das innere Ziel nur knapp. Denn eigentlich gab es in ganz Fornland keine schlechten Bogenschützen. Und ganz gewiss nicht unter denen, die sich für das Turnier angemeldet hatten. Wenigen gelang es sogar, alle fünf Pfeile im Schwarzen zu platzieren. Gute Treffer wurden vom Publikum mit Klatschen und aufmunternden Zurufen quittiert.

Selten verpasste ein Schütze die ganze Scheibe, was lautes Gelächter oder sogar Rufe des Missfallens unter dem fachkundigen Publikum hervorrief.

Nun war Robins Gruppe an der Reihe. Zusammen mit den anderen Teilnehmern betrat er den Platz. Er ging zu der ihm zugewiesenen Position, zog den Lederschutz über Mittel- und Zeigefinger der rechten Hand und nahm einen Pfeil aus dem Köcher. Die Schießbahn war nach Osten ausgerichtet. Robin warf einen kurzen Blick auf die Fahnen an der Seitenschranke, die sich nur leicht bewegten, doch in nördliche Richtung. Er legte einen Pfeil auf, spannte den Bogen und zielte nur kurz. Der Pfeil schwirrte los und strebte in leicht schlangenhafter Verwindung seinem Ziel zu, wo er in der schwarzen Mitte der Scheibe stecken blieb. Robin fühlte sich sofort sicherer. Die anfängliche Nervosität war schlagartig von ihm abgefallen. Auch der zweite Pfeil fand sein Ziel. Dann flog sein dritter Pfeil durch die Luft und verfehlte das schwarze Zentrum nur knapp. Zu hastig war der Vorgang des Spannens und Lösens der Bogensehne gewesen. Robin spürte eine leichte Unruhe in sich aufsteigen. »Der vierte muss sitzen«, versuchte er sich einzureden. Doch schon im Moment, als der Pfeil die Sehne verließ, wusste Robin, dass dieser Schuss alles andere als perfekt sein würde. Tatsächlich fuhr er mehr als zwei Handbreit neben dem Zentrum in die Strohscheibe. Robin war verunsichert. Er schaute hinüber zu Boffo, der ziemlich entspannt an der vorderen Begrenzung der Tribüne lehnte. Soweit Robin dies erkennen konnte, denn genau genommen ragte nur etwas mehr als der Kopf des Elms über die Balustrade. Boffo hatte sein Kinn auf die verschränkten Hände gelegt und formte mit den kleinen Fingern ein Hausdach. Robin kannte dieses Zeichen. Es war das elmische Symbol für Ruhe. Wie oft hatte ihm Boffo eingeschärft, wenn er zu hastig war: »Finde zu dir und halte ein, noch bevor sich der Misserfolg einstellt.« Robin setzte den Bogen vor sich auf den Boden und atmete einige Male tief durch. Er nahm den Bogen wieder auf, legte einen Pfeil auf die Sehne, spannte sie und zielte. Ihm war, als könne er körperlich fühlen, wie sich die Pfeilspitze unwiderstehlich ins Ziel senkte. Und als sie es vor seinem geistigen Auge erreicht hatte, lösten sich die Finger seiner rechten Hand vollkommen unbewusst. Der fünfte Pfeil durchschnitt die Luft und fand sein Ziel genau an der Stelle, wo Robins Gedanken ruhten: im Mittelpunkt der Scheibe. Boffo stand an der Schranke und nickte anerkennend.

Zusammen mit Robin hatten sich zwei dutzend Teilnehmer für die zweite Runde des Turniers, das Ringstechen, qualifiziert. Dafür waren rund um den Platz Gestelle errichtet und an ihnen Ringe von der Größe eines kleinen Tellers befestigt worden. An den langen Seiten des Gevierts standen je zwei Gestelle, an den kurzen Seiten je eines. Robin ging zum Sammelplatz und legte seinem Pferd das Zaumzeug an. »Ich hoffe, du enttäuscht mich nicht, Bork«, sprach er beruhigend auf den Hengst ein. »Wenn schon dein Herr heute versagt, musst wenigstens Du die Kastanien aus dem Feuer holen.« Bork schnaubte erwartungsvoll. Robin zog den Sattelgurt an, dann schwang er sich auf Borks Rücken. Ein Schwertläufereleve reichte ihm eine Lanze. Sie war ungefähr zwei Klafter lang, ziemlich leicht und hatte eine schmal zulaufende, vierkantige Spitze.

Einige Kandidaten hatten bereits ihre Runden absolviert. Das Publikum hatte viel Spaß bei dieser Vorführung. Denn die Ringe hingen nicht starr, sondern wurden von Helfern an ihren Gestellen bewegt. Jeder getroffene Ring wurde deshalb von lautem Jubel begleitet. Wenn allerdings einer der Reiter sich in seinem Ehrgeiz zu weit aus dem Sattel beugte und deshalb Bekanntschaft mit dem Boden machte, wurde dies mit lautem Gejohle quittiert. Einen oder zwei Ringe zu ergattern, war schon ein gutes Ergebnis. Wenige erreichten drei Ringe und als Robin an die Reihe kam, stand das beste Ergebnis bei vier Ringen.

Bis zu diesem Zeitpunkt hatte er genau beobachtet, auf welche Art die Helfer die Ringe drehten und schwenkten. Zuerst ließ er Bork sich im Trab warmlaufen. Dann überquerte er die

Startlinie und ließ den Hengst in verhaltenen Galopp fallen. Mehr in den Steigbügeln stehend, als im Sattel sitzend glich er die Galoppbewegung des Tieres aus, währenddessen die Spitze seiner Lanze unbeirrt auf ihr nächstes Ziel gerichtet war. Nur leicht führte Robin die Zügel in der linken Hand. Das Pferd bestimmte Linie und Tempo selbst. Bork zog seine Bahn wie von einer unsichtbaren Schnur geleitet. Robin konzentrierte sich auf die Bewegungen der Helfer. Sein Bestreben war es, die für den Stoß bestmögliche Stellung eines jeden Ringes vorherzubestimmen. Und das klappte erstaunlich gut. Schon drei Trophäen hatte er auf seiner Lanze aufgereiht und der Jubel der Zuschauer wurde mit jeder weiteren lauter. Auch der vierte Ring war ein Treffer. Den fünften Ring verfehlte Robin, konzentrierte sich jedoch augenblicklich auf sein nächstes Ziel. Unter dem ohrenbetäubenden Jubel der Menge legte sich der letzte Ring um den Schaft seiner Lanze.

Robin galoppierte triumphierend ein weiteres Mal um den Platz und klopfte Bork den Hals. Ein Gefühl des Stolzes stieg in ihm auf, ohne dass er sich dagegen wehren wollte. Fünf Ringe! Das hatte seit Jahren niemand mehr geschafft. Und er war Boffo mittlerweile aufrichtig dankbar, ihm dies ermöglicht zu haben.

»Gut gemacht, Drachentöter«, witzelte der, als Robin zurück zum Sammelplatz kam. »Ich hoffe, du beteiligst mich an deiner Prämie.«

»Wenn es so weit kommen sollte, gerne. Aber ich fürchte, was auch immer es zu gewinnen gibt, es wird nicht Essbares sein, mein lieber Boffo.«

Der Wettstreit näherte sich seinem Höhepunkt, dem Schwertkampf. Die besten Acht des Ringstechens machten sich bereit, den Turniersieger zu ermitteln. Robin nahm seinen Helm und seine Turnierschwerter und betrat die Arena. Von den verbliebenen Teilnehmern waren ihm drei bekannt. Außer Lorin kannte Robin nur Roart Thorson näher. Gegen den hatte er allerdings noch nie gefochten. Jeder Durchgang ging auf zwei Treffer, bei

Gleichstand musste ein drittes Gefecht entscheiden.

Nachdem die Paarungen ausgelost waren, nahmen die acht Fechter in der Mitte des Platzes Aufstellung. Jedem Paar stand ein geübter Fechtmeister als Schiedsrichter zu Seite. Robin traf in der ersten Runde auf einen jungen Schwertläufer aus Dornburg mit dem er wenig Mühe hatte. Auch Lorin erreichte die Runde der letzten Vier und musste gegen Roart antreten. Robin traf hier auf Bred Giborn, einen Studenten aus Pern, den er einige Male im Fechtsaal der Hochschule gesehen hatte. Bred hatte eine unkonventionelle Art zu fechten und er war flink auf den Beinen. Doch Robins Geschicklichkeit und Erfahrung war er nicht gewachsen. Zwei zu Null lautete das Ergebnis und Robin stand im Finale.

Nach Meinung vieler Zuschauer war Roart einer der besten, wenn nicht sogar der beste Fechter des Teilnehmerfeldes. Lorin hatte sich nach Kräften gegen ihn zur Wehr gesetzt, war aber letztendlich an dessen Überlegenheit gescheitert. Als die Fanfaren ertönten und der Herold die letzte Fechterpaarung ankündigte, wurde Robin bewusst, wie nahe er jetzt vor einem Erfolg oder auch einer Niederlage stand. Er warf einen Blick zum Rand des Turnierplatzes, wo Boffo stand. Dabei bemerkte er, dass sich die Zuschauer auf der Tribüne von ihren Plätzen erhoben hatten. Im gesamten Rund herrschte gespannte Stille. Dann ertönte das Kommando zum Beginn des Zweikampfs.

Roart war ein wirklicher Könner. Und er war schnell. Er täuschte einen Hieb von der Seite an und ehe Robin sich versah, hatte er einen kräftigen Schlag von oben auf seinen Helm erhalten. Robin war etwas benommen. Er trat einige Schritte zurück und schaute hinüber zu Boffo, der ihm mit den Fingern eine Zwei signalisierte: die zweite Parade. Robin fehlte zwar einiges an Übung, seine Lektionen hatte er jedoch nicht vergessen. Er näherte sich Roart mit gesenktem Schwert. Genau wie er vermutete, wollte Roart mit der gleichen Finte wie zuvor punkten. Doch als er ausholte, war Robin schon in der Rückwärtsbewegung. Er parierte die von oben kommende Klinge, lenkte sie nach unten ab, machte eine viertel Körperdrehung und traf Roart in der Kniekehle. Damit war der Ausgang des Kampfes wieder völlig offen.

Mittlerweile hatten sich die beiden Kontrahenten aufeinander eingestellt. Mehrfach griffen sie wechselseitig an, doch konnte keiner den entscheidenden Vorteil erringen.

Robin überlegte kurz. Das ganze verkünstelte Getue verfing bei Roart nicht. Und er lief dabei Gefahr, selbst getroffen zu werden. Warum nicht die Finte, die er heute Vormittag in der Sattelkammer geübt hatte? Sie war einfach, aber wirkungsvoll. Und er hatte sie gegen diesen Gegner noch nicht angewandt. Unvermittelt machte er zwei schnelle Schritte nach vorne und führte einen Hieb gegen Roarts rechte Schulter. Aber kurz vor Erreichen ihres Ziels stoppte Robins Klinge. Ein Aufschrei ging durch die Zuschauermenge. Denn noch während Roarts Parade ins Leere ging, hatte Robin seine Klinge zurückgezogen und mit dem nachfolgenden Stoß die Brust seines Gegners getroffen.

Beifall brandete auf. Robin streifte seinen Helm ab. Im Überschwang der Freude und der Erleichterung warf er ihn hoch in die Luft und fing ihn wieder auf. Roart ließ den Kopf hängen. Lorin gratulierte auf seine Weise:

»Ich hätte es schon gestern wissen sollen. Deine Art zu untertreiben kennen wir ja mittlerweile. Dennoch – Herzlichen Glückwunsch. Ich hoffe, du weißt unsere Mühen zu würdigen.«

Robin hatte keine Zeit, über Lorins Worte nachzudenken. Die Fanfaren ertönten erneut und kündigten die Ehrung des Siegers an. Getragen vom Beifall der Zuschauer ging Robin wie auf Watte zur Tribüne. Dort angekommen traute er seinen Augen nicht. An der Brüstung der Ehrenloge stand Merien mit einem Tuch in der Hand und als der Herold den Namen des Siegers verkündete, band sie es Robin um den Hals. Dann drehte sie sich um, nahm aus Sigbert Klingsporns Händen den Siegerpreis und überreichte ihn. Es war Thorndil, das Meisterschwert. Robin war überwältigt. Er stammelte einige Worte des Dankes. Wie aus weiter Ferne nahm er die Gratulation seines stolzen Vaters und der anderen Ratsmitglieder entgegen. Und als wolle auch sie ihm ihre Hochachtung zollen, hatte sich die tief stehende Sonne Bahn durch die Wolken gebrochen und schmückte die Szene mit glitzernden Schneekristallen. Robin wandte sich um, winkte in die jubelnde Menge und machte sich auf den Rückweg zu seinem Platz an der Balustrade.

»Bis heute Abend!«, rief ihm Merien nach. Ihre Worte vermischten sich mit dem Lärm der Zuschauer. Doch sie erreichten Robin und er fing sie auf, als hätte sie ihm eine Blume zugeworfen.

Boffo stand neben Bork und hatte zwei winzige Becher in der Hand. »Du hast nichts verlernt«, sagte er mit unverhohlener Bewunderung. »Obwohl man dir bisweilen ein wenig auf die Sprünge helfen muss. Hier, nimm eine kleine Stärkung!« Er reichte Robin einen der Becher. »Es ist Inuil: Lebenswasser. Ich habe den Eindruck, du kannst es brauchen. Scheinst mir ein wenig schwach in den Knien.«

Sie stießen an und tranken. Robin, der selten hochprozentige Getränke zu sich nahm, musste husten.

»Lass das bloß nicht die anderen Jungs hören!« Boffo setzte eine erschrockene Miene auf. »Ein Turniersieger sollte aus härterem Holz geschnitzt sein.«

Robin achtete nicht Boffos Spott. Ihm gingen andere Gedanken durch den Kopf. War es gestern nur ein glimmendes Fünkchen Hoffnung gewesen, so brannte jetzt eine Flamme in ihm.

Die Sonne senkte sich bereits hinter die Höhen des Nargathgebirges und das Zuschauerrund leerte sich schnell. Die Leute wollten noch vor der Dunkelheit zuhause sein. Von den Mitstreitern war keiner mehr da und Boffo mahnte zur Eile. Robin begann seine Sachen zusammenzusuchen. Zuletzt nahm er Thorndil und nachdem er einen letzten bewundernden Blick darauf geworfen hatte befestigte er das Schwert an Borks Sattel.

Dann stieg er auf, zog Boffo hinter sich hoch und drückte ihm sein Bündel in die Arme.

Bork machte sich auf den Weg. Doch er kam nicht weit. An einem der runden Pavillons am Rande des Turnierplatzes war noch Betrieb. Dort standen Lorin, Bert und Roart. Auch Nils Einhorn und Knut Bäringer, mit denen Robin sein Schwertläuferjahr absolviert hatte. Bred Giborn mit einigen Wettstreitern aus Pern und Bero Bordin mit seinen Schwertläufereleven aus Dornburg waren ebenfalls mit von der Partie. Die jungen Männer hatten sich offensichtlich einige gute Schlucke des Biers genehmigt, das in der Mitte des Pavillons ausgeschenkt wurde. Ihre Stimmung war prächtig und dazu spielte eine dreiköpfige Kapelle mit Fidel, Laute und Flöte flotte Weisen. Nils Einhorn griff Bork ins Zaumzeug und nötigte seine Reiter mit sanfter Gewalt zum Absteigen. Robin ließ es sich nicht ungern gefallen.

»Trink nicht so viel!«, mahnte Boffo, als Robin ihm die Zügel in die Hand drückte. »Du hast nicht viel gegessen und der heutige Abend ist noch lang.«

»Keine Sorge«, erwiderte Robin. »Nur ein Höflichkeitsschluck, dann geht's gleich weiter.«

»So einfach kommst du uns nicht davon«, ließ sich Roart vernehmen. »Du willst doch deine Mitstreiter nicht auf dem Trocknen sitzen lassen. Als Sieger hat man auch seine Pflichten!«

»Ist ja gut«, winkte Robin ab. »Ihr werdet schon nicht zu kurz kommen.« Er bestellte eine Runde für die versammelte Mannschaft. Die Kapelle hatte wieder zu musizieren begonnen und man stimmte das Lied vom Betrunkenen Schmied an, welches für allgemeine Heiterkeit sorgte. Vor allem die auswärtigen Gäste waren es, die reihum jeweils eine Strophe zum Besten gaben und jeder Seitenhieb auf die Gilde der Schmiede wurde mit lautem Gelächter quittiert.

Lorin und Bert nahmen diese Anspielungen nicht übel. Und Robin schon gar nicht. Doch hielt er sich mit dem Singen zurück. Er war kein besonders guter Sänger. Bero Bordin, der neben ihm stand, ergriff die Gelegenheit zu einem Plausch. Bero war ein Jahr jünger, als Robin. Ein schlanker Bursche mit blonden Haaren und einem freundlichen Gesicht. Ein eher ruhiger Typ, doch ein guter Fechter und noch besserer Bogenschütze. Robin hatte ihn während seiner Zeit als Schwertläufer in Dornburg kennen gelernt. Im Turnier hatte er alle fünf Pfeile ins Schwarze gesetzt. Dass er im Ringstechen ausgeschieden war, schien ihn nicht sehr zu bedrücken. Schließlich hatten drei seiner Schützlinge das Finale erreicht. Denn Bero war in der Dornburger Schwertläuferschule, der *Siola*, als Ausbilder für den Nachwuchs tätig. Wenn er nicht gerade seiner Hauptbeschäftigung als Schreiber und Kontorist im Handelsunternehmen seines Vaters nachging.

»Schön, dich mal wieder zu treffen, Robin«, begann Bero. »Auch die besten Grüße von meinem Vater soll ich dir ausrichten. Noch bei meiner Abreise lag er mir in den Ohren: ›Vergiss bitte nicht, Herrn Robin Rob wegen der Angelegenheit zu fragen.‹«

»Welcher Angelegenheit?« Robin war an diesem Abend nicht wirklich in der Stimmung für geschäftliche Anliegen.

»Nichts Besonderes«, beschwichtigte ihn Bero. »›Falls du Herrn Robin treffen solltest‹, sagte er, ›sprich ihn bitte auf unsere Entdeckung an. Der hat doch recht gute Beziehungen nach Elmbruck. Du weißt schon: der kleine Herr, der ihn damals in der Siola besucht hat. Der soll besonders gut in elmischer Geschichte bewandert sein. Vielleicht kann der uns weiterhelfen.‹ Und weil ich deinen kleinen Freund gerade hier stehen sehe, ist mir die ganze Geschichte wieder eingefallen.«

»Der kleine Herr hier heißt übrigens Boffo. Mein Lehrmeister gewissermaßen«, stellte Robin den Elm vor.

Boffo, der nahe bei Robin stand und Bork am Zügel hielt, hatte aufmerksam zugehört. »Was denn für eine Entdeckung?«, mischte er sich in die Unterhaltung ein. »Und was soll die mit mir zu tun haben?«

»Nun ja«, fuhr Bero fort, diesmal an Boffo gerichtet. »Wie Ihr vielleicht wisst, ist mein Vater auch Verwalter der gleichnamigen

Burg unserer Stadt. Im dortigen Archiv steht seit ewigen Zeiten eine alte Statue. Ich glaube aus Ton oder dergleichen, mit einer ungewöhnlichen Bemalung. Man sagt, sie stamme aus den Ruinen von Bahor. Die ist im vergangenen Sommer bei Aufräumarbeiten kaputt gegangen. Dabei fand man in ihrem Innern eine ganze Reihe seltsamer Schriftrollen. Auch Zeichnungen und Karten waren dabei. Bisher ist allerdings noch niemand hinter deren Bedeutung gekommen. Ehrlich gesagt: ich glaube außer meinem Vater hat sich auch keiner für das Geschreibsel interessiert. Er hält es für alt-elmische Zeichen. Vielleicht kommt Ihr wieder mal in unsere Gegend. Wir würden uns jedenfalls über einen Besuch freuen. Und bei dieser Gelegenheit könntet Ihr einen Blick auf die Sachen werfen.«

Boffo neigte kaum merklich den Kopf. »Danke für die Einladung. Wir werden uns die Dinge bei Gelegenheit ansehen. Vielleicht im Frühjahr, wenn wir üblicherweise unsere Kunden in Dornburg besuchen.«

Mittlerweile war die Dämmerung hereingebrochen und das flackernde Licht zweier Pechfackeln erhellte den Ort des Geschehens. Robin warf einen Blick auf seine Taschenuhr, einem Erzeugnis aus Onkel Birkers Werkstatt. Deren Zeiger hatte bereits die Fünf überschritten und ihr Besitzer hatte es plötzlich eilig. Gegen Sieben sollte das Festmahl beginnen. Allerdings wollte er nicht unhöflich sein und suchte nach den passenden Worten, um sich von der fröhlichen Gesellschaft zu verabschieden.

»Lade sie doch einfach zum Fest ein«, schlug Boffo vor. »Sind ja lauter anständige Burschen. Die meisten kommen von außerhalb und wissen heute Abend sowieso nicht recht wohin. Außer zu ihren Schlafplätzen in der Herberge.«

»Gute Idee, Boffo«, erwiderte Robin. Die große Tafel würde zwar besetzt sein, aber es gab genügend Bänke, auf denen die Dienstboten saßen und auch unvorhergesehene Gäste einen Platz fanden. Essen und Trinken gab es zum Mithreilfest im

Überfluss. Das Dutzend Burschen würde man auch noch satt bekommen. Die jungen Leute standen sowieso viel lieber beieinander. Vor allem wenn zum Tanz aufgespielt wurde, blieb niemand gerne sitzen.

Robin unterbreitete der Runde Boffos Vorschlag und er wurde gerne angenommen. Bis auf Roart, der bei seiner eigenen Familie feierte. Und Lorin und Bert waren sowieso eingeladen.

Robin trank seinen Krug leer. »Also dann bis nachher, Hauptstraße 12!«, rief er in die Runde. Er schwang sich auf Bork, half Boffo nach oben und schnalzte mit der Zunge. Bork strebte willig heimwärts, in Erwartung des warmen Stalls und eines gefüllten Futtertrogs.

Der große Saal des Rob'schen Anwesens war den großen Familienfeiern und Festen wie dem heutigen vorbehalten. Er lag im ersten Stock und man erreichte ihn über eine doppelt geschwungene Treppe, die das Treppenhaus des Hauptgebäudes ausfüllte. Heute wurde der Raum durch von duftendem Olivenöl gespeiste Lampen und eine Vielzahl edler Bienenwachskerzen in warmes Licht getaucht.

Dem Eintretenden fielen zuerst die wuchtigen Balken ins Auge, welche die Decke des Saals ohne Mittelstützen trugen. Sie waren mit reichem Schnitzwerk geschmückt: Ornamenten in Form von Früchten, Laub- und Blattwerk aller Art. Dazwischen Figuren, Gesichter und Wappen, Vorfahren der Rob-Dynastie darstellend. Die Deckenfelder zwischen den Balken waren mit Gemälden verziert, die Begebenheiten und Landschaften aus der fornländischen Sagenwelt zeigten.

Die Stirnseite des Saals schmückte ein Kamin aus kunstvoll behauenen Steinen, der aufgrund seiner Größe und seines Gewichts auf die Fundamente des Erdgeschosses gegründet war. Darin brannte ein Feuer – gespeist von Holzscheiten, die durch ihren Duft und ihr Knistern die behagliche Stimmung des Raumes zusätzlich steigerten.

In einigem Abstand zum Kamin hatte man die Haupttafeln

gedeckt. Die beiden Längsseiten des Saals waren jeweils durch eine Säulenreihe vom Hauptraum abgetrennt. In diesen Außenbereichen standen einzelne Tische und Bänke. Den hinteren Bereich des Saals bildete eine Freifläche, auf der sich später die Tanzpaare vergnügen sollten. Dort war auch ein Podium für die Musikkapelle errichtet worden. Darauf hatten die Musikanten ihre Plätze eingenommen. Mit verschiedenen Saiteninstrumenten, Flöten und unterstützt vom Takt einer Trommel spielten sie ruhige Weisen, um die ankommenden Gäste auf den festlichen Abend einzustimmen.

Ein großer Teil der Geladenen gehörte zum Familien-, Verwandtschafts- und Freundeskreis der Robs. Eingeladen waren aber auch führende Familien Lindhags und der näheren Umgebung. Vorrangig jene, deren Familienoberhäupter auch Mitglieder des Fornlandrates waren: die Klingsporns, Einhorns, Bäringers, Birkenfelds, Singhammers, Harteisens, Hohlgräbers, Klinghammers und Eichingers. Und alle waren gekommen. Bis auf jene, die eigene Feiern zum Mithreilfest ausrichteten, wie die Thorsons. Dies war üblich und man war sich deswegen nicht böse. Die gastgebenden Familien wechselten regelmäßig und die Robs waren dann eben anderweitig zu Gast.

Doch war ein solches Fest keinesfalls nur der ›höheren Gesellschaft‹ vorbehalten. Auch Angestellte und deren Familien, vor allem, wenn sie eine nähere Bindung zu ihren Arbeitgebern hatten, waren anwesend. Einige, wie die Rotmors und in diesem Jahr auch die Arisels, nahmen an der Haupttafel Platz. Andere, wie die Bartsohns, Steinbeiss oder Knappstocks fühlten sich an den Tischen der Außenbereiche wohler, wo erfahrungsgemäß die Stimmungswogen im Laufe des Abends höher schlugen. Dort stand auch ein Tisch mit geringerer Höhe und kleineren Stühlen für die Elme. Außer Boffo saßen hier Tebor mit seiner Frau Teite, Laril mit seiner Frau Sirge und die Junggesellen Ello und Enko. Die meisten von ihnen waren in Lindhag wohnhaft und als Fachleute in der Metallverarbeitung oder der Heilkunde tätig. Bis auf die Brüder Belo und Melo, langjährige Geschäftspartner der Robs, die es sich nicht nehmen lassen hatten, aus dem verschneiten Elmbruck anzureisen. Boffo hätte es gerne gesehen, wenn auch Taril und Merit gekommen wären, doch hatten sich diese wegen der schwierigen Straßenverhältnisse entschuldigen lassen.

Näher zur Musikkapelle hin tummelten sich das jüngere Volk, die Bediensteten und alle diejenigen, denen es an den Tafeln zu förmlich zuging. Dort hatten sich auch etliche der jungen Männer aus Robins Turnierrunde eingefunden. Einige von ihnen knüpften bereits erste vorsichtige Kontakte zu möglichen Tanzpartnerinnen unter den Dienstmädchen, Mägden und Haustöchtern (man hatte in dieser Beziehung keine Berührungsängste). Andere unterhielten und amüsierten sich lieber an den Stehplätzen in der Nähe des Ausschanks, bis man sie zu Tisch bitten würde.

Dann kam aus der Küche die Nachricht, dass die Hauptgerichte nun bereit seien und man mit dem Servieren nicht mehr allzu lange warten wolle. Randolf Rob, der an der Stirnseite der großen Tafel saß, klopfte mit dem Messer an sein Glas. Erwartungsvolle Blicke richteten sich auf ihn.

»Liebe Familienmitglieder, Ratskollegen, Freunde des Hauses, liebe Mitarbeiter«, begann er, »meine lieben Gäste, die ihr heute zu uns gekommen seid. Ich heiße euch alle herzlich willkommen. Ich wünsche mir, dass wir den heutigen Abend in Eintracht, Wohlbefinden und Freude miteinander verbringen werden. Wieder ist ein Jahr vergangen, welches uns viel Gutes, manch Unerwartetes und bisweilen auch (doch dankenswerter Weise wenig) Unerfreuliches gebracht hat. Vor allem freue ich mich, dass alle, die mit uns schon im letzten Jahr feierten, auch heuer wieder bei guter Gesundheit anwesend sind. Und dies soll auch möglichst lange so bleiben. Ich erhebe deshalb mein Glas und trinke auf das Wohl der hier Anwesenden. Mögen die Geschicke Fornlands, seiner Einwohner, seiner Nachbarn und seiner Verbündeten auch im kommenden Jahr unter einem guten Stern stehen. Zum Wohle Aller!«

»Zum Wohle Aller!«, riefen die Gäste wie aus einem Munde, hoben ihre Gläser und Krüge und tranken. Dann wurde das Essen serviert. Es gab gebratenes Wild, Lamm, Fisch und Geflügel. Manches auf fornländische Art, deftig und mit kräftigen Saucen zubereitet, manches leichter, entsprechend der lusilischen Küche: mit in Öl eingelegten Tomaten, Oliven, Pilzen und Knoblauch garniert, gewürzt mit Rosmarin, Salbei, Thymian, Basilikum und schwarzem Pfeffer. Dazu Gemüse, welche im Winter zu bekommen waren: Kartoffeln in allen Variationen, Grün-, Weiß- und Rotkohl, Wirsing und Schwarzwurzeln.

Robins Mutter Miria hatte die Aufsicht über die Küche ihrer Schwiegermutter Elma übergeben. Zusammen mit dem eigenen und dem zusätzlich für dieses Fest angeheuerten Haus- und Küchenpersonal würde Elma auch die restlichen noch anstehenden Arbeiten gut über die Bühne bringen. In Begleitung von Tochter Frida war die Gastgeberin rechtzeitig und unter allgemeinem Beifall im Saal erschienen. Nun gaben sich die Festgäste unter den noch zurückhaltenden Klängen der Musik den Freuden der Tafel hin und pflegten das Gespräch mit ihren Tischnachbarn.

Thema Nummer Eins war selbstverständlich das Turnier von heute Nachmittag. Robin, der am oberen Ende der Tafel bei seiner Familie und den Klingsporns saß, wurde mit Fragen überhäuft. Soweit es das Essen zuließ, beantwortete er diese mit Freundlichkeit und Geduld, doch waren seine Gedanken und Blicke woanders.

Etwas weiter unten am Tisch saßen die Arisels und ihnen gegenüber die Rotmors. Robin hatte bemerkt, dass Siglund Rotmor und Merien Arisel eine angeregte Unterhaltung führten. Zumindest was Siglund, den Kontoristen der Robs anbetraf. Merien dagegen schien sich mehr in vornehmer Zurückhaltung zu üben. Bisweilen kam es Robin auch vor, als suche sie seinen Blick.

Doch war er sich nicht sicher und für eingehendere Beobachtungen auch zu sehr von Tante Ortelias Neugier in Anspruch genommen.

Schließlich servierte man den Nachtisch. Es gab eingemachte Früchte, Rote Grütze mit Schlagsahne, verschiedene Cremes und Halbgefrorenes aus Fruchtmark, Sirup und Schnee zubereitet. Außerdem süße Pasteten, Kaffee und Likör.

Lorin, der neben Robin saß, schienen dessen Blicke zum unteren Tischende nicht verborgen geblieben zu sein.

»Es scheint, dein gestriger Ausflug nach Blechhammer war recht erfolgreich«, bemerkte er beiläufig.

»Wie meinst du das?« Hatte Boffo etwa geplaudert? Robin schaute unwillkürlich zu dem Tisch hinüber, an dem die Elme saßen. Doch Boffo würdigte ihn keines Blickes. Er war in bester Unterhaltung begriffen und widmete sich ausgiebig seinem Teller voller Süßspeisen.

»Natürlich rein geschäftlich«, erwiderte Lorin. »Andererseits hatte man heute bei der Siegerehrung den Eindruck, der Preis wäre dir weniger wichtig als die Überbringerin desselben. Wie gefällt dir übrigens dein Gewinn?«

Robin war froh, dass diese Unterhaltung eine andere Richtung nahm. »Natürlich bin ich ... ich bin einfach überwältigt. Ich habe selten eine so schöne Waffe gesehen. Ehrlich gesagt, noch nie. Ihr beide müsst wochenlang an diesem Schwert gearbeitet haben.«

»Monatelang«, korrigierte ihn Lorin. »Wenn wir gerade nichts Wichtigeres zu tun hatten. Und wir sind froh, dass gerade du es gewonnen hast. Keinem anderen hätte ich es gegönnt, und jetzt hat es hoffentlich seinen Meister gefunden.«

»Wie ist es denn zu seinem Namen gekommen? Ich meine den, der mit elmischen Zeichen auf der Klinge eingraviert ist?«

»Thorndil ist der Name eines der berühmtesten Schmiede aus dem Geschlecht der Elme. Sein Schaffen liegt viele hundert Jahre zurück und um seine Erzeugnisse ranken sich Legenden. Doch hat sich keines seiner Werke bis in unsere heutigen Zeiten erhalten. Man sagt, er sei der erste gewesen, der die Geheimnisse der Veredlung von Stahl mit Hilfe von Fornerz ergründet habe. Von ihm sei dieses Geheimwissen auf die Elme und weiter – doch nicht in allen Einzelheiten – auf die Menschen gekommen. Ich denke aber, mit deinem neuen Schwert sind wir dem Original ziemlich nahe gekommen. Es würde dir, wenn es darauf ankäme, mehr als nur gute Dienste leisten. Ich hoffe aber, du wirst seine Fähigkeiten nur selten oder am besten überhaupt nicht in Anspruch nehmen müssen.«

»Das hoffe ich auch. Nicht in Fornland und auch nicht außerhalb unserer Grenzen. Seit Generationen haben wir keinen so lange andauernden Frieden erlebt. Manchmal frage ich mich, ob unsere Ausbildung als Schwertläufer nur noch der Pflege alter Traditionen dient. Zu wünschen wäre dies jedenfalls. Doch sollte man auch immer auf das Unvermutete vorbereitet sein.«

Inzwischen waren die Tafelnden auch mit dem Nachtisch fertig. Die Mitglieder der Kapelle (sie hatten eine längere Pause eingelegt, um selbst einen Imbiss einzunehmen) begannen, ihre Instrumente zu stimmen.

»Sieht so aus, als sollte gleich der gesellige Teil des Abends losgehen«, stellte Lorin fest. »Und wenn ich dir einen bescheidenen Rat geben darf: Siglund Rotmor ist kein besonders guter Tänzer.« Dabei zwinkerte er mit einem Auge. »Wenn du nicht zu lange überlegst, wirst du vielleicht den ersten Tanz erobern können.«

Robin hatte keine Zeit, auf Lorins Bemerkung einzugehen, denn gerade kündigte der Kapellmeister den Beginn des Tanzvergnügens an. Auch Lorins aufmunterndem Blick schenkte er keine Beachtung. Aber als die Kapelle das erste Tanzstück anstimmte, war er auch schon unterwegs – dorthin, wo Merien saß.

»Darf ich Euch um den ersten Tanz bitten, Fräulein Merien«, brachte er noch ein wenig atemlos seine Aufforderung vor. Sig Rotmor, der wohl eben die gleiche Idee hatte, schaute verdutzt.

Merien konnte die ihr angenehme Überraschung nicht verbergen. »Sehr gerne, Herr Robin«, erwiderte sie. Und an ihren bisherigen Tischpartner gewandt: »Ihr erlaubt doch, Herr Siglund, dass wir unsere Unterhaltung vielleicht zu einem späteren Zeitpunkt fortsetzen.«

Siglund erhob sich und verbeugte sich ein wenig unbeholfen. Fast wirkte er erleichtert, der anstrengenden Rolle des geistreichen Unterhalters entronnen zu sein. Und wie es schien, hatte er sich wohl auch keine allzu großen Hoffnungen gemacht, Meriens Gunst zu erwerben. Er grüßte in die Runde der an der Tafel verbliebenen Gäste und begab sich in Richtung des Ausschanks, vermutlich in der Hoffnung, dort weniger anstrengende Gesprächspartner zu finden.

Die Kapelle hatte mit einer getragenen Weise begonnen und die Paare übten sich darin, möglichst elegant über das Parkett zu schreiten. Robin war jetzt froh, dass er seinen Aufenthalt in Pern zum Besuch der Tanzschule genutzt und bei diesen Gelegenheiten die neuesten Gesellschaftstänze – zumindest in ihren Grundzügen – erlernt hatte.

»Ich sehe, Ihr macht nicht nur auf dem Turnierplatz eine gute Figur, Herr Robin. Sicher hattet Ihr während Eurer Studienzeit eine erfahrene Lehrmeisterin«, begann Merien eine ungezwungene Unterhaltung.

»In der Tat hatte ich eine recht passable Lehrmeisterin«, erwiderte Robin. »Und ich hätte mir gewünscht, wenn ich etwas mehr Zeit mit ihr hätte verbringen können.«

Merien warf Robin einen erschrockenen Blick zu. »Oh, ich wusste nicht, dass Ihr bereits ...«, sie hielt inne, » – bitte verzeiht mir mein vorlautes Gerede.«

»Aber nicht doch, Fräulein Merien. Diese Beziehung ist längst vorbei. Zudem war die Dame wirklich etwas zu alt für mich. Auch musste ich sie stets mit einigen meiner Studienkollegen teilen.«

Merien schaute ihn erstaunt an, doch dann lächelte sie. »Ihr lernt schnell. Diese Art von Schlagfertigkeit hatte ich bei Eurem Besuch in Blechhammer noch etwas vermisst.«

»Nun, um ehrlich zu sein, hat mir dort allein schon die unverhoffte Gunst Eurer Anwesenheit die Sprache verschlagen. Ich hatte wirklich nicht damit gerechnet, in dem rauchigen Eisenhammer meines Vaters eine solch strahlende Schönheit vorzufinden.«

Robin war über die Kühnheit seiner Worte selbst überrascht und gleichzeitig erschrocken. Hoffentlich würde Merien sein Verhalten nicht als ungebührlich, zu forsch oder sogar plump empfinden. Doch sie antwortete ihm nur mit einem hellen Lachen. Denn in diesem Moment hatte die Kapelle eine schnelle Weise angestimmt und Robin hatte die Gelegenheit genutzt, Merien während einer schwungvollen Drehung um die Hüfte zu fassen. Sie tanzten jetzt eine Art Springreigen und Robin spürte, wie Meriens Bewegungen die anfängliche Steifigkeit verloren und sie sich immer unbeschwerter den lebhaften Rhythmen der Musik hingab. Bisweilen kam er seiner Tanzpartnerin so nahe, dass er die Wärme ihres Körpers an seiner Brust und die ihres Atems auf seinem Gesicht spürte. Zeitweise hatte Robin das Gefühl, dies alles sei nur ein Traum, in dem sich die Ereignisse überschlugen. Seit seiner Ankunft in Lindhag waren gerade einmal zwei Tage vergangen, und schon hatten sich die erstaunlichsten Dinge ereignet. Nicht nur hatte er völlig unerwartet das Turnier gewonnen, er spürte auch das Gefühl einer großen Liebe in sich aufkeimen.

Nach dem dritten Tanz in Folge zog ihn Merien an den Rand der Tanzfläche. »Wir sollten eine Pause machen. Ich bin ein solch ausgelassenes Treiben nicht gewohnt. Mir ist warm geworden«, scherzte sie.

»Wie wär's mit einer kleinen Erfrischung?«, schlug Robin vor.

»Sehr gerne«, erwiderte Merien und ließ sich von ihm in Richtung des Ausschanks geleiten. Dort herrschte ein heiteres Durcheinander. Mädchen standen und saßen in einer Reihe, lachten und kicherten und warteten darauf, dass einer der jungen Männer sie zum Tanz aufforderte. Andere Paare hatten sich bereits gefunden und suchten die Gelegenheit, bei einem Gläschen ein paar persönliche Worte auszutauschen. An den Stehtischen sammelten sich Robins Freunde und Turniergefährten. Die Stimmung unter den jungen Leuten schlug hohe Wellen, so dass einige der an der Tafel sitzenden Eltern besorgte Blicke herüberwarfen.

Auf einem Tisch standen eine Schüssel mit Früchtebowle, verschiedene Limonaden und Karaffen mit Wein, Most und Wasser zum Verdünnen. Robin füllte zwei Gläser mit Bowle und gab eines davon Merien. Dann ergriff er behutsam ihren Arm und führte sie durch einen offenen Durchgang in den Wintergarten, eine Art Galerie, die sich über die gesamte Länge des Saales hinzog.

»Hier ist es ein wenig kühler, und man kann sich ungestörter unterhalten. Auf Euer Wohl, Fräulein Merien!« Sie nippten beide von der Bowle. »Ich fühle mich sehr geehrt, dass Ihr mir heute die Gunst Eurer Gesellschaft erweist.«

»Nur geehrt?«, fragte sie kokett zurück. »Das klingt fast, als unterhaltet Ihr Euch mit einem der Geschäftspartner Eures Vaters. Lernt man diese höfliche Zurückhaltung in der Stadt?«

Robin blickte ein wenig verlegen zu Boden. Gleichzeitig fühlte er sich durch die unbeschwerten Worte Meriens ermutigt. Zumindest verliehen sie ihm die Hoffnung, dass auch sie eine gewisse Zuneigung für ihn hegen könnte.

Er überlegte einen Augenblick. »In der Tat bedient man sich in der Stadt viel zu oft nur höflicher Floskeln. Doch ist nicht alles ehrlich gemeint. In meiner Familie pflegt man dagegen etwas direktere Umgangsformen.«

»Und was bevorzugt Ihr. Seid Ihr mehr für das Höfliche oder das Direkte?« Merien sah ihn mit einem fragenden Augenaufschlag an.

»Für Beides«, erwiderte Robin. »Es ist nur so, ... wir haben uns gerade erst kennen gelernt. Seit dem ersten Augenblick, als wir uns sahen, empfinde ich tiefe Zuneigung für Euch. Doch weiß ich nicht, ob es schicklich ist, Euch nach so kurzer Zeit schon meine Gefühle zu offenbaren. Ich meine ..., ich bin mir nicht sicher, welche Gefühle Ihr für mich hegt. Und ob überhaupt ...«

Sie waren stehen geblieben und blickten durch die Butzenscheiben der großen Fenster hinaus in eine klare, kalte Nacht. Der beinahe volle Mond tauchte den großen Hof und die umstehenden Bäume in fahlsilbernes Licht. Über den Kronen der alten Bäume konnte man vereinzelte Sterne blinken sehen.

Merien wandte Robin ihr hübsches Gesicht zu. Ihre Lippen waren leicht geöffnet und Robin konnte ihre weißen, ebenmäßigen Zähne sehen. Sie schien angenehm berührt von Robins unvermittelter Offenheit und der Wendung, welche die ursprünglich kokette Unterhaltung genommen hatte.

»Auch ich bin sehr glücklich, Euch begegnet zu sein«, sagte sie nach kurzem Zögern. »Dies sind die schönsten Momente, die ich seit langer Zeit erleben darf.«

»Und sie könnten noch schöner werden«, sagte Robin leise. »Denn wenn mich mein Gefühl nicht trügt, dann habe ich heute etwas überaus Kostbares gefunden. Doch ich weiß nicht, ob ich es behalten darf. Es sei denn, Ihr gebt mir die Erlaubnis dazu.«

»Die gebe ich Euch, wenn Ihr mir versprecht, gut darauf aufzupassen.« Merien stellte ihr Glas auf einen Beistelltisch, blickte in Robins Augen und ihr Kopf neigte sich dem seinen zu. Robin war fest entschlossen, die Gunst dieses schicksalhaften Moments zu nutzen. Als er mit seinen Lippen die ihren berührte, durchflutete ihn ein bisher nicht gekanntes Glücksgefühl. Auch wenn diese Berührung nur einen kurzen Augenblick währte, so kam es Robin wie eine halbe Ewigkeit vor. In diesen Sekunden hatte er den Eindruck, am Ziel seiner Wünsche zu sein. Zumindest vorerst. Alles was kommen würde, erschien ihm leicht und unbeschwert.

Dann war der Augenblick verstrichen und ihre Lippen trennten sich.

»Wir sollten nichts überstürzen, Robin«, flüsterte Merien atemlos. »Was eben passiert ist, war mehr, als sich nach so kurzer Bekanntschaft geziemt. Doch wenn Du möchtest, werden wir in nächster Zeit viele Gelegenheiten haben, uns näher kennen zu lernen.«

»Ich würde mir nichts sehnlicher wünschen«, erwiderte Robin. »Ich wollte, es kämen bald wärmere Tage. Dann könnten wir Spaziergänge im Sonnenschein, vielleicht auch gemeinsame Ausritte unternehmen. Natürlich nur, wenn es Deinem Vater recht ist. Du reitest doch gerne?«

»Natürlich reite ich gerne«, entgegnete Merien. »Und mein Vater wird es nicht ungern sehen, wenn er Dich öfters in Blechhammer begrüßen darf. Doch jetzt sollten wir wieder hineingehen. Meine Eltern machen sich gewiss schon Gedanken wegen unserer Abwesenheit.«

Robin war einverstanden. Für ihn war das ›Du‹, welches Merien ihm angeboten hatte mehr, als er zu hoffen gewagt hatte. Und obwohl das Wort ›Liebe‹ nicht gefallen war, war die Art und Weise, wie sie seinen Kuss erwidert hatte für ihn mehr Bestätigung ihrer Zuneigung als tausend Worte. Sie gingen zurück in den Festsaal und mischten sich wieder unter die Tanzenden. Niemand schien ihre Abwesenheit bemerkt zu haben.

Die Feier zog sich noch einige kurzweilige Stunden hin, bis sich gegen elf Uhr die ersten Anwesenden zu verabschieden begannen. Viele Familien hatten noch einen längeren Fußweg oder eine Fahrt mit dem Schlitten vor sich. Auch die Arisels machten sich zum Aufbruch fertig. Robin begleitete Merien zur Garderobe. Dort tauschte sie ihre Tanzschuhe gegen ein Paar pelzgefütterte Stiefel und Robin half ihr in den warmen Wintermantel. Auf der Eingangstreppe verabschiedeten sie sich. Förmlich, denn auch Robins Eltern waren mit nach unten gekommen. Thoril, der Vorarbeiter des Rob'schen Eisenhammers hatte bereits die Pferde eingespannt und den Schlitten vorgefahren. Eltern und Tochter kletterten hinein und zogen sich die dicke Felldecke über die Beine.

»Ich hoffe sehr, Ihr besucht uns bald wieder in Blechhammer, Herr Robin«, sagte Merien fröhlich, als sich der Schlitten in

Bewegung setzte. Das Licht seiner beiden Laternen brach sich kurz in den Kristallen der aufgetürmten Schneeberge des Innenhofs. Dann verschwand es in der Tordurchfahrt.

»So bald, wie nur möglich!«, rief Robin dem Gefährt nach.

Randolf und Miria Rob sahen sich erst erstaunt, dann vielsagend an. Dann wandten sie sich um und gingen wieder nach oben.

Robin gesellte sich zu seinen Freunden, die in bester Stimmung in der Nähe von Kapelle und Ausschank versammelt waren.

»Dass sich der Gastgeber auch mal wieder blicken lässt«, begrüßte ihn Lorin mit hintergründigem Grinsen. »Wir dachten, du wärst vielleicht schon zu Bett gegangen.«

»Zu Bett? Wieso das denn?«, fragte Robin mit gespielter Verwunderung. Denn natürlich war ihm die Zweideutigkeit der Bemerkung seines Freundes nicht entgangen.

»Oder es wäre dir gar unwohl geworden, von den vielen Leckereien des heutigen Abends«, ergänzte Bert. »Man soll eben nicht zu viel naschen, auch wenn die Verlockung noch so groß ist.«

Berts Bemerkung rief allgemeine Heiterkeit hervor und Robin stimmte in das Gelächter ein. Dabei beschlich ihn die sichere Erkenntnis, dass die Ereignisse des heutigen Abends den anderen nicht verborgen geblieben waren.

Während die jungen Leute sich um den Ausschank drängten und die Kapelle noch zu mancher Zugabe überredeten, hatten sich die Honoratioren in die Nähe des Kamins zurückgezogen. Helmbert legte noch einmal kräftig nach. Die großen Holzscheite knackten und knisterten. Von Zeit zu Zeit sprangen mit kleinen Explosionen Funken in den Raum und erloschen auf dem mit Steinplatten belegten Vorpodest des Kamins.

Randolf Rob und Sigbert Klingsporn hatten in bequemen Sesseln Platz genommen. Auch Großvater Gerolf hatte sich ihnen angeschlossen und genoss die Wärme des offenen Feuers. Zu einem letzten Gläschen Inuil hatten sie sich ihre Pfeifen angezündet. Bald nahm das eingangs oberflächliche Gespräch eine ernstere Wendung. Zu besorgniserregend waren die kleinen und großen Neuigkeiten der letzten Wochen gewesen, um sie einfach zu übergehen.

»Es sind nun schon beinahe sechs Wochen, dass der Tivuilpass unpassierbar ist«, bemerkte Randolf und zog die Stirn in Falten. »Nicht, dass diese Tatsache uns bisher große Unannehmlichkeiten bereitet hätte. Aber dass der Postverkehr über das Halvortgebirge vollkommen zum Erliegen gekommen ist, ist bedenklich. Jedenfalls kann ich mich nicht an eine ähnliche Situation erinnern. Ich hatte dringend auf Nachrichten aus Barnheim gehofft. Wegen des geplanten Pferdeeinkaufs. Irgendwie müssen diese Geschäfte ja geregelt werden.«

»Vor allem die schon seit Herbst versprochene Waffenlieferung nach Erinburg«, ergänzte Sigbert. »Die Ware ist zwar fertig und steht bereit, doch gibt es bislang keinen Anhaltspunkt für einen möglichen Liefertermin. Ich fürchte, unsere Kunden werden langsam ungeduldig. Wenn es so weiter geht mit diesem Winter, werden sie selbst auf eine Nachricht von uns noch bis zum Frühjahr warten müssen.«

»Zumindest aus dem Westen gibt es Nachrichten«, fuhr Randolf fort. »Wenn auch keine guten. Der alte Lug Borgmann, der die Quellsteigklause oben im Nargathgebirge bewirtschaftet, hat mir in der letzten Woche geschrieben. Er hält sich dort oben einige Brieftauben, die er in besonders dringenden Fällen nach Westfurt entlassen kann. Normalerweise kommt er mit seinen Vorräten über den Winter, aber jetzt sind auch die Zuläufe des Quellbachs eingefroren, so dass er sich mit dem Schmelzen von Schnee behelfen muss. Dennoch hat er vor kurzem einen seiner Kontrollgänge zum Tirionpass unternommen. Und was er dort gesehen hat, gibt Anlass zu Besorgnis. Es heißt, der Tarantuil wäre in letzter Zeit ziemlich unruhig geworden. Er würde jetzt viel mehr Asche ausspucken als sonst und seine Aktivitäten nähmen beständig zu. An den Westflanken des Nargathgebirges wäre der Schnee schon mit einem grauen Schleier bedeckt.«

»Weiß der Himmel, was mit dem Tarantuil vor sich geht«, sagte Großvater Gerolf. »Dieser Berg steckt voller Rätsel.«

»Welche sich mit den uns gegebenen Möglichkeiten wohl nicht werden lösen lassen«, ergänzte Randolf. »Ich wünschte, wir wüssten mehr über ihn.«

»Können uns denn die Elme mit ihrem Wissen nicht weiterhelfen?« Gerolf blickte fragend in die Runde. »Schließlich waren sie es doch, die lange vor unserer Zeit in der Gegend dieses Berges ansässig waren.«

»Ich habe Boffo darauf angesprochen. Doch konnte er mir wenig über diese Zusammenhänge mitteilen«, antwortete Randolf. »Aber warum fragt ihr ihn nicht selbst? Die Gelegenheit ist günstig.«

Er winkte dem Elm, der immer noch am Tisch seiner Verwandtschaft saß. Boffo kam herüber und setzte sich auf den Absatz des Kamins. »Was gibt's, Herr Randolf?«, fragte er gut gelaunt.

Randolf hatte nicht vor, die gute Stimmung des Elms zu dämpfen. Er gab dem Gespräch deshalb eine launigere Wendung. »Wir hatten uns gerade gefragt, wie viel die Elme wohl über ihre eigene Geschichte wissen, Boffo. Gewiss habt ihr in Elmbruck einige dicke Folianten, mit deren Hilfe man mehr über eure Geschichte und damit auch über die Geschichte unserer Gegend erfahren kann.«

»Die haben wir in der Tat, Herr Randolf«, antwortete Boffo. »Doch beschäftigen sich unsere Bücher mehr mit nützlichem Wissen des täglichen Lebens. Wie beispielsweise mit den Geheimnissen der Pflanzenkunde und der Medizin, mit dem Bergbau, der Kunde der Erze und Metalle und ihrer Verarbeitung. Ich weiß wohl, auf welche Frage Ihr hinauswollt. Doch ist die Überlieferung geschichtlichen Wissens in unseren Aufzeichnungen sehr gering. Man sagt, einen Teil dieser Unterlagen hätte unser Fürst Tantriloz vor langer Zeit mit nach Arangion genommen. Ein Teil unserer Archive wurde auch in die Festung Bahor nördlich des Hochlands von Egulin verbracht und der Obhut des Elmenfürsten Nehor des Zweiten übergeben. Mit dem Niedergang von Bahor sind wohl auch diese Hinterlassenschaften zugrunde gegangen. Doch weil Ihr nach elmischer Geschichte fragt ... zufällig habe ich gerade heute diesbezüglich einige interessante Neuigkeiten erfahren.«

Boffo berichtete den erstaunten Herren über das Gespräch mit Bero Bordin, dem Sohn des stellvertretenden Bürgermeisters und Burgverwalters von Dornburg. »Ich denke, wenn man die Gelegenheit hat, einen Blick auf alt-elmische Überlieferungen zu werfen, was selten genug vorkommt, dann sollte man diese nutzen«, schloss Boffo seinen Bericht. »Zumal angeblich auch Zeichnungen und Karten darunter wären. Es ist zu vermuten, dass die Statue, in der man diese Dokumente fand, ihren Ursprung in den Ruinen von Bahor hat.«

»Sehr interessant«, bemerkte Randolf. Gerolf und Sigbert nickten zustimmend. »Ich werde mit Robin über diese Angelegenheit sprechen. Und es wäre sicher kein Fehler, wenn ihr beide euch bei passender Gelegenheit nach Dornburg begebt und einen Blick auf die Sache werft. Allerdings wollen wir das Ganze vorerst nicht an die große Glocke hängen, weshalb ich dich bitte, dieses Gespräch erst einmal für dich zu behalten.«

Boffo wurde wieder zu den Seinen entlassen und die drei Herren wandten sich alltäglicheren Themen zu. Die noch anwesenden Gäste ließen den Abend in geselliger Runde ausklingen. Auch wenn einige Hartgesottene einfach nicht nach Hause wollten und noch zusammen saßen, als Hausherren und Bedienstete längst zu Bett gegangen waren. Am folgenden Tag jedenfalls waren sich alle Gäste einig – einschließlich derer, die einen schweren Kopf hatten – dass dieses eines der schönsten, wenn nicht sogar das schönste Mithreilfest der letzten Jahre gewesen sei.

Drittes Kapitel

Die Tiriphe

Den Sonntag nach dem Mithreilfest nutzten die Lindhager, wie die meisten Bewohner Fornlands, um sich auszuruhen. Wer es nötig hatte (und es sich auch leisten konnte) schlief sich aus. Für den Rest des Tages gingen die Leute ihren Lieblingsbeschäftigungen nach oder machten Nachbarschafts- und Verwandtschaftsbesuche. Allenthalben war zu hören, das Festessen bei den Robs wäre ganz sicher nicht eines der schlechtesten gewesen. Wobei man wissen sollte, dass diese Formulierung unter den Fornländern große Hochachtung ausdrückte.

Mit Beginn der neuen Woche kehrte wieder normaler Alltag ein. Am folgenden Mittwoch wartete Robin noch immer auf sein Gepäck und einige kleinere Möbelstücke aus Pern. Mit deren Transport hatte er ein Fuhrunternehmen beauftragt, welches regelmäßig zwischen Pern, Walddorf und Lindhag verkehrte und auch Lieferungen für das Rob'sche Handelshaus besorgte. Doch ging wegen der winterlichen Straßenverhältnisse im Moment alles langsamer als gewöhnlich. Robin nutzte die Zeit auf seine Weise.

Zuerst brachte er mit Hilfe von Helmbert und Bertold sein altes Jugendzimmer auf Vordermann. Manches war hier zu klein geworden oder für einen jungen Mann seines Alters nicht mehr zeitgemäß. Außerdem war Robin der festen Überzeugung, jetzt und in Zukunft mehr Platz zu benötigen. Da traf es sich gut, dass sich an Robins Zimmer ein großer, beheizbarer Raum und ein Wintergarten mit Balkon anschlossen. Diese Räumlichkeiten hatte seine vor etlichen Jahren verstorbene Großtante bewohnt und seit ihrem Tod hatten sich hier allerlei unnütze und ausgemusterte Dinge angesammelt. Seit langem schon hatte Robin dieses Vorhaben vor sich her geschoben. Jetzt flog das ganze Gerümpel raus. Und nun, da ein Anfang gemacht war, war Robin nicht mehr zu bremsen. Auf den Haustischler der Robs wartete Arbeit. Bereits vor einigen Wochen hatte Vater Randolf dort einige neue Möbel in Auftrag gegeben. Die wurden jetzt geliefert und eingebaut. Andere schöne und wertvolle Einrichtungsstücke fanden sich in den wenig genutzten Zimmern des weitläufigen Hauses. Und die Leitung aus Kupfer, die Robins Bad zukünftig mit warmem Wasser versorgen sollte, wurde auch in diesen Tagen fertig. Als dann schließlich Robins Sachen aus Pern eintrafen, wurde es in seiner neuen Heimstatt richtig gemütlich.

Das Neujahrsfest hatte in Fornland beileibe nicht den Stellenwert, den das Fest der Wintersonnenwende hatte. Im Allgemeinen begnügte man sich damit, in der Nacht zuvor ein Gläschen im Familienkreise zu trinken und sich gegenseitig Glück für das neue Jahr zu wünschen.

Robin entschloss sich an diesem freien Tag zu einem Kurzbesuch in Blechhammer. Bork ging gemächlich im Schritt und suchte sich eigenständig den gangbarsten Weg durch den immer noch tiefen Schnee. Robin war in Gedanken versunken. Und je näher die Gebäude des Rob'schen Eisenhammers rückten, umso gemischter wurden seine Gefühle. In die Vorfreude auf ein Wiedersehen mit Merien mischte sich der Anflug eines schlechten Gewissens. Schließlich hatte er über eine Woche lang nichts von sich hören lassen.

Natürlich hatte er täglich an Merien gedacht. Doch wollte er nichts überstürzen. Vor allem auch seiner Eltern wegen. In Fornland wurden Liebesdinge noch auf altmodische Art und Weise gehandhabt. Wie überall gab es selbstverständlich Freundschaften und Liebschaften unter den jungen Leuten. Auch Robin hatte während seiner Studienzeit in Pern das eine oder andere Techtelmechtel mit mehr oder weniger großem Tiefgang erlebt. Eine wirkliche Bindung war jedoch eine besondere Angelegenheit, gerade unter den höhergestellten Familien. Und seine Gefühle für Merien waren alles andere als oberflächlich. Robin war bis über beide Ohren verliebt.

Als er durch die Hofeinfahrt des Eisenhammers ritt, kam ihm Werkmeister Baldur zur Begrüßung entgegen. Sicher hatte er Borks Hufschlag gehört, denn im Hammer wurde heute nur das nötigste gearbeitet. Man achtete darauf, dass die Schmiedeessen und Löschfeuer nicht zu stark abkühlten und nutzte die Gelegenheit des Stillstands für Ausbesserungsarbeiten und kleinere Reparaturen.

Baldur führte Robin in das Geschäftszimmer. Es war weniger vornehm möbliert als die gute Stube der Arisels und dennoch wohnlicher als ein herkömmliches Kontor. Ein gusseiserner Ofen erwärmte den Raum, dessen größter Einrichtungsgegenstand ein mit Schnitzwerk verzierter Schreibtisch war. Daneben standen einige komfortable Sessel und ein lederbezogenes Kanapee in gleicher Machart mit einem niedrigen Beistelltisch. Den größten Teil der den Fenstern gegenüberliegenden Längswand nahm ein Bücherregal ein. Es enthielt die handschriftlich geführten und in Leder gebundenen Geschäftsbücher und eine Anzahl Fachbücher über das Bergbau- und Hüttenwesen.

Die beiden Männer tauschten gute Wünsche zum neuen Jahr aus. Dann setzten sie sich.

»Wie ich hörte, konntet Ihr die notwendigen Reparaturen seit unserem letzten Besuch gut bewerkstelligen, Baldur«, begann Robin. Irgendwie kam er sich komisch vor. So als stünde es auf seiner Stirn geschrieben, was der eigentliche Grund seines Besuchs war. Und Baldur schien das Spiel mitzuspielen. Oder wollte er wirklich eine geschäftliche Unterhaltung pflegen? Robin wusste es nicht. Und der freundliche Herr ließ sich nicht das Geringste anmerken.

»Ja, alles ist wieder im guten Stand, Herr Robin«, entgegnete er. »Auch wenn sich unsere Wasserräder heute nur im Leerlauf drehen. Das ist notwendig, um einer weiteren Vereisung vorzubeugen. Nur in Ausnahmefällen fahren wir derzeit unter Volllast. Und das auch nur mit einem oder zwei Rädern. Zu mehr fehlt uns die nötige Wassermenge. Das wird sich, so fürchte ich, auch in der nächsten Zeit nicht grundlegend ändern. Dennoch sind wir mit unserer Arbeit recht gut vorangekommen. Ihr könnt Eurem Herrn Vater ausrichten, dass er bereits in der nächsten Woche mit einer Lieferung Stabeisen nach Steinwasser rechnen kann – sofern sich die Straßenverhältnisse nicht wieder verschlechtern.«

»Vater ist sehr zufrieden mit Eurer Arbeit«, entgegnete Robin. »Dies kann ich immer wieder seinen Äußerungen entnehmen. Auch wenn er es nicht immer direkt ausspricht – obwohl er auch dies häufig tut. Und ich selbst bin froh, dass wir in Euch einen so erfahrenen Meister haben. Ich werde von Euch noch viel lernen können und freue mich auf eine gute Zusammenarbeit. Wenngleich ich weiß, dass Ihr auch ohne mich sehr gut zurechtkommt – so wie das seit jeher der Fall ist.«

»Nicht doch, Herr Robin!« Baldur lächelte nachsichtig. »So etwas dürft Ihr nun wirklich nicht sagen. Schließlich seid Ihr der Nachfolger Eures Vaters und über kurz oder lang werdet Ihr hier die Entscheidungen treffen. Deshalb gestattet mir ein offenes Wort. Mit Euch als meinem zukünftigen Vorgesetzten hat nicht nur Euer Vater sondern habe auch ich ein glückliches Los getroffen.«

»Zu viel der Ehre! Ihr bringt mich in Verlegenheit, Meister Baldur.«

»Keinesfalls! Diese Dinge sind ganz und gar nicht selbstverständlich. Auch ich kenne Beispiele von Söhnen reicher Werksbesitzer, die ohne solide Ausbildung überall mitbestimmen und dabei alles besser wissen wollen. Doch von Euch werde ich gerne Rat und Weisung annehmen. Nicht nur wegen Eurer guten Ausbildung. Auch das Herz habt Ihr am rechten Fleck, wie man so schön sagt. Weiß ich doch dass Ihr, wenn dieser Zeitpunkt einmal gekommen ist, nicht nur alles zum Wohl des elterliches Besitzes, sondern auch der Menschen, die dafür arbeiten, tun werdet.

Aber jetzt genug der Lobesreden. Denn gerade fällt mir ein ...«
Er griff in eine seiner Taschen, suchte leise vor sich hin pfeifend
darin herum und holte schließlich einen Gegenstand heraus. Den
überreichte er Robin. »Hier habe ich habe hier etwas für Euch,
was Euch vielleicht interessieren könnte.«

Robin warf einen neugierigen Blick darauf. Es war eine kleine
Figur, dem Anschein nach weiblichen Geschlechts und nicht
größer als einen Daumen lang. Vor sich in den Händen hielt sie
einen Wappenstein mit einem seltsamen Symbol. Es ähnelte zwei
sich in Form eines Kreises windenden Schlangen. In der Mitte
dieses Motivs erkannte Robin ein Dreieck und darin ein stilisiertes Auge. Er wog die Figur in der Hand. Sie war leicht und bestand aus Metall. Vielleicht aus gediegenem Forn – doch rötlich
schimmernd. An ihrem Sockel konnte er eine Inschrift erkennen,
deren Buchstaben Ähnlichkeit mit elmischen Zeichen hatten.

»Sie wurde in einer Lieferung Fornerz gefunden. Möglicherweise kam sie von den Fornstollen der Elme hierher zu uns«,
erklärte Baldur. »Ich habe dem Finder eine kleine Entschädigung
dafür gegeben, womit er mehr als zufrieden war. Ihr, oder auch
Herr Boffo könntet bei Gelegenheit in Elmbruck nachfragen.
Vielleicht findet sich ja ein Besitzer. Ansonsten schenke ich Euch
das Figürchen, Herr Robin. Zumal ich weiß, dass Ihr Euch für
Altertümer interessiert.«

Robin bedankte sich und versprach, sich um die Angelegenheit zu kümmern. Gerade überlegte er, wie er die Unterhaltung
fortführen sollte, als Merien das Zimmer betrat. Sie trug ein
Tablett. Darauf Geschirr, eine volle Kanne und ein Teller mit
frisch gebackenem Kuchen.

Robin steckte die kleine Statue in seine Rocktasche und erhob
sich. Sollte er Merien höflich begrüßen, wie es sich für eine Dame
des Hauses gehörte, oder sie einfach umarmen? Die Abwesenheit Baldurs hätte jetzt vieles einfacher gemacht.

»Guten Tag Merien«, sagte er dann, neigte den Kopf und verbeugte sich höflich. »Alles Gute zum neuen Jahr!« Und so, als

sollte Baldur es nicht unbedingt hören, fügte er hinzu: »Schön, dich wieder zu sehen.«

»Guten Tag Robin«, erwiderte Merien. »Du bist lange ausgeblieben. Wir hatten uns schon Sorgen gemacht. Du hast doch das Mithreilfest gut überstanden?« Dabei lächelte sie schelmisch.

Baldur räusperte sich, sah auf die Wanduhr und bemerkte beiläufig: »Ich muss noch etwas mit Thoril in der Schmiede besprechen. Ich hoffe, ihr lasst mir ein Stück Kuchen übrig. Ihr entschuldigt mich, Herr Robin.« Damit verließ er das Zimmer.

Merien stellte das Tablett ab und die beiden nahmen auf dem Kanapee Platz. Sie teilte das Geschirr aus, goss Kaffee ein und servierte Robin ein großes Stück Apfelkuchen. Sie selbst wählte ein kleineres. Robins Herz klopfte bis hinauf zum Hals. Der Kuchen war ihm völlig egal. Anstandshalber probierte er einen Bissen.

»Wirklich vorzüglich«, beeilte er sich zu loben. »Hast du ihn selbst gebacken?«

»Selbstverständlich! Was dachtest du denn?« Merien tat, als wäre sie gekränkt. »Nein, im Ernst: bei den Arisels gibt's an allen Sonn- und Feiertagen Kuchen. Und oft auch während der Woche. Für eine kleine Kaffeepause sollte immer Zeit sein. Das ist gut fürs Gemüt. Gerade dann, wenn viel Arbeit ansteht. Meist backt ihn Fina, unsere Haushälterin. Aber diesen habe ich wirklich selbst gebacken. Obwohl ich, als uns dein Besuch angekündigt wurde, überlegen musste ob du ihn dir auch verdient hast.«

»Tut mir leid, dass ich mich nicht eher gemeldet habe.« Robin gab den reuigen Sünder. Aber er spürte, dass Merien ihm nicht wirklich böse war. »Ich wollte eben einen förmlichen Anlass abwarten. Wissen übrigens deine Eltern etwas von unserer Beziehung?«

»Natürlich, du Dummerchen.« Merien rückte etwas näher und legte ihre Hände auf die Robins. Er konnte jetzt die Wärme spüren, die von ihr ausging.

»Wegen meiner Eltern brauchst du dir keine Sorgen zu machen. Schließlich bin ich kein Kind mehr, sondern volljährig.

Wenn es dir nur darum geht, nicht gleich mit der Tür ins Haus fallen zu wollen, hast du alles richtig gemacht. Aber vielleicht bist du dir auch noch nicht sicher, ob *ich* die Richtige für dich bin.«

»Wenn ich etwas ganz sicher weiß, dann dieses«, erwiderte Robin. »Doch mit der Tür ins Haus fallen, wie du es nennst, werde ich ganz bestimmt nicht. Schließlich bin ich noch immer Gast unter dem Dach deiner Eltern. Wenn aber erst der Frühling kommt ...«

»Was ist denn dann?« Merien lächelte und blickte Robin erwartungsvoll an.

»Nun, dann werden wir mehr Zeit für uns haben. Ich meine für uns ganz allein. Ohne, dass uns jemand beaufsichtigt.«

»Du machst mich sehr neugierig, Liebster.« Merien beugte sich noch näher zu ihm hin. Er konnte ihren warmen, reinen Atem spüren und ihre perlweißen Zähne waren seinem Mund nahe. »Was würdest du denn tun, wenn wir ungestört wären?«

Robin war eben ich Begriff, sie ganz zu sich zu ziehen, als es leise an die Tür klopfte. Und als einen Wimpernschlag später Meriens Eltern den Raum betraten, saßen beide wieder sittsam nebeneinander. Sefina, kurz Fina genannt, folgte nach und brachte weiteren Kaffee. Robin erhob sich und begrüßte Meriens Mutter.

Nachdem Emilia und Baldur Arisel Platz genommen hatten warf Robin Merien einen vielsagenden Blick zu, so als wolle er sagen: »Puh, das war haarknapp.« Doch Merien zeigte nicht das geringste Anzeichen von Verlegenheit. Während man sich über belanglose Dinge unterhielt, warf sie Robin verliebte Blicke zu. Der musste sich höllisch konzentrieren, um höflich auf Frau Arisels Fragen zu antworten. Und Frau Emilia hatte eine Menge Fragen. Robin kam es vor, als drängen sie aus großer Entfernung an sein Ohr, wie das Geräusch gleichmäßig wiederkehrender Brandungswellen. Während er irgendetwas antwortete, hatte er nur Augen für Merien und seine Gedanken schweiften fort in eine strahlende Zukunft. Er stellte sich vor, wie sie an einem milden Frühlingstag in einem hellen Kleid, umweht von weißen Kirschblütenblättern, an seiner Seite wandelte.

»Ich glaube, Ihr seid heute ein wenig zerstreut, mein lieber Herr Robin«, bemerkte Frau Emilia Arisel schließlich leicht befremdet. »Wahrscheinlich hat Euch mein Mann wieder zu sehr mit geschäftlichen Dingen zugesetzt. Wie oft habe ich ihm schon gesagt: ›Baldur, du musst dem jungen Mann ein wenig Zeit geben, sich einzugewöhnen. Sonst verliert er bald die Lust. Kein Wunder, wenn ständig so viele neue Dinge auf ihn einregnen.‹ Nicht wahr, Baldur, du hast es mir versprochen!«

»Das habe ich, meine Liebe«, erwiderte Baldur. »Aber ich glaube, du unterschätzt unseren jungen Herrn. Er hat einiges von seinem Vater. Und er würde mir schon sagen, wenn ihm etwas nicht passt. Habe ich recht, Herr Robin?«

»Natürlich, aber zur Unzufriedenheit besteht nicht der geringste Anlass. Ich fühle mich hier wirklich rundum wohl.«

Er schaute Merien an und sie ihn. Ganz sicher würden diese Blicke ihren Eltern nicht verborgen bleiben. Doch das war Robin jetzt gleichgültig.

»Ich glaube, Robin ist schon ganz unruhig, weil er langsam an den Heimweg denken muss«, sagte Merien schließlich an ihre Eltern gewandt. »Ihr solltet ihn jetzt verabschieden, damit er nicht in die Dunkelheit kommt.«

Tatsächlich kam es Robin vor, als wäre der Nachmittag im Flug vergangen. Und nach Hause zog es ihn noch nicht. Aber natürlich hoffte er auf einige Augenblicke allein mit Merien. Deshalb erhob er sich und verabschiedete sich höflich von den Arisels. Von draußen erklang gedämpfter Hufschlag. Auch Thoril wusste, dass die Dunkelheit nicht mehr lange auf sich warten lassen würde. Er hatte Bork bereits gesattelt und in den Hof geführt. Merien zog sich ihre Stiefel an und warf ihren Mantel über.

»Ich werde Robin noch ein kurzes Stück begleiten!«, rief sie ihren Eltern zu, die noch immer an der Kaffeetafel saßen. Dann ging sie mit Robin nach draußen. Robin führte Bork am Zügel und sie gingen Seite an Seite die Straße in Richtung Steinwasser hinunter. Das Licht der untergehenden Sonne spiegelte sich im Raureif der Bäume und an den Büschen am Ufer des nahen Springbachs glitzerten Eiskristalle in unzähligen Facetten. Es war das erste Mal seit dem Lindhager Turnier, dass sie hinter den Wolken am westlichen Horizont des Nargathgebirges hervorblinzelte.

»Ich glaube, das ist ein gutes Zeichen«, sagte Robin. Sie waren an der ersten Biegung der Straße stehen geblieben. Er nahm Merien in die Arme. Auf diesen Augenblick hatte er den ganzen Nachmittag gewartete. Beide sahen sich in die Augen und schwiegen. Dann küssten sie sich lange und oft. Bis Bork ungeduldig schnaubte und mit dem Vorderhuf im Schnee scharrte.

»Ist ja gut, mein Alter«, sagte Robin und legte ihm beruhigend die Hand auf die Nase. »Aber du hast recht. Wir werden sonst noch hier festfrieren. Und meine Liebste wird sich einen Schnupfen holen.« Er strich Merien mit dem Zeigefinger zärtlich über die von Kälte und Erregung roten Wangen.

»Du bleibst doch nicht wieder so lange weg?« Sie sah ihn fragend und beinahe bittend an.

»Ich kann es kaum erwarten, wiederzukommen«.

Ein letztes Mal küssten sie sich an diesem Tag. Dann schwang er sich in den Sattel und ritt in schnellem Trab die Straße hinunter. Merien schaute ihm nach, bis er hinter der nächsten Straßenbiegung verschwunden war. Dann wandte sie sich um und ging nach Hause.

Einige Wochen des neuen Jahres waren ins Land gegangen. Es war jetzt Mitte Februar und der Winter machte keinerlei Anstalten zurückzuweichen. Robin war der vielen Freizeit bald überdrüssig geworden und hatte Aufgaben im elterlichen Unternehmen übernommen. Wann immer sich ihm die Möglichkeit bot, nutzte er sie für einen Besuch in Blechhammer. In erster Linie um sich mit Merien zu treffen, doch machte ihm auch seine

Rolle als Vermittler der Aufträge seines Vaters zunehmend Spaß. Gerne hätte er sich auch mehr um die Angelegenheiten in der Rotfelsmine gekümmert. Doch dort ruhte während der kalten Jahreszeit die Arbeit weitgehend. Das gewonnene Erz konnte bei diesen Wetterbedingungen nicht transportiert werden. Einige der Bergleute waren allerdings mit der Errichtung hölzerner Verbauungen und mit Sicherungsmaßnahmen in den Stollen und Förderschächten beschäftigt. Auch hierbei machte sich Robin nützlich. Doch hier wie dort: allenthalben wurde ihm deutlich, dass er noch immer ein Lernender war. Allerdings lernte er schnell und sein während des Studiums erworbenes Wissen verschmolz mit der täglichen Erfahrung zu einem soliden Fundament seines Könnens.

Eines Montagnachmittags saß er mit seinem Vater im Bibliothekszimmer. In gelöster Atmosphäre bei einer Tasse Tee hatte Randolf mit Robin über dessen derzeitige Tätigkeiten und die anstehenden Aufgaben der kommenden Woche gesprochen. Robin wollte gerade gehen.

»Da fällt mir noch etwas ein.« Mit diesen Worten hielt Randolf ihn zurück. »Du erinnerst dich doch noch an dein Gespräch mit Bero Bordin – wegen dieser Statue auf der Dornburg.«

»Natürlich erinnere ich mich. Woher weißt du denn darüber?« Abgelenkt durch die Ereignisse der vergangenen Wochen hatte Robin die Angelegenheit schon fast wieder vergessen.

»Boffo hat mir davon erzählt«, erwiderte Randolf. »Schon vor einiger Zeit. Genau gesagt in der Nacht des Mithreilfestes, als ich mit Sigbert Klingsporn und Großvater Gerolf noch ein wenig vor dem Kamin zusammen saß.«

»Eigentlich wollte ich mit dir bei Gelegenheit selbst über diese Sache sprechen.« Robin wusste nicht recht, ob er sich über Boffos Auskunftsfreudigkeit freuen oder ärgern sollte. »Aber wenn Boffo dir bereits darüber berichtet hat, umso besser. Was hältst du von der Angelegenheit?«

»Nun, ich finde sie zumindest so interessant, dass wir sie im

Auge behalten sollten. Vielleicht aber sollten wir noch einen Schritt weiter gehen. Ich meine, der Fund von Schriftrollen und Zeichnungen mit alt-elmischen Schriftzeichen ist kein alltägliches Ereignis. Bevor das Ganze wieder in Vergessenheit gerät, sollten wir herausfinden, was an der Sache dran ist. Und wenn du und Boffo das Thema schon ins Gespräch gebracht habt, könntet ihr auch den Rest erledigen.« In Randolfs Worten klang so etwas wie Begeisterung mit.

»Den Rest erledigen? Was meinst du denn damit? Dass wir uns bei Gelegenheit nach Dornburg begeben sollten, um die Dinge vor Ort anzusehen?«

»Genau das meine ich. Ich glaube nämlich, an dieser Geschichte könnte mehr dran sein, als es momentan den Anschein hat. Als uns Boffo den Hinweis auf diese Entdeckung gab, hatten wir uns gerade über die Veränderungen unserer Umwelt unterhalten, die uns seit geraumer Zeit mit Sorge erfüllen. Du weißt schon, das Wetter, die Kälte und die Vermutung, dass alles irgendwie mit dem Tarantuil zusammenhängen könnte. Doch wissen wir fast nichts über diesen Berg und die geheimnisvolle Festung an seinem Fuß. Zweifelsohne gibt es aber Wissen, welches auch aufgezeichnet wurde – und damit vielleicht Erklärungen für diese Erscheinungen und ihre Ursachen. Das Elmenvolk hat diese Aufzeichnungen vor langer Zeit in das Fürstentum und die Paläste der Festung Bahor gerettet. Doch dort sind sie verloren gegangen – oder auch nur verschollen. Wir wissen es nicht. Deshalb sollten wir alle Hinweise auf elmische Überlieferungen ernst nehmen. Vor allem, wenn Zeichnungen und Karten darunter sind und man vermutet, sie könnten aus Bahor stammen.«

»Wenn ich geahnt hätte, wie wichtig dir diese Mitteilungen ist, hätte ich viel eher davon berichtet.«

»Die Dinge laufen uns ja nicht davon. Aber sei bitte nachsichtig mit Boffo. Ich selbst hatte ihn um Verschwiegenheit gebeten. Und auch jetzt sollten wir die Sache vorerst unter uns behalten. Alles Weitere solltest du allein mit Boffo besprechen. Als Kenner der alt-elmischen Geschichte und ihrer Symbole ist er genau der

Richtige, sich diesen Fund anzusehen. Aber allein kann man ihn bei den momentanen Verhältnissen wohl schlecht nach Dornburg schicken. Deshalb solltest du ihn dabei begleiten. Um die Wahrheit zu sagen: bereits vor zwei Wochen habe ich einen Brief an Beros Vater Benno gesandt, um euren Besuch anzukündigen.«

»Bereits vor zwei Wochen?« Die Dringlichkeit, mit der sein Vater diese Angelegenheit vorantrieb, verblüffte Robin.

»Nun, gestern kam eine Antwort«, fuhr Randolf fort. »Man freut sich über euren Besuch. Idealerweise schon am kommenden Wochenende.«

»Kommendes Wochenende schon?« Robin musste schlucken. Einerseits beeindruckte ihn die eilige Entscheidung seines Vaters. Und er fühlte sich geehrt durch das Vertrauen, das Randolf in ihn setzte. Andererseits war ihm der Gedanke an eine Reise nach Dornburg zu dieser Jahreszeit und bei den derzeitigen Wetterverhältnissen alles andere als angenehm. Aber er spürte auch, dass Randolf diese Angelegenheit sehr am Herzen lag. Deshalb unterdrückte er seinen Unmut.

»Ich muss zugeben, dass ich nicht so bald mit einer solch winterlichen Reise gerechnet habe. Aber ich stimme dir zu. Wenn deine Vermutung richtig ist, dass wir mehr über die Geheimnisse Bahors herausfinden könnten. Warum sollten wir die Sache dann auf die lange Bank schieben?«

»Ganz meine Meinung. Kann ich also Benno Bordins Einladung bestätigen?«

Robin überlegte nur kurz. Er spürte, wie seine Neugier aufs Neue erwachte. Jetzt wollte auch er wissen, was hinter diesem rätselhaften Fund steckte. Die Aussicht, vielleicht ein interessantes Geheimnis lüften zu können, sollte dieses kleine Abenteuer wirklich rechtfertigen. Schließlich war Dornburg nur eine knappe Tagesreise entfernt.

»Kannst du!« sagte er schließlich in einem Ton, als hätte er einen folgenreichen Entschluss gefasst. »Ich werde alles mit Boffo besprechen. Und dann werden wir in den nächsten Tagen aufbrechen.«

Sehr schön!« Randolf nickte zufrieden. »Ich wusste, dass ich mich auf dich verlassen kann. Und wenn mich mein Gefühl nicht trügt, werdet ihr einige Neuigkeiten mit nach Hause bringen.«

Robin traf Boffo beim Abendessen in der Küche. Der Elm wusste bereits über die Pläne Randolfs Bescheid.

»Ich habe beinahe den Eindruck, mich fragt hier niemand mehr, selbst wenn es um Entscheidungen geht, die mich betreffen.« Robin war hörbar ungehalten.

»Aber nicht doch«, beschwichtigte ihn Boffo. »Sei ehrlich! Du hattest doch die Sache mit der Statue schon so gut wie vergessen. Ich hingegen nicht. Ich möchte diese geheimnisvollen Schriftrollen unbedingt sehen. Und das möglichst bald. Aber dazu brauche ich deine Hilfe. Du wirst doch deinen alten Freund und Lehrmeister diesmal nicht im Stich lassen?«

»Natürlich nicht!« Robin musste über die gespielte Treuherzigkeit Boffos lächeln. »Obwohl ich dich ein wenig länger zappeln lassen wollte. Und das nächste Mal möchte ich gerne auf dem Laufenden gehalten werden, wenn es um geheime Absprachen geht.«

»Entschuldige bitte«, erwiderte der Elm. »Aber ich hatte den Eindruck, du hattest in den letzten Wochen vielleicht andere Dinge im Kopf als wissenschaftliche Studien. Da wollte ich dich wirklich nicht ablenken.«

»Ich geb's auf«, murmelte Robin. Jedoch so, dass Boffo ihn verstehen konnte. »Mit Elmen zu diskutieren und das letzte Wort zu behalten ist aussichtslos.«

Zwei Tage später, es war Mittwoch, machte Robin auf Bork einen Kurzbesuch in Blechhammer, um Merien Lebewohl zu sagen.

»Du bist zu beneiden, Robin«, sagte Merien, als sie sich zum Abschied umarmten. »Du darfst eine Winterreise unternehmen, während ich hier im verschneiten Blechhammer zurückbleiben muss.«

»Ob es ein Vergnügen wird, bleibt abzuwarten«, entgegnete Robin. »Lange wird es jedenfalls nicht dauern. In ein paar Tagen sind wir wieder zuhause. Doch werde ich jeden Tag an dich denken.«

»Das hier wird dir dabei helfen.« Hinter ihrem Rücken zog Merien eine bunt gemusterte Wollmütze hervor. »Ich habe sie extra für dich gestrickt. Und sieh nur, an der Seite habe ich deinen Namen eingestickt: Robin Rob. Damit du sie wieder bekommst, falls du sie verlierst.«

»Das werde ich auf gar keinen Fall. Sie ist wirklich wunderschön. Und sie wird mir gute Dienste leisten. Vielen Dank!«

Er drückte Merien einen dicken Kuss auf die Lippen. Dann umarmten sie sich. Noch lange standen sie beieinander. Und es kostete Robin große Überwindung, sich von Merien zu trennen. Schließlich setzte er sich die Mütze auf den Kopf, saß auf und ritt los. Nach wenigen Schritten drehte er sich noch einmal um.

»Auf Wiedersehen!«, rief er und winkte.

»Sie steht dir wirklich gut!«, rief Merien zurück. »Pass gut auf dich auf!«

Am Vorabend ihrer Reise trafen Robin und Boffo letzte Vorbereitungen. Randolf gab seinem Sohn eine größere Menge Bargeld mit auf den Weg.

»Für alle Fälle«, wie er sich ausdrückte. »Behalte es am Körper. Falls etwas Unvorhergesehenes passiert, sollte man immer eine Reserve bei sich haben.«

Ihr Gepäck reduzierten sie auf das Notwendigste. Das wichtigste waren zweckmäßige und der kalten Witterung angemessene Kleidung und warme Decken. Boffo legte seine Schneeschuhe und seine kleine Armbrust zurecht. Seine persönlichen Dinge packte er in seinen Knappsack.

»Ich hoffe, wir haben nichts Wichtiges vergessen«, sagte Robin, als sie später zum Abendessen beieinander saßen.

»Wenn du dich zweckmäßig anziehst und etwas anständiges zu Essen und zu Trinken dabei hast, wird es dir an nichts fehlen«, erwiderte Boffo. »Man nimmt sowieso immer zu viel mit. Aber vergiss dein Schwert und dein Panzerhemd nicht. Hier in Fornland bist du so sicher wie im Schoß deiner Mutter. Doch Lusilien ist eine rauere Gegend und in der Stadt treiben sich bisweilen zwielichtige Gestalten herum.«

Ein Blick aus dem Fenster dämpfte Robins Reiselust am Morgen des 22. Februar. Nur zögerlich schälten sich die Umrisse der nächsten Gebäude aus der weichenden Dunkelheit und tief hängende Wolken verhießen nichts Gutes. Er schlüpfte in seine vorbereiteten Sachen: langärmlige, warme Unterwäsche, Hosen aus geschmeidigem aber festem Wolltuch und weiche, pelzgefütterte Stiefel. Über das feinwollene Oberhemd streifte Robin sein federleichtes Ringpanzerhemd aus gediegenem Forn, wie Boffo es ihm geraten hatte und wie der Elm auf Reisen kaum sichtbar selbst eines trug. Darüber zog er einen leichten Waffenrock und als schützende Außenhülle eine dreiviertellange, mit Lammfell gefütterte Reitjacke aus wasserabweisendem Lodenstoff.

Dann verstaute er sein Reisegepäck in den Satteltaschen. Außer etwas Wäsche zum Wechseln und einigen Utensilien zur Körperpflege nahm er Proviant für zwei Tage mit: Schinken, harten Käse, Brot, eine Portion Nüsse und getrocknete Früchte. Dazu eine Blechflasche mit eingedicktem Fruchtsaft und einen Trinkbecher. Natürlich durfte das silberne Feuerzeug nicht fehlen, welches ihm Onkel Birker geschenkt hatte. Es war im zusammengeklappten Zustand wasserdicht und funktionierte auf altbewährte Weise nach dem Prinzip von Zunder, Stahl und Feuerstein. Allerdings barg es eine ausgeklügelte Mechanik, durch welche beim Öffnen ein Rädchen in Bewegung gesetzt wurde, das die notwendigen Funken aus dem Stein rieb. In seinem Inneren befanden sich auch einige schwefelgetränkte Hölzchen, die man bei Bedarf am glimmenden Zunderschwamm entfachen konnte, falls dieser als alleinige Zündquelle nicht ausreichte.

Als er das Feuerzeug in die Tasche seiner Jacke schob, kam

ihm das Figürchen in die Finger, welches ihm Baldur vor einigen Wochen gegeben hatte. Längst hätte er es Boffo zeigen wollen, aber dann hatte er es wieder vergessen. ›Unterwegs wird Gelegenheit dafür sein‹, dachte er bei sich und so, als könne ihn die Figur hören sprach er leise: »Dich nehme ich mit, als Talisman. Ich hoffe doch, du bringst Glück.«

Schließlich ging er hinunter in die Küche. Seine Eltern und seine Schwester Frida hatten sich bereits zum Frühstück versammelt. Und natürlich war auch Boffo schon da. Nur Robins Bruder Marin war noch nicht aufgestanden. Bei heißem Tee und frisch gebackenem Fladenbrot genoss Robin die Wärme der Küche und die Gesellschaft seiner Familie.

»Sei schön vorsichtig und immer höflich zu Fremden«, sagte Miria und steckte Robin einen kleinen Beutel zu.

»Und richte Herrn Benno Bordin die besten Grüße von uns aus«, ergänzte Randolf und legte Robin nacheinander zwei Briefe vor. »Dieses Schreiben übergibst du ihm bitte im Namen des Fornlandrates. Es ist nur eine Höflichkeitsnote. Das andere wird dir als amtliches Reisedokument nützlich sein, falls ihr unterwegs aufgehalten werden solltet.«

Robin schob die Papiere in seine Brusttasche.

»Die hätten dir sicher gefehlt!« Mit einem vielsagenden Lächeln zog Frida ein Paar gefütterte Fingerhandschuhe hinter ihrem Rücken hervor. »Wenn man nicht ständig auf dich aufpasst!«

»Danke, Frida!«, erwiderte Robin. »Ich hoffe, ich kann mich für deine Fürsorge erkenntlich zeigen. In Dornburg soll es einige für junge Mädchen sehr interessante Läden geben.«

Als Robin und Boffo hinaus in das frostige Dämmerlicht des anbrechenden Tages traten, hatte Rudo Bork bereits gesattelt und in den Hof gebracht. Robin legte dem Hengst die Satteltaschen über. Darüber befestigte er zwei Schlafdecken, eine Pferdedecke und einen dünnen, schlauchähnlichen Sack mit gequetschtem Hafer. Auch einen faltbaren Eimer aus Segeltuch nahm er mit. Sein Schwert Thorndil hängte er an einen Ring hinter das rechte Sattelblatt, wo es am wenigsten störte. Dann schwang er sich aufs Pferd und zog Boffo hinter sich empor.

Sie verließen das Rob'sche Anwesen und folgten der Hauptstraße in südlicher Richtung. An diesem Freitag zu früher Stunde herrschte dort wenig Betrieb. Vereinzelt begegneten ihnen vermummte Gestalten, die erste Besorgungen machten oder auf dem Weg zu einem frühen Arbeitsbeginn waren. Bisweilen konnte man die gerade erwachten Einwohner Lindhags durch die erleuchteten Fenster ihrer Häuser am Frühstückstisch sehen. Nachdem die beiden die Weißwasserbrücke überquert hatten, bogen sie bei der großen Kreuzung auf die Straße nach Dornburg ein.

Zu Robins Unbehagen hatte es zu schneien begonnen.

»Auch das noch«, murmelte er, zog sich seine neue Strickmütze über den Kopf und schlug den Kragen seiner Jacke hoch. Boffo hatte es sich auf Borks Kruppe bequem gemacht. Er saß recht komfortabel auf den Decken hinter Robins Sattel und ließ seine Beine mal nach der einen, mal nach der anderen Seite baumeln. So konnte er die Landschaft genießen, ohne ständig auf Robins Rücken sehen zu müssen. Die Kälte schien ihm nichts auszumachen. Seine Hosen aus warmem Tuch steckten in groben, geschnürten Stiefeln. Die Kapuze seines Umhanges aus dickem Lodenstoff hatte er über den Kopf gezogen und er pfiff leise vor sich hin. Von Zeit zu Zeit griff er in eine seiner Taschen. Dann verstummte das Pfeifen für eine kurze Weile und wich genussvollen Kaugeräuschen.

»Du könntest ruhig etwas von deinen Leckereien abgeben.« Robin streckte eine Hand nach hinten. Boffo legte ein paar Rosinen hinein.

»Du hast zwar selbst etwas bekommen, aber bitte sehr. Schließlich sind wir mindestens schon eine viertel Stunde auf großer Reise.«

»Ich hoffe, dass es überhaupt eine Reise wird«, erwiderte Robin kauend. »Wenn der Schneefall stärker wird, sollten wir besser gleich wieder umkehren.«

»Ich hör wohl nicht richtig? Ein wenig mehr Entschlossenheit stände dir gut zu Gesicht. Dein Studienaufenthalt in Pern scheint dich verweichlicht zu haben. Wird Zeit, dass du die Härten des Lebens etwas näher kennen lernst. Solange Bork nicht bis zum Bauch im Schnee steckt, werden wir keinesfalls die Segel streichen.«

Trotz seiner forschen Worte klang Besorgnis aus dem letzten Satz des Elms. Ein so starker Wintereinbruch gegen Ende Februar war wirklich ungewöhnlich. Zwar waren es bis nach Dornburg nur elf Meilen. Doch auch diese vermeintlich kurze Strecke konnte bei schlechten Wetterbedingungen Gefahren bergen. Vor allem galt dies für den Straßenabschnitt zwischen der Mirondell- und der Rovinbrücke, welcher an den zerklüfteten Ausläufern der Dornberge vorbeiführte.

Die Reisenden kamen nur langsam voran. Robin ließ Bork in verhaltenem Schritt gehen. Das Pferd sollte sich auf keinen Fall überanstrengen oder gar ins Schwitzen geraten. Dennoch war es für den Hengst mühsam, sich seinen Weg durch den knietiefen Schnee bahnen zu müssen.

Bizarre Gebilde säumten die Ränder der Weißwasser, an deren rechten Ufer die Straße entlang führte. Selbst an den Zweigen der Weiden, welche an vielen Stellen bis in das Wasser reichten, bildeten sich Eispanzer. Von der Wasseroberfläche wuchsen sie unaufhaltsam in die Höhe, wurden schwerer und schwerer, bis sie, wenn ihre Last zu groß wurde, sogar starke Äste mit sich in die Tiefe rissen. Aus der Mitte des Flusses, wo das Wasser noch offen floss, stiegen Nebelschwaden empor und vermischten sich in unbestimmter Höhe mit dem trüben Grau des Himmels. Über allem herrschte unheimliche Stille, die nur von Zeit zu Zeit durch das Knacken der Äste oder den Schrei einer Krähe unterbrochen wurde.

Die beiden passierten die Brücke über den Lurchbach, der im

Gegensatz zu seiner sonstigen Erscheinung heute nur als dünnes Rinnsal von den Torfmoorhöhen herabströmte und an dieser Stelle unauffällig in der Weißwasser verschwand.

Nach etwa zwei Stunden kamen sie durch Wehrfurt. Von den Einwohnern, die hier von Feld- und Weinbau lebten, ließ sich niemand vor der Haustüre sehen. Selbst die Hunde, die normalerweise jeden Durchreisenden aufs Eifrigste begrüßten, zogen heute eine warme Ecke in den Häusern oder Ställen dem Aufenthalt im Freien vor.

Nachdem sie den Ort hinter sich gelassen hatten, änderte sich die Landschaft, die sich bisher beiderseits der Straße in weiten Wiesen und Ackerflächen verloren hatte. Nördlich des Flusses lagen die sanft abfallenden Südhänge der Kelterbacher Weingegend, die zu den Ufern des Flusses hin in flache Wiesenauen übergingen. Jetzt lag diese im Sommer liebliche Landschaft unter einem weißgrauen Teppich und machte in ihrer perspektivlosen Weite einen eher tristen Eindruck. Wenn man den Blick nach rechts wandte, tauchten aus dem von einer wolkenverhangenen Sonne mattweiß hinterleuchteten Dunst die Ausläufer der Blauberge auf. An deren Hänge schmiegte sich, doch heute nur zu erahnen, der Ort Seestetten. Inmitten einer beschaulichen Berggegend und in der Nähe des Grünsees gelegen, gehörte er im Sommer zu den bevorzugten Ausflugszielen der Fornländer. Robin war oft hier gewesen. Für einen kurzen Moment stellte er sich das türkisfarbene Wasser des Sees vor, wenn er mit Freunden darin gebadet hatte. Doch bald holte ihn das zunehmend rauer werdende Wetter wieder in die Wirklichkeit zurück.

Je weiter Robin und Boffo nach Osten kamen, umso unbewohnter und einsamer wurde die Gegend. Es schneite mittlerweile heftig und ein kalter Ostwind blies ihnen ins Gesicht. Die ganze Umgebung hüllte sich in ein undurchdringliches Grau, so dass Robin Mühe hatte, die Begrenzungen der Straße zu erkennen und die Orientierung bisweilen allein dem Instinkt seines Pferdes überlassen musste.

»Weil ich gerade daran denke«, begann Robin nach einer längeren Pause. Er hatte in seine Tasche gegriffen und reichte Boffo die kleine Figur. »Die habe ich vor einigen Tagen von Baldur bekommen. Man fand sie in einer Ladung Erz aus den Fornstollen. Ich glaube, es sind alt-elmische Zeichen darauf. Aber auch welche mir unbekanntem Ursprungs. Kannst du etwas damit anfangen?«

Boffo betrachtete das Figürchen eine Zeit lang. Robin konnte zwar sein Gesicht nicht sehen, aber der Elm schien beeindruckt zu sein.

»Du besitzt etwas von großer Seltenheit«, sagte er schließlich. »Ich glaube, es ist eine Tiriphe! Ein Amulett der Sonnengöttin Tirith. Sie genoss unter den Elmenvölkern früherer Zeiten große Verehrung. Heute erinnert man sich kaum mehr an sie. Man sagt, es hätte vor langer Zeit eine große Statue dieser Gottheit gegeben. Doch wo, weiß man heute nicht mehr. Es geht jedoch die Sage um, Tiriphen könnten den Weg zu ihr weisen. Und sie hätten die Fähigkeit, vor Gefahren zu warnen. In Elmbruck hat man bisher noch keine Tiriphe gesehen. Ich wüsste auch nicht, dass jemand in unserem Ort je so etwas besessen hätte oder gar vermissen würde. Ich kenne sie nur aus unseren Aufzeichnungen. Bei dem Symbol in ihren Händen bin ich mir nicht sicher. Ich vermute, dass es das Zeichen der alten Herrscher von Bahor ist. Auch die Schrift an ihrem Sockel kann ich nur teilweise lesen. Es ist die uralte Symbolschrift unserer Vorfahren. Fremde Zeichen sind darunter. Vielleicht ist es eine geheime Beschwörungsformel. Doch was die alt-elmischen Buchstaben angeht, so steht hier: ›Nirluit ar leu tir relior‹. Das heißt übersetzt: ›Wenn ich leuchte, so denke und schaue‹. Was auch immer dies bedeuten mag. Möglicherweise werden wir es noch erfahren.«

Boffo reichte das Figürchen wieder nach vorne. Robin nahm es respektvoll entgegen. Wenn dies tatsächlich ein magischer Gegenstand war, hatte er dann Einfluss auf ihn? Er war beunruhigt. Doch als er ihn zurück in seine Jackentasche schob, kehrte Ruhe in sein Inneres zurück. Als würde etwas über ihn wachen.

»Glaubst du, sie könnte auch gefährlich sein? Ich meine, was ihre Ausstrahlung oder was auch immer betrifft.«

»Das glaube ich nicht«, beruhigte ihn Boffo. »Nach allem, was man über Tiriphen gehört hat, sollen sie ausgesprochene Glücksbringer sein. Sicher weiß ich es natürlich nicht. Auch nicht, ob es überhaupt noch mehrere davon gibt. Vielleicht hältst du das letzte Artefakt einer geheimnisvollen Vergangenheit in Händen. Verlier es bitte nicht. Vielleicht kann es uns noch nützlich sein.«

Robin nickte und wandte seine Aufmerksamkeit wieder der Landschaft und der Straße vor ihnen zu.

Der Schneefall hatte weiter zugenommen und der Ostwind trieb ihnen die Schneeflocken in so dichten Wellen entgegen, dass die Reisenden den Eindruck hatten, in einen Tunnel hineinzureiten. Die Sichtweite betrug jetzt nur noch wenige Ruten und bis auf wenige Umrisse war die gesamte Landschaft um sie herum verschwunden. Robin warf einen mühsamen Blick auf seine Taschenuhr. Es ging bereits auf drei Uhr nachmittags zu.

»Wir müssten längst die Miruinbrücke erreicht haben«, ließ sich Boffo von hinten vernehmen. »Sobald wir in den Windschatten der Dornberge gelangen, sollte es wieder ruhiger werden.«

Nach einiger Zeit hörten sie vor sich das stärker werdende Rauschen fließenden Wassers. Es war das Geräusch des Miruin, der sich kurz oberhalb der Brücke mit der Weißwasser vereinigt hatte. Eine halbe Meile unterhalb der Brücke flossen Miruin und der aus Richtung Dornburg kommende Rovin zusammen, um als wesentlich breiterer und gemächlicherer Mirondell ihren Weg nach Süden fortzusetzen.

Endlich tauchte die Brücke vor ihnen auf. Es war eine monumentale, vierbogige Steinbrücke, die sich hier über den Fluss spannte. Ein Relikt aus längst vergangenen Zeiten, das viele Jahrhunderte unbeschadet überdauert hatte.

»Ungefähr die Hälfte unseres Weges haben wir jetzt hinter uns gebracht«, sagte Robin. Aber in seinen Worten war keine große Erleichterung zu spüren. »Dennoch glaube ich nicht, dass wir Dornburg heute noch erreichen können. Zumindest nicht, wenn das Wetter so bleibt.«

»Jedenfalls sollten wir erst einmal eine kleine Pause einlegen«, schlug Boffo vor. »Und dann versuchen, bis zum Alten Mauthaus zu gelangen. Das ist zwar im Winter nicht bewohnt, doch als Unterschlupf für die Nacht allemal geeignet.«

Das Alte Mauthaus war eine ehemalige Grenzstation zwischen Fornland und Lusilien aus der Zeit, als die beiden Provinzen noch eigenständige Herrschaftsgebiete waren. Nun, da es seine ursprüngliche Aufgabe nicht mehr erfüllen musste, wurde sein günstiger Standort – genau zwischen der Miruin- und der Rovinbrücke – im Sommer als Stützpunkt und Unterkunft für die Bautrupps genutzt, welche Straße und Brücken instand hielten.

Kurz nach der Miruinbrücke machte die Straße eine Biegung nach Süden, um den felsigen Ausläufern der Dornberge auszuweichen. Dort gab es eine geschützte Felsnische, welche für eine Rast geeignet schien.

»Ein kurzer Aufenthalt wird Bork wieder stärken«, sagte Boffo und warf einen prüfenden Blick in die Runde. »Wenn wir später das Mauthaus erreichen, kann er sich ausgiebig ausruhen.«

Robin schüttete eine Portion gequetschten Hafer in Borks Futterbeutel. Dann nahm er den Segeltucheimer und ging damit zum nahen Ufer des Flusses. Er war überrascht, wie schnell ihn die graue Landschaft verschluckte, nachdem der sich nur wenige Schritte von Boffo und Bork entfernt hatte. Vor sich hörte er das gedämpfte Rauschen des Flusses, hinter ihm herrschte gespenstige Stille. Plötzlich drang ein ungewohnter Laut an sein Ohr. Robin dachte im ersten Moment an den Schrei eines einsamen Raubvogels. Wieder hörte er den Ruf – diesmal deutlicher. Zweifelsohne das Heulen eines Wolfs. ›Seltsam‹, dachte Robin, ›Wölfe wurden in unserer Gegend seit ewigen Zeiten nicht mehr gesehen.‹

Im letzten Jahr hatte man von Zwischenfällen in Thornland

gehört. Dort hatte der Hunger Rudel von Taruks aus den Throndbergen hoch im Norden über die Kirkunberge bis in die Gegend von Erinburg getrieben, wo sie sich an den Schafherden zu schaffen gemacht hatten. Taruks waren die wilderen, größeren und gefährlicheren Verwandten der Wölfe. In Fornland kannte man diese Spezies nur aus Sagen und Erzählungen, und man munkelte, sie ständen mit bösen Mächten in Verbindung. Robin musste unwillkürlich an sein Amulett denken. Er nahm die Figur aus der Tasche und im diffusen Licht des Schneegestöbers kam es ihm vor, als ob ein blasses, bläuliches Leuchten von ihr ausging. Es schien aus dem Auge inmitten des Schlangensymbols zu kommen, das die Tiriphe in ihren Händen hielt.

Robin steckte die Figur wieder ein. Dann beeilte er sich, seinen Eimer zu füllen und machte sich auf den Rückweg zu Boffo und Bork.

»Hast du das eben auch gehört?«, fragte er, während er das Pferd in kleinen Schlucken trinken ließ.

Boffo nickte. »Wenn es stimmt, was ich glaube und sich tatsächlich ein Taruk hier in der Nähe aufhält, dann ist er mehr als nur hungrig. Wir müssen auf der Hut sein.«

»Übrigens hatte ich vorhin den Eindruck, dass unsere kleine Figur sich verändert hat.« Robin zeigte Boffo die Tiriphe.

»Du hast recht.« Boffo schien beunruhigt, wenn auch nicht übermäßig. »Irgendetwas liegt in der Luft, das sie nicht mag. Wir sollten uns sputen und zusehen, dass wir das Mauthaus erreichen.«

Sie beeilten sich, ihre Sachen zusammenzupacken und machten sich wieder auf den Weg. Die Straße stieg nun stetig bergan und grub sich in die Hänge der Dornberge, während der Rovin zu ihrer Rechten in der unsichtbaren Tiefe eines steilen Abbruches versank. Weit unter ihnen zwängte er sich tosend durch das Nadelöhr der Cirkschlucht. Einer Engstelle zwischen den Dornbergen und dem hügeligen Farnwald, der die Straße nicht zu folgen vermochte. Dieses Naturschauspiel konnten die Reisenden nur erahnen, denn inzwischen bildeten die wirbelnden Schneeflocken rings um sie einen dichten Vorhang, der ihnen jegliche Sicht nahm. Nur wenn dieser durch die starken Windböen aufgerissen wurde, konnten sie in der Höhe zu ihrer Linken schemenhaft die steilen Abbrüche der Dornberge sehen: zerklüftete Felsgrate durchsetzt von schrundigen Rinnen, die sich bis nahe an den Rand der Straße zogen.

Bork fiel es zunehmend schwerer, sich durch den stetig höher werdenden Schnee zu kämpfen. Für die letzte halbe Meile hatte er über eine Stunde gebraucht. Der Wind hatte sich mittlerweile zum Sturm entwickelt und seine beiden Reiter hatten Mühe, sich zu verständigen.

»Wir sollten diese Felsabbrüche schnell hinter uns bringen!«, brüllte Boffo von hinten, doch nur Wortfetzen drangen an Robins Ohr. Im nächsten Moment ertönte ein hoher Knall gefolgt von ohrenbetäubendem Donnern, das schnell näher kam. Ehe Robin reagieren konnte, hatte Boffo Bork einen kräftigen Klaps auf die Kruppe versetzt. Der Hengst machte einen weiten Satz nach vorne und versuchte mit mächtigen Sprüngen Boden zu gewinnen. Hinter ihm tobte ein Inferno aus niederstürzenden Schneemassen und Steinen. Robin spürte die Druckwelle in seinem Rücken. Er dachte an Boffo, doch konnte er sich nicht umsehen. Mit allen Kräften versuchte er auf Borks Rücken zu bleiben. Schneestaub hüllte Pferd und Reiter ein. Dann geschah, was Robin befürchtet hatte: Bork verfehlte den Weg und brach so unvermittelt mit den Vorderbeinen im tiefen Schnee ein, dass Pferd und Reiter zu Boden gingen. Robin wurde in hohem Bogen aus dem Sattel katapultiert und verschwand in einer Schneewehe am Straßenrand.

Als er nach einigen Augenblicken der Benommenheit wieder zu sich kam, war er allein. Einen klaren Gedanken zu fassen fiel ihm schwer. Vorsichtig wandte er seinen Blick zur Seite. Dort gähnte ein unabsehbarer Abgrund. Nur mit Mühe konnte er vermeiden, zusammen mit dem lockeren Schnee in die Tiefe zu rutschen. Neben sich bemerkte er die Äste einer kleinen Föhre, deren Zweige unsanft in seine Rippen drückten, die ihn aber anscheinend vor Schlimmerem bewahrt hatten. Schließlich gelang es ihm, sich aus den Schneemassen zu befreien, zurück zur Straße zu kriechen und wieder auf die Beine zu kommen. Zunächst bewegte er alle Gliedmaßen. Gebrochen schien nichts zu sein. Er fühlte sich schwindelig und als er sich mit der Hand über die Stirn fuhr, blieb eine helle Blutspur auf seinem Handschuh zurück. Doch die Sorge um seine eigene Gesundheit war jetzt nebensächlich.

›Hoffentlich ist Bork nicht in die Tiefe gerutscht‹, dachte Robin und im gleichen Augenblick fuhr ihm ein noch schrecklicherer Gedanke durch den Kopf: ›Wo ist Boffo?‹ Er blickte um sich. Von dem Elm keine Spur.

Als hätte er sich einer noch stärkeren Naturgewalt gebeugt, hatte der Sturm nachgelassen. Robin schrie Boffos Namen, doch der aufgewirbelte Schnee dämpfte seine Schreie zu einem zaghaften Rufen. Während sich die Wolke aus Schneestaub senkte, wurden die Umrisse der Bäume und Felsen um ihn deutlicher. Durch das Dämmerlicht des anbrechenden Abends nahmen sie gespenstisch bizarre Formen an. Hinter sich, in einer Entfernung von vielleicht 150 Schritten, konnte er die sich auftürmenden Massen des Lawinenkegels erkennen.

Wer dort hinein geraten war, würde nicht lange überleben können, dachte er und die Vorstellung vom möglichen Schicksal seines Freundes und Gefährten erfüllte ihn mit blankem Entsetzen. Doch vielleicht hatte sich Boffo auf Borks Rücken halten können! Der Gedanke an diese Möglichkeit gab ihm Hoffnung. Robin war unschlüssig. In welche Richtung sollte er sich wenden? Gerade, als er sich zurück zum Unglücksort begeben wollte um nach Boffo zu suchen hörte er hinter sich ein Geräusch. Es klang wie ein Fauchen, und es war anders, als das unheimliche Heulen des Sturmes.

Robin erstarrte. Langsam wandte er den Kopf über seine rechte Schulter. Im Halbdunkel der nördlichen Felsabbrüche – nicht mehr als 30 Schritt entfernt – konnte er die lang gestreckte Gestalt eines großen Tieres erkennen.

›Der Taruk!‹, dachte Robin. Er tastete nach seinem Gürtel, dorthin, wo normalerweise sein Messer steckte. Doch seine Hand griff ins Leere. Im gleichen Augenblick wurde ihm die Aussichtslosigkeit seiner Situation bewusst. Das Messer hatte er nach der letzten Rast zusammen mit anderen Utensilien in den Satteltaschen verstaut. Und sein Schwert hing an Borks Sattel. Robin wandte sich der Gefahr zu und versuchte festen Stand zu fassen. Wut und Verzweiflung stiegen in ihm hoch. Wut über sich selbst, seine Dummheit und seinen Leichtsinn. Verzweiflung über Boffos Schicksal und weil auch er sein Leben auf eine solch hilflose Art und Weise beschließen sollte. Flucht erschien ihm zwecklos, aber völlig kampflos wollte er sich nicht geschlagen geben. Langsam löste sich der Taruk aus dem Schatten eines Felsvorsprungs. Es war ein sehr großes Tier, sicher ein Männchen. Doch trotz seiner Größe hatte auch dieses Geschöpf Mühe, sich seinen Weg durch die Schneemassen zu bahnen.

Robin schöpfte einen Hauch von Hoffnung. Er zog seine Jacke aus und wickelte sie an zwei Enden um seine Fäuste. Das frei gebliebene Stück dazwischen spannte er wie einen Schutzschild vor sich auf. Auf diese Weise konnte er vielleicht den ersten Biss des Tieres abfangen. Dann wollte er mit bloßen Händen kämpfen – bis zum letzten Blutstropfen. Der Taruk näherte sich lauernd und geduckt. Als er bis auf wenige Schritte an Robin herangekommen war, hielt er inne, zog die Hinterbeine unter seinen Körper und machte sich zum Sprung bereit. Robin schätzte die Länge des Tieres auf mehr als sechs Fuß. Deutlich konnte er seine grünen Augen und die furchterregenden Fangzähne unter den hochgezogenen Lefzen sehen.

Der Taruk gab jetzt keinen Laut mehr von sich. Er spannte sich wie eine Bogensehne. Dann schnellte sein massiger Körper nach vorne. Robin richtete ihm beide Arme und alle seine Sinne entgegen und erwartete den Aufprall. Doch dann geschah das Unerwartete. Hinter sich und nur undeutlich hörte er das Schnellen einer Armbrustsehne und im gleichen Augenblick, knapp neben seinem linken Ohr, das Pfeifen des Bolzens. Der Taruk erstarrte mitten im Sprung und fiel wie ein Stein zu Boden. Im nächsten Augenblick lief ein Strom von Blut aus dem geöffneten Maul des Tieres hervor und färbte den Schnee rot. In seinem nach vorne gereckten Hals steckte einer von Boffos Armbrustbolzen.

Robin war sich nicht sicher, ob er wachte oder träumte. Erst als Boffo mit Schneeschuhen an den Füßen und der Armbrust in der Hand vor ihm stand, begriff er, dass er sich in der Wirklichkeit befand. Er hob den Elm in die Höhe und drückte ihn an sich, doch fand er keine Worte, die seine Gefühle hätten wiedergeben können.

»Eigentlich war ich der Meinung, du könntest mittlerweile auf dich selbst aufpassen. Alt genug bist du ja schließlich. Aber ich stelle fest, dass du noch einige grundlegende Dinge des Lebens lernen musst«, begann Boffo eine Strafpredigt, als er wieder auf dem Boden stand. Doch der Ton seiner Stimme spiegelte auch seine Erleichterung wider und wurde schnell versöhnlicher. »Vor allem solltest du die Einsicht gewinnen, dass es nicht ratsam ist, in fremden Gegenden unbewaffnet zu reisen. Zwar hätte dich dein Schwert nicht vor der Lawine schützen können, doch hätte es dir den Taruk vom Leibe gehalten.«

»Danke für deine Hilfe«, konnte Robin nur lapidar erwidern. Zu sehr steckte ihm der Schrecken in den Knochen. »Wie konntest du der Lawine überhaupt entkommen?«

»Nun, indem ich mich lange genug auf Bork festgeklammert habe, bevor ich im hohen Bogen abgeworfen wurde. Als ich mich wieder aus dem Schnee gerappelt habe, hatten das gute Tier und du den Ort der Katastrophe bereits hinter sich gelassen. Glücklicherweise hatte ich meine Armbrust und meine Schneeschuhe noch bei mir und gleich zur Hand. Danach habe ich alles daran gesetzt, dich aus deiner misslichen Situation zu befreien. Und ich glaube, ich bin keinen Augenblick zu früh gekommen. Den Rest der Geschichte kennst du ja.«

Robin nickte und betrachtete den Taruk, der ausgestreckt vor ihm lag. Es war ein ausgewachsenes männliches Tier mit struppigem Fell. Seine Flanken waren eingefallen. Es musste wohl längere Zeit Hunger gelitten haben.

Er sah in seine grünen Augen, die, obwohl sie jetzt ins Leere blickten, nichts von ihrer Furcht einflößenden Wirkung verloren hatten. »Du hättest nicht sterben müssen, mein Junge, wenn du uns in Frieden gelassen hättest«, sagte er leise.

»Das klingt nicht wie die Erleichterung von jemandem, der jetzt im Magen dieses Ungetüms liegen könnte. Aber der Bursche muss wirklich hungrig gewesen sein, wenn er sich in eine Gefahr begab, aus der andere Tiere fliehen. Oder er verfolgte eine böse Absicht.« Boffo ging zu dem Taruk, zog seinen Armbrustbolzen aus dem Hals des Tieres und säuberte ihn im Schnee.

»Er stinkt fürchterlich und sein Fell ist räudig«, bemerkte er, als er sich über das Tier beugte. »Nicht einmal seine Haut kann man verwenden. Aber er hat etwas um den Hals. Eine Art Halsband.«

Boffo streifte mit der Spitze seines Armbrustbolzens die verfilzten, blutverschmierten Haare beiseite. Zum Vorschein kam eine stachlige Kette. Und daran hing ein runder Anhänger. Auch Robin beugte sich hinunter, um besser sehen zu können. Den Anhänger zierte ein Zeichen. Eine Faust, die ein Bündel Blitze hielt.

»Der Bursche hatte anscheinend einen Besitzer«, sagte Robin. »Wer es auch ist – er hätte sich ein wenig besser um sein Tierchen kümmern sollen. Bevor es auf die Idee kam, anständige Reisende anzufallen. Jetzt ist es zu spät.«

»Wie dem auch sei«, sagte Boffo. »Ich würde vorschlagen, wir schaffen ihn an die Seite und sehen zu, dass wir so schnell wie möglich von hier verschwinden. Dies muss nicht die letzte Lawine des heutigen Tages gewesen sein und wir sollten unser Glück nicht über die Maßen herausfordern.«

Sie schleppten den Kadaver des Tieres an die Seite der Straße und ließen ihn über die steile Böschung des Abhangs hinunter gleiten.

»Ich glaube nicht, dass Bork hier hinunter gestürzt ist. Man müsste sonst irgendwelche Spuren erkennen«, vermutete Robin mit Blick auf den Abgrund.

»Da muss ich dir recht geben. Lass uns ihn suchen.«

Sie beeilten sie sich, der Straße in Richtung Osten zu folgen. Mittlerweile war die Dämmerung hereingebrochen und sie hatten Mühe, die Begrenzungen zu beiden Seiten des Weges zu erkennen. Boffo ging voraus. Elme hatten ein den Menschen weit überlegenes Sehvermögen. Zudem kam Boffo mit seinen Schneeschuhen besser voran als Robin, der bei jedem Schritt bis zu den Oberschenkeln im Schnee versank. Und er glaubte jetzt, die Spuren des Pferdes, welche Schnee, Wind und Dämmerung nahezu ausradiert hatten, zu erkennen. Noch immer ging es bergauf. Von Zeit zu Zeit rief Robin Borks Namen, in der Hoffnung, das Tier würde sie hören und zurückkommen. Es schneite jetzt nicht mehr so kräftig, aber der eisige Ostwind, der sich in den vergangenen beiden Stunden gelegt hatte, begann erneut aufzufrischen. Endlich wichen die Felswände längs der Straße zurück und machten einer steinigen Ebene Platz.

»Wenigstens ist hier die Gefahr von Lawinen nicht mehr so groß«, stellte Boffo erleichtert fest. »Und wenn ich mich nicht täusche, müssten wir bald das Alte Mauthaus erreichen.«

Tatsächlich zeichneten sich wenig später zu ihrer Linken die Umrisse eines Gebäudes ab. Sie bahnten sich einen Weg zu der Stelle, wo sie den Eingang des Hauses vermuteten. Wie zur Begrüßung drang von dort ein leises Schnauben. Bork hatte an einer windgeschützten Seite des Gebäudes Schutz unter einem Vordach gesucht. Robin fiel ein Stein vom Herzen. Er ging zu dem Pferd.

»Guter Junge«, sagte er und tätschelte den Hals des Tieres. »Ohne deine Kraft lägen wir jetzt in einem kalten Grab. Doch hättest du etwas eher auf uns warten können. Aber sicher hattest du deine Gründe, gerade hier Schutz zu suchen. Du hast dich hoffentlich nicht erkältet.« Der Hengst wieherte verhalten.

»Soweit ich es erkennen kann, ist das Gepäck noch vollständig. Auch dein Schwert hängt noch am Sattel«, ließ sich Boffo vernehmen. »Wenn das nicht unser Glückstag ist. Fehlt nur noch ein warmer Ofen.«

Sie gingen näher an das Haus. Fensterläden und Toreinfahrt waren verschlossen und mit starken Eisenriegeln gesichert.

»Hier kommen wir nicht so einfach hinein«, stellte Robin enttäuscht fest. »Es sei denn, wir finden etwas, um die Tür aufzubrechen.« Er zitterte ein wenig. In gleichem Maße, wie die Anspannung von ihm abfiel, spürte er jetzt die Auswirkungen der schrecklichen Begegnung mit dem Taruk. Kälte und Erschöpfung begannen von seinem Körper Besitz zu ergreifen.

»Warum nur immer so umständlich, wenn es auch einfacher geht?« Boffo hatte in seine Tasche gegriffen und einen Schlüsselbund hervorgezogen, mit dem er vor Robins Bauch herumwedelte.

»Du kannst ja wohl davon ausgehen, dass Fornlands oberste Verwaltungsbehörde einen Schlüssel für das einzige Grenzgebäude des Landes besitzt.« Er sperrte Eisenriegel und Schloss der kleinen Tür in der Toreinfahrt auf. Dann betrat er das windgeschützte Innere des Hauses und holte eine kleine, faltbare Kerzenlaterne aus seinem Knappsack. Robin folgte ihm, den zaudernden Bork hinter sich herziehend.

»Du könntest dich nützlich machen und dein Feuerzeug in Gang setzen«, drängte Boffo.

Bald züngelte eine Flamme am Docht von Boffos Laterne empor. Im Schein des flackernden Lichtes konnten sie jetzt Einzelheiten des Hausinneren erkennen. Sie befanden sich in einer geräumigen Tordurchfahrt, die nach ungefähr 15 Schritten in einen Innenhof mündete. Innerhalb der Durchfahrt waren zwei seitliche Eingänge zu erkennen, von denen der eine in eine Art

Stall, der andere über Stufen vermutlich zu den Wohnräumen führte. Sie brachten zuerst Bork in den Stall und Robin nahm ihm Sattel und Gepäck ab. Dann legte er ihm die Pferdedecke über, säuberte den an der Wand befindlichen Futterbarren mit einem Strohwisch und schüttete etwas von dem mitgebrachten Hafer hinein. In einer Ecke des Raums fand sich auf einem Holzpodest sogar etwas trockenes Heu, welches noch einigermaßen frisch roch.

»Wenn ich mich recht erinnere, gibt es im Innenhof auch einen Brunnen«, bemerkte Boffo. Sie gingen hinaus und richtig plätscherte in einem Winkel des Hofes aus einem in die Wand eingelassenen Rohr ein kleines Rinnsal in einen eisüberzogenen Steintrog. Boffo probierte einige Tropfen. Das Wasser schien frisch und gut zu sein. Beide stillten ihren Durst. Dann füllte Robin den mitgebrachten Segeltucheimer und sie gingen zurück, um Bork zu tränken.

»Wir müssen dich jetzt leider im Dunklen zurück lassen, mein Braver«, sagte Robin zu dem Pferd, nachdem er weiches Stroh über den Boden geschüttelt hatte. »Aber ich denke, es macht dir nichts aus. Gute Nacht!«

Robin nahm das Gepäck und Boffo ging mit der Laterne voraus. Jetzt galt es, einen geeigneten Schlafplatz zu finden. Über den Treppenaufgang an der gegenüberliegenden Seite der Tordurchfahrt betraten sie einen kurzen Flur und an seinem Ende ein mittelgroßes und recht komfortabel möbliertes Zimmer. Es war wohl in früheren Zeiten von der Belegschaft des Gebäudes als Wohn- und Aufenthaltszimmer genutzt worden und machte einen sauberen und gepflegten Eindruck. Eine Ecke des Zimmers nahm ein Kachelofen ein, umgeben von einer breiten Ofenbank. Daneben stand ein Kochherd. An der Wand darüber hingen verschiedene Töpfe aus Kupfer und eine schmiedeeiserne Bratpfanne. An der Türseite des Raums stand ein Wandschrank mit Geschirr und vor dem Fenster ein Tisch mit mehreren Stühlen.

Boffo kletterte auf einen Stuhl und entzündete die über dem Tisch hängende Öllampe.

»Reiche mir doch bitte einen der Töpfe von der Wand«, bat er Robin. »Ich hole Wasser und du könntest in der Zwischenzeit Feuer machen. In der Remise im Hof habe ich einen beachtlichen Vorrat an Brennholz gesehen.«

Bald brannte in beiden Öfen lebhaftes Feuer. Robin stellte den Topf mit Wasser, den Boffo gebracht hatte, auf die Herdplatte. Beide genossen die Wärme, die der Herd in kurzer Zeit entwickelte. Bis auch der Kachelofen seine Trägheit überwunden hatte, würde es noch ein Weilchen dauern.

Zunächst entledigten sich ihrer dicken Winterkleidung. Dann besah sich Boffo Robins Kopf. Es war nur eine Platzwunde und glücklicherweise nicht sehr lang. Boffo entnahm seinem Knappsack eine zierliche Feldapotheke. Zuerst befeuchtete er ein sauberes Tuch mit ein paar Tropfen einer klaren Flüssigkeit und reinigte damit die Wunde. Mit Hilfe einer kleinen Phiole, die eine zähflüssige Substanz enthielt, verklebte er anschließend die Wundränder.

»Eine kleine Narbe wird wohl zurückbleiben«, stellte er fest, nachdem er seine Arbeit beendet hatte. »Doch wird sie deiner Schönheit keinen Abbruch tun. Allerdings scheint dein Aufprall – auf welchen Gegenstand auch immer – ziemlich heftig gewesen zu sein. Eine leichte Gehirnerschütterung wirst du sicher davongetragen haben. Jedenfalls solltest du heute beizeiten schlafen und dich morgen nicht überfordern.«

»Ein heißes Getränk würde meine Genesung sicher beschleunigen«, schlug Robin vor. »Und damit meine ich nicht nur heißes Wasser.«

Denn insgeheim hoffte er, jetzt von Boffo umsorgt zu werden. Doch von dem kam keine Reaktion.

»Ich könnte mich ja mal umsehen, ob sich etwas Tee in den Wandschränken findet«, fügte er deshalb hinzu.

»Die Mühe kannst du dir sparen«, klärte ihn Boffo auf. »Du solltest wissen, dass man in leer stehenden Gebäuden keine Lebensmittel aufhebt. Schon allein wegen der Schädlinge. Und außerdem solltest du mich wirklich etwas besser kennen!« Er kramte zwei kleine Blechdosen aus seinem Sack hervor.

»Hier ist Tee. Ich hoffe, er entspricht deinem Geschmack. In der zweiten Dose findest du verschiedene Fächer mit Salz und Gewürzen. Auch etwas Imril ist darunter – um kleinen Jungs den Tee zu versüßen.«

Robin musste lachen. »Na, was glaubst du wohl, weswegen ich dich mitgenommen habe?«, sagte er dann. »Schließlich kennst du mich seit frühester Jugend und weißt, was mir gut tut!«

Er nahm den Topf von der Herdplatte, schüttete etwas Tee hinein und rückte ihn an den Rand des Ofens, damit der Tee ziehen konnte. Dann stellte er Teller und Tassen auf den Tisch, breitete ein Tuch daneben aus und legte die mitgebrachten Vorräte darauf: Brot, Käse, Schinken und ein Gefäß mit eingemachten Oliven, Tomaten und Knoblauch. Als alles vorbereitet war und der Tee aus den Tassen dampfte, setzten sie sich zu Tisch.

Eine Zeit lang aßen und tranken sie schweigend. Draußen heulte der Wind und rüttelte an den Fensterläden. Robin stand auf und warf noch etwas Holz in das Feuerloch des Kachelofens. Dann goss er für beide Tee nach.

»Was glaubst du, hat den Taruk bewogen, sich in unsere Gegend zu verirren?«

»Ich bin mir nicht sicher«, erwiderte der Elm, »aber irgendwie habe ich die Befürchtung, er hatte einen Auftrag. Doch wer ihm diesen erteilt haben könnte und warum, kann ich dir nicht sagen. Zumal nur wenige von unseren Reiseplänen wussten. Was gäbe es auch für einen Grund, uns bei unserer Aufgabe hinderlich zu sein? Schließlich wollen wir lediglich etwas in Erfahrung bringen. Und wir selbst wissen noch nicht einmal genau, was.«

»Na, wie auch immer. Diese Gefahr hat sich erst einmal erledigt. Und dank deines Meisterschusses ist auch die Umgebung hier wieder sicherer geworden. Zumindest in nächster Zeit.«

»Da hast du wohl recht«, sagte Boffo. »Ich denke, dies rechtfertigt ein Schlückchen Inuil.« Er holte ein silbernes Fläschchen hervor, füllte daraus zwei Becherchen und gab eines davon Robin.

»Auf den guten Ausgang dieses Tages.« Robin hob seinen Becher in die Höhe.

»Und möge der weitere Weg unserer Reise friedvoller verlaufen«, fügte Boffo hinzu. Sie tranken ihre Becher leer.

»Im Übrigen hast du wieder mal recht gehabt, lieber Boffo: das kleine Figürchen, diese Tiriphe, scheint wirklich Gefahren vorhersagen zu können. Wir sollten sie öfters zu Rate ziehen.« Robin nahm die Figur aus seiner Tasche. Das Symbol in ihren Händen war wieder verblasst.

»Dann solltest du besser auf sie Acht geben«, mahnte Boffo. Er suchte einen dünnen Lederriemen aus seinem Gepäck hervor, ließ sich das Amulett von Robin geben und knüpfte den Riemen durch eine Öse am Kopf der Figur. Dann hängte er das Ganze um Robins Hals.

»Nun hast du sie immer bei dir. Sie wird dir Glück bringen. Und jetzt sollten wir uns zur Ruhe begeben. Dein Kopf hat sie dringend nötig.«

Sie breiteten ihre Decken auf der gewinkelten Ofenbank aus, legten ihre Mäntel zu Kopfkissen zusammen und genossen die wohlige Wärme des Kachelofens. Draußen war das Heulen des Sturms zu hören und von Zeit zu Zeit das unheimliche Donnern der zu Tal gehenden Lawinen. Hier im Schutz der Mauern des alten Grenzgebäudes waren sie sicher.

»Hast die die Eingangstür verriegelt?«, fragte Robin, streckte sich und gähnte.

»Natürlich habe ich das. Nichts wird uns heute Nacht stören.« Die letzten Worte Boffos hörte Robin nur noch undeutlich. Dann war er eingeschlafen.

Am nächsten Morgen hatte sich das Wetter nicht wirklich gebessert. Robin machte Feuer und setzte Teewasser auf. Boffo ging in den Stall, um Bork zu füttern. Dann begab er sich vor das Haus und öffnete die Fensterläden der Wohnstube.

»Ziemlich ungemütlich draußen«, sagte er, als er wieder in die warme Stube trat.

Robin warf einen Blick durch die Fenster auf die trostlose, in trübes Grau gehüllte Winterlandschaft. Es schneite noch immer. Der Ostwind wehte mit unverminderter Stärke und trieb den lockeren Neuschnee in weißen Fahnen vor sich her.

»Wenn das so weiter geht, werden wir noch eingeschneit und sitzen hier fest«, fasste Boffo Robins Gedanken in Worte. »Zumindest heute werden wir wohl nicht weiter kommen.«

»Ich hoffe, die Leute in Dornburg machen sich keine allzu großen Sorgen wegen unseres Ausbleibens«, sagte Robin. »Zumal man uns schon seit gestern Abend erwartet. Aber möglicherweise glauben die Bordins auch, wir hätten uns bei diesen Wetterverhältnissen gar nicht erst auf den Weg gemacht. Doch sei's drum – im Moment können wir sowieso nichts ändern. Wir sollten das Beste daraus machen und es uns gut gehen lassen. Zumindest für heute reicht unser Proviant. Und wenn wir sparsam sind, auch für morgen.«

Robin füllte die Tassen. Dann setzten sie sich zu Tisch und nahmen ihre Morgenmahlzeit zu sich.

Für den größten Teil des restlichen Tages lagen die beiden auf der warmen Ofenbank und vertrieben sich die Zeit mit Erzählen. Zuerst ließen sie die gestrigen Ereignisse noch einmal aufleben. Dann schwelgten sie in gemeinsamen Erinnerungen aus vergangenen Tagen. Dann und wann legte Robin Holz nach, schaute nach Bork im Stall oder kochte für beide Tee. Dazu aßen sie die Kekse, die Robins Mutter ihm mitgegeben hatte. Nach einer weiteren, heimeligen Nacht begrüßte sie ein klarer und sonniger Sonntagmorgen.

»Na, ist es denn die Möglichkeit?!«, rief Robin aus. »Man muss tatsächlich nur nach Lusilien reisen, um endlich wieder richtigen Sonnenschein zu genießen.«

Sie nahmen sich nur wenig Zeit, um einige Happen zu essen. Dann beeilten sie sich, ihre Sachen zu packen. Robin ging in den Stall, fütterte Bork und sattelte ihn. Boffo brachte die Stube in

Ordnung, versorgte die Öfen und beseitigte sämtliche Spuren ihres Aufenthaltes. Nach weniger als einer Stunde standen sie marschbereit vor der Toreinfahrt des Hauses. Robin hatte seine Lektion gelernt und trug Thorndil an seiner Seite. Boffo schloss das Tor ab und verriegelte die Fensterläden. Dann machten sie sich auf den Weg.

Es war ein mühseliger Reisebeginn. Boffo blieb auf Bork sitzen, doch Robin musste immer wieder absteigen und – selbst oft bis zur Brust im hohen Schnee steckend – das Pferd am Zügel durch Schneewehen oder über kleinere Lawinenkegel lotsen. Seine Kopfverletzung pochte und auch an einigen anderen Stellen seines Körpers machten sich die Auswirkungen des vorgestrigen Sturzes schmerzhaft bemerkbar. Für die erste viertel Meile benötigten sie nahezu zwei Stunden. Dann wurden die Verhältnisse besser, denn es ging jetzt bergab und der Schnee wurde weniger. Die Luft war noch immer ziemlich kalt aber glücklicherweise war es beinahe windstill und auch die Lawinengefahr war auf den nun weniger steilen Ausläufern der Dornberge weitgehend gebannt. Robin konnte aufsitzen und Borg bahnte sich selbstständig seinen Weg durch die verschneite Landschaft.

Gegen Mittag erreichten sie die Brücke über den Rovin. Dort, am südöstlichen Ufer des Flusses, gab es eine kleine, offene Schutzhütte, unter deren Dach sie eine Rast einlegten. Robin rieb Bork trocken, legte ihm seine Decke auf und tränkte ihn. Dann schüttete er ihm die Reste des mitgebrachten Hafers in seinen Futtersack. Nachdem das Pferd versorgt war, nahmen sie eine kleine Stärkung zu sich.

»Ich denke mal, das Schlimmste haben wir hinter uns«, sagte Boffo. »Wir kommen jetzt in mildere Gefilde und wenn das Wetter mitspielt, sollten wir Dornburg noch am Nachmittag erreichen.«

Robin betrachtete die Gegend, die sich, trotz der geringen Entfernung zu Fornland, grundlegend verändert hatte. Seit sie vom Alten Mauthaus aufgebrochen waren, hatten ihnen die zerklüfteten Ausläufer der Dornberge und der bewaldete Höhenrücken des Farnwaldes die Sicht versperrt. Nun öffnete sich der Blick nach Osten auf die sanft ansteigende Höhen Lusiliens. Zwar waren dessen Hügel ebenso schneebedeckt wie die Gegend, aus der sie kamen. Doch konnte man an der Art der Vegetation den im Sommer milden Charakter dieser Landschaft erahnen. Längs des Flusses wechselten sich lichte, jetzt kahle Laubwälder mit offenen Wiesenauen ab und dahinter waren auf den überwiegend mit niederem Buschwerk bestandenen Hügelketten vereinzelte Olivenbäume und Steineichen zu erkennen.

In wärmeren Jahreszeiten, bisweilen aber auch während des Winters, kam Lusilien das Wetterphänomen des ›Elnur‹ zugute, eines Warmwinds, der sich in Fornland nur selten bemerkbar machte. Er hatte seinen Ursprung in den Wüstengegenden von Süd-Heras, von wo er bei günstiger Wetterlage bis hierher vordrang, um schließlich, von den Barrieren des Farnwalds und der Dornberge nach Norden abgelenkt, seine Kraft an den Hängen des Halvortgebirges zu verlieren.

Doch war auch Lusilien von der sich allenthalben bemerkbar machenden Abkühlung des Klimas nicht verschont geblieben. Nachrichten darüber, die schon während seines Aufenthalts in Pern an Robins Ohr gedrungen waren, hatten sich in letzter Zeit verdichtet. Immer öfters wurden die warmen, südlichen Strömungen von kalten Nordostwinden verdrängt. Die Kälteperioden der jüngsten Vergangenheit hatten ihre Spuren in der Vegetation und noch mehr in der Landwirtschaft der Region hinterlassen. Viele Olivenbäume und die weniger winterharten Korkeichen der nördlichen Provinz hatten die extremen Winter der letzten beiden Jahre nicht überlebt. Der typische Landbau nach alten Traditionen war nur noch in den südlichen Regionen Lusiliens möglich. Und selbst dort würden zahlreiche Bäume und Sträucher, die den widrigen Bedingungen bisher getrotzt hatten, einen weiteren Winter wie den jetzigen kaum überstehen.

Boffo hatte bereits alle Vorbereitungen zur Weiterreise getroffen und drängte zum Aufbruch. Robin beeilte sich, Sattel und

Gepäck auf Borks Rücken zu befestigen. Dann setzten sie ihren Weg fort.

Die Straße machte bald eine Biegung in Richtung Norden und mündete wenig später in die Große Südstraße, die wichtigste Handelsverbindung Elegiens. Dieser folgten sie flussaufwärts. Gegen vier Uhr, als die Sonne sich bereits in einen diesigen Nebelschleier hüllte, sahen sie vor sich die Mauern von Dornburg liegen.

Viertes Kapitel

Spurensuche

»Hallo!« Robin war abgestiegen und klopfte einige Male mit der flachen Hand auf die heruntergelassene Schranke vor dem Stadttor. »Ist jemand hier, um zwei müde Wanderer einzulassen?«

Nichts rührte sich. Robin rief und klopfte erneut. Schließlich öffnete sich die Tür einer in der Seite des Torbaus gelegenen Wachstube. Ein verdrießlich schauender Wächter kam heraus – offensichtlich nicht erfreut, dass man ihm bei der Kälte seine warme Stube missgönnte.

»Na so was! Reisende, und das bei dem Schnee«, brummte er. »Und ein Elm ist auch dabei. Wie heißt ihr und was führt euch hierher?«

»Mein Name ist Robin Rob und mein Begleiter heißt Boffo. Wir kommen aus Fornland und wir werden erwartet«, antwortete Robin geduldig.

»Erwartet? Von wem?«

»Von Benno Bordin, dem Burgverwalter und seinem Sohn Bero«, sagte Robin. »Wenn Ihr wollt, können wir Euch ein Empfehlungsschreiben zeigen.«

»Nicht nötig. Der Burgverwalter hat euch angemeldet. Bereits vor zwei Tagen. Hattet ihr einen Grund für eure Verspätung?«

»Wir wurden aufgehalten.« Robin fühlte sich nicht bemüßigt, weitere Erklärungen abzugeben. »Doch sagt mir: warum so viele Fragen an zwei harmlose Besucher?«

»Besondere Umstände erfordern besondere Maßnahmen«, antwortete der Pförtner. »Wir hatten in letzter Zeit einige merkwürdige Vorkommnisse hier. Doch wird euch Herr Bordin sicher

Genaueres erklären.« Er gab Robin ein kleines Messingschild-chen. »Wenn ihr zum Nordtor kommt, gebt dies dem Wächter. Er wird euch dann zur Burg hinauflassen.«

Er öffnete die Schranke. Robin stieg auf und die beiden ritten durch das Tor. In der Luft lag der Geruch vieler Holzfeuer und in den Straßen und Gassen lag der Schnee so hoch, dass nur schmale Trampelpfade den Weg markierten. Vor den wichtigen Gebäuden und auf den Plätzen der Stadt hatte man begonnen, mit Schaufeln gegen die Schneemassen vorzugehen. Ansonsten schien es, als ob die meisten Bewohner erst einmal abwarteten. Zu unsicher war ihnen wohl die Aussicht auf ein baldiges Ende dieser Schneekatastrophe.

Derzeit, wie immer während der Wintermonate, führte die Stadt ein eher beschauliches Dasein. Der Übergang über das Halvortgebirge war zu dieser Jahreszeit nur selten möglich. Die Straße, welche das Gebirge über den Ortulinpass querte, war zwar gut ausgebaut. Doch mit den jetzigen Schneemengen ka-men nur wenige Reisende zurecht und bis der Pass wieder auf Rädern überwunden werden konnte, würde es sicher Mai wer-den.

Dornburg hatte seine Bedeutung im Laufe der Jahrhunderte vor allem als Handelsstadt erworben. An der Nord-Süd-Verbindung zwischen Thornland und Mauritien gelegen, diente die Stadt gleichermaßen als Ziel wie auch als Durchgangsstation für Reisende, Warenzüge und Handelskarawanen. In Folge dieser Gegebenheit hatten sich hier zahlreiche Handelshäuser gegründet und ein Großteil der Bewohner gehörte dem gehobe-nen Bürgertum an. Doch hatte die Stadt ein gut funktionierendes Gemeinwesen, welches auch Handwerkern, Dienstboten und Ackerbürgern ein gutes und geregeltes Einkommen ermöglichte.

Seine Bedeutung als Zollstation war für Dornburg seit Inkraft-treten des offenen Handelsbündnisses zwischen Thornland und Elegien vor einem halben Jahrhundert in den Hintergrund getre-ten. Auch seine Funktion als schützendes Bollwerk gegen räuberische Eindringlinge aus den rauen Nordländern hatte es in neuerer Zeit nur noch selten erfüllen müssen. Einfälle von Bethunvölkern aus dem Nordreich, die bis nach Lusilien vorgedrungen wären, hatte es seit Ende des letzten Jahrhunderts nicht mehr gegeben. Dennoch verkörperten die hier ansässige Garnison und die zugehörige Schwertläuferschule, die Siola, den Anspruch der Stadt auf Wehrhaftigkeit. Und nach wie vor war der Anblick der mächtigen Mauern Dornburgs beeindruckend. Ebenso, wie derjenige der gleichnamigen Festung, die auf einer felsigen Anhöhe über der Stadt thronte.

Robin kannte sich in Dornburg recht gut aus und auch Boffo war schon mehrmals hier gewesen. Deshalb hielten sie sich nicht unnötig auf, sondern ritten geradewegs durch die Stadt zum Nordtor, welches sie nach einer knappen viertel Stunde erreichten. Durch dieses Tor verließ die Hauptstraße die Stadt in Richtung Ortulinpass. Doch gab es daneben noch eine kleinere Pforte, durch welche gerade ein Fuhrwerk passte. Dies war die Auffahrt zur Burg.

Der Wächter dort machte keine Umstände. Er warf einen kurzen Blick auf das Messingschildchen, das ihm Robin reichte und steckte es in seine Tasche. Dann öffnete er ihnen das Tor zum Burgweg. Dieser führte, anfänglich beiderseits von Mauern gesäumt, steil bergauf. Nachdem die schützenden Mauern auf halber Strecke zurückgetreten waren, schmiegte sich die Straße in einigen Kehren dicht an den felsigen Berg und durchquerte schließlich den vordersten Teil eines Bergsporns durch einen kurzen Tunnel. Danach hatte man freie Sicht auf die Burg, deren Mauerabbrüche sich in luftiger Höhe über diesem Bergsporn erhoben.

Vor dem Burgtor angekommen stieg Robin ab und zog an der aus einem Loch in der Mauer herabhängenden Glockenschnur. Ein heller Ton erklang aus dem Innern des Torbaus. Auch Boffo rutschte von Bork herunter und lauschte auf ein Lebenszeichen der Bewohner. Bald hörten sie Schritte und das schnappende

Geräusch eines schweren Schlüssels, der im Schloss gedreht wurde. Dann öffnete sich inmitten des großen Tores eine kleinere Tür. Ein stämmiger Mann mit freundlichem rotem Gesicht und Vollbart erschien im Halbdunkel. Es war Tirolf, der dienstbare Geist auf der Burg: Diener, Wächter und Hausmeister in einer Person.

»Kommt herein, meine Herrn!«, begrüßte er die Gäste. »Wir haben Euch mit Sorge erwartet.«

Sie traten durch den Durchgang in einen weitläufigen Hof. Die von außen trutzige Burg präsentierte sich in ihrem Innenbereich weit wohnlicher und glich hier vielmehr einem herrschaftlichen Schloss. Auf einer Freitreppe, die hinauf zu den Wohngebäuden führte, kam ihnen Bero Bordin entgegen.

»Willkommen, ihr beiden!«, rief Bero. »Wenn ich euch nicht kennen würde, müsste ich jetzt beleidigt sein. Aber sicher hattet ihr gute Gründe für eure Verspätung. Nehmt euer Gepäck mit. Tirolf wird sich um das Pferd kümmern. Es wird ihm an nichts fehlen.«

Robin nahm Bork die Satteltaschen ab und sie folgten Bero über die Treppe nach oben. Durch ein spitzbogiges Portal betraten sie den Schlossbau.

Einer Reihe monumentale Bilder zierte die Eingangshalle zu beiden Seiten, doch zeigten sie keine Personen, sondern verschiedene Szenen aus der Vergangenheit Lusiliens.

»Wie du siehst, betreiben wir hier in Dornburg keinen Personenkult«, erklärte Bero, der Robins fragende Blicke bemerkt hatte. »Das wäre auch nicht angebracht, denn die Burg ist allgemeines Eigentum der Stadt und des Magistrats. Der jeweilige Verwalter hat nur Wohnrecht.«

»Doch wohnt er hier ziemlich vornehm«, bemerkte Robin mit Blick auf die reich verzierte Innenausstattung der Halle.

»Das muss ich zugeben«, erwiderte Bero. »Aber bis auf einiges persönliches Mobiliar gehört das alles nicht uns. Unser Privathaus befindet sich in der Stadt, wie du ja noch weißt. Es macht aber wirklich keinen Sinn, im Winter zwei Häuser zu heizen, wenn es sich hier angenehm leben lässt. Auch täuscht der erste Eindruck über die Größe der bewohnten Gebäude. Der Wohnbau, in dem wir uns befinden, liegt im Burginnern, trocken und komfortabel. Der Rest der Burg bleibt im Winter kalt und weitgehend ungenutzt.«

Über ein Treppenhaus kamen sie in den zweiten Stock der Gebäude.

»Ich zeige euch erst einmal eure Unterkunft«, sagte Bero. »Dort könnt ihr euer Gepäck loswerden und euch ein wenig erfrischen.«

Bero öffnete eine Tür am Ende des Flurs und die drei traten in ein geräumiges und angenehm temperiertes Zimmer mit zwei Betten und einem großen Fenster mit Blick auf die Stadt. »Ich hoffe, es macht euch nichts aus, dass ihr zusammen in einem Zimmer wohnt.«

»Nein, wir haben uns bereits auf der Herreise aneinander gewöhnt«, erwiderte Robin.

»Alles viel zu groß für einen Elm«, brummte Boffo. »Doch wenn die Federbetten halten, was sie versprechen, bin ich zufrieden. Das wird jeder verstehen, der zwei Nächte auf einer Ofenbank verbracht hat.«

Bero lachte. »Ihr müsst uns später sowieso alles über eure Reise erzählen. Das hier ist übrigens unser vornehmstes Quartier. Nur für besondere Gäste. Ich hoffe, ihr wisst es zu schätzen.«

Er öffnete eine Seitentür des Zimmers. Dahinter sahen die Ankömmlinge einen mit glasierten Tonfliesen verkleideten Raum. Aus der Wand ragte in halber Höhe ein Kupferrohr mit einem kupfernen Hahn.

»Hier gibt es fließendes warmes Wasser. Und wenn ihr nicht allzu verschwenderisch damit umgeht, wird es für euch beide reichen. Handtücher findet ihr hier auf der gewärmten Konsole. Wir wollen in ungefähr einer dreiviertel Stunde essen. Ich werde euch abholen.« Damit verließ er das Zimmer.

»Wenn das kein Fortschritt ist«, ließ sich Robin vernehmen.

»Zu meiner Zeit als Schwertläufer in Dornburg gab es diese Annehmlichkeiten nicht. Aber eine Garnisonskaserne ist nun mal keine Luxusherberge.«

Boffo schien das alles nicht besonders zu beeindrucken.

»Darüber kannst du dir später Gedanken machen«, sagte er. »Willst du zuerst, oder soll ich?«

»Bitte sehr – nach dir!«, entgegnete Robin. »Aber beeil dich und lass mir etwas warmes Wasser übrig. Wenn es nach der Körpergröße geht, sollten Elme folgerichtig auch weniger davon verbrauchen.«

»Sehr witzig«, entgegnete Boffo. »Und wenn es um Reinlichkeit geht, könnt ihr Großfüße noch einiges von uns lernen.«

Mit diesen Worten griff er sich seinen Knappsack und verschwand im Badezimmer. Bald darauf hörte Robin Plätschern und Prusten. Er schälte sich aus seiner Reisekleidung, legte sich frische Wäsche zurecht und wartete, bis Boffo fertig war.

Nach einer halben Stunde standen beide frisch gewaschen und in sauberen Hemden bereit, als es an die Zimmertür klopfte. Es war Bero. Er führte sie zurück in den ersten Stock, wo er die Tür zu einem Kaminzimmer öffnete. Es war mit dunklem Holz getäfelt und an den Wänden hingen reich bestickte Teppiche. Den größten Teil des Raumes nahm ein wuchtiger Eichentisch ein. An dessen Stirnseite, direkt vor dem prasselnden Kaminfeuer, saß ein Mann mittleren Alters mit kurz geschnittenem Bart und Lachfalten um die Augen. Benno Bordin war als Verwalter der Burg und des darin untergebrachten Archivs ebenso wie als Ratsvorsitzender der Stadt und Vertreter des Bürgermeisters eine wichtige Persönlichkeit in Dornburg. Daran ließ schon sein vornehmes Äußeres keinen Zweifel. Zudem hatte er, wie allgemein bekannt war, die mehrheitlichen Anteile an der Firma Bordin und Felsbruck, einem der großen Handelshäuser der Stadt. Als die Besucher den Raum betraten, erhob er sich von seinem Stuhl und kam ihnen entgegen.

»Willkommen in und auf der Dornburg«, sagte er und schüttelte den beiden die Hände. »Ich freue mich, dass Ihr nun doch noch wohlbehalten bei uns angekommen seid.«

Dann bat er die Gäste zu Tisch. Bero brachte Gläser und schenkte Wein ein.

»Auf das Wohl Lusiliens und seiner Bewohner«, sagte Robin. Darauf stießen sie an. »Vor allen Dingen und zuallererst möchte ich Euch den Gruß meines Vaters und des fornländischen Rates entbieten.« Robin überreichte die Grußnote, die ihm Randolf mitgegeben hatte. Auf eine einladende Handbewegung des Gastgebers hin setzten die sich. Für Boffo hatte man an einen kleineren Stuhl mit einem hohen Sitzkissen gedacht.

»Vielen Dank«, erwiderte Benno Bordin, nachdem er die Zeilen überflogen hatte. »Ich werde den Brief bei der nächsten Ratsversammlung verlesen lassen. Ich hoffe doch, Ihr hattet keine allzu großen Unannehmlichkeiten auf Eurer Reise.« Mit letzteren Worten brachte er die Unterhaltung auf einen weniger förmlichen Umgangston. »Weil Euer Vater uns Euren Besuch bereits für vorgestern angekündigt hatte, haben wir uns einige Sorgen wegen Eures Ausbleibens gemacht.«

»Die Sorge war berechtigt, Herr Benno«, erwiderte Robin. »Nicht nur, dass die widrigen Wetterverhältnisse unser Vorwärtskommen erschwerten. Oberhalb der Cirkschlucht wurden wir auch noch von einer Lawine überrascht. Sie hat uns nur um Haaresbreite verfehlt. Doch befürchte ich, dass die Straße über die Dornberge für Tage, wenn nicht gar Wochen unpassierbar sein wird.«

Robin erzählte den staunenden Gastgebern nun alles, was sich während ihrer dreitägigen Reise zugetragen hatte. Einschließlich der Begegnung mit dem Taruk.

»Merkwürdig«, sagte Benno. »Irgendwie passt hier etwas zusammen. Auch nördlich von Dornburg wurden kürzlich zwei Taruks gesehen. Der ganze Spuk begann mit dem Eintreffen eines seltsamen Fremdem, der sich vor drei Tagen in der Alten Post einquartierte. Er kam aus Richtung des Ortulinpasses, der momentan so gut wie unpassierbar ist. Jedenfalls behauptet das der alte Marquart, der den Fremden ankommen sah, als er vor dem Nordtor Brennholz machte.«

»Warum fragt Ihr ihn nicht selbst nach dem Grund seiner Reise?«, mischte sich Boffo in die Unterhaltung.

»Das würden wir gerne«, antwortete Benno. »Aber er ist seit gestern spurlos verschwunden. Und niemand hat gesehen, dass er die Stadt verlassen hätte. Unsere Wächter sind alarmiert, doch der Kerl ist wie vom Erdboden verschluckt.«

»Wo sollte er denn anders herkommen, als aus der Gegend von Barnheim oder von Erinburg?«, versuchte Bero zu beschwichtigen. »Spätestens wenn im Frühjahr die Geschäftsbeziehungen nach Thornland wieder aufleben, wird man mehr über ihn herausfinden.«

»Da wäre ich mir nicht so sicher.« Benno Bordin schüttelte zweifelnd den Kopf. »Der alte Marquart schwört Stein und Bein, er hätte noch keinen solchen Besucher aus Thornland gesehen. Und auch Berulf Breitschuh, der Wirt der Alten Post, versicherte mir, dass er nie einen ähnlichen Dialekt, wie den dieses Fremden gehört hätte. Noch dazu roch der Bursche besonders unangenehm. Irgendwie nach Wolf. Bereits im letzten Jahr ging das Gerücht um, dass sich in der alten und verlassenen Festung Trintal im Lande Norindor, fünfzehn Tagesreisen nördlich der Kirkunberge gelegen, allerhand merkwürdige Bewohner eingenistet hätten. Einige, die diesen Fremden gesehen haben, glauben, er könnte mit diesen sonderbaren Eindringlingen zu tun haben.«

In diesem Moment klopfte es an der Tür. Frau Thalia Bordin kam herein. Begleitet wurde sie von ihrer Haushälterin, die eine Suppenterrine in Händen hielt. Während Robin und Boffo die Hausherrin begrüßten, stellte die Haushälterin die Terrine auf den Tisch und teilte anschließend Teller und Besteck aus.

»Danke, Hilda«, sagte Frau Bordin. »Du kannst jetzt nach dem Hauptgericht sehen.« Hilda verließ den Raum und die Anwesenden setzten sich zum Essen. Zunächst gab es Suppe mit Rosenkohl, Schwarzwurzeln und kleinen Fleischbällchen in einer kräftigen Rinderbrühe. Robin und Boffo, die drei Tage mit Trockennahrung vorliebgenommen hatten, lobten sie zur Freude von Frau Thalia in höchsten Tönen.

Mit der Anwesenheit der Hausherrin wandte sich die Unterhaltung allgemeineren Themen zu. Frau Thalia wollte alles über Robins Familie wissen. Auch an den neuesten Nachrichten aus Lindhag war sie interessiert und als Robin sein Studium in Pern erwähnte wuchs ihr Wissensdurst ungemein. Wie man denn dort lebte und wie die neueste Mode in der Hauptstadt sei. Diese Dinge waren ihr wichtiger als langweilige Gespräche über Politik oder zwielichtige Gestalten. Robin bemühte sich nach Kräften, ihre Fragen nach bestem Wissen zu beantworten. Was ihn zweifellos in den Augen von Thalia Bordin noch höflicher und netter erscheinen ließ, als sie es bereits schon mehrfach zum Ausdruck gebracht hatte.

Der Rest der Tafelrunde, allen voran Boffo, widmete seine Aufmerksamkeit derweil dem Hauptgang, den Hilda zwischenzeitlich serviert hatte: Rehkeule, Rotkohl und eine Gemüsezubereitung, die in Fornland unbekannt war. Zwar gab es dort jede Menge Kartoffeln, doch ihre Zubereitung als Teig, der zu Bällen geformt in Wasser gegart wurde, war in Robins Heimat nicht gebräuchlich.

»Ihr müsst mir unbedingt das Rezept dafür verraten, Frau Thalia«, sagte Robin und deutete auf die Kartoffelklöße.

Die Hausherrin lächelte und fühlte sich sichtlich geschmeichelt. »Natürlich, mein Lieber. Ich werde es Euch am besten aufschreiben. Wenn ich es nicht vergesse. Bitte erinnert mich morgen noch einmal daran.«

Dann stand sie auf und begab sich in die Küche, um das Gelingen der Nachspeise zu überwachen.

Bero schenkte Wein nach und stellte eine Karaffe Wasser dazu auf den Tisch. Die Gegend westlich von Dornburg war für ihre fruchtigen Weißweine berühmt.

»Fünfunddreißiger«, sagte Benno, und schnalzte mit der Zunge. Mit ›Fünfunddreißiger‹ meinte er den Jahrgang 2935. »Wer weiß, wann wir wieder einen solchen Tropfen einfahren. Und ob überhaupt. In den letzten drei Jahren war's jedenfalls Essig mit einer guten Ernte. Und das im wahrsten Sinne des Wortes. Zumindest bei uns im Norden. Die Sommer waren einfach zu kalt. Gut – mit dem Eiswein hatten wir im letzten November Glück. Aber wer will schon immer nur Eiswein trinken?«

»Auch in Fornland haben wir unter der kalten Witterung zu leiden«, pflichtete ihm Robin bei. »Und es scheint von Jahr zu Jahr schlimmer zu werden. Zwar haben wir unsere Probleme mehr im Winter als im Sommer. Wegen der Wasserknappheit und weil unsere Wasserräder vereisen. Doch Sorgen machen sich unsere Oberen allemal. Viele glauben, das schlechte Wetter hätte mit dem Tarantuil zu tun. Und wirklich stößt dieser Berg seit geraumer Zeit viel zu viel Asche aus. Bei Westwind bekommen wir in Fornland eine gehörige Portion davon ab. Richtige schöne Sommertage sind bei uns selten geworden – vom trüben und neblig-kalten Winterwetter ganz zu schweigen. Wenn ich meinen Vater richtig verstanden habe, hat er Euch bereits in seinen Briefen von unser Bestreben mitgeteilt, mehr über den Vulkan und seine Gewohnheiten herauszufinden. Man sagt, es gäbe Aufzeichnungen der Elme darüber. Und wenn man sie finden wolle, müsse man in den Ruinen von Bahor danach suchen. Doch wo genau, weiß niemand.«

»Ich möchte zwar die Erwartungen nicht zu hoch hängen. Aber möglicherweise hat sich uns ein Mosaiksteinchen dieses Wissens durch Zufall offenbart«, sagte Benno mit bedeutungsvoller Miene. »Ich spreche natürlich von unserer Entdeckung im Innern der Statue aus Ton, die ihren Ursprung in Bahor haben soll. Einiges darüber habt Ihr ja schon aus Euren Gesprächen mit Bero erfahren. Und weil dies der eigentliche Grund Eures Besuchs ist, möchte ich Euch diesen Fund nicht länger vorenthalten.«

Er gab Bero einen Wink. Der stand auf, ging zu einem Wandschrank und kam mit einer Mappe aus braunem Leder zurück.

Er schob das Geschirr beiseite und unter den gespannten Blicken von Robin und Boffo legte er das Etui auf den Tisch.

»Wir haben damit gerechnet, dass ihr erst gegen Abend bei uns eintreffen werdet«, erläuterte Bero. »Die Statue und ihren Inhalt sollten wir aber besser bei Tageslicht besehen. Dafür wird morgen Zeit sein. Deshalb haben wir die nach unserer Meinung interessantesten Schriftstücke schon einmal vorab ausgesucht.«

Er klappte die Mappe auf. Sie enthielt mit Schriftzeichen und Symbolen beschriebene Blätter, teils aus Pergament – teils aus Papier, und eine in Farbe auf Pergament gezeichnete Karte. Boffo und Robin beugten sich über die Dokumente, während Bero und sein Vater mit gespannter Aufmerksamkeit die Regungen in den Gesichtern ihrer Besucher zu deuten suchten.

Nach kurzer Zeit blickte Boffo auf. »Diese Schriften bestehen nur zum Teil aus elmischen Zeichen«, sagte er und Enttäuschung klang aus seiner Stimme. »Ein großer Teil der Schriftzeichen ist älter und mir unbekannt, so wie ich es befürchtet hatte. Nur eines kann ich ziemlich sicher sagen: die Karte und ein Teil der Schriftstücke gehören zusammen. Ich vermute, die Aufzeichnungen auf Pergament sind gewissermaßen eine Erklärung für die Karte.«

»Lassen sich denn Anhaltspunkte dafür finden, was hier beschrieben oder bezeichnet wird? Und kann man erkennen, was die Karte darstellt?«, wollte Bero wissen.

Boffo wandte sich wieder den Aufzeichnungen zu. »Ich kann auf den Pergamentblättern eine Abfolge von Symbolen erkennen, die sich auch auf der Karte wieder finden. Zumindest auf dem einen Teil der Karte. Denn diese besteht aus zwei Teilen. Der eine, genauer gesagt der linke Teil, stellt eine Art Grundriss oder Lageplan eines großen Gebäudes dar. Nach der Beschriftung handelt es sich hierbei um den Plan eines zentralen Teils der Festung Bahor. Und zwar, wenn ich die Jahreszahl richtig lesen kann, aus dem Jahr 2080. Was auf dem rechten Teil der Karte dargestellt wird, kann ich momentan nicht deuten.«

»Nun gut«, ließ sich Benno Bordin vernehmen. »Ich habe auch

nicht erwartet, dass sich in einigen Blättern die gesamte Geschichte Eurer Vorfahren und die Lösung für alle unsere Probleme finden lassen. Dennoch finde ich, dass dies schon einmal ein vielversprechender Anfang ist. Morgen bei Tageslicht wird Gelegenheit sein, die restlichen Dokumente in Augenschein zu nehmen. Vielleicht finden sich ja dort die fehlenden Informationen. Und wenn Ihr mehr Zeit oder den Rat der Angehörigen Eures Volkes zur Entschlüsselung der Zeichen und Symbole benötigt, so gebe ich Euch diese Dokumente gerne nach Hause mit, Herr Boffo. Vorübergehend versteht sich. Ich habe dies bereits mit dem Rat von Dornburg besprochen. Denn mir ist wichtig, dass Ihr Euch die Mühe dieses Besuches nicht umsonst oder nur für einige vage Erkenntnisse gemacht habt. Bevor wir allerdings nichts Genaueres wissen, sollten nicht zu viele Vermutungen in die Öffentlichkeit dringen. Diesbezüglich stimme ich auch mit Eurem Vater überein, Herr Robin.«

Gerade kamen Frau Thalia und Hilda mit dem Nachtisch herein. Bero klappte die Ledermappe mit den Dokumenten zusammen und gab sie Boffo. Dann widmete sich die kleine Gesellschaft Frau Thalias Köstlichkeiten. Es gab warme, in Eierkuchenteig ausgebackene Apfelküchlein mit Rosinen und einer Sauce aus eingemachten Himbeeren.

Der Rest des Abends verging in zwanglosem Beisammensein und gelöster Unterhaltung. Zur Erbauung der Anwesenden gab Bero einige Stücke auf der Laute zum Besten. Er beherrschte das Instrument wirklich gut und der Stolz der Eltern über die Kunstfertigkeit ihres Sohnes war ihnen anzusehen. Nach einem abschließenden Gläschen Inuil, welches Boffo aus seinem Silberfläschchen spendierte, spürte Robin eine unaufhaltsame Müdigkeit in sich aufsteigen. Er wollte nicht unhöflich sein, doch Benno Bordin hatte die Körpersprache Robins richtig gedeutet.

»Wir sollten unsere Gäste nach ihrer anstrengenden Reise nicht über Gebühr strapazieren«, sagte er. »Morgen werden wir genügend Gelegenheit haben, alles Übrige zu besprechen. Wenn

Ihr einverstanden seid, wird Bero Euch den Weg zu Eurem Zimmer weisen.«

Robin und Boffo nahmen das Angebot dankend an und wünschten ihren Gastgebern eine gute Nacht. Bero nahm eine brennende Laterne von einem Haken an der Wand und leuchtete den Freunden auf dem Weg durch die dunklen Flure. Im Besucherzimmer angekommen, zündete er die Öllampe neben der Eingangstür an und ließ die beiden allein.

Robin ging ins Badezimmer um sich die Zähne zu putzen und kroch dann ins Bett.

»Auch du solltest dich jetzt schlafen legen, Boffo«, sagte er. »Diese Federbetten sind wirklich nicht zu verachten.«

Doch Boffo dachte überhaupt nicht daran, sich zu Bett zu begeben. Er entzündete eine Kerze an der Öllampe, stellte sie in den Leuchter neben dem kleinen Tisch am Fenster und breitete die mitgebrachte Mappe aus.

»Du kannst gerne schlafen, wenn du müde bist«, erwiderte er. »Und mach dir nicht so viele Gedanken um mich. Elme brauchen nicht so viel Schlaf, wie du vielleicht denkst. Vor allem nicht in meinem Alter. Und vor allem nicht, wenn sie kurz vor einer wichtigen Entdeckung stehen.«

»Wie meinst du das?« Robin war plötzlich wieder munter. »Heißt das, du hast uns vorhin etwas vorenthalten?«

»Ja und nein.« Boffo war tief über die Schriftstücke gebeugt und es schien, als versuche er sich im Schein der Kerze über Dinge klar zu werden, deren Zusammenhänge er bisher noch nicht richtig verstand. »Das heißt, ich weiß es noch nicht genau«, fuhr er fort, »und ich wollte keine falschen Erwartungen wecken, bevor ich mir nicht sicher war, dass das, was ich vermutete, auch tatsächlich so ist.«

»Und was vermutest du?«, wollte Robin wissen. »Kannst du mit einem Mal die alte Symbolschrift lesen, die dir vorhin noch so fremd vorkam?«

»Das nicht!« Boffo sah von den Dokumenten auf. »Doch habe ich etwas entdeckt, was uns weiterhelfen könnte. Da ist zum einen der linke Teil der Karte. Wie ich bereits vermutete, zeigt er Ausschnitte des Grundrisses der Festung Bahor. Doch scheint sein eigentlicher Zweck zu sein, den Zugang zu einem geheimen Raum zu weisen. Dieser ist mit dem uns bekannten Symbol des Auges mit den Schlangen gekennzeichnet. Es ist das Zeichen der Sonnengöttin Tirith, deren goldenes Abbild in Bahor verborgen sein soll. Die anderen Zeichen konnte ich noch nicht deuten. Doch nicht alle Blätter tragen die alte Symbolschrift. Das Blatt aus Papier ist jüngeren Datums. Und es ist mit elmischen Schriftzeichen verfasst. Es ist nur ein Fragment, denn es bricht nach der ersten Seite ab. Doch allein der Anfang ist viel versprechend.

Hier steht: ›Dies sind die Aufzeichnungen von Meridoz, Sohn des Helorn. Ich schreibe diese Zeilen im März des Jahres 2197, weil ich fühle, dass mein Leben nicht mehr sicher ist. Zu stark ist das Streben Nehors nach der Macht der Sieben Gestirne. Die Schlüssel von Ormor haben seine Sinne verwirrt. Solange er sie nicht zur Gänze besitzt, wird er nicht ruhen. Fürst Tantriloz hat seinen Schlüssel genutzt. Doch sein Bemühen war zu schwach. Er wird mit den Unseren den Weg nach Arangion gehen, um das Volk der Sirdain von Arkandra vor einem ungewissen und vielleicht verderblichen Schicksal zu bewahren. Bereits geschlossen sind die Tore von Ormor. Die Tage werden kälter und die Geschöpfe der Tiefe beginnen zu erwachen. So wie es nach dem Willen ihrer Erbauer immer im Jahr der Sieben Gestirne geschehen soll, solange Tiriths Macht nicht erneuert wird. Wenn mir etwas geschieht, bevor ich meine Aufgabe erfüllt habe, wird die Tiriphe mein Geheimnis bewahren. Doch demjenigen, dem sie es preisgibt, auf ihm werden die Hoffnungen von Arkandra und aller Länder um das Taurongebirge ruhen. Denn er wird, wenn er die Karte richtig deutet, die goldene Statue von Bahor finden. Sie wird den zweiten Schlüssel preisgeben. Und er wird ihn nutzen, so wie es im Abbild von Ormor beschrieben ist, um den Tarantuil wieder auf den rechten Weg zu führen ...‹«

Boffo blickte auf, denn hier endete das Schriftstück.

»Heißt das, der, wie du ihn nennst, rechte Teil der Karte stellt die Festung von Ormor dar und es gibt einen Schlüssel, mit dem man sie betreten kann?« Robin saß jetzt hellwach im Bett und war ziemlich aufgeregt.

»Zumindest deuten diese Zeilen darauf hin, dass es so sein könnte«, sagte Boffo. »Jener Meridoz spricht von zwei Schlüsseln. Möglicherweise handelt es sich auch um einen Schlüssel, der aus zwei Teilen besteht. Und er scheint nicht nur den Zutritt zur Festung Ormor zu ermöglichen. Die Äußerungen des Meridoz lassen vermuten, dass er auch das Verhalten des Tarantuil auf eine uns bisher unbekannte Art und Weise beeinflussen kann. Die Idee ist wirklich zu abenteuerlich, um wahr zu sein. Aber irgendwie beschleicht mich eine Ahnung, dieser Schlüssel könnte auch ein Schlüssel zu unserem Wetter sein.«

»Diese Aufzeichnungen liegen schon mehr als 700 Jahre zurück«, rechnete Robin. »Damals gab es doch eine kleine Eiszeit, die dreißig Jahre dauerte, wie du mir selbst erzählt hast. Auch, dass sie möglicherweise einer der Gründe für die Wanderung der Sirdain unter Tantriloz nach Arangion war. Doch scheint sich die Kälte nach einigen Jahrzehnten von selbst wieder verzogen zu haben.«

»Das glaube ich nicht mehr. Irgendjemand oder irgendetwas muss das Schicksal schließlich doch noch gewendet haben. Erinnerst du dich an unsere Unterhaltung am Vortag des Mithreilfestes auf dem Weg nach Blechhammer? Damals sagte ich dir, dass der Tarantuil seit drei oder vier Jahren Asche spukt. Wenn ich mich recht entsinne, muss das im März 2937 begonnen haben. Ich erinnere mich deswegen, weil dies das Jahr des Siebengestirns war. Und diese Konstellation von Sternen und Planeten findet nur alle 740 Jahre statt. Ihr Menschen wisst darüber nur wenig. Doch für die Elme ist es ein mythenumwobenes Ereignis. Jeweils in diesem Jahr soll die Sonnengöttin Tirith die Durchmessung des Universums beenden und von vorne beginnen. So erzählt es jedenfalls die Sage unserer Altvorderen. Und wann genau, wie du dir hoffentlich gemerkt hast, machte Meridoz seine Aufzeichnungen?«

»Ich glaube im März 2197«, antwortete Robin.

»Richtig! Und auch das war das Jahr des Siebengestirns. 740 Jahre, bevor der Tarantuil vor fast genau vier Jahren wieder begann, Asche zu speien. Damals schlossen sich die Tore von Ormor, wie Meridoz schreibt. Was auch immer dies bewirkte, etwas Ähnliches muss vor vier Jahren erneut passiert sein. Und es hat ziemlich sicher etwas mit unserer lausigen Wettersituation zu tun, oder ich will diese Karte morgen zum Frühstück verspeisen.«

»Das solltest du hübsch bleiben lassen«, sagte Robin. »Jetzt, nachdem du mich neugierig gemacht hast, will ich alles wissen.«

Während Boffo die Lichter löschte und sich zu Bett begab, gingen Robin allerhand wirre Gedanken durch den Kopf. »Die Geschöpfe der Tiefe erwachen. So etwas Kindisches. Klingt mir doch sehr wie eine Geschichte aus dem Sagenschatz der Altvorderen«, murmelte er vor sich hin. Obwohl sein Bett wohlig warm war, lief ihm ein Schauer über den Rücken. Vielleicht gab es ja wirklich eine Möglichkeit, den Lauf der Geschichte zu beeinflussen. Und wenn ja, würde er dann eine Rolle dabei spielen?

»Du solltest jetzt versuchen zu schlafen«, ließ sich Boffo aus dem Dunklen vernehmen. »Wie Benno Bordin ganz richtig bemerkt hat, wird morgen Zeit sein, sich über den Rest der Dinge Gedanken zu machen.«

Wenig später hörte Robin nur noch ein sanftes Säuseln aus der Richtung, in der Boffos Bett stand. ›Das Gemüt eines Elms hätte ich bisweilen auch gerne‹, dachte er und griff unwillkürlich an das Figürchen, das um seinen Hals hing. Augenblicklich durchströmte ihn ein beruhigendes Gefühl. Kurz darauf war auch er eingeschlafen.

Am folgenden Morgen wurde Robin unsanft aus dem Schlaf gerissen. Irgendjemand klopfte heftig an der Tür. Robin vermeinte Beros Stimme zu hören.

»... in einer halben Stunde gibt's Frühstück!«, verstand er gerade noch. Dann entfernten sich Schritte auf dem Flur.

Robin richtete sich im Bett auf. Es war bereits heller Tag. Die Vorhänge des Fensters waren geöffnet und die Sonne spiegelte sich in einem Muster von Eisblumen, das sich über Nacht auf den Glasscheiben gebildet hatte. Er schaute auf seine Taschenuhr. Sie zeigte kurz nach acht. Im Badezimmer hörte er Plätschern und das Herumhantieren von Boffo. Bald darauf kam der Elm ins Zimmer.

»Guten Morgen!«, sagte Robin und gähnte. »Du hättest mich ruhig etwas eher wecken können.«

»Wieso denn?« Boffo schien sich wenig aus Robins Vorwurf zu machen. »Wir hätten uns sowieso nur gegenseitig auf die Füße getreten. Außerdem hat Bero das besorgt. Und jetzt, da du schon mal wach bist, beeil dich bitte. Ich habe großen Appetit!«

Wenig später waren beide fertig und gingen nach unten. Dort trafen sie Hilda, die Haushälterin, die gerade mit einem Korb duftender Fladenbrote zur Tür herein kam.

»Die Herrschaften sitzen im kleinen Speisezimmer neben der Küche«, sagte sie. »Bitte folgt mir, meine Herren.«

Am Ende des Flurs öffnete Hilda eine Tür und ließ die beiden in ein helles, rundes Zimmer eintreten. In seiner Mitte stand ein runder Tisch und nach der Form des Raums schien er Teil eines ebenfalls runden Eckturmes der Burg zu sein. Bero und Benno Bordin saßen schon am Tisch. Frau Thalia machte sich in der Küche nebenan zu schaffen und schob gerade ein Kanne auf die Ablage der Durchreiche. Hilda stellte die Fladenbrote auf den Tisch und schenkte Kaffee ein.

»Setzt Euch und lasst es Euch schmecken«, sagte Benno. »Ich habe heute Morgen bereits einige Dinge erledigt. Zum Beispiel mit Thorolt Grimbart gesprochen. Er ist der Vorsteher der hiesigen Stadtverwaltung und damit für den Straßenbau verantwortlich. Noch heute Vormittag wird sich ein Bautrupp auf den Weg zum Alten Mauthaus machen, um die Straße wieder frei zu schaufeln und gegebenenfalls in Stand zu setzen. Wenn es wirklich so schlimm ist, wie Ihr es geschildert habt, wird das sicher einige Tage in Anspruch nehmen.«

»Ich denke, meine Eltern machen sich keine allzu großen Sorgen, wenn wir ein paar Tage länger als geplant abwesend sind.« Robin nahm einen Schluck aus seiner Kaffeetasse und griff nach einem Stück Rosinenkuchen. »Mit einer Woche wird man gewiss rechnen. Aber wenn es wesentlich länger dauert ...«

»Da macht Euch mal keine Gedanken, junger Herr«, beschwichtigte Benno Bordin. »Notfalls können wir eine Nachricht schicken. Wir unterhalten eine Brieftaubenverbindung mit Raul Thorson in Lindhag. Er leitet die Nachrichten bei Bedarf weiter. Über einen Kurier oder den normalen Postweg. Ebenso wie wir dies hier in Dornburg machen. Den Briefverkehr mit Eurem Vater habe ich schon seit jeher so gehandhabt. Was glaubt Ihr wohl, weshalb wir schon vor Eurer Ankunft so gut informiert waren?«

Benno schmunzelte. Boffo schien wenig überrascht und widmete sich den Dingen auf dem reichhaltig gedeckten Tisch.

Dass es eine Brieftaubenverbindung zwischen Lindhag und Dornburg gab, wusste Robin. Doch dachte er, die würde nur in Ausnahmefällen in Anspruch genommen. Dass man auch im Winter genügend Tauben zum wechselseitigen Austausch zur Verfügung hatte, war ihm neu.

»Ich möchte wetten, du wusstest das schon alles«, sagte Robin an Boffo gewandt.

»Natürlich, was dachtest du denn?« Boffo zuckte die Schultern und schaufelte sich ein gebratenes Ei mit Speck auf den Teller. »Du hast mich ja auch nicht danach gefragt.«

»Nun, meine Herren«, mischte sich Benno ein. »Heute Vormittag werden wir uns die zerbrochene Statue besehen. Sie steht im Archivbau. Der ist nicht beheizt. Deshalb zieht Euch später warm an. Und jetzt greift kräftig zu. Ein gut gefüllter Magen fördert das Wohlbefinden und die gute Laune.«

Zurück in ihrem Zimmer nahm Boffo die Ledermappe mit den Dokumenten, einen Schreibstift und etwas Papier und steckte alles in seinen Knappsack. Robin gürtete sich Thorndil um.

Boffo warf ihm einen anerkennenden Blick zu, konnte sich aber ein Lächeln nicht verkneifen. »Ob du dein Schwert gerade heute brauchen wirst? Ich hoffe, du verängstigst unsere Gastgeber nicht mit deinem kriegerischen Aussehen.«

»Du hast doch deine Armbrust auch immer dabei«, entgegnete Robin. »Und niemand nimmt Anstoß daran. Vielleicht muss man sich an meinen Anblick auch erst gewöhnen.«

Sie begaben sich nach unten, wo sie Vater und Sohn Bordin im Treppenhaus trafen. Auch Tirolf, der Hausmeister, war mit von der Partie. Zusammen gingen sie durch ein lang gestrecktes Gewölbe, welches die Verbindung zwischen dem Wohnbau und den Zweckbauten der Burg darstellte. Der Fußboden hier bestand aus polierten Kalkplatten und ihre Schritte hallten in der Weite des Raumes.

An der Stirnseite des Gewölbes angekommen, schloss Tirolf eine eisenbeschlagene Tür auf. Ein frostiger Luftzug kam ihnen entgegen und machte den Besuchern schnell klar, dass eine Burg im Winter kein sehr behagliches Gebäude war.

»Es mag zwar kalt hier sein«, erklärte Benno Bordin, »aber das Gemäuer ist trocken. Im Grunde genommen sind das ausgezeichnete Bedingungen, um Archivalien aufzuheben. Allerdings sollte man das Aktenstudium, wenn möglich, besser auf die Sommermonate verlegen.«

Sie schritten einen Korridor entlang. Auf der einen Seite des Gangs spendete eine Fenstergalerie ausreichend Licht. Die andere Wandseite wurde durch zahlreiche Türen unterbrochen. Dazwischen, an den freien Flächen der Wand, hingen Jagdtrophäen, Bilder und diverse Waffen. Hinter den Türen befanden sich die Räume des Dornburger Archivs. Jedenfalls ließen unterschiedliche Ziffern und Buchstaben über den Eingängen darauf schließen.

Schließlich erreichte die Gruppe ein weiteres Treppenhaus, welches, den baulichen Gegebenheiten der Burg folgend, in die Tiefe führte. Dort schwang sich die Treppe in zwei gleichseitigen Schleifen nach unten. Auf halber Höhe, eingebettet zwischen den beiden Treppenfluchten, stand auf einem flachen Treppenabsatz ein steinernes Podest. Auf diesem der untere Teil einer in zwei Hälften zerbrochenen Statue. Der obere Teil stand, an einem Drahtgestell befestigt, daneben. In ihrer Gesamtheit schätzte Robin die Größe der Figur auf etwas mehr als eine Elle. Die Statue war, soweit man sich in ihrem zerstörten Zustand ein Bild ihres ursprünglichen Aussehend machen konnte, ein genaues Abbild der kleinen Tiriphe, die um Robins Hals hing. Auch das Symbol mit den sich um ein Auge windenden Schlangen war das gleiche wie bei Robins Amulett. Allerdings war diese Statue prächtig bemalt und die Schriftzeichen auf ihrem Sockel waren purpurrot unterlegt.

»Wir haben alles im ursprünglichen Zustand belassen«, erläuterte der Burgverwalter. »Auch um zu zeigen, wie die Schriften in der Statue versteckt waren.«

»Und wo sind sie jetzt?« Robin schaute neugierig in die Höhlung der kaputten Figur.

»Was meint Ihr damit, Herr Robin?« Benno Bordin trat näher an das Podest heran und in seinem Gesichtsausdruck spiegelte sich ungläubiges Staunen.

»Sie ist leer!«, sagte Robin. »Es sei denn, es gibt ein Geheimversteck. Oder wurde auch der Rest der Dokumente bereits in Sicherheit gebracht?«

Boffo, der zwar die Figur sehen, doch nicht in ihre Höhlung hineinschauen konnte, sah fragend in die Runde. Die anderen sahen alle das gleiche. Nämlich nichts, außer einer zerbrochenen Figur. Von Schriften oder Zeichnungen keine Spur.

»Ich verstehe das nicht!« Bero kratzte sich am Kopf. »Gestern, als ich einen Teil des Inhalts holte, war hier noch alles in bester Ordnung. Die restlichen Schriftstücke habe ich wieder in die Figur gesteckt. Ich kann mir nicht erklären, wo sie hingekommen sind.« Er warf einen fragenden Blick zu Tirolf.

»Ich habe nicht die leiseste Ahnung, Herr«, sagte der und zuckte die Schultern. »Seit gestern Vormittag bin ich nicht mehr hier vorbeigekommen. Da war alles so wie immer. Doch muss ich gestehen, dass ich so genau auch wieder nicht geschaut habe.«

»Schönes Schlamassel«, sagte Benno. »Da kündigen wir großartige Entdeckungen an. Und dann löst sich alles in Nichts auf. Ich weiß wirklich nicht, was ich von dem Ganzen halten soll.«

»Ganz einfach!«, sagte Boffo. »Wenn die Sachen nicht hier sind, dann hat sie jemand genommen. Um nicht zu sagen: gestohlen. Und genommen kann sie nur jemand haben, der von ihrer Existenz wusste und ihre Bedeutung kannte.«

»Nun, gewusst haben einige von der Existenz dieser Blätter«, sagte der Verwalter. »Doch hat sich wohl kaum jemand Gedanken über ihre Bedeutung gemacht. Zumindest niemand aus Dornburg. Ich bin nur froh, dass Bero die nach unserer Ansicht wertvollsten Aufzeichnungen vorher in Sicherheit gebracht hat. Zudem kann ich mir nicht vorstellen, wie jemand diese Räumlichkeiten überhaupt betreten konnte, ohne dass einer von uns dies gesehen, geschweige denn, demjenigen dies erlaubt hätte. Die Burg ist gut gesichert, davon konntet Ihr Euch ja wohl selbst überzeugen, Herr Boffo.«

»Aber gerade das macht mir Sorgen.« Boffo zog seine Stirn in Falten. »Wenn jemand diese Räumlichkeiten betreten hat, ohne dass ihn jemand dabei gesehen hat, dann kann er dies jederzeit wieder tun. Und wenn derjenige um die Bedeutung dieser Dokumente weiß, dann hat er sicherlich bemerkt, dass das Wichtigste, nämlich die Karte mit den Plänen, fehlt. Wenn sich also tatsächlich ein ungebetener Besucher auf diese Burg geschlichen haben sollte, der es auf diese Aufzeichnungen abgesehen hat, könnte er noch immer in der Nähe sein.«

Robin beschlich eine Ahnung. Er griff an seinen Hals und zog die kleine Tiriphe hervor. Das Schlangensymbol in ihren Händen schimmerte bläulich. Er warf Boffo einen vielsagenden Blick zu. Von den anderen unbemerkt, schob er das Figürchen zurück in sein Hemd.

»Boffo hat recht. Irgendwer scheint diese Dokumente besitzen zu wollen«, sagte er. »Doch er hat nicht das bekommen, was er eigentlich suchte. Ihr solltet angemessene Vorsichtsmaßnahmen ergreifen, Herr Benno.«

»Das werde ich«, entgegnete Benno Bordin. »Ich bin sicher, die Sache wird sich letztendlich zum Guten aufklären. Und jetzt entschuldigt mich. Ich habe noch einige dringende Amtsgeschäfte zu erledigen. Bero wird sich um Euch kümmern. Wenn Ihr wollt, kann er Euch ein wenig durch die Gebäudlichkeiten führen. Falls Ihr irgendwelche Wünsche habt, bitte zögert nicht, ihn zu fragen. Wir sehen uns zum Abendessen.« Damit ging er mit Tirolf die Treppe hinauf und ließ die Besucher mit Bero allein.

»Tut mir wirklich leid, im Moment bin ich ratlos«, sagte der. »Aber vielleicht hilft es, wenn wir uns ein wenig umsehen, wie mein Vater vorschlug. Ich könnte euch das Archiv zeigen, wenn es euch interessiert.«

Robin und Boffo waren einverstanden. Sie folgten Bero hinauf in den lang gezogenen Korridor. Der öffnete eine der nummerierten Türen und sie betraten einen hohen, hellen Raum. Dessen Wände bestanden, mit Ausnahme der Fensterseite, aus raumhohen Schränken und diese wiederum aus einer Unmenge von Schubladen. Auf deren Vorderseiten sah Robin Ziffern und Buchstaben oder eine Kombination aus beiden. In der Mitte des Raumes standen Regale, gefüllt mit in weißes Leder gebundenen Folianten. An den Stirnseiten gab es je eine offen stehende Tür. Diese führten in die angrenzenden Räume, die in gleicher Art und Weise eingerichtet waren, wie der, in dem sie sich befanden. Über den Türen waren Schilder angebracht, die auf den Inhalt der Räume verwiesen.

»Die Schubladen, die ihr seht, enthalten lose Blätter«, erklärte Bero. »Meist sind es Urkunden und Schriftstücke, die bestimmten Familien, Geschlechtern oder Handelshäusern zugeordnet sind. Der größte Teil davon sind Handels-, Besitz- oder Kaufverträge. Der Rest besteht aus Korrespondenzen. Die wichtigsten Urkunden werden in separaten Rollen gelagert und besonders wertvolle oder interessante Dokumente sind in Leder gebunden.

Ich denke, dass die ältesten hier aufbewahrten Schriftzeugnisse bis auf das Jahr 2000 zurückgehen. Doch betrifft das meiste Material Dornburg als Handelsstadt und den Schriftverkehr mit den umgebenden Städten und Provinzen. Überlieferungen geschichtlicher Art sind eher selten.«

Sie gingen durch einige der Räume, die alle im gleichen Stil eingerichtet waren. Robin bemerkte verwundert, dass sich Boffo wenig für das Archiv zu interessieren schien. Obwohl sonst alles sein Interesse erregte, was mit alten Hinterlassenschaften zusammenhing.

Stattdessen warf Boffo öfters Blicke aus dem Fenster. »Sag mal Bero«, fragte er schließlich. »Gibt es noch weitere Zugänge zu diesem Teil der Burg? Ich meine, außer über das Haupttor.«

»Nein. Diese Räume sind nur über das Gewölbe zu erreichen, über das wir diesen Gebäudetrakt betreten haben«, antwortete Bero.

»Ich wundere mich nur gerade über diese Fußspuren im Schnee, die draußen an der Burgmauer entlanglaufen.«

Nun sah auch Bero aus dem Fenster. »Das ist ungewöhnlich«, sagte er. »Sieht fast so aus, als hätte hier jemand die Umgebung ausgekundschaftet.«

Robin kratzte sich am Kinn. »Ich denke, wir sollten Bero in unser Geheimnis einweihen.«

Boffo nickte. Robin zog die Tiriphe aus seinem Hemd und zeigte sie Bero. Das Auge im Inneren des Schlangensymbols leuchte noch immer.

»In gewisser Weise ist dies eine kleine Ausführung der Figur im Treppenhaus«, erklärte er. »Sie wurde in einer unserer Minen gefunden. Und sie besitzt eine besondere Fähigkeit. Nach unseren Erfahrungen reagiert sie auf gewisse dunkle Mächte, deren Absichten wir nicht kennen. Auch Taruks mag sie nicht. Und anscheinend auch all diejenigen nicht, deren Denken und Handeln sich gegen ihre Herrin Tirith richten, der Sonnengöttin, der die Altvorderen des Elmenvolkes einst große Verehrung entgegenbrachten.«

Bero blickte verwundert auf die kleine Figur. »Was meinst du mit ›reagieren‹?«, fragte er. »Und was bedeutet das Leuchten dieses Symbols, dass sie in ihren Händen hält?«

»Es bedeutet, dass hier auf der Burg etwas oder jemand ist, das oder den sie nicht leiden kann«, mischte sich Boffo ein. »Und mit hier meine ich: in unserer unmittelbaren Nähe. Irgendetwas stimmt hier nicht. Und wir sollten möglichst schnell herausfinden, was es ist. Zunächst würde mich interessieren, wohin die geschwungene Treppe am Ende des Korridors führt, auf deren Absatz die zerbrochene Figur steht.«

»In das untere Stockwerk des Gebäudes. Dort gibt es nur Lagerräume für weitere Archivalien. Und Abstellkammern mit Gerümpel und Dingen, für die wir momentan keine Verwendung haben.«

»Trotzdem würde ich mich dort gerne umsehen. Wenn hier ein ungebetener Besucher war, dann muss er ja von irgendwo hergekommen sein.«

Sie verließen die Archivräume und gingen zurück zur Treppe. Als sie an der kaputten Statue vorbeigingen, bemerkte Robin, dass Boffo in seinen Knappsack griff und die lederne Dokumentenmappe auf das Podest legte. Doch sagte er nichts. Der Elm würde sicher Gründe für sein Handeln haben.

Im Untergeschoss des Archivbaus herrschte schummriges Halbdunkel. Durch einige schmale und vergitterte Fensterschlitze fiel nur wenig Licht. Die Wände hier waren nicht hell verputzt, sondern aus rauen Natursteinen gemauert. Darin befanden sich, ebenso wie im Obergeschoss, zahlreiche Türen. Sie bestanden aus schweren Holzbohlen und waren mit kräftigen Eisenbändern gesichert. Robin drückte auf eine der Klinken. Die Tür war verriegelt.

»Meines Wissens nach sind die Türen hier alle verschlossen«, sagte Bero. »Tirolf hat die Schlüssel dazu. Da können wir im Moment nichts machen ...«

Er hielt mit seinen Worten inne. Auch die beiden anderen lauschten. Oben auf den Treppenstufen waren unzweifelhaft

Schritte zu hören. Dann herrschte Stille.

»Hallo! Ist hier jemand?!«, rief Bero. Es kam keine Antwort. Erneut waren Schritte zu hören. Diesmal schienen sie sich zu entfernen. Robin rannte als Erster los und hastete die Treppenstufen hinauf. Im Vorbeirennen sah er, dass die Ledermappe nicht mehr auf dem Podest lag. ›Zu leichtsinnig von Boffo‹, dachte er. Oben an der Treppe angekommen zog er Thorndil aus der Scheide. Bero, der ihm folgte, griff sich eines der Schwerter, die an der Wand des Ganges hingen. Die erste Tür zu den Archivräumen stand offen. Die beiden stürmten hindurch und hielten inne. Niemand war zu sehen. Auch das Geräusch von Schritten hatte aufgehört. Doch in der Luft hing ein unangenehmer, wolfsähnlicher Geruch, der Robin an die Begegnung mit dem Taruk vor drei Tagen erinnerte.

Bero deutete auf eines der Bücherregale an der Schmalseite des Raums. Einige der Bücher lagen auf dem Fußboden. Sie traten näher. Zwischen Regal und der Holzvertäfelung der Wand klaffte ein kaum sichtbarer Spalt. Robin zog am Regal und wie eine Tür ließ es sich in den Raum schwenken. Dahinter tat sich ein mannshoher Durchgang auf, in dessen dunklem Hintergrund sich der Beginn einer Wendeltreppe abzeichnete.

»Warte hier auf Boffo!«, sagte Robin. Dann trat er in die Öffnung und folgte den Sandsteinstufen der Treppe nach unten. Das spärliche Licht nahm schnell ab, während Robin tiefer stieg.

Nach ungefähr 70 oder 80 Stufen hatte Robin das Ende der Treppe erreicht. Durch einen Schlitz im Mauerwerk fiel ein dünner Lichtstrahl und erleuchtete die Umrisse eines gemauerten Ganges mit gewölbter Decke. Robin betrat ihn und ging vorsichtig weiter. In unregelmäßigen Abständen fiel mattes Licht aus Mauerschlitzen, die sich in schmalen, langen Schächten zum Tageslicht erstreckten. Jedoch ermöglichten sie keinen Blick nach draußen. Auf der linken Wandseite öffneten sich von Zeit zu Zeit niedrigere Nebengänge. Robin folgte dem Hauptgang, der ihn nach einer Strecke von geschätzten 50 Ruten in ein geräumiges Gewölbe führte, von dessen Stirnseite drei weitere Gänge abzweigten. Der mittlere Gang schien der größte und am besten ausgebaute zu sein.

Robin steckte Thorndil in die Scheide und zog sein Feuerzeug und einen Kerzenstummel aus der Tasche. Bald flackerte der Kerzendocht und erzeugte einen schwachen, nur die unmittelbare Umgebung erhellenden Lichtkegel. Robin wählte den mittleren Gang. Mit einer Hand die Kerze haltend, tastete er sich mit der anderen an der Wand entlang. Nach einiger Zeit ging das Mauerwerk in massiven Fels über. Doch blieb der Gang gut begehbar. Robin folgte ihm für weitere 200 Schritte, bis er an eine Abzweigung kam. Keiner der beiden weiterführenden Gänge gab irgendwelche Hinweise auf eine Haupt- oder Nebenrichtung.

Aus dem rechten der beiden Gänge spürte er einen Luftzug und ehe er eine Entscheidung über sein weiteres Vorgehen treffen konnte, war die Flamme der Kerze erloschen. Robin suchte sein Feuerzeug hervor und ließ einige Funken sprühen. Doch der salpetergetränkte Zunderschwamm blieb dunkel.

»Mist!«, fluchte Robin leise. Er hielt inne und lauschte. Es war ihm, als höre er Schritte. Aus einiger Entfernung – doch, ob vor sich oder hinter sich, konnte er nicht sagen. Unwillkürlich zog er die Tiriphe aus seinem Hemd. Noch immer leuchtete sie. Anfänglich entstieg ihr nur ein matter, blauen Schimmer. Doch kam es Robin vor, als würde das Licht der Figur stärker, ja länger er darauf sah.

›Die Gefahr muss ziemlich nahe sein‹, dachte er gerade, als ihn etwas von hinten berührte. Robin fuhr herum. Hinter sich, im blassen Schein der Tiriphe erkannte er Boffo. Der Elm legte einen Finger auf seine Lippen.

»Steck die Tiriphe ein und verhalte dich still«, raunte er. Dann zog er Robin an der Jacke nach hinten in eine Nische und sie warteten in der Dunkelheit. Nur wenige Augenblicke. Die Schritte waren jetzt nahe und sie wurden schnell lauter. Kurz darauf hastete eine Gestalt an ihnen vorüber und verschwand im linken der beiden Gänge. Robin konnte in diesem kurzen Augenblick weder Gesichtszüge noch Einzelheiten des Äußeren dieses Unbekannten erkennen. Nur, dass er eine Art Helm trug, in dessen Stirnseite ein leuchtendes Etwas eingelassen war, welches einen kräftigen Lichtkegel nach vorne warf.

»Los! Hinterher!«, zischte Boffo und sie rannten los. Anfänglich reichte der Lichtschein, den der Eindringling verbreitete, um auch seinen Verfolgern den Weg zu weisen. Doch er wurde rasch schwächer und verschwand schließlich ganz hinter einer Biegung des Ganges. Von dort hörten sie ein schnappendes Geräusch.

»Der Kerl ist verdammt flink auf den Beinen.« Boffo rang nach Luft. »Ich glaube nicht, dass es Sinn macht, weiter zu rennen. Außerdem brauchen wir mehr Licht.«

Robin zog die Tiriphe aus seinem Hemd. Sie leuchte nur noch matt und verblasste zusehends.

»Die Gefahr entfernt sich schnell«, sagte er und atmete tief durch. Sie gingen jetzt langsamer. »Zu dumm nur, dass der Bursche jetzt auch noch die restlichen Dokumente und die Karte hat.«

»Für wie einfältig hältst du mich eigentlich?« Boffo kramte in seinem Umhängesack, holte seine kleine Sturmlaterne hervor und entzündete sie mit einigen Schlägen seines Feuerstahls. »Was er hat, ist lediglich die Ledermappe. Mit einigen leeren Blättern. Trotzdem ist es ärgerlich, dass er uns entkommen ist. Ich hätte ihm einen meiner Armbrustbolzen als Andenken verpassen sollen, als er an uns vorbei rannte. Doch wer weiß. Vielleicht haben wir uns auf diese Weise einigen Ärger erspart.«

Sie eilten im Lichtschein von Boffos Laterne weiter. Nach ungefähr 200 Schritten versperrte ihnen eine glatte Wand den weiteren Weg.

»Der Typ kann sich doch nicht in Luft aufgelöst haben«, wunderte sich Robin.

»Wohl kaum. Außerdem spüre ich einen kalten Luftzug.« Boffo leuchtete die Steinplatte vor ihnen ab. In der rechten Wandseite ließ sich eine Vertiefung erkennen – zu hoch für Boffo. Robin sah hinein und erkannte darin eine Kette mit einem metallenen Ring. Er blickte Boffo fragend an. Der nickte und Robin zog an dem Ring. Mit einem metallischen Klicken sprang die steinerne Platte einen Spalt auf und ließ sich dann ohne großen Kraftaufwand nach außen drücken. Sie betraten eine natürliche und nicht allzu große Höhle, durch deren mit Flechten und Buschwerk verhangenen Eingang das Tageslicht fiel.

Die beiden zwängten sich hinaus. Vor ihnen lag der steile, schneebedeckte Westhang des Burgbergs, auf dessen halber Höhe sie sich befanden. Fußspuren führten in Kehren hinunter zum Fuß des Bergs bis fast an die Stadtmauer. Noch vor dem Nordtor schwenkten sie nach Norden und verloren sich im hügligen Gelände. Der Eindringling selbst war nicht mehr zu sehen.

»Ich glaube der Bursche kann fliegen«, knurrte Boffo. »Es macht jedenfalls keinen Sinn, ihn von hier aus verfolgen zu wollen. Wir sollten uns auf den Weg zurück zu Bero machen. Nur zusammen mit ihm können wir entscheiden, wie wir weiter vorgehen.«

»Wo ist eigentlich Bero?«, wollte Robin wissen. »Ich hoffe, es ist ihm nichts passiert.«

»Er bewacht wahrscheinlich noch immer den Eingang zur Wendeltreppe«, antwortete Boffo. »Jedenfalls habe ich ihn darum gebeten. Für den Fall, dass es sich dieser Unbekannte anders überlegt hätte und zurückgekommen wäre.«

Sie krochen zurück ins Höhleninnere und verschlossen das Tor zum Geheimgang von innen. Dann machten sie sich im Licht von Boffos Laterne auf den Rückweg. Bero stand noch immer mit blankem Schwert vor der Geheimtür zur Wendeltreppe und wartete voll Ungeduld auf die Rückkehr der beiden. Robin schilderte ihm das Erlebte. Vor allem die Nachricht von dem geheimen Zugang zur Burg versetzte Bero in heftiges Erstaunen. Ebenso die List Boffos, den Dieb mit der leeren Mappe aus seinem Versteck zu locken. Doch für lange Erklärungen war jetzt nicht der richtige Zeitpunkt.

»Ich könnte versuchen, einige Schwertläufer aus der Garnison zu überreden«, schlug Bero vor. »Nur mit angemessener Verstärkung wäre es vertretbar, sich auf eine Verfolgung einzulassen. Alles andere wäre zu gefährlich.«

Robin und Boffo willigten ein. Sie rannten zurück zum Wohnbau der Burg, zogen ihre Wintersachen an und suchten das nötigste Marschgepäck zusammen. Dann eilten sie hinunter in die Stadt.

Fünftes Kapitel

Schatten am Ortulin

Es war kurz nach Mittag. Im Hof und in den Gängen der Siola herrschte Hochbetrieb. Gruppen von Schwertläufern waren auf dem Weg zum Essen oder begaben sich von den Speisesälen zurück in ihre Unterkünfte. Bero führte die Besucher zu einem Raum, in dem Offiziere und Ausbilder der Garnison gerade ihr Mittagessen beendet hatten. Wegen des erwarteten Besuchs aus Fornland hatte er sich für heute frei genommen. Das Erstaunen der Schwertläufer über sein plötzliches Erscheinen, noch dazu in Begleitung, war deshalb groß. Einige von ihnen kannte Robin von seinem früheren Aufenthalt in der Dornburger Akademie, andere hatte er flüchtig auf dem Turnierplatz oder näher beim anschließenden Fest kennen gelernt.

»Oho, der Sieger des Turniers von Lindhag«, entfuhr es Lebo Berghauer. Auch er war am Abend des Mithreilfestes bei den Robs zu Gast gewesen. »Welch unerwartete Ehre!«. Er stand auf. Die anderen Schwertläufer erhoben sich ebenfalls.

Boffo und Robin begrüßten die Anwesenden per Handschlag. Dann schilderte Bero die Begegnung mit dem Eindringling in der Burg und die Art seines Verschwindens.

»Wenn irgendeine Aktion noch einen Sinn ergeben soll, dürfen wir keine Zeit verlieren. Wer uns also bei der Suche nach dem Unbekannten und den verschwundenen Dokumenten unterstützen möchte, sollte schnell bereit sein und sich auf einige Unannehmlichkeiten einstellen. Es könnte gefährlich werden. Zudem haben wir kein Mandat des Rates. Ein Ansuchen um förmliche Genehmigung würde unser Vorhaben um Stunden verzögern. Es ist deshalb eure freiwillige Entscheidung, hier zu bleiben oder uns zu begleiten.«

»Ganz so freiwillig ist diese Entscheidung auch wieder nicht«, entgegnete Lebo Berghauer. »Der Kommandant ist heute abwesend und ich habe als diensthabender Offizier das Kommando. Aber so, wie du die Sache schilderst, liegt es im Interesse des Allgemeinwohls, dass wir umgehend handeln. Wir können nicht zulassen, dass einer oder mehrere Unbekannte unsere Stadt auskundschaften, unbefugt in die Burg eindringen, wichtige Dokumente stehlen und sich dann ungestraft wieder aus dem Staub machen. Außerdem hat der Rat der Stadt schon vor zwei Tagen wegen dieses Fremden die Bürger zu erhöhter Wachsamkeit aufgerufen und die Wachen in Alarmbereitschaft versetzt. Also, auf was sollten wir dann noch warten? Wer ist dabei?«

Ohne zu zögern erklärten sich fünf der Anwesenden zum sofortigen Aufbruch bereit. Außer Lebo die beiden Zwillingsbrüder Zorg und Bono Ebermann, Miro Breitspieß und Buron Kienspan.

»Genug, das reicht!«, unterbrach Lebo den Eifer der anderen. »Nehmt etwas Proviant mit und vergesst eure Schneeschuhe nicht. Wir treffen uns in zehn Minuten draußen im Hof.« Die fünf Männer verschwanden auf ihre Stuben, um sich auszurüsten. Auch Bero ging, um noch einige Sachen zu holen.

Kurze Zeit später waren die Schwertläufer marschbereit. Zusammen mit Bero, Robin und Boffo zählte die Gruppe acht Köpfe. Die Schwertläufer aus Dornburg waren alle mit Langbögen bewaffnet, die sie griffbereit in einem Futteral auf dem Rücken trugen.

»Die müssten dir passen. Und den wirst du vielleicht auch brauchen!« Mit diesen Worten drückte Bero Robin ein Paar zusammengebundene Schneeschuhe und einen Bogen mit Pfeilköcher in die Hand. Robin warf einen Blick darauf. Dann gürtete er sein Schwert ab, befestigte Pfeilköcher und Bogen mit zwei Lederriemen an der Scheide und hängte sich das Bündel am Gurt seines Schwertgehänges quer über den Rücken. Bero winkte einen jungen Schwertläufereleven herbei, erklärte ihm kurz die Lage und gab ihm einen Zettel.

»Lauf ins Rathaus und gib dies möglichst meinem Vater, wenn du ihn antriffst! Wenn nicht, dann überlasse die Nachricht dem Amtsverwalter. Er wird sie weiterreichen.«

Der junge Schwertläufer eilte davon und die Gruppe um Lebo und Bero setzte sich zum Nordtor in Bewegung. Seit der Begegnung mit dem Eindringling war mittlerweile eine knappe Stunde vergangen und Eile tat Not. Die Torwächter hatten keine auffälligen Beobachtungen gemacht. Doch konnten sie bestätigten, dass in den letzten beiden Tagen keine Reisenden die Stadt in Richtung Ortulinpass verlassen hatten. Dies würde die Spurensuche erleichtern.

Vor dem Tor schnallten sich die Schwertläufer ihre Schneeschuhe an und folgten der allmählich ansteigenden Straße nach Norden. Boffo hatte seine eigenen an den Füßen und konnte mit dem Tempo der anderen mithalten. Robin hatte dagegen Mühe, der Gruppe zu folgen. Er konnte zwar mit Schneeschuhen umgehen, aber er hatte sie lange nicht mehr verwendet und war etwas aus der Übung. Deshalb sank er bisweilen tiefer ein, als ihm lieb war und kam dabei aus dem Tritt, währenddessen Boffo wieselflink über die Oberfläche eilte. Was Robin nicht weiter erstaunte. Er wusste, wie schnell Elme trotz ihrer kurzen Beine laufen konnten.

Der Tag war klar und kalt. Seit eineinhalb Tagen hatte es nicht mehr geschneit und der Neuschnee der letzten Wochen hatte sich gesetzt und gefestigt. Zuerst war die Schneedecke unberührt. Als die Verfolger aber um die Biegung des Burgbergs kamen, sahen sie Spuren, die, von den Mauern der Dornburg kommend, in die Straße einmündeten. Doch war nicht nur eine einzelne Spur zu sehen. Entweder stammten die Spuren im Schnee von mehreren Personen oder eine Person hatte den Weg mehrmals zurückgelegt. Allerdings gab es keine Anzeichen dafür, dass der oder die Verursacher Schneeschuhe getragen hatten. Lebo, Bero und die anderen Schwertläufer waren deshalb zuversichtlich, trotz des zeitlichen Rückstandes Boden gut machen zu können.

Die Straße folgte dem Tal, das der Rovin durch die Ausläufer des Halvortgebirges gegraben hatte. Nach ungefähr eineinhalb Meilen wurde der Weg steiler und die Windungen der Straße häuften sich. Man konnte sie jetzt im besten Fall auf eine Distanz von 50 Ruten überblicken, bevor sie hinter der nächsten Biegung verschwand. Von dem Flüchtenden war außer seinen Fußspuren nichts zu sehen.

Die Verfolger waren etwas über eine Stunde unterwegs, als Lebo Berghauer, der die Gruppe anführte, seine Hand hob. Robin war zu diesem Zeitpunkt ein Stück zurückgefallen und froh, wieder Anschluss zu bekommen. An der rechten Seite der Straße lag ein großer Findling, der an seiner Südseite unter einer Höhlung Schutz vor der Witterung bot. An dieser Stelle war der Schnee rings um die Reste einer noch warmen Feuerstelle niedergetreten. Nur drei oder vier Schritte entfernt davon lagen der Kopf und die blutigen Fellreste einer Bergziege.

»Hier hat jemand gelagert«, stellte Lebo fest. »Und nicht nur Menschen! Überall sind Wolfsspuren zu sehen.«

»Noch dazu ziemlich große«, ergänzte Miro Breitspieß. »Sieht beinahe so aus, als stammten sie von den beiden Taruks, die vor etlichen Tagen hier in der Gegend von Holzfällern gesehen wurden. Noch bevor der starke Schneefall einsetzte.«

»Dann sind die Eindringlinge also zu mehreren«, sagte Bero. »Und ich habe nie davon gehört, dass Taruks die Gesellschaft normaler Menschen suchen würden. Wie es scheint, haben wir es hier mit besonders unheimlichen und vielleicht auch besonders unangenehmen Zeitgenossen zu tun.«

»Wenn es ursprünglich zwei Taruks waren, dann ist jetzt nur noch einer übrig«, mischte sich Robin ein. Er schilderte die Begebenheit mit dem Taruk vor drei Tagen beim Alten Mauthaus. Die Schwertläufer lauschten gespannt Robins Worten. Boffo, dessen Ansehen unter der Gruppe durch seine Fähigkeiten im Schneeschuhlauf bereits erheblich gestiegen war, wurde mit beinahe ehrfürchtigen Blicken gemustert. Der Elm war ein paar Schritte zurück in Richtung Straße gegangen und hatte einen Blick auf die Spuren geworfen, die vom Rastplatz weg und weiter in Richtung Ortulinpass führten.

»Wenn wir die Flüchtigen überhaupt noch weiter verfolgen wollen, sollten wir uns bald entscheiden«, sagte er. »Ich sehe hier die Spuren von zwei Personen. Und diesmal auf Schneeschuhen. Die beiden scheinen schnell, zäh und entschlossen zu sein. Dies zeigt schon allein ihre Fähigkeit, den Ortulinpass bei diesen Witterungsverhältnissen überwunden zu haben. Und die Anwesenheit eines Taruks macht die Sache nicht leichter.«

»Wir sollten zumindest den Versuch wagen«, schlug Bero vor. »Für ein mehrtägiges Unterfangen sind wir sowieso nicht ausgerüstet. Also lasst uns sehen, was wir heute noch tun können, solange die Sichtverhältnisse es erlauben.«

Die Umstehenden nickten zustimmend. Dann machten sie sich an die weitere Verfolgung.

Das Tal des Rovin wurde zunehmend enger und die Abhänge zu seinen Seiten steiler. Sie erinnerten Robin auf unangenehme Weise an die Felsabbrüche über der Cirkschlucht. Allerdings war die Lawinengefahr heute bei weitem nicht mehr so hoch wie an den Tagen zuvor. Und die schmalen Streifen von Kiefern und Pinien entlang der Straße und des westlichen Flussufers vermittelten ein Gefühl von Sicherheit.

Zwischen den Bäumen waren immer öfters große Findlinge aus Granit zu sehen, die in grauer Vorzeit von den Ausläufern urzeitlicher Gletscher hierher transportiert worden waren. Auch im Flussbett des Rovin selbst lagen große Brocken, um und über die das Wasser sich geräuschvoll und in lebhaften Kaskaden seinen Weg suchte. Dazwischen hatten sich bizarre Gebilde aus Eis gebildet, die mit den Wellen des Flusses eine glucksende und gurgelnde Geräuschkulisse erzeugten.

Robin hätte diese Umgebung als wild-romantisch empfunden,

wenn ihn nicht die Ernsthaftigkeit des Unternehmens mit Besorgnis erfüllt hätte. Rechtfertigten ihre Ziele es eigentlich, sich und andere in Gefahr zu bringen? Schließlich waren doch die wichtigsten Aufzeichnungen in Sicherheit. Sollten doch die Schufte mit ihrer Beute glücklich werden. Wenn sie überhaupt etwas damit anfangen konnten. Andererseits konnte er eine lebhafte Neugier nicht verleugnen, der Sache auf den Grund zu gehen. Schließlich ging es nicht nur um die unmittelbare Gefahr, der es entgegenzutreten galt. Viel wichtiger war es, mehr über die Hintergründe der seltsamen Ereignisse der letzten Tage herauszufinden.

Robin wandte seine Aufmerksamkeit wieder seinen Begleitern zu. Und er stellte fest, dass ihn das Vorankommen inzwischen weit weniger anstrengte, als noch zu Beginn der Verfolgung. Jedenfalls hatte er sich schneller als befürchtet wieder an das Laufen mit Schneeschuhen gewöhnt. Und nicht nur konnte er mit den anderen mithalten, er übernahm sogar zeitweise die Führung.

Die Gruppe hatte jetzt ungefähr vier Meilen zurückgelegt und eine Biegung des Tals erreicht, in der sich der Rovin in einer steilen Kehre nach Westen wandte. Die Straße begann sich ab hier in Serpentinen an die Südflanke des Ortulinmassivs zu schmiegen, den Rovin in den Talgründen zurücklassend. Mit zunehmender Steigung wurde das Vorwärtskommen mühsamer. Der Nachmittag war bereits weit fortgeschritten und die Sonne machte Anstalten, bald hinter den westlichen Ursprüngen des Rovintals zu verschwinden. An einer windgeschützten Stelle machten die Männer halt.

»Wir müssen jetzt eine Entscheidung treffen«, meldete sich Buron Kienspan zu Wort. »Wenn wir weitergehen – vielleicht sogar bis zum Pass – müssen wir uns auf eine Übernachtung im Freien einstellen. Nicht, dass ich mich davor fürchten würde. Aber ganz sicher würde das in dieser Gegend eine ziemlich ungemütliche Angelegenheit werden.«

»Zumal es nicht den Anschein hat, als wären wir den Flüchtigen wesentlich näher gekommen«, ergänzte Lebo Berghauer. »Falls wir dann auch noch übernachten müssen, sind die schon über alle Berge. Im wahrsten Sinne des Wortes.«

Die anderen schauten unschlüssig. Robin fühlte sich nicht berufen, in dieser Situation Ratschläge zu erteilen. Auch Boffo hielt sich zurück, obwohl Robin dem Elm anzusehen glaubte, wie groß seine innere Unruhe und sein Vorwärtsdrang waren.

»Wir sollten abstimmen«, schlug Bero vor. »Wer ist dafür, weiter zu gehen? Und wer möchte lieber umkehren?«

Die Reaktionen auf Beros Vorschlag waren verhalten. Bero sah in die Runde und in die Gesichter der Umstehenden, in denen sich alles andere als Begeisterung widerspiegelte. Doch wollte sich keiner als erster eine Blöße geben.

Schließlich sagte Bero: »Bis zum Pass sind es noch drei, vielleicht dreieinhalb Stunden. Wenn wir die Eindringlinge nicht vorher erreichen, kehren wir spätestens dort um. Ich glaube auch nicht, dass wir übernachten müssen. Denn es sieht so aus, als bekämen wir heute Nacht Vollmond und klaren Himmel. Unter diesen Umständen können wir auch in der Dunkelheit zurück nach Dornburg laufen.«

Die Schwertläufer waren einverstanden und murmelten Worte der Zustimmung. Robin war aufs Neue erstaunt, welch großen Einfluss Beros Wort auf seine Begleiter hatte. Selbst Lebo Berghauer hatte keine Einwände mehr. Miro Breitspieß reichte eine Blechflasche mit verdünntem Rotwein herum. Dann machten sie sich erneut auf den Weg.

Je weiter sie nach oben kamen, umso schmaler wurde die Straße. Zeitweise drängte sie sich unter überhängenden Felsabbrüchen hindurch. Bisweilen durchbrach sie einen Felssporn in einem Tunnel. Nur vereinzelt schauten die Steinpfeiler der hangseitigen Straßenbegrenzung aus den Schneemassen. Die Wanderer gaben deshalb der inneren, bergseitigen Straßenseite den Vorzug.

In einer der häufiger werdenden Serpentinen schaute Robin

zurück ins Tal. Die Gruppe hatte jetzt die Höhe der Vorgebirge überschritten und die letzten Strahlen der untergehenden Sonne beleuchteten die westlichen Abhänge des Halvortgebirges. ›Normalerweise müsste man von hier eine grandiose Fernsicht genießen können‹, dachte Robin. Stattdessen war die Luft diesig. Weit im Süden konnte man Dornburg im Dunst des anbrechenden Abends nur erahnen. Auch die schneebedeckten Gipfel der näheren Umgebung kamen Robin vor, als hätten sie einen grauen Schleier übergeworfen.

»Der Atem des Tarantuil scheint auch diese Gegend nicht zu verschonen«, sagte Robin. Boffo, der neben ihm ging, nickte gedankenversunken.

In der hereinbrechenden Dämmerung kämpfte sich die Gemeinschaft vorwärts. Es schien, als ginge es den Schwertläufern nur noch darum, den Pass zu erreichen, um dann mit dem beruhigenden Gefühl der Pflichterfüllung umkehren zu können. Auch die Umgebung hatte sich verändert. Anstatt sanft abfallender Berghänge türmten sich jetzt blockige Felshalden vor ihnen auf. Die steilen Flanken des Ortulin, der sich vor einer Stunde noch beschaulich in der Abendsonne präsentiert hatte, ragten jetzt bedrohlich über ihren Köpfen empor. Auch das sanfte Lüftchen des Tales war in einen kalten und rauen Wind übergegangen, der sich seinen Weg durch die Kleidung zu den schweißnassen Körpern suchte und unangenehmes Frösteln auf der Haut hinterließ.

Vielleicht war es das plötzliche Bewusstsein, sich in einer lebensfeindlichen Gegend zu bewegen. Vielleicht auch die Dunkelheit, welche die natürlichen Geräusche um ihn herum verstärkte. Jedenfalls beschlich Robin das Bedürfnis, die Tiriphe aus seinem Hemd zu ziehen. Sie leuchtete blassblau! Robin zupfte Boffo am Ärmel und zeigte ihm das Amulett. Der blieb stehen und auf seinen leisen Ruf folgten die vor ihm Gehenden seinem Beispiel.

»Ich glaube, unsere Feinde sind uns näher, als wir vermuten«, raunte Boffo. »Und mit näher meine ich: ziemlich nahe. Wir sollten uns von der offenen Straße entfernen und in Deckung gehen.«

Robin blickte bergauf. Vor ihm kroch die Straße in engen Schleifen den Berg hinauf und verschwand nach weniger als 100 Schritten im Halbdunkel der Vollmondnacht. Auf einmal war es ihm, als hätte er in den unbestimmten Schatten des Felslabyrinths über ihnen eine Bewegung gesehen. Er stieß Boffo an und deutete nach oben. Jetzt blickte auch der Elm in die von Robin angegebene Richtung. Seine scharfen Augen sahen mehr als die seiner Begleiter.

»Geht in Deckung!«, rief Boffo. »Der Feind ist über uns!«

Doch es war bereits zu spät. Robin hörte das Sirren von Pfeilen und gleich darauf einen Schmerzensschrei. Zorg Ebermann, der zusammen mit Miro Breitspieß an der Spitze der Gruppe lief, griff sich an den rechten Oberschenkel und fiel in den Schnee. Auch Miro schien verwundet zu sein. Er hielt sich den Arm und taumelte an den Rand der Straße. Dann spürte Robin einen kräftigen Schlag gegen seine linke Brustseite. Ein Pfeil hatte ihn getroffen, war an seinem Panzerhemd abgeglitten und steckte jetzt seitlich in seiner Jacke. Die anderen warfen sich in den Schnee am Straßenrand.

Über sich hörte Robin das Heulen eines Taruks und heißere Rufe in einer fremden, ihm unbekannten Sprache. Vor ihm kniete Boffo im Schnee und spannte seine Armbrust. Von oben zischten weitere Pfeile herab, verfehlten ihre Ziele und verschwanden in den tiefen Schneewehen.

Robin beeilte sich, hinter einem Felsvorsprung Deckung zu suchen. Dort nahm er den Bogen vom Rücken und hängte die Sehne ein. Die ganze Situation war ihm zuwider. Warum hatten sie sich auch auf eine Verfolgung machen müssen, deren Nutzen von Anfang an zweifelhaft war. Ärger stieg in ihm auf. Und ein Gefühl der Hilflosigkeit, das er irgendwie beenden wollte. Er überwand den bergseitigen Straßengraben und begann den Steilhang darüber auf direkter Linie zu erklimmen. Seine

Schneeschuhe waren ihm jetzt hinderlich. Hinter einem manns-
hohen Felsblock schnallte er sie ab und schob sich auf Ellbogen
und Knien weiter den Hang hinauf.

Robin war vielleicht 50 Schritte weit gekommen. In der Deckung einer kleinen Mulde hielt er inne. Als er den Kopf über
den Rand der Vertiefung hob, durchfuhr ihn ein Schauder. Über
ihm, nicht mehr als 60 Schritte entfernt, näherte sich eine Gestalt
mit schussbereitem Bogen. Robin zog einen Pfeil aus dem Köcher, ließ sich auf den Rücken fallen, klemmte den Pfeil auf die
Sehne seines Bogens und verharrte. Lange durfte er nicht zögern.
Der Unbekannte konnte jeden Augenblick über ihm sein. Sich
herumwerfen, den Bogen spannen und auf die dunklen Umrisse
der Gestalt vor ihm zielen war Eines. Sekundenbruchteile später
suchte Robins Pfeil sein Ziel. Er selbst ließ er sich wieder zurück
in die Mulde fallen. Ein gedämpfter Schmerzensschrei drang an
sein Ohr.

Einen Augenblick lang herrschte Stille. Dann hörte Robin die
Kameraden unter sich rufen. Doch konnte er aus dem Stimmengewirr keine klaren Sätze entnehmen. Er richtete sich auf. Unter
sich sah er Bero, Lebo, Bono und Buron die Straße hinauf eilen.
Vor ihm, in einer Entfernung von etwa vierzig Schritten, lag eine
dunkle, leblose Gestalt. Er kümmerte sich nicht darum, sondern
watete durch den tiefen Schnee bergabwärts.

An der Straße angekommen, traf er Boffo über die beiden
Verwundeten gebeugt. Zorg atmete schwer. Auch Miro schien es
schlecht zu gehen. Er zitterte und trotz der Kälte standen
Schweißperlen auf seiner Stirn.

Boffo blickte auf. »Gut gemacht!«, sagte er zu Robin. »Und ich
vermute, du hast dein Leben der Kunstfertigkeit der Elmengemeinde zu verdanken. Habe ich recht?« Robin nickte und Boffo
wandte seine Aufmerksamkeit wieder den Verwundeten zu.

»Ich verstehe das alles noch nicht so ganz«, murmelte er und
schüttelte mit dem Kopf. »Die Verletzungen der beiden sind im
Grunde genommen nicht so schwer. Und trotzdem sind beide in

einem denkbar schlechten Zustand.« Er öffnete seinen Knappsack und legte ihn neben sich. Dann beugte er sich nach unten, drehte ein Stück Holz in ein Tuch und band damit Zorgs rechtes Bein ab. Mit einem kleinen Messer trennte er ein Stück von Zorgs Hose auf. Er zog den Pfeil aus dessen Oberschenkel und roch an der Spitze.

»Dachte ich es mir«, schimpfte er. »Niederträchtige Bande! Die Pfeile sind vergiftet. Und ich ahne auch, womit.« Er nahm ein Fläschchen aus seinem Beutel und ließ eine klare Flüssigkeit über die Klinge seines Messers laufen. Einige Tropfen davon träufelte er auf Zorgs Zunge. Dann öffnete er die Pfeilwunde an Zorgs Bein ein wenig, spülte sie mit der Flüssigkeit aus dem Fläschchen aus und legte einen Verband an. In gleicher Art und Weise kümmerte er sich um Miros Arm. Der war zwar nur leicht geritzt, doch auch hier hatte das Gift bereits seine zerstörerische Wirkung begonnen.

Inzwischen waren die anderen zurückgekommen. Lebo und Bono schleppten eine Gestalt zwischen sich und warfen sie in den Schnee.

»Das ist der Kerl, den Robin getroffen hat«, sagte Lebo. »Guter Schuss, Robin! Würde mich wundern, wenn er den überleben würde.«

»Die andere Hälfte, oder wer auch immer den hier begleitet hat, ist ausgeflogen. Mitsamt dem Wolf«, fügte Buron hinzu. »Wir haben es nicht als sinnvoll erachtet, sie weiter zu verfolgen.«

»Vor allem in Anbetracht unserer Verwundeten. Ich hoffe, es ist nicht so ernst, oder?«, fragte Bono mit besorgtem Blick auf seinen Bruder Zorg.

»Leider doch«, erwiderte Boffo und blickte von seiner Tätigkeit auf. Dann erhob er sich und näherte sich dem verwundeten Eindringling, dem noch Robins Pfeil in der Brust steckte. Lebo stand mit schussbereitem Bogen daneben. Robin und die anderen musterten den Fremden näher. Er hatte ein nicht gerade hässliches, doch in unbestimmter Weise Furcht einflößendes Gesicht mit stechenden, dunklen Augen. Sein Mund, umrahmt von einem ungepflegten Bart, stand offen und entblößte eine Reihe kräftiger, doch gelber Zähne. Die seinen muskulösen Körper bedeckende Kleidung aus dunklem, fellgefüttertem Leder war fremdländisch. Doch verrieten die aufwändigen, bunten Stickereien und Verzierungen daran den gehobenen Status ihres Besitzers. Auf dem Kopf trug der Fremde einen schwarzen Lederhelm, in dessen Stirnseite ein auffälliger Stein in der Art eines Bergkristalls eingelassen war. Seine Waffen hatten ihm Lebo und Bono abgenommen.

Boffo bückte sich über die Gestalt und ergriff ein kleines lederüberzogenes Holzfläschchen, das am leeren Pfeilköcher des Fremden hing. Er nahm es ab, zog den Holzpfriem aus der Öffnung und roch hinein.

»Mithrion!«, sagte er und runzelte die Stirn. »Ein tödliches Gift, gewonnen aus der Wurzel des Mithrionstrauches. Ich kann seine Wirkung nicht aufheben, nur hinauszögern. Wir müssen die beiden so schnell wie möglich nach Dornburg bringen. Mein Vetter Bronif, der die dortige Apotheke führt, kann vielleicht Rettung bringen.«

Ein misstönendes Lachen unterbrach das betroffene Schweigen der Gruppe.

»Das wird euch nichts nützen«, zischte der Fremde mühsam in gebrochenem Laudoranisch.

»Wer bist du und woher kommst du, Eindringling?«, fragte ihn Boffo scharf. »Und wo sind die Sachen, die du aus der Statue gestohlen hast?«

»Viele Fragen, auf die ich euch keine Antwort mehr geben werde.« Der Fremde versuchte ein zynisches Lachen. Nur ein heißeres Krächzen kam aus seinem Hals und Blut lief ihm aus den Mundwinkeln. »Doch war das Opfer nicht umsonst«, presste er hervor und versuchte ein verzerrtes Grinsen. »Die Zeit, die euren beiden Freunden bleibt, ist kürzer als ihr vermutet. Und auch für die anderen von euch wird es kein Entrinnen geben.

150

Das Schicksal eures Volkes ist bereits besiegelt. Balfur wird euch vernichten.«

»Sieht eher aus, als wäre dein Schicksal besiegelt, du Schuft«, mischte sich Bono ein und spuckte vor Abscheu auf den Boden. »Jemand, der vergiftete Pfeile verwendet, hätte einen schlimmeren Tod verdient, als er dir bevorsteht.«

Ein weiteres, hämisches Lachen entwich dem Mund des Unbekannten. Doch es ging in ein blutiges Husten und Gurgeln über. Der Fremde bäumte sich ein letztes Mal auf. Dann sank er mit starrem Blick zurück.

»Gut, dass er sich mit seinem Abschied so beeilt hat. Auf diese Weise müssen wir keine weitere Zeit verschwenden«, sagte Bero. Eilig durchsuchte er die Taschen und wenigen Habseligkeiten des Mannes. Doch von den vermissten Schriftstücken gab es keine Spur und er fand auch keine weiteren Hinweise auf die Herkunft des Eindringlings. Lediglich um den Hals hatte der Fremde ein metallenes Amulett hängen. Es zeigte eine Faust mit einem Bündel von stilisierten Blitzen. Darunter einige Runenzeichen, die den Wortlaut ›Morhult‹ ergaben. Bero riss es ab und gab es Robin.

»Kannst du etwas damit anfangen?«

Robin warf einen Blick darauf.

»Das Zeichen habe ich schon einmal gesehen«, sagte er, »Der Taruk, der uns auf unserem Weg nach Dornburg in die Quere kam, hatte ein solches umhängen. Wir sollten es aufheben. Vielleicht kann es uns noch nützlich sein.«

»Dann behalte du es. Ich habe keine Verwendung für so etwas.«

Robin nickte. Er steckte das Amulett in eine seiner Taschen und warf einen letzten Blick auf den Toten. Noch nie hatte er einen Menschen getötet, nicht einmal verletzt. Auch jetzt spürte er kein Gefühl des Triumphes, sondern der Trostlosigkeit und der Trauer. Er trat auf den Toten zu und mit seinem Messer brach er den Stein aus seinem Helm. »Den nehme ich als Trophäe mit«, sagte er zu den anderen gewandt. »Ich hoffe, er trägt nicht die Bosheit des Besitzers in sich.«

Dann nahmen sie den Körper und warfen ihn über die Begrenzung der Straße.

»Die Aasgeier werden sich hoffentlich bald seiner annehmen«, sagte Lebo.

Boffo hatte sich in der Zwischenzeit wieder den Verwundeten zugewandt. Aus seiner Reiseapotheke flößte er ihnen ein weiteres Mittel ein, welches den Kreislauf stärken und der inneren Vergiftung entgegenwirken sollte. Sie wickelten die beiden in Decken. Lebo und Bono, die Kräftigsten der Gruppe, nahmen je einen Verwundeten auf den Rücken. Dann begannen sie in aller Eile den Abstieg.

Der Mond leuchtete hell. Sieben Meilen lagen bis Dornburg vor ihnen. Doch bergab und weil sie sich beim Tragen abwechselten, kamen die Schwertläufer schnell voran. Bei Erreichen der Baumgrenze bauten sie aus Stangen, Riemen und weiteren Decken zwei Bahren. Jetzt konnten jeweils zwei von ihnen einen Verwundeten tragen und sie fielen in leichten Trab. Obwohl alle erschöpft waren wussten sie, dass das Leben ihrer Freunde jetzt allein von ihrem Durchhaltevermögen abhing. Von Zeit zu Zeit legten sie eine kurze Pause ein, jedoch nur so lange, um einige Bissen zu sich zu nehmen und einen Schluck zu trinken.

Eine halbe Stunde nach Mitternacht erreichten sie die Mauern von Dornburg. Während die anderen sich ihrer Schneeschuhe entledigten, klopfte Lebo mehrmals kräftig an das Tor. Nach einigen Minuten hörten sie das Klappen einer Tür und dann Schritte in der Tordurchfahrt.

»Wer ist draußen und was wollt ihr so spät?«, fragte eine ärgerliche Stimme. »Die Tore dürfen nach Mitternacht nur in Ausnahmefällen geöffnet werden.«

»Dies ist ein Ausnahmefall!«, entgegnete Lebo. »Wir sind Schwertläufer aus der Garnison und ich bin Lebo Berghauer, ihr Befehlshaber. Wir haben zwei Verwundete bei uns. Also beeil dich!«

Ein kleines Fenster im Tor wurde geöffnet. Der Wächter schien sich noch einmal vergewissern zu wollen. Nur wenige Augenblicke später wurde ein schwerer Riegel beiseitegeschoben. Ein Personendurchgang im großen Torflügel öffnete sich und die Schwertläufer huschten hinein. Zuerst die Träger mit den Verletzten, dann Robin und Boffo. Der Wächter blieb verdutzt in der Durchfahrt stehen und vergaß vor lauter Erstaunen über die seltsame Prozession weitere Fragen zu stellen. Er warf nur einen Blick auf die beiden Männer auf den Tragen. Zorg hatte mittlerweile das Bewusstsein verloren und lag regungslos. Miro stöhnte leise.

Die Ankömmlinge hasteten ohne anzuhalten weiter. Boffo eilte voraus. Die Gassen und Straßen waren unbeleuchtet, aber der Mond und der widerscheinende Schnee spendeten ausreichend Licht, um sich zurechtfinden zu können. Am Hauptmarkt bogen sie nach links in die Sporergasse ein und hielten vor einem ansehnlichen, dreistöckigen Haus, vor dem ein Schild mit dem Bild eines Arznei-Mörsers und der Aufschrift ›Apotheke‹ hing. Robin zog am Griff einer Stange, die über eine Umlenkung in das Haus führte. Im Inneren gab eine Glocke einen durchdringenden Ton von sich. Nach einigen Augenblicken flammte hinter einem Fenster im ersten Stock Licht auf. Dann waren kleine Schritte im Treppenhaus zu hören.

»Eil dich, Bronif!«, rief Boffo, noch ehe eine Frage aus dem Hausinneren kam. »Wir sind in großer Not und brauchen deine Hilfe.«

Bronif, der Boffo vermutlich an der Stimme erkannt hatte, öffnete im Schlafrock die Tür. Er war ein stattlicher Elm. Unter seiner bestickten Rundkappe schauten ein Ansatz weißen Haupthaares und, trotz der späten Stunde, ein Paar klare Augen unter hellen, buschigen Augenbrauen hervor. Für große Begrüßungen und Erklärungen war jetzt keine Zeit. Das erkannte auch Bronif sofort und winkte die Gruppe zu einem Raum am Ende des Flurs. Er selbst ging voraus und entzündete mit seiner Lampe zwei Laternen. Die anderen legten Zorg auf eine Liege in der

Mitte des Zimmers. Miro wurde auf ein Sofa in der Ecke gelegt und Buron breitete eine Decke über ihn. Bronif warf einen besorgten Blick auf Zorg, der kein Lebenszeichen von sich gab.

»Sie wurden von Pfeilen getroffen, die mit Mithrion vergiftet waren. Zorg hat es besonders schwer erwischt. Miro wurde nur leicht verletzt«, sagte Boffo und gab Bronif das Fläschchen mit dem Pfeilgift des getöteten Kriegers.

»Wie lange ist das her?«, fragte Bronif, roch an dem Fläschchen und runzelte die Stirn.

»Fast sechs Stunden«, antwortete Boffo. »Ich habe die Wunden gereinigt und den beiden eine Essenz des Beraunpilzes verabreicht. Mehr konnte ich nicht tun.«

Bronif wiegte nachdenklich den Kopf. Dann verschwand er durch eine Nebentür. Als er zurückkam, trug er ein Tablett mit diversen Gefäßen und medizinischen Geräten.

»Ist das ein Zwillingsbruder des Verletzten?«, fragte er und deutete mit dem Kopf auf Bono, der sichtlich mitgenommen an der Seite seines Bruders stand. Die anderen nickten. »Vielleicht können wir noch etwas tun«, fuhr Bronif fort. »Aber wir müssen sofort handeln.«

Er nahm ein großes Glasgefäß und schüttete den Inhalt eines kleinen Fläschchens, welches eine klare Flüssigkeit enthielt, hinein. Dann ging er zu Bono und bedeutete ihm, sich auf einem bequemen Ledersessel zu setzten.

»Ihr könnt jetzt Eurem Bruder einen großen Dienst erweisen indem Ihr eine gewisse Menge Eures Blutes für ihn opfert. Je mehr, desto besser. Ich muss Euch bitten, Euren Arm zu entblößen.«

Ehe Bono etwas antworten konnte, hatte Bronif ihm mit einem getränkten Tuch die Armbeuge gesäubert und mit einer Lanzette die Armvene geöffnet. Blut strömte heraus und in das Glasgefäß. Er gab das Gefäß Boffo zum Halten. Bono schaute in eine andere Richtung.

»Gib mir Bescheid, wenn das Gefäß voll ist«, sagte Bronif. Er ging zu Zorg, öffnete ebenfalls dessen Armvene und ließ eine große Menge von dessen Blut in einen Behälter am Boden laufen. Dann nahm er einen länglichen Glaszylinder, welcher an seinem geschlossenen Ende eine gebogene, gläserne Kanüle mit einer Metallnadel besaß. Dort hinein schüttete er Bonos Blut, gab einige Tropfen einer braunen Flüssigkeit dazu und schwenkte das Gefäß behutsam. Er setzte den Apparat an Zorgs Armbeuge an und bat Robin, Zorgs Arm in die Höhe zu ziehen. Die Umstehenden sahen mit Erstaunen, wie Bonos Blut langsam in Zorgs Adern verschwand.

Nach dieser Prozedur kümmerte sich Bronif um Miro. Diesem verabreichte der Elm lediglich einen Becher mit Wasser, in welchen er zuvor verschiedene Essenzen und ein weißes Pulver gerührt hatte.

»Das sollte für ihn genügen«, sagte er. Er warf einen Blick auf Zorg. »Um den anderen mache ich mir größere Sorgen. Ich schlage vor, wir lassen die beiden heute Nacht hier liegen. Dem Bruder des Verletzten rate ich ebenfalls hier zu bleiben. Auch er ist durch den Blutverlust geschwächt. Ich werde mich um die Kranken kümmern. Und ich denke, Boffo wird mich unterstützen. Die anderen können nach Hause gehen und ein paar Stunden schlafen. Heute könnt Ihr nichts mehr tun und morgen früh werden wir mehr wissen. Wenn wir Glück haben, können wir sie dann ins Sanatorium bringen lassen.«

Bronif brachte einige Kissen und Decken und sie deckten die Verletzten zu, so gut es ging. Dann verabschiedeten sich Lebo, Bero, Buron und Robin, nicht ohne einen letzten Blick auf Zorg und Miro zu werfen. Zorg lag ohne ein Lebenszeichen. Doch schien es, als wäre war die Totenblässe aus seinem Gesicht gewichen. Miro schlief ruhig.

Mit dem dritten Schlag der Glocke vom Burgturm erreichten Robin und Bero das Tor der Dornburg. Bero zog er an der Klingel neben dem Torpfeiler. Zwei- oder dreimal musste er läuten. Nach geraumer Weile öffnete Tirolf.

»Na so was! Die Verschollenen sind zurück. Ich fürchte, du

wirst deinem Vater morgen früh einiges erklären müssen, Bero. Aber jetzt legt euch erst einmal für ein paar Stunden aufs Ohr.«

Der nächste Morgen kündigte schönes Wetter an. So lange wollte Robin allerdings nicht warten. Bereits bei Sonnenaufgang war er auf den Beinen, wusch sich und ging nach unten. Auch Bero war schon wach und saß mit seinem Vater Benno und mit Tirolf im Esszimmer. Hilda die Haushälterin wunderte sich über die frühe Anwesenheit der Männer. Doch gab sie sich alle Mühe, auch ohne frisches Brot vom Bäcker ein passables Frühstück zu bereiten.

Bero hatte seinem Vater anscheinend schon die Vorfälle des letzten Tages und der vergangenen Nacht geschildert, denn Benno Bordin machte ein ernstes Gesicht. Doch nicht so ernst, dass Robin davon ausgehen konnte, Bero hätte ihm auch die Schwere von Zorgs und Miros Verletzungen mitgeteilt. Robin setzte sich an den Tisch und Hilda setzte ihm einen Pott Kaffee mit Milch vor.

»Wenn ich gewusst hätte, auf welche Abenteuer ihr euch da einlasst«, sagte Benno, mehr an Bero als an Robin gewandt, und schüttelte den Kopf. »Ich hätte nie und nimmer meine Erlaubnis zu solchen Eskapaden gegeben. Was ich ja auch nicht getan habe. Doch kann ich euch nicht wirklich einen Vorwurf machen. Schließlich ist es eine Ungeheuerlichkeit, dass wildfremde Menschen einfach in unsere Burg eindringen und Dokumente stehlen. Und erst die Sache mit dem Geheimgang. Wer hätte so etwas je gedacht. Gleich heute werde ich dafür sorgen lassen, dass dieser Zugang von außen nicht mehr geöffnet werden kann.

»Bero trifft keine Schuld, Herr Benno«, unterbrach ihn Robin zaghaft. »Schließlich war es die gemeinsame Entscheidung von uns dreien und des diensthabenden Offiziers, die Verfolgung aufzunehmen.«

»Nun, ich bin ja schon mal froh, dass ihr den Fremden überhaupt entdeckt habt«, fuhr der Burgverwalter fort und an seinem Redefluss merkte man, wie aufgewühlt er innerlich war. »Wer weiß, was sonst noch passiert wäre. Man hätte sich ja seines Lebens nicht mehr sicher sein können. Und schließlich sind unsere Schwertläufer dafür da, um für die Sicherheit der Stadt und des Landes zu sorgen. Doch hättet ihr euch für eure Aktion zumindest einen förmlichen Auftrag geben lassen sollen. So viel Zeit hätte sein müssen.«

»Jede Minute war kostbar. Wir mussten eine Entscheidung treffen. Und die Schwertläufer haben uns freiwillig und mit Billigung ihres Vorgesetzten begleitet«, erwiderte Robin.

»Ja, ja, ist ja schon gut.« Der Burgverwalter winkte beschwichtigend ab. »Doch was die verletzten Schwertläufer Zorg Ebermann und Miro Breitspieß anbelangt, so hoffe ich inständig, dass ihre Verletzungen nicht so schwerwiegend sind und alles wieder gut wird. Sonst hätten wir wirklich alle ein großes Problem. Jesko Turmwart, der Kommandant der Garnison, wird dann die Angelegenheit nicht so einfach auf sich beruhen lassen können. Ganz abgesehen von der schlimmen Situation für die Betroffenen und deren Angehörige. Ihr solltet euch wirklich gleich auf den Weg zu Bronifs Apotheke machen und nach dem Rechten sehen.«

Dieser Aufforderung folgten Robin und Bero auf dem Fuß. Robin trank in aller Eile seine Tasse aus und die beiden machten sich auf den Weg in die Stadt.

Als sie vom Hauptmarkt in die Sporergasse einbogen, kam ihnen Boffo entgegen. Ohne Gepäck und augenscheinlich gut gelaunt.

»Ihr kommt spät«, sagte er und zwinkerte Bero mit einem Auge zu. »Gerade wollte ich mich auf den Weg ins Sanatorium machen.«

»Was ist passiert?«, fragte Robin erschrocken. »Geht es Zorg und Miro schlechter?«

»Im Gegenteil!«, antwortete Boffo und zum ersten Mal, seit sie von Lindhag aufgebrochen waren, huschte so etwas wie ein Lächeln über das Gesicht des Elms. »Ich habe euch nicht zu viel versprochen, was die Fähigkeiten meines Vetters anbelangt. Es geht ihnen viel besser und sie benötigen die Obhut Bronifs nicht mehr. Deshalb haben wir sie heute Morgen abholen und ins Sanatorium bringen lassen. Dort bekommen sie die Pflege, die sie jetzt brauchen und Bronif kann sich um andere wichtige Dinge kümmern. Wenn es keine Komplikationen gibt, was ich nicht hoffe, werden die drei bald wieder bei Kräften sein.«

»Wieso drei?«, fragte Bero.

»Nun ja.« Boffo räusperte sich. »Der schwächste von allen scheint momentan Zorgs Zwillingsbruder Bono zu sein. Schließlich hat er das meiste Blut verloren. Wenn auch freiwillig. Doch wird auch er sich bald wieder erholt haben.«

Robin und Bero waren erleichtert und zusammen mit Boffo machten sie sich auf den Weg zum Sanatorium. Während sie über den Hauptmarkt gingen, stieß Boffo Robin in die Seite und deutete auf ein Schild.

»Siehst du, was ich sehe? Ich denke, nach all den Strapazen sollten wir uns etwas Gutes gönnen. Außerdem habe ich heute noch nicht richtig gefrühstückt.«

Robin musste lachen. Vor ihnen breitete sich ein Schaufenster der besonderen Art aus. ›Stanislaus Calmond. Zucker- und Feinbäckerei. Kaffeehaus‹ stand über dem Schaufenster. In der Auslage türmten sich Kuchen aller Art, süße Kringel, Sahneschnitten, Torten, frisch gebackene Waffeln und allerlei andere Leckereien.

»So etwas gibt es allerdings in Lindhag nicht«, musste Robin zugeben. »Nicht einmal in Pern hab ich einen solchen Prachtladen gesehen. Ich denke, an solchen Kunstwerken sollte man nicht achtlos vorbei gehen.«

»Du machst dir sicher nichts aus derlei Dingen«, wandte sich Boffo mit gespielter Gleichgültigkeit an Bero. »Du kannst ja schon einmal zum Sanatorium vorausgehen. Wir kommen bald nach.«

»Das würde euch so passen«, erwiderte Bero und schob die beiden in Richtung Eingang. »Und außerdem bin ich euch und vor allem Boffo noch etwas schuldig. Also nichts wie rein.«

Sie betraten den Laden, gingen durch eine Tür in die sich anschließende Kaffeestube und setzten sich an einen der Tische. Der Raum war um diese Zeit nur spärlich besucht, doch im Laden, auf den ein offener Durchgang die Sicht freigab, herrschte Betrieb. Zwei in weiße Schürzenkleider adrett gekleidete Verkäuferinnen bedienten die Kundschaft. Nach kurzer Zeit kam der Konditormeister an den Tisch der neu angekommenen Gäste. Offensichtlich von Natur aus mit einer gewissen Neugier ausgestattet, ließ er es sich nicht nehmen, die Fremden selbst zu bedienen.

»Zu Euren Diensten meine Herren!«, sagte er und verbeugte sich. »Ich hoffe, Ihr fühlt Euch wohl bei uns.« Als er Bero erkannte, wurde sein dickes Gesicht noch freundlicher. »Womit kann ich Euer Herz und Euren Magen erfreuen?«

»Zuerst bringt uns bitte eine große Kanne Kaffee«, begann Robin.

»Für mich heiße Schokolade, bitte«, ergänzte Bero. »Und eine Auswahl Eurer Spezialitäten. Eben so viel, wie drei hungrige Mäuler an einem schönen und kalten Dienstagmorgen verputzen können.«

Der Zuckerbäcker verbeugte sich beflissen und verschwand hinter der Ladentheke um bald darauf mit einem Tablett voll Leckereien wieder zu erscheinen. Nach einigen Minuten kam eine Frau aus der Küche und servierte die heißen Getränke.

»Dann wollen wir es uns mal gut gehen lassen«, sagte Robin und griff sich eine Sahneschnitte. Die anderen folgten seinem Beispiel und zusammen schwelgten sie eine gute halbe Stunde zwischen all den Köstlichkeiten, ebenso wie in ihren Erinnerungen an die gemeinsamen Erlebnisse früherer Zeiten. Die angenehme Wärme und der Duft der Bäckerei waren Balsam für ihre Seelen und ihre Sinne. Robins Gedanken, durch die dramatischen Ereignisse der letzten Tage verhärtet, flossen wieder und seine Gefühle befreiten sich aus dem engen Korsett der Angst und Anspannung. Selbst die Beklemmung durch den von ihm verursachten Tod des fremden Kriegers war verflogen. Als sich die drei zum Gehen rüsteten, fühlten sie sich satt, zufrieden und bestens gelaunt.

Bero rief, um zu zahlen. Der Konditormeister kam persönlich an ihren Tisch. »Das geht heute auf die Rechnung des Hauses, meine Herren«, sagte er mit gewichtiger Miene. Und wegen der erstaunten Gesichter derselben fügte er hinzu: »Natürlich hat sich schon einiges über die Ereignisse heute Nacht am Ortulinpass in der Stadt herumgesprochen. Was wahr ist und was nur erzählt wird, weiß ich leider nicht. Und ich möchte auch nicht neugierig sein. Sicher wird sich alles zu seiner Zeit aufklären. Doch habe ich etwas, was Euch interessieren könnte.«

»Und was wäre das, Meister Calmond?«, fragte Bero.

»Vor zwei Tagen hat mir Berulf Breitschuh, der Wirt der Alten Post und ein guter Freund von mir, dies hier gezeigt.« Er legte eine kleine Münze auf den Tisch. Auf die fragenden Blicke seiner Gäste fuhr er mit seiner Erklärung fort: »Der Fremde, der in der Alten Post nächtigte, roch zwar nicht gut, doch gut bezahlt hat er. Die Münze hier ist aus reinem Gold. Doch in einer uns unbekannten Währung. Und weil ich seltene Münzen sammle, habe ich sie dem Wirt für den Wert des Goldes abgekauft. Was sagt Ihr dazu, meine Herren?«

Robin warf einen Blick darauf, doch auch er hatte ein solches Geldstück noch nie gesehen. Boffo nahm die Münze zwischen die Finger und betrachtete sie eingehend. Sie zeigte auf der Vorderseite ein stilisiertes Auge in einem Dreieck. Auf der Rückseite waren einige Zahlenrunen eingeprägt.

»Das Zeichen von Bahor«, sagte Boffo. »Jedenfalls ist es nützlich zu wissen, dass die Fremden vielleicht auch dort bereits ihr Unwesen treiben.«

Er nahm Papier und Stift aus seiner Tasche. Und während Bero und Robin höflich die Fragen des Meisters beantworteten, machte er sich eine Skizze der Münze und der Zeichen darauf. Dann gab er sie dem Bäcker zurück. »Besten Dank, Herr Calmond. Hebt diese Münze gut auf. Ich hoffe, sie wird Euch Glück bringen.«

»Da war noch etwas, das der Fremde dem Wirt der Alten Post gab«, fügte der Konditor hinzu und zog ein kleines Medaillon aus der Tasche. »Auch das habe ich erworben. Ein seltsames Zeichen, doch auf unedlem Metall. Vielleicht könnt Ihr mir auch hierzu etwas sagen?«

Robin legte das Medaillon auf seine flache Hand. Den Rand der Münze zierte eine Öse, durch die man eine Schnur oder Kette fädeln konnte. Und auf ihrer Vorderseite prangte das gleiche Motiv, wie auf dem Amulett, welches sie dem Krieger am Ortulinpass abgenommen hatten: die Faust mit den Blitzen. Robin zeigte den Anhänger Bero und Boffo mit einem vielsagenden Blick und gab ihn dann dem Zuckerbäcker zurück.

»Tut uns leid«, sagte er. »Dazu können wir Euch leider nicht viel sagen. Doch scheint mir dieses Zeichen kein Glücksbringer zu sein. Denn es stammt von Leuten, die mit unlauteren Absichten unterwegs sind.«

Stanislaus Calmond warf einen verwunderten Blick auf Robin. Doch bevor er weitere Fragen an ihn richten konnte, erhoben sich die Gäste, bedankten sich höflich und verabschiedeten sich. Bevor sie den Laden verließen, kaufte Robin noch eine Auswahl feinsten Konfektes.

»Bitte gut einpacken!«, bat er die Verkäuferin. »Es ist ein Geschenk und sollte den Weg nach Lindhag unbeschadet überstehen.«

Auch für Zorg, Bono und Miro nahmen sie eine Tüte voller Leckereien mit. Dann machten sie sich auf den Weg zum Sanatorium.

Es ging schon gegen zehn Uhr vormittags, als sich die drei Freunde dem Krankenhaus von Dornburg näherten. Einem hellen, freundlichen Bau mit großen Fenstern. Das Gebäude lag am westlichen Stadtrand und etwas erhöht, so dass man von der Terrasse einen unverbauten Ausblick über die Stadtmauer hinweg auf die Berge des Halvortgebirges hatte.

Im Inneren des Gebäudes eilten Ärzte in heller Kleidung und Krankenschwestern mit gestärkten Kitteln durch die Gänge und verschwanden in den Zimmern und Behandlungsräumen oder kamen aus den Türen derselben. Ein Elm mit grauen Haaren und Brille kam auf die Ankömmlinge zu, begrüßte Boffo, den er zu kennen schien, mit Handschlag, und nickte den beiden anderen zu.

»Mein Name ist Biril«, stellte er sich vor, »leitender Arzt«, um dann, an Boffo gewandt, fortzufahren: »Euer Vetter Bronif hat wieder einmal ganze Arbeit geleistet. Aber ohne Eure Erstversorgung hätten die beiden Verletzten wohl kaum lebend Dornburg erreicht.« Er klopfte anerkennend auf Boffos Schulter. »Doch seht selbst!«

Er machte eine einladende Armbewegung und ging voraus. Am Ende des Ganges öffnete er eine Tür. Sie betraten ein helles Zimmer, welches mit sechs Betten belegt war. Robin schaute auf die Bettreihe auf einer Seite des Zimmers und musste unwillkürlich lachen. Dort lagen, nebeneinander und mit halb aufgerichteten Oberkörpern, Zorg, Miro und Bono. Man hatte sie ihrer Kriegsbekleidung entledigt und mit weißen Krankenhemden ausgestattet. Eine Krankenschwester machte sich gerade an Zorgs Oberschenkel zu schaffen, versorgte die Wunde und wechselte den Verband. Er selbst sah noch blass und mitgenommen aus. Die andern machten schon wieder einen recht munteren Eindruck und es schien ihnen peinlich zu sein, von ihren Freunden und Mitstreitern in diesem Zustand gesehen zu werden.

»Wie ich sehe, geht es euch wieder besser«, sagte Bero und legte Miro die Hand auf die Schulter seines gesunden Armes.

»Kein Wunder, bei der Betreuung«, ergänzte Boffo mit Blick auf Zorgs Wundversorgung. Er war der einzige, der beim Betreten des Zimmers ernst geblieben war.

»Eigentlich wollten Miro und ich schon längst wieder nach Hause«, versuchte Bono entschuldigend zu erklären. »Doch Herr Biril«, damit blickte er auf den Elm mit den grauen Haaren, »ist der Meinung, wir sollten besser noch ein, zwei Tage hier bleiben.«

»Die Patienten fühlen sich besser, als es ihrem wirklichen Gesundheitszustand entspricht«, erklärte Biril seine ärztliche Besorgnis. »Bronif ist ein hohes Risiko eingegangen und hat sich bis an die Grenze des Möglichen gewagt, um Herrn Zorg zu retten. Deshalb hat Herr Bono sehr viel Blut verloren. Und auch Herrn Miros Zustand sollte noch weiter beobachtet werden. Ein bis zwei weitere Tage hier werden den beiden gut tun. Und wenn alles gut geht, wird auch Herr Zorg in einer Woche wieder auf den Beinen sein. Wir bemühen uns derzeit immer noch um die Entgiftung seines Körpers. Doch wie es aussieht, wird er keine bleibenden Schäden davontragen. Und das ist, so meine ich, ein sehr erfreulicher und keineswegs selbstverständlicher Ausblick.«

Boffo nahm eine Schale, um die er die Pflegerinnen gebeten hatte, schüttete die Leckereien aus der Tüte des Zuckerbäckers darauf und reichte sie den Genesenden. Auch an die restlichen Kranken des Raumes verteilte er einige Stücke Kuchen, die höflich angenommen wurden. Nur Zorg winkte dankend ab. Doch er ergriff Boffos Hand und drückte sie wortlos.

Robin, Boffo und Bero mochten eine viertel Stunde anwesend gewesen sein, als sich die Tür des Zimmers öffnete und Lebo Berghauer und Buron Kienspan den Raum betraten.

»Nun ist die Ausflugspartie zum Ortulin also wieder vollständig«, sagte Robin und alle lachten. Die Ereignisse des letzten Abends und der vergangenen Nacht hatten Zorg und Miro nur bruchstückhaft mitbekommen. Das meiste hatte Bono ihnen erzählt. Doch wie man in der Stadt und der Garnison darüber sprach interessierte alle drei.

»Mein Vater und die anderen Mitglieder des Rates waren ziemlich erschrocken, als sie von unserem Unternehmen hörten«, sagte Bero. »Doch insgeheim ist er mächtig stolz, wenn ich seine Äußerungen von heute Morgen richtig deute.«

»Wäre ja auch eine schöne Schande für unsere Stadt und vor allem die Gilde der Schwertläufer gewesen, wenn wir nicht gehandelt hätten«, sagte Buron.

»Ja, die Sache scheint sich schnell herumgesprochen zu haben«, ließ sich Lebo vernehmen. »Auch unter den Schwertläufern der Siola kennt man heute kein anderes Thema. Vor allem, weil die Hintergründe so rätselhaft sind. Wir konnten uns kaum der vielen Fragen erwehren. Doch möchte ich nicht wissen, wie man über uns spräche, wenn das alles schief gelaufen wäre.«

Buron und Lebo murmelten zustimmend.

»Ach übrigens«, bemerkte Lebo noch. »Morgen ist Mittwoch, der 27. Februar.«

»Na und?« Robin zuckte mit den Schultern. »Was ist daran besonders?«

»Nun, im Februar, einen Tag vor Monatsende wird bei uns traditionell das Fembornfest gefeiert. Das ist der Tag, an dem das Licht des neuen Jahres wieder die Oberhand über die Dunkelheit des Winters gewinnt. Jedenfalls ist morgen in Dornburg Feiertag. Wir und einige andere treffen uns deshalb heute Abend in der Taverne zum Roten Greifen. Dort ist heute Musik und Tanz. Ich hoffe doch, ihr lasst euch dort mal blicken.«

»Werden wir!«, sagte Bero. »Doch jetzt sollten wir uns sputen. Ich habe versprochen, dass wir zum Mittagessen zuhause sind.«

Sie verabschiedeten sich mit den besten Genesungswünschen. Lebo und Buron blieben noch. Robin und Bero machten sich auf den Weg zurück zur Burg. Boffo ging noch sein zurückgelassenes Gepäck bei seinem Vetter Bronif holen.

Auf dem Rückweg über den Hauptmarkt erinnerte sich Robin an sein Versprechen, das er vor seiner Abreise gegeben hatte. Die beiden betraten einen der Läden und Robin kaufte einige Ellen feinsten Stoffes für Merien, ein schönes Tuch für seine Mutter Miria und eine bunt bestickte Haube für Frida.

»Was Schmuck anbelangt«, sagte Robin zu Bero, »so kann ich das schönste Silbergeschmeide zuhause in Fornland bekommen. Doch die besten Stoffe und Webwaren bekommt man bei euch in Dornburg.«

Bero lächelte und sie machten sich an den Aufstieg zur Burg.

Dort wurden sie bereits zum Essen erwartet. Auch Boffo war schon angekommen und sie setzten sich gemeinsam mit Beros Eltern und Tirolf an die gedeckte Tafel. Es gab Fischsuppe, ein traditionelles Gericht für den Vortag des Fembornfestes. Und als Hauptgang gebratene Hechtfilets mit Krebsfleisch gefüllt. Natürlich wollte der Burgverwalter alles über das Befinden der verletzten Schwertläufer wissen und als er von deren guten Heilungsfortschritt erfuhr, hellte sich seine Miene auf. Die Erleichterung über den glimpflichen Ausgang des Unternehmens war ihm ins Gesicht geschrieben.

Den Nachmittag nutzten die Freunde, um sich von der anstrengenden Nacht auszuruhen, in der sie nur wenig Schlaf gefunden hatten. Nachdem sich Robin überzeugt hatte, dass es Bork gut ging, ging er auf sein Zimmer und legte sich auf ein kleines Nickerchen zu Bett. Boffo ruhte nicht. Er saß am Tisch, gebeugt über die Pläne und Aufzeichnungen von Bahor und machte eine Skizze des Morhultamuletts, welches Bero am Ortulinpass erbeutet und Robin geschenkt hatte.

Gegen Abend machten sich Bero und Robin ausgehfertig. Viel Auswahl hatte Robin nicht. Aber er bekam ein frisches Hemd von Bero. Zuletzt gürtete er sich Thorndil um, dessen silberbeschlagenes Gehänge ihm als Schmuck ausreichend erschien. Boffo entschloss sich, zuhause zu bleiben und in der Bibliothek der Burg seine Studien fortzusetzen.

»Ich wünsche euch viel Vergnügen«, sagte er, bevor sich die beiden nach dem Abendessen auf den Weg in die Stadt machten. »Doch haltet euch an die Abmachung und gebt in euren Gesprächen nicht so viel von eurem Wissen um die Geheimnisse der Tonfigur und die vermeintlichen Absichten der Eindringlinge preis. Das schafft nur Gerüchte und könnte uns später zum Nachteil gereichen.«

Der Rote Greif lag im südlichen, weniger vornehmen Handwerkerviertel der Stadt, etwas abseits der ruhiger gelegenen Wohngebiete. Das großzügige Gebäude schmiegte sich mit der hinteren Längsseite von innen an die Stadtmauer. Von der Schmalseite des Gebäudes konnte man hinunter in den Rovin schauen, dessen Ufermauern hier in dem mit einem Fallgatter gesicherten Stadtmauerdurchlass endeten. Das Wirtshaus selbst hatte eine alte Tradition. Doch hatte es mehr den Charakter einer Taverne, obwohl es, außer Getränken, auch kleine Speisen gab. Nahe der Hauptstraße gelegen, diente es Handwerkern und im Sommer auch Durchreisenden als willkommener Ort für geselliges Beisammensein am Abend. Auch für die Schwertläufer der Garnison war der Rote Greif ein beliebter Treffpunkt. Vor allem, wenn dort am Wochenende und zu besonderen Anlässen zum Tanz aufgespielt wurde.

Als Robin und Bero das Gasthaus erreichten, war es bereits dunkel. Durch die Fenster im Erdgeschoss des Gebäudes fiel Licht auf die Straße und aus dem Innern drang gedämpfte Musik. Über wenige Stufen eines Treppenaufganges traten sie ein.

Der Unterschied zwischen der trockenen, kalten Luft des Winterabends und dem feuchtwarmen Klima des Schankzimmers hätte größer nicht sein können. Lautes Stimmengewirr, vermischt mit Lachen und Rufen, schlug den Eintretenden entgegen. Die Luft war geschwängert vom Rauch zahlreicher Tabakspfeifen und von Bierdunst. Das prasselnde Kaminfeuer an einer Stirnseite des Raumes erzeugte, zusammen mit den Körpern der Anwesenden, eine beachtliche Wärme und die Öllampen, die an den rauchgeschwärzten Balken der Decke hingen, verbreiteten flackerndes Licht. An den Tischen hatten sich kleine Gruppen zusammengefunden. Rufe nach Bier und Wein schallten durch den Raum und die Bediensteten hatten alle Hände voll zu tun, den Bestellungen nachzukommen.

Ein Großteil der Gäste stand direkt an der lang gezogenen Theke. Hinter dieser waltete eine auffällige Persönlichkeit, stellte volle Krüge und Gläser darauf und gab Anweisungen an die Bediensteten und den Schankkellner. Die üppigen Haare auf seinem Kopf waren, ebenso wie sein Vollbart, rot und kaum zu zügeln. Das konnte nur der Wirt des Roten Greifen sein.

»Guten Abend, meine Herren«, begrüßte er die Neuankömmlinge, die sich an eine freie Stelle der Theke begeben hatten. »Die Herren haben doch nicht vor, in meinen bescheidenen Räumen ein Turnier zu veranstalten?«

Er warf einen fragenden Blick auf die Schwerter der beiden. Bero lachte, knüpfte sein Schwert vom Gehänge und reichte es dem Wirt, der wartend auf Robin schaute. Bero schien die Prozedur geläufig zu sein, doch Robin zögerte. In Fornland war es durchaus üblich, sein Schwert auch in öffentlichen Gebäuden zu tragen.

»Du kannst Borin Fundik ruhig vertrauen. Er ist ein ausgesprochen gewissenhafter Wirt und sehr um das Wohl seine Gäste bemüht. Und er hat ein außergewöhnlich gutes Gedächtnis.« Robin nickte und reichte dem Wirt Thorndil. Der verstaute die Waffen in einem Regal hinter sich.

»Reine Vorsichtsmaßnahme«, sagte er lächelnd. »Man weiß nie, was so manchem Gast zu fortgeschrittener Stunde einfällt, wenn er ein Glas über den Durst getrunken hat. Was darf ich den Herren bringen?«

Bero und Robin bestellten sich jeder einen Krug Bier, das der Wirt umgehend brachte. Sie tranken einen Schluck und weil Bero ein paar Worte mit dem Wirt wechselte, hatte Robin die Gelegenheit, sich genauer umzusehen.

Hier, in der Schankstube schien sich der Teil der Besucher versammelt zu haben, der sich wenig aus Tanz und Musik machte. Die meisten der Anwesenden waren bodenständige, kräftige und teils ruppige Gesellen. Dass sie der körperlich arbeitenden Einwohnerschaft Dornburgs angehörten war unschwer zu erkennen. Den Neuankömmlingen warfen sie neugierige Blicke zu. Wahrscheinlich, weil sie Robin nicht kannten und ihn noch nie in Dornburg gesehen hatten. Doch weil sie nichts mit seiner Person anfangen konnten, wandten sie sich bald wieder ihren Tischgesprächen zu. Lediglich ein schon rein äußerlich unangenehmer Bursche mit verschlagenen Gesichtszügen, der mit einigen ihm ähnlichen Kumpanen in der Ecke des Raums zechte, musterte Robin aufmerksamer und über längere Zeit.

Robin beschloss ihn nicht zu beachten und wandte seine Aufmerksamkeit angenehmeren Eindrücken zu. Obwohl die Geräuschkulisse im Raum beachtlich war, konnte man sich noch unterhalten und Robin konnte auch einige Gesprächsfetzen verstehen. Es ging um Neuigkeiten in und um Dornburg, die Wetterkapriolen der letzten Woche, und auch über die Ereignisse der vergangenen Nacht am Ortulinpass wurde gesprochen. Anscheinend wusste man jedoch nichts Genaues und auch die Beteiligten waren hier unbekannt. Sonst hätte man sicher Fragen an die Neuankömmlinge gerichtet. Stattdessen wurde viel gelacht, die Stimmung war feucht-fröhlich und den Krügen und Bechern mit Bier und Wein wurde ausgiebig zugesprochen. Schließlich war morgen Feiertag und kaum einer der Anwesenden musste zur Arbeit.

In der Stirnseite der Schankstube befand sich breiter Durchgang. Er führte in einen größeren Saal, aus dem die Musik drang, die sie von draußen gehört hatten. Um eine freie Fläche waren dort Tische und Bänke gruppiert, wo die der Musik und dem Tanz zugeneigten Gäste auf den förmlichen Beginn des letzteren warteten. Robin konnte eine gemischte Gesellschaft sehen, unter der sich auch Mitglieder der gehobeneren Kreise und eine nicht unerhebliche Anzahl von Frauen und Mädchen befanden.

Robin und Bero nahmen ihre Bierkrüge und begaben sich in den Tanzsaal. An der Längsseite des Saales stand ein größerer Tisch, an dem bereits einige Schwertläufer saßen und die beiden Ankömmlinge lautstark begrüßten. Einige von ihnen hatten ihre Liebste mitgebracht, andere waren ohne Begleitung gekommen. Vor allem Robins persönliche Schilderung der Ereignisse am Ortulinpass schien alle brennend zu interessieren. Deshalb war er froh, als endlich der Tanz eröffnet wurde, und sich das allgemeine Interesse dem Treiben auf der dafür vorgesehenen Fläche zuwandte.

Die Musikkapelle spielte jetzt lauter und rhythmischer. Außer den landesüblichen Saiteninstrumenten und Flöten hatten auch Dudelsäcke und Trommeln eingesetzt. Robin musste zugeben, dass das Temperament der Lusilier das der Fornländer um einiges übertraf. Im Gegensatz zu den getragenen Tänzen und Reigen, die Robin noch zum Mithreilfest so sehr genossen hatte, tanzte man hier wesentlich ungezwungener. Und je weiter der Abend fortschritt, desto ausgelassener wurde die Stimmung. Etwas abseits der tanzenden Paare hatten die jüngeren Burschen und Mädchen zwei sich gegenüberstehende Tanzreihen gebildete. Und, was Robin sich in Lindhag, ja selbst in Pern nie hätte vorstellen können: einige der tanzenden Mädchen und jungen Frauen schwärmten zum Rand der Tanzfläche aus und zogen die noch zögerlichen Burschen hinein in das wogende Geschehen. Ehe Robin und Bero sich versahen, befanden sie sich inmitten der Tanzenden. Und alle hatten augenscheinlich großen Spaß dabei. Als Robin sich nach einiger Zeit schweißgebadet zurück an seinen Tisch kämpfte, um etwas zu trinken, waren dort nur wenige zurückgeblieben oder lösten sich mit den Zurückkommenden im Tanzvergnügen ab.

Während seiner Zeit als Schwertläufer hatte Robin das nie erlebt. Denn an Feiertagen und verlängerten Wochenenden war er fast immer nach Hause gereist. Auch jetzt hatte er anfänglich einige Gewissensbisse. Wenn Merien ihn jetzt so sehen könnte! Doch ziemlich schnell merkte er, dass das Interesse der meisten Anwesenden dem reinen Tanzvergnügen galt. Zwar sah er einige Mädchen und junge Frauen, die nichts gegen eine neue Tanzbekanntschaft einzuwenden hatten. Doch war diese Art von Techtelmechtel offensichtlich oberflächlicher Natur. Für die Vertiefung von Beziehungen zwischen den Geschlechtern schien es andere Gelegenheiten und Anlässe zu geben. Jedenfalls gelang es Robin an diesem Abend, sich unverfänglich aus möglichen Affären zu ziehen und dennoch das turbulente Treiben ausgiebig zu genießen.

Auf diese Weise verging der Abend. Irgendwann hatte Robin

genug. Er ging mit Bero zurück in die Schankstube wo beide sich bei Borin Fundik noch einen Krug Bier bestellten.

»Die Dornburger haben das Feiern nicht verlernt«, sagte Robin als er neben Bero am Tresen stand. »Geht es jedes Mal so zu im Roten Greifen?«

»Jedes Mal wenn Tanz ist!« antworte Bero. »Und bisweilen noch ein wenig wilder. Vor allem, wenn sich zu fortgeschrittener Stunde irgendwelche Jungs wegen eines Mädchens in die Haare kriegen. Doch Borin«, und damit deutete er mit einer Bewegung seines Kopfes auf den Wirt, »hat bisher noch jedes Gerangel in den Griff bekommen.«

Robin wollte gerade von seinem Bier trinken, als ihm von hinten jemand auf die Schulter tippte.

»Wenn mich nicht alles täuscht, seid Ihr derjenige, der gestern Nacht am Ortulinpass für mächtig viel Unruhe gesorgt hat, Robin Rob!«

Robin drehte sich um. Hinter ihm stand der unangenehme Kerl, der ihm schon beim Betreten der Gaststube aufgefallen war. Es war ein großer und kräftiger Typ, unrasiert und ungepflegt und mit einer Narbe über der Nase. Und er roch stark nach Branntwein.

»Ich kenne Euch nicht«, antwortete Robin ruhig. »Und ich weiß nicht, auf was Ihr hinaus wollt. Woher kennt Ihr überhaupt meinen Namen?«

»Nun, ganz einfach! Wenn jemand nach Dornburg hereingeschneit kommt, Ärger macht und dabei auch noch unsere Schwertläufer in Gefahr bringt, dann interessiert man sich auch für dessen Namen.«

Die Gespräche im Raum wurden leiser und die anwesenden Zecher wandten ihre Aufmerksamkeit der Unterhaltung an der Theke zu.

Robin versuchte ruhig zu bleiben: »Wenn Ihr schon über Dinge sprecht, die Ihr nur vom Hörensagen kennt, dann solltet Ihr zumindest die richtigen Leute fragen. Bevor Ihr Lügen in der Öffentlichkeit verbreitet.«

170

»Lügen? Ach ja?« Der Fremde sah Robin mit herausforderndem Blick an. »Und dass Ihr ohne triftigen Grund einen Besucher aus Trintal getötet habt. Ist das auch eine Lüge?«

»Wisst Ihr noch mehr über diese Angelegenheit?« Auch Robin wurde jetzt ungehalten. »Mir scheint, Ihr habt Informationen aus erster Hand. Und zwar von Leuten, die man ganz gewiss nicht zu den Freunden Dornburgs zählen würde.«

»Nun ist es aber genug, Thronk Vautthir!« Borin Fundik war hinter seiner Theke hervorgekommen und nahm den Provokateur beim Arm. »Entweder du setzt dich jetzt wieder auf deinen Platz und gibst Ruhe. Oder du kannst dir den Roten Greifen von außen ansehen.«

»Ist ja schon gut, Wirt!«, knurrte Thronk, und wandte sich widerwillig ab. Doch dann drehte er sich noch einmal um und zischte, so dass nur Robin, Bero und Borin seine Worte verstehen konnten: »Du hast einen Fehler gemacht, Fornländer. Doch dich allein zur Rechenschaft zu ziehen wird nicht genug sein für den Morhultmeister. Viele werden für deine Tat büßen müssen.« Damit löste er sich mit einer unwirschen Bewegung aus dem Griff Borins und ging mit schweren, unsicheren Schritten zu seinen Tisch zurück.

»Macht Euch nichts aus den Reden dieses Trunkenbolds, Herr!« Borin klopfte Robin auf die Schulter. »Keiner hier nimmt die Sprüche dieses stadtbekannten Querulanten ernst. Wie ich Euch eingangs schon sagte. Wenn einige dieser Kerle einen über den Durst getrunken haben, werden sie unberechenbar.« Damit widmete er sich wieder den Geschäften hinter seiner Theke.

»Der Kerl steckt irgendwie mit in der ganzen Sache drin. Das ist sonnenklar«, sagte Bero. Robin nickte.

»Und er hatte Glück, dass er nicht noch aufdringlicher geworden ist.«, fuhr Bero fort. »Die Schwertläufer hier hätten seine verlogenen Geheimnisse schon aus ihm herausgekitzelt. Aber wir werden den Burschen beobachten. Da kannst du sicher sein.«

Der Rest des Abends verlief ohne weitere Zwischenfälle. Später gesellten sich Lebo und Buron vom Tisch der Schwertläufer zu Robin und Bero an die Theke. Und als Thronk und seine Kumpane irgendwann den Schankraum verlassen hatten, kam unter den Zurückbleibenden sogar wieder fröhliche Stimmung auf. Kurz vor Mitternacht endete auch die Musikkapelle ihre letzte Weise. Die Freunde ließen sich von Borin ihre Schwerter aushändigen, traten hinaus in die kalte Nacht und machten sich auf den Heimweg. Am Aufgang zur Burg trennten sich ihre Wege.

»Ihr werdet uns doch auf dem Laufenden halten? Über das, was weiter hier passiert. Vor allem, wie es Zorg und Miro geht!«, bat Robin zum Abschied.

»Natürlich werden wir das«, sagte Lebo. »Sicher hast auch du nichts dagegen, wenn wir selbst wieder mal unerwartet in Lindhag auftauchen. Natürlich erst, wenn die Straßen wieder in besserem Zustand sind«

»Selbstverständlich nicht!«, antwortete Robin erfreut. »Ihr seid uns jederzeit willkommen!« Damit verschwanden Lebo und Buron in der Dunkelheit und Robin und Bero stiegen den Burgberg empor.

Üblicherweise ruhten sich die Bewohner Dornburgs am Tag des Fembornfestes aus, besuchten Verwandte oder genossen ein gutes Essen im kleinen Kreise. Größere Festivitäten waren an diesem Tag nicht gebräuchlich. Auch Robin, Boffo und Bero nutzten den Tag, um sich auszuruhen. Robin vom gestrigen Abend. Boffo auf seine Weise. Der Elm begab sich nach einem späten Frühstück in das Archiv, um dort in alten Akten und Büchern zu stöbern. Robin ging in den Stall, um Bork zu striegeln.

»Morgen geht es wieder heimwärts, alter Junge!«, sagte er und strich über den Hals des Tieres. »Du freust dich doch darauf?« Bork schnaubte leise. Er schien zu verstehen, was sein Herr ihm sagen wollte. Zumindest merkte er an dessen Verhalten, dass die Langweile der letzten Tage vorbei war und jetzt wieder Aufgaben vor ihm lagen.

Nach dem Mittagessen machten die Besucher zusammen mit der Familie Bordin einen Spaziergang um die Burg. Es war nicht mehr so kalt, wie in den letzten Tagen und zeitweise blinzelte die Sonne durch die Wolken.

»Es wird Euch freuen zu hören, dass die Straße beim Alten Mauthaus wieder frei ist«, sagte Benno Bordin nach einer Weile des Gehens. »Gestern sind die Arbeiter damit fertig geworden, die Schneemassen beiseite zu räumen. Das heißt jedoch nicht, dass das Fortkommen einfach ist. Es liegt nach wie vor mehr als genug Schnee. Ich denke, Ihr werdet früh aufbrechen müssen und unter Umständen müsst Ihr noch eine Übernachtung im Alten Mauthaus einplanen.«

»Nicht, wenn wir es irgendwie vermeiden können«, wandte Boffo ein. »Zumal ich es kaum erwarten kann, wieder ins Rauquelltal zu kommen. Was allerdings nicht an Eurer wundervollen Gastfreundschaft liegt! Allein wenn ich an die delikate Küche dieses Hauses denke, würde ich gerne länger bleiben.« Dabei blickte er Frau Bordin an, die sich sichtlich geschmeichelt fühlte. »Doch möchte ich möglichst bald mit der Übersetzung der Karte und der anderen Schriftstücke aus Bahor beginnen«, fuhr Boffo fort. »Einige Einzelheiten konnte ich schon herausfinden. Für den Rest benötige ich die Hilfe unserer Gelehrten und deren Aufzeichnungen. Außerdem möchte ich genaue Abschriften der Dokumente anfertigen, damit wir die Originale keiner weiteren Gefährdung aussetzen müssen. Es bleibt doch bei Eurer Zusage, dass wir die Fundstücke vorerst mitnehmen dürfen?«

»Selbstverständlich!«, antwortete Benno. »So ist es beschlossen! Schließlich seid Ihr deswegen hergekommen. Und es ist in unserem Interesse genauso wie in Eurem, Licht in die Dunkelheit dieser mysteriösen Dinge zu bringen.« Dann wandte er sich an Robin: »Bestellt Eurem Vater auch, dass der Magistrat von Dornburg sich gerne mit dem Rat von Fornland treffen möchte. Sobald die Straßen wieder frei sind und ein reibungsloser

Reiseverkehr möglich ist. Es gibt wichtige Dinge zu besprechen. Weitere Einzelheiten dazu werden ihn in nächster Zeit mit der Post erreichen.«

Nach einem letzten gemeinsamen Abendessen packten Robin und Boffo ihre Sachen und begaben sich früh zu Bett. Beide waren müde und der kommende Tag versprach mühsam zu werden.

Gleich nach dem Aufwachen bemerkte Robin, dass die Eisblumen, die noch gestern die Fenster geziert hatten, verschwunden waren. Er stand auf und öffnete einen Fensterflügel. Kalte Luft strömte ins Zimmer. Doch nicht mehr so eisig, wie noch in den letzten Tagen. Es war wärmer geworden.

»Dieser unerbittliche Winter zeigt erste Schwächen. Ein gutes Zeichen!«, sagte Boffo. Die beiden hatten es jetzt eilig. Bero und seine Eltern warteten bereits. Hilda, die Haushälterin, hatte ein kräftiges Frühstück zubereitet. Tirolf war schon im Stall tätig, um Bork zu satteln und ihm die Fesseln zu bandagieren. Alles ging ziemlich schnell an diesem Morgen. Auch der Abschied von Dornburg. Was zu besprechen war, war besprochen worden. Bero gab Robin ein Paar Schneeschuhe mit, »für alle Fälle«, wie er sich ausdrückte. Kurz nach sieben Uhr ritten Robin und Boffo dann zum Tor hinaus und den Burgberg hinunter. Vor der ersten Biegung des Weges sah sich Robin noch einmal um. Bero stand im Torbogen und hob die Hand zum Gruß. Sie winkten zurück. Dann entschwand Bero ihren Blicken.

Bald lag die Stadt hinter ihnen. Den Reisenden kam jetzt zugute, dass die Straße in den letzten Tagen häufiger begangen worden war. Die Bautrupps mit ihren Lasttieren hatten einen schmalen Pfad durch den tiefen Schnee getreten, dem Bork folgen und dabei mühelos seine Reiter tragen konnte.

Bereits kurz nach Mittag passierten sie das Alte Mauthaus und wenig später die Stelle, an der die Lawine die Straße verschüttet hatte. Die Arbeiter hatten sich nach Kräften bemüht. Mehr als ein schmaler Durchgang war ihnen nicht gelungen, doch war er ausreichend um Bork und seinen beiden Passagieren die Heimkehr nach Fornland zu ermöglichen. Gegen Nachmittag überschritten sie die Miruinbrücke und als es Abend wurde, näherten sie sich Lindhag.

Robin und Boffo hatten auf dem letzten Abschnitt ihrer Heimreise wenig miteinander gesprochen. Jeder war seinen eigenen Gedanken nachgegangen. Mit dem Einbrechen der Dämmerung erinnerte sich Robin an den Stein, den er am Ortulinpass aus dem Helm des Fremden gebrochen hatte. Er zog ihn aus der Tasche. Der Stein leuchtete. Robin reichte ihn nach hinten.

»Eine bemerkenswerte Trophäe, die du da erbeutet hast«, sagte Boffo bewundernd, als er den Stein in der Hand hielt. »Doch du hast sie dir verdient.«

»Glaubst du, der Stein besitzt gefährliche Eigenschaften«, wollte Robin wissen. »Vielleicht könnten feindselig gesonnene Mächte durch ihn Einfluss auf uns ausüben?«

»Das kannst du einfach herausfinden«, antwortete Boffo. »Hole einfach die Tiriphe heraus und sieh, was passiert.«

Robin holte das Amulett aus seinem Hemd. Doch die Tiriphe blieb dunkel. Sie schien keine Abneigung gegenüber dem Stein zu empfinden.

»Diesem Kristall scheint ein kraftvoller Zauber innezuwohnen«, sagte Boffo. »Doch glaube ich nicht, dass es ein Zauber derjenigen ist, in deren Besitz der Stein zuletzt war. Vielleicht ist er, ebenso wie die Tiriphe, Teil des Sonnenkultes unserer zauberkundigen Altvorderen um Fürst Nehor und stammt aus den Ruinen von Bahor. Unsere Überlieferungen erzählen von einem magischen Stein aus dessen Besitz, der Eigenschaften wie dieser hier hatte. Man nannte ihn den Sirgenstein. Möglicherweise ist er oder ein ähnliches Exemplar diesen verwerflichen Kreaturen in die Hände gefallen. Dies wäre eine weitere Bestätigung für meine Befürchtung: die Fremdlinge könnten schon Besitz von Bahor genommen haben. Ich werde das Gefühl nicht los, dass dieser Balfur, von dem der Eindringling mit dem ›Morhultamulett‹ faselte, ein Geheimnis kennt, welches wir noch ergründen müssen. Er scheint nach etwas zu suchen, was ihm bisher verborgen geblieben ist. Und der Schlüssel zu diesem Geheimnis liegt in Bahor, oder ich will kein Elm sein.«

Sechstes Kapitel

Frühlingserwachen

Es war eine ausgesprochen familiäre Begrüßungsfeier für Robin und Boffo am Abend des 28. Februar. Außerhalb ihres näheren Freundes- und Verwandtenkreises hatte kaum jemand im Hochquelltal Notiz von ihrem Ausflug genommen. Warum auch? Schließlich war eine Reise nach Dornburg unter normalen Umständen nichts Besonderes. Nun gut – die Wetterverhältnisse waren diesmal besonders widrig gewesen. Doch weil die beiden – genau wie vorgesehen – nur eine Woche lang unterwegs gewesen waren, hatte man sich keine Gedanken gemacht. Zumal über die eigentlichen Gründe dieser Reise außerhalb der eingeweihten Kreise niemand etwas Genaueres wusste.

Allerdings hatte Raul Thorsons Brieftaubenpost erwartungsgemäß gut funktioniert. Und so waren bereits Neuigkeiten nach Lindhag gelangt und unter den Mitgliedern des Fornlandrates bekannt geworden. Für den folgenden Tag wurde deshalb eine Ratsversammlung einberufen, auf der Robin und Boffo Bericht erstatteten. Unbekannte und möglicherweise der Magie mächtige Eindringlinge, die sich in der alten Festung Trintal jenseits der Grauberge verschanzten – vielleicht auch schon bis Bahor vorgedrungen waren und dort ihr Unwesen trieben? Für die meisten der Anwesenden waren dies ungewisse und nur mäßig beunruhigende Nachrichten. Deshalb beschloss man, vorerst nichts zu überstürzen. Man wollte zunächst die Dinge im Auge behalten und die Öffentlichkeit nicht weiter beunruhigen. Währenddessen sollte Boffo die vorhandenen Dokumente so gut er konnte entschlüsseln. Dann wollte man sich mit dem Magistrat von

Dornburg beraten und gegebenenfalls weitere Maßnahmen beschließen.

Unterdessen ging das Leben in Fornland weiter. Ab Mitte März wurde es spürbar wärmer. Wenn auch langsamer, als in den Jahren zuvor. Doch ausreichend, um die Eispanzer der Bäche und Flüsse zu lösen und die Schneedecke dünner werden zu lassen. Auf den ersten braunen und grünen Flecken zeigten sich gelbe Winterlinge und bald darauf streckten auch Schneeglöckchen und Märzenbecher ihre Blüten durch die rasch größer werdenden Lücken im Schnee.

Mit dem Beginn des April schickte die Sonne ihre Leben spendenden Strahlen durch den bis dahin meist diesigen und wolkenverhangenen Himmel. Der Frühling bahnte sich nun unaufhaltsam seinen bisher verhinderten Weg. Auf den Wiesen blühten Krokusse und an den Waldrändern bildeten sich zaghaft kleine Inseln von Buschwindröschen. Allenthalben machten sich die Bauern daran, den längst überfälligen Boden zu bearbeiten. Sie bestellten ihre Felder und säten ihr Sommergetreide, überwiegend Gerste und Hafer. Und die Gärtner begannen mit dem Bepflanzen der Gemüsebeete.

An einem Samstagvormittag, es war der 20. April, sattelte Robin Bork und machte sich auf den Weg nach Blechhammer. Seit seiner Rückkehr von Dornburg hatte er jede sich bietende Gelegenheit für einen Besuch des Rob'schen Hammerwerkes genutzt. Sein Interesse am elterlichen Betrieb war groß – viel größer jedoch war sein Verlangen, die Geliebte zu treffen. Sein Verhältnis zu Merien wurde von beiden Elternteilen mit Wohlwollen beobachtet. Doch noch immer achteten diese auf eine gewisse Förmlichkeit und Distanz der beiden im Umgang miteinander. Natürlich hoffte man auf eine Hochzeit und damit auch auf Nachwuchs, der sich irgendwann einstellen würde. Aber es gab keinen zeitlichen Druck. Die jungen Leute sollten selbst entscheiden, wann es an der Zeit war, sich dauerhaft zu binden.

Er war der erste wirklich warme Frühlingstag dieses Jahres. Der Himmel war nur leicht bewölkt und ein laues Lüftchen wehte von Süden. Beim Blick auf das Halvorgebirge meinte Robin förmlich sehen zu können, wie sich die Schneegrenze von den Tiefen der Täler über die höher gelegenen Bergflanken nach oben schob. In weniger als einer halben Stunde hatte Bork die ersten Häuser von Blechhammer erreicht. Was für ein Unterschied zu dem mühsamen Reisen im winterlichen Schnee oder auf den morastigen Wegen, die noch Ende März das Fortkommen in Fornland erschwert hatten!

Robin hielt sich nur kurz im Werksgebäude auf. Er wechselte einige Worte mit Baldur, dem Werkmeister, fragte nach dem Stand der Dinge und dem Fortschritt der anstehenden Aufträge. Dann unternahm er einen kurzen Rundgang. Merien traf er auf dem Rückweg vom Stall, wo sie einen Eimer mit Küchenabfällen in den Schweinetrog geleert hatte. Sie begrüßten sich mit einem Kuss.

»Du hast Glück, dass ich gerade mit der Küche fertig bin und mir heute Nachmittag Zeit für dich genommen habe«, sagte sie und lächelte kokett. »Bei dem Wetter sollten wir einen Ausflug machen. Natürlich nur, wenn du Lust hast. Während ich mich umziehe, könntest du dich ein wenig nützlich machen und Birit satteln. Wo Sattel und Zaumzeug hängen, weißt du ja.« Mit diesen Worten war sie auch schon wieder entschwunden.

Und ob Robin Lust hatte. Einen Ausritt mit Merien hatte er sich die ganze Zeit gewünscht. Doch hatte bisher das Wetter nicht mitgespielt. Er schlenderte hinüber zum Pferdestall. Dort nahm er Bürste und Striegel aus dem Regal und ging zu der Stallbucht, in der die braune, hochbeinige Stute stand, die Nüstern weitete und ihn neugierig beäugte. Mit geübten Bewegungen reinigte er das Fell und die Hufe des Tieres. Einen Augenblick überlegte er, ob er den für vornehme Damen gebräuchlichen Seitsattel auflegen sollte. Doch dann wählte er den üblichen Reitsattel. Schließlich wusste er von Merien, dass sie eine geübte Reiterin war, die auch vor Hindernissen nicht Halt machte. Er legte der Stute das Zaumzeug an, führte sie vor das Stalltor und befestigte ihre Zügel an einen der Ringe, die an der Vorderseite des Gebäudes angebracht waren. Bork, der in der Nähe angebunden war, wieherte, schnaubte und scharrte mit den Hufen. Birit spielte mit den Ohren und schaute interessiert. So, als hätte sie derzeit nichts gegen männliche Bekanntschaften einzuwenden. ›Hoffentlich wird dieser Ausflug nicht zu ungestüm‹, dachte Robin. ›Zwei Verliebte sind eigentlich genug.‹

Als Merien aus dem Haus trat, war Robin erstaunt, wie sehr sie sich in so kurzer Zeit verändert hatte. Gerade noch im Küchenkleid, trug sie jetzt einen für Damen zu Pferde üblichen Hosenrock und eine kurze Reitjacke. Ihr langes Haar hatte sie kunstvoll oberhalb des Nackens zusammengefasst. Obenauf hatte sie ein ovales, mit Perlen besticktes und mit einer blauen Feder geziertes Hütchen drapiert, von dem ein schmaler Schleier auf ihren Rücken fiel. Über dem Arm trug sie ein Paar Satteltaschen. Mit den Worten: »Für den Fall, dass wir unterwegs Hunger bekommen.« reichte sie diese Robin, der sie auf Bork befestigte.

»Du siehst hinreißend aus«, sagte Robin, als er Merien in den Sattel half. Sie quittierte das Kompliment mit einem Lächeln. Dann nahm sie die Zügel auf und versetzte Birit in flotten Trab. Robin schwang sich auf Bork und beeilte sich, zu ihr aufzuschließen.

Sie folgten der Straße nach Osten. Hier konnten sie nebeneinander reiten und sich unterhalten. Bork drängte sich an Birit und Robin hatte alle Mühe, den Hengst im Zaum zu halten.

»Man kann es ihm nicht verübeln«, sagte Robin entschuldigend. »Er hat eben auch Frühlingsgefühle. Und Birit scheint ihm zu gefallen.«

»So wie es aussieht, scheinen ihm im Moment alle Stuten zu gefallen«, antwortete Merien. »Doch gehe ich davon aus, dass ein so edles Tier genauso wohlerzogen ist, wie sein Herr. Ich hoffe, er bleibt anständig. Zumindest, solange wir reiten.«

»Da bin ich mir nicht sicher.« Robin war ein wenig verlegen. Sie jedoch schien keineswegs peinlich von der Situation berührt zu sein und begegnete seinem Blick mit einem kecken Augenaufschlag. Kurz vor Hochtobel verließen sie die Straße in südlicher Richtung und folgten einem Feldweg, der in die oberhalb der Weißwasser gelegenen Wiesenauen führte. Die Landschaft hier wurde nur wenig für den Ackerbau genutzt. Sie bestand hauptsächlich aus Grasland zur Heugewinnung, Streuobstwiesen und Viehweiden, die durch dichte Hecken und mit Buschwerk bewachsene Raine voneinander getrennt waren. Verschiedentlich hatte man Teiche und Gräben angelegt, um den an manchen Stellen moorigen Boden zu entwässern.

Zum jetzigen Zeitpunkt wurde wenig in dieser Gegend gearbeitet, weshalb ihnen niemand begegnete. Robin und Merien ließen die Pferde im Schritt gehen und genossen die erwachende Frühlingslandschaft. Eine unendliche Zahl zart duftender Blüten, welche die Schwarzdornhecken entlang des Weges wie weiße Wolken umhüllten, lockten summende Insekten und grazil tänzelnde Falter herbei. Dazwischen entfalteten Kirschbäume ihre weißen und rosafarbenen Blütenblätter und das Gezwitscher der lange verstummten Vögel erfüllte die Luft.

Gegen ein Uhr nachmittags kamen die beiden an einen kleinen See. Die Einheimischen nannten ihn Quellteich, weil er keinen sichtbaren Zufluss hatte und sich aus den unterirdischen Wasservorräten der Wiesenauen speiste. Seerosenblätter, die noch keine Blüten ausgetrieben hatten, bedeckten seine Oberfläche. Seine Ufer waren beinahe vollständig mit Schilf bewachsen. Nur nach Süden hin erstreckte sich ein sanft zum Wasser abfallender Rasenteppich. Hier hielten Robin und Merien an und banden die Pferde an einen Haselnussstrauch.

Robin kannte das Plätzchen gut. Im Frühling war es hier besonders schön. Nicht zuletzt deswegen, weil es in dieser Jahreszeit noch keine Mücken und andere Blut saugende Plagegeister gab, die in den Sommermonaten Mensch und Tier belästigten.

Robin nahm Sättel und Satteltaschen ab. Bork gebärdete sich ziemlich unruhig. Robin warf einen kurzen, Hilfe suchenden Blick hinüber zu Merien, die gerade eine Decke auf der Wiese ausbreitete. Sie nickte lächelnd.

›Was soll's?‹, dachte Robin. Er zog den beiden Pferden die Zaumzeuge ab und ließ sie laufen. Birit entfernte sich galoppierend und Bork folgte ihr, nach hinten ausschlagend.

»Bork wird schon nicht zu weit weglaufen und Birit hoffentlich auch nicht«, sagte er schulterzuckend, so als wolle er sich für sein Handeln entschuldigen. »Sollen sie sich austoben. Vielleicht wird dann unser Heimweg weniger anstrengend.«

»Ich hätte nichts dagegen«, erwiderte Merien mit einer Unbefangenheit, die Robin gefiel. »Wir könnten Nachwuchs im Stall gebrauchen und Bork wäre als Vater keine schlechte Wahl.«

Robin lachte. Er half Merien, das mitgebrachte Essen auszubreiten. Merien hatte ein kaltes Brathuhn eingepackt. Dazu Weißbrot, verschiedene Sorten Käse, eingemachte Oliven und kleine, in Essig eingelegte Zwiebeln und Gurken. Robin entkorkte eine Flasche Wein und schenkte zwei Becher ein. Merien nahm ihren Hut ab und öffnete ihr Haar. Dann ließen sie sich auf der Decke nieder.

»Auf diesen schönen Tag«, sagte sie und hielt ihren Becher empor.

»Und auf unseren ersten gemeinsamen Ausflug«, antworte er.

Sie stießen an und tranken. Eine innere Leichtigkeit stieg in Robin auf, eine Mischung aus Sehnsucht und Verlangen. Merien erwiderte nichts, doch vermeinte er, ihre Zuneigung zu spüren. Er nahm ihr den Becher aus der Hand und stellte ihn zusammen mit dem seinen an die Seite. Dann blickte er in Meriens blaugrüne Augen. Sie schienen ihm mitzuteilen, dass auch sie sich nach Zärtlichkeit sehnte. Im nächsten Moment lagen sich die beiden in den Armen und küssten sich leidenschaftlich. Robin spürte die Wärme von Meriens Körper, die sich auf den seinen übertrug. Er roch den Duft ihres Haares und ihrer Haut. Eine Vorahnung überkam ihn, was es bedeuten würde, mit ihr vereint zu sein.

Doch wusste er auch, dass der Zeitpunkt dafür noch nicht gekommen war. Nicht heute und nicht an diesem Ort. Stattdessen genoss er die zärtlichen Berührungen, die von ihrem Körper und ihren Händen ausgingen. Die Zeit flog dahin, während eine milde Sonne herab schien und Leib und Seele der Liebenden erwärmte.

Nach einiger Zeit setzten sie sich wieder auf.

»Ich wünschte, Momente wie dieser würden eine Ewigkeit dauern«, sagte Robin. »Und das Glück, welches ich gerade jetzt in mir fühle, auch.«

»Noch können wir uns entscheiden«, antwortete Merien. »Das Glück des Augenblicks ist oft nicht von langer Dauer. Nur wahre Liebe ist beständig.«

»Dann denke ich, dass wir für lange Zeit glücklich sein werden, denn meine Liebe für dich ist unendlich.«

»Auch ich liebe dich, Robin. Und meine Gefühle für dich sind so, wie ich sie niemals zuvor für einen anderen empfunden habe. Doch in meinem Innern spüre ich, dass einige Prüfungen noch vor uns liegen.«

»Was immer auch kommt. Wir werden es gemeinsam meistern«, sagte Robin. Merien lächelte. Beide schwiegen eine Weile.

»Ich hoffe, die Ameisen haben noch etwas von unserem Essen übrig gelassen«, sagte sie plötzlich und beide lachten erleichtert.

»Mehr als genug!«, rief Robin. »Und – hörst du es? Jetzt meldet sich auch mein Magen zu Wort. Ich wusste bisher nicht, dass Liebe so hungrig macht.«

»Dann tue dir keinen Zwang an und greif zu!« Merien reichte Robin die Hälfte des Brathuhns auf einem zinnenen Teller. Beide aßen und tranken und nicht einmal zum Mithreilfest hatte es Robin so gut geschmeckt, wie an diesem romantischen Ort in freier Natur.

»Wir sollten das öfters machen«, schlug Robin vor. »Das ist doch etwas anderes als Händchenhalten auf den Sofa oder ein Spaziergang in der Nachbarschaft.«

»Von mir aus gerne«, antwortete Merien. »Doch sollten wir damit noch warten, bis es etwas wärmer geworden ist. Die Kühle und die Feuchtigkeit des Bodens machen sich schön langsam bemerkbar.«

»Ja, wärmer – .« Robin blickte nachdenklich in den Himmel, wo gerade einige dunkle Wolken aufzogen. »Ich hoffe und wünsche, dass es das werden wird und Tage wie dieser in Zukunft keine Ausnahme sein werden.«

»Du solltest zuversichtlicher sein, Robin! So wie vorhin.« Sie nahm seine Hand und drückte sie an ihre Brust. »Ich glaube fest daran, dass wir Glückskinder sind. Was wir uns wünschen, wird auch eintreffen. Früher oder später.«

Robin nickte lächelnd. Dann wandte er sich ab und ließ einen scharfen Pfiff ertönen. Nichts rührte sich. Robin pfiff erneut und machte ein besorgtes Gesicht. Auch Merien blickte erwartungsvoll in die Richtung, in der die Pferde vor mehr als zwei Stunden entschwunden waren. Plötzlich hellte sich ihre Miene auf. Von ferne war Hufgetrappel zu vernehmen, das schnell lauter wurde. Bork kam angaloppiert und hinter ihm kam Birit.

»Na also!«, rief Robin erleichtert. »Wie ich es vorausgesagt habe.«

»Und wie du ebenfalls vermutet hast, werden wir einen sehr harmonischen Heimritt haben«, ergänzte Merien und zwinkerte mit einem Auge. Sie packte eilig alle Sachen zusammen und ordnete ihr Haar. Robin sattelte in der Zwischenzeit die Pferde. Dann machten sie sich gut gelaunt auf den Heimweg.

Siebtes Kapitel

Die Elme vom Rauquelltal

Der Rest des April und der Beginn des Mai waren kühl und wechselhaft. Doch dann wurde das Wetter so schön und warm, wie es niemand in Fornland erwartet hätte. Selbst der Tarantuil, so schien es, hatte ein Einsehen mit den Bewohnern Elegiens und deshalb seine Feindseligkeiten eingestellt. Die Ereignisse des Winters gerieten nahezu in Vergessenheit. Auch der Termin für die Beratung mit dem Magistrat von Dornburg trat in den Hintergrund und das Alltagsgeschehen bestimmte den Tagesablauf der Fornländer.

Robin und Merien war das Alltagsgeschehen im Moment egal. Sie waren verliebt bis über beide Ohren. Jeder, der mit offenen Augen durch die Welt ging, konnte es sehen.

Bald darauf setzten sie ihren Plan gemeinsamer Ferien in die Tat um. Die Gelegenheit dazu war günstig. Boffo weilte gerade bei Taril und Merit im Rauquelltal und da bot es sich geradezu an, ihm einen Besuch abzustatten. Zumal Robin dies wiederholt versprochen hatte. Von dort wollten sie durch den Westwald bis zum Waldstein und, wenn das Wetter mitspielte, vielleicht sogar die Quellsteigklause und den Tirionpass erreichen. Mit etwas Glück würden sie von dort einen Blick hinüber zum Taurongebirge werfen können. Zurück nach Lindhag wollten sie dann die bequeme Route über die Weststraße wählen. Für die gesamte Runde hatten sie eine gute Woche eingeplant.

Zwar sahen Emilia und Baldur Arisel diese Pläne mit Besorgnis. Eine mehrtägige Reise! Das gehörte sich eigentlich nicht für ein unverheiratetes Paar. Doch weil Robins Eltern dem Lauf der

Dinge ziemlich gelassen entgegensahen, gaben auch sie schließlich nach.

Am 10. Mai, einem Freitag, war es dann so weit. Am frühen Nachmittag war Robin in Blechhammer, um Merien abzuholen. Den Nachmittagstee zuhause hatte er ausfallen lassen. Merien bat ihn in die Küche und schenkte ihm eine Tasse heißen Kaffee ein. Dann ging sie, um sich reisefertig zu machen und überließ Robin mit einem Lächeln auf den Lippen der Gesellschaft ihrer Eltern. Meriens Mutter nahm frisch gebackene Hörnchen aus der Ofenröhre und stellte sie auf den Küchentisch.

»Ihr werdet doch gut auf unsere Tochter aufpassen, Herr Robin?« Sie musterte Robin mit beinahe ängstlichem Blick.

»So gut, wie man es sich nur vorstellen kann, Frau Emilia«, antwortete Robin.

Baldur Arisel saß am Tisch und nahm einen Schluck aus seiner Tasse.

»Ich weiß, dass ich mich auf Euch verlassen kann, Herr Robin. Doch seid immer vorsichtig. Der Westwald ist eine einsame Gegend. Und je näher man dem Halvortgebirge kommt, umso mehr Gefahren lauern in ihm.«

»Keine Sorge, Meister Baldur«, entgegnete Robin. »Merien ist bei mir in guten Händen. Und was soll schon passieren? Außer ein paar Bären und Wildschweinen, die ihre Ruhe haben wollen, tummelt sich dort niemand, der uns gefährlich werden könnte.« Baldur nickte vertrauensvoll und klopfte Robin auf die Schulter. Dann traten sie vor die Haustür.

Birit war bereits gesattelt und als Thoril Brenner (der sich neben seinen Aufgaben als Vorarbeiter der Schmiede auch um den Pferdestall kümmerte) sie vor das Haus führte, wieherte Bork vor Freude über das Wiedersehen mit seiner Freundin.

Wenig später war auch Merien reisebereit. Sie trug ein sandfarbenes Reitkleid aus feinem Wollstoff, mit dem sie rittlings zu Pferd sitzen konnte. Unter dem Kleid, das von einem silberbestickten Ledergürtel zusammengehalten wurde, schauten ein

Paar Stiefel aus weichem, braunem Leder hervor. Locker über den Schultern hatte sie eine dreiviertellange Jacke aus dicht gewebten und mit bunten Stickereien verziertem Lodenstoff mit einer angeknüpften Kapuze hängen.

Robin befestigte die großen Satteltaschen und Decken hinter den Sätteln, die kleinen davor. Er war froh, auf dicke und warme Kleidung verzichten zu können, die noch zu Anfang April für eine Reise durch Fornland nötig gewesen wäre. Ein leichter Waffenrock schien ihm ausreichend. Dazu trug er lederne Reithosen und ein Paar glatte, eng anliegende Stiefel mit flachen Absätzen. Eine warme Jacke für kühle Abende befestigte er hinter Borks Sattel, wo auch ein Futteral mit seinem Bogen und mehreren Pfeilen und sein Schwert Thorndil hingen.

Nach dem Abschied von ihren Eltern half er Merien in den Sattel und sie schlugen die Richtung nach Siebenhütten ein. Nach Elmbruck waren es nur etwa dreieinhalb Meilen und sie hatten alle Zeit der Welt, wenn sie nicht vor dem frühen Abend dort eintreffen wollten. Bald kamen sie an die große Wegkreuzung und bogen auf die Hauptstraße ab, die entlang des Hochquells nach Norden führte.

An diesem Nachmittag schien sich der Frühling in Fornland von seiner besten Seite zeigen zu wollen. Die Mittagswärme hatte nachgelassen und ein leichter Wind strich von den Höhen hinunter ins Tal. Die schneebedeckten Gipfel des Halvortgebirges im Norden schienen in weite Ferne gerückt und der Himmel war so blau, als gäbe es keinen Tarantuil. Entlang der Straße verströmten blühende Apfelbäume ihren lieblichen Duft. Auch das Gras auf den Wiesen, durchsetzt mit violettweißem Wiesenschaumkraut und blauem Ehrenpreis, wuchs so üppig, wie schon lange nicht mehr. Über die Wegraine ergoss sich ein goldgelbes Meer aus Hahnenfuß und Löwenzahn und auf den feuchteren Uferwiesen entlang des Hochquells bildeten Sumpfdotterblumen gelbe Inseln. Fast hatte Robin das Gefühl, sich die Wetterkapriolen der vergangenen Wochen nur eingebildet zu haben.

Eine Weile ritten sie schweigend nebeneinander und lauschten dem Zwitschern der Vögel im Geäst der Bäume und dem Summen der Bienen, die in dem Blütenmeer am Wegrand ihre Nahrung sammelten. Von Zeit zu Zeit warf Robin einen Blick hinüber zu Merien. Sie schien in Gedanken versunken und der Ausdruck ihres Gesichts spiegelte innere Zufriedenheit und Vorfreude wider.

»Erinnerst du dich an unsere Unterhaltung am Abend des Mithreilfestes?«, unterbrach Robin die Stille. »Damals freuten wir uns auf unseren ersten gemeinsamen Ausritt.«

»Natürlich erinnere ich mich«, antwortete Merien. »Und ich habe nie aufgehört, mich darauf zu freuen. Ich hoffe, unser kleiner Ausflug zum Quellteich war nur ein Vorgeschmack dessen, was uns in den nächsten Tagen erwarten wird. Ich bin sicher, es werden wundervolle Tage werden.«

»Das werden sie«, sagte Robin. »Obwohl ich noch kaum glauben kann, dass die Natur jetzt so mild und friedlich ist. Nachdem dieser Winter kein Ende nehmen wollte.«

»Und nach all den gefährlichen Abenteuern, die du auf deiner Reise nach Dornburg erlebt hast.« Meriens Gesicht hatte einen ernsteren Ausdruck angenommen.

»Was meinst du damit?«, fragte Robin erstaunt.

»Na, zum Beispiel deine Begegnung mit dem Taruk.«

»Woher weißt du ...?« Robin erschrak und ein Anflug von schlechtem Gewissen überkam ihn. Tatsächlich hatte er Merien nicht alles erzählt und ihr einige der beunruhigenden Einzelheiten seiner Reise vorenthalten.

»Du solltest nicht denken, dass die Leute alles für sich behalten. Einiges über den Inhalt der Nachrichten von Raul Thorsons Brieftaubenpost ist bereits durchgesickert. Den Rest hat mir Boffo erzählt, als ich Ihn danach fragte. Einschließlich der Ereignisse am Ortulinpass. Außerdem bin ich der Meinung, dass wir beide jetzt keine Geheimnisse mehr vor einander haben sollten, oder?«

Robin schaute Merien mit offenem Mund an. »Natürlich nicht! Ich wollte dich nur nicht beunruhigen. In Wirklichkeit war die Gefahr größer, als diejenigen vermuten, die nicht selbst dabei gewesen sind.«

»Ich weiß«, sagte Merien. »Doch hattest du eine mächtige Verbündete. Sicher – es war Boffo, der dich gerettet hat. Aber ich glaube nicht, dass ohne die Warnung der Tiriphe alles so gut ausgegangen wäre.«

»Du kennst das Amulett?« Robin war jetzt völlig verdutzt.

»Natürlich. Ich habe es einige Zeit besessen. Bevor ich meinen Vater bat, es dir zu schenken. Dass es eine Tiriphe ist, habe ich erst von Boffo erfahren. Doch spürte ich vom Ersten Augenblick, als ich die Figur in Händen hielt, dass ihr eine starke Kraft innewohnt. Es geht eine sehr beruhigende Aura von ihr aus. Und mein Gefühl hat mich nicht betrogen. Ich hoffe, sie wird dich auch in Zukunft bei deinen Aufgaben beschützen.«

»Beschützen? Bei welchen Aufgaben?« Robin beschlich der Eindruck, als ob alle anderen mehr über ihn wüssten, als er selbst.

»Ich kann nicht in die Zukunft sehen«, fuhr Merien fort und ihre Miene war bedeutungsvoll. »Noch weniger kenne ich die Pläne des Rates. Doch ahne ich, dass harte und entbehrungsreiche Zeiten vor uns liegen. Eine ungewisse Bedrohung liegt in der Luft. Und irgendjemand wird etwas dagegen unternehmen müssen.«

Robin war nachdenklich geworden. Andererseits verspürte er eine gewisse Erleichterung und er war froh, diese Seite Meriens kennen gelernt zu haben. Er war nun endgültig überzeugt, in Merien nicht nur eine Liebschaft, sondern eine Verbündete gewonnen zu haben. Ihre Gegenwart beruhigte ihn ungemein. Er ritt an ihre Seite und nahm ihre Hand in die seine.

»Ich denke, wir werden klarer sehen, wenn wir mit Boffo gesprochen haben. Ich wusste nicht, dass er dich bereits ins Vertrauen gezogen hat. Umso besser. Dies macht die Sache wesentlich einfacher.«

Merien lächelte. Und auf einmal war die Natur um sie herum so strahlend schön, wie sie es vor ihrer Unterhaltung gewesen war. Robin hörte wieder das Zwitschern der Vögel, das Summen der Bienen und das leise Rauschen des Hochquells, der in einiger Entfernung talwärts floss.

Sie kamen an der Abzweigung vorbei, die in östlicher Richtung zu den Stollen der Rotfelsmine führte. Bis zu dieser Stelle war die Straße durch die schweren Fuhrwerke, welche das Erz von der Mine nach Blechhammer und Siebenhütten brachten, ausgefahren. Jetzt wurde sie ebener und gleichmäßiger und man merkte sofort, dass es die Elme verstanden, ihren Teil der Straße in gutem Zustand zu halten. Weite Strecken waren mit einer Schicht aus gestampftem Schotter bedeckt und weiche oder sumpfige Stellen waren sorgfältig mit flachen Steinen aus grünlich schimmernder Grauwacke gepflastert.

Das Tal des Hochquells wurde allmählich enger und von seinen Abhängen zogen sich lichte Waldstreifen bis an die Straße. Vereinzelte Fichten sonderten bei jedem Windhauch Wolken aus gelbem Blütenstaub ab und der harzige Duft von Lärchen und Kiefern schwebte in der Luft. Ihre Nadeln bedeckten Teile der Straße, wo sie ein bequemes Polster für die Hufe der Pferde bildeten. Auch die Straße selbst wurde kurvenreicher. Moosige Randsteine und Holzplanken sicherten ihre Böschung an den Stellen, wo sie besonders steil zum Hochquell abfiel. Je weiter die Reisenden talaufwärts kamen, umso stärker wurde das Rauschen des Wassers. Als sie um die nächste Kurve bogen, sahen sie zu ihrer Linken den Rauquell in mehreren Kaskaden zu Tal stürzen und sich am Ende eines steinigen Tobels mit dem Hochquell vereinigen.

»Es ist wunderschön hier. Lass uns für einige Minuten rasten, solange die Sonne noch ins Tal scheint«, schlug Merien vor. »Wir haben noch genügend Zeit, bevor Merit und Taril uns erwarten.«

»Und Boffo ist's sowieso egal, wann wir eintreffen«, bemerkte Robin leichthin.

Sie banden die Pferde an eine der Holzplanken am Straßenrand, und stiegen hinunter zum Hochquell um sich Hände und Gesicht zu waschen. Das Wasser war eiskalt und kühle Nebel der Gischt erfüllten die Luft. An der Stelle, wo der Rauquell aus der Höhe herunterstürzte, hatte er sich tief in den massiven Fels gegraben und bildete sprudelnde Wirbel und Schnellen.

»Hier gibt es Forellen«, rief Robin und deutete in Richtung einiger flach ausgewaschener Steinbuchten in Ufernähe. »Richtige Prachtstücke. Was meinst du? Würde sich Taril über ein solches Willkommensgeschenk freuen?«

»Ich weiß es nicht, aber ich kenne jemanden, der sich ganz sicher freuen würde«, entgegnete Merien.

Natürlich kannte sie Boffos Vorliebe für gebratenen Fisch ebenso, wie Robin sie kannte. Der war bereits dabei, sich Stiefel und Strümpfe auszuziehen. Dann krempelte er Hosenbeine und Ärmel hoch und stieg ins kalte Wasser. Vorsichtige watete er das flache Ufer entlang und tastete behutsam die unterhöhlten Steine ab. Plötzlich griff er blitzschnell zu und hielt einen zappelnden Fisch in der Hand.

»Auch eines der kleinen Kunststücke, die ich von Boffo gelernt habe.«

Er betäubte die Forelle durch einen Schlag mit dem Griff seines Messers und tötete sie mit einem fachgerechten Stich.

Zwei weitere Prachtexemplare konnte Robin an Land ziehen, bevor die anderen die Gefahr erkannten und sich verzogen. Robin nahm die Fische an Ort und Stelle aus, wusch sie und wickelte sie in ein Leinentuch, das Merien mitgebracht hatte. Dann stiegen sie wieder nach oben.

Dort holte Merien eine filzüberzogene Blechflasche mit Tee, zwei Becher und eine Dose mit Kuchen aus den Satteltaschen. Sie breitete die Sachen auf einer Steinplatte zwischen zwei sonnenbeschienenen, flachen Felsblöcken aus. Beide setzten sie sich an den gedeckten Tisch, tranken Tee und aßen eine Kleinigkeit. Schließlich lehnten sie sich aneinander und genossen still und in Gedanken versunken die Schönheit der Natur. Als die letzten warmen Strahlen der Sonne über die Ränder des engen Tals entschwanden und es kühler wurde, machten sie sich wieder auf den Weg.

Nach einer kurzen Strecke flussaufwärts kamen sie an die Brücke, die nach links über die Schlucht des Hochquells führte. Auf zwei gemauerten Pfeilern schwang sie sich kühn über den Gebirgsbach und sie schien uralt zu sein. Denn ihre Mitte war eingebrochen. Die Elme hatten sie mit stabilen Holzbalken repariert. Das war ungewöhnlich für diese geschickten Baumeister, denen Stein ein gewohnter Werkstoff war. Zumal dieser Weg der einzige war, der nördlich von Siebenhütten nach Elmbruck führte. Robin und Merit ritten hinüber und weiter durch einen engen Felseinschnitt, durch welchen die Straße nach Westen strebte. Unvermittelt, und für einen Fremden unerwartet, traten die Abhänge dieser Felspassage zurück. Vor ihnen öffnete sich ein weites Wiesental mit sanften Hängen und einer lieblichen Flusslandschaft zu beiden Seiten des Rauquells, der diesem Tal seinen Namen gab.

Die Sonne stand nun wieder hoch am westlichen Horizont und machte noch keinerlei Anstalten, hinter den Höhen des Nargathgebirges zu entschwinden. Bald kamen sie an ersten eingezäunten Weiden vorbei, auf denen sich Schafe und Ziegen tummelten. Dann folgten einige Felder, die augenscheinlich dem Gemüseanbau dienten. Schließlich erreichten sie die ersten Anwesen und Gehöfte von Elmbruck.

Die Häuser, aus Stein und Fachwerk erbaut, waren keineswegs so klein, wie man sie sich als Behausungen für ein so kleines Völkchen vorgestellt hätte. Die Elme liebten es, großzügig zu bauen und sie legten Wert auf Komfort. Robin schätzte die Größe der elmischen Behausungen im Vergleich zu denen der Menschen auf mindestens vier Fünftel. Dies reichte jedoch aus, um dem Erscheinungsbild von Elmbruck einen heimeligen und liebenswerten Ausdruck zu verleihen. Zur Straße hin öffneten sich die größeren Anwesen durch weiträumige Tordurchfahrten. Durch sie hindurch konnte Robin in die Innenhöfe blicken, die von Stallungen, Werkstätten und den schön verzierten Wohnbauten umrahmt wurden, an die sich nach hinten die Hausgärten anschlossen.

Die Gebäude nördlich der Hauptstraße schmiegten sich an sanfte Bergwiesen, während die nach Süden sich terrassenförmig bis zum Ufer des Rauquells ausbreiteten. Ganz unten am Bachufer lagen eine Schneidmühle, eine Mahlmühle und eine Hammerschmiede mit ihren Wasserrädern. Kurz gesagt, alles war genau da, wo es sinnvoller Weise hingehörte.

Es war jetzt früher Abend, wohl gegen sechs Uhr. Frauen und Mädchen waren damit beschäftigt, letzte Einkäufe zu erledigen. Einige der Männer kehrten gerade von der Arbeit aus den Fornstollen zurück, die eine halbe Meile entfernt im Süden lagen. Allenthalben bereitete man sich auf das Wochenende vor, denn in Elmbruck wurde am Samstag in der Regel nicht gearbeitet. Eine Ausnahme machten die Inhaber von Geschäften, die samstagvormittags geöffnet hatten. Dies bedeutete allerdings nicht, dass Elme am Samstag faulenzten. Vielmehr nutzten sie diesen Tag, um sich um Feld und Garten zu kümmern und gaben sich erst am Sonntag der Ruhe hin.

Robin und Merien kamen am großen Rats- und Versammlungsgebäude vorbei und bogen dann nach rechts in eine kleinere Straße ab, die nach weniger als 100 Schritten am Beginn eines flachen Hügels endete. Dort, um einen ebenen Platz gruppiert, befand sich das Anwesen von Boffos Bruder Taril.

Die beiden Ankömmlinge ritten durch die Toreinfahrt in den Hof. Niemand war zu sehen. Hühner scharrten in einem abgegrenzten Areal auf dem Misthaufen und in einer Ecke plätscherte Wasser in einen steinernen Trog. Allenthalben standen Blumen in Töpfen und steinernen Trögen herum. Verschiedene Rosengewächse und Kletterpflanzen rankten sich an den Säulen und Balken einer überdachten Galerie empor, die rings um den Hof lief und die zweigeschossigen Gebäude miteinander verband.

Aus der Werkstatt drangen feine, helle Hammerschläge, die plötzlich verstummten. Wenig später trat ein untersetzter Elm, angetan mit einer ledernen Schürze und mit einer Pfeife in der Hand aus der Tür. Er strahlte über das ganze Gesicht. Es war Taril, der Silberschmied.

»Welch seltener Besuch. Willkommen in Elmbruck!«, sagte er und verbeugte sich vor den Ankömmlingen, die von ihren Pferden gestiegen waren.

»Merit!«, rief er dann laut zum Wohngebäude hinüber. »Unsere Gäste sind angekommen!« Die Tür des Hauses öffnete sich und heraus trat eine schlanke Elmenfrau mittleren Alters. Ihr freundliches Gesicht war umrahmt von einer hellen Leinenhaube, unter der ihr volles, braunes Haar hervorschaute.

»Meine Güte, und ich bin noch nicht mit dem Essen fertig!«, sagte sie, und trocknete sich ihre Hände an der Schürze um dann Robin und Merien die Hand zu reichen. »Guten Abend Robin! Guten Abend, Fräulein Merien! Es freut mich ganz besonders, dass auch Ihr Euch die Zeit genommen habt, uns einmal zu besuchen. Kommt doch herein. Ihr seid sicher hungrig. Boffo ist auch noch nicht zurück. Er ist zum Angeln gegangen. Heute Abend soll es Fisch geben. Doch werden wir wohl umplanen müssen, wenn er nicht bald kommt.«

Robin und Merien sahen sich an und lächelten.

»Wir sind bisher nicht im geringsten hungrig, Merit«, sagte Robin. »Und von Blechhammer bis hierher ist es ja keine Weltreise. Wir hatten einen schönen Spazierritt und haben auch unterwegs eine Kleinigkeit gegessen. Lasst euch ruhig Zeit. Ich werde in der Zwischenzeit die Pferde absatteln.«

»Na gut«, sagte Merit. »Taril wird dir dabei helfen. Du kümmerst dich doch um alles, Taril?«, sagte sie noch, als sie mit Merien ins Haus ging.

Taril schmunzelte und nickte. Er war ein ausgesprochen gemütvoller Elm. Er band seine Schürze ab und legte sie über das Geländer der Galerie. Dann nahm er Birit am Zügel und bat Robin, ihm zu folgen.

»Wir müssen uns etwas behelfen«, sagte er im Gehen. »Unser Stall ist nicht geräumig genug für so große Tiere.«

Sie gingen durch ein Tor, welches zu den Weiden und Gärten hinter dem Anwesen führte. Dort gab es eine Scheune, nach der windgeschützten Seite offen und dort nur mit einer Absperrung aus hölzernen Stangen gesichert. Der Boden dieses Unterstands war mit Stroh bedeckt und es gab einen Fresstrog und zwei Heuraufen.

»Sehr komfortabel«, bemerkte Robin, während sie Birit und Bork hineinführten.

»Und die beiden können sich hier frei bewegen«, fügte Taril hinzu. »Ich hoffe, sie vertragen sich.«

»Ja, seit kurzem«, antwortete Robin und lächelte. Er nahm Gepäck und Sättel ab, während Taril gequetschten Hafer in den Barren schüttete und zwei bereitstehende Wassereimer in einen Trog entleerte.

»So«, sagte er dann, »die sind versorgt. Jetzt wollen wir uns einen kleinen Willkommenstrunk gönnen.«

Er nahm einen Teil des Gepäcks und sie gingen zurück zum Wohnhaus. Durch eine reich beschnitzte Eichentür, unter der sich Robin nur wenig bücken musste, traten sie in einen überraschend geräumigen und hellen Flur. Schränke und Kommoden, die an den Wänden standen – auch die Treppenstufen, die in das obere Stockwerk führten: alles war ein wenig kleiner, als Menschen dies gewohnt waren. Doch nicht so klein, dass sie es nicht hätten benutzen können.

»Ich schlage vor, wir bringen erst einmal das Gepäck auf die Zimmer«, sagte Robin. Sie gingen die Treppe hinauf.

»Du kennst dich ja hier aus«, bemerkte Taril. »Und ich denke, Merit hat Fräulein Merien schon die Räumlichkeiten gezeigt, die wir für euch vorbereitet haben.«

Taril öffnete eine Tür. Die Decke des Zimmers war so hoch, dass Robin bequem aufrecht stehen konnte. Anstatt eines Bettes lag dort eine dick gepolsterte und mit hellem, weichem Wollstoff bezogene Matratze, drapiert mit dicken, bunten Kissen. An der

Wand stand eine bunt bemalte Kommode und ein ebensolcher Schrank, dessen offenen Türen anzeigten, dass er leer war.

»Ein Zimmer, das für euch beide genügt, haben wir leider nicht«, sagte Taril und es klang beinahe so, als wolle er sich dafür entschuldigen. »Doch ich hoffe, wir können euch auch so einen angenehmen Aufenthalt bieten. Zwischen euren Schlafräumen liegt das Badezimmer. Das Wasser aus der Leitung ist kalt, doch es gibt eine Wanne und wir können jederzeit heißes Wasser bringen, wenn einem von euch nach einem Bad ist.«

»Alles Bestens!«, sagte Robin. Er wusste, dass Elme recht sittsam waren. Und er hatte nichts anderes erwartet. Aus dem Badezimmer hörte er Plätschern und leise Geräusche. Er klopfte an die Tür.

»Ich stelle das Gepäck hier ab, falls du etwas benötigst, Merien. Taril und ich gehen schon einmal nach unten. Du kommst sicher bald nach.«

Robin nahm das Leinentuch mit den Fischen aus seiner Satteltasche und sie gingen nach unten in das Kaminzimmer des Hauses. Dort nahm Taril zwei Gläser von einer Anrichte und füllte sie mit Wein aus einer Flasche, die ebendort in einem tönernen, wassergefüllten Kühlbehälter stand.

»Zum Wohl«, sagte Taril. »Auf eure Ankunft hier bei uns. Und speziell auf das Wohl von Fräulein Merien! Ich hörte, ihr beide seid jetzt schon ein richtiges Paar. Wenn man das so nennen darf – ohne Verlobung. Darf man denn trotzdem auf eine baldige Hochzeit hoffen?«

»Ganz so weit sind wir noch nicht«, antwortete Robin, nachdem er aus seinem Glas genippt hatte. Die direkte Art des Elms störte ihn in keiner Weise. »Und ich glaube, wir werden uns auch noch ein wenig Zeit lassen. Zuerst müssen wohl noch einige andere wichtige Dinge erledigt werden. Auch deshalb sind wir hier, um heute oder morgen mit Boffo darüber zu sprechen.«

Taril nickte mit ernster Miene und sie schwiegen einige Augenblicke.

»Vorausgesetzt, er kommt irgendwann von seinem Angelausflug zurück.« Robin versuchte, dem Gespräch wieder eine weniger ernste Note zu verleihen. »Wie lange ist er denn schon weg?«

»Viel zu lange«, sagte Taril. »Und ich habe das unbestimmte Gefühl, dass sein Ausflug nicht sehr erfolgreich war.«

Gerade waren Schritte im Hof zu hören und dann das Geräusch der sich schließenden Haustür. Taril und Robin traten hinaus in den Flur, um Boffo zu begrüßen, der ihnen mit einem verdrießlichen Gesichtsausdruck entgegen kam.

»Hallo Robin. Schön, dass ihr da seid!«, sagte er nur, um dann in einem Atemzug fortzufahren: »Nichts zu machen heute!« Er hielt entschuldigend ein Netz in die Höhe, in dem drei oder vier ziemlich magere Forellen lagen. »Merit, wird ihre Küchenpläne für heute Abend ändern müssen. Und sie wird überhaupt nicht erfreut darüber sein.«

»Na, dann nimm erst mal dies stattdessen«, sagte Robin und reichte Boffo das Paket, das er hinter seinem Rücken gehalten hatte. »Ich sehe, du hast wieder mal nicht mit der Aufmerksamkeit deiner Besucher gerechnet.«

Boffo schlug das Leinentuch des Bündels zurück und seine Miene hellte sich augenblicklich auf.

»Das ändert alles!« Er beäugte sichtlich beeindruckt die drei Prachtexemplare. »Wie ich sehe, machst du dich nützlich und nicht alles, was ich versucht habe dir beizubringen war vergebens.«

»Und ich habe mir schon die ganze Zeit über den Inhalt dieses merkwürdigen Päckchens den Kopf zerbrochen«, fügte Taril erheitert hinzu.

»Du brauchst Merit ja nicht die ganze Wahrheit zu sagen«, sagte Robin zu Boffo. »Leg sie einfach zu den anderen. Ich denke, das wird dann für uns alle reichen.«

»Na hoffentlich! Du solltest eigentlich seinen Hunger kennen«, sagte Taril mit einem vielsagenden Blick auf Boffo, der eben mitsamt den Fischen in Richtung Küche verschwand.

Natürlich hatte sich Merit nicht allein auf das Anglerglück Boffos verlassen. Als Vorspeise gab es eine Suppe aus getrockneten Waldpilzen. Dann verschiedene Arten von Pasteten, gefüllt mit Gemüse, Geflügelfleisch und einer Mischung aus gebratenem Speck, Zwiebeln und Tomaten. Schließlich, und zur Freude Boffos, die gebratenen Forellen. Dazu mit einer Kräutersauce überbackene Kartoffeln und die ersten Blattsalate des Jahres aus Merits eigenem Garten. Den Nachtisch bildete ein süßes Getreidemus mit Rosinen, Aprikosen, eingemachten Kirschen und Himbeeren.

»Ausgezeichnet!«, lobte Robin Merits Kochkünste.

»Wirklich ganz delikat!«, pflichtete ihm Merien bei. Boffo und Taril bezeugten mit vollen Backen kräftig nickend ihre Zustimmung.

Nach dem Essen zogen sich Boffo, Taril und Robin in das Kaminzimmer zurück. Merien ging mit Merit in die Küche, um ihr beim Spülen des Geschirrs zu helfen.

Robin und Boffo setzten sich an den Eichentisch mit den hohen, ledergepolsterten Stühlen. Taril machte sich daran, das vorbereitete Brennholz im Kamin zu entzünden.

»Wie bist du mit deinen Studien der Schriftstücke aus der Dornburger Statue weitergekommen?«, begann Robin die Unterhaltung.

»Gut!«, antwortete Boffo. »Erfreulicherweise konnte ich einen großen Teil der Zeichen und Schriften auf der Karte entziffern. Ob dir allerdings diese Erkenntnisse gefallen, musst du selbst beurteilen. Alles sieht danach aus, als würden einige nicht ungefährliche Aufgaben, die keinen allzu langen Aufschub dulden, auf ihre Lösung warten.«

Robin verzog keine Miene. Diese Dinge zu besprechen, war schließlich einer der Gründe ihres Besuchs.

»Ich habe Merien übrigens in die Angelegenheiten eingeweiht«, sagte er. »Soweit ich sie überhaupt einweihen musste. Denn Vieles scheint sie bereits durch dich erfahren zu haben.«

»Sie ist ein kluges Mädchen. Ich habe einfach nur auf ihre Fragen geantwortet. Und ich kenne sie gut genug. Sie merkt sofort, wenn jemand die Unwahrheit sagt. Außerdem glaube ich, dass sie ein ausgezeichneter Verbündeter ist. Ich habe das Gefühl, dass sie noch sehr hilfreich für uns sein wird. Wir sollten deshalb mit meinen Ausführungen warten, bis Merien aus der Küche zurück ist.«

Robin war froh über Boffos Meinung. Genau dies hatte er sich gewünscht. Er wollte keine Geheimnisse mehr vor Merien haben. Und noch besser war es, wenn sie seine und Boffos Pläne nicht nur verstehen, sondern auch unterstützen würde.

Taril hatte in der Zwischenzeit das Kaminfeuer angefacht und Krüge mit Fruchtsaft und klarem Wasser neben den Kühlbehälter mit dem Wein gestellt. Boffo ging hinüber zu einer Schrankwand, die zum größten Teil mit Büchern gefüllt war. Dort zog er eine Schublade heraus. Mit Hilfe eines versteckten Mechanismus öffnete er eine weitere Tür an der Hinterwand des leeren Faches und entnahm diesem Versteck einige Dokumente. Er entzündete eine dicke Kerze auf dem Tisch, entrollte das größte der Schriftstücke und beschwerte es an den Ecken mit einigen Gegenständen. Robin erkannte sofort die Karte aus der Dornburger Tiriphe. Doch schien sie ihm irgendwie verändert.

»Wie du siehst, habe ich gearbeitet«, klärte ihn Boffo auf. »Ich habe die Karte in ein neues Format übertragen und die meisten der alten Schriftsymbole durch elmische Zeichen ersetzt. Doch war ich nicht der erste, der dies tat. Bereits das Original war ergänzt durch Anmerkungen von anderer Hand. Wahrscheinlich aus der Feder von Meridoz, was nebenbei bemerkt sehr hilfreich für mich war. Bei dieser Gelegenheit habe ich auch gleich die Informationen der anderen Pergamente mit hineingepackt und ein wenig verschlüsselt. Nicht jeder, der dieses Dokument zu Gesicht bekommt, muss gleich alles verstehen. Wenn du weißt, was ich meine.« Robin nickte.

Die beiden Frauen hatten ihre Küchenarbeit beendet und sich zu den Männern ins Kaminzimmer begeben. Boffo bat Merien an den Tisch. Merit, die sich nur am Rande für Boffos Geheimnisse interessierte, nahm in einem der hohen Lehnsessel Platz und fing an, sich im Schein einer Öllampe mit einer Stickarbeit zu beschäftigen. Taril erkundigte sich nach den Getränkewünschen der Anwesenden und schenkte Gläser ein. Dann begann Boffo mit seinen Ausführungen.

»Ich denke, es wird für uns alle hilfreich sein, den Stand unseres Wissens noch einmal zusammenzufassen. Schon einmal gab es eine ähnliche Entwicklung, wie die, welche wir seit einigen Jahren beobachten. Vor 744 Jahren, nämlich im Jahr 2197, standen Menschen und Elme am Beginn einer Eiszeit. Damals wie heute begann alles damit, dass der Tarantuil Asche spie, den Himmel verdunkelte und der Sonne ihre Kraft nahm. Wie uns die alten Überlieferungen verraten, ist dies ein Ereignis, welches alle 740 Jahre stattfindet. Immer im Jahr der Sieben Gestirne, wenn sich die Tore von Ormor schließen, werden die Tage kälter. Allmählich, aber stetig. So lange, bis ewige Finsternis alles Leben in weiten Teilen Laudoras zum Erliegen bringt. Doch besteht Hoffnung. Dem Lauf des Verderbens kann Einhalt geboten werden, wenn es gelingt, die Macht der Sonnengöttin Tirith zu erneuern. Auch damals ist dies gelungen. Durch die Taten des Meridoz, eines Gelehrten vom Elmenvolk der Sirdain. Seinen Aufzeichnungen verdanken wir unser heutiges Wissen. Ihm gelang es, mit Hilfe der Schlüssel von Ormor das Unheil abzuwenden. Wenn auch mit einer Verspätung von dreißig Jahren, deren Ursache wir nicht kennen.

Mit diesen Schlüsseln lässt sich, wie Meridoz schreibt, ›der Tarantuil wieder auf den rechten Weg führen‹. Auf welche Art und Weise, wissen wir bisher nicht genau. Doch wenn dies auch jetzt wieder gelingen soll, müssen zuvor die Schlüssel von Ormor gefunden werden.«

»Die Schlüssel von Ormor – das klingt wirklich geheimnisumwoben«, bemerkte Merien.

»Das sind sie auch. Einer der Schlüssels mit dem Namen Khrit befindet sich an einem uns bisher unbekannten Ort. Der andere mit dem Namen Khor hat seinen Platz in einer goldenen Statue in den Ruinen von Bahor, dem früheren Sitz des Elmenstammes der Turdain. Diese Statue ist das Abbild der Sonnengöttin Tirith. Die Quelle ihrer Kraft ist der Schlüssel und sie ist die Quelle für die Kraft des Schlüssels. Man nennt sie auch die Goldene Statue von Bahor. Dieser Schlüssel kann gefunden werden. Dabei wird diese Karte weiterhelfen.«

Die Anwesenden beugten sich über das auf dem Tisch ausgebreitete Pergament und Boffo fuhr fort:

»Im linken Teil der Karte seht ihr einen Plan der Festung Bahor in ihrem früheren, noch unzerstörten Zustand. Doch zeigt dieser Plan nicht die zentralen Gebäude der Festung, sondern vielmehr einen Randbereich mit einem Teil der äußeren Umgebung. Ganz links liegt eine Art Steinkreis, wie er in früheren Zeiten für astronomische Beobachtungen genutzt wurde. In der Nähe dieser Formation befindet sich eine Tür. Von dieser führt ein Gang zu einem Raum, der mit dem Symbol der Tirith von Bahor gekennzeichnet ist: einem Auge in einem Dreieck, umgeben von zwei sich windenden Schlangen. In diesem Raum befindet die goldene Statue und damit auch der Schlüssel mit dem Namen Khor.«

»Wer sagt uns, dass diese Tür nicht bereits gefunden wurde?«, wandte Robin ein. »Wir wissen, dass seltsame Fremde sich mittlerweile in Bahor herumtreiben. Die haben dort vermutlich alles auf den Kopf gestellt. Die Gegenstände, die wir in Dornburg erbeutet haben, sprechen eine deutliche Sprache.«

»Weil dies eine Geheimtür ist, Jungchen«, antwortete Boffo. »Und zwar so geheim, wie man sie sich geheimer kaum vorstellen kann. Ohne genaue Anweisungen lässt sie sich weder finden noch öffnen. Was glaubst du wohl, warum der fremde Eindringling im Dornburger Archiv so hartnäckig hinter dieser Karte her war?«

»Ich nehme an, weil sie genau diese Anweisungen enthält«,

sagte Robin.

»So ist es. Hier steht geschrieben«, dabei deutete Boffo auf eine Stelle in der Karte und las vor: »*STEHE IM DRITTEN BOGEN MIT DEM RÜCKEN ZUR ABENDSONNE UND MENHILDS FINGER ZEIGT AUF BALOG.*«

Robin, Taril und Merien blickten verständnislos auf die Karte.

»Nun, wenn dieses Rätsel so einfach wäre, hätte ich es schon damals in Dornburg herausgefunden«, fuhr Boffo fort.

»Dies ist Balog!« Dabei zeigte er auf eine Zeichnung in der Karte, die der furchterregenden Fratze eines Fabelwesens glich.

»Balog scheint Teil einer reliefartigen Figur, eines Ornamentenbandes oder Steinfrieses zu sein. Mit dem ›Dritten Bogen‹ ist der dritte Bogen des Steinkreises gemeint, der auch als solcher bezeichnet ist. Mit diesem Hinweis, dem Stand der Sonne und einem steinernen Monolithen, der sich ›Menhilds Finger‹ nennt wird sich der Standort Balogs sicher herausfinden lassen. Doch wichtiger ist, was in ihm steckt. Denn Balog öffnet die Tür, wenn man die richtigen Stellen findet. Wenn ihr die Zeichnung genau betrachtet, seht ihr in den Winkeln seines Mauls zwei Öffnungen, beide mit der elmischen Ziffer für 1 bezeichnet. Seine Nase trägt die elmische Ziffer für 2 und ist mit einem runden Pfeil im Urzeigersinn markiert.«

»Vielleicht bedeutet dies nichts anderes, als gleichzeitig einen Mechanismus in Balogs beiden Maulwinkeln zu bedienen und ihm dann die Nase umzudrehen«, unterbrach Merien Boffos Erklärungen.

»Gut möglich.« Boffo nickte Merien anerkennend zu. »So wird es wohl funktionieren. Doch genau wird man es erst wissen, wenn man Balog tatsächlich vor sich hat.« Er wandte sich wieder der Karte zu.

»Hinter Balog ist in der Karte ein Gang angedeutet und wie ihr seht, führt dieser Gang direkt in den Raum mit der Goldenen Statue. Doch dass es auch in Wirklichkeit so einfach ist, bezweifle ich. Hier vermisse ich wirklich den Rest der Aufzeichnungen des Meridoz. Vor allem dieser weiße Fleck macht mir Sorgen, wo im Original ein Stück fehlte.« Boffo deutete auf eine freie Stelle in der Karte. »Hier lassen sich nur einige Bruchstücke lesen. Wenn ich die Zeichen richtig entziffere, dann steht hier: *MEIDE DEN BLICK THEROKS. ER WIRD DIR DIE ZÄHNE ZEIGEN.* Was dies bedeutet, kann ich nicht sagen. Man wird es vor Ort herausfinden müssen.

Sollte es allerdings gelingen, in den Raum der Goldenen Statue vorzudringen, scheint der Rest einfach zu sein. Man nimmt den Schlüssel an sich und macht sich auf den Rückweg. Doch auch an dieser Stelle steht ein wichtiger Hinweis: *NIMMST DU KHOR, GEHT TIRITHS KRAFT. DER NARNENSTEIN GIBT SIE IHR ZURÜCK.*«

»Dies bringt uns gleich zur nächsten Frage«, warf Robin ein. »Was ist der Narnenstein, und was hat er mit dem Schlüssel zu tun?«

»Die Antwort darauf gibt uns der rechte Teil der Karte, auf dem ihr einen Plan der Festung Ormor seht«, setzte Boffo seine Erklärungen fort. »Diese uralte Festung am Fuße des Taurongebirges, nicht weit entfernt vom Tarantuil, gehörte früher zu den Besitztümern des Elmenvolks der Sirdain. Doch ist sie nicht von den Sirdain erbaut worden. Ihre Wurzeln liegen viel weiter in der Vergangenheit, vermutlich bei einem uns heute unbekannten Volk. Einer hoch entwickelten Zivilisation, die vor Urzeiten im Gebiet des heutigen Arkandra, ebenso wie in Thornland, ihr Dasein hatte. In den Überlieferungen der Sirdain werden sie die Eluren genannt. Heute wissen wir nichts mehr über sie. Doch kennt man ihre Hinterlassenschaften. Zwischen Ormor und den Ruinen von Bahor liegt eine Wegstrecke von mehr als 150 Meilen. Dennoch gibt es einen direkten Zusammenhang. Beiden Festungen blicken auf die gleichen Erbauer zurück. Und das Bindeglied ist der Schlüssel Khor.

Um Tiriths Macht zu erneuern, muss dieser Schlüssel, zusammen mit seinem Gegenstück, dem Schlüssel Khrit, in ein gemeinsames Schloss eingefügt werden. Dieses befindet sich in einem Stein im Inneren der Festung Ormor: dem Narnenstein.

Allerdings hat das Einfügen der beiden Schlüssel in den Narnenstein noch eine weitere, tiefer greifende Auswirkung.«

Boffo zeigte auf eine kleine Zeichnung im Plan der Festung Ormor.

»Dies ist ein Symbol des Narnensteins an der Stelle, wo er wohl auch zu finden sein wird. Wie man sieht, haben die beiden Schlüssel die Gestalt zweier sich gegenüberstehender Stiere. Links seht ihr Khor und auf der rechten Seite Khrit. Und darunter steht in einer Schrift aus sehr alten Zeichen, die ich nur sinngemäß ins Elmische übertragen kann: *KHOR KHRITIR IU NARNMAEN. MUHIN TIRITHIL NORN ITUIT TARANTUILUT MENHIT.* Auf Laudoranisch heißt es: *KHOR UND KHRIT IM NARNENSTEIN. GEMEINSAM WERDEN SIE TIRITHS MACHT ERNEUERN UND DEN TARANTUIL ZÄHMEN.*«

»Tiriths Macht und Tiriths Kraft – langsam kenne ich mich gar nicht mehr aus.« Robin fuhr sich mit den Fingern durchs Haar. »Gibt es einen Unterschied?«

»Ich sehe, du machst dir deine Gedanken, mein Junge. Ebenso, wie ich sie mir über diese Frage gemacht habe. Die Antwort darauf ist: es gibt ihn und wiederum nicht. Denn beide, ihre Kraft und ihre Macht, stehen in unmittelbarem Zusammenhang. Tiriths Kraft, ist diejenige, welche ihr innewohnt. Die dem Schlüssel Khor, dem Sirgenstein und auch der kleinen Tiriphe ihre Fähigkeiten verleiht und sie leuchten lässt. Tiriths Macht hingegen ist die Macht der Sieben Gestirne. Die ihr alle 740 Jahre aufs Neue verliehen werden muss. Und dazu müssen beide Schlüssel, nicht ohne Grund nennt man sie auch die Schlüssel der Macht, in den Narnenstein eingefügt werden.«

»Nun gut – aber zu diesen Narnenstein zu gelangen scheint ähnlich schwierig zu sein, wie zu der Goldenen Statue von Bahor.« Robin hatte sich wieder über die Karte gebeugt. »Denn wie ich sehe, führt der Weg dorthin über verzweigte Gänge. Und deren Zugang wird sicher nicht weniger geheim sein, nehme ich an.«

»Das ist richtig«, entgegnete Boffo. »Der Weg kann nur mit Hilfe dieser Karte gefunden werden. Und er birgt zahlreiche Gefahren. Derjenige, der fehl geht, wird diesen Ort wohl nicht lebend wieder verlassen. Doch gilt es zuerst einmal, den Zugang zu dieser Festung zu finden. Die Überlieferungen bei uns im Rauquelltal berichten, Ormor sei vollkommen aus Orynth gebaut. Einem sehr harten Mineral, welches nur im Westen des Taurongebirges vorkommt. Die Oberfläche dieses Bauwerks ist nahezu vollkommen glatt. Niemand weiß, mit welchen Werkzeugen sie bearbeitet werden konnte. Keine sichtbaren Zugänge führen in das Innere Ormors, sobald sich seine Tore einmal geschlossen haben. So überliefern es die Quellen.

Dennoch muss es einen weiteren Eingang geben. Und zwar in der Nähe eines seltsam geformten Steines, welcher Myrtenstein genannt wird. Hier seht ihr sein Abbild. In einiger Entfernung davon gibt es eine Treppe, die an den Mauern der Festung empor führt. Sie hat dreißig Stufen, doch sie endet im Nichts. Keine Spur ist von einer Tür zu sehen. Doch gibt uns die Karte einen Hinweis. Denn hier unter dem besagten Stein steht: ZWANZIG SCHRITT VOM MYRTENSTEIN UND FÜNFZEHN STUFEN EMPOR. EINER DER SCHLÜSSEL – KHOR ODER KHRIT – ÖFFNET DAS TOR. Einer der beiden Schlüssel gewährt also den Zugang. Doch auf welche Art und Weise, auch das wird man wohl erst vor Ort feststellen können.«

»Den Tarantuil zähmen«, wiederholte Merien nach einigen Augenblicken allgemeinen Schweigens. »Was auch immer dies bedeuten mag. Doch wenn es so ist, dass man ihn mit Hilfe der beiden Schlüssel wieder in seine gewohnten Bahnen lenken kann und er aufhört, Asche zu spucken, dann sollte alles getan werden, um diese Schlüssel zu finden.«

»Einfach wird dies nicht sein«, sagte Boffo. »Bahor wird seit einiger Zeit von ungebetenen Gästen bevölkert. Ursprünglich stammen sie aus dem hohen Norden jenseits der Throndberge. In den letzten Jahren haben sie sich anscheinend die verlassene Festung Trintal, weit hinter den Kirkunbergen und noch hinter den fernen Graubergen gelegen, als Stützpunkt gewählt. Von dort sind sie bis nach Bahor vorgedrungen. Erst kürzlich konnte ich ihren Namen herausfinden. Man nennt sie die Kaurok. Ihr Anführer scheint dieser Balfur zu sein, von dem wir in Dornburg gehört haben. Ein Beschwörer dunkler Mächte, der, so jedenfalls vermute ich, auch nach der Macht der Sieben Gestirne strebt. Er ist wohl so etwas wie der Großmeister eines Zauberkultes, der sich Morhult nennt. Zwei seiner Vasallen haben wir bereits am Ortulinpass kennen gelernt. Mit diesen Leuten ist nicht zu spaßen.

Doch auch wenn es gelingen sollte, den Schlüssel Khor in Bahor zu finden, so ist es noch ein weiter Weg bis nach Ormor. Und dieser ist möglicherweise noch gefährlicher, als der nach Bahor. Er führt durch die Nirondebene am nördlichen Rand des Taurongebirges. Seit der Entvölkerung Arkandras haben sich dort Lurgbanden niedergelassen. Blutrünstige Gesellen, die jeden Eindringling gnadenlos verfolgen werden.

Selbst ein Erreichen von Ormor garantiert noch keinen Erfolg. Zwar scheint es möglich, die Festung mit nur einem Schlüssel zu betreten. Doch niemand weiß bisher, wo sich der andere befindet. Vielleicht wird man in Ormor Antworten auf diese Fragen finden können. Aber dies ist alles ungewiss und das Gelingen eines solchen Unternehmens unsicher.«

»Du solltest nicht gleich immer so schwarz sehen, Boffo«, mischte sich Merit ein. »Vielleicht sind deine Sorgen völlig unbegründet. Sieh doch nur, welch wundervolles Wetter wir momentan haben. Ich denke, es wendet sich auch so alles zum Guten. Mit oder ohne diese Schlüssel.«

»Abwarten!«, murmelte Boffo. »Das könnte auch nur die viel beschworene Ruhe vor dem Sturm sein. Ich bin mir ziemlich sicher, dass man die Mittel gegen die Bedrohung unserer Länder nur im Inneren der beiden Festungen wird finden können.«

»Es ist schon mal ein großer Fortschritt, dass du all diese Dinge herausgefunden hast«, meldete sich Robin wieder zu Wort. »Ich denke im Fornlandrat wird man diese Neuigkeiten mit

Interesse zur Kenntnis nehmen. Die geplante Zusammenkunft mit dem Magistrat von Dornburg ist sowieso längst überfällig. Ich hoffe, deine neuen Erkenntnisse bringen die Dinge wieder ins Rollen. Und dann wird man auch entscheiden, wer diejenigen sein werden, die diese Aufgaben in Angriff nehmen müssen.«

»Oder dürfen – je nachdem, wie man es sieht«, fügte Boffo hinzu. »Doch nun lasst uns wieder von etwas Erfreulicherem sprechen.«

»Ich denke, dies ist eine gute Gelegenheit, um auf Merit und Taril anzustoßen«, sagte Merien und hob ihr Glas. »Und natürlich auf dasjenige, dessen Namen wir noch nicht kennen.«

Alle hoben ihre Weingläser. Bis auf Merit, die ein wenig errötete und aus einem Becher Saft nippte. Natürlich war den Besuchern die leichte Wölbung von Merits Bauch nicht verborgen geblieben. Vielleicht hatte auch sie selbst Merien einen kleinen Hinweis gegeben. Jedenfalls waren magische Schlüssel, unheimliche Fremde und Asche spuckende Berge schnell vergessen und es wurde ein langer, vergnüglicher Abend.

Am folgenden Vormittag machten Merien und Robin einen Bummel hinunter in den Ort. Für Merien war vieles neu hier, denn sie war erst einmal im Rauquelltal gewesen. In früher Jugend, und daran konnte sie sich kaum noch erinnern. Trotz der kurzen Entfernungen und beiderseitiger Wertschätzung und Harmonie war der persönliche Austausch zwischen dem großen und dem kleinen Volk nicht besonders rege. Man hatte Geschäftskontakte, teilte gerne Wissen und Erkenntnisse, trieb Handel. Doch meist waren es die Elme, die zu diesem Zweck in die Orte und Städte Elegiens kamen. Besuche von Menschen waren im Rauquelltal eher selten. Mit Ausnahme der Fuhrleute, die den Transport der in Elmbruck hergestellten Produkte bewerkstelligten und im Gegenzug Waren und Lebensmittel lieferten. Vielleicht lag es daran, dass sich Menschen in einer elmischen Umgebung ziemlich groß vorkamen, während sich

Elme unter Menschen (so wie Kinder unter Erwachsenen) ganz selbstverständlich bewegten. Die Elme auf der Straße, die an diesem Samstag ihren Besorgungen und Geschäften nachgingen, nahmen jedenfalls kaum Notiz von den beiden.

Für Merien und Robin gab es umso mehr zu sehen. Vor jedem Haus, in dem sich ein Geschäft oder Gewerbe befand, kündeten schmucke Aushängeschilder von der Profession ihrer Bewohner. Da gab es Scheren, Messer, Ringe, Waffen, Teile eines Harnischs und allerhand Instrumente feinmechanischer, optischer oder medizinischer Art, die geschickt ins rechte Licht gerückt und mit Ornamenten verziert vor den jeweiligen Läden hingen.

Zwar gab es keine Schaufenster oder Auslagen. Doch wenn Merien und Robin vor einem der Schilder stehen blieben, wurden sie alsbald hereingebeten. Drinnen zeigte man ihnen besonders schöne Stücke und auch einen Blick in die Werkstätten durften die Besucher werfen. Sobald Robin seinen Namen und seine Herkunft offenbarte, wurden die Elme noch zuvorkommender. Denn das Handelshaus der Robs hatte als eines der größten Abnehmer elmischer Waren in Elmbruck einen besonders guten Ruf.

Merien interessierte sich, wie die meisten Frauen, für Schmuck. Deshalb betraten sie eine Goldschmiedewerkstatt und ließen sich einige der kostbaren Schöpfungen des Meisters vorlegen. Obwohl Merien sich sanft zur Wehr setzte, bestand Robin darauf, ihr ein Paar silberne Ohrringe, geziert von zwei Flussperlen in Tropfenform, zu kaufen.

»Ich fühle mich geehrt, dass diese Ringe eine so schöne Frau schmücken dürfen«, sagte der elmische Goldschmied und Merien errötete. »Diese Perlen sind sehr selten und ich glaube nicht, dass Exemplare in dieser Größe und Reinheit jemals unser Tal verlassen haben.«

»Dann sind sie genau richtig für meine Begleiterin«, antwortete Robin. »Doch würde ich gerne mit eigenen Augen sehen, wie sie ihr stehen.«

»Das lässt sich einrichten«, antwortete der Goldschmied. Merien war einverstanden und der Meister ging mit ihr in einen Nebenraum. Robin blieb mit der Frau des Goldschmieds zurück. Als Merien zurückkam, trug sie die Ohrgehänge. Und sie war wunderschön und lächelte so anmutig, dass Robin stolz und dankbar zugleich war, die Liebe einer solchen Frau besitzen zu dürfen.

Sie verließen die Goldschmiedewerkstatt und gingen einige Häuser weiter. In einer Weberei erstanden sie zwei Umhänge mit Kapuzen. Nach Meriens Meinung waren es eher Mäntel, denn sie hatten Ärmel und Taschen. Sie waren extra für den Verkauf an das große Volk gefertigt und in einem besonderen Verfahren gewebt, welches man nur im Rauquelltal beherrschte. Dazu zwei Decken aus dem gleichen Material: dünn, federleicht, doch warm und so dicht, dass Regenwasser einfach abperlte.

»Für alle Fälle«, sagte Merien. »Obwohl ich natürlich hoffe, dass Boffo mit seiner Wettervorhersage nicht recht behält. Aber man kann ja nie wissen.«

Für den Abend waren Merien und Robin zu einem Empfang des elmischen Rates geladen. Natürlich hatte Boffo, der selbst eine einflussreiche Stellung in der elmischen Gemeinde innehatte, für diese Einladung gesorgt. Auch Taril war geladen. Und Merit begleitete ihn.

Das Rathaus hatte für einen Ort wie Elmbruck eine beachtliche Größe. Außer einem Festsaal und einem Versammlungssaal beherbergte dieses Gebäude auch die Bibliothek, das Archiv und mehrere Verwaltungsräume der kleinen Gemeinde. Die Elme hatten ihr ganzes Können angewandt, um seinem Äußeren eine besonders ansprechende Form zu geben. Prachtvolle Steinmetzarbeiten zierten die Fassade: Girlanden in Blumenform, anmutige Ornamente, Figuren und Tiere aus der Mythen- und Sagenwelt der Sirdain – alle kunstvoll in Stein modelliert – fügten sich mit Säulen, Fenstern, Friesen und Erkern zu einem harmonischen Ganzen.

Auch das Innere des Gebäudes war entsprechend schmuckvoll ausgestaltet. Die Decken der Räume und die sie tragenden Säulen waren mit Stuckarbeiten verziert und farbenfroh bemalt, die Balken und hölzernen Paneele kunstvoll beschnitzt. Das Licht aus zahlreichen Kerzen und Öllampen wurde von großen Leuchtern aus Bergkristall in sämtlichen Regenbogenfarben reflektiert und im Hintergrund spielte eine Kapelle mit Harfen und anderen Saiteninstrumenten leise und für Menschen fremdartig klingende Melodien.

Robin hatte von Boffo im Laufe der Zeit Einiges über die Elmengemeinde im Rauquelltal gelernt. Diese war mittlerweile so klein geworden, dass die ursprünglich feudalistisch geprägte Gesellschaftsform der Sirdain mit einem Fürsten an ihrer Spitze keinen Bestand mehr hatte. Haus, Hof, Gewerbe und kleinere Grundstücke waren jetzt Privateigentum der jeweiligen Familien. Ein Großteil des Gemeindebesitzes, wie öffentliche Gebäude, Ländereien, Minen, oder Schürfrechte wurden gemeinschaftlich verwaltet. Amtliche Beschlüsse wurden von der Ratsversammlung gefällt, der auch Boffo und Taril angehörten. Natürlich gab es auch die Stellung eines Gemeindeoberhauptes. Allerdings mit überwiegend repräsentativen Pflichten, welche der jeweilige Stammesälteste ausübte. Jedenfalls, solange er im Vollbesitz seiner geistigen und körperlichen Kräfte war (ein Zustand der bei den Elmen in der Regel bis ins hohe Alter währte). Diesen Posten hatte derzeit Tulain der Ältere inne. Ein hochbetagter Elm mit einem für die Gattung ungewöhnlich langen Bart und einer dicken Brille auf der Nase. Dem Anlass des heutigen Abends angemessen trug er ein blaues, mit Silberfäden besticktes Gewand und eine goldene Kette, die ihm bis an den Gürtel hing.

Als die Gäste in den Saal traten, stieg Tulain auf ein Podest und klopfte mit seinem Stab zweimal auf den Boden. Die Musik und die allgemeine Unterhaltung verstummten und Tulain hielt folgende Rede:

»Liebe Mitglieder des Rates, hochverehrte Repräsentanten

unserer Elmengemeinde mit ihren Ehefrauen. Wie ihr alle wisst, dürfen wir heute Gäste bei uns im Rauquelltal begrüßen. Dies wäre unter normalen Umständen nichts Besonderes. Doch sind es keine gewöhnlichen Gäste, die heute Abend unter uns weilen. Es ist Herr Robin, Sohn des Randolf Rob, Handelsherr und Hammerwerksbesitzer aus Lindhag, den wir alle verehren. Und er ist in Begleitung des lieblichen Fräulein Merien, Tochter des Baldur Arisel, dem von uns hoch geschätzten Werkmeister in Blechhammer.«

Aus dem Saal erklangen Applaus und Rufe, wie: »Willkommen!«, und »Ein Hoch auf Robin und Merien!« Robin war sichtlich überrascht über diese Art von Begrüßung. Merien blickte schüchtern, doch freundlich in die Runde. Boffo hatte den heutigen Abend lediglich als geselligen Abend angekündigt, bei dem die Besucher allein durch ihre Anwesenheit eine Rolle spielten sollten. Und nun diese Umstände. Doch schon fuhr Tulain mit seiner Rede fort:

»In letzter Zeit haben wir viel über die Erkenntnisse gesprochen, die Boffo, Sohn des Falon, aus den auf der Dornburg gefundenen Aufzeichnungen unserer Vorfahren gewonnen hat. Doch ist es nicht allein Boffo zu verdanken, dass wir heute mehr über unsere Vergangenheit wissen. Es war auch Herr Robin, der diese Dokumente unter großer Gefahr an Leib und Leben nach Fornland gebracht hat. Dafür sind wir ihm sehr dankbar. Und wir hoffen, dass er uns auch in Zukunft tatkräftig unterstützen wird, wenn es gilt, das so gewonnene Wissen zugunsten einer sicheren Zukunft für uns und die Menschen in Elegien und anderswo einzusetzen.«

Wieder ertönte Beifall und Tulain stieg von seinem Podest herab, ging auf Robin und Merien zu und gab beiden die Hand. Robin fand die ganze Aufmerksamkeit, die man Merien und ihm widmete, übertrieben. Bei Gelegenheit würde er ein ernstes Wörtchen mit Boffo sprechen. Auf Tulains Zeichen setzte die Musik wieder ein und mit einer weiteren Handbewegung lud er die Besucher zur Tafel. Robin durfte an einer Seite des Gemeindevorstehers Platz nehmen, Merien an der anderen. Als Tulain in die Hände klatschte, begann das Küchenpersonal mit dem Auftragen der Speisen und Getränke. Die an der Tafel versammelten Gäste und ihre Gastgeber griffen herzhaft zu.

»Das ist wirklich zu viel der Ehre«, bedankte sich Robin bei Tulain. »Mein einziger Verdienst bestand darin, Boffo nach Dornburg begleitet zu haben.«

»Nun, Nun!«, sagte Tulain und lächelte. »Euer Einsatz am Ortulinpass hatte andere Qualitäten, als bloß Begleiter zu sein. Soweit mir Boffo von der Angelegenheit berichtet hat. Zudem scheint Euch die Tiriphe besonders in ihr Herz geschlossen zu haben. Nicht jedem werden die Zeichen ihrer Zuneigung zuteil. Ich sehe große Aufgaben auf Euch zukommen und die Hoffnungen Vieler werden auf Euch ruhen.«

Robin wusste nicht recht, was er von diesen Äußerungen halten sollte. Sie machten ihn etwas verlegen.

»Du hast anscheinend mehr geplaudert, als ich annehmen konnte«, sagte er in einem unbeobachteten Augenblick zu Boffo, der neben ihm saß.

»Natürlich habe ich das. Was dachtest du denn?« Boffo widmete sich ungerührt und mit großer Konzentration einer Geflügelkeule, die er in den Fingern hielt. »Und das war auch notwendig«, fuhr er fort, und wischte sich mit dem Handrücken über den Mund. »Anscheinend hast du die Tragweite der Ereignisse und ihrer Ursachen noch immer nicht ganz begriffen. Diese Dinge sind von größerer Bedeutung, als du es dir momentan vorstellen magst. Also lass mich nur machen. Zwischen uns und der Elmengemeinde sollte es keine Geheimnisse geben. Und wenn ich mich nicht irre, werden wir bald dankbar für jegliche Art von elmischer Unterstützung sein.«

Achtes Kapitel

Die Klause am Quellsteig

»Aufwachen, du Langschläfer!« Merien klopfte an Robins Tür. »Ich bin fertig im Bad. In zehn Minuten gibt es Frühstück und wir wollen nicht unhöflich sein.«

Robin war zwar schon wach, doch so richtig munter war er noch nicht. Die vergangene Nacht war kurz gewesen. Elme feierten gerne und lange und der gesellige Teil des gestrigen Abends hatte sich hingezogen. Merien war zusammen mit Merit früher gegangen. Er selbst war mit Boffo und Taril noch ein Weilchen geblieben. Das hatten die beiden von ihrem Ehrengast erwartet. Selbst der alte Tulain hatte bis zum Schluss durchgehalten. Und ihm, zur Belustigung Boffos, eifrig zugeprostet.

»Ich bin gleich so weit!« Robin schwang sich aus dem Bett und ging ins Badezimmer. Dort drückte er den Schwengel einer Handpumpe. Aus einem Rohr in der Wand ergoss sich kaltes Wasser in ein emailliertes Becken. Er ließ es sich über Kopf und Nacken laufen und fühlte sich augenblicklich besser. Und durch das Fenster kündigten sich ein strahlender Morgen und ein noch sonnigerer Tag an.

Als er nach unten kam, saßen Merien und die Elme bereits am Küchentisch. Es gab knusprige Brötchen, die Merit im Ofen aufgebacken hatte. Dazu Butter und allerhand Aufstriche, sowohl süße, als auch würzige. Robin wünschte einen guten Morgen und setzte sich dazu. Merit stand auf, ging zum Herd und brachte eine Kanne mit heißem Tee, den sie Robin eingoss.

»Wollt ihr denn wirklich heute schon weiter?«, fragte sie und Enttäuschung klang in ihrer Stimme mit. »Taril und ich hätten euch gerne noch ein Weilchen länger zu Gast gehabt. Besuch aus dem Hochquelltal haben wir viel zu selten. Wer weiß, wann ihr wieder in unsere Gegend kommt.«

»Die beiden Tage mit euch waren wirklich wunderschön«, beschwichtigte sie Merien. »Doch liegt noch ein weiter Weg vor uns. Robin hat sich nun mal vorgenommen, den Tirionpass zu erreichen. Ich bin mir nicht einmal sicher, ob wir es von dort bis Ende nächster Woche wieder zurück nach Lindhag schaffen werden.«

»Ganz sicher schaffen wir das!« Robin drückte Meriens Hand. Dann blickte er zu Merit. »Und natürlich werden wir euch wieder besuchen. Bei der nächsten Gelegenheit.«

»Wenn es so lange dauert, wie beim letzten Mal, wird Klein-Taril vielleicht schon zur Schule gehen«, bemerkte Boffo spöttisch.

»Nimm dich bitte zusammen!« Merit warf Boffo einen strengen Blick zu. »Wenn das ein Scherz sein sollte, finde ich ihn völlig unangebracht.«

»Ist schon gut, Merit«, sagte Robin. »Ich weiß, wie er's meint. Und im Grunde genommen hat er ja recht. Aber diesmal ist's versprochen!«

Als Merien und Robin reisefertig und mit gepackten Taschen in den Hof traten, warteten Merit und Boffo schon auf sie. Auch Taril, der zwischenzeitlich verschwunden war, kam wieder aus seiner Werkstatt. In seinen Händen hielt er zwei Gegenstände.

»Hier habe ich etwas für Euch, meine Liebe. Ich selbst habe keine rechte Verwendung dafür und verkaufen möchte ich es auch nicht.«

Er zeigte Merien ein schlankes Messer mit kunstvoll gearbeitetem Griff aus buntem Email. Es steckte in einer ebenso verzierten Scheide.

»Es ist federleicht. Ihr werdet es kaum spüren«, sagte er und befestigte das silberne Gehänge an Meriens Gürtel. Bevor Merien Einspruch erheben konnte, wandte sich Taril an Robin und reichte ihm einen prachtvollen, silberbeschlagenen Leibgurt.

»Ich glaube, der passt gut zu deinem Schwert. Und ich habe ihn extra lang gemacht, und mit mehreren Befestigungsmöglichkeiten versehen. Du kannst ihn auch über dem Rücken tragen.«

Tatsächlich passte der Gurt bis in die kleinste Einzelheit zu Robins Schwertgehänge und Robin ersparte sich die Frage, woher Taril diese Kenntnisse hatte. Er warf nur einen Blick auf Boffo, der mit unbeteiligter Miene am Brunnentrog lehnte. Es war zwecklos, Elmen ein Geschenk abzuschlagen. Und beleidigend dazu. Robin und Merien versuchten es deshalb gar nicht erst. Sie bedankten sich und Robin machte Anstalten die Pferde zu holen.

»Einen Moment noch!« Aus seiner Rocktasche zog Boffo einen länglichen Gegenstand, der in einem schwarzen Lederfutteral steckte.

»Keine Angst, dies ist kein Geschenk«, sagte er, »nur eine Leihgabe. Es ist eine Arbeit unserer Vorfahren. Bisher ist es nicht gelungen, etwas Vergleichbares nachzubauen. Deshalb verlier es nicht. Und probiert es erst aus, wenn ihr den Tirionpass erreicht habt. Es soll eine kleine Überraschung sein.«

»Versprochen!« Robin kannte Boffos Vorliebe für Überraschungen und wollte kein Spielverderber sein. Deshalb nahm er das Futteral und steckte es ohne weitere Fragen zu stellen in eine der Packtaschen.

Das Satteln und Bepacken der Pferde übernahm Robin selbst. Merit hatte den beiden einen reichlichen Vorrat an leckeren Speisen eingepackt, weshalb Birit und Bork ziemlich schwer zu tragen hatten. Schließlich verabschiedeten sich Robin und Merien von den drei Elmen und machten sich auf den Weg.

»Richtet dem alten Lug Borgmann aus, er soll eine Taube fliegen lassen, sobald ihr die Klause erreicht! Damit wir wissen, dass ihr gut angekommen seid!«, rief ihnen Boffo nach, bevor sie um die Ecke bogen.

Es dauerte eine Weile, bis Robin und Merien die letzten Häuser von Elmbruck hinter sich gelassen hatten. Sie hatten es nicht eilig. Bis zum Waldstein waren es ungefähr zehn oder elf Meilen und dort war ihr Tagesziel. Die Luft an diesem Morgen war klar und von den Höhen des Halvortgebirges, das den Reisenden jetzt viel näher als am Vortag erschien, strich eine kühle Brise.

Die Gegend, durch die sie ritten, war nur spärlich bewaldet. Meist waren es steile Gebirgswiesen, die sich nach Norden hin an den Weg anschlossen. Zur südlichen Seite, in Richtung Rauquell standen vereinzelte Gruppen von Espen, deren Blätter im Morgenwind raschelten.

Nach einiger Zeit machte die Straße einen Knick nach Süden und überquerte auf einer steinernen Brücke den Rauquell. Diese Brücke war bei weitem nicht so mächtig, wie die über den Hochquell am Beginn des Tals. Das war auch nicht notwendig, denn auch die Straße hatte sich verkleinert und war zum Weg geworden, dem man deutlich anmerkte, dass er nicht häufig begangen wurde. Er war in gutem Zustand. Doch bestand er im Grunde nur aus zwei Fahrspuren, die von den Rädern der landwirtschaftlichen Gefährte und Karren von Bewuchs freigehalten wurden, während sich in der Mitte ein grünes Band gebildet hatte. Obwohl er zeitweise durch felsiges und unwegsames Gebiet führte, hatten ihn die Elme auf seiner ganzen Länge fahrbar gemacht. Zwischen Halvortgebirge und Westwald schlängelte er sich über eine Strecke von zwölf Meilen dahin, bis er jenseits des Waldsteins wieder auf die alte Waldstraße traf. Die Elme benutzten diesen Weg, um Heu von den weiter entfernten Bergwiesen zu holen, Holz aus dem Westwald heranzuschaffen und als Zugang in ihre Jagdgebiete. Doch bot er ihnen auch eine Verbindung zum Nargathgebirge im Westen und zum Tirionpass, weshalb man sie so gut wie nie auf der sogenannten Weststraße zwischen Lindhag und Westfurt antraf.

»Was hältst du von der Idee meines Großvaters, einen dritten Stollen in der Rotfelsmine anlegen lassen zu wollen?«, fragte Robin, nachdem sie eine Weile schweigend geritten waren.

»Auch in Blechhammer hat sich das eine oder andere von den

Plänen des alten Gerolf Rob herumgesprochen«, antwortete Merien. »Doch etwas Genaues weiß niemand. Was ich aber weiß ist, dass das Hüttenwerk in Blechhammer schon jetzt an seine Grenzen stößt. Mitunter hat mein Vater Probleme, die für die Verhüttung nötigen Kohlen rechtzeitig zu bekommen und wenn dann auch noch das Wasser knapp wird, wie im letzten Winter, kommt die Arbeit ganz zum Erliegen.«

»Das ist wahr«, sagte Robin. »Auch ich sehe diese Schwierigkeiten – ebenso wie mein Vater. Wir beide sind der Meinung, dass man mit den Gütern, die uns die Natur schenkt, sorgfältig und sparsam umgehen muss. Aber Gerolf hat nun mal ein Mitspracherecht, und er scheint auf seine alten Tage noch einmal ehrgeizig geworden zu sein.«

»Um ehrlich zu sein«, sagte Merien ernst, »habe ich bisweilen den Eindruck, dein Vater ist in mancher Beziehung zu nachgiebig. Vielleicht solltest du versuchen, in Zukunft deine eigene Meinung etwas stärker geltend zu machen.«

»Ja«, sagte Robin und blickte zu ihr hinüber. »Das sollte ich vielleicht. Und manchmal wünsche ich mir, dabei einen Fürsprecher zu haben.«

Merien sah ihn fragend an. Doch Robin hatte jetzt nicht mehr den Mut, das, was er dachte auch auszusprechen.

»Ich meine, die Gelegenheit wird kommen, über diese Dinge zu reden«, sagte er stattdessen. »Schließlich bin ich gerade erst vier Monate im Geschäft. Ich möchte gegenüber meinem Vater nicht vorwitzig erscheinen. Auch mit Geduld kann man einiges erreichen. Und irgendwann wird der Zeitpunkt kommen, an dem auch mein Wort mehr Gewicht haben wird.«

»Frühestens, wenn wir wieder zuhause sind«, sagte Merien und beide mussten lachen.

Gegen Mittag erreichten sie die Stelle, wo der Weg nach Süden in den Wald schwenkte. Es war mittlerweile ziemlich warm geworden. Deshalb war es für Mensch und Tier eine Wohltat, in den kühlen Schatten der Bäume einzutreten. Anfänglich war es ein lichter Laubwald aus Eichen und Buchen, die sich zu beiden Seiten des Weges aufschwangen. Die Bäume waren mächtig und hoch gewachsen und ihre Kronen bildeten ein geschlossenes Dach, unter dem sich kein Unterholz oder Buschwerk bilden konnte. Robin hatte den Eindruck, durch das Mittelschiff einer hohen Kathedrale zu reiten. Der Weg stieg kaum merklich, aber stetig an und je höher sie kamen, desto öfters mischten sich kleine Gruppen knorriger Kiefern in die Baumlandschaft und verbreiteten ihren aromatischen Duft nach Harz und ätherischen Ölen.

Die beiden kamen gut voran, denn die gute Beschaffenheit des Weges erlaubte es, die Pferde bisweilen traben zu lassen. Irgendwann hörten sie in der Ferne leises Rauschen, welches sich vom Flüstern des Windes im Blätterdach durch seine Beständigkeit unterschied.

»Das ist der Moosbach«, sagte Robin. »Was bedeutet, dass wir schon mehr als die Hälfte unserer Tagesstrecke zurückgelegt haben.«

Wenig später sahen sie den Bach vor sich, der hier an seinem Oberlauf noch temperamentvoll dahinplätscherte. Später würde er ruhiger und tiefer werden, bevor er schließlich kurz vor Walddorf in die Weißwasser mündete. Für die Fornländer war er eine willkommene Hilfe zum Transport der Holzvorräte des Westwalds. Auf ihm wurden die Stämme vom Waldesinneren bis zur Glashütte und weiter über die Weißwasser nach Walddorf, Meilerhof und Lindhag geflößt, um dort zu Bau- und Möbelholz, Holzkohle und Brennholz verarbeitet zu werden.

»Wir könnten bei der nächster Gelegenheit eine Rast einlegen«, schlug Merien vor. »Die Pferde brauchen ein wenig Ruhe und eine kleine Erfrischung täte auch uns gut.«

Robin war einverstanden. An einer lichten, grasbewachsenen Stelle machten sie halt. Sie nahmen den Pferden Gepäck und Sättel ab und entließen sie zum Grasen. Sie selbst fanden in der Nähe des Ufers, noch im Schatten der Bäume, einen Ort, der für eine Rast wie geschaffen war. Zwei Buchen mit knorrigen

Wurzelansätzen boten Sitzgelegenheiten und ein Steinblock dazwischen diente als Tisch. Auf diesem breitete Merien das Essen aus. Robin ging inzwischen eine Kanne mit Wasser aus dem Bach schöpfen. Merien hatte gerollte Pfannkuchen mit Quark und Früchten belegt und dazu gab es noch warme Apfelpastetchen.

»Genau das Richtige nach dem üppigen Festmahl gestern Abend«, sagte Robin, als sie sich essend gegenüber saßen. Natürlich hatte ihn Merien sofort durchschaut.

»Für etwas Herzhaftes musst du dich wohl oder übel bis zum Abendessen gedulden, Liebster. Es sei denn, du möchtest wieder Fische fangen. Ich bin mir allerdings nicht sicher, ob wir dann heute noch bis zum Waldstein kommen.«

»Mir geht es auch ohne Fische bestens«, sagte Robin wahrheitsgemäß und schüttete Fruchtsaft und Wasser in zwei Becher aus Metall. »Und am besten geht es mir, wenn ich weiß, dass auch du dich wohl fühlst.«

Er reichte Merien einen Becher, setzte sich neben sie und ergriff ihre Hand. Sie lehnten sich gegen die Wurzeln des Baumes und blickten hinauf in sein Blätterdach, durch das einzelne Sonnenstrahlen wie silberne Fäden auf den Boden fielen. So saßen sie eine Weile, bis die Schatten der Bäume länger wurden. Dann pfiff Robin in gewohnter Weise und sattelte Bork und Birit, die schnell und willig herbeigeeilt waren. Wenig später machten sie sich auf zum letzten Abschnitt ihrer Tagesreise.

Nachdem er eine lange Strecke dem Ufer gefolgt war, wandte sich der Weg nach Südwesten und überquerte den Moosbach auf einer sorgfältig gemauerten Steinbrücke. Die Bäume traten zurück und vor sich sahen die Reisenden die seltsam geformte Pyramide des Waldsteins. Es war kein gewöhnlicher Berg, der sich vor ihnen erhob. Eher eine Felsformation aus Granit. Wie steinerne Kissen türmten sich wuchtige Felsplatten aufeinander und in den schrägen Strahlen der untergehenden Sonne kamen sie Robin wie die Bausteine einer von Riesenhand errichteten

Burg vor.

Nach einer weiteren Meile zweigte ein Pfad vom Hauptweg ab und wand sich entlang eines schmalen Quellbaches bergauf. Diesem folgten die Reisenden, bis sie zu einer Felsengruppe am Fuße des Berges kamen. Hier, am Rande einer kleinen Lichtung, gab es Gras und Wasser für die Pferde, die Felsen boten Schutz vor Wind und sie strahlten die tagsüber gespeicherte Wärme ab. Eine dichte Weißdornhecke schirmte den Platz zum Wald hin ab und gab dem Ort eine heimelige Note.

»Hier werden wir heute bleiben«, sagte Robin. »Ich kenne diese Stelle von einem Jagdausflug mit Boffo. Es gibt keinen besseren Ort in der Umgebung, um die Nacht zu verbringen.«

»Ich hoffe, es gibt hier keine wilden Tiere«, bemerkte Merien. Doch ihre Stimme klang nicht so, als hätte sie ernsthafte Bedenken.

»Natürlich gibt es die«, sagte Robin. »Bären sicherlich, vielleicht auch einige Wölfe. Doch kann man davon ausgehen, dass die sich mehr fürchten als wir. Wenn sie nicht gerade übermäßig hungrig sind und wir uns nicht leichtfertig verhalten, wird uns nichts passieren. Allerdings sollten wir die Pferde heute Nacht in der Nähe anbinden und unsere Essenvorräte an einen der Bäume hängen.«

Robin führte Bork und Birit zur nahen Quelle, die sich als kleiner Wasserfall von einer höher gelegenen Rinne in ein felsiges Becken ergoss. Das Wasser war kalt und er ließ die Tiere nur in kleinen Schlucken trinken.

Als er mit den Pferden zurückkam, hatte Merien bereits das Nachtlager unter einem überhängenden Heckenrosenstrauch zubereitet. Robin sah, dass ihre beiden Decken aneinander lagen und ein Gefühl freudiger Erwartung überkam ihn. Er streute den Pferden gequetschten Hafer in eine Steinmulde. Dann, im schwindenden Licht des Tages, sammelte er trockenes Holz, das im nahen Kiefernwald in ausreichender Menge am Boden lag. Unter einer überhängenden Felswand, die den Lagerplatz bergseitig abschloss, waren schon Steine zu einer Feuerstelle gruppiert. Darin entfachte Robin mit kleinen Zweigen und Kiefernzapfen ein Feuer und setzte eine eiserne Bratpfanne darüber.

»Heute Abend werde ich für uns kochen«, sagte er.

»Nur zu! Ich lasse mich gerne überraschen.« Merien machte es sich auf einer der Decken bequem und beobachtete interessiert Robins Vorbereitungen.

Der nahm aus einer Satteltasche ein Bündel, das ihm Merit zugesteckt hatte. Er schlug das Tuch auseinander und zum Vorschein kamen ein halbes Dutzend Eier. Alle waren heil geblieben, bis auf eines, welches zwar einen Sprung hatte, aber nicht ausgelaufen war.

»Das nenne ich Glück«, sagte Merien. »Beinahe hätte ich mich heute auf diese Tasche gesetzt, als wir am Moosbach rasteten.«

»Hast du aber nicht«, entgegnete Robin. »Sonst wäre unser Menü sicher nicht ganz so perfekt. Aber es gibt noch andere Zutaten.«

Aus einem weiteren Päckchen holte Robin eine Portion gekochte Kartoffeln, geräucherten, fetten Speck und eine Zwiebel. Zuerst briet er den Speck, bis er braun und knusprig war. In der Zwischenzeit schnitt er die Kartoffeln klein und gab sie dazu. Als diese eine goldgelbe Farbe angenommen hatten, mengte er die klein gehackte Zwiebel darunter. Zuletzt schlug er die Eier darüber und würzte das Ganze mit Salz und Pfeffer. In weniger als zehn Minuten war das Essen fertig und es duftete verführerisch. Robin und Merien aßen es gleich aus der Pfanne.

Nachdem sie den ersten Durst mit Quellwasser gelöscht hatten, griff Robin abermals in seine Satteltasche und zog eine Flasche Weißwein samt Korkenzieher hervor.

»Auch die ist glücklicherweise heil geblieben«, sagte er, öffnete sie und füllte zwei Becher. »Wäre auch zu schade gewesen. Es ist der beste Tropfen aus dem Rob'schen Weinkeller. Ich hoffe, mein Vater verzeiht mir diesen Raubzug.«

»Diesbezüglich habe ich keinerlei Bedenken«, konterte Merien Robins nicht ernst gemeinte Bemerkung. »Denn ich bin mir sicher, dass dies nicht die letzte Flasche im Weinkeller deines Vaters war.«

Als sich ihre Becher aus Fornmetall berührten, schwebte ein silberheller Klang durch das Dunkel, welches sich über die Landschaft gelegt hatte. In diesem Moment fühlte sich Robin wie in einem Theater, in dem sich auf ein Zeichen hin der Vorhang hebt und die Bühne für eine noch unbekannte Handlung freigibt. Robin und Merien lagen auf ihren Decken und schauten wortlos in den nachtschwarzen Himmel, dessen Sternbilder zunehmend heller und klarer hervortraten. Die Luft war mild und der blühende Weißdorn verströmte seinen anregenden Duft.

Nach einer Weile wandte Robin sein Gesicht Merien zu. Sie blickte ihn mit erwartungsvollen Augen an und lächelte.

»Erinnerst du dich an unseren gemeinsamen Nachmittag im April in den Wiesenauen?«, fragte Robin leise.

Merien nickte. »Und heute wünschte ich mir, wir würden dort fortfahren, wo wir am Quellteich aufhörten«, sagte sie.

Eine starke Erregung durchströmte Robin. Es war ihm, als würde er innerlich glühen und gleichzeitig frösteln. Wie auf ein lautloses Signal gegenseitigen Einverständnisses entledigten sie sich ihrer Kleidung. Robin schlug eine Decke über beide und sie schmiegten sich aneinander. Mit seinen Händen und mit seinen Lippen fühlte er die Zartheit von Meriens Haut und die Weichheit ihrer Brüste. Dann vergaßen beide die Zeit und den Raum um sich. Sie waren eins und sie bewegten sich im Gleichklang ihrer Gefühle und im Rhythmus des Schlagens ihrer Herzen.

Am nächsten Morgen erwachten sie, als die Sonne bereits am wolkenlosen Himmel stand und die Vögel im Geäst der Bäume zwitscherten. Bork und Birit grasten friedlich in der Nähe. Am Heckenrosenstrauch über ihren Köpfen hatte sich eine erste Blüte geöffnet.

Robin und Merien verspürten keinerlei Bedürfnis aufzustehen. Noch einige lange Viertelstunden genossen sie das Gefühl und die Gelegenheit unbeschwerter Zweisamkeit. Über Nacht waren sie sich um Welten näher gekommen. Robin hatte jetzt keine Scheu mehr, Dinge auszusprechen, bei denen er noch gestern gezögert hatte. Er griff zu seiner Jacke, die er über Nacht als Kopfkissen zusammengefaltet hatte, und holte aus einer ihrer Taschen einen kleinen Beutel. Daraus entnahm er einen Ring, kunstvoll gewunden aus Gold und Silber und geziert von einem rein weißen Mondstein.

»Ich hoffe er passt«, sagte Robin. Merien blieb vor Erstaunen stumm. »Zumindest passt er wundervoll zu deinen Ohrringen. Schließlich ist er aus derselben Werkstatt. Doch deswegen habe ich ihn nicht gekauft.«

»Weshalb dann?«, fragte Merien erwartungsvoll.

»Nun – um dich zu fragen, ob du mich heiraten möchtest. Du bist die Einzige, die ich liebe und begehre. Mein größter Wunsch ist es, mit dir mein Leben teilen zu dürfen. Wenn auch du das willst.«

»Natürlich will ich das«, antwortete Merien atemlos. »Nichts wünsche ich mir sehnlicher. Ich dachte schon, du würdest nie mehr fragen.« Sie küssten sich und Robin steckte den Ring an Meriens Finger.

»Jetzt kann der Tag beginnen«, sagte Robin fröhlich. Er stand auf, schlüpfte in seine Hosen und ging hinunter zur Quelle, um Wasser zu holen. Als er zurückkam, hatte Merien bereits das restliche Brennholz auf die die verbliebene Glut geschichtet und zu einem knisternden Feuer angeblasen. Robin rückte zwei der Randsteine näher zusammen und setzte die Teekanne darüber. Merien sortierte in der Zwischenzeit die verbliebenen Vorräte.

»Wenn man dem Sprichwort glauben darf, dann macht Liebe blind«, sagte sie scherzend. »Zumindest macht sie leichtsinnig. Gestern Abend wollten wir noch die Vorräte sicher verwahren und die Pferde in der Nähe anbinden. Keines von beiden ist passiert. Jeder Bär im Umkreis von fünf Meilen hätte uns wittern können.«

»Und wenn schon«, sagte Robin. »Birit und Bork hätten uns sicher gewarnt und dann die Flucht ergriffen. Was hältst du von einem gemeinsamen Bad?«

Sie gingen hinunter zu dem kleinen Wasserfall, legten ihre wenigen Sachen ab und wateten in die flache Steinkuhle, bis die Gischt des Wasserfalls ihre Haut wie weißer Schaum überströmte. Das Wasser war eiskalt. Doch es war herrlich erfrischend und seine Kühle ordnete die Gedanken in Robins Kopf.

Als sie zurück zum Rastplatz kamen, war das Teewasser heiß und die beiden aßen eine Kleinigkeit. Danach zogen sie sich fertig an und machten die Pferde bereit. Es ging schon auf zehn Uhr zu, als sie endlich aufbrachen. Und sie hatten einen weiten Weg bis zur Klause am Quellsteig vor sich.

Der Wald wurde wieder dichter und bald waren die bizarren Felsformationen des Waldsteins ihren Blicken entschwunden. Nach einiger Zeit kamen sie auf die Waldstraße, die von Meilerhof über Glashütte bis an den Rand des Nargathgebirges führte. Dieser folgten sie bis zu einer Stelle, an der sie ihre Richtung in einem südlichen Schwenk nach Westfurt änderte.

»Hier biegt der Quellsteig ab«, sagte Robin. »Er führt direkt zum Pass. Den Umweg über Westfurt zu nehmen, würde eine weitere Tagesreise bedeuten.«

An der Abzweigung des Steigs von der Straße stand eine Bank und mannshoher Stein, der als Wegweiser diente.

»Sechs Meilen bis zur Quellsteigklause«, las Robin vor. »Das klingt nicht weit, aber dafür geht's jetzt ins Gebirge. Was nun folgt, wird uns und vor allem den Pferden einige Stunden schweißtreibende Kletterei kosten.«

»Dann lass uns gleich damit beginnen«, sagte Merien. »Je eher wir losreiten, umso eher werden wir ankommen. Das Wetter sieht nicht mehr so beständig aus wie noch heute Morgen.«

Robins Taschenuhr zeigte erst die zweite Stunde des Nachmittags an und schon waren am Himmel die ersten Quellwolken

zu sehen, die sich zum Horizont des Nargathgebirges hin verstärkten. Sie machten nur eine kurze Rast und schlugen dann
den Weg in Richtung Klause ein. Der Steig, der sie dorthin führen sollte war felsig und steil. Doch Bork und Birit kämpften sich
tapfer über endlose Windungen nach oben. An manchen Stellen
wurde das Gelände so unwegsam, dass Robin und Merien absteigen, und die Pferde am Zügel führen mussten.

Es wurde wieder warm an diesem Tag. Und die Luft war
schon seit der Mittagszeit drückend. Im Laufe des Nachmittags
machte sich unangenehme Schwüle breit. Mücken und allerlei
Insekten umschwirrten die Reisenden und belästigten die Pferde,
die unruhig mit ihren Schweifen schlugen.

»Eigentlich hatte ich mir unseren Urlaub etwas weniger anstrengend und weniger gefährlich vorgestellt«, sagte Merien.
»Wie man weiß, sind Gewitter im Gebirge viel heftiger, als auf
dem flachen Land.«

»Wenn wir dieses Tempo beibehalten, werden wir die Klause
auf jeden Fall noch vor dem Gewitter und auch vor Einbruch der
Dunkelheit erreichen. Und es wird kühler werden, je weiter wir
nach oben kommen.« Robin wollte Meriens Bedenken zerstreu-
en, doch verriet seine Stimme nur die eigene Unruhe. Mit besorgtem Blick musterte er den Himmel, wo sich die noch vor
kurzem so harmlos aussehenden Quellwolken zu hohen Türmen
zusammengeballt hatten.

Zweieinhalb Stunden später überquerten sie auf einer schmalen Holzbrücke den Weißbach, den ersten von drei Quellflüssen
der Weißwasser. Ab hier verlief der Weg entlang einer Bergflan-
ke, wo er stetig steigend, doch ohne besondere Richtungswechsel
über ausgesetzte Geröllhalden führte. Sie hatten die Baumgrenze
überschritten. Tief unter ihnen ragte der Waldstein aus dem
Dunst, der sich über das weite Grün des Westwalds gelegt hatte.

Bald darauf erreichten sie die Brücke über den Schneebach,
der in einer felsigen Klamm bergab rauschte. Ein wenig unterhalb der Brücke vereinigte er sich mit einem weiteren Zufluss
der Weißwasser, dem Quellbach. Letzterem folgten sie an seinem

nördlichen Ufer steil flussaufwärts. An Reiten war nun nicht mehr zu denken. Robin und Merien führten die Pferde am Zügel auf dem felsigen Pfad über von Menschen- oder Elmenhand angelegte Stufen und Terrassen.

Es mochte jetzt gegen sieben Uhr gehen. Doch die zunehmende Dämmerung war nicht der hereinbrechende Abend. Dazu war es noch zu früh. Es waren schwarze und tief hängende Wolken, die das Licht der Sonne in sich aufsaugten und unheimliche Schatten auf die unter ihnen liegende Bergwelt warfen. Das Grollen, das die Reisenden auf ihrem Weg seit geraumer Zeit begleitet hatte, wurde stärker. Vereinzelt zuckten Blitze über den Himmel und der Donner folgte ihnen in immer kürzer werdenden Abständen. Dann begann es zu regnen. Zuerst leicht, dann stärker und schließlich öffnete der Himmel seine Schleusen. In kurzer Zeit verwandelte sich der Quellbach in einen reißenden Gebirgsbach, der weiß schäumend talwärts schoss.

Eine Möglichkeit zum Unterstellen gab es weit und breit nicht. Robin und Merien waren froh über die Umhänge, die sie in Elmbruck gekauft hatten. Sie zogen die Kapuzen über ihre Köpfe und tatsächlich hielten diese Meisterwerke elmischer Webkunst ihre Besitzer weitgehend trocken. Ebenso wie die Decken aus gleichem Material die Sättel und das Gepäck auf den Rücken der Pferde.

Immer dichter wurde der Regen und der aufkommende Wind peitschte das Wasser in die Gesichter der sich Schritt für Schritt bergauf mühenden Wanderer. Grelle Blitze durchzuckten das Dämmerlicht und der fast zeitgleich folgende Donner rollte infernalisch zwischen den Felsen. Robins Sorge galt jetzt vor allem den Pferden, die bei jedem Blitz und jedem Donnergrollen ängstlich zusammenzuckten. Er klopfte Borks Hals und redete beschwichtigend auf den Hengst ein; ebenso wie Merien, die Birit beruhigend über die Nüstern strich. Doch die Tiere schienen grenzenloses Vertrauen in die Entscheidungen ihrer Menschen zu haben.

Mit dem Beginn des Regens war auch die Temperatur merklich gefallen. Inzwischen strich empfindliche Kälte von den Höhen des Nargathgebirges herab und Robin spürte vereinzelte Eiskristalle und Schneegraupel auf seinem Gesicht. In den windgeschützteren Mulden und Senken der Umgebung bildeten sich bereits weiße Flecken und ein Blick bergauf zeigte, dass die Abhänge über ihnen schon weiß überzogen waren. Die noch vor kurzem so malerische Bergwelt hatte sich in eine lebensfeindliche Schreckenslandschaft verwandelt.

»Sollen wir nicht doch lieber umkehren, bevor es noch schlimmer wird?«, rief Merien und Furcht klang aus ihrer Stimme.

»Hat jetzt keinen Zweck mehr!«, rief Robin zurück. »Der Steig ist mittlerweile zu glatt und die Pferde hätten bergab mehr Schwierigkeiten als bergauf! Vielleicht hat auch der Quellbach den Weg weiter unten schon überflutet!«

»Wie weit ... noch bis zur Klause?!« Merien musste brüllen und dennoch erreichten nur einige Wortfetzen Robins Ohr.

»Höchstens noch zwei Meilen!« Robin wusste um die Gefahren, die ein Wettersturz in dieser Gebirgsregion mit sich brachte. Sie mussten um jeden Preis die schützende Klause erreichen. Und das möglichst schnell. Doch zwei Meilen bedeuteten in diesem Gelände und unter diesen Bedingungen mindestens noch drei Stunden Gehzeit.

Robin fasste Borks Zügel fester und schritt voran. Merien folgte mit Birit. Der Graupel war in feuchten Schneefall übergegangen. Um sie hatte sich eine noch dünne aber geschlossene Schneedecke gebildet, die jeden Schritt zur Gefahr machte. Robin riskierte einen Blick nach unten, wo sich steile Felsabbrüche in der hereinbrechenden Dunkelheit verloren. Ein unachtsamer Tritt oder das Ausgleiten eines der Pferde würde wohl unweigerlich das Ende bedeuten.

Schon stellten sich bei Mensch und Tier erste Zeichen von Erschöpfung ein. An einer windgeschützten Stelle machten sie

Rast. Robin kramte aus den Satteltaschen eine Trinkflache und einige Reste von Merits Kuchen hervor. Sie aßen und tranken ein wenig. Merien begann zu frieren und auch Robin spürte die Kälte, die unerbittlich durch seine Kleidung kroch.

»Du könntest versuchen auf Bork zu reiten«, schlug Robin vor. »Er ist stark und ich würde beide Pferde führen.«

»Keine gute Idee«, antwortete Merien. »Dort oben würde ich in kurzer Zeit erfrieren. Doch danke für das Angebot. Jetzt lass uns weiter gehen.«

Die Schneedecke hatte den Vorteil, dass sie das wenige Restlicht des Tages verstärkte. Aber sie hatte auch die gefährliche Eigenschaft, die Konturen des Weges zu verwischen. Robin richtete sich nach dem Lauf des Quellbachs, dem der Steig folgte und nach den aufgeschichteten Steinpyramiden, die in regelmäßigen Abständen den Wegrand markierten. Schließlich kamen sie an die letzte der drei Brücken. An diejenige, welche den Quellbach querte. Sie war aus festen Bohlen gefügt, doch hatte sie kein Geländer. Das Wasser des angeschwollenen Baches berührte beinahe ihre Unterseite und seine aufspritzende Gischt hatte das Holz mit einer dünnen Eisschicht überzogen.

»Bitte halte die Pferde einen Augenblick!« Robin gab Borks Zügel in Meriens Hand. Er zog Thorndil aus der Scheide und begann vorsichtig das Eis von den Blanken zu hacken. Es tat ihm beinahe leid, die stolze Waffe zu einem solch niederen Zweck missbrauchen zu müssen. Doch mit ihrer Hilfe gelangten sie sicher auf die andere Seite des Baches.

Durch ein flach eingeschnittenes, felsiges Gebirgstal folgten sie dem Weg nun in weniger steilen Windungen. Eine zweite Welle des Gewitters rollte heran, mit Schneeregen und Hagel, Blitzen und Donner. Die Einschläge waren jetzt so nahe, dass Robin bisweilen ein merkwürdiges Kribbeln auf der Haut spürte. Glücklicherweise hatte sich der Sturm gelegt und das Bewusstsein, die Gefahr eines Absturzes in die Tiefe weitgehend überwunden zu haben, gab den beiden Wanderern wieder Auftrieb.

Als sie das letzte Stück des Aufstiegs in Angriff nahmen, waren Robin und Merien am Ende ihrer Kräfte. Wortlos kämpften sie sich voran. Plötzlich warf Bork den Kopf auf und sog die Luft ein. Dann stieß er ein lang gezogenes Wiehern aus und drängte nach vorne. Birit folgte mit geweiteten Nüstern.

»Ich glaube, wir nähern uns unserem Ziel«, sagte Robin hoffnungsvoll. Er und Merien hatten jetzt Mühe, mit den Pferden Schritt zu halten.

»Wir könnten versuchen, zu reiten«, schlug Merien vor. Robin half Merien in den Sattel und schwang sich dann selbst auf Bork. Die beiden Pferde tasteten sich vorsichtig, doch mit ungebrochenem Vorwärtsdrang über die Unebenheiten des Pfades hinweg bergauf.

Dann sahen sie es ganz deutlich. Vor ihnen, in einer Entfernung von vielleicht zweihundert Schritten, blinkte ein Licht. Und es schien sich zu bewegen.

»Seid Ihr es, Herr Robin und Fräulein Merien?!«

Es war die Stimme des alten Lug Borgmann, Hüter der Klause am Quellsteig, der ihnen entgegen kam. In der Hand hielt er eine Sturmlaterne.

»Ja wir sind es!«, rief Robin zurück.

»Welch ein Glück!« Der Klausner kam näher. »Ich hatte mir bereits große Sorgen um Euch gemacht. Wie bin ich froh, mich nicht getäuscht zu haben, als ich vorhin vermeinte, das Wiehern eines Pferdes zu hören« Er hielt die Laterne hoch und versuchte in ihrem Lichtkegel Einzelheiten zu erkennen.

»Und wir sind noch froher, endlich hier zu sein und Euch zu sehen«, erwiderte Merien und Robin nickte erleichtert.

»Dann Willkommen! Folgt mir ins Trockene. Bei diesem Wetter sollte man sich keinen Augenblick länger als notwendig draußen aufhalten.« Lug leuchtete mit der Laterne voraus, wo die Umrisse eines Gebäudes aus dem dichten Schneeregen vor ihnen auftauchten. Sie hatten die Klause erreicht.

Als Lug Borgmann die Stalltür der Klause öffnete, drang ihnen ein gelber, freundlicher Lichtschein entgegen. Robin und

Merien führten die Pferde über die Schwelle. Wärme umfing sie und kam ihnen wie ein Lebenselixier vor, dass ihre Körper begierig in sich aufsogen. Lugs Maultier und eine Ziege blickten die Ankömmlinge neugierig an.

Der Stall bot genug zusätzlichen Platz für die beiden Pferde. Robin und Merien nahmen ihnen Sättel und Gepäck ab und Lug half ihnen dabei, die Pferderücken mit Stroh abzureiben und einige bereitstehende Eimer Wasser als Tränkung zu reichen.

»Nun kommt erst einmal mit in die gute Stube«, sagte er, nachdem sie die Pferde versorgt hatten. »Heu und Hafer werden die beiden allein finden.«

Er löschte die Stalllaterne, nahm einen Teil des Gepäcks und ging über einen spärlich beleuchteten Flur voraus in den Wohn- und Wirtschaftsteil der Klause.

Robin kannte Lug Borgmann seit seiner Jugend, als er zusammen mit seinem Vater zum ersten Mal den Tirionpass besucht hatte. Das war jetzt bestimmt zwölf oder dreizehn Jahre her. Später, während seiner Zeit als Schwertläufer, hatte er ihn noch einige Male in Westfurt getroffen. Lug hatte sich seit dieser Zeit kaum verändert. Er war jetzt wohl Anfang oder Mitte Siebzig, doch in guter körperlicher Verfassung. Das musste er auch sein, denn in der Zeit von Frühjahr bis Herbst ging er mindestens alle vierzehn Tage, bisweilen sogar wöchentlich hinunter nach Westfurt. Das war talwärts eine lange Tagesreise. Bergauf, wenn sein Maultier schwer beladen war, mitunter zwei. Von dort holte er neue Vorräte oder lieferte Post ab, die in unregelmäßigen Abständen von Eldar am Leronsee, 95 Wegmeilen entfernt am Ostrand des Taurongebirges gelegen, hier angeliefert wurde.

In der Wirtsstube der Klause, die gleichzeitig als Küche diente, stand ein gemauerter Herd. Durch die Fugen und Ringe der gusseisernen Herdplatte konnte Robin das lebhafte Flackern des Feuers sehen. Normalerweise verwendete der Klausner um diese

Jahreszeit seine Holzvorräte nur zum Kochen. Brennholz war knapp in dieser Höhe und Lug holte es mit seinem Maultier von weit unterhalb der Waldgrenze. Doch heute erforderten die Wetterverhältnisse etwas mehr Großzügigkeit und die Stube war gemütlich warm.

»Setzt Euch und macht es Euch bequem«, sagte er. »Der alte Lug wird alles dafür tun, damit Ihr Euch wohl fühlt und wieder zu Kräften kommt.«

Robin und Merien ließen sich erschöpft auf eine der Bänke fallen, die um den großen Ahorntisch standen. Der Klausner nahm die nassen Mäntel der beiden und hängte sie über eine Stange in der Nähe des Ofens. Dann brachte er zwei Paar Filzpantoffeln, die er in einer Ofennische vorgewärmt hatte.

»Nur gut, dass ich erst letzte Woche unten im Tal war, um neue Vorräte zu holen«, sagte er. »Es wird uns hoffentlich an nichts fehlen.«

»Was Ihr bisher für uns getan habt, war bereits mehr, als wir noch vor einer halben Stunde zu hoffen gewagt haben«, sagte Robin. »Wir sind Euch sehr zu Dank verpflichtet.«

»Keine Ursache«, erwiderte Lug. »Schließlich habe ich rechtzeitig von Eurer Reiseplanung erfahren und konnte mich darauf einstellen. Allerdings habe ich Euch schon einen Tag früher erwartet.«

»Zugegeben, wir sind etwas spät dran«, sagte Robin. »Unser Aufenthalt in Elmbruck währte einen Tag länger als vorgesehen.« Während er sprach, schälte er sich aus seinen nassen Stiefeln und schlüpfte in die warmen Pantoffeln. Dann half er Merien dabei, das Gleiche zu tun.

»Macht nichts!«, sagte Lug. »Jetzt seid Ihr jedenfalls hier. Und – soweit ich dies beurteilen kann – auch wohlbehalten. Das ist nicht selbstverständlich bei diesem Unwetter. Dass Ihr aber auch über den Quellsteig kommen musstet. Das hätte leicht ins Auge gehen können.« Er schüttelte tadelt den Kopf, während er Gläser auf den Tisch stellte. Dann brachte er eine Karaffe mit Wasser, einen Krug mit Saft und einen mit Wein.

»Und jetzt wird Euch der alte Lug erst einmal etwas Gutes zu Essen machen!«

Er ging hinüber zum Herd und legte Holz nach. Dann setzte er eine große Pfanne auf den Herd, gab Butterschmalz hinein und goss eine Portion eines vorbereiteten Eierkuchenteiges darauf. Ein Aroma aus karamellisiertem Zucker und gebratenen Apfelstückchen verbreitete sich im Raum. Während sich Lug den Essensvorbereitungen am Herd widmete, lehnten sich Robin und Merien zurück und nahmen einen tiefen Schluck aus ihren Bechern. Von draußen hörte man, wie der Sturm Hagelschloßen gegen die Fensterläden trieb.

»Was für ein Urlaub«, sagte Robin leise und sah Merien an. Sie atmete tief durch und nickte.

»Fast könnte man es ein Abenteuer nennen«, erwiderte sie. »Doch Abenteuer sind nur in Büchern schön. Oder in der Erinnerung. Ich wünschte, wir wären bald wieder wohlbehalten zuhause.«

»Alles wird gut werden«, sagte Robin. »Was sollte jetzt noch passieren?«

Nach dem Abendessen halfen Robin und Merien Lug, den Tisch abzuräumen. Auch der Abwasch war gemeinsam in kurzer Zeit erledigt. Dann setzten die drei sich wieder und Lug schenkte Wein ein.

»Ihr wart lange nicht mehr in der Gegend, Herr Robin«, begann er eine Unterhaltung.

»Ja, seit meiner Dienstzeit als Schwertläufer nicht mehr. Dann kam das Studium in Pern, wie Ihr vielleicht wisst. In den vergangenen drei Jahren war ich die meiste Zeit in Iridien.«

»Euer Vater hat mir davon erzählt«, sagte Lug. »Ich habe mich immer nach Eurem Befinden erkundigt, wenn ich ihn in Westfurt getroffen habe. Sonst hat man wenig über Euch erfahren. Seit Eurer Rückkehr nach Fornland hört man allerdings umso mehr über Euch, junger Herr Robin.«

»Tatsächlich? Was denn zum Beispiel?«

»Nun ja – zum Beispiel Euer Sieg beim Turnier zur Wintersonnenwende im letzten Jahr. Das war auch hier in der Gegend ein großes Gesprächsthema. Und dann Euer Abenteuer am Ortulinpass ...«

»So sind auch diese Neuigkeiten schon bis hierher gelangt.« Robin war dieses Mal weniger erstaunt. Anscheinend waren solche Nachrichten kaum mehr aufzuhalten, wenn sie einmal in die Öffentlichkeit gedrungen waren.

»Ihr werdet verstehen, dass gerade ich mich besonders für die Ereignisse an den Grenzen unseres Landes interessiere«, sagte der Klausner beinahe entschuldigend. »Schon allein in meiner Funktion als Wächter unserer Grenze zu Esselien.« Lugs Stimme wurde jetzt leiser und geheimnisvoller, als er fortfuhr. »Und ich kann Euch sagen: auch hier am Ortulinpass geschehen in letzter Zeit merkwürdige Dinge.«

Er unterbrach seine Rede, nippte an seinem Weinglas und nickte vielsagend in die Runde.

»Nun, was ist Euch denn widerfahren? So erzählt!«, forderte ihn Merien auf.

»Widerfahren ist mir nichts, doch habe ich etwas Merkwürdiges entdeckt.«

Robin und Meriens Blicke hingen erwartungsvoll und voller Spannung an Lugs Lippen. Doch der zögerte und überlegte. Er schien seine Gäste nicht beunruhigen zu wollen. Schließlich begann er.

»Dass wir in diesem Jahr einen harten Winter hatten, mit Unmengen an Schnee, brauche ich Euch nicht zu erzählen. Noch vor wenigen Wochen konnte man nur mit Mühe bis zum Pass vordringen. Und doch scheint es, als hätte jemand den Pass unbemerkt aus westlicher Richtung betreten. Irgendwer scheint sich für unsere Gegend zu interessieren, ohne sich bei mir anmelden zu wollen.«

»Wie kommt Ihr darauf?«, wollte Robin wissen. »Jeder Reisende, der von Esselien nach Fornland unterwegs ist, müsste dankbar für eine solch komfortable Einkehr wie die Eure sein.«

»Das ist es ja gerade.« Der alte Lug klang beunruhigt. »Irgendjemand scheint unsere Grenze besucht zu haben, ohne die Absicht, sie zu überschreiten. Als ich vor zwei Tagen am Pass war, sah ich Spuren im Schnee. Zumindest glaube ich, dass es welche waren. Die warme Sonne der letzten Tage hat den Schnee ziemlich zusammenschmelzen lassen. Nach dem, was man noch erkennen konnte, könnte es auch ein größeres Tier gewesen sein. Ein Bär zum Beispiel.«

»Dann war es sicher auch einer«, versuchte Merien zu beruhigen. »Vielleicht hat ihn der Hunger und die Witterung möglichen Futters hierher getrieben. Ihr solltet Euer Maultier in der nächsten Zeit gut im Auge behalten.«

Um dem Gespräch wieder eine freundlichere Wendung zu geben, griff Robin in seine Tasche und zog das schwarze Futteral heraus, das ihm Boffo gegeben hatte. Er öffnete es und entnahm ihm einen glänzenden Gegenstand. Er sah aus wie eine runde Röhre aus poliertem Messing, kunstvoll verziert mit für Fornland ungewöhnlichen Symbolen und Schmuckelementen.

»Dies hat mir ein Freund und Vertrauter aus Elmbruck mitgegeben. Herr Boffo, Falons Sohn – Ihr kennt ihn sicher. Mit dem Ratschlag, es am Tirionpass auszuprobieren. Ich vermute, es ist eines jener geheimnisvollen Rohre, mit denen man in die Ferne schauen können soll. Ich habe bisher nur davon gehört, doch nie eines zu Gesicht bekommen. Man sagt, die Vorfahren der Elme hätten die Kunst beherrscht, solche Dinge zu bauen.«

Der Klausner nahm das Rohr in die Hand und betrachtete es von allen Seiten.

»Dies scheint mir allerdings etwas anderes zu sein. Es ist an beiden Enden verschlossen. Man kann nicht hindurch sehen. Es sei denn, man könnte die Abdeckungen an beiden Seiten entfernen.« Er drehte und zog an den Enden des Rohres, doch erfolglos.

»Versucht es doch einmal auf diese Weise«, mischte sich Merien ein. Sie nahm dem Klausner das Rohr aus der Hand und drückte auf einen winzigen Knopf, der sich unscheinbar in einem der Ornamente befand. Es gab einen leisen, metallischen Klick. Beide Deckel der Röhre sprangen ab und baumelten an zwei dünnen Kettchen. An den Enden des Rohres wurden zwei gewölbte Scheiben aus Glas oder Kristall sichtbar.

»Na also!«, sagte Merien. »Mein Vater benutzt ein ähnliches Rohr. Allerdings enthält es nur ein geschwärztes Glas und einen Kristall, mit dem sich die Temperatur von geschmolzenem Metall feststellen lässt. Ebenfalls eine Arbeit der Elme. Es hat den gleichen Verschlussmechanismus.«

»Kompliment!«, sagte Robin und warf Merien einen stolzen Blick zu. »Jedenfalls ist es jetzt offen.« Er nahm ihr das Rohr aus der Hand und schaute hinein. »Ich sehe nichts!«, sagte er nach kurzer Zeit enttäuscht. »Vielleicht ist es hier im Zimmer ganz einfach zu dunkel. Wir werden es morgen im Freien noch einmal versuchen.«

»Dann eben oben am Tirionpass, wenn es Euch Herr Boffo extra zu diesem Zweck mitgegeben hat. Vorausgesetzt, Ihr wollt morgen noch bis dorthin.«

»Ich weiß nicht recht«, wiegelte Robin ab. »Ein Ausflug zum Pass bei dem Wetter! Und nach Euren Erzählungen scheint die Gegend dort momentan nicht sicher zu sein.«

»Was das Wetter anbelangt, so kann es morgen schon wieder ganz anders sein«, sagte Lug. »Außerdem glaube ich nicht, dass sich nach dem heutigen Unwetter noch jemand am Pass aufhält.«

»Mag sein«, sagte Robin nachdenklich. »Dennoch solltet Ihr Eure Beobachtungen baldmöglichst an die Verantwortlichen in Fornland melden.«

»Hab ich selbstverständlich bereits getan«, entgegnete Lug. »Gestern habe ich eine meiner Tauben nach Westfurt entlassen. Und wenn sie dort gut angekommen ist, wird man bald mit einer Truppe Schwerläufer hier rechnen können. Vielleicht hat man heute noch gezögert – wegen des unsicheren Wetters. Ich denke, dass wir spätestens morgen Besuch erhalten werden.«

»Das klingt beruhigend«, sagte Merien. »Und auch ich bin der

Meinung, dass wir zuerst abwarten sollten, wie das Wetter morgen wird. Wenn es schön ist, können wir immer noch entscheiden, ob wir unsere Reise bis zum Pass fortsetzen. Ich hätte jedenfalls nichts dagegen.«

»Na gut – einverstanden!«, sagte Robin.

»Ich weiß nicht, wie's dir geht, Robin«, wechselte Merien das Thema. »Aber ich bin auf einmal sehr müde. Und ich wäre unserem Herbergsvater dankbar, wenn er uns jetzt unser Nachtlager zeigen würde.«

»Natürlich, gerne«, sagte Lug. »Wenn Ihr mir folgen wollt!« Er ergriff eine Laterne. Robin und Merien nahmen ihre Packtaschen und der Klausner führte sie in einen Korridor. Dort öffnete er zwei Türen und entzündete die Nachtlampen, die auf der Innenseite neben den Türpfosten hingen. Es waren nur kleine Kammern und karg eingerichtet. Ein Tisch mit Waschgeschirr, ein Stuhl und ein Bett bildeten das ganze Mobiliar. Doch waren die Betten sauber und frisch bezogen. Merien wünschte eine gute Nacht und verschwand in ihrer Kammer.

Robin zögerte. Aber da stand der alte Klausner, höflich lächelnd und mit der Laterne in der Hand. ›Nun gut‹, dachte Robin, ›wahrscheinlich auch eine Anweisung meines Vaters, so wie bei Taril. Aber Geduld, die Woche ist noch lang.‹ Er wünschte ebenfalls eine gute Nacht, betrat sein Zimmer und schloss die Tür hinter sich. Lugs Schritte entfernten sich. Robin nahm die Lampe von der Wand und stellte sie auf den Tisch neben sein Bett. Als er seine Kleider ablegte, merkte auch er, wie sehr die Strapazen des vergangenen Tages an seinen körperlichen Kräften gezehrt hatten. Seine Abendtoilette verschob er auf den nächsten Morgen. Er stellte Thorndil neben sein Bett, blies die Lampe aus, kroch unter die Decke und schlief sofort ein.

Mitten in der Nacht schreckte Robin hoch. Eine merkwürdige Unruhe hatte sich seiner bemächtigt. Ein Traum, an den er sich nicht erinnern konnte. Seine Glieder waren schwer. War es ein Ruf gewesen, der in sein Unterbewusstsein gedrungen war? Er lauschte. Regen und Graupel hatten aufgehört. Dann und wann war noch das Rollen des Donners in der Ferne zu hören. Sonst herrschte gespenstische Stille. Unwillkürlich tastete seine Hand zu seinem Hals, wo die Tiriphe hing. Er zog sie heraus. Sie war dunkel. Nicht der geringste Schimmer ging von ihr aus. Das Gefühl, sie in der Hand zu halten, beruhigte ihn. Wenig später war er wieder eingeschlafen und seine Nachtruhe blieb ungestört bis zum Morgen.

Neuntes Kapitel

Mittagsdämmerung

Robin wurde von klappernden Geräuschen vor seinem Kammerfenster geweckt. Es war Lug Borgmann, der um das Haus ging und alle Fensterläden öffnete. Vom Unwetter des vergangenen Abends war keine Spur mehr zu sehen. Weiße Zirrusschleier hingen hoch im weiten Blau des Himmels. Und die Sonne war bereits kräftig dabei, die letzten Spuren der gestrigen Schnee- und Graupelschauer zu beseitigen.

Robin wusch sich und zog sich an. Im Vorbeigehen klopfte er an Meriens Tür und ging dann in das Gastzimmer, wo Lug sich am Herd zu schaffen machte. Aromatischer Duft erfüllte den Raum.

»Heute Morgen gibt es richtigen Kaffee«, sagte Lug. »Ein guter Tagesbeginn wird Euch die Ferienstimmung schnell wieder zurückbringen. Das Wetter ist ideal für einen Ausflug zum Tirionpass. Ich nehme doch an, dass Ihr Euer Vorhaben heute in die Tat umsetzen werdet.«

»Selbstverständlich!«, sagte Merien, die eben den Raum betrat. »Wenn Ihr uns dazu ratet, Herr Lug, dann werden wir sicher nicht nein sagen.«

Sie setzten sich um den Küchentisch. Lug Borgmann hatte Brotfladen auf der heißen Ofenplatte aufgebacken. Dazu gab es Ziegenkäse und einen Brotaufstrich aus Preisel- und anderen Beeren, die hier in der Bergregion wuchsen.

»Wie werden heute eine gute Fernsicht haben«, sagte Lug. »Die Gewitter haben die Luft gereinigt und es herrscht Ostwind.«

»Wir?«, fragte Robin. »Heißt das, Ihr wollt uns zum Pass begleiten?«

»Genau das heißt es«, antwortete der Klausner. »Schließlich ist es meine Aufgabe, dort nach dem Rechten zu sehen. Und bei dieser Gelegenheit möchte ich es nicht versäumen, meinen Gästen ein wenig die Gegend zu zeigen. Die Tiere habe ich übrigens schon gefüttert und getränkt. Und Clothilde, mein Maultier, braucht jetzt ein wenig Bewegung. Schließlich muss sie in Übung bleiben und sie hat die letzten beiden Tage gefaulenzt.«

Robin war es nicht unrecht, dass Lug Borgmann seine Begleitung anbot. Er hatte mittlerweile einen gehörigen Respekt vor dem Hochgebirge. Weiter oben lag noch immer Schnee und wer konnte schon wissen, wie sich das Wetter heute noch entwickeln würde.

Später, nachdem er die Pferde gesattelt hatte, wollte Robin auch das Gepäck hinter den Sätteln befestigen. Doch Lug winkte ab.

»Ihr wollt doch nicht etwa Euer ganzes Habe mitschleppen? Von hier bis zum Pass und zurück sind es immerhin sechs Meilen. Und schlagt Euch aus dem Kopf, heute noch nach Westfurt zurückreiten zu wollen. Natürlich werdet Ihr noch eine Nacht hier bleiben und erst morgen früh die Heimreise antreten.«

»Vielleicht habt Ihr recht. Wir wollen die Pferde nicht unnötig belasten«, stimmte Robin nach kurzem Überlegen zu. Er nahm nur das kleine Paar Satteltaschen, gefüllt mit seinen und Meriens persönlichen Gegenständen, etwas Proviant und eine Wasserflasche mit. Bogen und Schwert hängte er sich als Waffenbündel über den Rücken.

»Auf unsere neuen Mäntel aus Elmbruck möchte ich allerdings nicht verzichten«, wandte Merien ein. »Sie haben uns gestern gute Dienste geleistet und vielleicht brauchen wir sie später noch. Auch unsere Decken sollten wir mitnehmen. Wenn die Pferde schwitzen, könnten sie sich leicht erkälten.«

»Gut mitgedacht!« Robin nahm Decken und Kleidungsstücke, die klein gerollt kaum Platz wegnahmen, und band sie hinter seinem Sattel fest.

Lug führte außer einem kurzen Schwert keine weiteren Gegenstände mit sich. Den Rest des Gepäcks brachten sie wieder ins Haus. Der Klausenwirt verschloss die Tür und steckte einen Zettel mit einer Nachricht in den Türspalt.

»Falls in der Zwischenzeit eine Abordnung aus Westfurt eintrifft, sollten sie wissen, wo wir sind.«

Dann stiegen sie auf ihre Reittiere und schlugen die Richtung zum Pass ein.

Die Straße stieg jetzt nur noch leicht an und ihre Kehren waren weniger stark ausgeprägt, als in den steilen Passagen vor der Klause. Dennoch kamen die Reiter schnell in höhere Regionen. Reste von Altschnee säumten den Weg und nach einiger Zeit war auch die Straße selbst von einer geschlossenen Schneedecke überzogen. Allerdings hatte das sonnige Wetter der vergangenen Woche ihre Dicke erheblich verringert. Die Tiere sanken nur wenig ein.

Die karge Hochgebirgsgegend, die sich vor den Reisenden auftat, war nicht sehr einladend. Lang gezogene Geröllfelder, aus denen vereinzelt große Felsbrocken ragten, bedeckten das Tal, dessen Ende der Pass markierte. Zu beiden Seiten dieses Tals schwangen sich hohe, von ewigem Schnee bedeckten Berge empor, die den Hauptkamm des Nargathgebirges bildeten.

Der Blick zurück eröffnete dagegen ganz andere Aussichten. Robin konnte von hier oben den gesamten Westwald überschauen, wie er sich entlang des Halvortgebirges erstreckte. Ganz im Osten, noch bevor sich die Hügelkette der Dornberge aus dem Dunst erhob, konnte er Lindhag und die anderen Orte seiner Heimat vermuten. Nach Südosten folgte Robins Blick dem Lauf des Raduin, der in der Ferne Pern durchfloss um sich dann in den weiten Ebenen Mauritiens zu verlieren. Robin dachte an die unbeschwerten Jahre seines Studiums, doch weckten diese Erinnerungen keine Sehnsucht nach vergangenen Zeiten in ihm. Er freute sich jetzt auf eine Zukunft an der Seite Meriens, die neben ihm ritt und bisweilen ebenfalls zurück auf die herrliche Landschaft unter ihnen sah.

Der alte Lug Borgmann ritt voraus. Er schien sich nicht für schöne Ausblicke zu interessieren. Er kannte sie schon zu gut. Seine Aufmerksamkeit war auf die Straße vor ihnen und die Abhänge zu ihren Seiten gerichtet.

»Bisweilen gibt es hier Lawinen. Vor allem im Frühjahr«, erklärte er. »Doch heute kann ich keine Anzeichen von Gefahr erkennen.«

Nach ungefähr zwei Stunden wurde die Straße vor den Reitern gerade und flach. Sie hatten die unmittelbare Umgebung des Passes erreicht. Hinter einer vom Wind abgewandten Seite eines Felsblocks banden sie die Pferde und Lugs Maultier an. Robin nahm Bork die Satteltaschen ab. Dann gingen sie zu Fuß die letzten Schritte bis zu der Stelle, wo sich der Übergang über das Gebirge wie ein großes V öffnete. Der Ausblick, der sich von dort den Besuchern bot, war atemberaubend. Tief unter ihnen lag die weite, unbewohnte Nirondebene und dahinter, wie eine dunkle Barriere, das Taurongebirge.

Die Straße vor ihnen schlängelte sich in engen Serpentinen bergab. Wo sie nach wenigen Kehren hinter steilen Felsabbrüchen verschwand, stand eine kleine Schutzhütte. Sie bot Reisenden, die hier am Pass von einem der häufigen Schlechtwettereinbrüche überrascht wurden, Unterschlupf. Ab hier entzog sich die Straße in ihrem weiteren Verlauf der Sicht des Beobachters. Unten im Tal konnte Robin jedoch die Stelle sehen, wo sie sich nach Südwesten wandte und entlang der Ausläufer des Taurongebirges den grünen Tälern Esseliens zustrebte. Dort, außerhalb jeder Sichtweite, lag die Stadt Eldar am Leronsee und erst auf halber Strecke dorthin begannen wieder von Menschen besiedelte Gegenden.

Die Aufmerksamkeit der Ankömmlinge konzentrierten sich aber nicht auf die abweisende Ödnis der Nirondebene oder die sanften Hügel des freundlichen Esselien. Ihre Blicke waren nach

Westen gerichtet. Dort drüben, inmitten des düsteren Taurongebirges musste er emporragen: der rätselhafte Tarantuil, der Nebelberg, gefürchtet und bewundert von allen, die seiner je ansichtig geworden waren.

Den Berg selbst konnte man mit bloßem Auge kaum wahrnehmen, denn gut 60 Meilen waren es in gerader Linie vom hier bis zu dem Vulkankegel. Doch seine Anwesenheit war nicht zu übersehen. Eine kolossale Säule aus Wasserdampf, Rauch und Asche zeigte die Position des Kraters an, dem sie entsprang. Zuerst schmal, dann breiter werdend, stieg sie senkrecht in den Himmel, um sich dann in großer Höhe nach Nordosten zu neigen. Zumindest in dieser Höhe schien sich der Wind, der noch vor kurzem aus Osten geblasen hatte, gedreht zu haben.

»Ja, das ist er also«, sagte Lug. »Er scheint heute wieder etwas lebhafter zu sein. Als hätte ihn das Gewitter gestern Abend wachgerüttelt. Vor einigen Wochen konnte man denken, er hätte sich besonnen und würde wieder friedlich. Nur ein dünnes Rauchwölkchen war da zu sehen. Kein Vergleich zu dem heftigen Rumoren im letzten Herbst und im Dezember des vergangenen Jahres. Doch so geht es nun bereits seit drei Jahren: einmal zahm, dann wieder wild. Allerdings scheinen sich die wilden Episoden zu häufen.«

An der höchsten Stelle des Passes, nahe am Weg, setzten sie sich auf einen schneefreien Steinblock. Merien zog ein Tuch hervor und legte darauf etwas von dem mitgebrachten Proviant. Als sie erneut in die Satteltaschen griff, hielt sie das Futteral mit dem Messingrohr in der Hand.

»Oh - das hätten wir doch beinahe vergessen«, sagte sie. »Ich glaube die Gelegenheit ist jetzt gekommen, dieses angebliche Wunderwerk auf seine Fähigkeiten zu überprüfen.« Sie zog das Instrument aus der Hülle, drückte den kleinen Knopf und ließ die beiden Deckel des Rohres abspringen. Dann richtete sie es auf die Kette des Taurongebirges und schaute hindurch.

»Merkwürdig«, sagte sie, während sie das Rohr an beiden

Enden behutsam auseinander zog. »Dies ist ein erstaunliches Instrument. Man sieht alles sehr klar, doch in weite Ferne gerückt.«

»Möglicherweise hilft es, wenn du das Rohr umdrehst und von der anderen Seite hineinsiehst«, bemerkte Robin im Scherz. Lug schüttelte den Kopf über diese vermeintliche Spielerei der beiden.

Auch Merien musste lachen, doch sie befolgte Robins Vorschlag. Es folgte eine lange Minute des Schweigens.

»Nun, was ist?«, fragte Robin ungeduldig. »Kannst du jetzt etwas erkennen?«

»Ja, das kann ich«, sagte Merien und ihre Stimme hatte einen fast andächtigen Klang. »Es ist kaum zu glauben! Doch sieh selbst.«

Sie gab Robin das Rohr. Er setzte es an und was er sah, übertraf seine kühnsten Erwartungen. Vor ihm breitete sich das Taurongebirge aus und es erschien ihm, als müsse er nur wenige Schritte tun, um mittendrin zu stehen. Von Gipfel zu Gipfel ließ er seinen Blick schweifen. Dann erblickte er ihn: den Nebelberg – so nah, wie noch nie zuvor. Sein schrundiger Kraterrand war deutlich zu erkennen. Robin hatte den Eindruck, als ob feurige Zungen seinem Schlund entsprängen und die Rauchsäule in seinem Innern rot erleuchteten.

»Ich habe zwar schon viel vom Tarantuil gehört und gelesen«, sagte Robin und reichte das Glas an Merien zurück, »aber nie davon, dass dieser Berg auch Feuer speien würde.«

»Das ist auch nicht möglich«, wandte der Klausner ein. »Asche, Rauch und Dampf: Ja! Aber Feuer? Davon wurde nie berichtet. Auch nicht von Leuten, die schon dort waren und hineingesehen haben.«

»Aber auch ich sehe es ganz deutlich«, sagte Merien aufgeregt. »Und jetzt ergießt sich ein rotglühender Strom über die uns zugewandte Flanke des Berges.«

Sie reichte das Rohr an den Klausner. Der sah hindurch und erstarrte. In diesem Moment schoss eine Fontäne aus glühendem

Gestein in den Himmel. Lug ließ das Rohr fallen und bedeckte beide Augen mit den Händen. Auch Robin und Merien mussten wegsehen. Gleißend helles Licht ließ die Strahlkraft der Sonne erblassen. Dann schleuderte der Tarantuil eine gigantische Wolke aus Rauch und Asche empor. Als gewaltig quellendes Bündel von auf den Kopf gestellten Kaskaden stieg sie höher und höher, bis die vor Schreck stummen Betrachter die Köpfe in den Nacken legen mussten, um die Ausmaße dieser schaurigen Erscheinung überblicken zu können. Und je höher sie stieg, desto mehr breitete sie sich aus. Wie ein Flaschengeist, der nach Jahrhunderten des Wartens aus seinem engen Gefängnis befreit wurde.

Gebannt und unfähig jeder Reaktion starrten die drei auf das vor ihnen wie auf einer riesigen Bühne stattfindende Schauspiel.

»Dies ist das Ende«, sagte der Klausner schließlich mit tonloser Stimme und sank in sich zusammen.

»Nicht, wenn wir uns in Sicherheit bringen, solange es noch möglich ist«, antwortete Robin. Des Klausners mutlose Geste hatte ihn aus seiner Schockstarre gerissen und seine Beschützerinstinkte geweckt. Er konnte wieder klare Gedanken fassen. Und ihm wurde bewusst, dass das ganze Geschehen bisher völlig lautlos abgelaufen war. Jetzt drangen Geräusche an sein Ohr. Doch sie kamen nicht aus der Richtung des Vulkans. Robin zupfte Lug am Ärmel und deutete nach unten. Die Tür der Schutzhütte stand offen.

Auf halbem Weg zwischen Hütte und Pass stürmten etwa ein Dutzend Männer vorwärts und versuchten unter Aufbietung aller Kräfte die Höhe des Passes zu erreichen.

›Noch mehr Leidensgenossen‹, dachte Robin. Er wollte schon winken, doch dann sah er, dass die Männer teils Schwerter, teils Bögen in den Händen hielten. Die Gruppe kam schnell näher und Robin konnte jetzt ihr Äußeres erkennen. Es waren große und kräftige Gestalten. Sie hatten wilde Bärte und lange Haare und trugen bunte, bestickte Gewänder. Darüber Mäntel aus zotteligem Fell. Ihre Nasenrücken zierte ein weißer Streifen.

Einige trugen Helme, die über die Augenpartie ragten, und einige Schilde, auf denen ein weißer Kreis prangte.

»Bethun aus dem Nordreich!«, stieß Lug zwischen den Zähnen hervor. »Ich kenne diese Burschen vom Hörensagen. Lasst uns fliehen!«

Schon schwirrte ein Pfeil durch die Luft und zerschellte nur zwei Fuß neben Robin an einem Felsen.

»Schnell! Zu den Pferden!«, rief Robin. Lug rannte sofort los. Merien hinter ihm drein. Robin warf sein Waffenbündel über. Dann ergriff er die Satteltaschen und das Fernrohr, welches vor ihm im Schnee lag und folgte Merien. Schon ereilte der erste Pfeilhagel die Flüchtenden. Zwei Pfeile prallten an Robins Panzerhemd ab. Einer flog weiter und bohrte sich in Lug Borgmanns Rücken. Lug strauchelte und fiel auf der Höhe eines großen Findlings flach aufs Gesicht. Robin stieß Merien hinter den Felsen, packte den Klausner an der Jacke und schleppte ihn hinter die steinerne Deckung.

›Jetzt gilt es!‹, dachte Robin. Bereits hörte er den pfeifenden Atem der Verfolger. Er griff über seine Schulter und zog Thorndil aus der Scheide. Dann sprang er hinter dem Stein hervor und warf sich dem ersten Angreifer entgegen. Der hatte bereits seinen Bogen im Anschlag.

»Torn Murnir![6]«, zischte er und schoss. Robin spürte den Aufprall des Pfeils auf seiner linken Brustseite doch spürte er keinen Schmerz. Im gleichen Augenblick sauste Thorndil herab und spaltete Helm und Kopf des Kriegers. Robin tauchte unter dem stürzenden Körper hinweg und traf dessen Nachfolger in den Rücken, so dass dieser ebenfalls zu Boden sank. Dann drehte er sich blitzschnell wieder hinter den schützenden Felsen, um die nächsten Gegner zu erwarten.

Zum Nachdenken über die Ausweglosigkeit seiner und Meriens Lage kam Robin nicht. Denn im gleichen Augenblick ließ eine Druckwelle die Luft erzittern. Ihr folgte ein gewaltiger

---

[6] »*Stirb du!*« übersetzt aus der Sprache der Bethun.

Donnerschlag und diesem ein ohrenbetäubendes, lang anhaltendes Grollen, welches die gesamte Felsenlandschaft um sie herum zum Vibrieren brachte. Steine lösten sich an den steilen Felshängen zu beiden Seiten des Passes und stürzten krachend in die Tiefe.

Als sich das Inferno beruhigt hatte, riskierte Robin einen Blick um die Ecke des Felsens. Außer den beiden Toten lagen noch zwei weitere Verfolger in einiger Entfernung auf dem Weg. Ob sie tot, betäubt oder nur vor Angst erstarrt waren, konnte Robin nicht beurteilen. Von den anderen war nichts zu sehen.

»Schnell, lauf hinunter zu den Pferden! Ich kümmere mich um Lug«, rief Robin Merien zu, die zitternd an der Flanke des Felsens kauerte. Doch Merien rührte sich nicht. In der Hand hielt sie Tarils Geschenk: das Messer mit dem Emailgriff.

»Beeil dich, und im Falle, dass ich nicht in wenigen Augenblicken bei dir bin, reite los!« Robins Stimme klang flehentlich, als er Merien hochzog, sie an sich drückte und dann von sich schob. Merien blickte ihn angstvoll an.

»Nein!«, sagte sie entschlossen. »Entweder gehen wir alle, oder keiner von uns.« Sie beugte sich über Lug. Der Klausner lehnte mit einer Schulter an der Felswand. Der Pfeil in seinem Rücken war abgebrochen. Er hatte die Augen geschlossen und röchelte. Als Merien ihn berührte, öffnete er mühsam die Lider. Seine Stimme klang stockend und drang nur schwach durch den sie umgebenden Lärm.

»Bringt Euch in Sicherheit und lasst mich hier, Fräulein Merien. Mir könnt Ihr nicht mehr helfen und auf mich wartet auch niemand. Aber kümmert Euch bitte um Clothilde.«

Sein Blick erstarrte und ein Schwall hellen Blutes drang aus seinem Mund. Robin drückte dem Alten die Augen zu. Dann warf er sich die Satteltaschen über die Schulter, nahm Merien an der Hand und sie liefen los. Als er zu der Stelle kam, wo sie die Tiere zurückgelassen hatten, war von Birit und dem Maultier nichts mehr zu sehen. Nur Bork war noch da. Das verängstigte

Tier schwitzte und stampfte, aber es harrte aus. Als er seinen Herrn sah, beruhigte sich der Hengst etwas. Robin konnte die Zügel lösen und sich auf seinen Rücken schwingen. Er zog Merien vor sich in den Sattel und sie galoppierten talwärts.

Nach kurzer Zeit ließ Robin Bork in schnellen Trab fallen. Zu groß war die Gefahr, dass das Tier stürzte und sie damit ihrer Fluchtmöglichkeit beraubte. Robin und Merien sprachen nicht. Denn tief saß ihnen der Schock des gerade Erlebten in den Gliedern.

Obwohl es erst kurz vor Mittag sein mochte, war der Himmel über ihnen so dunkel, als wäre bereits der Abend hereingebrochen. Robin hielt Merien im Arm und wild kreisten seine Gedanken zwischen Hoffnung und Verzweiflung.

Nach etwas mehr als einer Stunde erreichten sie die Klause. Hierhin hatten sich Meriens Stute Birit und Lugs Maultier geflüchtet. Zitternd standen sie am Brunnentrog hinter dem Stall. Robin und Merien hielten sich nicht lange auf. Sie ließen Bork trinken und Robin füllte die verbliebene Wasserflasche. Die Klause selbst war verschlossen. Sie hätte ihnen jetzt sowieso keinen Schutz mehr gewähren können. Das Gepäck war ersetzbar und ihre wichtigsten Sachen sowie etwas Proviant hatten sie bei sich. Sie entschlossen sich deshalb zur sofortigen Fortsetzung ihrer Flucht und saßen auf. Den gefährlichen Quellsteig ließen sie linker Hand liegen und folgten der breiteren Straße. Das Maultier des toten Klausners trottete hinterdrein.

Robin sah auf seine Taschenuhr. Es ging auf halb zwei Uhr nachmittags zu. Eine gespenstische Dämmerung umgab die beiden, als sie sich die endlosen Kehren der Straße hinab ins Tal bewegten. Nach Westfurt würden sie es heute kaum mehr schaffen. Es sei denn, sie würden die Nacht durchreiten. Die Luft um sie war merklich abgekühlt und die Pferde hatten aufgehört zu schwitzen. Die gleichmäßige Bewegung hatte ihre Nervosität gelindert und ihre Körperwärme normalisiert.

Nach etlichen Stunden des Abstiegs begann Asche nieder zu rieseln. Zuerst nur wenige Flocken, dann ein feiner, grauer Ascheregen, der sich auf der Kleidung der Reiter und dem Fell der Pferde festsetzte und die Atmung erschwerte. Schließlich begann es zu regnen. Zum Erleichterung von Mensch und Tier, denn der Regen wusch die Asche aus den niederen Luftschichten. Doch die Dunkelheit blieb. Je weiter Robin und Merien hinunter ins Tal kamen, umso mehr fiel die Anspannung von Robin ab und machte einer tiefen Niedergeschlagenheit Platz. Merien schien es ähnlich zu gehen. Beide sprachen kaum ein Wort.

Die Geröllhalden der Hochgebirgsregion waren üppigen Bergwiesen gewichen, deren saftiges Gras von einem grauen Schleier bedeckt wurde. Vereinzelte Gruppen von Bergkiefern, die sonst mit ihrem buschig grünen Nadelzweigen das Auge erfreuten, wirkten wie graue Schatten in einem gespenstischen Halbdunkel. In der Ferne rollte das dumpfe Grollen des Tarantuil. Von Zeit zu Zeit flackerten helle Lichter über die jetzt dunkle Silhouette des Nargathgebirges, wie das Wetterleuchten eines abziehenden Gewitters. Vom Waldrand unter ihnen drangen die hellen, abgehackten Schreie eines Habichts herauf. Robin zügelte Bork und hob die Hand. Er deutete auf einen hellen Fleck, der sich auf einer Bergwiese in der Nähe der Straße abzeichnete. Er stieg ab, gab Borks Zügel Merien und ging hin. Es waren die Federn einer Taube. Mittendrin lag ein kleines Röhrchen. Robin hob es auf und zog einen Zettel heraus. Es war die Nachricht des Klausners.

»Auf eine Schwertläufer-Patrouille hätten wir vergeblich gewartet«, sagte Robin, als er zurückkam und Merien das Röhrchen mit dem Zettel zeigte.

»Dann werden wir diese Nachricht überbringen und ihre Erklärung gleich dazu.«, sagte Merien. Robin nickte und stieg auf.

Als sie in das Meer der hohen Nadelbäume eintauchten, war es, als ritten sie in einen Tunnel. Der spärliche Rest des Tages-

lichts schwand nun rasch und machte einer nahezu undurch-
dringlichen Dunkelheit Platz. Es begann stärker zu regnen.

»Ich wünschte, wir hätten so etwas wie Boffos Kerzenlaterne
dabei«, sagte Robin. »Man sieht kaum noch die Hand vor Augen.«

»Haben wir aber nicht«, wandte Merien ein. »Wir werden uns
wohl oder übel ein Nachtlager suchen müssen.«

»Wenn ich mich recht erinnere, dann gibt es nach der nächsten Straßenbiegung einen Unterstand für Waldarbeiter«, sagte
Robin. »Bis dorthin können wir es noch schaffen.«

Die Pferde schnaubten unruhig und tasteten sich zögernd
durch das immer dichter werdende Dunkel. Schließlich mussten
Robin und Merien absteigen und die Tiere führen.

»Warte einen Augenblick!«, sagte Robin. Ihm war etwas eingefallen. Er griff in seine Satteltasche, wo er in einem Seitenfach
einige persönliche Dinge verwahrte. Von dort zog er einen kleinen Gegenstand heraus und legte ihn auf seine flache Hand. Ein
fahlsilbernes Licht breitete sich aus. Nicht sehr stark, doch ausreichend um die nächste Umgebung zu erleuchten.

»Ich habe ihn am Ortulinpass erbeutet. Vom einem der Kaurokkrieger«, erklärte Robin. »Boffo meint, es wäre ein Sirgenstein
und stamme aus den Ruinen von Bahor. Es heißt, er hätte magische Kräfte, doch wären sie von guter Natur. Was er sonst noch
alles kann weiß ich nicht, doch im Moment kann er uns nützen.«

Mit Hilfe des leuchtenden Steins kamen sie besser voran, obwohl sie die Pferde weiterhin führen mussten. An der nächsten
Biegung der Straße tauchte im schwachen Lichtkegel ein Schild
am Wegrand auf. Robin hielt den Stein empor.

»Nach Westfurt vier Meilen«, las er vor. »Das ist zu weit für
heute. Es ist jetzt kurz vor neun Uhr. Wir würden etliche Stunden benötigen. Der Sirgenstein kann diese Dunkelheit kaum
noch durchdringen, und ...«

»Dort vorne ist etwas, das wie ein Dach aussieht«, unterbrach
ihn Merien. »Vielleicht ist es der Unterstand, von dem du
sprachst.«

Sie führten die Pferde die wenigen Schritte bis zu der besagten Stelle. Vor ihnen am Straßenrand erhob sich die Silhouette einer Art Hütte. Tatsächlich aber war es nur ein schräges Dach mit zwei Seitenwänden und einer Rückwand. Doch hatte diese Konstruktion einen Holzboden und darinnen stand ein Tisch und eine Bank.

»Besser als nichts«, sagte Merien, denn der Regen hatte weiter zugenommen. Robin legte den Sirgenstein auf den Tisch. Sie nahmen den Pferden die Sättel ab und warfen ihnen die Decken aus Elmbruck über. Nur Clothilde, Lugs Maultier, schien der Regen nichts auszumachen. Es war froh über die Gesellschaft Borks und Birits und folgte den beiden auf Schritt und Tritt. Die Pferde ließen sich von ihrem Geruchssinn leiten und begannen damit, einige nasse Grashalme in der Nähe zu suchen.

Robin und Merien brachten ihre wenigen Habseligkeiten ins Trockene. Dann hüllten sie sich in ihre Elmenmäntel und kauerten sich auf der Bank aneinander. Sie hatten eine volle Wasserflasche und Robin kramte die restlichen Vorräte aus den Satteltaschen: ein wenig kalten Braten, Schinken und Käse und etwas Fladenbrot. Er breitete alles auf einem Tuch aus und goss Wasser in einen Becher.

»Glaubst du, die Bethun verfolgen uns?«, fragte Merien nach einer Weile. Ihre Stimme klang ängstlich und ihre Hand zitterte, als sie den Becher an ihre Lippen führte.

»Nein«, antwortete Robin. »Ihre Zahl war zu gering um sich ins Tal wagen zu können. Zudem sind sie geschwächt. Zur Klause werden sie wohl vordringen, doch nicht weiter.«

»Warum sie wohl gerade jetzt in unser Land eindringen? Den Ausbruch des Tarantuil konnten sie wohl kaum vorhersehen.«

»Die Gründe ihrer Anwesenheit kann auch ich nur vermuten. Ich denke, dass sich die Lebensbedingungen im Nordreich in den letzten Jahren verschlechtert haben. Möglicherweise viel stärker als bei uns. Deshalb sind diese Völker auf der Suche nach neuen Lebensräumen. Und die wollen sie mit Gewalt erobern. Die Gruppe, mit der wir es heute zu tun hatten, waren wohl

Kundschafter. Eine Art Vorauskommando. Ich befürchte, weitere werden folgen – und möglicherweise in großer Zahl.«

»Dann stehen uns schlimme Zeiten bevor«, sagte Merien. »Vor einigen Tagen bei Merit und Taril im Rauquelltal klang alles noch so hoffnungsvoll und unsere Zukunft schien vielversprechend. Doch nun frage ich mich, ob es überhaupt noch Sinn macht, etwas gegen diesen Berg zu unternehmen. Ich meine, was die Pläne Boffos betrifft. Ich befürchte fast, dass es mit dem heutigen Tag bereits zu spät ist.«

»Kleinmut und Selbstzweifel sind schlechte Ratgeber.« Robin versuchte, zuversichtlich zu klingen. »Irgendjemand wird zumindest versuchen müssen, etwas zu unternehmen. Ob es erfolgreich sein wird, kann auch ich nicht sagen. Dies wird erst die Zukunft zeigen.«

Noch während er sprach, keimte ein Gefühl von Stärke und Entschlossenheit in ihm auf. Er griff sich an die Brust, wo die Tiriphe hing und ihm wurde klar, dass dieses Gefühl von ihr ausging.

Merien schmiegte sich an seine Schulter. Durch die Berührung ihrer Körper schien sich die beruhigende Wirkung der Tiriphe auch auf sie zu übertragen, denn sie zitterte nicht mehr. Robin steckte den Sirgenstein ein. Augenblicklich umfing sie pechschwarze Dunkelheit und sie fielen in einen leichten Schlummer.

In dieser Nacht wachte Robin mehrmals auf. Die Bank in der Hütte war hart und unbequem und seine linke Brustseite schmerzte. Auch Merien neben ihm schlief unruhig. Er lauschte. Es hatte aufgehört zu regnen. Außer dem fernen Donnern des Tarantuil und dem leisen Schnauben der Pferde in der Nähe war nichts zu hören. Als der erste Schimmer fahlen Lichts durch die Bäume drang, erhoben sich beide. Robin versuchte die Pferde zu satteln. Doch die Schmerzen in seiner linken Seite, dort, wo ihn der Pfeil des Bethunkriegers aus nächster Nähe getroffen hatte, wurden nahezu unerträglich. Merien tastete die Stelle ab.

»Ich befürchte, der Pfeil hat mindestens eine deiner Rippen

zerbrochen. Bis wir zuhause sind, wirst du die Zähne zusammenbeißen müssen.«

»Das ist das kleinere Übel«, erwiderte Robin. »Doch bin ich dem armen Lug unendlich dankbar. Nur, weil er diese Spuren am Pass erwähnte, habe ich mich gestern früh entschlossen, mein Panzerhemd anzuziehen.«

»Zu unserer beider Glück«, sagte Merien. »Keiner von uns wäre sonst mehr am Leben.« Sie sattelte die Pferde fertig und packte die wenigen Habseligkeiten der beiden zusammen.

Die Straße nach Westfurt verlief jetzt eben und meist gerade. Gegen sieben Uhr morgens erreichten sie die Kreuzung, an der die Waldstraße von Norden her in die Weststraße einmündete und von dort weiter nach Süden führte. Dieser Straße folgten sie.

Als sie nach Westfurt kamen, bot sich ihnen ein trostloses Bild. Es hätte längst heller Tag sein müssen. Stattdessen lag immer noch trübe Dämmerung über der Stadt. Durch die Straßen eilten verstörte Menschen, bildeten an den Ecken der Häuser kleine Gruppen und redeten aufgeregt miteinander. Misstrauisch musterten sie Robin und Merien, als diese vorbeiritten. Sie ahnten wohl die Ursache der Katastrophe, doch keiner wusste etwas Genaues.

Robin schlug den direkten Weg zur Schwertläufergarnison ein. Vor dem Tor herrschte aufgeregte Geschäftigkeit. Offensichtlich war man gerade dabei, eine Expedition zusammenzustellen.

»Bitte bring uns zu eurem Kommandanten!«, sprach Robin einen der jungen Schwertläufer an, der gerade vorbeieilte.

»Ihr kommt zu einem ungünstigen Zeitpunkt, Herr«, antwortete der junge Mann. »Der Kommandant ist gerade im Aufbruch zum Tirionpass begriffen. Wie Ihr Euch unschwer denken könnt, gibt es momentan Wichtigeres zu tun, als Gespräche zu führen.«

»Genau von diesem Ort kommen wir gerade.« Robin blieb ganz ruhig. »Und unsere Nachrichten sind wichtig genug. Sag Herrn Mero Bruhin, Robin Rob möchte ihn sprechen.«

Diesen Namen hatte der junge Schwertläufer mehr als einmal

gehört. Er verbeugte sich kurz und rannte los. Wenig später kam er zurück.

»Der Kommandant erwartet Euch. Bitte folgt mir.«

Sie führten die Pferde unter einem wuchtigen Fallgitter hindurch in den Torbau der Westfurter Schwertläuferakademie. Genau wie in Dornburg nannte man diese Einrichtung auch hier einfach nur die *Siola*, die Schule. Doch glich sie einer Zitatelle mehr als einer Lehranstalt oder Kaserne, obwohl sie beides unter einem Dach vereinte. Allein schon ihre trutzigen, mit Zinnen und kleinen Türmchen bewehrten Mauern mussten jedem fremden Besucher Respekt einflößen. In ihrem Inneren gruppierten sich Stallungen, Wirtschafts- und Kasernengebäude um einen vierseitigen Hof. Die diesem zugewandten Gebäudeseiten waren zweistöckig und durch umlaufende, nach innen offenen Säulengalerien gegliedert. Eine Ausnahme bildete ein Flügel an einer der Schmalseiten des Hofs. Ihn zierte ein mit Steinmetzarbeiten geschmückte Fassade. Es war der Wohnbau für die Offiziere und die Ausbilder.

Von dort, auf einer überdachten Treppe, kam ihnen Mero Bruhin entgegen. Robin kannte ihn gut. Auch nach dem Ende seiner Schwertläuferzeit waren die beiden freundschaftlich verbunden geblieben.

»Robin, was führt dich zu uns, inmitten dieses Durcheinanders«, rief Mero bereits von weitem. Als er herangekommen war, begrüßte er zuerst Merien und umarmte dann Robin. Dann winkte er einem Stallburschen, der die Pferde und das Maultier in Empfang nahm.

»Kommt herein«, sagte Mero. »Ich habe nur wenig Zeit. Eigentlich gar keine. Doch wie ich hörte, kommt ihr direkt vom Pass.«

»Ja, und wir bringen leider sehr beunruhigende Kunde«, antwortete Robin, als sie in das Innere des Gebäudes gingen. »Wie man sicher auch hier vermutet, ist der Tarantuil gestern ausgebrochen. Genau gesagt, gegen halb zwölf Uhr am Vormittag.

Die Explosion war gewaltig, beinahe unbeschreiblich für jeden, der es nicht selbst erlebt hat. Doch wir waren dabei und haben alles mit eigenen Augen gesehen. Zum Glück für die Elegier zieht die Aschewolke derzeit nach Nordosten. Doch augenscheinlich hat der Tarantuil seine unheilvolle Fracht auch bis in große Höhen geschleudert. Dort breitet sie sich aus und verursacht die Dunkelheit, die uns jetzt umgibt. Ich fürchte, sie wird uns nicht mehr so schnell verlassen.«

Sie waren in eine Art Empfangsraum gekommen. Mero bat die Gäste an einen Tisch und gab einem Bediensteten den Auftrag, sich um die Bewirtung der Ankömmlinge zu kümmern. Die geschäftige Unruhe, die er noch vor wenigen Augenblicken verbreitet hatte, war von ihm gewichen. Robins Schilderung hatte ihn sichtlich beeindruckt.

»Dann wart ihr die einzigen Augenzeugen dieses Geschehens?«

»Nein! Der alte Lug Borgmann war ebenfalls dort. Doch wird er nichts mehr berichten können. Er ist tot und liegt noch unbegraben am Pass.«

Mero war bestürzt. »Wie konnte das passieren? Der Berg ist doch so weit entfernt.«

»Nicht der Ausbruch des Vulkans hat ihn getötet. Zur gleichen Zeit überschritten fremde Eindringlinge die Grenze am Tirionpass. Nach Meinung des Klausners waren es Bethun aus dem Nordreich. Nur eine Vorhut – zehn oder zwölf Mann. Sie griffen uns an und es kam zum Kampf. Der alte Lug ist gefallen, wie auch zwei von den Bethun. Wir konnten mit knapper Not entkommen.«

»Auch das noch.« Mero Bruhin rieb sich den Bart. Er wirkte ziemlich ratlos. »Eindringlinge am Tirionpass. Noch dazu Bethun. Und niemand hier ahnte etwas davon.«

»Der einzige, der etwas ahnte, war der Klausner selbst«, fuhr Robin fort. »Möglicherweise hätte sein Tod verhindert werden können. Wenn ihr seine Nachricht erhalten hättet. Denn bereits vor einigen Tagen wurden Spuren am Pass gesichtet. Doch die

Taube erreichte ihr Ziel nicht.«

Robin reichte Mero den Zettel. Der überflog ihn.

»Die friedliche Zeit der Schwertläufer in Westfurt scheint vorüber zu sein«, sagte er dann. »Wir werden sofort aufbrechen.«

Der Kommandant gab Anweisungen an zwei Schwertläufer, die sich mit im Raum befanden.

»Ich muss euch jetzt verlassen«, sagte er. »Vielleicht treffen wir die Eindringlinge noch an. Jedenfalls werden wir dafür sorgen, dass der alte Lug ein anständiges Begräbnis erhält. Vielen Dank für deine Hilfe, Robin. Auf Wiedersehen, Fräulein Merien!«

Er eilte davon. Bevor er den Raum verließ, drehte er sich noch einmal um. »Lasst euch Zeit mit dem Frühstück! Ich habe Anweisungen gegeben, euch alle Wünsche zu erfüllen, die in unseren Möglichkeiten liegen. Auch für eure Pferde und Lugs Maultier wird gesorgt.« Damit war Mero Bruhin verschwunden.

Obwohl Robin und Merien seit dem letzten Morgen wenig gegessen hatten, wollte sich bei beiden nur wenig Appetit einstellen. Robin war unruhig und drängte zum Aufbruch.

»Es ist noch ein langer Weg bis Blechhammer«, sagte er. »Und ich bin mir nicht sicher, ob ihn die Pferde heute noch schaffen.«

»Zumindest werden wir heute noch Walddorf erreichen«, sagte Merien. »Dort können wir bei Onkel Carol und Tante Ofelia in der Post übernachten. Ich sehne mich nach einem Bad und frischer Kleidung.«

Sie schickten nach den Pferden. Der Küchenmeister gab ihnen Proviant und Getränke mit auf den Weg. Clothilde, Lugs treues Maultier, ließen sie in Westfurt zurück.

Wie es ihr Name nahelegte, führte die Weststraße in beinahe gerader Linie von West nach Ost am Rande des Westwalds entlang. Nach Süden hin erstreckten sich Felder und Wiesen und von Zeit zu Zeit zeigte sich ein Bauerngehöft. Wenn sich der

Dunst in seltenen Momenten ein wenig verzog, konnte man weit im Süden, wie die Kulisse eines Schattentheaters, die hügelige Linie der Blauberge sehen. Zu normalen Zeiten war dies eine der lieblichsten Gegenden Fornlands. Doch heute erschien alles grau und trostlos. Selbst das Grummeln des Tarantuil war jetzt nicht mehr zu hören. Es herrschte absolute Stille. Kein Vogel sang und kein Insekt summte. Nur das Hufgeklapper der Tiere hallte gespenstisch, wenn ihre Reiter sie zum Traben ermunterten. Reisende schienen die Straße an diesem Tag zu meiden. Nur wenige Fuhrwerke und ein Postreiter begegneten den Heimkehrenden.

Am frühen Nachmittag drang gleichförmiges Rauschen an die Ohren der Reiter und wenig später tauchte die Weißwasser neben der Straße auf. Das vertraute Geräusch des Flusses vermittelte den Reisenden wieder heimatliche Gefühle und die Tiere waren dankbar für eine kurze Rast und einen Schluck Wasser. Dann nahmen Robin und Merien das letzte Wegstück bis nach Walddorf in Angriff. Als sie gegen acht Uhr abends dort eintrafen, hatten die Schatten des Tarantuil den westlichen Himmel vollständig verhüllt. Von dort, wo zu normalen Zeiten die Sonne zu stehen pflegte, bevor sie unterging, kam nur ein matter Schimmer. Der Rest war Dunkelheit.

Carol Arisel, Meriens Onkel, betrieb in Walddorf die Poststation. Wie zu jenen Zeiten üblich, war daran ein komfortables Wirtshaus angeschlossen. Das großzügige, um einen geräumigen Innenhof gruppierte Anwesen lag gleich am Ortseingang und bestand aus besagtem Wirtshaus, dem Postgebäude, mehreren Stallungen und einem Gästehaus. Die Post, wie man sie schlicht nannte, war die größte Herberge der Umgebung. Hier konnte man übernachten, gut essen und nötigenfalls die Pferde wechseln.

Da es an der Kreuzung zweier Hauptstraßen lag, war das Gasthaus stets gut besucht. Und dass dies heute noch mehr als sonst der Fall war, konnte Robin an den zahlreichen erleuchteten

Fenstern erkennen. Als sie in den Innenhof ritten, fiel den Ankömmlingen sofort eine ganze Reihe von Kutschen auf, die unter dem Vordach der Wagenremise abgestellt waren.

»Ich frage mich, welche Art von Versammlung heute Abend hier stattfindet. Und das unter diesen Umständen. Hoffentlich bekommen wir überhaupt noch einen Platz zum Übernachten.«

»Bei Onkel Carol wird für uns immer etwas frei sein«, entgegnete Merien, »selbst wenn es in seiner eigenen Wohnung sein sollte.«

Sie war abgestiegen und zog an der Klingelstange neben dem Haupteingang. Im Inneren des Gebäudes hörte Robin den gedämpften Anschlag einer Glocke. Wenig später wurde die Tür geöffnet. Eine untersetzte Gestalt mit weißer Schürze erschien. Die Laterne in ihrer Hand erleuchtete ein bärtiges Gesicht mit großer Nase, kleinen, freundlichen Augen und einem Mund, der wie ein kreisrundes Loch offen stand.

»Hallo, Onkel Carol«, sagte Merien. »Wie ich dir ansehe, hast du nicht mit unserem Besuch gerechnet.«

»Genau das Gegenteil ist der Fall«, antwortete der Mann und ein Lächeln breitete sich auf seinem Gesicht aus. »Endlich seid ihr hier. Wir haben uns bereits große Sorgen um euch gemacht.«

Er lief auf Merien zu und umarmte sie. Dann gab er Robin die Hand.

»Guten Abend Herr Arisel«, sagte Robin. »Ihr müsst Hellseher sein, wenn Ihr unsere Ankunft ahntet.«

»Ganz Lindhag und mittlerweile sicher auch halb Walddorf weiß davon«, entgegnete der Wirt. »Im Übrigen kannst auch du mich Onkel Carol nennen, wenn du möchtest. Wenn es stimmt, dass Merien und du mittlerweile so gut bekannt seid, wie man allgemein hört.« Er zwinkerte mit einem seiner kleinen Äuglein. Dann rief er Barthold, den Stallknecht, damit der sich um die Pferde und das Gepäck der beiden kümmerte.

»Viel habt ihr ja nicht dabei, für eine so lange Reise«, sagte er und hielt die Tür auf. »Doch kommt erst mal rein. Die anderen werden schon ungeduldig sein.«

»Welche anderen?«, fragte Robin. Der Wirt hatte die Frage wohl überhört. Er ging mit der Laterne voraus und öffnete die Tür eines Nebenzimmers. Gedämpftes Licht und leise Unterhaltung drangen aus dem Raum. Als sie eintraten, blieb Robin beinahe die Luft weg. Weniger wegen des Tabakrauches, der den Raum durchzog, sondern vor Überraschung.

Denn um einen großen Tisch saßen sein Vater Randolf und Onkel Birker, Meriens Vater Baldur, Sigbert Klingsporn und sein Sohn Lorin, Raul Thorson und Boffo.

»Ihr – alle hier!«, konnte Robin nur sagen, bevor er von seinem Vater umarmt und auf einen Stuhl gedrückt wurde.

»Natürlich sind wir hier«, sagte Randolf. »Ihr werdet doch wohl nicht glauben, dass ihr eure Erlebnisse haarklein dem Kommandanten von Westfurt erzählen könnt, und wir in Lindhag nichts davon erfahren. Mero Bruhin hat selbstverständlich sofort eine Taube an Raul Thorson abgefertigt. Und die ist auch gut angekommen. Bereits heute Vormittag. Schon seit geraumer Zeit warten wir hier wie auf glühenden Kohlen, um euch endlich zu sehen.«

»Na, dann seid ihr ja schon voll im Bilde und ich brauche nicht mehr so viel zu erzählen«, sagte Robin erleichtert.

»Doch, das wirst du«, mischte sich Boffo ein. »Und zwar jede Einzelheit. Natürlich erst, nachdem ihr etwas Anständiges gegessen habt.«

Onkel Carol und Tante Ofelia stellten gerade Teller und vorbereitete Schüsseln mit dampfendem Braten, Kartoffeln und Gemüse auf den Tisch. Die Anwesenden widmeten sich der Mahlzeit und die Wiedersehensfreude verdrängte die Bestürzung über die schrecklichen Ereignisse.

Nach dem Essen zog sich Merien zurück, um ihr ersehntes Bad zu genießen. Dabei wurde sie von Tante Ofelia umsorgt, die sie mit frischer Wäsche und allen anderen vermissten Dingen des täglichen Komforts versah.

Währenddessen begann Robin alle Einzelheiten der Erlebnisse am Tirionpass einer ebenso faszinierten wie erschrockenen

Zuhörerschaft zu erzählen. Und je mehr er das Erlebte mit den ihm vertrauten Personen teilte, desto leichter wurde ihm ums Herz.

Zehntes Kapitel

Der Rat der Unentschlossenen

Seit der Rückkehr von Robin und Merien in das Hochquelltal war kaum ein Tag vergangen, an dem nicht neue, beunruhigende Nachrichten von den Landesgrenzen Elegiens und aus Thornland in Lindhag und Umgebung eingetroffen waren.

Anstatt der Klause am Quellsteig hatten die Schwertläufer aus Westfurt nur noch eine verkohlte Ruine vorgefunden. Die wenigen Gegenstände von Wert, einschließlich Robins und Meriens Gepäck, hatten die Bethun mitgenommen. Selbst von der Ziege des alten Lug hatten sie nur den Kopf zurückgelassen. Den Spuren nach zu urteilen, hatten sie sich wieder über den Tirionpass zurückgezogen. Die Leiche des toten Klausners war unberührt geblieben. Die Schwertläufer hatten ihn in der Nähe seiner zerstörten Heimstatt begraben.

Das Erscheinen der Eindringlinge am Tirionpass mutete jedoch bald wie eine Begebenheit am Rande an. Denn zum gleichen Zeitpunkt, aber in viel größerer Zahl, waren die Bethun in Thornland eingedrungen. Von einer gewaltigen Horde von Kämpfern wurde berichtet. Mit einem noch größeren Tross aus Angehörigen ihrer Sippe, Wagen, Karren, Zug-, Reit- und Schlachttieren. Und es gab deutliche Anzeichen dafür, dass sie – ebenso wie die Kaurok – die Ruinen von Bahor als ihren Stützpunkt ausersehen hatten.

Robin hatte bei seiner Ankunft in Lindhag eine völlig andere Welt angetroffen, als diejenige, die er verlassen hatte. Nicht nur, dass der Ausbruch des Tarantuil die Bewohner in einem Zustand fortwährender Angst versetzt hatte. Die gewohnten Abläufe des täglichen Lebens waren völlig durcheinander geraden. Die ständige Dämmerung bedrückte die Menschen und hemmte sie in ihren Tätigkeiten. Auch das Vieh änderte seine gewohnten oder angeborenen Verhaltensweisen. Kühe gaben keine oder zu viel Milch und bei Geburten gab es auffallend viele Probleme.

Um den Leuten Mutmaßungen jeglicher Art zu ersparen, zelebrierten Robin und Merien in der letzten Maiwoche eine Verlobungsfeier, zu der nur die engsten Freunde und Verwandten geladen waren. Obwohl sich die Frauen beider Familien viel Mühe mit dem Essen gegeben hatten, wollte keine rechte Stimmung bei den Anwesenden aufkommen. Vielleicht mit Ausnahme von Boffo, dessen Laune mit einer guten Mahlzeit immer stieg. Die meisten anderen Gäste gingen bald nach Hause und diejenigen, die blieben, zu Bett. Robin und Merien saßen am späten Abend noch eine Weile auf der Altane vor dem Rob'schen Wintergarten zusammen. Dort, wo sie sich zum Mithreilfest am Ende des letzten Jahres erstmalig näher gekommen waren.

»Es klingt vielleicht seltsam«, sagte Merien, »aber ich bin kein bisschen unglücklich darüber, dass unsere Gäste heute schon so früh gegangen sind. Ich weiß, dass du bald für längere Zeit weg sein wirst, und in Gefahr. Deshalb möchte ich dich heute ganz für mich allein haben.«

»Ich werde ja nicht für immer weg sein«, erwiderte Robin und ergriff ihre Hand. Doch schon während er sie aussprach, fand er seine Antwort auf Meriens zärtliche Andeutung ziemlich unpassend. Irgendwie hatte er das Bedürfnis, zu trösten und zu beschwichtigen. Vielleicht auch sich für seine zu erwartende Abwesenheit zu entschuldigen. »Außerdem bin ich nicht der einzige, der gefährlichen Zeiten entgegen sieht«, fuhr er fort. »Viele junge Fornländer werden die Freiheit unseres Landes unter Einsatz ihres Lebens beschützen müssen. Da könnte man beinahe meinen, dass diejenigen, die reisen dürfen, das bessere Los gezogen haben.«

»Das werden wir erst wissen, wenn es so weit ist«, sagte Merien. »Aber denk an Boffos Worte: ›Nur im Inneren der Festungen wird man Mittel gegen die Bedrohung unserer Länder finden können.‹ Also wird jemand hin müssen, um sie zu suchen. Eine große Verantwortung wird auf dir und deinen Begleitern lasten. Doch jetzt solltest du diese Sorgen für einige Stunden vergessen.«

Sie stand auf und ging zu einem Beistelltisch, wo sie zwei Weingläser füllte. Eines davon gab sie Robin mit den Worten: »Damit wollen wir am Ende dieses Tages unser heutiges Versprechen auch förmlich besiegeln.«

Sie stießen an und tranken einen Schluck. Dann küssten sie sich. Wie ein von Zauberhand gelüfteter Schleier fiel alle Anspannung von Robin ab und er fühlte sich frei und unbeschwert.

»Wie recht du hast, Merien! Verliebt zu sein ist wirklich das beste Mittel gegen Trübsal, dass man sich vorstellen kann.«

»Ich weiß«, sagte sie und zog ihn empor. »Komm! Lass uns zu Bett gehen.«

Am nächsten Morgen stand Robin am Fenster seines neu eingerichteten Wohnzimmers und schaute hinaus auf die trübe Landschaft. Merien schlief noch. Beide hatten sich heute frei genommen und zum frühen Aufstehen gab es auch sonst wenig Anlass. Seit Tagen hatte es ununterbrochen geregnet und es regnete auch heute. Auf Straßen, Wegen und Plätzen: überall stand oder strömte das Wasser. Der Hochquell war bis zum Rand gefüllt und trat an einigen Stellen schon über die Ufer. Der viele Regen bewirkte aber auch, dass die Asche, die in den ersten Tagen nach dem Ausbruch des Tarantuil weite Gegenden Fornlands wie ein grauer Schleier überdeckte hatte, weg- oder in den Boden gespült wurde. Wäre nicht die Dunkelheit geblieben, so hätte man in der Umgebung Lindhags kaum noch Spuren der Katastrophe erkennen können.

Allerdings war Fornland und zu weiten Teilen auch Thornland nur deshalb so glimpflich davongekommen, weil das Nargathgebirge die südwestlichen Windströmungen am Tag des

Ausbruchs in Richtung Norden abgelenkt hatte. Man vermutete, dass die meiste Asche über der Nirondebene niedergegangen war. Derjenige Anteil, der in große Höhe aufgestiegen war und sich dort ausbreitete, würde wohl nur sehr langsam wieder herabsinken. Und wenn, dann sicher in ganz anderen Gegenden.

Es klopfte an die Tür. Robins Vater kam herein.

»Gerade sind Nachrichten eingekommen, dass die Delegationen aus Dornburg und Pern auf dem Weg zu uns sind. Heute Abend schon werden die ersten Teilnehmer eintreffen. Und morgen, mit Beginn der Mittagsstunde, wird unsere seit langem geplante, gemeinsame Ratssitzung stattfinden. Sei bitte morgen ausgeruht, Robin. Denn du wirst, ebenso wie Boffo, an der Versammlung teilnehmen. Auch Bero Bordin wird dabei sein. Ich gehe davon aus, dass man euch mit wichtigen Aufgaben betrauen möchte.«

Damit verließ Randolf das Zimmer wieder. Die letzte Bemerkung seines Vaters hinterließ ein seltsames Gefühl in Robin. Dass er, was die anstehenden Maßnahmen betraf, Verantwortung würde übernehmen müssen, war ihm seit langem klar. Doch hatte er das, was ihn möglicherweise erwartete, in unbestimmter Zukunft gesehen. Jetzt wurde ihm bewusst, dass die Dinge nun ihren Lauf nehmen würden. Sehr bald und mit ungewissem Ausgang.

Als die Delegation aus Dornburg am frühen Abend mit einer Kutsche und etliche Reitpferden in Lindhag eintraf, machte der Regen immer noch keine Pause.

»Brrr! Was für ein Wetter!«, rief Wimbold Schutzspeer, der dicke Bürgermeister von Dornburg, als er aus der Kutsche kletterte und sich mit schnellen Trippelschritten unter das Vordach des Rob'schen Hauses flüchtete. Hinter ihm schälten sich Thorolt Grimbart, der Vorsteher der Dornburger Stadtverwaltung, Benno Bordin, der Vorsitzende des Dornburger Stadtrates und der lusilischen Ratsversammlung und Bronif, Boffos Vetter und Apotheker aus dem Gefährt. Nur Jesko Turmwart, der Kommandant der Dornburger Garnison und Bero Bordin waren geritten. Beide tropften vor Nässe.

Randolf Rob begrüßte alle Ankommenden förmlich. Schnell wurde das nötigste Gepäck ausgeladen. Dann fuhr die Kutsche mit den restlichen Koffern gleich weiter zum Goldenen Löwen. Dort, im größten und nobelsten Gasthaus der Stadt, waren die meisten Versammlungsteilnehmer untergebracht. Für die Abgesandten aus Pern, Falko Jobolin, Vorsitzender des Sicherheitsrats von Elegien und Turo Leoman, Sekretär der Fornlandkammer, hatte man in der Post in Walddorf reserviert und sie wurden erst für den morgigen Tag erwartet.

Gegen acht Uhr gab es für die bereits Angekommenen im Saal der Robs ein Abendessen. An diesem nahmen, neben den schon Genannten, auch Mitglieder des Inneren Rates, wie Onkel Birker Rob, Raul Thorson, Sigbert Klingsporn und der Kommandant in Westfurt, Mero Bruhin, teil. Von den Elmen waren Boffo, sein Vetter Bronif, sein jüngerer Bruder Taril und Tulain der Ältere, Gemeindeoberhaupt von Elmbruck, anwesend.

Robin hatte sich auf ein Wiedersehen mit Bero gefreut. Seit ihrem letzten Treffen waren jetzt fast genau drei Monate vergangen. Nach dem Abendessen setzten sich die Freunde im Kaminzimmer zusammen. Dazu hatte Robin auch Lorin Klingsporn und Bertram Bartsohn eingeladen. Lorin und Bert hatten Bero während des Mithreilfestes näher kennen gelernt. Jetzt brannten sie darauf, mehr über die Entdeckungen im Dornburger Archiv zu erfahren.

Robin hatte zwei Flaschen Kelterbacher Jahrgang '35 aus dem Keller geholt und die vier stießen auf Robin und Merien an. Dann kam Lorin ohne Umschweife auf das morgige Treffen zu sprechen.

»Ich habe meinen Vater mehrfach gebeten, auch mich für die Versammlung vorzuschlagen. Aber er antwortet mir immer nur ausweichend. Noch zu Jahresbeginn hatte er sich sehr für die Neuigkeiten aus Dornburg interessiert – was die geheimen Aufzeichnungen über Bahor und Ormor angeht. Und auch die Idee unterstützt, nach Bahor zu gehen, um mehr darüber zu erfahren. Doch jetzt hat die Landesverteidigung für ihn absoluten Vorrang. Jedenfalls will er von meiner Teilnahme an einer solchen Expedition absolut nichts wissen.«

»Natürlich wird es morgen Entscheidungen geben«, ergänzte Bert eifrig. »Ob und wann unsere Leute nach Bahor und vielleicht sogar weiter bis nach Ormor vordringen werden. Und wenn ja, wer diejenigen sein werden. Auch ich hatte mir Hoffnungen gemacht, mit dabei sein zu dürfen.«

»Sicher werden du und Boffo mit von der Partie sein«, wandte sich Lorin an Robin. »Doch wenn ihr weitere Hilfe benötigt, rechnen wir damit, dass man uns zuerst fragt.«

»Das Thema scheint euch gewaltig zu beschäftigen«, erwiderte Robin. »Doch die Pläne der Ratsmitglieder sind mir genauso wenig bekannt wie euch. Der Grund für Boffos, Beros und meine Einladung zur morgigen Beratung ist sicher zuallererst die Erwartung der Versammlung, alles über die Ereignisse in Dornburg und an den Pässen zu erfahren. Die zögerliche Haltung deines Vaters überrascht allerdings auch mich.«

»Uns gegenüber behauptet er, dass er niemanden in der Werkstatt entbehren könne«, sagte Lorin. »Obwohl wir momentan mehr Schwerter auf Lager haben, als Männer vorhanden sind, die sie zu führen verstehen. Deshalb glaube ich, dass er uns vor den unwägbaren Gefahren einer Expedition ins Ungewisse bewahren möchte. Er ist wohl der Meinung, mit ein paar Tagen Dienst an einem der Pässe könnten wir unsere Pflicht gefahrlos erfüllen.«

»Das könnte sich als Trugschluss erweisen«, ergänzte Bert. »Die Aufgaben der Schwertläufer innerhalb unserer Grenzen werden wohl bald gefährlicher sein, als eine Reise in fremde Länder.«

»Diesen Gedanken hatte ich auch schon«, erwiderte Robin. »Aber vielleicht ist eine solche Mission schneller beendet, als wir denken. Dann nämlich, wenn diejenigen, die dazu ausersehen sind, in Bahor nicht erfolgreich sein werden.«

»Dennoch muss man es versuchen«, sagte Lorin. »Und ich bin der Meinung, dass es besser ist, den Feind in seinen Schlupfwinkeln zu überraschen, als zu warten, bis er uns im eigenen Land heimsucht.«

»Das es einen Feldzug der Schwertläufer in größerem Stil geben wird, ist unwahrscheinlich«, wandte Robin ein. »Dies würde bedeuten, die Grenzen Elegiens auf verantwortungslose Weise zu entblößen. Bisher war die Rede lediglich von einem kleinen, sehr unauffälligen Unternehmen.«

»Welche Entscheidungen morgen auch immer getroffen werden mögen. Wir müssen sie akzeptieren«, gab Bero zu bedenken. »Doch kann ich euch jetzt schon sagen, dass auch mein Vater der Meinung ist, die Lösung des Problems in Bahor zu suchen. Ebenso wie Jesko Turmwart, der Kommandant der Dornburger Garnison.«

»Und wie Mero Bruhin, unser Kommandant in Westfurt«, ergänzte Lorin. »Auch Ragnar Reitmor in Fort Trontil hat ein Wörtchen mitzureden. Ratsbeschlüsse stehen auf dem Papier. Doch glaubt mir: wenn es zum Kampf kommt, werden die militärischen Befehlshaber das Sagen haben.«

Robin war nachdenklich geworden. Seine bisherigen Weggefährten in friedlichen Zeiten schienen plötzlich darauf zu brennen, sich in Abenteuer und Gefahren stürzen zu dürfen. Er selbst verspürte nach dem bisher Erlebten mehr bange Erwartung als Tatendrang. Dennoch hatte er das beruhigende Gefühl, im Schutze dieser Gemeinschaft keinen Feind fürchten zu müssen.

Um die Wogen zu glätten, hob er sein Glas: »Auf unsere Freundschaft und dass sie allen bevorstehenden Gefahren Stand halten möge!«

»Auf die Schwertläufer und mögen ihre Taten unter einem glücklichen Stern stehen!«, erwiderte Lorin und sie tranken.

An diesem Freitag schien sich das Wetter von einer besonders unangenehmen Seite zeigen zu wollen. Es regnete in Strömen.

Die Lindhager Hauptstraße hatte sich an den Stellen, die nicht gepflastert waren, in eine Schlammpiste verwandelt. Bero hatte bei Robin übernachtet und die beiden waren auf dem Weg zum Rathaussaal. Auf der gegenüberliegenden Straßenseite wendete ein überdachter, vierrädriger Einspänner und kam neben ihnen zum Halten.

»Steigt ein!«, rief Lorin, »bevor ihr im Schlamm versinkt.«

Sie zwängten sich neben Lorin auf die Sitzbank des leichten Gefährts und das Pferd setzte sich wieder in Bewegung. Lorin hatte seinen Vater von Steinwasser nach Lindhag gebracht und er schien ausgesprochen sauer zu sein.

»Wie ich gestern bereits vermutet habe«, brummte er. »Mein Vater hat mich nicht zur Versammlung vorgeschlagen. Und er hat sich auch heute nicht um alles in der Welt von seiner starrsinnigen Haltung abbringen lassen.«

»Eigentlich müsste ich dich dafür beneiden«, sagte Robin. »Doch im Ernst: du solltest die Beziehung zu deinem Vater nicht zu sehr strapazieren. Sicher meint er es nur gut. Außerdem kannst du alle wichtigen Dinge hinterher von mir erfahren. Wenn sie nicht gerade geheim bleiben müssen.«

»Dann wird nicht viel an Neuigkeiten übrig bleiben«, knurrte Lorin missmutig. »Doch werde ich dich beim Wort nehmen.«

Sie hatten die kurze Wegstrecke zum Rathaus schnell zurückgelegt. Robin und Bero sprangen aus der Kutsche und bedankten sich fürs Mitnehmen.

»Heute Abend, wenn ich meinen Vater abhole, will ich mehr wissen!«, rief ihnen Lorin noch über die Schulter nach. Dann verschwand er mit seinem Gefährt wieder im Dämmerlicht des trüben Vormittags.

Der große Saal des Lindhager Rathauses war eine eindrucksvolle Räumlichkeit. 80 Fuß lang und 60 Fuß breit, wurde seine Decke nur durch zwei mächtige Säulen gestützt, die einen gewaltigen Mittelbalken trugen. In die Längsseiten des Raums waren Sitznischen eingelassen, über denen monumentale Bilder früherer Lindhager Bürgermeister hingen. Eine hölzerne Balustrade, eine Art durchgehendes Schreibpult, trennte den Sitzungstrakt des Saals vom Auditorium, welches auf langen Sitzbänken zu beiden Seiten eines Mittelgangs Platz für die allgemeine Zuhörerschaft bot. Das Auditorium war an diesem Tag nur mäßig besetzt, denn nur ausgewählte Zuhörer waren geladen.

Die Mitte der den Fenstern abgewandten Langseite des Saals zierte ein mit filigraner Steinmetzarbeit versehener, monumentaler Kamin. Darin züngelte ein Feuer, das nur wenig zur Erhellung des Raumes beitrug. Auch durch die mit bunter Glasmalerei verzierten Fenster der gegenüberliegenden Seite fiel an diesem trüben Tag nur wenig Licht. An den großen Leuchtern, die an der Decke und den Wänden des Raumes hingen, brannten deshalb alle Kerzen und erfüllten die Luft mit einem angenehmen Duft nach Honig und Zedernholz.

Den oberen Teil des Raums nahm der Versammmlungstisch ein. Er bildete ein großes U mit dem Platz der Ratsoberen an seiner Stirnseite und dem des Ratsvorsitzenden in ihrer Mitte. Mit Ausnahme der Innenseiten war er ganz umstellt von ledergepolsterten Stühlen mit hohen Lehnen. Vor der offenen Seite dieser Tischanordnung stand ein Rednerpult.

Als Robin und Bero den Saal betraten, waren die meisten Plätze des großen Versammlungstisches bereits besetzt. Außer den Gastgebern und den Teilnehmern, die von außerhalb angereist waren, waren auch alle anderen Vertreter des Fornlandrates zugegen. Da saßen Pauls Harteisen, Inhaber des gleichnamigen Handelshauses und Rigur Bäringer, der Fornhändler, Jert Einhorn, der Apotheker und Nothur Birkenfeld, der Bankier. Auch Ludo Eichinger, Innungsmeister der Schmiede, der Minenverwalter Wilm Hohlgräber und der Stadtbaumeister Aron Klinghammer waren anwesend. Sie alle waren fornländische Ratsherren, doch gehörten sie nicht dem geheimen Beratungsgremium an. Deshalb waren sie umso begieriger, Dinge zu erfahren, die man ihnen bisher vorenthalten hatte. Punkt zwölf Uhr eröffnete Randolf Rob die Sitzung mit einem Schlag auf die vor ihm hängende Glocke.

»Hochverehrte Abgeordnete aus Pern und Dornburg«, begann er. »Verehrte Ratsmitglieder und Kommandanten der Garnisonen. Euch alle möchte ich heute, am letzten Tag des Mai, im altehrwürdigen Rathaussaal von Lindhag recht herzlich begrüßen.

In den letzten Wochen und Tagen haben sich die Ereignisse überschlagen. Dinge sind geschehen, an die wir noch vor kurzer Zeit nicht einmal zu denken wagten. Dass uns der Tarantuil seit geraumer Zeit Kummer bereitet, wissen wir alle. Doch dass er so plötzlich und mit solcher Gewalt über uns hereinbrechen würde, konnte und wollte niemand vorhersehen. Nun ist er es. Daran können wir nichts ändern. Wir können nur versuchen, den schwerwiegenden Folgen gegenzusteuern und die richtigen Entscheidungen zu treffen, um weiteres Leid von uns und unseren Familien fernzuhalten.«

Im Saal erhob sich aufgeregtes Murmeln. »Das werden wir!« und »Verflucht sei der Tarantuil!«, riefen einige.

»Doch damit nicht genug«, fuhr Randolf fort. »Die Auswirkungen der nun schon länger anhaltenden Wetterverschlechterung haben auch ungebetene Gäste auf den Plan gerufen. Unsere Grenzen sind bedroht. Dass diese Gefahr ausgerechnet mit dem Ausbruch des Tarantuil zusammenfällt, mag Zufall sein. Vielleicht aber auch nicht. Manche vermuten, die Anwesenheit böser Mächte hätte die Kräfte eines jahrhundertealten Zaubers so geschwächt, dass er letztendlich seinen schützenden Einfluss über uns verloren hat. Andere sagen, es gäbe vielleicht Hoffnung diesen Schutzzauber zu erneuern. Jedenfalls macht es die Bedrohung durch Eindringlinge aus dem hohen Norden nicht einfacher, Maßnahmen, welcher Art auch immer, zu ergreifen. Doch darüber wollen wir später beraten. Zuerst soll derjenige zu Wort kommen, der die unheilvollen Ereignisse aus nächster Nähe erlebt hat. Ich bitte deshalb Herrn Robin Rob nach vorne zu treten und uns das zu schildern, was er mit eigenen Augen gesehen hat.«

Robin hatte ursprünglich angenommen, diese Beratung würde eher als eine Art zwangloser Gesprächsrunde stattfinden. Dass er nun vor der versammelten Runde der wichtigsten Entscheidungsträger Elegiens sprechen sollte, erfüllte ihn mit Unruhe. Doch überwand er seine Nervosität, trat ans Rednerpult und schilderte mit ruhiger und klarer Stimme die Ereignisse am Tirionpass.

Für die meisten Zuhörer (bis auf seinen Vater und Onkel Birker, Sigbert Klingsporn, Raul Thorson und Mero Bruhin, die Robins Bericht bereits in Westfurt und Walddorf gehört hatten) waren es das erste Mal, dass sie allen Einzelheiten über den Ablauf der Katastrophe erfuhren. Diese Neuigkeiten waren für sie so ungeheuerlich, dass sie ehrfurchtsvoll und mit offenen Mündern Robins Worten lauschten. Nur einige Ausrufe ungläubigen Erstaunens unterbrachen seine Ausführungen. Erstmals wurde den Zuhörern klar, welche verheerenden Auswirkungen der Ausbruch des Tarantuil auf die ihn umgebenden Länder gehabt haben musste. Und sie konnten sich jetzt auch vorstellen, in welch lebensfeindliche Wüste der Feuersturm seine unmittelbare Umgebung verwandelt haben könnte. Die Nirondebene nördlich des Berges würde jetzt totes Land sein und was aus der Bevölkerung Esseliens mit seiner schönen Stadt Eldar am Leronsee geworden war, mochte sich niemand ausmalen.

Auch Robins Schilderung der Begegnung und des Kampfes mit den Bethun machte großen Eindruck auf die Anwesenden. Bisher kannte man diese wilden und kriegslüsternen Gesellen nur vom Hörensagen und aus Schauergeschichten. Allein die Tatsache, dass Robin den Angreifern nicht nur entkommen, sondern auch zwei von ihnen töten konnte, rief große Bewunderung und Respekt hervor.

Als Robin geendet hatte, erfüllte aufgeregtes Stimmengewirr den Saal. Erst als Randolf Rob die Glocke ertönen ließ und das Wort ergriff, wurde es wieder ruhig.

»Kommen wir nun zur Lage an und jenseits unserer Grenzen. Vor allem die Wege und Straßen Thornlands sind in den letzten

Tagen so unsicher geworden, dass Ragnar Reitmor, der Befehlshaber in Fort Trontil, unserer Beratung heute nicht beiwohnen kann. Ich bedauere dies sehr. Ebenso hätten wir alle gerne gesehen, dass auch Vertreter der thornländischen Regierung oder zumindest der Erinburger Stadtverwaltung zu uns gekommen wären. Doch auch sie lassen sich entschuldigen. Deshalb wird Mero Bruhin, unser Kommandant in Westfurt, eine kurze Schilderung der Zustände sowohl im Westen als auch im Norden unseres Landes geben.«

Mero Bruhin war es gewohnt, in militärisch knappen Worten Berichte seines Wirkens abzugeben. Er behielt seinen Platz bei, erhob sich aber von seinem Sitz.

»Was meinen Wirkungsbereich betrifft, so war es unser vordringlichstes Anliegen, die Lage am Tirionpass wieder unter Kontrolle zu bringen. Derzeit sind 30 unserer Schwertläufer dabei, den Pass zu sichern und in einen verteidigungsfähigen Zustand zu bringen. Eine andere Gruppe hat damit begonnen, die zerstörte Klause am Quellsteig wieder aufzubauen. Sie soll uns als Magazin und Unterkunft dienen.

Wir haben Nachricht, dass die über den Tirionpass vorgedrungenen Bethunkrieger sich über diesen auch wieder zurückgezogen und nach Norden gewandt haben. Dort sind sie über den Tolbrandpass nach Thornland gelangt. Allem Anschein nach hat es sich um eine Art Vorhut gehandelt. Eine weit größere Gruppe mitsamt Wagen und Gepäck sind, von Norden kommend, in Bahor eingetroffen. Sie haben sich den Kriegern der Kaurok angeschlossen, die sich unter ihrem Anführer mit dem Namen Balfur dort schon seit einiger Zeit eingenistet haben und die Gegend unsicher machen.

Aus Fort Trontil wird gemeldet, dass eine weitere Gruppe dieser grausamen Kämpfer über die Kirkunberge in das Hochland von Egulin eingedrungen ist. Auch die sind weiter nach Bahor marschiert, nachdem sie sich an den Rinder- und Schafsherden der Bauern vergriffen haben. Die Einwohner der Orte

Koben und Krenn sind in höchster Furcht und Besorgnis. Einige haben sich nach Fort Trontil, andere nach Erinburg geflüchtet.

Alles deutet darauf hin, dass es eine Art Bündnis zwischen den Völkern der Bethun und der Kaurok gibt. Beide haben zweifelsohne ein gemeinsames Ziel: die Eroberung und Ausbeutung Thornlands und letztendlich auch Elegiens.«

»Und was gedenken die Befehlshaber unserer nördlichen Stützpunkte gegen diese Invasion zu unternehmen?«, wollte Falko Jobolin, der Vorsitzende des elegischen Sicherheitsrates wissen.

»Was Thornland anbelangt, so beschränken sich die Maßnahmen unserer Schwerläufer in Fort Trontil lediglich auf die Sicherung der umgebenden Ortschaften und auf den Schutz der Rinder- und Schafsherden«, erwiderte Mero Bruhin. »Erinburg im Osten kann sich derzeit gut selbst verteidigen. Den Tivuilpass kontrollieren unsere Leute von Norden her. Die Überwachung des Tolbrandpasses im Westen ist allerdings aufgrund der großen Entfernung zu Fort Trontil schwierig. Deshalb ist meine Empfehlung, sich auf den Schutz der eigenen Landesgrenzen zu konzentrieren. Das heißt, auf die Sicherung des Tirionpasses im Westen und der Übergänge über das Halvortgebirge am Tivuil und am Ortulin.«

»Genau dies tun auch wir!«, ergriff Jesko Turmwart, der Dornburger Kommandant, das Wort. »Seit den Ereignissen im letzten Winter wird der Ortulinpass streng bewacht. Zwar erwarten wir aus dieser Richtung keine Bedrohung durch größere Heerscharen. Zu sehr würde diesen das stark befestigte Erinburg im Norden dabei im Wege stehen. Auch Überraschungsangriffe, wie am Tirionpass, wird es aus dieser Richtung sicher nicht geben. Dennoch sind wir auf der Hut. Doch, genau wie in Westfurt und Fort Trontil, ist auch unsere Haltung noch abwartend. Solange wir nicht den Auftrag zu direkterem Handeln bekommen. Ich meine, wenn man die Strategie eines Angriffs in Betracht zöge: jetzt wäre die Gelegenheit günstig. Solange die Anzahl der Invasoren noch gering und ihre Organisation schlecht ist.«

»Um Himmels willen – Nein!«, wehrte Randolf Rob ab. Auch Wimbold Schutzspeer, der Dornburger Bürgermeister schüttelte heftig seinen dicken Kopf.

»Solange nicht die absolute Notwendigkeit dazu besteht, werden wir keine Leben riskieren«, sagte er in beschwörendem Ton. »Nicht auch nur das eines einzigen unserer Schwertläufer. Gerade wir in Dornburg fühlen uns im Moment mehr durch den Vulkan, als durch Bethun oder Kaurok bedroht. Mit denen werden wir schon zu gegebener Zeit fertig werden. Anders als mit dem schlechten Wetter. Bereits in den vergangenen Jahren wurden große Teile der Ernte in Lusilien durch die zunehmend schlechte Witterung vernichtet. Und mit dem Ausbruch des Tarantuil wird es wohl noch schlimmer werden. Man sagt, dass seine Tätigkeit irgendwie mit der Entwicklung des Klimas zusammenhängt. Nun habe ich von unserem verehrten Ratsvorsitzenden Herrn Benno Bordin einiges über die interessanten Funde in unserem Archiv gehört. Und dass es möglicherweise Wege gäbe, das Treiben des Tarantuil zu beeinflussen.«

Das ist richtig!« Benno Bordin nickte zustimmend und fügte hinzu: »In der Tat gibt es diesbezüglich einige bemerkenswerte Erkenntnisse und eine erstaunliche These. Aber warum lassen wir nicht denjenigen selbst zu Wort kommen, der mit viel Fleiß und Mühe die Geheimnisse des Dornburger Fundes entschlüsselt hat.«

»Ganz meine Meinung!«, pflichtete Randolf Rob bei. »Ich erteile hiermit das Wort unserem verehrten Herrn Boffo, Falons Sohn, vom Volke der Elme.«

Boffo, der den Verlauf der Diskussion mit großer Ruhe verfolgt hatte, erhob sich von seinem Platz.

»Verehrte Vertreter des Rates, Repräsentanten des großen Volkes und der Elme«, begann er. »Es liegt in unserer aller Natur, dass die neueren Ereignisse unsere Aufmerksamkeit mehr fesseln, als Dinge, die weiter in der Vergangenheit liegen. Doch sind diese dadurch nicht weniger wichtig. Vor allem, wenn sie möglicherweise Lösungen für unsere derzeitigen Probleme bergen. Viele der Anwesenden mögen jetzt überrascht sein. Aber das, was unseren Völkern gerade widerfährt ist nicht neu, und es ist nicht unabwendbar. Es ist in gleicher oder ähnlicher Form bereits schon einmal geschehen. Vor etwas mehr als 740 Jahren. Und möglicherweise schon einmal im gleichen Zeitraum davor. Jedes Mal konnte das Unheil bisher abgewendet werden. Vielleicht mit Glück, aber vor allem durch die Weisheit, Einsicht und Entschlossenheit unserer Altvorderen. Diese Eigenschaften sollten auch wir wieder an den Tag legen. Denn es gilt, Entscheidungen von großer Bedeutung für die Zukunft unserer Völker zu treffen. Doch um diese treffen zu können, ist es notwendig mehr über die damaligen Ereignisse und ihre Hintergründe erfahren.«

Damit begann Boffo seine Schilderung über die Elme von den Stämmen der Sirdain und Turdain, ihre Herrscher Tantriloz III. und Nehor II. und das Schicksal dieser Völker zu Beginn der kleinen Eiszeit vor 744 Jahren. Er verlas den Bericht des Meridoz und berichtete über die Erkenntnisse, die er aus den Plänen von Bahor und Ormor und den dazugehörigen Pergamenten gewonnen hatte. Genauer gesagt berichtete er über fast alle Erkenntnisse. Einige kleine, aber wichtige Geheimnisse, die er bisher nur dem kleinen Kreis um Robin und Merien in Elmbruck mitgeteilt hatte, behielt er für sich.

»Für mich und Meinesgleichen vom Volk der Elme steht fest: die Schlüssel von Ormor müssen gefunden werden. Um jeden Preis und so schnell wie möglich. Ich bitte den Rat von Fornland deshalb darum, eine Expedition nach Bahor zusammenzustellen und umgehend auf den Weg zu bringen.«

Im Saal erhob sich Gemurmel. Die einzelnen Abordnungen, die zusammen saßen, tauschten sich untereinander aus. Dann meldete sich Turo Leoman, der Sekretär der Fornlandkammer in Pern zu Wort.

»Das ist alles sehr interessant, was Herr Boffo hier erzählt.

Und ich zweifle keinen Augenblick daran, dass in den Überlieferungen und Erzählungen der Altvorderen auch ein Fünkchen Wahrheit steckt. So wie in allen Sagen. Doch ist dies meiner Meinung nach nicht der richtige Zeitpunkt, den geheimnisvollen Mythen der Elme zu lauschen, während an den Grenzen unserer Länder unmittelbare Gefahr droht. Vielmehr sollten wir hier und heute entscheiden, wie wir dem Vordringen fremder Völker in unsere Länder schnell und wirkungsvoll Einhalt gebieten können. Und welche Maßnahmen zu treffen sind, wenn sich das Wetter, an dem wir sowieso nichts ändern können, weiter verschlechtern sollte.«

»Ihr zweifelt also an der Wahrheit meiner Worte, Herr Leoman«, entgegnete Boffo sichtlich verärgert. »Dann lasst Euch sagen, dass Eure wirkungsvollen Maßnahmen, wie Ihr sie nennt, allesamt nutzlos sein werden, wenn die Ursache des Übels nicht beseitigt wird. Denn eines ist sicher: das, was wir jetzt sehen, ist erst der Anfang in Vergleich zu dem Elend, das folgen wird, wenn die Macht Tiriths, unserer Beschützerin, nicht erneuert wird.«

»Nun, nun«, versuchte Randolf Rob zu beschwichtigen. »Wir wollen uns nicht streiten. Unser Ziel sollte es sein, eine für alle Anwesenden tragbare Lösung zu finden, die sowohl die unmittelbaren Gefahren als auch deren mögliche Ursachen berücksichtigt. Ich persönlich empfinde die Schilderungen von Herrn Boffo überhaupt nicht sagenumwoben, sondern sehr überzeugend. Und seinen Vorschlag, in Bahor nach dem Rechten zu sehen, als sinnvoll und nützlich. Die Frage ist nur, in welcher Form wir dies tun können, ohne gleich eine bewaffnete Auseinandersetzung mit den Bethun oder Kaurok zu riskieren. Oder mit beiden, wenn es stimmt, dass sich diese Eindringlinge verbündet haben.«

»Ich bin da eher der Meinung von Herrn Turo Leoman«, ließ sich Jert Einhorn vom Lindhager Magistrat vernehmen. »Woher wollen wir wissen, ob es diese Schlüssel, von dem Herr Boffo sprach, wirklich gibt. Am Ende riskieren wir das Leben unserer

Söhne völlig sinnlos für eine Sache, die nur auf dem Papier existiert.«

»Jert hat recht«, pflichtete Sigbert Klingsporn bei. »Ich glaube zwar gerne viele der Dinge, über die Herr Boffo berichtet hat. Doch einen Beweis für deren Existenz, einschließlich der Schlüssel, gibt es nicht. Auch ich, wie alle Eltern, würde in großer Sorge um meine Söhne sein, wenn sie sich in den Dienst einer Sache stellen, deren Sinn zweifelhaft und deren Ausgang ungewiss ist. Das heißt jedoch nicht, dass sich meine Söhne Lorin und Janik ihrer Pflicht entziehen werden, wenn es gilt, die Grenzen unserer Länder zu verteidigen. Wir werden dazu jede Hand brauchen, die ein Schwert führen, oder einen Bogen spannen kann.«

»In diesem letzten Punkt stimme ich Meister Sigbert zu«, beeilte sich Mero Bruhin zu ergänzen. »Nur wenige Schwertläufer könnten für eine Expedition entbehrt werden. Ein Großteil unserer Kämpfer wird zur Verteidigung der Pässe benötigt. Der Rest wird als Verstärkung der Besatzung von Fort Trontil notwendig sein. Natürlich hoffen wir, dass auch Pern uns einige kriegstüchtige Männer zur Verfügung stellen wird.«

»Selbstverständlich«, Falko Jobolin nickte mit dem Kopf. »Aber nur unter der Voraussetzung, dass unsere Leute für keine anderen als die eben erwähnten Aufgaben eingesetzt werden.«

Nun meldete sich Tulain der Ältere, Gemeindevorsteher der Elme aus dem Rauquelltal, zu Wort: »Wir Elme können die Bedenken einiger der hier Anwesenden verstehen. Doch sollten diese auch unsere Sichtweise akzeptieren. Wir wohnen seit langer Zeit in diesem Land. Länger als die Menschen, die erst nach uns kamen. Und wir kennen viele Wahrheiten, von denen ihr Menschen noch nichts gehört habt. Dass ihr solchen Mythen, wir ihr es nennt, mit Misstrauen begegnet, ist aus eurer Sicht verständlich. Doch für uns steht außer Zweifel, dass der Schlüssel in Bahor gefunden werden muss. Wenn wir dabei keine Hilfe von Seiten des großen Volkes zu erwarten haben, werden wir diese Aufgabe eben allein übernehmen.«

An dieser Stelle sah Robin den richtigen Augenblick als gekommen an. Er stand auf und sprach mit lauter Stimme: »Nicht allein! Ich werde euch dabei helfen. Diese Entscheidung habe ich für mich getroffen. Ich hoffe und bitte darum, dass diese Ratsversammlung mir in aller Form die Erlaubnis dazu erteilt. Ich glaube an die Notwendigkeit und Wichtigkeit dieser Mission. Auch wenn sie vielleicht nur der erste Schritt einer langen Wegstrecke sein wird.«

Bero hielt es jetzt nicht länger auf seinem Sitz. »Ich möchte ebenfalls dabei sein. Die Gefährlichkeit dieser Fremdlinge habe ich am eigenen Leibe erlebt. Wir dürfen sie auf keinen Fall unterschätzen. So wenige es bisher sein mögen. Aber sie stehen unter dem Schutz unheilvoller Mächte und eines mächtigen Zaubers. Natürlich ist es wichtig, unsere Länder zu verteidigen. Und das wird auch geschehen. Doch die eigentliche Gefahr lauert nicht hier. Sie wirkt aus der Ferne. Und sie wirkt wie ein schleichendes Gift. Aus Thornland wird berichtet, dass Sendboten dieses Balfur bereits damit begonnen haben, die thornländische Bevölkerung aufzuwiegeln. Selbst bei uns in Dornburg gibt es schon Personen, die verdächtig sind, mit den Eindringlingen zusammenzuarbeiten. Dieser Balfur setzt zweifelsohne auf eine Mischung aus Gewalt und List. Deshalb muss die Macht des Morhultzauberers gebrochen werden. Und dazu wird man ihn an seiner Wirkungsstätte aufsuchen müssen.«

Nun mischte sich Herr Jobolin wieder ein: »Sachte, Sachte! Ich höre schon wieder die Worte ›Macht brechen‹ und ›aufsuchen‹. Das klingt mir alles ziemlich überstürzt. Wenn ich die Zusammenhänge bisher richtig verstanden habe, dann soll der erste Schritt sein, einen dieser ominösen Schlüssel von Ormor in Bahor zu suchen. Manche hier haben Zweifel daran, ob dieser überhaupt existiert. Also lasst jemanden hingehen und nachsehen. Wenn wir es nicht zum offenen Kampf kommen lassen wollen, dann kann dies nur im Verborgenen geschehen. Und zwar von einer sehr kleinen Gruppe. Wer wäre dafür besser geeignet, als derjenige, der die Geheimnisse der Statue und den Ort ihres Aufenthalts ergründet hat. Deshalb sollte Boffo gehen. Und da er es kaum allein schaffen kann, so sollten ihn Robin und Bero dabei unterstützen. Umso besser, wenn sie dies auch freiwillig wollen. Nach dem, was ich von den Taten des Herrn Robin gehört habe, scheint er mir zweifelsohne eine für diese Aufgabe geeignete Person zu sein. Ebenso wie Herr Bero. Und nach dem Eindruck, den ich aus den Äußerungen ihrer Väter gewonnen habe, hätten sie wohl auch deren Zustimmung zu einem solchen Handeln.«

Dieser Vorschlag wurde von den anderen Ratsmitgliedern mit Erleichterung aufgenommen. Wie es schien, vereinte er in gewisser Weise die Meinung aller Anwesenden, der Zweifler, der Zurückhaltenden und der Eifrigen. Nach einer geraumen Zeit lebhafter Diskussion ließ Randolf Rob die Glocke ertönen.

»Ich sehe und höre, dass der Vorschlag des Vertreters des Sicherheitsrates von Elegien gut geheißen wird. Lasst uns deshalb zur Abstimmung schreiten. Ich bitte diejenigen, die Herrn Falko Jobolin zustimmen, die rechte Hand zu heben.«

Alle Anwesenden hoben die Hand und unterstrichen ihre Meinung durch kräftiges Kopfnicken. Randolf ließ erneut die Glocke ertönen und erhob sich von seinem Sitz. Sein Gesichtsausdruck war ernst.

»Dann ist es beschlossen! Robin, Bero und Boffo werden nach Bahor gehen. Und auch nur den letzten Teil dieses gefährlichen Weges allein. Unsere Schwertläufer in Fort Trontil werden alles dafür tun, um sie auf einen sicheren Weg zu bringen und hoffentlich auch für eine sichere Heimkehr sorgen. Ich hoffe auf ein gutes Gelingen dieser schwierigen und gefahrvollen Aufgabe. Lasst sie uns zuerst erfolgreich beenden. Dann werden wir über weitere Schritte beraten.«

Jetzt ging alles sehr schnell. Robin war erstaunt, wie eine Entscheidung, sobald sie einmal getroffen war, Dinge in Bewegung setzen konnte. Noch am Freitag, am Abend nach der Versammlung, schrieb Robin eine Nachricht an Merien und kündigte seinen Besuch für kommenden Montag an.

Schon am nächsten Morgen begann Robin alle notwendigen Vorbereitungen zu treffen. Obwohl seine Rippe noch schmerzte, hatte er sich für diesen baldigen Reisebeginn entschieden und auch Boffo drängte zum Aufbruch. Robin wusste, dass er nur die notwendigsten Dinge mitnehmen konnte. Thorndil, sein Schwert und sein Bogen mit einigen Pfeilen mussten zu seinem Schutz genügen. Doch packte er einige nützliche Dinge ein: sein Feuerzeug und ein Passschreiben des Fornlandrates, mit dem er sich ausweisen konnte. Und natürlich den Sirgenstein. Auch auf seinen leichten Elmenmantel und die dazugehörige Decke wollte er nicht verzichten. Ebenso wenig wie auf sein Fornhemd, das ihn nicht behinderte und er kaum sichtbar unter seiner eng anliegenden, wind- und wasserabweisenden Reitjacke trug. Wie um sich zu versichern, dass sie auch wirklich da war, tastete er nach der Tiriphe, die um seinen Hals hing. Sie würde ihm Glück bringen und ihn vor Unglück warnen.

Am Montag, es war der 3. Juni, war alles für die Reise bereit. Dass Boffo nichts vergessen hatte, was er unterwegs benötigen würde, darauf konnte Robin sich verlassen. Am späten Nachmittag wurde Borg gesattelt und bepackt.

Als Robin Abschied von seiner Familie nahm, war ihm nicht nach einer großen Rede. Er umarmte seine Mutter Miria, seine Schwester Frida und Marin, seinen Bruder. Sie alle hatten Tränen in den Augen. Vater Randolf fand einige Worte zum Abschied.

»Obwohl ich Angst vor den Dingen habe, die geschehen könnten, so bin ich doch voller Vertrauen in dich und in deine Fähigkeiten. Und auch voller Hoffnung auf einen guten Ausgang dieses Unternehmens. Viel hängt von deinem Handeln ab. Und ich bin stolz auf deine mutige Haltung, die du in der Versammlung bewiesen hast. Auch wenn es Zweifler gibt. Ich glaube fest an dich!«

Um seine Rührung zu verbergen, wandte er sich schnell an Boffo: »Du wirst doch ein Auge auf ihn haben?«

»Natürlich werde ich das«, antwortete Boffo. »Wenn er eines

auf mich hat. Auf diese Weise werden wir uns hervorragend ergänzen.«

Randolf und Miria rangen sich ein gequältes Lächeln ab. Nur Helmbert und Bertold, die beiden Hausknechte, und Rudo der Stallknecht unterdrückten ein Lachen. Sie vertrauten auf die Fähigkeiten Boffos. Der Name Bahor mit seinen möglichen Gefahren sagte ihnen wenig.

Robin hängte Bogenköcher und Schwert an Borks Sattel, saß auf und zog Boffo in gewohnter Manier hinter sich empor. Der machte es sich auf den Decken und Satteltaschen bequem. Auch Lorin, der gekommen war, um sich zu verabschieden, bestieg sein Pferd. Er wollte Robin und Boffo die kurze Wegstrecke bis zur Kreuzung bei Steinwasser begleiten.

»Dann bis bald!« Robin setzte Bork in Bewegung. Lorin folgte wortlos. Wenige Augenblicke später verschluckte sie die Toreinfahrt des Rob'schen Anwesens.

Wie all die anderen Tage zuvor, seit dem Ausbruch des Tarantuil, war die Landschaft in ein trübes Halbdunkel getaucht. Doch es war nicht kalt und es hatte aufgehört zu regnen.

»Du bist doch hoffentlich nicht mehr sauer, weil dich dein Vater nicht mitlassen wollte?«, begann Robin eine Unterhaltung, während die beiden Pferde vor sich hin trotteten.

»Natürlich bin ich das!«, antwortete Lorin. »Aber das ändert jetzt auch nichts mehr. Die Entscheidungen sind gefallen. Und ich habe mich damit abgefunden. Jetzt muss ich mich eben hier in Fornland nützlich machen. Wie ich hörte, soll ich innerhalb der kommenden zwei Wochen für einige Zeit zum Tirionpass abkommandiert werden. Zusammen mit Bert. Fort Trontil wäre mir lieber gewesen. Aber du kennst ja meinen Vater.«

»Vielleicht hat er ja auch recht«, versuchte Robin einige tröstende Worte zu finden. »Möglicherweise stellt sich das, was wir jetzt vorhaben tatsächlich als Hirngespinst heraus, oder ...«, Boffo hinter seinem Rücken begann zu grummeln und Robin korrigierte sich schnell, »... ich meine, vielleicht läuft etwas schief. Man kann ja nie wissen. Dann wirst du froh sein, zuhause geblieben zu sein.«

»Natürlich werde ich das nicht!« Lorin klang richtig ärgerlich. »Und eines kann ich versprechen. Falls dir dort oben etwas passiert, dann können diese Burschen in Bahor was erleben! Und vergiss nicht, was ich bereits am Abend vor der Versammlung gesagt habe: sobald diese Sache in Bahor erledigt ist – bevor ihr irgendwelche Entscheidungen zu weiteren Taten trefft, wollen Bert und ich auf jeden Fall vorher gefragt werden. Und dann werden wir uns nicht mehr so einfach abwimmeln lassen.«

Robin zog es vor, diese Unterhaltung nicht weiter zu vertiefen.

»Ich gehe sowieso davon aus, dass wir in zwei, drei Wochen wieder zuhause sind. Dann sehen wir weiter. Richte Bert jedenfalls schöne Grüße aus!«

Sie waren an der Kreuzung angekommen, an der die Straße von Siebenhütten nach Blechhammer querte.

»Das werde ich! Viel Glück und bis bald!«, rief Lorin und galoppierte in Richtung Steinwasser davon.

Je näher sie Blechhammer kamen, umso gedrückter wurde Robins Stimmung. Dort stand ihm der bitterste Moment seiner Abreise bevor: der Abschied von Merien. Erst am nächsten Morgen wollten sie zum Tirionpass aufbrechen.

Baldur empfing die beiden wie gewöhnlich im Hof des Eisenhammers.

»Dann ist es also wahr, was man gehört hat. Ihr wollt euch wirklich in die Höhle des Löwen wagen?«

»Weniger in die des Löwen, sondern in die der Tirith, wenn wir sie denn finden«, antwortete Robin, dem auf die Schnelle nichts Besseres einfiel. Er übergab Borks Zügel an Thoril, der das Pferd in den Stall brachte. Dann folgten sie Baldur ins Haus. Wie immer, wenn Robin in Blechhammer erwartet wurde, duftete es bereits im Hausflur nach frisch gebackenem Kuchen und nach Kaffee.

»Ich befürchte, auf diesen angenehmen Duft werden wir eine Weile verzichten müssen«, sagte Robin, als sie das Wohnzimmer betraten.

»Das befürchte ich auch«, entgegnete Boffo. »In Thornland ist man diesem Getränk nicht besonders zugetan. Und dass die Bethun je davon gehört haben, wage ich zu bezweifeln.«

Sie setzten sich in die bequemen Lehnsessel, die um den runden Tisch gruppiert waren. Sefina, die Haushälterin, betrat den Raum mit einem Serviertablett.

»Schlimme Nachrichten, die da aus Thornland und von jenseits der Grenzen zu uns kommen«, begann Baldur, während Sefina Teller und Tassen austeilte und Kaffee eingoss. »Ich hoffe nur, der Fornlandrat hat die richtigen Entscheidungen getroffen. Damit wir zumindest im eigenen Land Ruhe haben werden.«

»Die einzig richtige«, erwiderte Boffo. Dann gab er einen kurzen Bericht über die Sitzung vom vergangenen Freitag.

»Ich wundere mich, dass man nicht schon eher gehandelt hat«, bemerkte Baldur, nachdem Boffo geendet hatte »Denn dass jemand nach Bahor muss, war ja bereits kurz nach Eurer Rückkehr von Dornburg im vergangenen Winter ziemlich offensichtlich. Zumindest nach dem, was mir Merien im Laufe der Zeit so über den Stand der Dinge erzählt hat.«

»War vielleicht besser so«, bemerkte Boffo. »Jetzt wissen wir wenigstens, woran wir sind und was uns erwartet.«

Robin nahm einen Schluck aus seiner Kaffeetasse. Dann stand er auf.

»Entschuldigt mich, Meister Baldur. Ich will kurz Merien begrüßen.«

»Selbstverständlich, wie ungeschickt von mir, sie dir vorzuenthalten. Du wirst sie sicher in der Küche finden.«

Wie gewohnt hatten die Schmiede und Vorarbeiter im Eisenhammer am späten Nachmittag eine Pause eingelegt, um sich für den letzten Arbeitsabschnitt des Tages zu stärken. Und die Familie Arisel war stets bestrebt, dass sie sich bei ihrer schweren

Arbeit wohl fühlten. Merien kam gerade mit einem Tablett leerer Teller und Tassen vom Aufenthaltsraum des Werksgebäudes zurück.

»Hallo Merien«, sagte Robin, drückte ihr einen Begrüßungskuss auf die Wange und hielt ihr dann die Tür zur Küche auf. Dort waren Emilia Arisel und Fina mit den Vorbereitungen für das Abendessen beschäftigt.

»Guten Tag, Frau Emilia. Ich hoffe, ich halte Eure Tochter nicht von der Arbeit ab.«

»Nicht doch, Robin!«, erwiderte Emilia. »Ich denke, es gibt jetzt Wichtigeres für Merien, als Hausarbeit.«

Sie nahm Merien das Geschirr ab. »Wir machen das. Na, geh schon.«

Merien trocknete sich die Hände an ihrer Schürze ab. Sie gingen hinaus auf die Veranda des Wohnhauses und setzten sich auf die dort stehende Bank.

»Nun ist also das eingetroffen, was wir erwartet und zugleich befürchtet haben«, sagte Merien und ergriff Robins Hand.

»Ja«, sagte Robin. »Ich hoffe, du verstehst meine Entscheidung.«

»Das weißt du«, erwiderte Merien. »Bereits seit unserem Treffen mit Boffo in Elmbruck war mir klar, dass du diese Entscheidung treffen würdest. Und ich verstehe sie nicht nur, ich habe sie auch von dir erwartet.«

»Erwartet?« Robin blickte Merien fragend an.

»Bitte versteh mich nicht falsch. Liebend gerne würde ich dich hier behalten. Und ich wäre froh, wenn ein anderer diese Aufgabe für dich übernähme. Doch weiß ich auch, dass du der Einzige bist, der diesen Auftrag erfüllen kann. Mit Boffos Hilfe. Ich habe großes Vertrauen in euch. Die Zukunft unseres Landes und seiner Bewohner liegt in euren Händen. Sie wissen es nur nicht. Doch weiß ich es. Und auch, dass du mich nicht enttäuschen wirst.«

»Dein Vertrauen ehrt mich nicht nur«, erwiderte Robin, »es beruhigt mich auch. Es wird mir helfen, die richtigen Dinge zu tun, wenn ihr Zeitpunkt gekommen ist. Ich hoffe sehr, dass alles gut geht. Dann werde ich bald wieder zuhause sein.«

»Das hoffe ich auch«, sagte Merien. »Doch wichtiger als bald ist, dass du gesund und unbeschadet wieder heimkehrst. Wann immer dies sein wird. Ich werde auf dich warten. Und jetzt lass uns etwas fröhlicher sein. Ich möchte nicht, dass wir die letzten Stunden vor deiner Abreise mit tiefsinnigen Reden vergeuden.«

Sie lachte, nahm Robin bei der Hand und sie gingen ins Haus.

Elftes Kapitel

Begegnung am Fluss

Am nächsten Morgen in aller Frühe machten sich Robin und Boffo auf den Weg. Es war noch fast dunkel, als sie die Kreuzung vor dem Hochquell erreichten und auf die Straße zum Tivuilpass einbogen. Robin hatte nicht die Hoffnung, dass es an diesem Tag wesentlich heller werden würde. Tiefhängende Wolken zogen von den Hängen des Halvortgebirges herab. Die Witterung war kühl und trocken. Eigentlich ganz angenehm für den anspren- genden Aufstieg, der Bork bevorstand. Bis zur Wegsteinklause, etwas nördlich unterhalb des Passes gelegen, waren es zehn Meilen. Und dort war das Tagesziel, das sich Robin und Boffo gesetzt hatten.

Robin dachte an die schönen Tage zu Beginn des Mai, als er mit Merien diesen Weg geritten war. Als die Natur in voller Blüte war und die Apfelbäume ihren Duft verströmten. Heute sah alles ganz anders aus. Selbst der zähe Weißdorn an den Wegrändern trug nur noch wenige Blüten und auf den Wiesen standen vereinzelte Schafgarben herum. Dennoch fühlte sich Robin nicht niedergeschlagen. Er dachte an den vergangenen Abend und die Nacht mit Merien. Ihre hoffnungsvolle Sicht der Dinge hatte ihm viel Mut gemacht. Und im Grunde genommen war er jetzt froh, endlich unterwegs zu sein. Das Abenteuer hatte begonnen und er war fest entschlossen, es erfolgreich zu been- den.

Als sie an der Abzweigung zum Rauquelltal vorbeikamen, wurde Robin aus seinen Gedanken gerissen. Boffo knuffte ihn in die Seite.

»Wir könnten einen kurzen Abstecher nach Elmbruck machen. Ich hab was Wichtiges vergessen.«

»Tatsächlich?« Robin war erstaunt. Boffo vergaß sonst nie etwas. »Das wird unseren Zeitplan aber gehörig durcheinander bringen.«

»Was soll's?« Boffo zuckte mit den Schultern und Robin ließ Bork den Weg ins Rauquelltal einschlagen. An der alten Steinbrücke, die über den Hochquell führte, sah Robin den Grund für Boffos merkwürdiges Verhalten. Dort standen Taril und Merit und winkten ihnen schon von weitem zu.

»Auch ich habe das Bedürfnis, mich von meinen Leuten zu verabschieden«, bemerkte Boffo trocken.

»Natürlich! Aber das hättest du auch gleich sagen können.«

»Nur, dann wär's keine Überraschung mehr gewesen.« Boffo schien sich köstlich über den seiner Meinung nach gelungenen Scherz zu amüsieren und auch Robin musste schmunzeln.

Sie stiegen ab und setzten sich zu Taril und Merit auf die Steinbrüstung der Brücke.

»Ihr werdet natürlich nicht weiterziehen, ohne euch auf Elmenweise verabschiedet zu haben. Alles andere bringt Unglück.« Taril zog ein kleines Fläschchen und vier winzige Becher aus der Tasche. »Ein Gläschen Inuil ist unabdingbar für das Gelingen eures Unternehmens.« Er füllte die Becher und sie tranken auf den Erfolg der bevorstehenden Reise.

»Hier habe ich etwas Reiseproviant für euch«, sagte Merit. Sie hob einen Henkelkorb hoch, der vor ihr auf dem Boden stand und deckte das Tuch ab. Zum Vorschein kamen allerhand Köstlichkeiten, mit denen Merit ihre Besucher bereits im Mai verwöhnt hatte: ein gebratenes Hühnchen, die besten Teile gebratener Fische, etwas geräucherten Aal, Eierpfannkuchen mit Füllung, kalte Fleischklößchen, geräucherte Würste und einige Gläser mit eingemachten Tomaten, Gürkchen und Mais.

»Na, was habe ich gesagt?« Boffo hatte ein triumphierendes Grinsen aufgesetzt. »Ein Besuch im Rauquelltal lohnt sich immer!«

»Ich kann dir nicht widersprechen«, sagte Robin und begann vorsichtig die Schätze in Borks Satteltaschen zu verstauen.

»Und hier ist noch eine Kleinigkeit.« Merit zog ein silbernes Fläschchen hervor und gab es Robin. »Es ist eine Essenz aus seltenen Kräutern, die nur im Rauquelltal wachsen. Verwendet sie sparsam. Sie wird euch Mut und Ausdauer zurückgeben, wenn eure Kräfte schwinden oder die Müdigkeit euch übermannt.«

Robin bedankte sich und steckte das Fläschchen ein. Dann nahmen sie Abschied von den beiden Elmen. Robin ließ Bork antraben und Boffo drehte sich um und winkte noch einmal, bevor Taril und Merit aus seinem Blickfeld entschwanden.

Entlang des Hochquells stieg die Straße nur mäßig an und es gab wenige Kehren. Zu normalen Zeiten hätte man vor hier eine wunderschöne Aussicht genießen können. Sowohl nach vorne auf das Halvortgebirge als auch zurück über die Wälder, Täler und Hügel Fornlands. Doch heute hatte sich sogar das sonst weithin sichtbare Massiv des Tivuil hinter einer grauen Wolkendecke verborgen. Bork trottete gemächlich vor sich hin. An der Ruhe hinter sich merkte Robin, dass Boffo ein Nickerchen machte. Er ließ den Elm gewähren und machte sich seine eigenen Gedanken.

Bis jetzt hatte er die Dinge so genommen, wie sie kamen. Boffos Entscheidungen hatten sich seit jeher als richtig herausgestellt und Robin hatte großes Vertrauen in ihn. Doch würde er auch dieses Mal recht behalten? Das, was Turo Leoman so leichthin geäußert hatte, war vielleicht gar nicht so abwegig. Was wäre, wenn sich Boffos Deutung der Karte doch nur als sagenhafte Erzählung herausstellen würde? Würden sie sich dann der Lächerlichkeit preisgeben? Im nächsten Augenblick wischte Robin diese törichten Zweifel hinweg. Die Gefahr durch die Bethun und die Kaurok mit ihren Taruks war so wirklich, wie das Halvortgebirge, das sich vor ihm erhob. Und dann gab es da noch die Tiriphe, die um seinen Hals hing. Und den Sirgenstein in seiner Tasche. Diese Dinge waren keine Hirngespinste. Ihnen wohnte eine geheime Macht inne, das war unbestreitbar. Robin spürte das Figürchen, wie es sanft auf seiner Brust ruhte. Große Gelassenheit erfüllte ihn und mit neu erwachender Zuversicht sah er den Ereignissen entgegen, die vor ihm lagen.

Am frühen Nachmittag wandte sich die Straße nach Nordosten. Der Hochquell blieb im Westen zurück, wo er seine Ursprünge in den Gletscherregionen des Gebirgshauptkammes hatte. Auch der Wind blies jetzt rauer von den Höhen herab.

An einer halbwegs geschützten Stelle, wo ein kleines Rinnsal durch eine Felsrinne nach unten plätscherte und sich in einer Vertiefung sammelte, machten sie Rast. Robin ließ Bork einige Schlucke des kalten Wassers nehmen und füllte den mitgebrachten Wasserschlauch. Auch er und Boffo aßen und tranken eine Kleinigkeit.

»Ziemlich ungemütlich hier«, bemerkte Boffo kauend. »Was ich vor allem vermisse, ist ein kleines Feuerchen. Doch Holz ist hier oben Mangelware. Wird Zeit, dass wir wieder nach unten kommen.«

»Erst mal müssen wir ganz nach oben. Dann sehen wir weiter. Ich glaube allerdings nicht, dass wir heute noch die Wegsteinklause erreichen. Wir werden wohl die Nacht in der Schutzhütte am Pass verbringen müssen. Und ich befürchte, es wird eine ziemlich kühle Nacht werden.« Robin warf einem besorgten Blick zum Himmel, wo dunkle Wolken, vom Wind getrieben, talwärts quollen und den Blick auf den Pass noch immer nicht freigaben.

Üblicherweise nutzten Reisende, die den Tivuilpass überschritten, die Wegsteinklause als Nachtquartier. Sie lag zwei Wegstunden talwärts auf der Nordseite des Gebirges und war in den Sommermonaten von Ende April bis Anfang Oktober bewirtschaftet. Unter normalen Umständen konnte man sie in einem Tag sowohl von Lindhag im Süden als auch von Barnheim oder Trog im Norden erreichen. Doch nun waren die Tage kürzer geworden und auf die seit Generationen gewohnten Wegstrecken war kein Verlass mehr.

Nach kurzer Pause packten sie ihre Sachen zusammen und machten sich für das letzte Stück des Aufstiegs bereit. Das Gelände vor ihnen wurde steiler und felsiger und die Straße schmaler und kurviger. Doch war sie auf ihrem ganzen Weg über das Gebirge fahrbar und für Reiter problemlos zu bewältigen.

Als Robin und Boffo den Tivuilpass erreichten, war die Dämmerung des Tages tiefer Dunkelheit gewichen. Von einem Ausblick auf Thornland konnte keine Rede sein. Und an einen Abstieg zur Klause war nicht mehr zu denken. Robin hatte bereits den Sirgenstein aus der Tasche gezogen und leuchtete. Am Wegrand tauchten die Umrisse der Schutzhütte auf, die ihnen heute zum Nachtquartier dienen musste. Sie ähnelte der an der Straße zum Tirionpass und bestand nur aus einem Dach mit drei Wänden.

Für Bork gab es einen überdachten und zugfreien Unterstand. Boffo hielt den Stein und Robin sattelte den Hengst ab und goss Wasser aus dem mitgebrachten Ledersack in eine Felsmulde, die als Trog diente. Daneben schüttete er etwas gequetschten Hafer.

Dann begaben sie sich in die Hütte. Die spärliche Einrichtung bildeten einige roh gezimmerte Holzpritschen und ein Tisch in ihrer Mitte. In einer Ecke befand sich eine primitive Feuerstelle aus locker aufeinander geschichteten Geröllsteinen. Boffo zündete seine Kerzenlaterne an, breitete ein sauberes Tuch über den Tisch und darauf einige der Köstlichkeiten, die ihnen Merit mitgegeben hatte.

»So, da wären wir wieder mal unterwegs und allein auf uns gestellt«, sagte er. »Und ich kann nicht behaupten, dass ich mich unwohl dabei fühle.« Er steckte sich ein Stück kaltes Huhn in den Mund und verdrehte genüsslich die Augen.

»Kunststück, bei der Verpflegung!« Robin nahm sich ein Stück Brot und eine der geräucherten Würste. Er goss etwas von dem mitgebrachten Most in zwei Becher, füllte sie mit kaltem Quellwasser auf und reichte einen davon Boffo. »Doch bilde dir nicht ein, dass dies so bleibt. In Barnheim, Erinburg und Fort Trontil werden wir keine Versorgungsprobleme haben. Aber danach werden wir den Gürtel enger schnallen müssen.«

»Das bleibt abzuwarten. Schließlich habe ich meine Armbrust dabei. Und der eine oder andere Hase oder Fasan wird uns sicher über den Weg laufen. Sorgen um unsere Verpflegung würde ich mir erst machen, wenn wir tatsächlich weiter über das Nargathgebirge müssten. Die Nirondebene ist von Natur aus eine unwirtliche Gegend. Unter den jetzigen Umständen allerdings könnte ich mir nur schwer vorstellen, dort etwas Essbares zu finden.«

»Das sollte fürs Erste nicht unser Problem sein«, wandte Robin ein. »Zunächst einmal müssen wir unsere Aufgabe in Bahor erfüllen. Danach werden wir nach Fornland zurückkehren und gemeinsam über die weiteren Maßnahmen entscheiden. So ist der Beschluss des Rates.«

»Schon gut.« Boffo winkte ab. »Kein Grund zur Aufregung. »Doch ist es sicher kein Fehler, sich gedanklich schon einmal mit einer solchen Möglichkeit anzufreunden.«

›Na, das kann ja heiter werden‹, dachte Robin. ›Der Dickkopf scheint sich mehr in den Kopf gesetzt zu haben, als er bisher zugibt.‹

Eine Zeit lang aßen und tranken sie schweigend. Dann wickelte sich Boffo in seine Decke, drehte sich auf die Seite und bettete seinen Kopf auf eine von Borks Satteltaschen.

»Ich wünsche eine gute Nacht!«

»Gute Nacht!«, antwortete Robin. Im gleichen Moment hörte er schon ein sanftes Säuseln. Boffo war eingeschlafen.

Robin schlief unruhig. Das Holz der harten Pritsche drückte in seinen Rücken und das Pfeifen des Windes drang auch während des Schlafes in sein Bewusstsein. Erst gegen Morgen verlor er sich in einem beruhigenden Traum. Er lag zuhause in seinem Federbett. In der Küche hörte er seine Mutter wirtschaften und ein angenehmer Duft von Kaffee drang in seine Nase.

»Zeit zum Aufstehen!« Jemand rüttelte unsanft an seiner Schulter. Robin schlug die Augen auf. Der Geruch nach Kaffee war noch immer da.

»Du solltest dich langsam fertig machen, es gibt gleich Frühstück.«

Robins Blick folgte Boffo, der zur Feuerstelle ging und einige Holzstücke nachlegte. Der Kaffeegeruch entströmte einer Kupferkanne, die in der Glut stand. Daneben, in einer Eisenpfanne, brutzelten Speck und Spiegeleier. Im Handumdrehen war Robin auf den Beinen und schlüpfte in seine Stiefel.

»Dein Talent für Überraschungen ist ja mittlerweile bekannt, Boffo. Aber damit habe ich nun wirklich nicht gerechnet. Obwohl mir heute Morgen etwas Ähnliches träumte.«

»Tja, manchmal werden Träume war. Ich dachte mir, solange wir Bork dabeihaben und noch etwas Platz in seinen Satteltaschen ist, können wir auch einige überflüssige Dinge mitnehmen. Ein kleiner Holzvorrat fand sich hinter der Hütte. Und die Eier habe ich heute Nacht höchstpersönlich bewacht – damit sie nicht zerbrechen. Allerdings solltest du dir einen leichteren Schlaf angewöhnen. Zumindest für die nächste Zeit. Man hätte dich heute Morgen wegtragen können, und du hättest es nicht gemerkt.«

»Na, ja, ich dachte – solange du aufpasst, kann eigentlich nichts passieren.«

»Ich geb's auf.« Boffo schüttelte in gespielter Entrüstung den Kopf. Er schenkte heißen Kaffee ein und sie aßen den Speck und die Eier gleich aus der Pfanne.

»Unter diesen Umständen ist dieses Quartier hier mindestens genauso gut wie das in der Wegsteinklause«, bemerkte Robin kauend.

»Viel besser!« Boffo machte eine abwertende Handbewegung. »Dort unten ist es derzeit drückend eng und unbequem. Wegen der Schwertläufer, die den Pass bewachen sollen. Und dass die Verpflegung dort annähernd so gut wie diese wäre, kannst du getrost vergessen.«

Als sie zur Klause kamen, war von außen noch kein menschliches Lebenszeichen zu bemerken. Weißlicher Raum quoll aus dem Kamin. Ein Hund bellte und eine meckernde Ziege wollte anscheinend gemolken werden. Robin und Boffo hatten nicht vor, sich hier lange aufzuhalten. Am Brunnen machten sie halt, um Bork zu tränken und den Wassersack zu füllen.

Erst jetzt öffnete sich die Tür und zwei junge Männer kamen auf sie zu.

»Wer seid ihr und wohin wollt ihr?« fragte einer der beiden barsch.

»Reisende aus Fornland«, antwortete Robin. »Und wir wollen nach Fort Trontil. Dort werden wir erwartet.«

Er reichte den Wachen das Passschreiben des Fornlandrates.

»Schon gut!« Einer der Wächter hob ablehnend die Hand. »Ihr seid uns angekündigt worden. Doch seid vorsichtig. In der Gegend um Trog treiben sich zwielichtige Gestalten herum. Erst gestern wurde dort Vieh gestohlen.«

»Unser Weg führt über Erinburg«, erwiderte Robin. »Auf dem Weg dorthin haben wir etwas zu erledigen. Doch solltet auch ihr etwas vorsichtiger sein. Wenn wir gewollt hätten, wären wir leicht unbemerkt hier vorbeigekommen.«

»Mag sein!« Der zweite Schwertläufer winkte ab. »Reisende aus dem Süden sind nicht unser Problem. Wir richten unser Augenmerk nach Norden. Zum Wohle der Fornländer, wie ich hoffe.«

»Na dann, weiterhin viel Glück!« Robin schwang sich auf Bork und zog Boffo nach oben. Dann hob er die Hand zum Gruß und sie trabten talwärts. Boffo grüßte nicht.

»Ziemlich blauäugig, diese Thornländer«, murmelte er nur. »Höchste Zeit, dass einige von unseren Jungs ihren Dienst hier antreten.«

Thornland unterschied sich von Fornland in vielerlei Belangen. Nicht nur, dass selbst unter normalen Umständen das Wetter rauer war. Auch die Landschaft selbst war grundlegend verschieden. Anders als das harmonisch aus weiten Wäldern, Ackerland, Obstwiesen und Weinbergen gefügte Fornland, war Thornland ein Grasland. Zwischen dem Nargathgebirge im Westen und den Kirkunbergen im Nordosten erstreckt sich grünes Hügelland, so weit das Auge reichte. Selbst an diesem trüben Tag, an dem die Fernsicht alles andere als gut war, konnte man die Besonderheiten dieser Landschaft erahnen, deren Reiz in ihrer stimmungsvollen und beruhigenden Weite und Offenheit lag.

Bork kam bergab erwartungsgemäß schnell voran. Noch am frühen Vormittag erreichten sie die große Wegkreuzung. Dort, bei dem kleinen Weiler Kessel bogen die Reiter auf die Straße ab, die in nordöstlicher Richtung nach Barnheim führte. Rechts und links des Weges erstreckten sich ausgedehnte Viehweiden und wiesen auf den Haupterwerb der Thornländer hin. Doch nur wenige Rinder und Schafe waren innerhalb der eingezäunten oder mit Natursteinmauern abgegrenzten Weideflächen zu sehen. Die Bewohner, so schien es, hatten ihr Vieh in sichere Ställe oder Koppeln in der Nähe ihrer Höfe gebracht. Über allem lag eine merkwürdige Stimmung. Nur wenige Vögel waren zu sehen. Und keiner sang oder zwitscherte.

Gegen Mittag tauchten die Umrisse von Barnheim vor den Reisenden auf. Barnheim war eine ländliche Siedlung. Sie bestand hauptsächlich aus Bauerngehöften mit ihren Stallungen, größeren Gutshäusern reicher Viehbesitzer, einigen Geschäften für den täglichen Bedarf und einer Handvoll Wirtshäuser. Der Marktflecken, so konnte man ihn bezeichnen, zählte vielleicht 200 bis 300 Häuser. Er war mit einem Palisadenring umgeben, der wenig Schutz für die Bewohner versprach, wohl aber eher den Zweck hatte, das Vieh am Weglaufen zu hindern.

Das Westtor war geöffnet, doch versperrte eine rot-blaue Schranke den Weiterweg. Als Robin und Boffo dort anhielten, trat ein ältlicher Wächter mit wenig kriegerischem Äußeren aus dem Torhäuschen. Er war unbewaffnet. Lediglich ein Horn, wie es die Viehhirten benutzten, hing um seine Schultern.

»Wohin des Wegs?«, fragte er und seine Stimme klang mehr nach persönlicher Neugier als nach Befehl und Gehorsam.

Robin wiederholte seinen Spruch von der Wegsteinklause: »Reisende aus Fornland, die über Erinburg nach Fort Trontil wollen. Wir beabsichtigen hier nur kurz Rast zu machen. Könnt Ihr uns ein Gasthaus empfehlen? Möglichst in Ortsmitte.«

»Am besten, Ihr begebt Euch zum Schwarzen Ochsen direkt am Marktplatz«, antwortete der Wächter. »Dort pflegen Reisende abzusteigen.«

Damit öffnete er die Schranke und winkte die Reiter hindurch.

»Kein Wunder, dass hier in der Gegend öfters mal was verschwindet. Bei dem Eifer, den die Bevölkerung an den Tag legt«, brummte Boffo, als sie die Hauptstraße zum Marktplatz einschlugen.

Das gesuchte Gasthaus fiel den Ankömmlingen schon allein durch sein großzügiges Äußeres und die mit schmucken Schnitzereien verzierten Balken der Fachwerkfassade ins Auge. Auch ohne das schmiedeeiserne Wirtshausschild, das über dem Eingang prangte und einen schwarzen Ochsen in einem Kranz aus vergoldeten Hopfendolden zeigte, hätte man es als ›Erstes Haus am Platz‹ erkannt. Die beiden ritten in den Innenhof. Robin ließ Bork am Brunnen trinken. Dann führte er das Tier unter das Vordach eines Seitengebäudes, welches für Zug- und Reittiere vorgesehen war. Dort band er ihm seinen Futterbeutel mit Hafer um, nahm die Wertsachen aus den Satteltaschen und ging mit Boffo durch einen halbrunden Torgang in das Innere des Gebäudes.

Trotz der vielen Fenster mit ihren runden, klaren Butzenscheiben herrschte im Gastraum nur schummriges Dämmerlicht. An einem der Tische saßen eine Handvoll Gäste vor Bierkrügen und Tellern mit Hausmannskost. Ihrer Kleidung und ihrem Aussehen nach waren es Bauern oder Landarbeiter. Und wie es schien, machten sie gerade Mittagspause.

Robin und Boffo grüßten und wählten dann einen Platz am Fenster, von dem aus sie den Marktplatz überblicken konnten. Hinter der Theke schälte sich eine beleibte Gestalt mit weißer Schürze und weißer Zipfelmütze hervor und kam auf die neuen Gäste zu.

»Womit kann ich den Herren dienen?«, fragte er Robin freundlich. Boffo musterte er mit misstrauischem Blick. Elme waren in Thornland nicht mehr häufig anzutreffen und man begegnete ihnen dort mit Zurückhaltung. »Ich könnte heute gefüllte Täubchen anbieten. Oder Wildschweinbraten. Dazu Rotkohl und ein delikates Getreidemus. Wie wär's mit einer Hechtklößchensuppe als Vorspeise?«

»Nicht schlecht für einen Landgasthof,« murmelte Boffo.

»Bringt uns zwei Krüge Bier«, antwortete Robin. »Mit dem Essen hat es noch ein wenig Zeit. Wir warten auf jemanden. Er ist wohl nicht schon angekommen? Ein junger Mann in meinem Alter?«

»Nein. Jedenfalls nicht bei uns.« Die Stimme des Wirts klang auf einmal weniger freundlich. Er machte auf dem Absatz kehrt und begab sich wieder hinter seine Schanktheke. Augenscheinlich hatte er sich von Reisenden ein besseres Geschäft erwartet.

Seit Robin und Boffo den Gastraum betreten hatten, war es in der Ecke mit den Stammgästen ruhig geworden. Neugierig hatte man die neuen Gäste gemustert. Jetzt ließ sich einer der Anwesenden, ein kräftiger Geselle mit roten Backen, vernehmen.

»Die Herren sind wohl nicht aus der Gegend. Jedenfalls haben wir Euch noch nicht hier gesehen. Zumindest nicht im Schwarzen Ochsen.«

»Wir kommen aus Fornland. Und wir wollen heute noch weiter nach Erinburg.« Robin wollte nicht unhöflich erscheinen, obwohl er keine große Lust hatte, sich ausfragen zu lassen.

»Soso, nach Erinburg.« Der Wortführer schob seine Mütze nach vorne und kratzte sich hinter dem Ohr. »Dann nehmt Euch aber in Acht. Vor allem auf dem Weg dorthin. Die Gegend um die Stadt ist in letzter Zeit alles andere als sicher.«

»Ist das so? In welcher Beziehung denn?«, wollte Robin wissen.

»Seit dem Ausbruch des Nebelbergs ist nichts mehr so wie es war. Alles geht drunter und drüber.« Der kräftige Bursche mit den roten Backen machte eine abfällige Handbewegung und die anderen nickten zustimmend mit dem Kopf. »Sogar die Trolle wagen sich in letzter Zeit wieder aus den Kirkunbergen hinab in die Täler. Das hat es seit Jahrzehnten nicht mehr gegeben. Gut – der eine oder andere – ja. Um sich ein Rind oder ein paar Schafe zu holen. Der wurde schnell wieder vertrieben. Doch mittlerweile sind sie mutiger geworden. Und auch die Taruks lassen sich jetzt häufiger in der Gegend sehen. Wir wissen schon gar nicht mehr, wie wir unsere Herden bewachen sollen.«

Der Wirt kam zurück und stellte die Bierkrüge auf den Tisch.

»Erzähl keine Schauermärchen, Arno! Was sollen unsere Gäste denn von unserer schönen Gegend denken. Zwar hat es in letzter Zeit einige Vorkommnisse gegeben. Aber Magistrat und Regierung in Erinburg tun ihr Bestes. Die Straßen sind gut bewacht. Und die Stadt selbst ist wohl der sicherste Ort, den man sich in Thornland und darüber hinaus vorstellen kann. Man sollte sich nur nicht zu weit in unbewohnte Gegenden wagen.«

Arno schaute beleidigt. Und als sich der Wirt wieder hinter die Theke verzogen hatte sagte er leiser und hinter vorgehaltener Hand: »Schauermärchen – pah, dass ich nicht lache. Albin, der Wirt, redet sich leicht weil hier noch alles ruhig ist. Aber in Erinburg geschehen merkwürdige Dinge. Dort sollen sogar Männer verschwunden sein – spurlos! Und auch in der Stadt selbst treiben sich zwielichtige Gestalten herum. Man sagt, diese Eindringlinge aus Trintal oder Bahor, oder woher auch immer, versuchen dort Anhänger zu gewinnen.«

»Und die Schwertläufer? Werden sie nicht dafür eingesetzt, die Stadt wieder sicher zu machen?«, wollte Robin wissen.

»Nein, die sitzen in Fort Trontil und haben alle Hände voll zu tun, die Gegend um Koben und Krenn sauber zu halten. Zudem lassen sich die Stadtoberen von Erinburg nur ungern in die

Karten schauen. Die wollen sich nicht dreinreden lassen. Ich fürchte, solange man sich nicht einig ist, werden wir noch einige unliebsame Überraschungen erleben.«

Draußen vom Platz war Hufgetrappel zu hören. Robin schaute durchs Fenster und sah einen Reiter auf einem temperamentvollen Braunen. Er steuerte zielstrebig auf den Schwarzen Ochsen zu. Wenig später kam Bero ins Gastzimmer.

Er gab Robin die Hand und Boffo einen Klaps auf beide Schultern, wie unter alten Freunden. Ein Lächeln huschte über Boffos Gesicht. Der Elm mochte Bero sehr, das wusste Robin.

»Du bist pünktlich«, sagte Robin, als Bero sich an den Tisch setzte.

»Ich hatte auch einen kürzeren Weg als ihr«, erwiderte Bero. »Gestern Nachmittag bin ich von Dornburg aufgebrochen. Und die Nacht habe ich bei unseren Leuten am Ortulinpass verbracht.«

»Ihr wollt sicher auch nur einen Krug Bier, so wie Eure Reisegefährten?«, Der Wirt war an den Tisch gekommen und stellte ungefragt einen vollen Krug vor Bero.

»Den auch! Aber vor allem bin ich hungrig«, erwiderte Bero. »Was habt Ihr denn anzubieten?«

Die Miene des Wirts hellte sich augenblicklich auf und er zählte erneut die Speisen des Tages auf.

»Ich denke, ich nehme den Wildschweinbraten«, sagte Bero. Boffo entschied sich für ein gefülltes Täubchen und Robin, der nicht besonders hungrig war, bestellte einen Teller Suppe.

»Nun sind wir also wieder zusammen. Bereit für neue Abenteuer.« Bero hob den Bierkrug, ebenso wie Robin und Boffo. »Ich hoffe nur, es wird nicht wieder so turbulent, wie letzten Winter.«

»Diese Hoffnung könnte trügerisch sein.« Boffo wischte sich den Schaum vom Mund. Dabei machte er eine fast unmerkliche Augenbewegung hinüber zu dem Tisch, wo die Einheimischen saßen und aufmerksam lauschten. Bero verstand. Die drei pflegten von nun an eine allgemeinere Unterhaltung. Über Beros Abschied von Dornburg und über Dinge, die seit seiner Abreise aus Lindhag am Tag nach der Versammlung passiert waren. Bis schließlich das Essen kam. Wenig mehr als eine halbe Stunde später saßen sie wieder auf ihren Pferden. Verfolgt von den neugierigen Blicken der Einheimischen trabten sie die Hauptstraße des Ortes entlang, passierten das Nordtor und schlugen dann die Richtung nach Erinburg ein.

Die Straße war in gutem Zustand, ziemlich eben und sie führte geradewegs nach Norden. Rechts und links des Weges erstreckte sich eine weite, sanft hügelige Graslandschaft. Vereinzelte Baumgruppen kennzeichneten meist ein Gehöft oder einen Stall und bisweilen kamen sie an schilfumstandenen Fischweihern oder kleineren Seen vorbei, die auch dem Vieh als Tränke dienten.

Nur wenige Thornländer ließen sich sehen. Meist waren es Bauern oder Viehzüchter, die mit Fuhrwerken oder auch zu Pferd unterwegs waren und den Reisenden argwöhnische Blicke zuwarfen. Robin und Bero grüßten freundlich, und wenn einer der Vorbeikommenden Boffo bemerkte, waren die drei schon ein gutes Stück weiter.

Vor allem Bero schien sich außerordentlich wohl zu fühlen. Robin hatte den Eindruck, dass er froh war, für einige Zeit seiner eintönigen Beschäftigung im Kontor seines Vaters und den immer gleichen Abläufen in der Schwertläuferschule entronnen zu sein. Und er schien sich auch äußerlich gut auf die bevorstehenden Aufgaben vorbereitet zu haben.

Aus Dornburg hatte ihn Robin stets bieder gekleidet in Erinnerung, mit dicker Felljacke und Wollhemd. Jetzt trug er die zweckmäßige und kampferprobte Kleidung der Schwertläufer: eng anliegende und dennoch bequeme Hosen aus braunem, wetterfest gegerbten Leder, halbhohe Stiefel, einen rotbraunen Waffenrock und darüber einen halblangen Mantel aus Lodentuch mit angeknüpfter Kapuze. Auf dem Kopf saß ihm eine runde, bestickte Kappe mit einer Birkhahnfeder. Das lange Schwert trug Bero nach Art der lusilischen Bogenschützen quer über dem Rücken und am Sattel seines Pferdes hing ein Köcher mit einem Dutzend Pfeilen und seinem Langbogen. Sein Gepäck war in einer Art Mantelsack, den man auch als Fußgänger nutzen konnte, hinter den Sattel geschnallt.

Dennoch hatte Robin das Gefühl, dass etwas an Bero fehlte. Auch Boffo schien diesen Eindruck zu haben. Er musterte Bero aufmerksam. Und als Bork und Beros Brauner, er hörte auf den Namen Rollo, nebeneinander her trabten, sagte er: »Ich dachte mir schon, dass ihr in Dornburg nicht immer ganz auf dem neuesten Stand seid.« Mit diesen Worten holte er aus einer von Borks Satteltaschen ein kleines Leinenpäckchen heraus und warf es Bero zu. »Für dich, mit den besten Grüßen von meinem Bruder Taril.«

Bero fing es mit einer Hand auf. Es schien ziemlich leicht zu sein. Er ließ Rollos Zügel los und löste die blaue Schleife um das Päckchen. Heraus glitt, geschmeidig und lautlos, ein silberhelles Flies und breitete sich auf Beros Schoß aus.

»Ein Ringpanzerhemd aus gediegenem Forn«, stammelte Bero. »Ich weiß nicht, was ich dazu sagen soll. Es ist sicher ein Vermögen wert.«

»Mindestens! Es ist beste Elmenarbeit«, ergänzte Boffo. Das Funkeln in Beros Augen schien ihm Dank genug. »Du wirst es vielleicht brauchen und es wird dir passen. Taril hat es nach meinen Angaben gefertigt. Mit Hilfe einiger Anderer. In weniger als drei Monaten, was eine außergewöhnlich kurze Zeit für ein solches Prachtstück ist. Ich bin sicher, es gibt in Dornburg kein zweites dieser Sorte. Doch jetzt steck es wieder weg. Heute Abend wird Zeit zum Anprobieren sein.«

Für den restlichen Weg nach Erinburg hatten Robin und Boffo ihren Spaß an der fast kindlichen Freude Beros über das Geschenk der Elme. Doch war sich Robin sehr wohl bewusst, dass ihm sein eigenes Panzerhemd innerhalb kurzer Zeit gleich zweimal das Leben gerettet hatte. Ganz uneigennützig, zumindest aus der Sicht der Gemeinschaft, hatte Boffo sicher nicht gehandelt.

Erinburg war die größte und einzige Stadt Thornlands. Und genau genommen passte sie so gar nicht in diese ländliche Gegend. Sie war viel älter, als alle anderen Siedlungen der Umgebung und zu der Zeit entstanden, als auch die Festungen Bahor und Trintal erbaut wurden. Dies behaupteten zumindest manche Thornländer, die sich mit der Geschichte des Landes beschäftigten.

Als die drei Gefährten den Rand des Tals der Flessa erreichten, hielten sie inne. Obwohl sie, jeder für sich, schon öfters hier waren, ging es ihnen wie allen Reisenden, die erstmals oder wiederholt an diese Stelle kamen. Ihnen bot sich ein beeindruckender Anblick. Am Talgrund vor ihnen breitete sich eine perfekt runde Stadt aus, umgeben von einer archaischen Mauer. Zahlreiche Türme und Tore zierten sie. Doch inmitten der Stadt erhob sich ein Turm, der alle anderen Bauwerke weit überragte. An ihm vorbei floss die Flessa und kühn geschwungene Brücken überspannten ihre Ufer.

Sie ritten hinunter in das Tal und ihr Blick von oben wechselte mit dem von vorne auf die trutzige Mauer und ein ebensolches Tor, in dem die Straße verschwand. Jeder Ortsfremde musste sich wundern, woher die Erbauer die Steine für diese Anlage genommen hatten. Und wie man sie transportiert hatte. Den es waren keine kleinen Steine, sondern mächtige Quader. Und selbst wenn man genau hinsah, konnte man keine Mörtelfugen zwischen ihnen entdecken.

Die Flügel des Haupttores waren geschlossen. Doch in ihm gab es eine zweite Pforte. Gerade so groß, dass ein Fuhrwerk von normaler Höhe und Breite hindurchpasste.

Es war früher Abend, als Robin, Bero und Boffo das Tor erreichten. Doch bereits senkte sich Dunkelheit über die Landschaft und die Wächter waren gerade dabei, auch die kleinere Pforte zu schließen. Robin reichte sein Passschreiben und machte sich auf die übliche Reihe lästiger Fragen gefasst.

»Ihr seid also der junge Herr Rob.« Der Wächter, der das Schreiben überflogen hatte, blickte Robin an. »Euren Vater kenne ich. Erst vor vier Wochen ist eine lang erwartete Lieferung Eures Handelshauses hier eingetroffen. Das war noch vor dem Ausbruch des Nebelbergs, als alles noch seine Ordnung hatte. Doch Euer Vater war nicht dabei. Ich hoffe, er ist wohlauf.«

»Ist er«, antwortete Robin. »Aber er ist auch sehr beschäftigt. Und in diesen Zeiten natürlich umso mehr.«

»Und diese beiden Herren begleiten Euch also?« Er warf einen Blick auf Bero und dann auf Boffo, der hinter Robin saß und griesgrämig nickte.

»So ist es. Wenn Ihr mich denn so bezeichnen wollt. Ich bin nur der Diener dieser beiden Herren und auf deren Wohlergehen bedacht. Und in dieser Funktion wäre ich Euch sehr für den Hinweis auf eine angemessene Unterkunft dankbar. Wenn möglich mit empfehlenswerter Küche.«

»Na ja, Euer Vater steigt immer im Goldenen Bären ab«, sagte der Wächter an Robin gewandt, die etwas spitze Bemerkung Boffos geflissentlich ignorierend. »Gute Betten, gutes Essen und das Bier ist in weitem Umkreis berühmt. Das Gasthaus liegt direkt am Marktplatz. Haltet immer auf den Stadtturm zu. Er führt Euch direkt dorthin.«

Die drei bedankten sich und machten sich auf den Weg ins Stadtinnere.

Im Gegensatz zur Stadtmauer mit ihren Türmen stammten die Häuser der Stadt offensichtlich aus jüngerer Zeit. Meist waren es drei- bis vierstöckige Gebäude mit freundlichen, steinernen Fassaden, die sich zu beiden Seiten der Straße erhoben. An den Straßenecken hingen Öllampen in Form von verglasten, schmiedeeisernen Straßenlaternen. Ihr trübes Licht war gerade ausreichend, um den Weg zu finden. Je weiter die Ankömmlinge ins Innere der Stadt kamen, umso enger und verwinkelter wurden ihre Straßen und Gassen. Aber über allem thronte der gewaltige Stadtturm und wies untrüglich den Weg zur ihrer Mitte. Schließlich öffneten sich die Häuserfronten zu einem weiträumigen Platz und machten den Blick auf den Turm in seiner vollen, imposanten Größe frei. Er war aus den gleichen großen Quadern wie die Stadtmauern errichtet und er schien genauso alt zu sein. An seinem Fuße floss die Flessa entlang und als die drei Gefährten eine der zwei gewölbten Steinbrücken überschritten, sahen sie an der gegenüberliegenden Seite des Platzes ein beleuchtetes Wirtshausschild blinken. ›Gasthof und Brauerei zum Goldenen Bären‹ stand darauf.

Dass man im Goldenen Bären mit Gästen umzugehen wusste, merkten die Ankömmlinge bereits, als sie in den Hof ritten. Sofort eilte ihnen ein Stallknecht entgegen, um die Pferde in Empfang zu nehmen.

»Kurt, zu Euren Diensten. Wie ich am Gepäck sehe, wollen die Herren heute Nacht hier Quartier beziehen?«

»Das wollen wir. Ich hoffe es sind noch Betten frei«, antwortete Robin.

»Keine Sorge, Herr. In diesen Zeiten müssen wir nicht gerade wegen Überfüllung schließen. Auch sonst lässt sich bei uns immer ein Plätzchen finden. Der Goldene Bär hat noch keine rechtschaffenen Reisenden auf der Straße stehen lassen.«

Robin und Bero nahmen den Pferden das Gepäck ab. Robin gab dem Knecht ein Geldstück.

»Vielen Dank, Herr. Für die Pferde wird bestens gesorgt. Auch um Sättel und Zaumzeug braucht Ihr Euch nicht zu kümmern.« Damit verschwand Kurt mit Borg und Rollo am Zügel in der rundbogigen Einfahrt des Stallgebäudes.

Die drei betraten die Vorhalle des weitläufigen Gebäudes. Hier verbreiteten Öllampen schummrig gelbes, dennoch freundliches Licht. An der Längsseite des Raumes stand ein Tresen. Dahinter war niemand zu sehen. Robin läutete die Glocke, die darauf stand. Eine Zeit lang tat sich nichts. Dann waren die schlurfenden Schritte von Pantoffeln zu hören. Im Durchgang zu den Gasträumen erschien eine wohlbeleibte Gestalt mit weißer Schürze und einer weißen, runden Mütze.

»Guten Abend, die Herren. Womit kann ich dienen?

»Wir möchten übernachten – und vorher nach Möglichkeit etwas essen«, erwiderte Robin.

»Natürlich.« Der Wirt schlug eine Kladde auf, die auf dem Tisch lag und tunkte die darin liegende Feder in ein Tintenfass. »Darf ich nach Euren Namen fragen?«

»Mein Name ist Robin Rob aus Lindhag, und das ist Herr Bordin aus Dornburg.« Robin deutete auf Bero.

»Na, so was! Der Herr Robin! Endlich lerne ich Euch einmal kennen. Wo uns doch Euer Vater schon seit vielen Jahren mit seinen Besuchen beehrt. Obwohl ich ihn in letzter Zeit selten gesehen habe. Welche Geschäfte führen Euch denn an Eures Vaters Stelle nach Erinburg?«

»Keine Geschäfte. Wir sind auf dem Weg nach Fort Trontil. Die dortige Garnison verstärkt sich derzeit mit Schwertläufern aus Fornland und Lusilien. Und auch wir werden erwartet.«

»Ja, so ändern sich die Zeiten, Herr Robin. Euer Vater hat immer viel von Euch erzählt. Dass Ihr sehr mit Eurem Studium beschäftigt seid, und dergleichen. Und jetzt diese unerfreulichen Ereignisse.«

Erst jetzt fiel sein Blick auf Boffo, der bisher unauffällig unter der Brüstung des Tresens gestanden hatte.

»Wenn ich mich nicht irre, dann ist der kleine Herr dort unten der Herr Boffo. Ihr wollt Euch doch nicht etwa auch bei den Schwertläufern melden?«

»Wollt Ihr mich auf den Arm nehmen, Herr Wirt«, knurrte Boffo. »Meine Aufgaben sind andere. Zum Beispiel dafür zu sorgen, dass die beiden hier genügend zu essen bekommen.«

»Keine Sorge. Darum werde ich mich persönlich kümmern.« Der Wirt nahm Boffos Bemerkung nicht übel. »Ihr seid doch mit einem gemeinsamen Zimmer für drei Personen einverstanden?«

Robin und Bero nickten und der Wirt nahm einen großen Schlüssel vom Schlüsselbrett hinter dem Tresen.

»Nr. 17 im ersten Stock. Ein sehr komfortables Zimmer. Wenn Ihr Euer Gepäck hinaufbringen wollt. Danach erwartet Euch unsere Kellnerin im Speisesaal.«

Damit beugte er sich über seine Kladde und trug die Namen der neuen Gäste ein.

Wie zu erwarten, ließ das Essen im Golden Bären nichts zu wünschen übrig. Robin und Bero bestellten die Spezialität des Hauses: Schmorbraten mit in zerlassener Butter geschwenkten Fingernudeln. Boffo nahm mit einer Portion Gulasch und einem Semmelkloß vorlieb.

Die Portionen waren reichlich, und die Reisenden nach dem opulenten Mahl ziemlich müde. Dennoch entschieden Robin und Bero, sich noch einem Krug des weithin gerühmten Erinburger Bieres in der Braustube des Wirtshauses zu genehmigen. Boffo zog es vor, sich aufs Zimmer zurückzuziehen. Er entschuldigte sich damit, auf das Gepäck aufpassen zu wollen.

»Trinkt nicht mehr zu viel heute Abend«, ermahnte er die beiden. »Wir haben morgen einen anstrengenden Ritt vor uns. Und denkt daran: der eigentliche Zweck unserer Reise sollte unter uns bleiben.«

Robin nickte, gürtete sich Thorndil um die Hüfte und zog mit Bero los.

Die Braustube war, nach dem Speisezimmer und der großen Stube, der dritte Gastraum des Goldenen Bären. Und sie hatte nicht nur den Namen, sondern war auch tatsächlich die Brauerei des Anwesens. Davon zeugten die Braupfannen und Kupferkessel, die gerade in Betrieb waren. Allerdings hatte man den Raum durch eine lange Theke geteilt und ihm dadurch auch die Funktion einer Trinkstube oder Bierschwemme verliehen.

Als Bero und Robin die Schänke betraten, quoll ihnen eine dichte Rauchwolke und lautstarkes Stimmengewirr entgegen. Die Gäste, darunter viele Einheimische oder zumindest solche, die nicht im Goldenen Bären logierten, saßen auf Bänken und an Tischen, oder standen einfach an der Theke herum.

Dorthin begaben sich auch die beiden Neuankömmlinge und Bero bestellte zwei Krüge Bier. Ein kräftiger Schankkellner mit gutmütigem Gesicht zapfte das Getränk aus einem Fass. Er ließ die Glaskrüge mit hörbarem Knall auf die Theke sausen, so dass der Schaum über den Gläserrand quoll.

»Ihr seid wohl nicht von hier?«, fragte er, während er mit einem Lappen das verschüttete Bier auf der Theke zusammenwischte.

»Wir sind Schwertläufer aus dem Süden und nur auf der Durchreise«, antwortete Robin.

»Das lobe ich mir. Ich dachte schon, Ihr gehört auch zu diesen Gästen der besonderen Art, die sich seit einigen Tagen hier herumtreiben. Aber, was soll ich sagen, die Stadtoberen werden schon wissen, wen sie hier hereinlassen und wen nicht.«

»Gäste der besonderen Art? Was meint Ihr damit?«, wollte Robin wissen.

»Na, zum Beispiel diese Burschen dort drüben.« Der Schankkellner machte eine Kopfbewegung in Richtung einer Gruppe Männer, die sich um einen Stehtisch in der Ecke des Raumes scharten und sich lautstark zuprosteten. »Einige von den Kerlen sind ja von hier. Aber die anderen wechseln ständig. Weiß der Teufel, wie die hier in dir Stadt kommen und wo sie wohnen. Aber solange sie hier nur zechen und nicht randalieren, kann's mir egal sein.«

In diesem Moment löste sich eine Gestalt aus der Gruppe und wankte auf die Theke zu, in der Hand mehrere leere Krüge.

»He Paul! Steh nicht müßig in der Gegend herum, sondern schenk uns noch eine Runde ein!« Damit knallte er die leeren Krüge auf den Tresen.

»Immer mit der Ruhe!« Paul nahm die Krüge und wandte sich wieder seinem Bierfass zu. Auch Robin und Bero nahmen einen tiefen Schluck aus ihren Krügen. Dabei hatte Robin die Gelegenheit, die Gruppe in der Ecke genauer in Augenschein zu nehmen.

»An zu viel Bier kann's eigentlich noch nicht liegen, wenn ich heute Abend nicht mehr klar sehe. Aber ich will auf der Stelle tot umfallen, wenn das nicht der Kerl aus dem Roten Greifen in

Dornburg ist.«

Nun schaute auch Bero in die Richtung, die ihm Robins Blick andeutete.

»Du hast recht. Das ist Thronk Vautthir. Der Kerl wird schon geraume Zeit steckbrieflich in Dornburg gesucht. Wegen Aufwiegelung und Landesverrats. Vor einigen Wochen war er dann von einem Tag auf den anderen wie vom Erdboden verschluckt.«

Zweifelsohne hatte auch Thronk die Ankömmlinge erkannt. Denn er verhielt sich höchst seltsam, tuschelte mit seinem Nachbarn und warf nervöse Blicke in ihre Richtung. Dann legte er einige Geldstücke auf den Tisch, und drückte sich, unauffällig wie er meinte, in Richtung Ausgang.

»Ich befürchte, der Typ wird uns noch Ärger machen. In welcher Form auch immer«, raunte Robin. »Wir sollten ihn nicht so einfach gehen lassen.«

»Aber was sollen wir tun? Wir können nicht die ganze Stadt in Aufruhr versetzen. Wegen eines Verdachts, den wir hier nicht einmal beweisen können.«

»Zumindest könnten wir feststellen, wo der Kerl hingeht. Und zwar möglichst, bevor er verschwunden ist. Du wartest hier auf mich, Bero!«

Mit diesen Worten eilte Robin zur der Tür, die zum Herbergsgebäude führte. Auf dem Weg, auf dem sie das Gasthaus betreten hatten, verließ er es auch wieder und querte den Hof. Das Haupttor war verschlossen. Doch ließ sich einer der Riegel von innen zurückschieben und öffnete eine kleine Durchgangstür. Robin trat auf den großen Platz. In einer Entfernung von vielleicht 150 Schritten sah er im fahlen Licht einer Straßenlaterne eine Gestalt, die auf die Brücke neben dem Stadtturm zustrebte. Robin folgte ihr. Als er zur Brücke kam, war die Gestalt verschwunden. Robin blieb auf der höchsten Stelle des Brückenbogens stehen und hielt Ausschau. Der größte Teil des Platzes lag im Dunkeln. Plötzlich hörte er leise Tritte. Doch kamen diese von unten, von dort, wo die Flessa in einem tiefen, gemauerten Flutgraben unter ihm vorbeizog.

Robins Augen versuchten angestrengt, das Dunkel unter ihnen zu durchdringen. Die Geräusche hatten aufgehört. ›Hat keinen Zweck‹, dachte er und ging wieder zurück. Im Vorbeigehen bemerkte er am Beginn der Brücke einen Treppenabgang, der jenseits der gemauerten Brüstung des Flutgrabens nach unten führte. Er schwang sich über die niedrige Mauer auf den obersten Treppenabsatz. Dort lockerte er Thorndil in der Scheide und stieg die Stufen nach unten. Am Grunde der Flutmulde war es totenstill. Nur das leise Wellengeräusch der Flessa war zu vernehmen.

Am Ende der Stiege erreichte Robin einen schmalen Steig. Diesem folgte er unter die Brücke, sich mit der rechten Hand an der Ufermauer entlang tastend. Nach nur wenigen Schritten, direkt unterhalb des Brückenbogens, sah Robin zu seiner Rechten die pechschwarzen Umrisse eines Gewölbeganges. Der Ufersteig vor ihm hatte geendet und führte im rechten Winkel zur Flessa am Rande eines Kanals in den Tunnel. Ein modriger Hauch wehte aus der Öffnung.

Robin blieb stehen. Die Situation schien ihm bedenklich. Die Tiriphe würde mehr wissen. Er zog sie heraus und sie leuchtete schwach. ›Der Kerl ist also noch in der Nähe‹, dachte Robin. Lautlos zog er Thorndil aus der Scheide. Dann bückte er sich, brach etwas Moos aus einer Mauerfuge und warf es vor sich in den Kanal. Fast im gleichen Augenblick zuckte eine Schwertklinge aus der Dunkelheit. Der Hieb ging um die Ecke und hätte einen unvorbereiteten Gegner sicher getroffen. Doch Robin war nicht unvorbereitet. Er hatte mit einem Angriff gerechnet und war einen Schritt zurückgetreten. Der Schwertstreich ging ins Leere. Darauf hatte Robin gewartet. Mit einem Schlag von Thorndils Breitseite verlängerte er die Abwärtsbewegung von Thronks Schwert. Dessen Klinge prallte auf die Mauerbrüstung. Das Schwert entglitt seinem Besitzer und verschwand mit einem glucksenden Geräusch in den Fluten der Flessa.

Unterdrücktes Fluchen drang aus dem Gewölbe. Dann hörte Robin Schritte, die sich schnell entfernten. Er tastete nach dem Sirgenstein in seiner Tasche und zog ihn heraus. Fahlweißes Licht erhellte die nähere Umgebung. Robin bog um die Ecke, den Sirgenstein in der einen, Thorndil in der anderen Hand und folgte dem schmalen Absatz am Rande des Kanals in das Innere des Tunnels. Dann blieb er stehen und lauschte. Die Schritte waren verstummt. In einiger Entfernung hörte er Plätschern, wie das der Bugwelle eines Bootes. Danach das Geräusch von Rudern, die ins Wasser getaucht wurden.

Plötzlich hallte eine Stimme durch die Dunkelheit: »Nimm dich in Acht, Fremder! Wir wissen, was ihr im Schilde führt! Keiner eurer Schritte wird von nun an unbeobachtet bleiben!«

Dann war es still. Robin hielt den Sirgenstein in die Höhe und ging langsam weiter. Nach ungefähr dreißig Schritten hörte der Steig auf. Einige Stufen führten dort zur Wasseroberfläche. An ihrem Beginn war ein dicker, eiserner Ring in den Boden eingelassen. Von der gewölbten Tunneldecke tropfte Wasser aus den Fugen und bildete weiße Ablagerungen. Übler Geruch erfüllte die Luft.

Robin ging zurück. Am Ende der Stiege steckte er den Sirgenstein wieder in die Tasche und Thorndil in die Scheide. Dann querte er den Platz und begab sich auf dem gleichen Weg, den er gekommen war, zurück zur Trinkstube.

Bero stand immer noch am Tresen und wartete ungeduldig. Thronks ehemalige Gesellschaft in der Ecke hatte sich merklich gelichtet und die Verbliebenen musterten Robin misstrauisch. Die Anwesenheit der beiden Schwertläufer schien ihnen Respekt abzunötigen. Robin warf einen verächtlichen Blick in ihre Richtung, ging hinüber zu Bero und schilderte ihm das Erlebte.

»Dann ist also der Feind durch seine Spione gewarnt«, sagte Bero nachdenklich. »Unsere Ankunft in Bahor wird nicht unbemerkt bleiben.«

»Das habe ich erwartet«, antwortete Robin. »Aber zumindest wissen wir jetzt, woran wir sind. Doch was ich nach diesem

Ausflug in die Unterwelt dringend brauche, ist ein kühler Schluck. Ich habe diesen Gestank noch immer auf der Zunge.« Er trank seinen Krug leer und winkte dem Schankkellner: »Bring uns noch zwei Krüge Bier, Paul!«

»Dein Verhalten gestern Abend war ausgesprochen leichtsinnig.« Boffo war hörbar ungehalten. Die drei saßen beim Frühstück und Robin hatte gerade sein Erlebnis geschildert. »Du hättest durch dein eigenmächtiges Handeln beinahe unser ganzes Unternehmen gefährdet. Dieser Thronk hätte dich gegen den helleren Hintergrund des Tunneleingangs sehen können. Erst recht, als du den Sirgenstein in die Hand nahmst. Nicht auszudenken, was passiert wäre, wenn er einen Bogen im Boot liegen gehabt hätte.«

»Hatte er aber nicht«, erwiderte Robin trotzig. »Hätten wir denn tatenlos zusehen sollen, wie dieser steckbrieflich gesuchte Bursche uns ausspioniert?«

»Nur ruhig!« Boffos Stimme klang jetzt weniger ärgerlich. »Am besten wäre es gewesen, wenn ihr euch nach dem Essen gleich schlafen gelegt hättet. Doch im Nachhinein ist man immer schlauer. Nun ist unsere Anwesenheit hier und höchstwahrscheinlich auch das Ziel unserer Reise kein Geheimnis mehr. Noch besser hätten wir unser Kommen nur noch ankündigen können, wenn wir eine schriftliche Note nach Bahor geschickt hätten. Allerdings, bei genauer Betrachtung der Dinge«, dabei legte Boffo seine Hand versöhnlich auf Robins Arm, »hat uns dein Abenteuer auch eine wichtige Erkenntnis beschert. Der Weg dieses Thronk lässt vermuten, dass diese Kerle einen geheimen Eingang in die Stadt kennen. Wer weiß, ob dieses Wissen sich nicht später noch als nützlich erweisen könnte.«

»Eines kommt mir sowieso merkwürdig vor«, gab Bero zu bedenken. »Erst dieser Geheimgang in Dornburg. Dann hier. Könnte es sein, dass irgendwelche Aufzeichnungen, von denen wir nichts wissen, dem Feind in die Hände gefallen sind?«

»Wäre natürlich möglich.« Boffo goss sich noch eine Tasse Tee ein. »Dann bleibt zu hoffen, dass die nicht auch schon mehr über die geheimen Eingänge von Bahor oder gar von Ormor wissen, als uns lieb sein könnte.«

Mit reisefertigem Gepäck standen Robin, Bero und Boffo wenig später in der Eingangshalle und Robin läutete.

»Nanu, wollen die Herren schon abreisen?« Der Wirt kam aus der Küchentür und wischte sich die Hände an der Schürze ab.

»Wir müssen leider. Die Pflicht ruft. Wie weit ist es bis Fort Trontil?«

»Zehn Meilen. Wenn alles gut geht, seid Ihr am frühen Vormittag bereits am Ziel. Und richtet bitte Herrn Ragnar Reitmor die besten Grüße vom Wirt des Goldenen Bären aus. Friedloff Eberwein ist mein Name. Wir sind gut bekannt und der Kommandant ist öfters hier zu Gast.«

»Das tun wir gerne! Und vielen Dank für die gute Bewirtung!« Robin zog seine Geldbörse auf der Tasche, zählte den Betrag auf den Tresen, den der Wirt behände addiert hatte und legte noch einige zusätzliche Münzen als Trinkgeld dazu. Dann nahmen sie ihre Taschen und Bündel und gingen in den Hof, wo Kurt schon die Pferde fertig gesattelt und vors Haus geführt hatte.

Sie ritten hinaus auf den Marktplatz und folgten dem Weg, der entlang der Flessa zum westlichen Stadtrand von Erinburg führte.

Am Ende des Platzes, wo die Straße in Richtung Westtor einmündete, kamen sie an einem Laden vorbei. Der Besitzer war gerade dabei, die Auslagen seines Sortiments auf den Gehweg zu stellen.

»Lebensmittel und Feinkost A. Grünling«, las Robin vor.

»Das trifft sich gut!« Boffo lugte hinter Robins Rücken hervor. »Auch wenn wir uns in Fort Trontil mit den nötigsten Grundnahrungsmitteln eindecken können, sind ein paar zusätzliche Leckerbissen für die Reise nicht zu verachten.«

Bero und Robin banden die Pferde an einen Ring in der

Hausmauer. Sie betraten den Laden. Es duftete nach Gewürzen, Kräutern, geräucherten Wurstwaren und sogar nach frisch geröstetem Kaffee.

»Womit kann ich den Herren behilflich sein?«, fragte der Besitzer, der sofort hinter die Ladentheke geeilt war.

Robin und Bero deuteten auf dies und das. Vor allem auf Dinge, die ihrem momentanen Appetit entsprachen: frische Semmeln, Schinken, geräucherte Leberwurst und verschiedene Sorten Käse. Während die beiden einkauften, ging Boffo im Laden umher und machte auf einem Zettel Notizen. Dann ging auch er zur Ladentheke.

Robin und Bero staunten nicht schlecht über Boffos Liste. Ebenso der Krämer, als er sich an die Arbeit machte und die Waren aus den Regalen holte: getrocknete Bohnen, Mehl, verschiedene Sorten getrocknetes Obst, Nusskerne verschiedener Art, Zwieback und Dauerbrot, fetten, durchwachsenen Speck, luftgetrocknete Würste aus Rindfleisch, harten Käse, ein Päckchen Salz und gemahlenen Pfeffer, Zucker, etwas Tabak, einige Süßigkeiten aus Honig, Karamell und Mandeln und eine Tüte gemahlenen Kaffee.

»Wie ich sehe, planst du für einen längeren Aufenthalt, oder gar eine Reise?« Robin konnte sich diese Äußerung nicht verkneifen, und Bero grinste. Doch Boffo blieb ungerührt.

»Ihr solltet besser als ich wissen, dass eine Garnison kein Ferienhotel ist. Dort gibt es nur karge Kost. Und wir wissen nicht, wie lange uns unser Auftrag in Fort Trontil festhalten wird. Ihr werdet mir noch dankbar sein.«

»Wenn ich Euch etwas als idealen Reiseproviant empfehlen darf, dann vielleicht dieses hier«, bemerkte der Krämer, der Robins Äußerung mitbekommen hatte. Er deutete auf etwas hinter einer Glasauslage, das wie ein gehaltvoller Früchtekuchen aussah. »Eine Spezialität unseres Hauses. Sehr nahrhaft und dauerhaft haltbar. Wir nennen es Hemir. Die Holzfäller im Fermwald schwören darauf. Es gibt Kraft und ist leicht zu transportieren.«

Boffo ließ einige größere Stücke davon einpacken. Als alles beisammen war, verstaute der Krämer die Einkäufe in zwei Säcken und band sie mit einer Schnur oben zusammen.

»So werdet Ihr alles gut transportieren können«, sagte er. Robin zahlte etwas über sechs Dorin, einen nicht unerheblichen Betrag für einen Lebensmitteleinkauf. Dafür half der Krämer, die Sachen nach draußen zu den Pferden zu bringen.

»Beehrt uns bald wieder!«, rief er den Reisenden nach, als sie aufsaßen und davon ritten.

»Ich glaube, das könnte einige Zeit dauern«, sagte Robin zu Bero. Sie ließen Bork und Rollo in schwungvollen Trab fallen, so dass Boffo hinter Robins Rücken alle Hände voll zu tun hatte, die Säcke mit den Lebensmitteln zu ordnen und festzuhalten.

Zwölftes Kapitel

Die Goldene Statue von Bahor

Bald nach Erinburg gabelte sich die Straße. Von hier aus konnte man auf dem kürzesten Weg über die Ortschaft Trog den Tivuilpass erreichen, wenn man sich links hielt. Doch die Reisenden wählten die rechte Abzweigung. Sie querten die Brücke über die Flessa und machten sich auf in das Hochland von Egulin.

Die Landschaft, durch welche sie jetzt ritten, war noch immer hügelig. Doch war sie nicht mehr so grün, wie die saftigen Weidegründe Süd-Thornlands. Ein Großteil der Grasflächen war von niederem Strauchwerk durchsetzt. Verschiedentlich bedeckten Hochmoore die Ebenen zwischen den Hügeln – erkennbar durch ausgedehnte Teppiche von Wollgras, welches schon jetzt weiße Büschel an den Enden seiner Ähren bildete. Bei schönem Wetter mochte die Gegend reizvoll sein. Doch in der trüben und düsteren Stimmung dieses Vormittags wirkte sie trist und eintönig. Es gab kaum Bäume. Aus Südwesten wehte ein kühler Wind und trieb schwere, tiefhängende Wolken nach Nordosten. Aus dieser Richtung konnte man als dunkle Schatten die Ausläufer des Fermwalds erkennen. Er lieferte das Holz für Erinburg. Und er war seit einiger Zeit kein idyllisches Fleckchen Erde mehr. Selbst die Holzmacher wagten sich nur noch unter dem Schutz Bewaffneter dorthin. Nicht allein wegen der Bergtrolle, die neuerdings auf der Suche nach Nahrung und anderer Beute öfters dort unterwegs waren. Es waren die Kaurok, die, seit sie von Trintal nach Süden ausgeschwärmt und bis Bahor gekommen waren, auch den Fermwald zu ihrem Jagdgrund erkoren hatten. Und mit ihnen waren grausame Taruks gekommen. Robin musste öfters hinüber sehen und der Anblick dieses Waldes erfüllte ihn mit Unbehagen. Dann verschwand er allmählich aus der Sicht und damit aus dem Sinn der Reisenden. Und auch die Wolken hielten ihre Last zurück. Es blieb trocken – vorerst zumindest.

Am frühen Vormittag kamen sie nach Krenn, einer Ortschaft mit vielleicht fünfzig Häusern. Auf den ersten Blick sah es so aus, als wäre das ganze Dorf ausgestorben. Kein Hund bellte und kein Hahn krähte. Auch von Rindern und Schafen, dem Haupterwerb dieser Gegend, war nichts zu sehen. Nur bei genauem Hinsehen bemerkte Robin, dass sich bisweilen ein Vorhang bewegte oder sich der Spalt eines Fensterladens öffnete. Am Dorfbrunnen ließ eine alte Frau Wasser in eine Tragebutte laufen.

»Was ist hier los, Mütterchen? Wo sind die ganzen Leute?«, fragte Robin und zügelte Bork neben dem Brunnen. Auch Bero hielt an.

»Wohin schon. Fort!« Die alte Frau schien verängstigt. »Die meisten zumindest. Haben die Tiere in Sicherheit gebracht. Wer seid ihr überhaupt?«

»Schwertläufer auf dem Weg nach Fort Trontil«, antwortete Bero, der abgestiegen war und die Wasserflaschen füllte.

»Na, vielen Dank. Wenn ihr die einzigen seid, die uns die thornländische Regierung schickt, dann wird sich hier in nächster Zeit nicht viel ändern.«

»Tut uns leid, wenn ihr hier so viele Schwierigkeiten habt«, erwiderte Robin, während er die Pferde zum Brunnentrog führte. »Ich bin sicher, unsere Leute tun, was sie können, um die Gegend sicherer zu machen. Und auch wir werden versuchen, unseren Beitrag zu leisten.«

Die Frau nickte wortlos, nahm ihre Wasserbutte auf den Rücken und schlurfte davon. Die Leute hier schienen kein großes Interesse an Besuchern zu haben. Als die Pferde genug getrunken hatten, stiegen sie auf und ritten weiter. Nach einer halben Stunde überquerten sie das Flüsschen Rips, dessen fast schwarzes Wasser seine Herkunft aus dem moorigen Hochland nicht verleugnen konnte.

In einer windgeschützten Senke am Rande einer Hecke machten sie Halt. Hier standen auch einige Bäume. Einer davon war umgefallen. Nach dem zersplitterten Stumpf zu urteilen, hatte ihn ein Blitz gefällt. Sie legten die Sättel auf den Stamm und ließen die Pferde zum Grasen frei.

»Ihr könntet mir helfen, ein wenig Holz zu sammeln«, sagte Boffo. »Dann gibt's vielleicht eine kleine Überraschung.«

In kurzer Zeit hatten sie einige Arme voll Fallholz aus der Hecke geglaubt. Boffo legte ein paar Steine zusammen und wenig später loderte ein Feuerchen. Als es etwas heruntergebrannt war, setzte Boffo seine schmiedeeiserne Pfanne auf die Glut und goss aus einem Holzfläschchen Öl hinein. Dann holte er zwei große Filetstücke aus einer flachen Blechdose hervor.

»Hab ich dem Wirt heute Morgen abgekauft«, verkündete er stolz den staunenden Gefährten. »Wenn wir schon mal in dieser Rindergegend sind. Wer weiß, wann wir wieder mal etwas ähnlich Kräftiges zwischen die Zähne bekommen.«

»Allein schon wegen seiner Qualitäten als Koch hat es sich gelohnt, ihn mitzunehmen.« Robin zwinkerte Bero mit einem Auge zu. Boffo kümmerte sich nicht um derlei Bemerkungen. Viel mehr kümmerte er sich um das Essen. Als es fertig war, saßen die drei bequem auf dem Baumstamm und aßen mit Hilfe ihrer Messer gleich aus der Pfanne. Als Beilage gab es frische Semmeln und zum Nachtisch etwas Käse. Dazu klares Brunnenwasser.

»Von mir aus könnte unser Ausflug so weitergehen«, sagte Bero vergnügt. »Wäre das Wetter besser und die Sonne käme mal durch die Wolken, könnte man sich wie im Urlaub fühlen.«

»Die Sonne –« Robin blickte nachdenklich nach oben. »Es sind jetzt wohl schon mehr als drei Wochen vergangen, seit sie verschwunden ist. Und ich frage mich, wann wir sie wieder einmal zu Gesicht bekommen.«

»Du meine Güte! Ich wusste gar nicht, dass Brunnenwasser so

schwermütig macht.« Bero klopfte Robin auf die Schulter. »Wenn wir nicht selbst etwas dagegen tun, wahrscheinlich überhaupt nicht. Deshalb sind wir ja wohl hier, wenn ich mich nicht irre.«

»Eine höchst lobenswerte Einstellung«, stimmte ihm Boffo zu. »Es war sicher kein Fehler, dich mitzunehmen, Bero. Du sorgst für gute Stimmung, ich übernehme das Kochen und für Robin finden wir mit etwas gutem Willen auch noch etwas, wobei er sich nützlich machen kann.«

»Na, zum Beispiel auf euch beide aufzupassen. Damit werde ich vollauf zu tun haben! Und ich finde, das sollte entsprechend honoriert werden.« Mit diesen Worten angelte sich Robin unter dem gespielten Protest seiner Begleiter das letzte Stück Fleisch aus der Pfanne.

Den letzten Abschnitt der Tagesreise brachten sie zügig hinter sich. Die Straße war zuletzt beständig angestiegen und als sich am späten Nachmittag Fort Trontil aus dem Dunst schälte, war es merklich kühler geworden. Das Fort lag auf einem flachen Bergrücken und eine gewundene Straße führte empor zu seinen Mauern. Von dort oben konnte man sowohl das Tal der Rips, als auch den Zugang in das Hochland von Egulin gut überblicken. Ganz in der Nähe kreuzten sich die Hauptwege der Gegend: die Straße von Erinburg zum Tolbrandpass mit der, die vom Halvortgebirge bis zu den Kirkunbergen und von dort weiter ins Nordreich führte. Und dies war offenbar auch der Grund, warum das Fort gerade hier lag. Wie alt es war, wusste keiner so genau. Doch war anzunehmen, dass auch seine Entstehungszeit in die der Festungen Bahor und Trintal zurückreichte. Allerdings unterschied es sich von diesen dadurch, dass es bis in die Gegenwart genutzt wurde, weshalb es im Laufe der Zeit auch einige bauliche Veränderungen erfahren hatte.

Robin und Bero ritten unter das Tor. Alles blieb ruhig. Auch wenn man annehmen konnte, dass ihre Ankunft nicht unbeobachtet geblieben war. Robin stieg ab und betätigte den schmiedeeisernen Ring, der als Türklopfer diente. Ein kleines Fensterchen öffnete sich und eine Stimme ertönte aus dem Inneren:

»Euer Losungswort?«

»Sommerregen«, erwiderte Robin.

»Kommt herein, ihr werdet erwartet.«

Ein Riegel wurde beiseitegeschoben und der schwere, eisenbeschlagene Torflügel schwang auf. Im Inneren des Tores standen drei Schwertläufer. Einer von ihnen, ein hagerer junger Mann Mitte Zwanzig mit blonden Haaren, streckte den Ankömmlingen seine Hand entgegen.

»Willkommen in Fort Trontil. Mein Name ist Brent Fahro. Ich werde euch eure Unterkunft zeigen. Helmold und Nemo kümmern sich um die Pferde. Robin, Bero und Boffo nahmen ihr Gepäck und folgten Brent.

Über ein wappengekröntes Portal betraten sie ein Nebengebäude. Eine steinerne Wendeltreppe führte nach oben in den ersten Stock. Dort öffnete Brent die erste von zahlreichen Türen eines langen Flurs.

»Den Waschraum findet ihr im Erdgeschoss, genau unter diesem Zimmer. Der Kommandant erwartet euch in einer Stunde. Ich hole euch rechtzeitig ab.«

Das Zimmer war spartanisch eingerichtet, aber sauber. An einer Seite stand ein dreiteiliges Etagenbett, in der Mitte ein Tisch mit vier Stühlen und an der gegenüberliegenden Wand ein Regal für Gepäck und Kleidung.

»Hm, gar nicht so übel«, sagte Bero, der an das Kasernenleben gewöhnt war. Er drückte mit der Faust auf eine der harten Matratzen.

»Das ist für mich reserviert«, sagte Boffo und warf seinen Knappsack auf die unterste Bettetage. »Um die beiden anderen könnt ihr euch streiten.«

Ragnar Reitmor war ein stattlicher Mann in den Vierzigern mit Vollbart und einer tiefen Stimme. Er schüttelte den Kopf.

»Ich kann zwar den eigentlichen Sinn eures Auftrages nicht nachvollziehen. Aber meine Anweisungen lauten, euch in allen Belangen eures Vorhabens nach besten Kräften zu unterstützen. Und das werde ich tun, solange es in meinen Möglichkeiten liegt.«

Sie saßen in einer gemütlichen, holzgetäfelten Stube. Im Kamin brannte ein sparsames Feuer, denn Brennholz war knapp in Fort Trontil. Gerade war das Abendessen serviert worden. Auf dem Tisch stand eine große Zinnplatte. Darauf lag, sehr zur Freude Boffos, ein kapitaler, gebratener Hecht aus einem der Hochlandseen Egulins. Dazu gab es Wurzelgemüse und eine Soße mit Preiselbeeren.

Außer den drei Ankömmlingen und dem Kommandanten war auch Brent anwesend. Und, zur allergrößten Überraschung der neuen Gäste, Roart, der Sohn des Lindhager Eisenhändlers und Rates Raul Thorson. Wie sich herausstellte, war Roart nach Fort Trontil beordert worden, um die Ankunft der fornländischen Schwertläufer vorzubereiten. Gleich nach der Ratssitzung hatte er sich mit einigen Begleitern auf dem schnellsten Weg aus Westfurt hierher begeben. Und Robin beschlichen Zweifel über das Maß des Vertrauens, das man ihm von Seiten des Rates entgegenbrachte.

»Nun, Herr Roart wird Euch zweifelsohne schon die Gründe für unsere Reise genannt haben«, entgegnete Boffo auf die Bemerkung des Kommandanten. »Aber natürlich werde auch ich gerne im Laufe des Abends Eure Fragen beantworten.«

»Die wichtigsten Zusammenhänge kenne ich. Zudem einige lokale Besonderheiten, die auch euch interessieren werden.« Ragnar goss Wein aus einer Kanne in die Becher der Anwesenden und machte sich daran, den Hecht fachgerecht zu zerlegen. »Trotzdem leuchtet mir nicht ein, warum man ein solch gefährliches Unterfangen gerade jetzt in Angriff nimmt. Wo diese Burschen aus Trintal und ihre nicht minder üblen Verbündeten vom Stamme der Bethun wie ein aufgescheuchter Bienenschwarm um Bahor schwirren.«

»Der Grund dafür ist einfach«, mischte sich Robin ein. »Wir brauchen diesen Schlüssel. Und wir brauchen ihn bald. Denn es steht zu befürchten, dass die Feinde selbst in seinen Besitz kommen könnten, wenn wir nicht schnell handeln. Sie wissen mehr darüber, als uns lieb ist.«

In aller Kürze schilderte er das Erlebnis in Erinburg und die Flucht Thronk Vautthirs durch den Tunnel an der Flessa.

»Interessant!«, sagte Ragnar, während er die Teile des Hechts auf die Teller der Anwesenden verteilte. »Das erklärt einiges. Vor allem die Unruhe, die unsere Posten heute von den Zugängen nach Bahor vermelden. Doch eines ist klar: auf dem normalen Weg könnt ihr nicht dorthin. Ihr würdet nicht einmal in die Nähe der Festung kommen. Und eine bewaffnete Auseinandersetzung können und wollen wir uns nicht erlauben. Nicht nur, weil wir wissen, dass diese Kaurok mit vergifteten Pfeilen schießen. Uns fehlt für ein militärisches Vorgehen schlicht der offizielle Auftrag.«

»Hätte ja sein können, dass Herr Roart auch diesen überbracht hätte.« Robins Tonfall klang jetzt schärfer. »Dennoch sind wir entschlossen, unseren Auftrag auszuführen. Welche Vorgehensweise würdet *Ihr* denn vorschlagen, Herr Kommandant?«

»Nun, wenn ihr unbedingt meint, nach Bahor zu müssen, dann wollen wir euch nicht im Weg stehen. Und genau um diesen geht es. Es gibt noch einen anderen Weg dorthin, als der, der in den Karten verzeichnet ist. Einen, der nur wenigen bekannt ist. Ihr allein würdet ihn nicht finden. Deshalb haben wir heute Abend Brent bei uns. Er kennt die Gegend hier wie kein zweiter. Und er wird euch begleiten.«

»Wenn ihr damit einverstanden seid«, fügte Brent hinzu, bemüht, die Wogen ein wenig zu glätten. »Dieser besagte Weg ist länger, weil wir einen Umweg entlang des Tribor in Kauf nehmen müssen. Er wird uns einen zusätzlichen Tag abfordern. Doch ist er die einzige Möglichkeit, die Festung unbemerkt zu erreichen. Und das auch nur vielleicht.«

»Natürlich lassen wir euch nicht im Stich«, beeilte sich auch

Roart zu versichern. »Außer mir sind noch einige Schwertläufer hier, die euch bekannt sind. Und weitere werden in den nächsten Tagen folgen. Auf dem Hinweg werden wir euch ein Stück begleiten, soweit es die Lage erlaubt. Möglicherweise können wir euch auch bei einem überstürzten Rückzug den Rücken freihalten. Den Rest vor Ort müsst ihr wohl oder übel allein tun.«

»Genau das haben wir vor«, erwiderte Boffo ohne jeglichen Sarkasmus in der Stimme. »Dennoch ist es gut zu wissen, dass einem jemand den Rücken freihält.«

»Wann wollt ihr eigentlich los?«, wollte Ragnar wissen. »Ich vermute, ziemlich bald, wenn ich euren Eifer richtig deute.«

»Je eher, je besser.« Boffo tat so, als hätte er die Spitze des Kommandanten überhört. »Wenn möglich, gleich morgen früh.«

»Wie ihr wollt«, erwiderte Ragnar nur. Damit war das Thema abgetan und die Anwesenden beschlossen, ihre Aufmerksamkeit dem Essen zuzuwenden. Doch die Weinkannen blieben weitgehend voll an diesem Abend. Und die Stimmung verhalten.

Zu Beginn der vierten Morgenstunde waren Robin und Boffo auf den Beinen und sortierten das Gepäck. Es galt nur das mitzunehmen, was unentbehrlich war und den beschwerlichen Fußmarsch zur Festung nicht behindern würde. Bero schlief ein wenig länger. Er hatte von den dreien am wenigsten dabei.

In der Mannschaftskantine gab es das typische Morgengericht für Schwertläufer: Haferflockenbrei mit Früchten und Tee. Einfach, aber nahrhaft. Dann wurden die Pferde gesattelt. Außer Brent kamen nur Roart, Helmold und Nemo mit. Sie sollten die Pferde an der Triborbrücke übernehmen und wieder zurück zum Fort bringen.

Es war noch ziemlich dunkel, als sich sechs Schwertläufer und ein Elm an diesem ungemütlichen Morgen des 7. Juni auf den Weg machten. Von Osten her zeigte sich ein schmaler, heller Streifen unter der tiefgrauen Wolkendecke. Gerade so viel, dass die Pferde die Unebenheiten des Weges erkennen konnten. Es nieselte.

»Schönes Mistwetter!« Roart zog sich seine Kapuze über den Kopf. Die anderen sagten nichts. Beklommenheit lag über der Gruppe, auch über denen, die heute wieder zurückkehren würden. Allen war klar, welches Risiko dieses Unternehmen barg. Und die Hälfte von ihnen konnte ihm wenig Sinn abgewinnen.

Sie passierten die Kreuzung und folgten der Straße weiter nach Westen. Bereits vor der Katastrophe waren es nur wenige gewesen, welche die Route in Richtung Tolbrandpass gewählt hatten. Auch danach meist nur Jäger oder Holzfuhrwerke, die zum Drogwald wollten. Oder Schwertläufer auf Patrouille. Mittlerweile überschritt den Pass selbst kaum jemand mehr. Und wenn, dann wagte er sich höchstens bis an den Rand der unwirtlichen Nirondebene.

Nach ungefähr zwei Stunden erreichten sie den Tribor. Der Oberlauf des Baches führte zu dieser Jahreszeit nur wenig Wasser. Er war schmal, doch tief eingeschnitten und die Straße überquerte ihn auf einer rundbogigen Steinbrücke. Am Ende der Brücke hob Brent die Hand als Zeichen zum Halt.

»Der gemütliche Teil der Reise ist hiermit beendet«, sagte er und stieg ab. »Ab hier werden wir zu Fuß weitergehen. Anfangs am Rande des Bachbetts, später auf geheimen Pfaden. Nehmt nur das Nötigste mit. Alles andere wird uns beim Fortkommen stören.«

Sie folgten Brents Anweisung und legten ihr Gepäck zurecht. Boffo nahm seinen Knappsack und seine Armbrust mit. Robin und Bero hängten sich ihre Schwerter über den Rücken. Dazu schmal geschnürte Bündel, in denen sie außer ihren Übermänteln auch eine geringe Menge Proviant mit sich führten. Die Gegenstände, auf die er nicht verzichten wollte, trug Robin in seiner Gürteltasche bei sich. Brent nahm nur seinen Bogen und einige Pfeile mit. Außerdem eine Umhängetasche mit Verpflegung. Dann verabschiedeten sie sich von ihren Begleitern.

»Wenn ihr am Abend des dritten Tages nicht zurück seid, werden wir nach euch suchen«, sagte Roart. »Egal, was Ragnar dazu sagt. Und wenn ihr verfolgt werdet, wendet euch nach

Osten. Hier auf diesem Weg könnten wir wenig für euch tun.«

Dann winkte er Nemo und Helmold. Die drei saßen auf, nahmen die reiterlosen Pferde am Zügel und machten sich auf den Rückweg, ohne sich noch einmal umzusehen.

»Also los, auf was warten wir noch?«, sagte Brent und stieg die steile Böschung hinunter zum Ufer des Baches.

Das Bett des Tribor war zu beiden Seiten mit dichtem Strauchwerk und niedrigen Bäumen bestanden. Nur nahe am westlichen Ufer war ein schmaler Streifen begehbar, auf dem sich die Gruppe flussaufwärts bewegte. Ein richtiger Pfad war nicht vorhanden. Im Grunde genommen ging es nur darum, irgendeine Lücke im Gebüsch zu finden. Wenn diese nicht vorhanden war, wichen die Schwertläufer auf Steine im Bachbett aus oder wateten durch das kalte Wasser. Stunde um Stunde kämpften sie sich vorwärts und kamen doch nur langsam voran. Trotz der feuchten Kühle lief den Wanderern bald der Schweiß aus allen Poren und lockte allerhand stechende und beißende Insekten an.

»Wenigstens vor diesem Feind hättest du uns warnen können«, stöhnte Bero und versuchte sich mit beiden Händen der zahlreichen Bremsen zu erwehren. »Vielleicht sollten wir Boffo bitten, seine Pfeife anzuzünden?«

»Nur, wenn ihr euch auf diese Weise schon mal in Bahor anmelden wollt«, erwiderte Brent. »Und vergesst nicht: auch die Tierwelt kann uns verraten, wenn wir sie beunruhigen.«

»Genau, wie ich befürchtet hatte«, brummelte Boffo. »Man kann euch nicht allein in die Wildnis entlassen, ohne entsprechende Vorkehrungen zu treffen.« Er hatte in seinem Gepäcksack gekramt und ein kleines Döschen zum Vorschein gebracht.

»Reibt euch davon ein wenig auf die Stirn«, sagte er. »Es ist ein altes Hausmittel der Elme. Völlig geruchlos, aber Mücken und Bremsen mögen es nicht.«

Er entnahm dem Döschen eine kleine Menge seines fettigen Inhalts und reichte es dann weiter. Tatsächlich hielten die Blutsauger von nun an Abstand und die Wanderer konnten sich wieder unbelästigt bewegen.

Weiter ging es – quälend langsam und nicht weniger anstrengend. Niemand hatte Hunger. Doch waren die Schwertläufer dankbar, dass sie ihren Durst mit dem sauberen Wasser des Tribor stillen konnten. Nach sechs oder sieben Stunden Fußmarsch hatten sie gerade einmal eine Strecke von ungefähr zwei Meilen zurückgelegt. Der Tribor war jetzt schmaler geworden. Als sie an eine Stelle kamen, an der einige Steinblöcke im Wasser lagen, querte Brent zum östlichen Ufer. Dort bog er in das nur wenig Wasser führende Bett eines unscheinbaren Zuflusses ab. Wortlos, von Stein zu Stein balancierend, folgten ihm die anderen. Bald schloss sich über ihnen ein Dach aus Blattwerk und Efeu, durchsetzt von stacheligen Brombeer- und Hagebuttenranken, die sich in Haaren und Kleidung verfingen.

Nach einiger Zeit wurde das Bachbett trocken. Auch sein Dach aus Gestrüpp und Ranken hatte sich gesenkt. Die Schwertläufer krochen wie durch einen grünen Tunnel – gebückt und bisweilen auf Händen und Knien. Lediglich Boffo konnte die meiste Zeit aufrecht gehen.

Endlich, es ging schon gegen Abend, weitete sich der Tunnel, ohne dass sich sein Blätterdach öffnete. Die Gruppe hatte einen ausgetrockneten Wasserfall erreicht. Unter seinem Abbruch hatten die Wasser der Schneeschmelze eine kleine Höhle ausgewaschen, die jetzt trocken lag und deren Boden eine ebene Fläche bildete. Nur ein dünnes Rinnsal plätscherte an der Seite herab und verlor sich einige Schritte weiter zwischen den Steinen des Bachbetts. Doch reichte es aus, um den Durst zu stillen.

»Hier bleiben wir über Nacht.« Brent legte sein Gepäck ab. Robin, Bero und selbst Boffo atmeten erleichtert auf.

»Am besten, wir kümmern uns um eine Schlafstelle, bevor es ganz dunkel ist«, sagte Brent. Er ging zum nahen Gebüsch, holte einen Arm voll trockenes Laub und begann die Felsnische auszupolstern. Robin und Bero halfen ihm dabei. Bald hatten sie eine komfortable Unterlage zusammengetragen, über die Robin seine dünne Elmendecke legte.

»Nicht schlecht!«, staunte Brent über Robins Errungenschaft, die ihm erst jetzt auffiel. »Wenn wir uns nicht zu breit machen, können wir alle vier darauf liegen.«

»Kommt auf einen Versuch an«, sagte Bero. »Doch wer schnarcht, wird ausgeschlossen.« Damit ließen sie sich auf ihrem Lager nieder, packten die wenigen Vorräte aus und hielten eine karge Mahlzeit. Dann deckten sie sich mit ihren Mänteln zu. Nieselregen plätscherte leise auf das Blätterdach. Aber er drang nicht unter den Felsenüberhang.

Robin dachte an den gemeinsamen Ausflug mit Merien zum Waldstein und an das dortige Lager, das umso viel bequemer als dieses hier war. Mit dieser angenehmen Vorstellung fiel er in einen tiefen Schlaf der Erschöpfung.

Er mochte einige Stunden geschlafen haben, als er unruhig wurde. Wirre Gedanken gingen ihm durch den Sinn. Er dachte an die Begegnung mit dem Taruk in Lusilien und es war ihm, als hörte er in weiter Entfernung sein Geheul. Jemand stieß ihn in die Seite. Er wachte auf.

»Was ist los mit dir, Robin?« Es war Bero, der sich neben ihm aufgerichtet hatte. »Du wirfst dich herum, als wären sämtliche Kaurok der Gegend hinter dir her. Eigentlich wollte ich noch ein wenig schlafen.«

Auch Robin setzte sich auf. Die Nacht war stockdunkel und es hatte aufgehört zu regnen. Neben sich sah er die schemenhaften Umrisse von Brent und Boffo.

Plötzlich war es ganz deutlich zu hören. Ein lang gezogenes Rufen, das einem das Mark in den Knochen gefrieren ließ. Kurz darauf antwortete eine zweite Stimme. Ebenso lang gezogen und ebenso schaurig.

»Es sind Taruks«, flüsterte Boffo. »Sie durchstreifen die Gegend. Das wird unsere Aufgabe nicht leichter machen.«

»Taruks?« Brents Stimme klang besorgt. »Die hab ich noch nie hier in der Gegend gesehen. Und sie stehen auch nicht auf meiner Rechnung. Ich weiß nicht, ob ich euch unter diesen Umständen überhaupt näher an die Festung heran bringen kann.«

»Das solltest du aber, mein Junge. So war es vereinbart.« Boffos Stimme hatte einen strengeren Ton angenommen. »Zumindest so nahe, bis wir den Weg allein finden können.«

»Schon gut«, lenkte Brent ein. »So war das nicht gemeint. Natürlich werde ich tun, was ich kann. Doch möchte ich gerne in einem Stück wieder zurück zum Fort kommen.«

»Das wirst du!« Boffo tätschelte beruhigend Brents Schulter. »Die Taruks lass mal meine Sorge sein. Und jetzt lasst uns noch ein wenig schlafen. Wir müssen morgen ausgeruht sein.«

Beim ersten fahlen Lichtschein, der durch das Blätterdach drang, erhoben sich die vier. Die Mahlzeit an diesem Morgen fiel ebenso karg aus, wie die des vergangenen Abends.

»Vergesst nicht, eure Trinkflaschen zu füllen«, mahnte Brent, als sie ihre wenigen Habseligkeiten zusammenpackten.

Die niedrige Felsstufe des trockenen Wasserfalls war schnell überwunden. Brent, der die Gruppe anführte, wollte Boffo eben seine Hand reichen. Doch der Elm war bereits mit katzenhafter Gewandtheit hinaufgeklettert und in dem engen Blättertunnel verschwunden. Er schien es eilig zu haben.

»Ich hoffe nur, er wartet an der nächsten zweifelhaften Stelle auf uns«, gab Brent zu bedenken.

»Keine Sorge«, beruhigte ihn Robin. »Boffo inspiziert nur ein wenig die Gegend. So wie es seine Gewohnheit ist. Er kommt in diesem Gelände viel schneller vorwärts als wir und ich bin sicher, dass wir bald wieder auf ihn treffen werden.«

»Na hoffentlich«, murmelte Brent. »Es wäre nicht gut, wenn sich unsere Gemeinschaft jetzt schon verlieren würde.«

Das wasserlose Bett des kleinen Bergbachs war jetzt kaum mehr als eine schmale Rinne, in der die Schwertläufer nur noch kriechend vorankamen. Runde, von letztjährigem Brombeerlaub überdeckte Kiesel bildeten seinen Boden. Doch unvermittelt lichtete sich sein grünes Dach. Der Bachlauf hatte seinen Ursprung erreicht. Vor den Schwertläufern schwang sich eine steile Geröllhalde aus zerbrochenem Lavagestein auf, durchsetzt von übermannshohen Basaltblöcken. Auf einem der Felsblöcke saß Boffo und ließ die Beine nach unten baumeln.

»Da seid ihr ja endlich«, sagte er.

»Wir hatten uns bereits Sorgen gemacht«, erwiderte Brent ärgerlich. »Der weitere Weg ist noch lange nicht eindeutig und wir hätten uns leicht verfehlen können.«

»Aus diesem Grund habe ich hier auf euch gewartet. Am Eingang des Blättertunnels, der anscheinend nicht so geheim ist, wie wir dachten. Denn er wurde bewacht. Genauso, wie ich es vermutet und befürchtet hatte.«

Dabei deutete Boffo mit dem Kopf über seine linke Schulter nach oben. Jetzt sahen ihn auch die anderen. Einen dunklen Körper auf einer Felsplatte, in einer Entfernung von vielleicht fünfzig Schritten. Blut lief von seiner Seite über den Stein und bildete eine rotschwarze Lache.

Boffo sprang von seinem Sitz und stieg durch das Steinlabyrinth bergauf, gefolgt von den anderen. An besagter Stelle lag ein Taruk und hinter seinem Schulterblatt steckte einer von Boffos Armbrustbolzen. Es war ein kleineres Tier, nicht halb so groß, wie das Exemplar, welches Robin und Boffo auf der Reise nach Dornburg begegnet war. Doch nicht minder furchterregend. Sein Maul stand offen und zeigte das Gebiss mit den langen Reißzähnen. Auch dieses Tier trug um den Hals eine Kette mit einem Anhänger, geziert von einer Faust, die ein Bündel von Blitzen hielt. Das Zeichen des Morhultkultes.

»Ein Späher aus den Reihen der Kaurok.« Boffo bückte sich, zog seinen Bolzen heraus, wischte ihn am Fell des Tieres ab und steckte ihn wieder in seinen Köcher. »Er hätte uns zwar nicht angegriffen, doch ganz sicher gemeldet. Denn das war seine Aufgabe.«

Bero und Robin nahmen den Taruk an den Hinterbeinen und warfen ihn in eine Felsspalte. Dann deckten sie große Steine über den Kadaver, bis er nicht mehr zu sehen war. Brent stand noch immer bewegungslos am Ort des Geschehens.

»Wir müssen uns jetzt beeilen, Brent!« Robin ergriff sachte den Arm des verblüfften Schwertläufers.

»Dann folgt mir«, sagte Brent nach einigen Augenblicken der Besinnung und ging zurück zum Eingang des Blättertunnels. Von dort wand sich zwischen hohen Felsblöcken ein kaum erkennbarer Pfad in nordwestlicher Richtung bergauf. Diesem folgten die Schwertläufer am Grunde des Felsenlabyrinths. Brent hatte nicht übertrieben. Fast alle Abzweigungen führten in Sackgassen und nur mit Kenntnis geheimer Zeichen konnte Brent den richtigen Weg finden. Dann wurden die Spalten zwischen den Felsblöcken so eng, dass es nicht mehr möglich war, sich an ihrem Grund zu bewegen.

Brent erklomm einen der Felsen an einer geeigneten Stelle und half den anderen nach oben. Sie waren jetzt am Beginn einer felsigen Schlucht angelangt, die aussah, als wäre sie vor Urzeiten von der Zunge eines Gletschers geformt worden. Die Oberflächen der Felsblöcke waren glatt geschliffen und die Abstände zwischen ihnen so gering, dass sie von den Schwertläufern springend überwunden werden konnten. Auf ihnen suchten sich die vier ihren Weg bergauf, bis die Schlucht enger und steiler wurde. Der Pfad, dem sie folgten, war jetzt erkennbar. In steilen Kehren wand er sich nach oben, flankiert von senkrechten Abbrüchen aus sechseckigen Basaltsäulen.

Die sie umgebende Kulisse war wild, doch nicht unwirtlich. Jedenfalls wäre dies zu weniger trüben Zeiten so gewesen. Zwischen felsigen Abschnitten zeigten sich öfters grasige Flecken und mit Moos und Flechten überwucherte Geröllhalden, auf denen sich allerhand Getier tummelte. Grünlich schimmernde Echsen huschten über die Steine auf der vergeblichen Suche nach ein wenig Sonne. Von Zeit zu Zeit sah man eine Schlange, die, aufgeschreckt durch die ungewohnte Störung, ihrem Versteck zustrebte. In den Nischen der Basaltblöcke blühte weißer Mauerpfeffer und trotzte hartnäckig den Widrigkeiten des ihm ungewohnten Wetters.

Schließlich erreichte die Gruppe ein mit lichtem Laubwald bestandenes Hochplateau. Hier rasteten sie am Fuß eines letzten niedrigen Felsabbruches und aßen eine Kleinigkeit. Boffo nutzte die Gelegenheit, um Robin und Bero die Besonderheiten Bahors in Erinnerung zu rufen.

»Es ist kaum anzunehmen, dass wir unser Ziel unbewacht vorfinden werden. Deshalb werde ich nicht mit in das Innere der Festung kommen. Ich werde den Feind im Auge behalten und gegebenenfalls ablenken. Auch gehe ich davon aus, dass Brent den Rückweg antreten wird, sobald wir vor Ort sind.« Brent nickte. »Ihr beide«, damit blickte Boffo auf Bero und Robin, »werdet also die Aufgabe allein übernehmen müssen. Ich hoffe, du hast dir alle Einzelheiten unserer Besprechung in Elmbruck gemerkt, Robin. Der gefährlichste Augenblick wird sein, wenn ihr die geheime Tür öffnet. Sollte der Feind diesen Zugang zu Tiriths Kammer entdecken, ist unsere Aktion, ja das ganze Ziel unseres Unternehmens gefährdet. Sobald ihr den Gang betretet, schaut im Inneren rechts und links des Eingangs. Vielleicht findet sich dort ein Mechanismus zum Schließen der Tür. Im besten Fall kann diese dadurch von innen auch wieder geöffnet werden. Wenn nicht, ist dies ein weiterer, triftiger Grund für mich, draußen auf euch zu warten.«

Robin kam diese Entscheidung Boffos, ebenso, wie seine Erklärung dafür, vernünftig vor. Doch die Aussicht, zusammen mit Bero im Inneren der Festung auf sich allein gestellt zu sein, beunruhigte ihn. Auch Bero schien diese neue Situation zu beschäftigen.

»Wie sollten wir uns denn bemerkbar machen, falls wir Hilfe von außen benötigen?«, wollte er wissen.

»Gar nicht«, entgegnete Boffo. »Ich schätze, dass ihr nicht mehr als zwei Stunden benötigt, um den Schlüssel zu finden. Ich gebe euch eine zusätzliche Stunde. Dann werde ich sehen, was zu tun ist.«

Als sie sich wieder auf den Weg machten, war es früher Nachmittag. Der Hochwald, durch den sie jetzt schritten, hatte kaum Unterholz. Das nahezu geschlossene Blätterdach der Bergulmen, Ahornbäume und Birken wie auch die trübe Witterung bewirkten, dass an seinem Grund nur grünliches Dämmerlicht herrschte. Dennoch, und obwohl kein Pfad mehr sichtbar war, hatte Brent keine Mühe, den richtigen Weg zu finden. Robin, der ein kahles und raues Hochland erwartet hatte, war von der Vielfalt und Anmut dieser Gegend überrascht. Er konnte sich vorstellen, dass Bewohner vergangener Zeiten hier ihr Auskommen gefunden hatten. Die Landschaft bot Siedlern eine gute Lebensgrundlage, und was sie nicht bot, hatten sie sicher aus den tiefer liegenden Gebieten erhandeln können.

»Wir werden die Festung an ihrem westlichen Abschnitt erreichen«, sagte Brent. »Noch im Laufe des Nachmittags. Wenn alles gut geht.«

»Sehr gut!«, sagte Boffo. »Dann erreichen wir sie ziemlich genau an der Stelle, zu der wir hin müssen.«

Die drei Großen schritten zügig aus und Boffo mit seinen kurzen Beinen hatte einige Mühe, ihnen zu folgen. Dennoch bemühten sich alle, möglichst lautlos zu gehen. Sie sprachen nicht und richteten all ihre Aufmerksamkeit auf die Umgebung vor ihnen.

Nach zwei weiteren Stunden Fußmarsch gab Brent ein Zeichen zum Anhalten. Sie hatten den Waldrand erreicht. Vor ihnen erstreckten sich Trockenwiesen, bedeckt mit kurzem, kräuterreichem Gras und nur von wenigen Büschen bestanden. Am Horizont konnte man die höher gelegenen Hügel und Berge des nördlichen Randes der Hochebene von Egulin erblicken. Von einer Festung war nichts zu sehen.

Brent bedeutete den anderen, ihm zu folgen. Gebückt liefen sie, Büsche und Steinformationen als Deckung nutzend, über die freie Ebene, bis diese unvermittelt abbrach. Die vier kauerten sich hinter eine niedrige Bodenwelle und blickten gebannt nach unten. Dort breitete sich eine Senke aus. Man hätte sie auch als Talebene bezeichnen können. Nicht tief, doch lang gestreckt und von erheblicher Breite. Und in ihrem Grunde lag Bahor. Ein Bollwerk mit eindrucksvollen Mauern, Türmen und Hallen. Die gesamte Anlage mochte in ihrer Länge 150 Ruten messen und fast ebenso groß war die Entfernung vom Rand der Senke bis zum Fuß ihrer Mauern. Breit genug, um die tiefere Lage der Festung nicht zu ihrem strategischen Nachteil werden zu lassen.

Zwei hohe, zinnenbewehrte Türme markierten den westlichen und den östlichen Abschnitt Bahors. Sie schienen völlig intakt. Die niedrigeren Gebäude waren teilweise verfallen, doch nicht so sehr, um nicht eine Vorstellung ihrer früheren Größe und Bedeutung zu vermitteln. Zwischen ihnen gab es mehrere freie Plätze. Auf einer dieser Flächen im östlichen Abschnitt war eine Zeltstadt errichtete worden. Kleine, flache Zelte aus einfarbiger Leinwand wechselten sich mit hohen Rundzelten aus verschiedenfarbigen Stoffbahnen ab, auf denen bunte Wimpel flatterten. Rauch stieg aus zahlreichen Feuerstellen auf und zwischen den Zelten herrschte geschäftiges Treiben. In einem an die Zeltstadt angrenzenden Areal waren Tiere untergebracht. Eine Gruppe Rinder, vermutlich von den Weideflächen Thornlands geraubt, stand dort. Daneben, in einer Koppel mit stallähnlichen Unterständen sah man Pferde. Eine Schafherde weidete auf den Wiesen vor den Mauern der Festung.

Auch der überbaute Bereich im westlichen Teil der Anlage schien bevölkert zu sein. Nach den Rauchfahnen zu schließen, die aus verfallenen Kaminen drangen.

»Ich schätze 300 bis 400 Personen, die sich im offenen Gelände tummeln«, flüsterte Boffo, nachdem sie sich eine Weile schweigend das Schauspiel vor ihnen angesehen hatten.

»Mindestens«, erwiderte Brent. »Wie viele sich in den Gebäuden befinden, lässt sich schlecht abschätzen. Vermutlich die Kaurok, die sich schon länger hier aufhalten.«

»Dann ist anzunehmen, dass die Bewohner der Zeltstadt Bethun sind«, fügte Robin hinzu. »Als Nomadenvolk sind sie für diese Art des Wohnens bestens gerüstet. Außerdem erkenne ich sie an den Farben ihrer Zelte. Sie erinnern mich stark an das Äußere der Burschen vom Tirionpass.«

»Jedenfalls scheinen sie keine Störung aus unserer Richtung zu erwarten«, sagte Boffo. »Sonst hätten sie mehr Wachen aufgestellt. Ich schlage vor, wir begeben uns gleich jetzt zu unserem Ziel. Solange es noch einigermaßen hell ist, können wir uns am besten ein Bild der Lage vor Ort machen.«

»Dann werde ich euch jetzt verlassen«, sagte Brent. »Euch hierher zu bringen, und zwar unbemerkt, so lautete mein Auftrag. Dies scheint gelungen zu sein. Der weitere Verlauf dieses Unternehmens liegt nun in euren Händen. Ich kann euch dabei nicht weiter behilflich sein.«

»Wir sind dir sehr zu Dank verpflichtet, Brent.« Robin reichte dem Schwertläufer die Hand und die anderen taten es ihm gleich.

»Sollte unser Unterfangen erfolgreich sein, dann war dein Anteil daran nicht gering«, sagte Boffo. »Ich hoffe, wir treffen uns bald wieder.«

»Das hoffe ich auch. Und denkt an die Worte Roarts: wenn ihr fliehen müsst, wendet euch nach Osten. Nur von dort können euch unsere Leute zu Hilfe kommen.«

Damit wandte sich Brent um und eilte gebückt dem Waldrand zu. Die Zurückbleibenden sahen ihm nach, bis er unter den Bäumen verschwunden war. Dann zogen auch sie sich ein Stück vom Rand der Senke zurück und pirschten sich in westlicher Richtung davon. In einiger Entfernung konnten sie niedrige Haselnusssträucher erkennen, die nahe am Abbruch zur Senke standen. Dort hofften sie, bessere Deckung zu finden.

Tatsächlich boten diese Sträucher einen passablen Unterschlupf. Und den einzigen weit und breit. Boffo hob einen der dicht belaubten, bis auf den Boden hängenden Zweige auf und sie schlüpften darunter.

»Da wären wir also«, raunte Boffo. »Und ich muss gestehen, so frei und ungeschützt habe ich mir diesen Ort nicht vorgestellt.«

»Ich denke, du warst schon einmal hier?« Robin sah den Elm verwundert an. »Vor vielen Jahren. So hast du mir zumindest erzählt. Hat sich denn die Gegend seither so stark verändert?«

»Als ich die Festung vor langer Zeit besuchte, betrat ich sie durch das Haupttor im Osten«, klärte ihn Boffo auf. »Dieses Areal ist mir lediglich durch die Karte bekannt. Und die besagt, dass wir nicht weit von unserem Ziel entfernt sein können. Ob es auch stimmt, werden wir gleich herausfinden.«

Er legte sein Gepäck ab und kroch auf dem Bauch bis zur Abbruchkante. Robin und Bero krochen ihm nach. Als sie über den Rand des Abhangs blickten, sahen sie, dass sie das westliche Ende Bahors erreicht hatten. Ihr Weg entlang der Senke hatte sie in einem Bogen näher an die Festung herangeführt. In einer Entfernung von ungefähr 50 Ruten erhoben sich ihre kolossalen Mauern. Doch gab es auch niedrigere Bastionen und Vorwerke, die weniger weit entfernt waren. Und direkt unter ihnen, nicht mehr als 15 Klafter unterhalb ihres Standortes, lag ein ovaler Platzt. Er war in der Form und Art eines Theaters angelegt. Eine Anzahl terrassenförmiger und nach oben zurückspringender Plattformen umfingen ihn. Auch die oberste Kante das Hangabbruchs war, wie die drei Beobachter feststellen konnten, durch eine im Laufe der Jahre von Flechten und Moosen überwachsene Steinbalustrade befestigt.

An der ihnen gegenüberliegenden Seite, hineingebaut in den Sockel der westlichen Festungsbastion, erstreckte sich eine halbrunde Galerie. Sie war geschmückt mit Ornamenten, Friesen und steinernen Figuren.

Am meisten fesselte jedoch das Bauwerk am Grunde des Platzes die Aufmerksamkeit der Betrachter. Es bestand aus Megalithen von beeindruckender Größe. Diese bildeten mit ihren Decksteinen archaische Tore, welche sich zu einem exakt kreisförmigen Rund schlossen. In dessen Mitte erhob sich eine schlanke Stele.

»Das ist Menhilds Finger«, flüsterte Boffo, »und wenn wir davon ausgehen, dass um diese Zeit unter normalen Umständen die Abendsonne in unserem Rücken steht, dann kann ich auch das dritte Tor ausmachen.«

Er deutete auf einen halbrunden Deckstein, der auf zwei auffallend verzierten Tragsteinen ruhte und, nicht weit von ihrem Standort entfernt, über die Höhe der anderen Steintore hinausragte.

»Dann lass uns jetzt herausfinden, wo unser Eingang ist«, raunte Robin, »bevor es dunkel wird.«

Boffo nickte. Die drei krochen weiter am Rand der Senke entlang. Nach etwa 50 Schritten kamen sie an einen Treppenabgang. Dessen Stufen durchschnitten das terrassenförmige Rund des Theaters und führten nach unten in Richtung des dritten Tores.

Gebückt, im Schutz der eingeschnittenen Treppe begaben sich Robin, Bero und Boffo einige Stufen nach unten. Außer den Megalithen war auf dem Platz nichts zu sehen. Weder innerhalb noch außerhalb des Steinkreises. Lediglich ein seltsamer Holzstapel nahe der Mittelstele erregte Robins Aufmerksamkeit. Schließlich konnte er durch das Tor sehen. Und in gerader Linie, über Menhilds Finger hinweg, verließ sein Blick das Rondell durch einen genau gegenüberliegenden Steinbogen wieder und schweifte weiter bis zur steinernen Galerie unterhalb der Festungsbastion. Was Robin dort innerhalb des mit Ornamenten verzierten Frieses sah, erinnerte ihn an die Zeichnung in Boffos Karte.

»Kannst du Balog erkennen?«, fragte Robin leise. Bero nickte.

»Ja, das ist er«, sagte Boffo. »Genau an der Stelle, wo ich ihn vorhin vermutet habe. Prägt euch seine Position genau ein.«

Sie schlichen wieder nach oben und krochen zurück zu ihrem Versteck unter den Sträuchern.

»Jetzt, wo wir den Eingang kennen, lasst uns den letzten Teil unseres Plans in die Tat umsetzen. Möglichst gleich, solange wir noch etwas sehen«, drängte Robin. »Dort unten scheint alles ruhig zu sein.«

»Noch nicht!«, entgegnete Boffo. »Auch wenn alles sicher erscheint, sollten wir dennoch warten, bis es anfängt zu dunkeln.«

So kauerten sie unter dem Blättervorhang des Strauches, bis die Dämmerung wich. Plötzlich erhellte Feuerschein die hereinbrechende Dunkelheit.

»Na prima!«, stöhnte Boffo, als die drei über den Rand der Senke lugten. »Zwei Bergtrolle. Anscheinend haben die sich jetzt auch schon mit den Kaurok verbündet.«

Inmitten des Steinkreises, um ein gerade aufloderndes Feuer, kauerten zwei Gestalten. Jede um die sieben Fuß hoch, mit wuchtigen Köpfen und langen, muskulösen Armen. Sie trugen grobe Fellkleidung und auf den Köpfen helmähnliche Gebilde.

»Diese Burschen sind doch immer dort zu finden, wo etwas zu futtern für sie abfällt!« Robin konnte seinen Ärger kaum unterdrücken. Die unterwartete Wendung der Situation stellte seine Geduld auf eine harte Probe. Er brannte darauf, seine Aufgabe in Angriff zu nehmen. Und durch zwei träge Trolle wollte er sich nicht daran hindern lassen. »Ich sehe, dass sie nur ihre langen Kriegsmesser umhängen haben. Wenn es nicht mehr werden, könnten wir sie in einem Überraschungsangriff überrumpeln.«

»Keine gute Idee«, wandte Boffo ein. »Einer der beiden trägt ein Horn. Sie würden uns in kürzester Zeit die ganze Meute auf den Hals hetzen.«

»Dann bleibt nur die Möglichkeit, uns an ihnen vorbei zu schleichen«, schlug Bero vor. »Keine einfache Aufgabe, denn Trolle haben ein feines Gehör. Und ihr Geruchssinn ist noch besser.«

»Das sollten wir uns zunutze machen!« Boffo hatte in seinem Knappsack gekramt. In der Hand hielt er einen Bindfaden und ein Stück geräucherten Fisch, den ihnen Merit mitgegeben hatte. Aus seinem Köcher nahm er einen Bolzen, der länger als die anderen war und die Mündungsmulde seiner Armbrust überragte. Auf dessen Spitze spießte er den Fisch und umwickelte ihn fest mit dem Bindfaden.

»Würde mich sehr wundern, wenn ihnen nicht gleich das Wasser im Munde zusammenläuft. Ich hoffe, ihr beiden seid bereit. Macht eure Sache gut und haltet euch an das, was wir besprochen haben!«

Damit ließ sich Boffo über den Rand der Senke gleiten und auf die gleiche Weise überwand er drei der darunter liegenden Terrassen des Theaters. Mittlerweile war es beinahe dunkel. Die Trolle hatten sich direkt am Rande ihres Feuers postiert und konnten deshalb nicht sehen, was in dessen dunklerem Umfeld vor sich ging. Robin und Bero hängten sich ihre Schwerter über den Rücken. Das restliche Gepäck ließen sie unter den Büschen zurück. Dann krochen sie zur Treppe und schlichen sich einige Stufen nach unten. In diesem Moment hörten sie Boffos Armbrust sirren. Sein Bolzen durchflog eines der Steintore, schwirrte knapp über die Köpfe der Trolle hinweg, verließ das Rondell durch das gegenüberliegende Tor in südlicher Richtung und verschwand im grasigen Gesträuch auf der gegenüberliegenden Seite des Theaters.

Die Trolle streckten ihre Nasen in die Höhe und schnupperten. Offensichtlich hatten sie Witterung aufgenommen. Und sie hatten etwas gehört. Sie grummelten Unverständliches, schienen zu diskutieren, wer von den beiden aufstehen und nachsehen sollte. Schließlich erhoben sie sich beide und gingen in die Richtung, in der Boffos Armbrustbolzen im Gesträuch verschwunden war.

»Los jetzt!«, raunte Robin und gab Bero einen Klaps. Einer hinter dem anderen rannten sie die restlichen Stufen zum Grund des Theaters hinunter. Dann huschten sie, die Deckung der Megalithen nutzend, am äußeren, südlichen Rand des Steinkreises entlang und eilten dem Fuß der Festungsbastion zu.

Einige niedrige Steinstufen führten hinauf zur Galerie. An einer Reihe reliefartiger Skulpturen tasteten sich die beiden entlang. Dann standen sie vor einer Fratze mit hohlen Augen und knolliger Nase. Das war Balog.

»Die Gelegenheit ist günstig«, flüsterte Robin. »Das Steinrondell liegt genau zwischen uns und den Trollen.«

Er steckte beide Arme bis zu den Ellbogen in die Winkel von Balogs Maul. An dessen Grund ertastete er zwei Ringe, die an Ketten hingen. Er zog daran. Ein metallisches Klicken war zu hören, doch weiter gab es keine Reaktion. Robin zog seine Arme aus den Maulwinkeln, fasste mit beiden Händen Balogs Nase und versuchte sie im Urzeigersinn zu drehen. Ohne Erfolg.

»Hilf mir bitte!«, stöhnte Robin. Zu zweit und unter Aufbietung aller Kräfte fassten und drehten sie Balogs Nase. Mit schleifendem Geräusch glitt sie eine Vierteldrehung um ihre Achse. Aus dem Innern der Galerie drang dumpfes Grummeln, so als würde sich ein gewaltiges Gewicht nach unten bewegen. Bero stupste Robin an der Schulter und deutete nach rechts. Dort, in einem Feld des Steinfrieses, hatte sich ein Loch aufgetan. Ohne zu zögern schlüpften beide in die dunkle, kreisrunde Öffnung.

Robin zog den Sirgenstein aus der Tasche. Hell erstrahlte das Mineral. Die Kraft, die es beseelte, schien an diesem Ort besonders stark zu sein. Robin schirmte den Stein mit der Hand ab. Wie ihm Boffo geheißen hatte, suchte er am inneren Rand des Eingangs nach einem Mechanismus, mit dem man die Tür hätte schließen können. Nichts dergleichen ließ sich finden. Lediglich eine flache Öffnung in der Form eines Stieres befand sich in der Wand rechts von der Eingangsöffnung. Doch da war wieder dieses metallische Klicken und gleich darauf das Geräusch des schweren, sich senkenden Gewichts. Wie von Geisterhand schob sich eine Steinplatte vor die runde Öffnung. Sie waren im Innern der Festung. Und sie waren allein.

Robin hielt den Sirgenstein in die Höhe. Sein Licht erhellte den gewölbten Gang, der vor ihnen mit flachem Gefälle nach unten führte. Seine Wände waren mit farbigen Ornamenten aus goldenen und bunten Mosaiksteinen geziert und der Boden bestand aus geschliffenen Steinplatten.

Im Schein des Steins folgten Robin und Bero dem Gang. Ver

einzelt wurde sein glatter Boden durch abwärts führende Stufen unterbrochen. Es wurde wärmer. Die Luft war abgestanden, doch nicht stickig. Kein in unterirdischen Gängen üblicher Modergeruch war zu bemerken und es gab auch keine Anzeichen für Feuchtigkeit oder Nässe.

Nach einiger Zeit weitete sich der Gang und endete in einer Halle. Prächtige Steinreliefs mit Symbolen, die Robin unbekannt waren, bedeckten ihre Wände. Aus Nischen blickten Figuren von seltsamem Aussehen und Kleidung. Zu beiden Seiten dieses Raums befanden sich Türen. Einige von ihnen geschlossen, andere offen. Und ihre schwarzen Öffnungen ließen keinerlei Schlüsse zu, wohin sie führten oder welches ihr Zweck war.

»Von diesen Türen war in Boffos Karte nichts vermerkt«, stellte Robin ernüchtert fest. »Nach der richtigen zu suchen, könnte uns eine ganze Weile aufhalten.«

»Ich würde es mit dieser hier versuchen.« Bero deutete auf eine der Türen zu ihrer Rechten. »Das Symbol darüber kommt mir bekannt vor. Sieht aus, wie das auf der zerbrochenen Statue im Dornburger Archiv.«

Nun schaute auch Robin genauer hin. In einem Fries über der Tür befand sich ein Auge in einem Dreieck, umgeben von zwei sich windenden Schlangen. Ein geheimnisvoller Schimmer ging von ihm aus, und erleuchtete schwach seine nähere Umgebung.

»Gut aufgepasst!« Robin lachte. »Es ist das gleiche Symbol. Ebenso wie das auf meiner Tiriphe.« Er zog das Figürchen an der Schnur aus seinem Hemd. Auch von ihm ging ein bläulicher Schimmer aus.

»Natürlich!« Robin schlug sich mit der flachen Hand an die Stirn. »Dass ich nicht eher darauf gekommen bin. Auch meine Tiriphe spürt die Gegenwart ihrer Herrin. Wir sollten sie auf unserem weiteren Weg im Auge behalten.«

Sie durchschritten die Tür und folgten dem sich anschließenden Gang. Noch immer führte sein Verlauf in die Tiefe. Auch das Muster des Mosaikbandes an seinen Wänden hatte sich nicht verändert. Doch dann hörte es auf. Vor ihnen führten einige

Stufen empor. An deren Ende befand sich ein Portal. Es war von einem zweiflügeligen Tor verschlossen, auf dem das Zeichen einer Sonne prangte. Nach rechts und nach links zweigten weitere, schmucklose Eingänge ins Dunkel ab.

»Ich sehe hier keinen Hinweis auf Tiriths Zeichen«, Bero deutete auf das Portal. »Doch erscheint mir dieser Zugang passend für die Gemächer einer Herrscherin.«

»Warte einen Augenblick!« Mit diesen Worten hielt ihn Robin zurück. »Lass uns zuerst die Tiriphe befragen!« Er ging zur linken Abzweigung. Die Figur zeigte keine Veränderung. Ebenso, als Robin zu dem verschlossenen Portal hinaufstieg. Als er sich dem rechten der Gänge zuwandte, kam es ihm vor, als hätte sich ihr Leuchten verstärkt. Sie betraten den Gang. Er bestand aus roh behauenen, dunklen Steinen. Keine Spur von Schmuckwerk war zu sehen.

»Na, ich weiß nicht.« Beros Blick verriet starke Zweifel. »Dieses Mal scheint sich dein Figürchen geirrt zu haben.«

»Abwarten!«, entgegnete Robin. »Eine Tiriphe sagt immer die Wahrheit. Außer, sie würde mich absichtlich in die Irre führen wollen.«

Sie folgten dem Gang, vorbei an mehreren Abzweigungen, an denen Robin die Tiriphe entscheiden ließ. Immer stärker wurde ihr Leuchten. Dann war der Gang zu Ende. Vor ihnen ragte eine glatte Wand auf. Und aus ihrer Mitte glotzte das fratzenhafte Gesicht eines steinernen Dämons. Ähnlich furchterregend, wie das Balogs. Doch anders.

Robin leuchtete die Mauer mit dem Sirgenstein ab. Nirgends war die Andeutung einer Tür zu erkennen. Nicht einmal eine Fuge, die sich hätte öffnen können.

»Das war wohl nichts«, sagte Bero schulterzuckend. »Lass uns zurück gehen, und einen anderen Weg finden.«

Robin schaute auf die Tiriphe. Sie leuchtete in blassem Blau.

»Nicht, bevor wir diesen hier genauer untersucht haben.«

Er beugte sich über die steinerne Fratze. Auch sie hatte ein grässliches Maul. Doch im Gegensatz zu dem Balogs war es geschlossen und es gab keine Winkel, in die man hätte greifen können. Ebenso verhielt es sich mit den Augen und Ohren des Dämons. Robin drückte und zog an allen möglichen Stellen. Er versuchte an der Nase zu drehen. Ohne Erfolg.

»Hat keinen Zweck«, sagte er schließlich. »Lass uns gehen.«

»Gut!« Bero wischte sich über die Stirn. »Ich hätte den unheimlichen Blick dieses Kerls auch nicht länger ertragen.«

»Warte! Du hast mich auf eine Idee gebracht.« Robin dachte angestrengt nach. Dann sagte er laut: »*Meide den Blick Theroks. Er wird dir die Zähne zeigen.*«

Bero blickte verständnislos.

»Das stand in Boffos Karte«, klärte ihn Robin auf. »Der Rest war unleserlich. Aber ich bin sicher, es hat etwas mit diesem Burschen zu tun, dessen Name Therok ist.«

»Wenn das in der Karte stand, dann lass uns möglichst schnell aus dem Blickfeld dieses Ungeheuers verschwinden. Wer weiß, was passiert, falls es uns tatsächlich die Zähne zeigt.«

»Das ist es!« Robin ging auf das Gesicht zu. »Um seinen Blick zu meiden müssen wir entweder verschwinden, oder ...« Er beugte sich vor und hielt dem dämonischen Abbild mit beiden Händen die Augen zu. Mit einem lauten Knack klappte der Unterkiefer Theroks nach unten und sein Maul öffnete sich. Zum Vorschein kam eine Reihe spitzer Zähne, die im Lichtschein von Robins Sirgenstein funkelten. Robin berührte jeden einzelnen von ihnen. Sie schienen aus massivem Gold zu sein. Er drückte und zog, drehte und rüttelte. Als er am linken Eckzahn angekommen war, gab dieser nach. Mit lautem Knirschen schwang die Wand samt Theroks Gesicht nach hinten und gab den Weg frei.

Robin und Bero traten durch die Öffnung in einen hohen, säulengestützten Saal. Robin hielt den Sirgenstein in die Höhe. Er leuchtete jetzt sehr hell. Was sie in seinem Schein sahen, ließ den beiden den Atem stocken. Um sie herum leuchtete und glitzerte es, als stünden sie im Inneren eines Bergkristalls. Die Wände und die Decke des Raums waren mit goldenen und grünen Ornamenten verziert. Kristallspiegel, umrahmt von farbigen Edelsteinen, erweckten den Eindruck, als könne man durch sie hindurchgehen, um in noch größere und noch prächtigere Räume zu treten.

Sie gingen zur Mitte der Säulenhalle und merkten kaum, wie sich das Tor hinter ihnen schloss. Wie gebannt starrten sie auf die Erscheinung an der Stirnseite des Saales. Dort stand Tirith, die Goldene Statue von Bahor. Mehrere Stufen führten empor zu dem Sockel, auf dem sie sich erhob. Mindestens zwei Klafter hoch und wie es schien, aus purem Gold. Sie trug ein eng anliegendes Kleid aus dunkelgrünen Jadeblättchen und ihre Augen leuchteten in Form zweier Smaragde aus ihrem wohlgestalteten Gesicht. Über ihrem Kopf spannte sich ein Baldachin, gehalten von gold- und silbergewirkten Kordeln und in ihren Händen hielt sie das Symbol: ein von zwei Schlangen umwundenes Dreieck mit einem Auge, welches bläulich leuchtete und die nähere Umgebung der Statue erhellte.

Robin spürte beinahe körperlich, wie die Blicke Tiriths auf ihm ruhten. Und es kam ihm vor, als fordere sie ihn auf, näher zu treten. Er steckte den Sirgenstein in seine Tasche und wie von einer unsichtbaren Hand geleitet ging er nach vorne und betrat die Stufen des Sockels. Als er empor blickte, sah er ihn. Mitten im Auge des Symbols, das Tiriths in ihren Händen hielt, zeichneten sich die Formen eines Stiers ab. Rötlich braun und glänzend. Kein Zweifel, das war Khor, einer der Schlüssel zu Tiriths Macht.

Robin näherte sich und berührte den Schlüssel. Er fühlte die Kraft, die ihm innewohnte und wie sie ihn durchströmte. Die Tiriphe auf seiner Brust wurde warm und Robin konnte ihr Leuchten sogar durch sein Fornhemd sehen. Der Schlüssel war etwas erhaben aber sonst vollkommen glatt. Robin konnte ihn nicht greifen. Er versuchte, mit seinen Fingernägeln eine Fuge zu ertasten, aber es gab keine. Seine Hände glitten an dem Auge nach unten und über das Dreieck hinweg, bis sie zu den Köpfen der sich kreuzenden Schlangen gelangten. Ein kaum hörbares

Geräusch lenkte seine Aufmerksamkeit wieder nach oben. Es war ihm als hätte sich zwischen Auge und Schlüssel ein hauchdünner Spalt gebildet. Robins Hände tasteten erneut nach dem Schlüssel, und als sie mit sanftem Druck auf ihm ruhten, spürte er, wie dieser sich bewegte. Langsam und lautlos wanderte er nach außen, bis Robin zugriff und ihn vollends aus seinem Lager zog. Der Schlüssel war so groß, wie seine Hand und ziemlich leicht. Robin warf nur einen kurzen Blick darauf und steckte ihn in seine Gürteltasche.

Im gleichen Augenblick passierte etwas Seltsames. Zuerst erlosch das Leuchten, welches aus dem Symbol der Tirith drang. Dann merkte Robin, wie auch der Sirgenstein, den er wieder hervorgezogen hatte, allmählich an Leuchtkraft verlor. Auch die Tiriphe um seinen Hals war dunkel geworden.

»Wenn du den Schlüssel hast, dann sollten wir uns beeilen!«, hörte er Bero hinter sich sagen. »Lass uns von hier verschwinden, bevor es ganz dunkel wird.«

Robin löste seinen Blick mit Mühe von Tirith und ging die Stufen ihres Sockels hinab. Obwohl er den Sirgenstein empor hielt, war der Saal um ihn herum nur noch in mattes Dämmerlicht getaucht. Sie eilten zurück zum Eingang. Das Tor war geschlossen. Doch im matten Schein des Steins sah Robin in der linken Wand eine Vertiefung in der Form eines Stiers. Er zog Khor aus der Gürteltasche und legte ihn hinein. Gerade noch rechtzeitig konnte er einen Schritt zurücktreten. Mit lautem Knacken sprang die Tür auf und schwang zur Seite.

Robin steckte den Schlüssel wieder ein und winkte Bero zu sich. Im nur noch schwachen Licht des Sirgensteins machten sie sich auf den Rückweg durch das Labyrinth der Gänge.

Je weiter sich die beiden in Richtung Ausgang bewegten, umso dunkler wurde der Sirgenstein. Schließlich schimmerte er nur noch kaum wahrnehmbar.

»Zu dumm«, raunte Robin. »Ich hatte mich vollkommen auf den Stein verlassen. Boffo wird mir gehörig die Meinung sagen.

Er hätte jetzt seine Kerzenlaterne bei der Hand.«

»Was wir nicht haben, kann uns jetzt auch nichts nützen«, erwiderte Bero. »Wir sollten lieber zusehen, dass wir weiter kommen. Soweit ich mich erinnere, sind wir nach dem Portal mit dem Sonnensymbol noch an drei weiteren Abzweigungen vorbeigekommen. Eine davon haben wir schon passiert. Wenn wir das Sonnenportal erreichen, oder gar die große Halle, können wir uns auch im Dunkeln bis zum Ausgang tasten.«

Sie eilten weiter, bis der Sirgenstein fast vollständig verblasst war. Nur noch ein schwaches Glimmen ging von ihm aus. Sie tasteten sich an der Wand zu ihrer Rechten entlang. Robin ging voraus. Ihm war seltsam zumute. Nicht nur das fehlende Licht machte ihm zu schaffen. Auch er selbst fühlte sich müde und kraftlos. In seinem Kopf begannen wirre Gedanken zu kreisen und bisweilen kam es ihm vor, als höre er dumpfe Trommeln und eine Stimme.

»Was ist mit dir los, Robin?« Bero wäre beinahe über ihn gefallen, denn Robin war stehen geblieben, ohne dass es ihm bewusst geworden wäre.

»Nichts. Es geht schon. Ich fühle mich nur etwas müde.« Robin rieb sich die Stirn. Dann tastete er sich weiter. Der Sirgenstein war jetzt vollkommen dunkel und Robin steckte ihn in die Tasche.

Da passierte es. Robins rechter Fuß trat ins Leere. Er strauchelte, kippte nach vorne und spürte noch, wie Bero nach seiner linken Schulter griff, um ihn zurückzuhalten. Doch es war bereits zu spät. Er schlitterte eine glatte, schräge Ebene hinab. Hinter sich hörte er einen gedämpften Aufschrei Beros. Dann war die schräge Ebene zu Ende und Robin fiel senkrecht. Sein Fall kam ihm wie eine Ewigkeit vor. Und er endete im Wasser. Glücklicherweise mit den Füßen zuerst. Nicht weit entfernt hörte er den Einschlag Beros. Das Wasser war nicht tief. Es ging Robin bis zur Brust. Doch hatte seine Tiefe ausgereicht, den Aufprall zu dämpfen. Um ihn war pechschwarze Dunkelheit. Neben sich hörte er Bero prusten.

»Bist du verletzt?«, fragte Robin.

»Ich weiß es nicht«, keuchte Bero.

»So ein Mist!« Robin versuchte sich zu bewegen. Seine Muskeln waren steif und der Schock saß ihm in den Gliedern. Zwei Schritte weiter konnte er mit seinen Fingern Mauerwerk tasten. Er fühlte einen Absatz und zog sich empor auf einen schmalen, doch trockenen Sims.

»Komm hierher«, rief er Bero zu. Die Antwort war nur ein unterdrücktes Stöhnen. Robin hörte leises Plätschern und merkte, wie sich Bero auf ihn zu bewegte. Schließlich konnte er ihn berühren und half ihm, den Sims zu erklimmen. Sie tasteten ihre Glieder ab. Außer Abschürfungen und Prellungen schien beiden nichts Ernsthaftes passiert zu sein. Für Knochenbrüche gab es keine Anzeichen. Nur Robins noch immer nicht verheilte Rippe schmerzte höllisch.

»Nun ist es also passiert.« Bero blies Luft aus beiden Backen. »Wir sind gestrandet. Genau, wie Boffo es befürchtet hatte. Er hatte wohl seine Gründe, draußen auf uns zu warten. Jetzt bleibt uns nur die Hoffnung, dass er uns auch aus der Patsche hilft.«

»Darauf sollten wir nicht warten. Wenn wir nur etwas Licht hätten, damit wir sehen könnten, wo wir uns befinden. Im Vertrauen auf den Sirgenstein habe ich nicht einmal einen Kerzenstummel dabei. Wir bräuchten etwas Brennbares.«

»Das einzige, was bei mir trocken geblieben ist, ist meine Mütze«, stellte Bero ernüchtert fest.

»Die wird uns nicht viel nützen. Wir bräuchten schon etwas, was richtig brennt.«

»Ich hätte hier vielleicht etwas.« Robin hörte, wie Bero in seinen Taschen suchte. Dann fühlte er etwas rundes, das ihm Bero in die Hand gedrückt hatte. »Dieses kleine Döschen hat mir meine Mutter mitgegeben. Es enthält Schweinefett mit Kräuteressenzen versetzt und hilft mir gegen meine trockene Haut.

»Fabelhaft!« Robins Stimme klang hoffnungsvoll. »Ich glaube, in unserem Fall könnte es auch gegen hartnäckige Dunkelheit helfen. Gib mir deine Mütze, Bero!«

Er nahm Beros runde Kappe, und riss das innere Stirnband heraus. Dann öffnete er vorsichtig das Döschen und rieb den Stoff mit Schweinefett ein. Schließlich zog er sein Messer aus der Scheide, wickelte das Stoffband um den Griff und verknotete es.

»Jetzt brauchen wir nur noch Feuer«, sagte Robin.

Er kramte in seiner Gürteltasche und holte sein Feuerzeug heraus (es war Onkel Birkers Patent und im zusammengeklappten Zustand wasserdicht). Wenig später erhob sich eine kleine, rußende Flamme aus der Fackel, die einst ein Teil von Beros Mütze war, und erhellte die Umgebung.

Robin blickte sich um. Sie befanden sich in einem rechteckigen Schacht, der nirgends hin zu führen schien, außer wieder nach oben. Robin schätzte seine Höhe auf vielleicht vier Klafter, bevor er in die schräge Ebene überging. Sein Mauerwerk war glatt. Nirgends waren Löcher oder Fugen zu sehen, an denen man sich hätte festhalten können. Nur auf halber Höhe über ihnen ragte ein Kragstein aus einer Ecke des Schachtes.

»Wenn ich mich auf deine Schultern stelle, könnte ich ihn erreichen.« Robin deutete auf den Stein. »Falls mir das gelingt, gehe ich zurück in Tiriths Halle. Dort finde ich sicher etwas, womit ich auch dir nach oben helfen kann. Wir müssen uns eilen. Die Fackel wird nicht lange brennen.«

Bero stellte sich in die Ecke. Robin nahm das Messer mit der Fackel zwischen die Zähne und stieg auf seine Schultern. Doch bis zum Stein fehlte noch eine halbe Elle.

»Steig auf meinen Kopf!«, presste Bero hervor.

Robin befolgte Beros Rat vorsichtig. Dann streckte er sich und jetzt konnten seine Finger den Stein gerade eben greifen. An ihm zog er sich empor und schwang seinen Körper bis auf Hüfthöhe darüber. Unter Aufbietung all seiner Kräfte gelang es ihm, zuerst ein Knie, dann einen Fuß auf den Stein zu setzten. Er richtete sich auf. Vor ihm lag der glatte Winkel des Schachtes. Aber die Fugen des Mauerwerks waren hier nicht mehr ganz so geschlossen wie weiter unten. Robin griff mit zwei Fingern in ein kleines

Loch der Mauer und tastete nach dem nächsten. Seine Füße stemmte er gegen die im rechten Winkel auseinanderstrebenden Wände der Schachtecke und es gelang ihm, Halt zu finden. Elle um Elle konnte er sich auf diese Weise in die Höhe arbeiten. Er spürte und roch, wie die Flamme seiner kleinen Fackel an seiner Wange und seinen Haaren sengte. Seine Bewegungen wurden hastig und schon wollte die Schwerkraft erneut Oberhand über ihn gewinnen. Da ertastete er die Oberkante des Schachtes. Sie war rund und schwer zu fassen. Mit einer letzten Kraftanstrengung überwand er sie und kroch auf der weiterführenden Schräge nach oben.

Schließlich hatte er es geschafft. Er stand wieder auf ebenem Grund. Seine Rippe schmerzte und pochte und ebenso seine versengte Wange. Doch darauf konnte er jetzt keine Rücksicht nehmen. Die Flamme seiner Fackel mit der Hand schützend, eilte er vorwärts. Nach einiger Zeit kam er an die Stelle, wo er und Bero irrtümlich abgebogen waren. Diesmal konnte er sich an den richtigen Verlauf des Ganges erinnern. Aber irgendetwas hinderte ihn, so schnell voran zu kommen, wie er gerne wollte. Erneut hatte ihn eine seltsame Schwäche überkommen. Wieder hörte er das Pochen in seinem Kopf. Es klang, wie das Geräusch von Trommeln. »Dum, Dum – Dum, Dum, Dum.« Und jetzt konnte er auch die Stimme verstehen. Sie rief: »Komm zurück! Du hast etwas, was mir gehört! Komm zu mir und gib es mir!«

Mühsam kämpfte sich Robin durch die zunehmende Dunkelheit. Mit einer Hand seinen dröhnenden Kopf, mit der anderen Hand die Fackel haltend, die sich schnell verbrauchte. Ihm war, als würde ihn eine unsichtbare Kraft von hinten zurückhalten. Endlich stand er vor Therok. Mit der Fackel zwischen den Zähnen bedeckte er dessen Augen mit den Händen. Theroks Kiefer sprang auf. Robin drückte auf den goldenen Eckzahn und drängte durch das sich öffnende Tor. Er stürzte nach vorne zu den Stufen der Statue und mit dem letzten rußigen Flackern der Fackel legte er Khor in die stierförmige Vertiefung inmitten des

Schlangensymbols in Tiriths Händen.

Das Symbol leuchtete auf und tauchte die Umgebung in einen blassblauen Schein. Robin fühlte sich augenblicklich erleichtert. Die Trommeln und die Stimme in seinem Kopf waren verschwunden. Robin zog den Sirgenstein aus der Tasche. Auch er leuchtete wieder. Er hielt ihn empor und blickte sich um. Sein Blick fiel auf den Baldachin über der Statue mit den silber- und golddurchwirkten Kordeln.

›Das müsste gehen‹, dachte er und zog kräftig daran.

»Entschuldige bitte!«, sagte er laut zu Tirith, als der Baldachin zu Boden glitt. Robin zog beide Kordeln heraus und knüpfte sie zusammen. Ihre Länge schien ausreichend und sie machten einen haltbaren Eindruck. Aus dem Stoff des Baldachins riss Robin Streifen, rieb sie mit Beros Schweinefett ein und wickelte sie um vier goldene Zepter, die auf einem altarähnlichen Tisch lagen. Eine der Fackeln entzündete er, den Rest klemmte er sich unter den Arm. Dann nahm er den Schlüssel aus Tiriths Symbol und in der augenblicklich einsetzenden Finsternis machte er sich im Schein seiner Fackel auf den Rückweg. Mit Khors Hilfe öffnete er Theroks Tor und eilte weiter.

Erneut hörte er die Trommeln und die Stimme in seinem Kopf: »Komm zu mir! Gib mir, was mir gehört!« Doch diesmal fühlte sich Robin nicht nach hinten gezogen, sondern nach vorne gedrängt. Am Schacht angekommen, legte er zwei seiner Fackeln auf der Ebene ab. Die brennende klemmte er in einen Mauerspalt. Eines der Zepter schob er in seinen Gürtel. Dann rutschte er vorsichtig die schiefe Ebene hinab, die Silberkordel zwischen den Zähnen, bis er an den senkrechten Abbruch kam. Dort nahm er sein Messer, schlug es mit Hilfe des Zepters in eine Mauerfuge und stellte seinen Fuß darauf.

»Bist du es, Robin?‹, ertönte eine Stimme von unten.

»Ja!«, rief Robin. »Ich lasse dir jetzt ein Seil hinab!«

Er legte ein Ende der Kordel über seine Schulter und ließ das andere zwischen seinen Beinen hindurch nach unten gleiten. Bereits machte er sich Sorgen, ob ihre Länge ausreichen würde.

Da spürte er ein leichtes Zupfen. Das Seilende hatte Bero erreicht.

»Du kannst jetzt kommen!«, rief Robin und stemmte sich mit aller Kraft gegen sein Messer. Nach einiger Zeit erschien Beros Kopf über dem Mauerabbruch und wenig später standen beide dort, wo vor über einer Stunde ihr Sturz begonnen hatte.

»Gut gemacht!« Bero bedankte sich mit einem Klaps auf Robins Schulter. »Wir müssen uns jetzt beeilen. Boffo wird sicherlich schon ungeduldig.«

»Damit könntest du recht haben.« Robin lächelte und holte das Seil ein. »Bist du auch sicher, dass du laufen kannst?«

»Mir fehlt nichts«, erwiderte Bero.

»Dann los!«, sagte Robin. »Dieses Mal du zuerst.«

Er ließ das Seil liegen, ergriff die restlichen beiden Fackeln und folgte Bero, der mit der brennenden vorauseilte. In ihrem Schein rannten sie durch die Gänge. Vorbei an dem zweiflügeligen Portal kamen sie in die Halle mit den vielen Türen. Hier blieb Robin zurück. Er setzte sich in eine der Mauernischen und atmete schwer.

»Was ist mit dir?«, fragte Bero, der zurückgekommen war.

»Ich kann nicht weiter«, erwiderte Robin. »Ich glaube, der Kaurokzauberer hat Macht über mich erlangt. Irgendwie. Er weiß, wo ich mich befinde, doch anscheinend nicht, wie man dorthin gelangt. Ich spüre nur, dass er draußen bereits auf mich wartet. Sobald wir den Gang durch Balogs Tor verlassen, wird er in den Besitz des Schlüssels und des Wissens um Tiriths Standort gelangen.«

»Doch wie kann er Macht über dich erlangt haben?«, fragte Bero. »Nach allem, was ich über den Morhultkult weiß, besteht zwar diese Möglichkeit. Doch dazu müsste er etwas besitzen, was dir gehört. Oder du etwas, was ihm gehört.«

»Morhult?« Robin rieb sich die Stirn. »Etwas besitzen, was ihm gehört? Natürlich, das ist es! Dieses verdammte Morhultamulett. Ich habe es noch immer einstecken.«

Er entzündete das letzte verbliebene Zepter an Beros erlöschender Fackel. Dann zog er das runde Amulett aus seiner Tasche. Drohend glitzerte die Faust mit den Blitzen im Widerschein der aufs Neue auflodernden Flamme. Er legte die Medaille neben sich. Sofort fühlte er sich besser.

»Lass es uns jetzt versuchen«, sagte er und erhob sich.

»Du kannst das Amulett aber auch nicht hier liegen lassen«, wandte Bero ein. »Es wird ihnen den Weg hierher weisen und früher oder später werden sie den Zugang entdecken und mit Gewalt öffnen.«

»Du hast recht«, sagte Robin. »Dann machen wir es anders.« Er griff mit Entschlossenheit nach dem Amulett und ging das letzte Stück des Ganges im Schein der sich schnell verzehrenden Fackel.

»Bist du so weit?«, fragte er, als sie den Ausgang erreicht hatten. Bero nickte und lockerte sein Schwert in der Scheide. Robin schob Khor in die stierförmige Aussparung der Wand. Das metallische Klacken ertönte. Er nahm den Schlüssel wieder an sich und steckte ihn in seine Gürteltasche. Das nur noch dunkel brennende Zepter warf er beiseite. Während mit dem Geräusch des sich senkenden Gegengewichts die runde Tür zur Seite glitt, zog Robin sein Schwert und nahm es in die linke Hand. Dann sprang er aus der Öffnung und schleuderte das Morhultamulett mit aller Kraft in den hell von Fackeln erleuchteten Steinkreis unter ihnen. Die versammelten Kaurok blickten nach oben, doch sie sahen nichts. Jedenfalls nicht das, was sie sehen wollten.

Denn als das Amulett in hohem Bogen auf Menhilds Finger zuflog, geschah etwas Unerwartetes. Ein heller Flammenbogen schoss von der Stele empor. Und auch von den anderen Megalithen erhoben sich Flammenbögen und vereinigten sich hoch über Menhilds Finger zu einer gleißend hellen Kuppel. Einem Dom aus Licht.

Auch Robin und Bero waren geblendet. Doch nur kurz. Robin nahm Bero am Arm und zog ihn vorwärts. Während die Kaurok noch immer gebannt auf das Licht starrten, eilten die beiden dem südlichen Abschnitt der Galerie zu. Hinter sich hörte Robin das Geräusch der sich schließenden Geheimtür. Ungehindert kamen sie zum Fuß der ersten Terrasse des Theaters. Stufe um Stufe erklommen sie. Als sie sich über die Kante der letzten Terrasse schwangen, hörten sie hinter sich wütende Schreie. Die Kaurok hatten sie entdeckt. Pfeile schwirrten durch die Luft. Doch zu spät. Sie zerschellten an den Stufen der Steinterrassen. Robin und Bero waren im Dunkel der Nacht verschwunden.

»Wurde aber auch wirklich Zeit!« Es war Boffos Stimme. »Gerade wollte ich Maßnahmen zu eurer Rettung ergreifen. Habt ihr den Schlüssel?«

»Natürlich! Dachtest du etwa, wir kommen mit leeren Händen zurück?« Robin klopfte mit der flachen Hand an seine Gürteltasche.

»Dann nehmt euer Gepäck und lasst uns verschwinden!« Boffo reichte ihnen ihre Bündel. Robin und Bero warfen sie sich über ihre Schultern. Dann rannten sie los. Aus einiger Entfernung klang heißeres Gebell zu ihnen herauf.

»Haltet euch nach Osten, so wie es Brent uns empfohlen hat«, hörten sie Boffo hinter sich keuchen. »Bei dieser Dunkelheit wären wir im unwegsamen Gelände des Tribortals verloren. Außerdem haben sie Taruks. Die würden uns dort schnell einholen. Und ich weiß nicht, ob ich mit mehr als einem von ihnen fertig werden kann.« Boffos Stimme wurde leiser. Dieser Umstand rief Robin ins Bewusstsein zurück, dass Elme zwar wieselflink auf ihren Beinen waren – aber eben nur auf kurzen. Jetzt waren Boffos Grenzen erreicht. Robin drehte sich um und musste beinahe lachen, als er den Elm hinter ihm her hecheln sah.

»Spring auf, Boffo!« Robin ergriff den kleinen Kerl und schwang ihn auf seine Schultern. Dann rannte er weiter, so schnell ihn seine Füße trugen. Vielleicht lag es daran, dass er das Morhultamulett hinter sich gelassen hatte. Vielleicht auch am Schlüssel Khor, den er in seiner Tasche trug. Jedenfalls fühlte er sich sehr kräftig und unendlich befreit. Selbst die Schmerzen seiner linken Rippe hatten nachgelassen. Boffo kam ihm wie ein Federgewicht auf seinen Schultern vor. Bald hatte er Bero eingeholt und sie eilten am Rande der Senke entlang nach Osten.

Seit sie die vom Schein der Fackeln erhellte Umgebung des Steinkreises verlassen hatten, hüllte Dunkelheit die Fliehenden ein. Doch im offenen Grasland konnten sie sich einigermaßen orientieren. Und sie hatten Glück. Die Kaurok hinter ihnen hatten keine Pferde. Sie schienen sich ihrer Sache sicher gewesen zu sein. Und allem Anschein nach hatten sie auch ihre Verbündeten, die Bethun, noch nicht alarmiert.

Nach ungefähr einer viertel Meile erreichten sie die alte Zufahrtsstraße nach Bahor. Niemand war zu sehen. Lediglich das Bellen der Taruks kam näher. Die Straße war gepflastert und sie zog sich schnurgerade dahin. Die Dahineilenden konnten deren Begrenzung in der Dunkelheit zwar nicht sehen, aber sie konnten ihren Verlauf erahnen und sie kamen schnell voran. Doch nicht schnell genug. Die Taruks blieben ihnen auf der Fährte. Nach der Nähe ihres Geheuls zu urteilen, waren zwei von ihnen bereits auf Schussweite herangekommen. Neben seinem Ohr hörte Robin das Schnarren von Boffos Armbrust. Nur einen Wimpernschlag später das Jaulen eines getroffenen Taruks.

»Manchmal sollte man sich besser auf seine Gehör, als auf seine Augen verlassen«, ließ sich Boffo vernehmen. »Das wird sie eine Weile aufhalten. Doch nicht lange, fürchte ich.« Er machte sich daran, seine Armbrust wieder zu spannen, was mitten im Lauf auf Robins Schultern kein leichtes Unterfangen war.

Sie mochten ungefähr eine Stunde gerannt sein, als sie an den Umrissen einer dicken Eiche vorbei kamen. Plötzlich hörten sie einen leisen Pfiff.

»Hier her!«, rief eine Stimme.

Robin erkannte sofort, wem sie gehörte. Auch Bero hatte sie erkannt und die drei schlüpften in den dunklen Schatten des ausladenden Baumes.

»Du hier, Brent?«, keuchte Bero atemlos.

»Dich schickt der Himmel«, fügte Robin hinzu und atmete tief durch. Er ließ Boffo von seinen Schultern auf den Boden gleiten.

»Keine Zeit zum Ausruhen«, flüsterte Brent. »Folgt mir auf diesem Weg! Schnell und vorsichtig. Geradeaus würdet ihr den Wachen der Bethun geradewegs in die Arme laufen.«

Er wandte sich um und schlich in gebückter Haltung davon. Robin konnte die Umrisse eines schmalen Pfades erkennen, der sich durch das dichte Buschwerk schlängelte. Auf eine Strecke von vielleicht fünfzig Schritten tasteten sie sich den Pfad entlang. Dann blieb Brent stehen. Sie befanden sich am Rande eines felsigen Abbruches. An seinem Rand stand eine einzelne, schlanke Kiefer.

»Hier müssen wir hinunter«, beschied ihnen Brent. »Am Fuß dieses Baumes könnt ihr ein Seil ertasten. Es liegt doppelt. Also umfasst es an beiden Strängen. Sonst seid ihr schneller unten, als euch lieb ist.«

Brent glitt als erster über die Kante. Dann griff Robin nach dem Seil. An seiner nachlassenden Spannung merkte er, dass Brent unten angekommen war. Jetzt schwang auch er sich über den Abgrund. In einer Tiefe von einem Klafter ertastete er mit den Füßen einen Felsvorsprung, der ihm zu stehen erlaubte. Den Umgang mit dem Seil hatte er, wie alle Schwertläufer, gelernt. Er schlang es durch die Oberschenkel nach hinten über den Rücken und über die Schulter wieder nach vorne. Dann glitt er nach unten. Nach fünf weiteren Klaftern spürte er festen Boden unter den Füßen. Wenig später folgte Bero und kurz darauf stand auch Boffo neben ihnen.

»Schnell, das Seil«, raunte Brent. Robin und Bero zogen an einem Ende, bis das Seil neben ihnen auf den Boden fiel. Keinen Augenblick zu früh. Oben am Abbruch hörte man bereits das Hecheln und heißere Bellen der Taruks. Und wenig später auch die Stimmen der Kaurok.

»Lasst das Seil liegen und bringt euch in Sicherheit«, zischte Brent. Dann verschwand er in der Dunkelheit. Ebenso, wie die anderen. Robin folgte als letzter. Hinter sich hörte er das Zischen der Pfeile, welche die Kaurok wütend und aufs Geradewohl in die für sie unsichtbare Tiefe des Felsabbruches schossen.

Es war jetzt so dunkel, dass Robin kaum einen Fuß weit sah. Mit einer Hand die Augen schützend tastete er sich voran. Dornenranken und Äste streiften ihm über Hände, Gesicht und Haare und hinterließen schmerzhafte Schrammen und Kratzer auf seiner Haut. Nach einiger Zeit hörte er vor sich klopfende Geräusche und sah das Sprühen von Funken. Dann flackerte ein kleines Licht auf. Es war Boffos Kerzenlaterne, welche die Gesichter der drei wartenden Gefährten erleuchtete.

»So, das Schwierigste hätten wir hinter uns«, sagte Brent. »Diese Burschen und ihre Wolfsbegleiter können uns hierher nicht folgen. Es sei denn, sie springen in die Tiefe.«

»Gut zu wissen«, sagte Robin. »Und vielen Dank! Ohne deine Hilfe wären wir sicherlich in große Schwierigkeiten geraten.« Bero nickte zustimmend.

»Zumindest hätten wir kämpfen müssen«, ergänzte Boffo. »Was gegen diese Kaurok mit ihren Giftpfeilen kein Spaß ist. Allerdings hatte ich insgeheim auf Brents Hilfe gehofft. Und er hat uns nicht enttäuscht.«

»Schon gut«, murmelte Brent, den das Lob der anderen in Verlegenheit brachte. »Ich hoffe, ihr konntet eure Aufgabe erfüllen und die ganze Aufregung war nicht umsonst.«

»Konnten wir«, entgegnete Robin. »Zwar gab es einige Hindernisse, doch haben wir das, was wir wollten.«

»Woher wusstest du eigentlich, dass es ein solches Feuerwerk geben würde, als du das Amulett gegen Menhilds Finger schleudertest, Robin?«, wollte Bero noch wissen.

»Ich hatte keine Ahnung«, entgegnete Robin. »Alles was ich wollte, war das Ding loszuwerden, das mir die Kraft raubte. Ich war fest entschlossen durchzubrechen, mit oder ohne Lichtzauber.«

»Von welchem Amulett sprecht ihr überhaupt und was war das für ein gleißendes Licht, welches mich beinahe geblendet hätte?« Jetzt war auch Boffo neugierig geworden.

Robin schilderte in aller Kürze die Begebenheit. »Eines verstehe ich allerdings nicht. Ich hatte das Ding die ganze Zeit in der Tasche. Und meine Tiriphe hat sich niemals darüber beschwert.«

»Oder sie hat dich davor beschützt. Obwohl das Stück Metall an sich nicht böse ist«, erwiderte Boffo. »Es ist wohl dieses Zeichen darauf, vermittels dessen der Morhultzauberer früher oder später Gewalt über den Besitzer erlangt. Und das ist allem Anschein nach erst heute geschehen, nachdem du seine Aufmerksamkeit auf dich gezogen hattest.«

»Lasst uns jetzt weitergehen, solange unsere Lampe brennt«, sagte Brent kopfschüttelnd. »Mitternacht ist bereits vorbei. Eure Geschichten könnt ihr erzählen, wenn wir wieder in Fort Trontil sind.«

Robin nickte. Er fühlte sich froh und erleichtert über den bisher glücklichen Verlauf ihres Unternehmens. Brent hielt Boffos kleine Laterne in die Höhe und ging voraus. Die Gefährten folgten ihrem schwachen Schein.

Dreizehntes Kapitel

Aufbruch ins Ungewisse

Der Abstieg aus dem Hochland war lang und beschwerlich. Doch Brent führte die drei Gefährten sicher auf schmalem Pfad bergab. Immer wieder hob er die Hand als Zeichen zur Vorsicht, wenn sich steile Felsabbrüche vor der kleinen Gruppe auftaten, umgestürzte Bäume im Weg lagen oder ein felsiger Tobel zu durchsteigen war. Dank Boffos Kerzenlaterne konnten all diese Hindernisse schadlos überwunden werden. Die Nacht war kühl, aber es blieb trocken. Ein Umstand, der angesichts des unwegsamen Geländes und des regnerischen Wetters der letzten Tage als Glücksfall zu bezeichnen war.

Robin ging als Letzter. Er verspürte weder Hunger noch Durst, noch das Gefühl von Müdigkeit. Er hatte das Gefühl, ewig so weitergehen zu können. Angst und Unsicherheit, die ihn in den unterirdischen Gängen von Bahor beschlichen hatten, waren verschwunden. Ebenso, wie die Stimme aus seinem Kopf.

Unwillkürlich kreisten seine Gedanken um den Schlüssel Khor, den er in seiner Gürteltasche trug. Dieser musste es sein, der ihm Stärke verlieh, während die Kraft aus seinen anderen Amuletten verschwunden zu sein schien. Die Tiriphe um seinen Hals hatte selbst angesichts der Nähe der Feinde keine Reaktion gezeigt. Um sich zu vergewissern, zog er auch den Sirgenstein aus seiner Tasche. Der Stein war dunkel und nicht das geringste Glimmen war in seinem Innern zu sehen. Tirith schien nun auch den letzten Rest ihrer Kraft verloren zu haben. So, wie es in den Aufzeichnungen aus der Tonstatue beschrieben war.

Obwohl Robin bisher nur wenig Zweifel an Boffos Vermutungen gehegt hatte, war er nun vollständig überzeugt. Die

Überlieferungen über Bahor, Ormor und die Schlüssel waren keine Legende, sondern die Wahrheit. Tirith musste ihre Kraft zurückerhalten. Und damit die Macht der Sieben Gestirne. So schnell wie möglich. Und um jeden Preis.

Am Rande eines schmalen Rinnsals machten sie Halt. Boffo schöpfte mit der hohlen Hand etwas Wasser und probierte es. Es schien gut zu sein. Auch Brent hatte keine Bedenken. Sie löschten ihren Durst und aßen ein wenig von der verbliebenen Marschverpflegung: etwas Brot, Käse und Trockenfrüchte.

»Wenn wir erst wieder im Fort sind, werden wir uns auf Besseres freuen dürfen«, sagte Bero zwischen zwei Bissen.

»Das will ich hoffen!« Boffo kaute widerwillig auf einer getrockneten Pflaume herum. »Ein kühler Krug Bier und ein saftiger Braten ist das Mindeste, was wir erwarten sollten.«

»Gemach, gemach!« Brent machte eine beschwichtigende Handbewegung. »Noch sind wir nicht dort. Und die Gefahr ist noch nicht gebannt. Wenn wir erst wieder auf die Hauptstraße treffen, könnte es noch einmal gefährlich werden. Ich vermute, unsere Feinde haben sich inzwischen abgesprochen. Wir müssen davon ausgehen, dass nun auch die Bethun hinter uns her sind. Sie werden versuchen, uns den Weg abzuschneiden. Und zu Pferd könnte ihnen das leicht gelingen.«

»Schöne Aussichten.« Bero schien plötzlich nicht mehr so gut gelaunt. »Aber glücklicherweise gibt es auch noch die Schwertläufer aus dem Fort. Ich hoffe, die haben uns nicht vergessen.«

»Mit Sicherheit nicht«, erwiderte Brent. »Doch vergiss nicht, dass Ragnar Reitmor keinen förmlichen Kampfauftrag hat. Es wäre besser, wenn wir durch kluges Vorgehen unsere Kameraden gar nicht erst in Gefahr brächten.«

»Und was sollen wir deiner Ansicht nach tun?«, wollte Boffo wissen.

»Nun, wir werden die Straße in ungefähr zwei Stunden erreichen. An einer Stelle, wo sie in einem Taleinschnitt verläuft«, klärte ihn Brent auf. »Anstatt uns dort nach unten und in Gefahr zu begeben, werden wir versuchen, oberhalb der Straße entlang des Höhenzuges nach Süden zu gehen. Die Gegend dort ist bei weitem nicht so unwegsam, wie diese hier. Wir werden zwar langsamer, doch sicherer vorankommen.«

»Gute Idee!«, sagte Robin. »Auch ich habe wenig Lust auf ein erneutes Treffen, wenn es sich irgendwie vermeiden lässt. Egal ob mit Kaurok oder Bethun.«

Boffo nickte. Mit wenigen Handgriffen packten sie ihre Sachen zusammen und folgten Brent weiter in die Dunkelheit.

Als es zu dämmern begann, erhob sich ein böiger Wind aus nordwestlicher Richtung. In seinem Gefolge zogen grauschwarze Wolken in niedriger Höhe talwärts und es begann wieder zu nieseln. Die Gruppe hatte seit Mitternacht vier oder fünf Meilen zurückgelegt, als die Gegend vor ihnen plötzlich steil abfiel. Brent gab ein Zeichen zur Vorsicht und die vier kauerten sich nieder. Vielleicht einhundert Klafter unter ihnen, in einer Entfernung von ebenso vielen Ruten verlief die Straße. Ruhig und leer.

»Es scheint, wir haben Glück«, raunte Bero. »Unsere Verfolger haben sich wohl eines anderen besonnen.«

»Abwarten!«, erwiderte Robin. »Leider kann mich meine Tiriphe nicht mehr warnen. Aber mein Gefühl sagt mir auch so, dass irgendetwas in der Luft liegt. Doch still! Ich glaube, Boffo hat etwas gehört.«

Der Elm kauerte in vorgebeugter Haltung neben Robin und lauschte. Dann legte er seinen Zeigefinger an die Lippen und gab den anderen ein Zeichen, sich zu verbergen. Schnell schlüpften sie hinter einige von Gebüsch überwucherte Steine. Jetzt war es nicht mehr zu überhören: Hufgetrappel, welches schnell näher kam.

Robin spähte durch eine Lücke zwischen den Steinen. Dann sah er sie. Sie saßen auf untersetzten, struppigen Pferden. Gestalten in bunten Gewändern mit langen Haaren und Helmen. Robin kannte ihr Äußeres gut. Es waren Bethun. Vielleicht sieben oder acht Reiter. Sie ritten in schnellem Trab, hatten ihre Bögen schussbereit und musterten die Umgebung. Vor allem auf den Rand der Straße schienen sie ihre Aufmerksamkeit gerichtet zu haben. So, als suchten sie eine Einmündung oder den Abzweig eines Weges.

Als die Reiter die vier Gefährten beinahe passiert hatten, blickte einer von ihnen zur Höhe des Hanges. Robin zog seinen Kopf ein. Der Bethunkrieger konnte ihn unmöglich gesehen haben. Doch als Robin erneut durch eine Lücke im Gebüsch lugte, sah er, dass die Gruppe angehalten hatte. Sie schienen zu beraten und einer von ihnen deutete nach oben. Plötzlich machten die Reiter kehrt und galoppierten zurück.

Bero ließ Luft aus seinen aufgeblasenen Backen entweichen. »Das war knapp!«, sagte er und steckte sein Schwert in die Scheide. Brent setzte den gespannten Bogen ab.

»Seltsam«, sagte Boffo. »Ich hätte schwören können, dass wir uns ruhig genug verhalten haben, um nicht entdeckt zu werden. Jedenfalls nicht von gewöhnlichen Zeitgenossen. Aber diese Krieger scheinen über ganz außergewöhnliche Sinne zu verfügen.«

»Vielleicht haben sie uns auch gar nicht gesehen«, versuchte Robin zu beschwichtigen, »Sicher vermuten sie nur, das unser Weg in diesem Bereich wieder auf die Straße trifft.«

»Möglich, aber darauf sollten wir uns nicht verlassen«, sagte Brent. »Lasst uns von hier verschwinden, bevor sie mit Verstärkung zurückkehren.«

Mittlerweile war es hell geworden. Zumindest so hell, wie es ein neuer, wolkenverhangener und trüber Tag zuließ. Die vier schnappten sich ihr Gepäck und setzten sich in Bewegung. Auf der Höhe des sich längs der Straße hinziehenden Bergrückens wandten sie sich nach Süden. Das Gelände war mit Gebüsch und halbhohem Strauchwerk bewachsen. Auch der Nieselregen war stärker geworden. Die nassen Stängel von Ginster und Seidelbast schlugen gegen die Schenkel der Dahineilenden, erschwerten das Vorwärtskommen und durchnässten Schuhe und Hosenbeine. Robin bot Boffo den Platz auf seinen Schultern an. Doch der Elm lehnte ab.

»Unwegsames Gelände ist meine Stärke. Hier werdet ihr mich nicht so schnell los. Außerdem solltest du deine Rippe schonen«, keuchte er, während er mit erstaunlicher Behändigkeit dem zurückschnellenden Strauchwerk auswich, dass Brent vor ihm zur Seite schob.

Von Zeit zu Zeit konnten sie im dunstigen Tal den Verlauf der Straße erkennen. Noch immer war sie leer. Von den Bethun war nichts zu sehen.

»Bis zum Fort sollte es nicht mehr weit sein«, stieß Boffo atemlos hervor. »Wenn mich mein Orientierungssinn nicht täuscht.«

»Etwas mehr als eine Meile«, entgegnete Brent. »Noch eine Stunde, bei diesem Tempo und wenn wir hier auf der Höhe bleiben. Dann haben wir's geschafft.«

Sie eilten weiter. Plötzlich deutete Bero nach unten zur Straße. Die Bethun waren da. In viel größerer Zahl als vorher. Robin schätzte vierzig Reiter, die im Galopp heran geritten kamen und ebenso schnell, wie sie aufgetaucht waren, hinter der nächsten Biegung verschwanden.

Robin wunderte sich über das Vorgehen der Reiter. Irgendetwas führten sie im Schilde. Was, wurde ihm wenig später klar. Die vier hatten gerade eine Lichtung auf dem lang gestreckten Höhenrücken erreicht. Robin, der den Schluss der Gruppe bildete, nutzte die Gelegenheit, um zurückzublicken. In einiger Entfernung hinter ihnen sah er, wie sich das Strauchwerk bewegte. Sie wurden verfolgt.

»Lauft schneller!«, rief er den vor ihm Eilenden zu. »Sie versuchen, uns in die Zange zu nehmen.«

Er überholte Bero, ergriff Boffo, der sich diesmal nicht zur Wehr setzte, und schwang ihn auf seine Schultern. Dann setzte er in langen Schritten hinter Brent her.

Robin war ein ausgezeichneter Läufer und der Schlüssel verlieh ihm zusätzliche Kraft. Trotz seiner Verletzung und Boffos Gewicht konnte er mühelos mit Bero und Brent mithalten.

»Wenn wir unser Tempo beibehalten«, Robin holte zweimal tief Luft, »gibt es keinen Grund, warum uns die Bethun einholen sollten.«

»Unsere Verfolger sind nicht das Problem«, Boffo deutete nach vorne, irgendwohin ins Ungewisse. »Ich mache mir Sorgen um die Reiter vor uns. Sie werden uns den Weg abschneiden wollen. Spätestens, wenn wir die Straße queren müssen.«

»Nicht weit von hier gibt es einen alten Steinbruch«, keuchte Brent. »Dort könnte es uns gelingen, beide abschütteln. Folgt mir!«

Sie hatten den Rand der Lichtung erreicht und tauchten in das Dämmerlicht eines Kiefernwalds ein. Hier ging es stärker bergab und Brent schlug eine Richtung ein, die hinunter zur Straße führen musste. Während sie zwischen den Bäumen dahineilten, bemerkte Robin, dass der Boden unter ihnen die noch schwach ausgeprägten Merkmale eines Weges angenommen hatte. Dieser führte nach einiger Zeit steil nach unten in eine Art Talkessel. Um sie herum tauchten wilde Felsformationen auf. Sie hatten den Steinbruch erreicht.

Der Weg vor ihnen war jetzt ausgebaut und gut erkennbar. Er führte durch eine grasbestandene Ebene, zu beiden Seiten begrenzt von senkrecht abbrechenden Felswänden. In einiger Entfernung – dort, wo der Steinbruch endete – sah Robin zwei senkrechte Felspfeiler. Sie bildeten eine riesenhafte Pforte aus gewachsenem Stein. Allem Anschein nach für den Weg, der von der Straße hierher führte. Und genau aus dieser Richtung ertönte Hufgetrappel. Die Bethun sprengten heran.

»Toller Plan!« Boffo schüttelte ungehalten den Kopf. »Jetzt sitzen wir genau in der Falle, die wir vermeiden wollten.«

»Noch nicht!«, rief Brent. »Vertraut mir!«

Er bog unvermittelt im rechten Winkel vom Weg ab und eilte auf eine flache Felsenbucht zu, die sich in die Flanke einer der Felswände schmiegte. Am Beginn der Felsnische bog Brent einiges Buschwerk beiseite. Jetzt konnten es auch die anderen sehen: ein rechteckiges Stollenloch, etwas mehr als mannshoch, welches wie ein schwarzes Maul in das Innere des Felsens führte. Brent verschwand in dem Loch, gefolgt von Bero. Robin ließ Boffo von seinen Schultern und schlüpfte als Letzter in die Öffnung. Hinter sich hörte er das Prasseln der Pfeile, die ihnen die Bethun nachsandten.

Im Stollen war es stockfinster. In einiger Entfernung konnte Robin Brent und Bero keuchen hören. Vor sich hörte er die kurzen Schritte Boffos. Mit einer Hand tastete sich Robin an der Felswand entlang. Mit der anderen kramte er nach seinem Feuerzeug. Wenig später flammte Boffos Kerzenlaterne auf. In ihrem flackernden Schein gingen die vier tiefer in den Stollen hinein.

Die Bethun schienen keine Eile zu haben, ihnen zu folgen. Sie glauben wohl, dass ihnen die Flüchtigen hier nicht entkommen konnten. Auch Robin hatte seine Zweifel. Trotzdem verließ er sich auf Brent, der zielstrebig weiter in den Stollen hineinging. Nichts, außer dem Geräusch schwerer Wassertropfen, die von der Decke fielen und dem Platschen ihrer Schritte auf dem nassen Boden war zu hören.

Sie passierten mehrere Seitenstollen, die irgendwohin in die Tiefe des Berges führten. Doch Brent schien genau zu wissen, welche Richtung er einschlagen musste.

Nach einiger Zeit führte ihr Weg über in den Felsen gehauene Stufen nach oben. Bald sahen sie vor sich einen hellen Fleck. Vorsichtig näherten sie sich dem Stollenausgang und traten ins Freie. Von Kaurok oder Bethun war nichts zu sehen. Unter ihnen, am Grunde des Tals, kreuzte die Straße nach Trintal diejenige, die zum Tolbrandpass führte. Und gegenüber, auf einem der grauverhangenen Hügel des regennassen Hochlandes, lag Fort Trontil.

Am Abend nach ihrer Ankunft im Fort gab es ein Festessen. Und dies nicht nur für die Gäste. Auch die Mannschaften und die neuen Rekruten durften sich über einige Fässer Bier und einen herzhaften Braten am Spieß freuen. Am Nachmittag war auch die Abteilung zurückgekommen, die der Kommandant den vier Abenteurern entgegen geschickt hatte. Alle waren unversehrt, denn sie hatten die Straße nach Trintal frei und unversperrt vorgefunden. Die Bethun hatten sich nach ihrem Misserfolg am Morgen zurückgezogen. Mit den Schwertläufern aus dem Fort wollten sie sich nicht anlegen. Jedenfalls noch nicht.

Die Nacht draußen war neblig, feucht und kühl. Doch im Kamin des Saales prasselte ein heimeliges Feuer. An langen Tischen und Bänken feierten die Schwertläufer des Forts. Ragnar Reitmor saß mit seinen Gästen, darunter Brent und Roart, an einer kleineren Tafel in der Nähe der Feuerstelle. Und die allgemeine Stimmung weckte bei Robin Hoffnung auf ein harmonischeres Zusammensein, als es das letzte gewesen war.

»Ich hätte wirklich nicht geglaubt, dass alles so reibungslos abläuft«, sagte Ragnar. »Auch wenn ich schon Einiges von euren Fähigkeiten als Schwertläufer gehört habe.« Dabei blickte er Robin und Bero an.

»Nun, so glatt, wie es jetzt den Anschein hat, lief es beileibe nicht«, wehrte Robin das Kompliment ab. »Es gab einige nicht unerhebliche Schwierigkeiten und das Glück stand uns mehrmals zur Seite. Außerdem möchte ich mir nicht vorstellen, was ohne die Hilfe Brents aus uns geworden wäre.«

»Na – jedenfalls habt ihr jetzt das, was ihr wolltet«, sagte Ragnar. Er angelte sich mit seinem Messer ein Stück Braten aus einer Zinnschüssel, die in der Mitte des Tisches stand. »Obwohl mir noch immer nicht ganz klar ist, welchen Nutzen dieser Schlüssel haben soll.«

»Für sich allein hat er keinen Nutzen. Es sei denn, wir bringen ihn nach Ormor, wo wir sein Gegenstück zu finden hoffen. Alles Weitere wird sich dann von selbst ergeben.« Boffo nahm einen tiefen Schluck aus seinem Bierkrug. Er hatte es mittlerweile aufgegeben, Ragnar die genauen Zusammenhänge erklären zu wollen. Doch seine Ansage schlug ein, wie ein Schlag mit der

Faust auf den Tisch. Es wurde still in der Runde.

»Nach Ormor?« Ragnar schüttelte ungläubig den Kopf. »Euer Hunger nach Abenteuern scheint noch immer nicht gestillt. Ich hoffe nur, ihr seid euch im Klaren darüber, auf was ihr euch dabei einlassen würdet. Selbst in normalen Zeiten wäre eine Reise dorthin ein großes Wagnis. Seit Jahren hat niemand mehr den Weg über das Taurongebirge gewagt. Die Lurgbanden dort sind sicher nicht friedlicher geworden. Und seit dem Ausbruch des Tarantuil weiß keiner mehr, was einen in dieser Gegend erwartet.«

»Nun, so weit ist es noch nicht«, beschwichtigte ihn Robin. »Morgen werden wir in Ruhe beraten, wie wir weiter vorgehen. Und natürlich ist uns Euer Ratschlag ebenso willkommen.«

»Ich befürchte, bei solchen Entscheidungen kann ich euch nicht sehr dienlich sein«, entgegnete Ragnar und machte keinen Hehl aus seiner Verstimmung. »Meine Aufgabe ist es, euch bei eurem Vorhaben zu unterstützen. Aber ich sehe ein, dass es wenig Sinn hat, euch Vorschriften machen oder Ratschläge erteilen zu wollen. Ihr müsst selbst wissen, was ihr zu tun und zu lassen habt.«

»Ich denke, Robin hat recht«, mischte sich Bero ein. »Morgen wird Zeit sein, alles Weitere zu beraten. Heute wollen wir den glücklichen Ausgang unseres Abenteuers feiern.«

»Ein vernünftiges Wort zum richtigen Zeitpunkt! Trinken wir also auf den guten Ausgang dieser verrückten Unternehmens. Auf euer Wohl!« Ragnar erhob sich und seinen Krug und klopfte auf den Tisch. Im Saal wurde es ruhig und alle Schwertläufer erhoben sich ebenfalls. Dann tranken sie auf das Wohl der Gäste.

»Wie ich erfreut feststelle, hat die Gastfreundschaft in Fort Trontil einen hohen Stellenwert«, sagte Boffo, als alle wieder Platz genommen hatten. »Und an gutem Essen und Trinken gibt es keinen Mangel. Wenn ich bitten darf ...«

Der Elm hielt seinen Teller in die Höhe und Ragnar, froh über die Wendung des Gespräches, beeilte sich, seinen kleinen Gast mit einem großen Stück Braten zu bedienen.

»Was Essen und Trinken betrifft, so geht es uns bisher noch gut. Selbst in dieser abgelegenen Gegend. Doch habe ich Bedenken, ob dies auch in Zukunft so bleibt. Nicht was das Vieh anbelangt. Daran werden wir auch in der nächsten Zeit keinen Mangel haben. Aber das Getreide steht schlecht in diesem Jahr. Auch die Kartoffeln machen einen armseligen Eindruck. Wenn das Wetter weiterhin so kühl und regnerisch bleibt, werden wir im Spätsommer keine gute Ernte zu erwarten haben.«

»Um unsere Verpflegung mache ich mir die wenigsten Sorgen. Zumindest nicht in den nächsten Monaten«, wiegelte Roart ab. »Viel mehr fürchte ich, dass die Kaurok und Bethun sich auf Dauer nicht so zurückhalten werden, wie sie das heute getan haben. Wir werden wohl ziemlich bald wieder mit ihnen rechnen müssen.«

Robin kannte das draufgängerische Wesen Roarts. Und es war leicht zu erkennen, dass es ihn wurmte, bei den Auseinandersetzungen keine Rolle gespielt zu haben. Auch hatte Robin das Gefühl, als ob der stolze, junge Mann aus gutem Hause seine Niederlage beim Turnier noch immer nicht ganz verwunden hatte.

»Das befürchte ich auch«, ging Brent auf Roarts Bemerkung ein. »Nach dem, was man in Bahor sehen konnte, unternehmen sie große Anstrengungen, sich zahlenmäßig zu stärken und zu rüsten. Sie warten wohl nur noch auf den richtigen Augenblick. Dann werden sie mit vereinten Kräften losschlagen.«

»Damit solltet Ihr nicht nur rechnen«, wandte sich Boffo an Ragnar. »Ihr solltet auch darauf vorbereitet sein. Vor allem auf ihre vergifteten Pfeile.«

»Nun ja, wir werden versuchen, sie vermeiden«, entgegnete Ragnar. »Viel mehr können wir wohl nicht dagegen tun.«

»Das ist nicht ganz richtig«, widersprach Boffo. »Wir kennen das Gift, welches sie verwenden. Es ist ein Extrakt aus der Wurzel des Mithrionstrauchs. Dagegen gibt es ein Mittel. Ich selbst führe nur eine kleine Menge davon mit mir. Deshalb solltet Ihr unverzüglich einige Schwertläufer nach Dornburg entsenden.

Mein Vetter Bronif, der dortige Apotheker, wird Euch mehr davon zubereiten können.«

»Das ist doch mal ein brauchbarer Rat«, sagte Ragnar. »Ich werde darüber nachdenken.«

»Bei dieser Gelegenheit könntet Ihr gleich Eure guten Beziehungen nach Erinburg nutzen und die Stadtoberen über die undichte Stelle in ihrer Befestigung informieren«, hakte Robin nach. »Ihr wisst schon. Es geht um die Begebenheit, die wir Euch bei unserer Ankunft erzählten und die Flucht dieses Spions durch einen Kanal direkt unter der Brücke am Stadtturm. Wir waren uns nicht sicher, ob wir diese Erkenntnis dem Wirt des Golden Bären anvertrauen sollten. Deshalb haben wir es lieber unterlassen.«

»Das wäre sicher kein Fehler gewesen«, antwortete Ragnar. »Friedloff Eberwein ist ein sehr verlässlicher Mann. Und ein guter Freund von mir, wie er euch bestimmt mitgeteilt hat. Doch werde ich mich persönlich auch um diese Angelegenheit kümmern und meinen Leuten ein entsprechendes Schreiben an den Erinburger Magistrat mitgeben. In Kopie auch an Seine Exzellenz, Herrn Bronolf Fernot, den Kanzler der thornländischen Regierung.«

Damit beendete die kleine Runde das sperrige Gespräch. Beide Parteien hatten eingesehen, dass von der jeweils anderen Seite kein großes Verständnis für die eigene Haltung zu erwarten war. Zudem hatte eine Gruppe von Schwertläufern im Saal ihre Instrumente ausgepackt. Höflich hatten sie das Ende der förmlichen Wortwechsel abgewartet. Nun stimmten sie eine lebhafte Weise an. Dazu vollführten andere in Ermangelung weiblicher Tanzbegleitung eine Art Stepptanz, welcher von allen Anwesenden mit rhythmischem Händeklatschen unterstützt wurde. Schnell war auch die kühle Stimmung bei Ragnars Tischrunde verflogen und man ließ sich von der Fröhlichkeit im Saal anstecken. Und diese wurde ausgelassener, je später der Abend wurde. Lieder erklangen, und auch die Gäste aus Fornland stimmten mit ein.

Schlag elf Uhr klatschte Ragnar in die Hände. Die Feier war beendet. Selbst bei festlichen Anlässen galten in Fort Trontil strenge Regeln. Als Robin, Bero und Boffo auf ihre Stube gingen, waren Anspannung und Sorgen der letzten Tage von ihnen abgefallen. Die große Wäsche verschoben sie auf den nächsten Tag, krochen in ihre Betten und fielen bald in einen tiefen und erholsamen Schlaf.

Das Aufstehen fiel Robin schwer. Sein ganzer Körper und besonders seine linke Seite schmerzte. Die drei gingen nach unten in den Waschraum, wo bereits emsige Betriebsamkeit herrschte. Das Wasser war nicht besonders warm, doch nach den Anstrengungen der letzten drei Tage empfanden sie eine Dusche unter fließendem Wasser als ausgesprochen wohltuend. Danach besah sich Boffo Robins Blessuren.

»Ich befürchte, deine Rippe hat erneut einen gehörigen Knacks bekommen«, sagte er, nachdem er Robin untersucht hatte. »Ein oder zwei Tage Ruhe sind das Mindeste, was ich dir jetzt raten würde. Und deine versengte Backe wird sich in dieser Zeit hoffentlich auch wieder erholen.«

Der Elm öffnete ein Döschen und strich eine Salbe auf Robins schmerzende Seite und seine Wange. Ein angenehm belebender Geruch erfüllte den Raum und Robin fühlte sich augenblicklich besser.

Wenig später saßen sie zu dritt bei einem für die Verhältnisse in Fort Trontil reichhaltigen Frühstück. Es gab heißen Tee und frisches Brot aus der Bäckerei des Forts. Auf dem Tisch standen eine Schale mit Butter, ein ganzer Käse auf einem Schneidbrett und ein Tiegel mit Honig. Und natürlich der übliche Haferbrei.

»Greift tüchtig zu!«, sagte Boffo. »Es könnte sein, dass wir in der nächsten Zeit nicht mehr so oft Gelegenheit zu einer solch ausgiebigen Mahlzeit haben werden.«

»Wie meinst du das?«, fragte Robin scheinheilig, obwohl er ahnte, welche Richtung das nun folgende Gespräch nehmen würde.

»Nun, ich denke, du weißt sehr genau, was ich meine«, erwiderte Boffo. »Den ersten Teil unserer Aufgabe haben wir hinter uns gebracht. Glücklicherweise erfolgreich. Jetzt gilt es ohne Zögern den zweiten Teil in Angriff zu nehmen. Dazu müssen wir nach Ormor. Und ich sehe keinen Grund, diesen Weg – da er nun einmal gegangen werden muss – länger als notwendig vor uns her zu schieben.«

»Das weiß ich natürlich. Und ich bin sehr wohl darauf vorbereitet. Doch hatten wir vereinbart, die Erlaubnis des Rates einzuholen, bevor wir weitere Schritte unternehmen«, gab Robin zu bedenken.

»Die Tatsache, dass wir jetzt den Schlüssel Khor besitzen, ändert alles«, erwiderte Boffo. »Schließlich ist es kein Geheimnis, dass nur die wenigsten Ratsmitglieder an seine Existenz glaubten. Nun haben wir ihn. Und sein Besitz verpflichtet. Die Fortführung unserer Aufgabe erfordert höchste Eile. Die Macht Tiriths schwindet sehr schnell. Zu schnell, um länger warten zu können. Dies wird sich erst ändern, wenn der Schlüssel seinen Platz im Narnenstein gefunden hat. Also dürfen wir keine Zeit verlieren.«

»Nun gut, der Schlüssel muss also in den Stein«, mischte sich Bero in die Unterhaltung ein. »Aber wenn ich euch die ganze Zeit über richtig verstanden habe, dann besteht dieser Schlüssel aus zwei Teilen. Oder einfacher ausgedrückt: es gibt zwei Schlüssel. Was wir haben ist Khor. Doch was ist mit dem anderen? Deine Andeutung von gestern Abend Ragnar gegenüber sagt mir, dass du ihn in Ormor vermutest.«

»Gut mitgedacht, mein Junge!« Boffo nickte Bero wohlwollend zu. »Tatsächlich bin ich mittlerweile sehr zuversichtlich, Khrit, so heißt der zweite Schlüssel, im Inneren Ormors zu finden. Gut möglich, dass er bereits in den Narnenstein eingefügt wurde. Denn in der Überlieferung des Meridoz steht, dass Tantriloz, der Fürst der Sirdain, zu seiner Zeit seinen Schlüssel genutzt hat. Wenn ich zudem die uns zur Verfügung stehenden Aufzeichnungen richtig gedeutet habe, dann ist der angestammte Platz für Khrit ohnedies die Schatzkammer von Ormor. Der Ort, an dem sich auch der Narnenstein befindet. Dort werden wir ihn also suchen müssen. Für mich ein weiterer Grund, unverzüglich dorthin zu reisen.«

»Eile tut not, das sehe ich ein. Doch unverzüglich?« Robin war innerlich aufgewühlt. »Selbst wenn wir eigenmächtig handeln, müssen wir doch zumindest vorher unsere Familien benachrichtigen.«

»Diese Aufgabe können auch die Schwertläufer übernehmen«, widersprach Boffo. »Wir werden Roart Thorson bitten, unsere weiteren Pläne und die Begründung dafür dem Rat und unseren Familien zu übermitteln.«

»Doch was wird Merien dazu sagen?« Jetzt, da die Schicksalsfrage im Raum schwebte, zögerte Robin, denn sein Gewissen meldete sich mit Nachdruck.

»Merien liebt dich, und deshalb wird sie deinen Entschluss billigen. Sie wird auf dich warten. Und das wird sie wohl müssen. Denn glaube mir: wenn wir jetzt nicht gehen, dann wird es in Fornlands Zukunft kaum noch etwas geben, auf das es sich zu warten lohnt. Es geht hier um das Wohl aller. Persönlichen Wünsche und Bedürfnisse müssen dafür zurückstehen. Und auf die Meinung der Starrköpfe im Rat zu warten, macht keinen Sinn. Wir müssen die Sache jetzt selbst in die Hand nehmen. Wir müssen *jetzt* eine Entscheidung treffen!« Boffos Stimme klang beschwörend. Bereits begannen einige Schwertläufer an den umliegenden Tischen zu ihnen herüberzublicken.

Der Elm dämpfte deshalb seine Stimme und wandte sich an Bero. »Natürlich steht auch dir frei, uns zu folgen oder zu bleiben. Du solltest dich nicht verpflichtet fühlen. Doch solltest auch du dich jetzt entscheiden.«

»Ich hatte sowieso nicht mit einer schnellen Lösung unserer Aufgabe gerechnet«, sagte Bero gelassen. »Wenn ich Bedenken tragen würde wegen all der Dinge, die vielleicht passieren könnten, hätte ich von vorneherein zuhause bleiben müssen. Der Auftakt unserer Geschichte war turbulent genug. Ich finde, wir sollten sie jetzt auch zu Ende bringen. Nach Möglichkeit zu einem guten. Ich jedenfalls werde euch weiterhin zur Seite stehen.«

»Gut, dann ist es entschieden!« Robin schlug mit der flachen Hand auf den Tisch. »Lasst uns das alles hinter uns bringen. Meinetwegen können wir uns schon morgen auf den Weg machen.«

»Sssschschsch!«, beruhigte ihn der Elm. »Schnell zu handeln heißt nicht, die Sache zu überstürzen. Den Rest des Tages und auch den morgigen werden wir benötigen, um alles Notwendige vorzubereiten. Auch müssen wir mit einigen Leuten sprechen. Und denke an deine kaputte Rippe. Übermorgen wird früh genug sein.«

Mittags saßen Robin, Bero und Boffo mit Ragnar beim Essen und teilten ihm ihren Entschluss mit.

»Nun gut«, sagte Ragnar nach einigem Überlegen, »wenn dies euer Wille ist, so sei es. Ich habe es aufgegeben, euch eines Besseren belehren zu wollen. Aber ich werde einige unserer Schwertläufer anweisen, euch zu begleiten. Unter der Führung von Roart Thorson, wenn euch das recht ist. Doch nur bis zum Tolbrandpass. Von dort an seid ihr allein auf euch gestellt. Und ich fürchte auch, ab diesem Zeitpunkt müsst ihr euch auf einen langen und beschwerlichen Fußmarsch einstellen. Für Tiere wird es kein Auskommen geben in der Nirondebene. Zumal für Pferde. Wenn es dort in letzter Zeit überhaupt Gras gab, dann ist es jetzt verdorrt oder von Asche bedeckt.«

»Das wissen wir«, entgegnete Boffo. »Und wir haben uns darauf eingestellt. Doch würden wir eine Menge Zeit sparen, wenn wir bis zum Pass reiten und unsere Pferde danach Eurer Obhut anvertrauen könnten.«

Ragnar lächelte. »Am besten, ihr besprecht diese Angelegenheit direkt mit Roart. Er wird sich darum kümmern. Übrigens: Euren Rat habe ich befolgt, Herr Boffo«, fuhr er in versöhnlichem Ton fort. »Gleich heute Morgen habe ich eine Abteilung Schwertläufer nach Dornburg zur Eurem Vetter Bronif geschickt. Auf dem Weg dorthin werden sie auch ein Schreiben von mir in Erinburg übergeben.« Dann wandte er sich auch an den Rest der Gruppe: »Bereits gestern Mittag ging ein Kurier nach Lindhag. Mit der Nachricht, dass ihr den Schlüssel gefunden habt. Von euren weiteren Plänen konnte ich da allerdings noch nichts wissen. Die müsst ihr den Oberen in Fornland schon selbst erklären.«

Damit war die Angelegenheit für Ragnar Reitmor erledigt. Er widmete sich dem Mittagessen, einem Eintopf aus den Resten des gestrigen Festmahls. Auch Boffo und Bero ließen es sich schmecken. Robin dagegen stocherte abwesend in seinem Teller. Er dachte an die bevorstehende Abreise und im Grunde genommen wünschte er sich, endlich unterwegs zu sein.

Nach dem Mittagessen brachen Robin und Bero zu einer Besichtigungstour durch das Fort auf. Brent, der anderweitig beschäftigt war, hatte Helmold und Nemo angewiesen, den beiden alles Sehenswerte zu zeigen. Bero interessierte sich für die Art und Weise, wie die jungen Schwertläufer ausgebildet wurden und ging mit Helmold zu den Übungssälen. Robin ließ sich von Nemo die Stallungen zeigen und sah bei dieser Gelegenheit nach Bork und Rollo.

Als die beiden am Nachmittag wieder ihre Stube betraten, lag Boffo auf seiner Pritsche und schnarchte.

»Wer wissen will, wie man seine Zeit sinnvoll nutzt, sollte sich bisweilen ein Beispiel an den Elmen nehmen«, stellte Robin fest.

»Dann werde auch ich diesem Beispiel folgen«, erwiderte Bero, schwang sich auf die mittlere Liege und war wenig später eingeschlafen.

Robin zog seine Stiefel aus, kletterte auf die dritte Etage und legte sich auf die weich gepolsterte Matratze. Er zog seine Decke bis zum Kinn und wandte den Blick zum Fenster. Draußen regnete es in Strömen. ›Kluge Idee von Boffo, unseren Aufbruch auf

Übermorgen zu verschieben‹, dachte er. Dann schweiften seine Gedanken zu Merien und ein Gefühl von Wehmut ergriff ihn. Er dachte an ihre Abschiedsworte: dass das *Überhaupt* seiner Rückkehr wichtiger sei als das *Wann*. Sicher würde sie verstehen, dass er sich für eine sofortige Weiterreise nach Ormor entschieden hatte. Und nun, da die Entscheidung gefallen war, fühlte er sich auch irgendwie erleichtert. Er atmete tief durch. Seine Seite schmerzte nicht mehr so stark. Und auch seine Wange hatte sich beruhigt. Boffos Medizin hatte wieder einmal geholfen.

Das Geräusch des fallenden Regens vor dem Fenster klang ebenso monoton wie beruhigend. Robin glitt sanft in einen unbeschwerten Schlummer. Er träumte von einer Frühlingswiese im Sonnenschein. Zwischen Vogelgezwitscher und dem Summen der Bienen ertönte das leise Rauschen des Hochquells. Neben ihm, in einem duftenden Meer von Margeriten und Schlüsselblumen, lag Merien. Sie strich ihm über das Haar. »Mach dir keine Sorgen, Liebster«, flüsterte sie zärtlich.

Am nächsten Tag war das Wetter nicht besser. Die dunklen, tief hängenden Wolken saugten das spärliche Licht des Tages in sich auf. Ein dünner Regen ergoss sich aus ihnen und es gab keine Anzeichen für sein baldiges Ende. Robin, Bero und Boffo verbrachten ihre Zeit damit, die Ausrüstung und das Gepäck zu sortieren. Einiges musste zurück bleiben, denn auf ihre geräumigen Satteltaschen würden sie verzichten müssen. Ragnar hatte ihnen handliche Tornister zur Verfügen gestellt, in welchen sie nun ihre Habseligkeiten verstauten. Ausreichend Proviant mitzunehmen hatte obersten Stellenwert. Dabei kamen ihnen die klugen Einkäufe, die Boffo in Erinburg getätigt hatte, sehr zugute.

Seit seiner Reise nach Dornburg im vergangenen Winter hatte Robin gelernt, auf überflüssige Dinge zu verzichten. Doch diesmal fiel es ihm wirklich schwer, eine Auswahl zu treffen. An Kleidung nahm er nur das mit, was er auf dem Leibe trug. Dazu eine Garnitur Unterwäsche zum Wechseln. Natürlich auch seinen leichten, von den Elmen gewebten Mantel und die dazugehörige Decke. Seine wichtigsten Utensilien und Tiriths Schlüssel verstaute er in seiner Gürteltasche. Als Bewaffnung nahm er, ebenso wie Bero, sein Schwert und seinen Bogen mit. Boffo verließ sich wie immer auf seine Armbrust.

Überdies war Boffo ein Meister im Packen. Obwohl sein Bündel ziemlich klein war, konnten sich Robin und Bero sicher sein, dass er nichts vergessen hatte. Selbst seine Eisenpfanne hatte er auf seinen Tornister geschnallt.

Den Nachmittag nutzte Robin, um Briefe an seine Eltern und an Merien zu schreiben. Der Abend verlief ruhig. Es gab keine Abschiedsfeier und die drei gingen früh zu Bett.

Der 12. Juni war ein Mittwoch. »Merkt euch diesen Tag«, sagte Boffo gut gelaunt. »Es könnte sein, dass eure Zeitrechnung in den nächsten Wochen ein wenig durcheinander kommt. Aber im Zweifelsfall könnt ihr ja mich fragen.«

»Das werden wir auch«, erwiderte Robin, der wusste, dass der Elm seinen Taschenkalender mit zugehörigem Tagebuch penibel genau führte.

Boffos Geschäftigkeit und der Lärm, den er bei seinen Vorbereitungen machte, hatten Robin und Bero beizeiten geweckt. Robin sprang von seiner Bettetage, ging zum offenen Fenster und atmete tief durch. Dann schlüpfte er in seine Sachen.

»Ich bin so weit«, sagte er schließlich. »Von mir aus kann's losgehen.«

»Nicht vor dem Frühstück!«, protestierte Bero, der bereits reisefertig war. Und er konnte sich sicher sein, mit dieser nicht ganz ernst gemeinten Mahnung Boffo auf seiner Seite zu haben.

Nachdem sie sich von Ragnar verabschiedet hatten, gingen sie hinüber zu den Stallungen, wo Nemo Bork, Rollo und die Pferde der anderen Begleiter gesattelt hatte. Nach und nach tauchten Roart, Brent und Helmold auf und verstauten ihr Gepäck auf den Pferderücken. Kurz nach sieben Uhr verließen sechs Reiter und Boffo als Passagier das Fort durch das Haupttor.

Dieser Morgen war so düster, wie die vorangegangenen, doch der Regen hatte nachgelassen. Die Straße nach Westen war aufgeweicht und mit Pfützen übersäht. Die Hufe der Pferde wirbelten eine kalkig weiße Gischt empor, die bald die Bäuche der Tiere ebenso wie die Stiefel der Reiter bedeckte.

»Wir sollten langsamer reiten«, schlug Bero vor. »Niemand wartet auf uns im Drogwald.«

»Trotzdem ist es besser, wenn wir die Strecke bis zur Brücke so schnell wie möglich hinter uns bringen«, widersprach Brent. »Nur für den Fall, dass die Bethun oder die anderen Burschen die Straße überwachen.«

Robin musterte aufmerksam die dicht bewachsene Hügellandschaft nördlich der Straße. Und er konnte sich sicher sein, dass Boffo hinter ihm das Gleiche tat. Doch nichts deutete auf die Anwesenheit ihrer Feinde hin. Nach einer guten Stunde passierten sie ungehindert die Brücke über den Tribor, an der sie vor sechs Tagen ihren Weg nach Bahor angetreten hatten.

Danach wurde die Gegend offener und leichter überschaubar, ja beinahe eintönig. Eine stellenweise sumpfige Graslandschaft breitete sich vor den Reisenden aus. Nur unterbrochen von vereinzelten Hecken und einigen wenigen Baumgruppen, die das Vorhandensein trockeneren Untergrundes anzeigten.

Dazwischen suchte sich die Straße ihren Weg. Mitunter den festeren Boden der wenigen Hügel nutzend, in den sumpfigen Niederungen auf einem aufgeschütteten Schotterbett verlaufend. Einst war sie sorgfältig und mit großem Aufwand gebaut worden. Zu einer Zeit, als noch reger Handel zwischen Thornland und den Ländern jenseits des Tolbrandpasses blühte. Davon zeugten die alten Wegsteine mit ihren verwitterten Inschriften und Zeichen. Und die flachen, sorgfältig gemauerten Brücken, welche von menschlicher Hand gezogene Entwässerungsgräben überspannten. Viel weiter südlich flossen diese zusammen und ergossen ihr mooriges Wasser in die Rive und von dort in die Flessa am Nordrand des Halvortgebirges. Nur mit Hilfe eines solchermaßen ausgeklügelten Grabengeflechts war es letztendlich möglich gewesen, einen Weg durch diese unstete Landschaft zu bahnen.

Gegen Abend erhob sich die Straße aus der feuchten Ebene und begann sanft anzusteigen. Schließlich erreichte die Gruppe den Drogwald. Eichen und Ahornbäume, alt und knorrig, wölbten ihre Äste über die Köpfe der Reiter und verstärkten die bereits einsetzende Dämmerung. Nur noch ein kurzes Stück weit ritten sie. Dann kamen sie auf eine schmale Lichtung, an deren Rand ein unscheinbarer Quellbach verlief. Unter dem Blätterdach einer stattlichen Eiche schlugen sie ihr Nachtlager auf.

Nemo und Helmold schwärmten sofort aus, um im letzten Licht des Tages Brennholz zu sammeln. Robin und Bero bereiteten die Feuerstelle. Brent und Roart versorgten die Pferde. Als sie zurückkamen, trugen sie Satteltaschen über den Schultern.

»Heute lassen wir es uns noch einmal gut gehen«, sagte Brent. »Bevor ihr den Gürtel enger schnallen und mit euren eigenen Vorräten auskommen müsst.« Roart begann, die Taschen auszupacken. Zum Vorschein kamen eine reichliche Portion kalter Braten, zwei gebratene Hühner, frisches Brot und ein großer Pudding aus Trockenobst, Nüssen, Honig und Gries. Außerdem ein Holzfässchen mit Bier.

Das Holz, das Nemo und Helmold brachten, war feucht und brannte schlecht. Erst nach einigen Versuchen züngelten stark rauchende Flammen empor. Sie erleuchteten mit ihrem flackernden Licht die nähere Umgebung und die sieben Gestalten, die sich um die Feuerstelle kauerten.

»Also, meine Sache wär's nicht«, sagte Nemo kauend. »Mich in eine so unwirtliche Gegend wie die Nirondebene zu begeben. Noch dazu in den jetzigen Zeiten. Wer weiß, ob dort drüben überhaupt noch jemand am Leben ist.«

»Wenn, dann höchstens Lurgs, die sich in ihren Felslöchern am Rande des Taurongebirges vergraben haben und jetzt wahrscheinlich von toten Tieren leben«, fügte Helmold hinzu. »Diesen Kreaturen möchte ich wirklich nicht über den Weg laufen.

Da schlage ich mich lieber mit dem Geschmeiß herum, das sich in Bahor eingenistet hat.«

»Das ist wohl auch der Grund, warum nicht ihr für diese Aufgabe ausgewählt wurdet, sondern andere«, bemerkte Roart und klopfte Helmold auf die Schulter, als wollte er sich im selben Augenblick für seine Äußerung entschuldigen.

»Obwohl auch ich mir nicht sicher bin, was ich von einem solch gefährlichen Ausflug halten soll. Dazu weiß ich bisher zu wenig über die Beweggründe für die Entscheidungen des Rates. Und ich bin auch nicht allzu neugierig darauf. Dennoch hätte ich ganz gerne ein wenig mehr über die Hintergründe erfahren, die euch so sicher machen, nach Ormor reisen zu müssen. Es muss dort wirklich mächtige Geheimnisse geben, die zu lüften es rechtfertigt, solche Strapazen und Gefahren auf sich zu nehmen.«

»Ob das so ist, werden wir erst herausfinden, wenn wir dort sind«, erwiderte Robin. »Doch lassen die wunderlichen Dinge, die wir in Bahor gesehen haben, einiges erwarten. Dort walten Kräfte und Mächte, deren Existenz wir uns nicht vorstellen konnten, bevor wir sie am eigenen Leib erlebten. Ob zauberischen oder natürlichen Ursprungs, wissen wir nicht. Nur so viel: welches geheimnisvolle Volk auch immer diese Dinge erschaffen hat, es war sowohl der heutigen Menschheit als auch der Gemeinschaft der Elme an Wissen und Fähigkeiten weit überlegen. Und dieses Wissen müssen wir uns zunutze machen. Ob wir es verstehen, oder nicht.«

Dann erzählte er von den Erlebnissen in der Unterwelt Bahors. Von der goldenen Statue mit ihrer geheimnisvollen Aura und ihrer inneren Kraft, den Schätzen, die ihren Aufenthaltsort umgaben, von ihrer Rettung aus dem Verlies und dem Lichtdom über dem Steinkreis. Von Zeit zu Zeit signalisierte ihm ein mahnender Blick Boffos, Einzelheiten zu verschweigen. Die Geheimnisse von Balog und Therok und die Art und Weise, wie man über sie Zutritt zur Unterwelt Bahors erlangte, behielt Robin für sich. Doch das, was er preisgab, versetzte seine Zuhörer in großes Staunen und sie lauschten gebannt.

Als Robin geendet hatte, herrschte eine Zeit lang Schweigen. Es hatte wieder leicht zu regnen begonnen. Davon zeugte leises Rauschen im Blätterdach der Eiche, welches dicht genug war, um die Tropfen zurückzuhalten. Vorerst zumindest. Auch das Feuer brannte jetzt besser. Es strahlte angenehme Wärme aus und die Hitze der Glut trocknete das feuchte Holz, welches Helmold von Zeit zu Zeit nachlegte, schnell.

»Wenn das wirklich alles so ist«, sagte Roart schließlich, »dann frage ich mich, ob unsere Oberen die ganze Angelegenheit ernst genug nehmen. Oder sie haben die Tragweite der bisherigen Ereignisse noch nicht richtig begriffen. Wie kann es sonst sein, das man eine solche Aufgabe zwei Schwertläufern und einem Elm anvertraut? Was nicht heißen soll, dass ich an euren Fähigkeiten zweifle. Doch hätten einige zusätzliche Kämpfer die Aussicht auf Erfolg dieses Unternehmens sicherlich erhöht.«

Robin merkte am Tonfall von Roarts Rede, dass auch er gerne eine wichtigere Rolle in dieser ganzen Angelegenheit gespielt hätte. Er dachte gerade über eine passende Antwort nach, als sich Boffo in die Unterhaltung mischte.

»Die Erklärung ist einfach. Der Grund, warum wir uns in so geringer Zahl auf den Weg nach Ormor machen, liegt darin, dass bisher niemand im Fornlandrat von unserer Entscheidung weiß. Durch eine erneute Beratung, noch dazu mit ungewissem Ausgang, hätten wir nur Zeit verloren. Zeit, die wir dringend benötigen, um den noch fehlenden Schlüssel zu finden und die Dinge zu tun, die getan werden müssen. Dazu braucht es nur wenige. Und wenn diese Aufgabe scheitern sollte, so könnten auch viele daran nichts ändern.«

»Na dann möchte ich nicht in eurer Haut stecken, wenn ihr euch vor dem Rat für eure einsamen Entscheidungen rechtfertigen müsst. Wenn es überhaupt dazu kommen sollte, und ihr heil wieder zurückkommt. Bleibt noch die Frage, wie ihr euch dort drüben zurechtfinden wollt. Es gibt nur wenige Karten der Länder rund um das Taurongebirge. Und diejenigen, welche ich kenne, sind ziemlich lausig.«

»Du wirst mich doch wohl nicht für so einfältig halten, das ich darauf nicht vorbereitet wäre.« Boffo war ungehalten. »Zumal wir Elme, was Karten anbelangt, euch Menschen einiges voraushaben. Und ein besonders wertvolles Exemplar, oder besser gesagt, eine Abschrift davon, trage ich hier bei mir.« Dabei klopfte Boffo auf die Brusttasche seiner Jacke. »Obwohl ich es gar nicht bräuchte. Denn alles, was darauf steht, habe ich auch in meinem Kopf.«

»Trotzdem kann ich mir nicht vorstellen, dass der Rat, und allen voran Robins Vater, über diesen Alleingang sonderlich erfreut sein werden.« Roart blieb hartnäckig. »Ich hoffe deshalb sehr, auch für euch persönlich, dass euer Vorhaben gelingt.«

»Dies ist keine Frage des Hoffens, sondern eine Frage der Überzeugung«, entgegnete Boffo. Trotz seiner geringen Körpergrüße strahlte er jetzt Autorität und Weisheit aus, als er fortfuhr: »Ich selbst glaube nicht so sehr an die Macht des Schicksals. Manchmal muss man die Dinge eben selbst in die Hand nehmen. Und die Verantwortung für unser Handeln übernehme ich persönlich. Wenn es um die Zukunft Fornlands geht, so haben nicht zuletzt die Elme ein gewichtiges Wörtchen mitzureden.«

»Und du könntest uns dabei unterstützen, unsere Entscheidung zuhause in angemessener Art und Weise zu übermitteln«, wandte sich jetzt auch Robin an Roart. »Dabei werden diese Briefe helfen, welche ich dich bitte, meiner Familie zu übergeben.«

Er zog die Briefe, die er am Vortag geschrieben hatte, aus seiner Jackentasche und überreichte sie Roart. Der nickte.

»Wenn's weiter nichts ist«, sagte er und steckte die Briefe ein. Sein Gesicht wirkte jetzt weniger angespannt. Es schien, dass die Entschlossenheit und Zuversicht, die nicht nur Boffo, sondern auch seine zwei Begleiter ausstrahlten, seine Zweifel gemindert hatten. »Kann ich sonst noch etwas für euch tun?«

»Ich bin sicher, dazu werdet ihr alle zuhause noch genügend Gelegenheit haben«, erwiderte Boffo.

»Na dann, auf dass alles, was auch immer es ist, so gelingen möge, wie ihr es euch vorgestellt habt«, mischte sich Nemo ein, dem diese Unterhaltung zu einseitig geworden war. Er hatte währenddessen sieben Becher mit Bier gefüllt und an die Anwesenden verteilt. Sie hoben diese auf die Gesundheit der Gemeinschaft und tranken.

»Aah – köstlich!« Bero stellte nach einem tiefen Schluck den Becher auf den Boden und wischte sich mit dem Ärmel den Schaum von der Oberlippe. »Ich befürchte, auf solche Genüsse werden wir für längere Zeit verzichten müssen.«

In diesem Augenblick erhellte ein unheimliches Leuchten die bis zu diesem Zeitpunkt undurchdringliche Schwärze der Nacht. Die Schwertläufer und der Elm blickten zum westlichen Himmel über der Lichtung. Dort hatten die Wolken eine drohend rote Farbe angenommen.

»Das ist zweifelsohne der Tarantuil«, sagte Brent. »Er ist noch immer noch nicht zur Ruhe gekommen.« Er senkte seinen Blick suchend in die weichende Dunkelheit. Die anderen tranken schweigend ihre Becher aus. Nach einiger Zeit kam Wind auf und aus der Ferne ertönte lang anhaltendes, dumpfes Grollen, das wellenförmig anschwoll und wieder abebbte. Die anfänglich gelöste Stimmung der Gefährten war verflogen. Nur noch wenige karge Worte wechselten sie. Dann wickelten sie sich in ihre Umhänge und Decken und legten sich am Fuße der Rieseneiche schlafen.

Ihre Weiterreise stand unter beunruhigenden Vorzeichen. Die Wolkendecke über der Lichtung schimmerte rötlich und aus großer Entfernung drang noch immer das Donnern an ihre Ohren. Bisweilen zeigten sich wabernde Lichtschleier, deren Ursprung sie nur erahnen konnten. Denn der Drogwald und das dahinter liegende Nargathgebirge verbargen ihre Herkunft.

Die Schwertläufer hatten sich zeitig erhoben. Müde und mürrisch machten Roart und Brent die Pferde zurecht. Die anderen saßen um die rauchende Feuerstelle und nahmen einige Bissen zu sich. Nur Boffo schien gut gelaunt zu sein. Bereits seit dem ersten Anflug von Dämmerung war er auf den Beinen, hatte das Feuer neu entfacht und mit Hilfe seiner kleinen Kupferkanne Kaffee bereitet. Es war zwar nur einige Schlucke, die er den anderen anbieten konnte. Doch die schienen deren Lebensgeister zu wecken und bald wurde auch die allgemeine Stimmung wieder besser.

Noch bevor der Tag vollends angebrochen war, machte sich die Gruppe auf den Weg. Bis zum Tolbrandpass waren es weitere zehn Meilen und der Aufstieg dorthin würde viel Zeit in Anspruch nehmen.

»Zumindest erleichtert diese Festbeleuchtung unser Vorwärtskommen«, bemerkte Bero und deutete nach oben, wo sich die weit ausladenden Äste der Laubbäume wie ein Baldachin wölbten. Unter den Wetterbedingungen der letzten Wochen wäre nur wenig Licht durch den dichten Blätterhimmel gelangt. Doch heute drang ein unruhig flackernder Schein durch das Geäst der großen Eichen, Buchen und Ahornbäume und erzeugte auf der darunter liegende Straße ein seltsam anmutendes Schattentheater.

Die Straße verlief noch immer in fast gerader Linie nach Westen. Am späten Vormittag mischten sich einzelne Kiefern und Douglasien zwischen die bis dahin vorherrschenden Laubbäume und deuteten das baldige Ende des Drogwalds an. Gegen Mittag traten die Bäume zurück und gaben den Blick auf das Nargathgebirge frei. Zumindest auf den Teil, der noch nicht von einer talwärts drängenden Wolkenbarriere verschluckt worden war. Es waren erst die sich gemächlich aufschwingenden Vorberge, an deren Hängen sich die Straße in höhere Regionen empor wand.

Robin genoss es, dass er auf diesem ersten Abschnitt ihrer Reise reiten durfte. Bork unter ihm bewegte sich mühelos bergauf. Obwohl er, wie die anderen Pferde auch, durch das Licht und die ungewohnten Geräusche beunruhigt war. Mit Wehmut dachte Robin daran, dass er sich bald von seinem treuen Begleiter würde trennen müssen. Doch tröstete er sich mit der Gewissheit, dass Bork in Fornland einer weit weniger gefährlichen Zukunft entgegensehen durfte. Von Boffo, der hinter ihm saß, war nicht viel zu hören. Auch er schien in dieser tristen Umgebung seinen Gedanken nachzuhängen.

Schließlich ritten sie mitten hinein in eine dichte Wand aus Wolken und Dunst. Es wurde merklich kühler. Auch wenn es nicht regnete, legte sich schwere Feuchtigkeit auf die Kleider der Reisenden und das Fell der Tiere. Stunde um Stunde folgten die Pferde der nebelverhangenen Straße, die in steilen Kehren dem Pass entgegenstrebte. Von der sie umgebenden Bergwelt war nichts zu sehen. Selbst die Laute der Hufe wurden vom Nebel verschluckt. Endlich, als der Tag zu Ende ging, wurde die Straße flacher. Sie hatten die Passhöhe erreicht.

»Wir müssten bald zur alten Unterstandshütte kommen, oder zu dem, was noch davon übrig ist«, sagte Brent, der schon einige Male in dieser Gegend war. Und wirklich tauchten hinter der nächsten Straßenbiegung die Umrisse verfallener Mauern aus der nasskalten Dunkelheit auf. Die Reiter saßen ab und führten die Pferde durch einen offenen Mauerbogen ins Innere. Boffo entzündete seine Kerzenlaterne und hielt sie in die Höhe. Der Ort, an dem sie sich befanden, war nicht viel mehr als ein mauerumfriedeter Hof. Es gab keine Tür und das Dach war stellenweise eingestürzt. Doch bot er Schutz gegen den beißenden Wind, der über den Pass fegte und der Rest des Daches hielt die Feuchtigkeit der hereinbrechenden Nacht notdürftig zurück.

An ein Feuer, wie sie es auf ihrer letzten Rast im Drogwald hatten, war nicht zu denken. Es gab kein Brennmaterial. Es sei denn, man hätte einige der halbverrotteten Dachbalken abgerissen. Auch Wasser gab es hier nicht. Helmold versorgte die Pferde mit dem Inhalt eines Wasserschlauches aus Ziegenhaut, den er an der letzten Wasserstelle gefüllt hatte.

Unter dem Schutz eines verbliebenen Dachrestes lag eine rechteckige Steinplatte, die wohl zu besseren Zeiten als Tisch gedient hatte und deren Unterbau in sich zusammengesunken war. Die Schwertläufer und der Elm kauerten sich um sie herum und nahmen ihr Abendessen zu sich. Die Vorräte, für die Roart und Brent gesorgt hatten, waren noch reichlich vorhanden und auch das Bierfässchen war noch halb voll.

Dennoch wollte auch an diesem Abend keine rechte Stimmung aufkommen. Zu rau und abweisend waren Witterung und Aura dieses Ortes und zu sorgenvoll die Gedanken der Anwesenden. Bald suchte sich jeder ein ebenes und einigermaßen trockenes Plätzchen, hüllte sich in seine Decke und versuchte ein wenig Nachtruhe zu finden.

Robin lag lange wach. Die Unebenheiten des Steinbodens bohrten sich ihm in Rücken und Hüfte und seine Rippe begann erneut zu schmerzen. Kälte und Feuchtigkeit krochen unter seine Decke. Erst gegen Tagesanbruch fiel er in einen unruhigen Schlummer, aus dem ihn Boffo weckte, der unsanft an seiner Schulter rüttelte. Robin erhob sich ächzend. Selten zuvor hatte er so wenig Unternehmungsgeist, geschweige denn Lust auf Abenteuer in sich verspürt, wie an diesem ungemütlichen Morgen.

Bero war bereits auf den Beinen und ordnete sein Gepäck. »Ab heute hat das Aufstehen auch seine angenehmen Seiten«, sagte er augenzwinkernd. »Wir brauchen unsere wenigen Habseligkeiten nicht lange zu packen.«

»Damit magst du recht haben«, erwiderte Robin. »Doch tragen müssen wir sie trotzdem. Und mein Bündel sieht nicht gerade leicht aus.«

»Darüber mach dir keine Sorgen«, bemerkte Boffo trocken. »Es wird schnell leichter werden, wenn unsere Vorräte abnehmen.«

Robin nickte, doch Boffos Scherz entlockte ihm nur ein gequältes Lächeln. Er griff sich seinen Tornister und prüfte ein letztes Mal seine Vollständigkeit. Dann schnürte er Decke und Mantel zusammen mit seinem Schwert, Bogen und Pfeilköcher zu einem schmalen Bündel und setzte sich an den Tisch. Dort hatte Brent die Reste des gestrigen Nachtmahls ausgelegt: etwas kalten Griespudding, Hühnerfleisch und Brot.

»Vergesst eure Trinkflachen nicht, wenn ihr losmarschiert. Ich habe sie bereits gefüllt«, sagte Nemo und goss klares Wasser aus dem Fellschlauch in die bereitstehenden Becher.

»Du wirst dich doch gut um Bork und Rollo kümmern?« Robin blickte bittend zu Roart hinüber. »Zumindest so lange, bis sie wieder in ihren heimischen Ställen sind.«

»Versprochen!«, erwiderte Roart. »Die beiden werden es in den nächsten Wochen ganz sicher besser haben, als ihre Herren.«

Nur einige Bissen nahm Robin zu sich. Dann erhob er sich. Er verspürte den unwiderstehlichen Drang jetzt aufzubrechen. Das würde gegen die innere Unruhe helfen. Auch seine beiden Gefährten standen auf. Ohne große Worte verabschiedeten sie sich von Roart, Brent, Helmold und Nemo. Robin setzte seinen Tornister auf und hängte sein Waffenbündel über die Schulter. Dann ging er hinüber zu Bork, klopfte ihm ein letztes Mal auf den Hals und strich ihm über die Nüstern.

»Mach's gut mein Braver und bis bald«, sagte er, drehte sich um und ging hinter Bero und Boffo hinaus auf die Straße.

»Viel Glück!«, und »Alles Gute!«, riefen ihnen die Zurückbleibenden nach. Doch die drei hörten es kaum noch. Sie waren schon im dichten Nebel unterwegs. Ihre Fahrt hatte begonnen.

Vierzehntes Kapitel

Die Brücke am Turon

Die Hochgebirgsgegend zu beiden Seiten des Tolbrandpasses blieb den Wanderern verborgen. Nur auf zehn bis fünfzehn Schritte vor sich konnten sie die Straße sehen. Allein an der Tatsache, dass ihnen das Gehen leicht fiel, merkten sie, dass es bergab ging. Dann wurde der Weg steiler und kurviger. Mehr als einmal bewahrten die Steine, welche die Straße zur Talseite hin begrenzten, sie vor dem Abrutschen über die Hangkante.

»Wenn das so weiter geht, bekomme ich noch einen Drehwurm«, sagte Bero, der vorausging. »Ich weiß schon nicht mehr, wo oben und unten ist.«

»Dann solltest du umso vorsichtiger sein. Du könntest sonst schneller im Tal sein, als dir lieb ist.« Boffo war erstaunlich gut gelaunt. Nebel und fehlende Sicht schienen ihm wenig auszumachen. Anscheinend erfüllte es ihn mit Genugtuung, dass ihm unter diesen Umständen seine zwei Begleiter mit ihren langen Beinen nicht enteilen konnten.

»Irgendwie erinnert mich das alles an das Spiel von der blinden Kuh: wir gehen in ein unbekanntes Land und sehen nicht einmal den Weg, der uns dorthin führen soll«, scherzte Robin.

»Du hast etwas vergessen: selbst, wenn wir unser Ziel erreichen sollten, wissen wir nicht, was uns dort erwartet.«, fügte Boffo hinzu.

»Und wenn wir wüssten, was uns dort erwartet, würden wir ganz bestimmt auf der Stelle umkehren«, setzte Bero noch eines drauf.

Alle drei lachten und es half ihnen, ihr Gemüt aufzuhellen und die gedrückte Stimmung abzuschütteln. Robin begann eine alte Volksweise zu pfeifen, zu der man gut marschieren konnte. Die anderen stimmten ein und im Gleichschritt ließen sie sich unbeschwert den Berg hinab treiben. Boffo allerdings benötigte für jeden Schritt seiner großen Gefährten zwei.

Gegen Mittag wurde es etwas wärmer und die Sicht besserte sich. Vereinzelt konnte man jetzt schroffe und steil abfallende Felsgrate erkennen, die sich von der Passhöhe steil nach unten zogen und dort im Nichts verschwanden. Zwischen ihnen schlängelte sich die Straße. Vom großen Geschicks ihrer Erbauer selbst über unwegsamstes Terrain geleitet, bisweilen direkt in den Fels hineingeschlagen und an manchen Stellen ihn durchdringend, führte sie unablässig bergab.

Endlich lichtete sich der Nebel und die Wanderer traten aus den Wolken in eine Welt, die so unwirklich erschien, dass sie stehen blieben und schauten. Vor ihnen erstreckte sich totes Land, grau und farblos, und wie es schien verlassen von allen Kreaturen und Pflanzen.

»Der Tarantuil hat ganze Arbeit geleistet«, sagte Bero nach einigen Augenblicken der Fassungslosigkeit. »Und direkt vor uns, im Westen, sieht es am schlimmsten aus.«

»Genau dorthin müssen wir, ob wir wollen, oder nicht«, murmelte Boffo gedankenverloren.

»Wenn wir nicht freiwillig dorthin wollen, wollen's vielleicht auch andere nicht«, bemerkte Robin. »Das könnte ein Vorteil für uns sein.«

Sie gingen weiter. Obwohl es bereits später Nachmittag war, schien eine Rast hier wenig verlockend. Ihre wertvollen Vorräte würden sie zu einem späteren Zeitpunkt notwendiger brauchen.

Dann wurden die Kehren weniger und sie gelangten in ein felsiges Tal. Die Sicht nach Westen war hier durch einen Ausläufer des Nargathgebirges verdeckt, der sich vom Hauptkamm des Gebirges fast direkt nach Süden erstreckte. Durch seine geschützte Lage war das Tal augenscheinlich auch von den schlimmsten Auswirkungen des Vulkanausbruchs verschont geblieben. Spärlich belaubte Bäume standen zu beiden Seiten des

Weges und mitunter brachten mit welkem Gras bestandene Lichtungen ein wenig Farbe in die sonst trostlose Gegend.

»Durch dieses Tal müssen wir«, sagte Boffo. »Ungefähr fünf Meilen in Richtung Süden. Bis zur Abzweigung der Straße, die uns nach Westen bringen wird.«

Bald stießen sie auf einen Bach, der von den nördlichen Ausläufern des Gebirges kommend durch eben jenes Tal herabströmte und seinen Weg entlang der Straße nach Süden nahm. Sie hatten erst die Hälfte der von Boffo angegebenen Strecke zurückgelegt, als es zu dunkeln begann. Deshalb beschlossen sie, die Nacht dort zu verbringen, wo sie sich gerade befanden. In der Nähe des Baches, zwischen moosbedeckten Felsen, gab es eine Baumgruppe. Dort schlugen sie ihr Lager auf und entzündeten ein kleines Feuer.

Das Nachtmahl war karg, doch der heiße Tee, den Boffo zubereitete, verbesserte die Stimmung der Reisenden schnell. Aus der Entfernung rief ein Nachtkauz.

»Das ist ein gutes Zeichen«, sagte Boffo. »Wenigstens einer, der die Gegend noch nicht verlassen hat.«

»Ich hoffe, du hast recht«, erwiderte Bero. »In meiner lusilischen Heimat sagt man, dass Nachtkäuze durch ihr Rufen Unglück ankündigen.«

»Das sind doch Ammenmärchen«, widersprach Robin. »Ich hatte als kleiner Junge einen zahmen Waldkauz. Und ich kann nicht behaupten, dass er mir jemals Unglück gebracht hätte.«

Als das Feuer niedergebrannt war wickelten sie sich in ihre Decken. Der Waldkauz hatte aufgehört zu rufen und es herrschte gespenstische Stille. Keine Grille zirpte und auch das Wasser des nahen Baches schien seinen Weg auf seltsam lautlose Weise zu finden. Nur das leise Schnarchen Boffos war nach einiger Zeit hörbar. Robin hatte sich oft an Boffos Angewohnheit gestört. Doch heute kam sie ihm beruhigend vor. Fast heimelig inmitten einer fremden Gegend. Bald schlief auch er, traumlos, tief und ruhig und nichts störte seine Nachtruhe.

Ein grauer, nebliger Morgen hing über Nord-Esselien. Es regnete nicht, doch der Nebel schlug sich am Laub der Bäume nieder und fiel in dicken Tropfen zu Boden und auf die Decken der Lagernden.

Boffo saß an der rauchenden Feuerstelle. Er hatte Holz aufgelegt und bemühte sich, die Glut aufs Neue zu entfachen. Robin stand auf und ordnete mit geübten Handgriffen seine Sachen.

»Alles nass und klamm «, sagte er. »Ich schätze, mein Bündel ist mindestens doppelt so schwer wie gestern.«

»Meins ebenfalls«, bemerkte Bero. »Unser Proviant kann's sicher nicht sein, der an Gewicht zugenommen hat.«

»Hört auf zu jammern!«, murrte Boffo. »Bis jetzt könnt ihr euch wirklich nicht beschweren. Und solange der Vorrat reicht, gibt's auch morgens Kaffee. Das sollte eure Laune ein wenig bessern.«

Er hatte seine Kupferkanne wieder in die Glut gesetzt. Wenig später saßen alle drei um die Feuerstelle, schlürften das heiße Getränk und aßen Früchtekuchen.

»Das Zeug, ist wirklich nicht schlecht«, sagte Bero kauend, hielt sein Stück Kuchen in die Höhe und betrachtete es neugierig. »Hemir, oder so ähnlich nannte es der Krämer in Erinburg. Auf die Dauer möchte ich mich zwar nicht davon ernähren, aber es macht satt.«

»Dann solltest du nicht so viel essen, sondern dir etwas davon für schlechtere Zeiten aufheben«, ermahnte ihn Boffo. Er löschte das Feuer und säuberte seine Kanne im feuchten Moos. Bald darauf hatten sie ihr Gepäck geschultert und marschierten weiter.

Nach einiger Zeit wurde das Tal enger und zwang die Straße, den sie begleitenden Bach an zwei nahe aufeinander folgenden Stellen auf steinernen Brücken zu queren.

»Das ist der Oberlauf des Turon«, erklärte Boffo, während sie über eine der Brücken gingen. »Er wird es noch zu beachtlicher Größe bringen, nachdem er bei Eldar den Leronsee durchflossen hat und bevor er weit im Süden in den Iruhin fließt.«

Robin warf einen kurzen Blick auf den Bach. Doch mehr als dieser lenkte die Umgebung zu beiden Seiten der Straße seine Aufmerksamkeit auf sich. Sie war felsig und zerklüftet und zwischen einzelnen Felsformationen wucherte Buschwerk und Gestrüpp. Einerseits war sich Robin sicher, dass die Gegend verlassen und menschenleer war. Dennoch beschlich ihn ein merkwürdiges Gefühl. Auch Boffo schien seine Bedenken zu teilen, denn von Zeit zu Zeit blickte er prüfend zur Seite. Verstohlen zwar, doch es entging Robin nicht.

Von seiner inneren Unruhe abgesehen fühlte sich Robin ausgesprochen gut. Keine Spur von Müdigkeit war in ihm und auch seine verletzte Rippe verursachte ihm keine Beschwerden mehr. Irgendwie erinnerte ihn sein körperliches Befinden an den Rückweg von Bahor. Er spürte Kraft und Ausdauer in sich. Auch waren seine Sinne geschärft und seine Gedanken waren wach und aufmerksam. Unwillkürlich griff an seine Gürteltasche, in der sich der Schlüssel Khor befand. Erneut beschlich ihn die Vermutung, dass dieser eine sehr vorteilhafte Wirkung auf ihn ausübte.

Es ging gegen Mittag, als Robin etwas in die Nase stieg und seinen Geruchssinn reizte. Es schien etwas anderes zu sein, als der rauchige und schwefelhaltige Geruch, der allenthalben in der Luft hing. Viel mehr erinnerte es ihn an den Geruch ihres Lagerfeuers von heute Morgen. Er ging langsamer, streckte seinen Arm zur Seite aus und hielt damit seine Begleiter zurück. Mit dem Zeigefinger der anderen Hand deutete er auf seine Nase und sog die Luft ein.

»Ich weiß nicht, was du hast, Robin«, flüsterte Bero. »Ich kann nichts Verdächtiges sehen und ich rieche auch nichts.«

Sie waren stehen geblieben und blickten nach vorne, wo sie in einiger Entfernung eine weitere Brücke sehen konnten, über welche die Abzweigung der Straße nach Westen führte.

Wind war aufgekommen und blies Nebelschwaden und niedrig ziehende Wolkenfetzen aus südwestlicher Richtung in das enge Tal. Auch Boffo schien beunruhigt.

»Die Sache gefällt mir nicht«, raunte er. »Doch kann auch ich nichts sehen. Und wir können hier keine Wurzeln schlagen. Lasst uns etwas näher herangehen.«

Vorsichtig, den Schutz der Felsen und Sträucher nutzend, näherten sie sich der Brücke. Nur undeutlich konnte man die nach Süden führende Straße einsehen, bis zu einer leichten Linkskurve, hinter der sie verschwand. Sie war leer. Auch auf der Brücke und auf dem nach Westen führende Abzweig, so weit man ihn mit den Augen verfolgen konnte, war nichts Verdächtiges zu erkennen.

Die drei traten nach rechts zu einem der großen Findlinge, die in unregelmäßigen Abständen über das Tal verstreut lagen. Er hatte die Form einer flachen Steinplatte, die wie ein riesiger Tisch zwischen Straße und Bach lag. Ein normal gewachsener Mann konnte gerade eben noch darüber hinweg sehen. In der Mitte dieser Platte klaffte ein breiter, durchgängiger Spalt. In diesem suchten sie Deckung. Robin und Bero blickten vorsichtig über den Rand der Steinplatte und Boffo spähte um ihre Kante.

»Ich rieche es jetzt ganz deutlich«, raunte Robin. »Ganz in der Nähe muss noch vor kurzer Zeit ein Feuer gebrannt haben. Und es wurde gelöscht.«

»Ich glaube, du hast recht«, erwiderte Boffo leise. »Zwar kann ich nichts und niemanden sehen, aber ich habe das ungute Gefühl, dass wir beobachtet werden. Und zwar von mehreren Seiten.«

Er hatte seine Armbrust vom Rücken genommen und schussbereit gemacht. Robin hatte den Bogen von seinem Waffenbündel gelöst und die Sehne eingehängt. Nur Bero blickte ein wenig ratlos. Doch er folgte dem Beispiel der anderen.

»Wäre ja noch schöner, wenn wir uns gleich zu Beginn unserer Reise ins Bockshorn jagen ließen«, flüsterte er. »Ich sehe nichts und höre nichts, und trotzdem verstecken wir uns.«

»Dann solltest du einmal einen Blick in diese Richtung werfen«, zischelte Boffo, der immer noch an der zur Straße gewandten Kante des Findlings stand. »Gleich links von der Brücke, neben der großen Ulme, im Gebüsch.«

Robin und Bero lugten vorsichtig über die Steinplatte und in die von Boffo angegebene Richtung. Dort, unter dem schütteren Blättervorhang einiger Haselnussstauden, waren dunkle Flecke zu sehen. Robin kniff die Augen zusammen. Jetzt sah er es deutlicher: es waren keine Flecke, es waren Gesichter. Und ihre Mitte zierte der senkrechte, weiße Strich der Bethun. Robin drehte sich um und lehnte sich mit dem Rücken gegen den Stein.

»Wir hätten es eher ahnen müssen«, sagte er, ohne sich Mühe zu geben, leise zu reden. »Nachdem wir von diesen Burschen den ganzen Weg von Fort Trontil bis hierher nichts gesehen haben. Sie sind uns ganz einfach zuvor gekommen. Und hier, wo sie uns allein wähnen, wollen sie uns in die Falle laufen lassen.«

»Und ihr Plan scheint aufzugehen!« Boffo hatte sich nach der rückwärtigen Seite ihres Verstecks gewandt und deutete in die Richtung, aus der sie gekommen waren. Dort, in einer Entfernung von weniger als achtzig Schritten, standen weitere fünf Krieger. Sie schienen sich ihrer Sache ziemlich sicher zu sein, denn sie standen völlig ungeniert mitten auf der Straße.

Robin schüttelte den Kopf. »Was mich am meisten ärgert, ist meine Arglosigkeit«, sagte er. »Wir sind an ihnen vorbeimarschiert, ohne das Geringste zu bemerken. Sie hätten uns leicht schon vorher angreifen können. Und wir hätten nicht einmal richtig begriffen, wie uns geschieht.«

»Hätten und tun sind zweierlei Stiefel«, wandte Boffo ein. »Wahrscheinlich hat sich deine Wehrhaftigkeit schon unter ihnen herumgesprochen und sie wollten ganz sicher gehen. Das könnte uns jetzt zugutekommen. Wenn wir's nicht wieder vermasseln.«

Plötzlich teilte ein Pfeil mit drohendem Pfeifen die Luft. Kurz darauf folgten ein zweiter und ein dritter. Die beiden ersten Pfeile landeten ganz in der Nähe ihrer Deckung. Der dritte zerbarst klirrend auf der Oberfläche der steinernen Platte.

»Sie versuchen, uns von oben zu treffen!« Bero drückte sich näher an die Flanke des Felsspalts.

»Ihr werdet gleich merken, weshalb!«, rief Boffo, kurz bevor ein vierter Pfeil mit einem ungewöhnlich rauschenden Geräusch durch die Luft schnitt und ganz in der Nähe ihrer Felsendeckung im Boden stecken blieb. Dieser Pfeil brannte. Genauer gesagt rauchte er entsetzlich. Beißender Qualm zog herüber zum Versteck der drei. Noch während sie ungläubig auf diese unerwartete Bedrohung starrten, ging erneut ein Pfeil nieder. Und er fiel genau in den Spalt der Felsplatte, in dem sie Zuflucht gefunden hatten. Robin sprang auf das brennende Etwas zu und wollte es mit dem Stiefel austreten. Doch er zog seinen Fuß schnell wieder zurück.

»Teufelszeug!«, fluchte er und säuberte seine Schuhsohle am feuchten Boden. »Es lässt sich nicht löschen.«

Bero, der versucht hatte, einige Hände voll Sand über die mit blaugrüner Flamme brennende Pfeilspitze zu werfen, zog sich hustend wieder zurück. Der Brandsatz rauchte nur noch mehr und verbreitete einen bestialischen Gestank, der die Lungen reizte und die Augen tränen ließ.

Robin gelang es schließlich, den Brandpfeil an seinem hintern Ende zu fassen und über die Steinbrüstung zu schleudern. Jetzt konnten sie wieder freier atmen. Weitere Brandgeschosse gingen über ihnen nieder. Sie verfehlten ihr Ziel nur knapp und blieben rauchend und stinkend im Boden stecken.

»Wir können nicht warten, bis sie uns hier ausräuchern!«, rief Boffo. »Leider kann ich nicht erkennen, von woher genau diese Brandpfeile kommen. Kannst du mehr sehen, Robin?«

Robin lugte über die Steinkante. Zuerst sah auch er nichts. Dann traten zwei Bethun aus der Deckung des Gebüschs. Der eine war von außergewöhnlich kräftiger Gestalt. In Händen hielt er einen mächtigen Langbogen. Er legte einen Brandpfeil auf die Sehne und spannte sie. Der zweite Bethun trat hinzu und entzündete das Geschoss mit einer Fackel. Mit einem Rauschen schnellte es in einem steilen Bogen nach oben und näherte sich ihrer Deckung. Robin zog den Kopf ein und der Pfeil fuhr dicht neben Boffo in den Boden. Beißender Rauch erfüllte erneut die Felsspalte.

Boffo hustete. »Wir müssen diese Schützen irgendwie ausschalten. Doch befinden sie sich außerhalb der Reichweite meiner Armbrust. Auf diese Entfernung kann ich keinen sicheren Schuss anbringen. Versuch du es, Robin!«

Erneut spähte Robin über die Steinbrüstung. Gerade traten die beiden Brandschützen der Bethun wieder ins Freie. Er schätzte die Entfernung zu ihnen auf gut hundert Schritt oder zwanzig Ruten. Fast genauso weit wie auf dem Turnier zum Mithreilfest. Er nahm seinen Bogen und wählte einen Pfeil, der ihm gut und gleichmäßig erschien. Gleichzeitig erkannte er ein Problem, welches er vorher nicht bedacht hatte. Er konnte zwar über die Felsbrüstung sehen, doch nicht darüber schießen.

»Ich brauche deine Hilfe, Bero!«, presste er hervor.

Er kniete sich auf sein linkes Bein, so dass sein rechter Oberschenkel eine Waagrechte bildete. Bero zögerte keinen Augenblick. Er stieg auf Robins Oberschenkel und spannte seinen Bogen. Seine innere Spannung und unbedingte Entschlossenheit zu treffen konnte Robin förmlich spüren. Und als sich Beros Pfeil von der Sehne löste, wusste Robin, dass er sein Ziel finden würde. Noch während Bero wieder auf den Boden sprang, hörte er einen unterdrückten Schmerzensschrei.

»Guter Schuss!«, rief Boffo, der um die Felskante herum Ausschau hielt. »Du hast seine Schulter durchbohrt. Das wird ihm das Schießen mit Brandpfeilen verleiten. Und die anderen aus der Reserve locken.«

Boffo behielt recht. Ungefähr fünfzehn Bethun näherten sich, die Deckung einzelner Bäume und Felsen nutzend. Auch ihre Komplizen von der anderen Seite rückten an. Insgesamt mochten es zwanzig Krieger sein.

Boffo blickte Bero an und deutete mit dem Kopf in die rückwärtige Richtung.

»Du kümmerst dich um die da hinten! Robin gibt Acht, dass uns von vorne niemand überrascht. Ich will sehen, dass uns von der Seite keiner in die Quere kommt.«

Robin und Bero schossen mit waagrecht gehaltenen Bögen über die Oberkante der Felsspalte. Diese ungewohnte Stellung hinderte sie daran, sorgfältig zu zielen. Und die Bethun waren jetzt sehr nahe. Auch Boffo, der immer noch an der äußeren Kante der Felsplatte stand, machte regen Gebrauch von seiner Armbrust. Nach kurzer Zeit hatten sie einen Großteil ihrer Pfeile und Bolzen verschossen. Doch ihre Trefferausbeute war gering.

»Haltet ein! So können wir nicht weitermachen!«, gebot Boffo schließlich. »Drei oder vier haben wir erwischt. Möglicherweise. Doch es sind immer noch genug übrig, um uns den Rest zu geben, sobald unsere Pfeile zu Ende gehen.«

»Immerhin haben wir noch unsere Schwerter«, stieß Bero zwischen den Zähnen hervor. »Einige von diesen Burschen werde ich mit Sicherheit mitnehmen, bevor ich ins Gras beiße.«

»Das wird uns am Ende auch nicht viel nützen.« Boffo schüttelte den Kopf. »Denkt an unseren Auftrag!« Er blickte Robin an. »Zumindest du solltest versuchen, irgendwie hier herauszukommen. Das Wichtigste ist jetzt, den Schlüssel in Sicherheit zu bringen.«

»Dann ist es am besten, wenn *du* ihn an dich nimmst!« Robin knüpfte seine Gürteltasche ab und machte Anstalten, sie Boffo zuzuwerfen »Du kannst dich am leichtesten unbemerkt in die Büsche schlagen. Wir halten die Burschen hier auf. Zumindest solange wir können.«

»Dazu ist es jetzt zu spät!«, entgegnete Boffo. Er drehte sich blitzschnell um und sein Armbrustbolzen traf einen der Krieger, der in der Zugangsöffnung ihres Verstecks erschienen war, in den Hals.

Die Bethun waren jetzt bis auf die Höhe der Felsspalte vorgedrungen und schossen ihre Pfeile von beiden Seiten auf die fast schutzlosen Verteidiger ab. Boffo suchte hinter dem von ihm getroffenen Angreifer notdürftig Deckung. Robin und Bero hatten bereits einige Schüsse auf ihre Panzerhemden bekommen. Sie waren eben im Begriff, mit gezogenen Schwertern nach draußen zu stürmen, als etwas völlig Unerwartetes geschah.

Zuerst hörten sie laute Schreie. Dann sah Robin, wie zwei der Angreifer fast gleichzeitig in sich zusammensackten. Die Bethun stutzten und hielten in ihrem Angriff inne. Zwei weitere Pfeile zischten heran. Sie mussten von ausgezeichneten Schützen abgeschossen worden sein. Denn sie trafen ihre Ziele mit großer Sicherheit und streckten zwei weitere Feinde zu Boden.

Panikartig ergriffen die übrigen die Flucht und machten sich in nördlicher Richtung davon. Robin, Bero und Boffo sahen ihnen verwundert nach. Es waren vielleicht noch acht oder zehn Mann, zwei Verwundete mit sich schleppend.

Als sie außer Sichtweite waren, drehte sich Robin um. Und was er sah, kam ihm so unwirklich vor, dass er kaum seinen Augen traute. Aus dem Schatten der Bäume waren zwei Gestalten mit Langbögen getreten und kamen auf sie zu. Erst zögernd, dann immer schneller. Bis sie sich in den Armen lagen.

»Lorin Klingsporn und Bertram Bartsohn«, stammelte Robin. »Ein solches Wiedersehen hätte ich am wenigsten erwartet. Nicht mit euch, und schon gar nicht an diesem Ort.«

»Und ihr kamt keinen Augenblick zu früh!«, rief Bero aus.

»Solche Überraschungen lasse ich mir gerne gefallen.«, murmelte Boffo, der ebenso fassungslos daneben stand.

»Ich denke, ihr seid uns eine Erklärung schuldig. Wie ihr hierhergekommen seid, und vor allem warum?«, sprudelte es aus Robin heraus.

»Das gleiche gilt für euch«, antwortete Lorin. »Doch vorher lasst uns von hier verschwinden. Nachdem wir ein wenig aufgeräumt haben. Dies ist kein Ort, um Neuigkeiten auszutauschen.«

Sie sammelten alle Pfeile ein, deren sie habhaft werden konnten. Sowohl die, welche in den Toten steckten, als auch einige von denen, die sie verschossen hatten. Die noch fehlenden entnahmen sie der Ausrüstung der Bethun. Der Rest war nicht zu gebrauchen. Dann überwanden sie ihren Widerwillen und schmissen die gefallenen Angreifer in eine flache Grube. Bero nahm einen der Schilde der Bethun und schaufelte damit lockeren Sand über die toten Körper. Robin, Lorin und Bert wälzten schwere Steine über die Begräbnisstätte. Als sie mit dieser Arbeit fertig waren, wuschen sie ihre Hände im Turon, ergriffen ihre Waffen und Bündel und folgten Lorin und Bert.

Sie ließen die Brücke und die Straßenabzweigung nach Westen zu ihrer Rechten liegen und gingen auf der Hauptstraße weiter nach Süden. In einem Waldstück nahe der Straße konnte Robin den Lagerplatz der Bethun sehen. Eine verkohlte Feuerstelle bildete die Mitte. Darum herum einige Decken und Essensreste. Das war alles. Robin fiel auf, dass diese Eindringlinge ohne Pferde unterwegs waren. Ebenso wie diejenigen vor beinahe einem Monat am Tirionpass. Beute konnten diese hier, wenn überhaupt, nur viel weiter im Süden erwarten. Wahrscheinlicher aber wurden sie, nicht anders als die Schwertläufer, von den unwirtlichen Umständen gezwungen, auf Reittiere zu verzichten.

Nach kurzer Wegstrecke verließen Lorin und Bert die Straße und führten die Gruppe zu einer versteckten, mit Sträuchern umwachsenen Lichtung, die am Ufer des Turon lag. Unter einem Baum, voll bepackt und angebunden an einem Ast, stand ein Maultier. Als die Gruppe näher kam, wieherte es verhalten. Robin erkannte diesen Tonfall sofort. Es war Clothilde. Er trat zu dem Tier und streichelte ihm den Hals. Clothilde schnaubte leise und drückte ihre Nase gegen Robins Schulter.

»Lugs Maultier und schwer beladen. Wir hatten es seinerzeit in Westfurt zurückgelassen. Die Sache wird immer verworrener.«

»Alles zu seiner Zeit«, entgegnete Lorin auf Robins fragenden Blick und lächelte verschmitzt. »Zuerst wollen wir es uns bequem machen.«

Mit Berts Hilfe begann er, die Plane von Clothildes Gepäck zu lösen. Darunter zum Vorschein kam ein Tragegestell mit allerhand Vorratsbehältern und – zu Robins, Beros und auch Boffos allergrößtem Erstaunen – einem Vogelkäfig, in dem drei Tauben saßen.

»Jetzt schlägt's Dreizehn!«, stieß Boffo hervor. »Ich habt sogar lebendige Verpflegung dabei!«

»Von wegen Verpflegung.« Bert blickte empört in die Runde. »Dies ist unsere Verbindung nach Hause. Natürlich nur für Notfälle. Es sind waschechte Brieftauben. Beste Züchtung aus dem Hause Thorson. Eigentlich sollten sie jetzt am Tirionpass stationiert sein. Doch wir haben ihnen eine bessere Verwendung zugedacht.«

Robin schüttelte ungläubig den Kopf. Dann machten er, Boffo und Bero sich nützlich und halfen Lorin und Bert ein Lager zu errichten. Zuerst nahmen sie Clothilde das Gepäck ab und entließen das Tier in die nahe Umgebung, wo es sich an den kargen Gräsern gütlich tat. Die Schutzplane von Clothildes Tragegestell spannten sie als Dach gegen Regen und Tau zwischen einigen dünnen Bäumen auf. Danach suchten sie dürres Holz und entzündeten im Schutze herumliegender Steine ein mageres Feuer. Mittlerweile begann es dunkel zu werden und Bert packte Vorräte aus von der Art, wie sie die anderen am wenigsten erwartet hätten: schmackhaftes Brot, luftgetrocknete Würste und Käse. Boffo kochte Tee.

»Was ist, falls sich die Bethun dazu entschließen, noch einmal anzugreifen?«, fragte Bero kauend.

»Das glaube ich kaum«, erwiderte Lorin. »Die sind längst über alle Berge. Diese Niederlage steckt ihnen tief in den Knochen. Zudem wissen sie nicht, wie viele wir sind.«

»Trotzdem sollten wir vorsichtig sein«, mahnte Boffo. »Sobald wir unseren Tee getrunken haben, lassen wir das Feuer ausgehen. Und heute Nacht sind wir gut beraten, abwechselnd Wache zu halten.«

»Na, zumindest müssten wir sie jetzt nur noch aus einer Richtung erwarten«, fügte Robin hinzu. »Im Übrigen würde mich sehr interessieren, ob es sich tatsächlich um diese Burschen aus Bahor handelt, die uns zuvorgekommen sind.«

»Keinesfalls!« Lorin winkte ab. »Wenn dies der Fall wäre, wären sie beritten gewesen. Und diese Kerle waren zu Fuß unterwegs. Wir sind ihnen schon seit Tagen auf der Spur.«

Damit begann er seine und Berts Geschichte und die Umstände ihrer Reise zu erzählen.

»Von eurem Erfolg in Bahor und dem Fund des Schlüssels haben wir bereits vor vier Tagen erfahren. Genau gesagt, am Dienstag, den 11. Juni. Von Mero Bruhins Kurier, der an diesem Morgen in Lindhag eintraf. Am gleichen Tag wurden wir zum Tirionpass abkommandiert. Zu Pferd brachen wir auf und kamen am Abend nach Westfurt. Dort gab man uns Clothilde bepackt mit Verpflegung für die Schwertläufer am Pass mit. Zusammen mit ihr erreichten wir am folgenden Mittwoch die Quellsteigklause. Dort erfuhren wir von Mero Bruhin, dass Bethun an der Südseite des Passes gesichtet worden waren.

Natürlich rechneten wir fest damit, dass Boffo nach Erhalt des Schlüssels versuchen würde, weiter nach Ormor vorzudringen. Und wenn ihr euch an unsere Unterhaltung am Vorabend der Ratsversammlung erinnert, dann wisst ihr auch, wie sehr ich mich damals über die Entscheidung meines Vaters geärgert habe, mich nicht zu dieser Expedition vorzuschlagen. Doch diesmal hatten wir einen förmlichen Auftrag und einen noch triftigeren Grund, euch zu folgen. Mit der Erlaubnis und der Unterstützung Mero Bruhins machten wir uns am folgenden Tag gegen Mittag auf den Weg, um euch zu warnen. Er gab uns nicht nur genügend Vorräte und Clothilde als Packtier mit, sondern auch die Brieftauben. Am gestrigen Freitag trafen wir dann im Turontal auf die Bethun. Ihnen folgten wir unbemerkt in Richtung Norden. Den Rest der Geschichte kennt ihr.«

»Merkwürdig ...«, Bero strich sich übers Kinn, »... wenn diese Bethun nicht aus Bahor kamen, sondern vom Fuß des Tirionpasses hierher unterwegs waren. Woher wussten sie dann, dass sie uns an der Straßengabelung zu erwarten hatten?«

»Gute Frage«, erwiderte Boffo. »Doch weiß auch ich die Antwort darauf nicht. Allerdings vermute ich, dass sie sich auf eine uns bisher unbekannte Weise verständigen. Und ich verwette meine Armbrust, dass diese Fähigkeit etwas mit den Schwarzkünsten des Morhultzauberers zu tun hat.«

»Na, wie auch immer«, Robin klopfte Lorin anerkennend auf die Schulter. »Glücklicherweise ist alles gut gegangen. Doch was, wenn ihr uns nicht mehr erreicht hättet? Ihr konntet wohl kaum ahnen, dass wir zwei Tage in Fort Trontil verweilten«

»Nun«, erwiderte Bert, der bisher nicht viel gesagt hatte, »es hätte drei Möglichkeiten gegeben. Angenommen, ihr wärt durchgekommen und nicht überfallen worden. Dann wäre unser Handeln überflüssig gewesen. Oder ihr wärt jetzt tot. Dann hätten wir zumindest eure Körper zurück nach Hause gebracht. Wenn man euch aber verschleppt hätte, hätten wir alles versucht, eure Spur aufzunehmen und euch zu finden.«

»Ihr seid wirklich unverbesserlich«, seufzte Robin. »Und ich wage gar nicht erst zu fragen, wie eure weiteren Pläne aussehen.«

»Brauchst du auch nicht«, entgegnete Lorin. »Unsere Entscheidung steht schon seit einigen Tagen fest. Wir werden euch selbstverständlich begleiten. Nach den heutigen Ereignissen erst recht. Jeder Versuch, uns abzuwimmeln, ist zwecklos.«

»Euch abzuwimmeln?« Boffo lachte. »Das wäre das letzte, was ich versuchen würde. Ich persönlich könnte mir, abgesehen von Robin und Bero, keine besseren Begleiter wünschen. Die Frage ist nur, ob unsere Vorräte auch für fünf Personen reichen. Und was machen wir mit dem Maultier?«

»Clothilde kommt natürlich auch mit!« Bert sprach mit dem Brustton der Überzeugung. »Sie trägt ihr eigenes Futter und das eine oder andere dürre Hälmchen wird sich auch in der wüstesten Gegend finden lassen. Zusammen werden wir sicher zwei, vielleicht auch drei Wochen über die Runden kommen. In dieser Zeit müssen wir die Sache eben über die Bühne bringen.«

»Dann lasst euch mal überraschen.« Boffo schaute ernst, doch keineswegs ablehnend. »Zuversicht hat noch keinem geschadet und danach ist man immer ein wenig schlauer, als vorher.«

Er zog seine kleine, silberne Flasche aus seinem Tornister. Dann teilte er fünf Becherchen aus und füllte sie mit Inuil.

»Dann auf gutes Gelingen und möge unser Mut nicht weichen, bis zu dem Tag, an dem unsere Aufgabe erfüllt sein wird.«

Sie hoben ihre Becher und tranken.

»Lebenswasser! Und das hier in dieser Einöde«, murmelte Bert. »Die Aussichten scheinen gar nicht so schlecht zu sein.«

Die Nacht verlief ruhig. Sobald der Morgen graute, waren die vier Schwertläufer und der Elm auf den Beinen.

»Als erstes sollten wir unsere offiziellen Pflichten erledigen«, verkündete Boffo. Die anderen blickten ihn verständnislos an.

»Na ja – wenn wir schon die Gelegenheit dazu haben, dann sollten wir sie auch nutzen.«, fuhr er fort. »Ich meine, ein Lebenszeichen nach Hause zu senden.« Aus seinem Knappsack kramte er ein Notizbüchlein und eine winzige Schreibfeder hervor. Er setzte sich auf einen Stein und begann mit zierlicher Schrift eine Nachricht zu formulieren.

Als er fertig war, las er vor: »Hochgeehrter Rat von Fornland. Liebe Familien und Anverwandte. Wir haben glücklich das Turontal und die Alte Heerstraße erreicht und begeben uns weiter nach Ormor. Alle sind wohlauf und guter Dinge. Sonntag, 16. Juni 2941. Gez. Boffo, Robin, Bero, Lorin und Bertram.«

Die Umstehenden nickten zustimmend. Bert holte mit geübtem Griff eine der Tauben aus dem Käfig. Während er sie festhielt, band ihr Lorin ein kleines Röhrchen ans Bein. Dort hinein steckte Boffo den Zettel. Bert warf die Taube in die Höhe. Sie drehte eine luftige Runde über der Gruppe. Dann schlug sie die Richtung nach Süden ein und war in wenigen Augenblicken verschwunden.

»Sie fliegt zum Tirionpass«, sagte Lorin. »Ich bin sicher, spätestens heute Nachmittag wir man in Lindhag von unseren Plänen wissen. Und man wird sich damit abfinden müssen.«

Nach dem Frühstück bepackten Lorin und Bert Clothilde. Auch die Tornister von Robin, Bero und Boffo fanden auf ihrem Rücken Platz. Nachdem sie ihre Wasserflaschen und den Wasserschlauch am Bach gefüllt hatten, machten sie sich auf den Weg. Sie gingen die kurze Strecke zurück bis zur Straßengabelung, überquerten die Brücke über den Turon und schlugen den Weg nach Westen ein.

Fünfzehntes Kapitel

Der Silberne Steig

Alles war grau in grau. Eine Schicht feinkrümeliger Vulkanasche bedeckte die Straße und die angrenzende Umgebung. Dort, wo sie von natürlichen Hindernissen oder Bodenerhebungen aufgehalten worden war, türmte sie sich in wellenartigen Verwehungen. Andere Stellen waren vom Wind frei geblasen. An ihrem Grund zeigte sich der verbrannte Boden, bedeckt von Stoppeln, die einst Strauchwerk und Gras gewesen waren. Bisweilen ragten am Straßenrand die versengten Gerippe alter Bäume in den trüben und wolkenverhangenen Himmel.

Die Hoffnung der Reisenden auf ein schnelles und bequemes Fortkommen hatte nur kurz gewährt. Sobald sie den westlichen Ausläufer des Nargathgebirges durch einen natürlichen Einschnitt passiert hatten, hatte sich das Aussehen der Gegend von Grund auf geändert. Dieser niedrige Vorgebirgszug hatte das Turontal gut abgeschirmt und weitgehend vor den verheerenden Auswirkungen des Vulkanausbruchs bewahrt. Jetzt wurde offensichtlich, wie sehr die Hitze des Feuersturms und der nachfolgende Ascheregen die Gegend verwüstet hatten.

Es war nicht leicht, dem Verlauf der Straße zu folgen. Nur an den regelmäßig aus der grauen Asche ragenden Wegsteinen konnten sich die Wanderer orientieren.

In früheren Zeiten war die Alte Heerstraße viel begangen worden. Denn sie war der kürzeste Zugang in das Land Arkandra. Hatte man erst die Nirondebene und das Taurongebirge überwunden, gelangte man auf bequemen Wegen über Ormor bis nach Lurien mit seiner Hauptstadt Largon. Von dort konnte man weiter in das im Westen gelegene Norien mit seiner Hauptstadt Nergath, oder in die Südlichen Lande bis nach Heras reisen. Doch seit die Elme des Volkes der Sirdain aus Arkandra verschwunden und auch die letzten Menschen nach Süden abgewandert waren, war diese Straße verwaist. Und seit Banden von Lurgs die Gegenden diesseits und jenseits des Taurongebirges unsicher machten, wurde sie von Kaufleuten und anderen Reisenden völlig gemieden. Diese zogen, zumindest bis zum Ausbruch des Tarantuil, die Straße entlang des südöstlichen Gebirgsrandes vor. Auf ihr gelangte man über Eldar am Leronsee ebenfalls nach Largon.

Am Tag nach ihrem Aufbruch aus dem Turontal erreichten die fünf Gefährten die Nirondebene. Dieses flache und wüstenartige Land war seit jeher trocken, unwirtlich und abweisend. Doch in seinem jetzigen Zustand machte es jegliche Art der Fortbewegung zur Qual.

Der Wind blies aus südwestlicher Richtung und hatte seit dem gestrigen Abend stetig zugenommen. Er trieb graue Aschewolken vor sich her, vermischt mit dem Staub des rötlichbraunen Lavabodens, der die Ebene bedeckte. In der Luft lag der Geruch nach Rauch und verbranntem Holz. Bisweilen war aus der Ferne das schon beinahe vertraute Grollen zu hören. Dann blickten die Reisenden nach Südwesten, wo in einer Entfernung von vielleicht fünfzig Meilen gerader Linie der Tarantuil lag. Man konnte ihn nicht sehen, seinen Standort nur vermuten. Doch die bedrohlichen Geräusche, ebenso wie die über die Ebene wabernden Schwaden aus Schwefel- und Salpeterdunst riefen seine Existenz auf unangenehme Weise ins Gedächtnis.

Das Atmen fiel Mensch und Tier zunehmend schwerer. Die feuchten Tücher, welche sich die Schwertläufer und der Elm vor Mund und Nase gebunden hatten, boten nur unzureichenden Schutz. Auch Clothilde litt unter der unsauberen Luft. Bert hatte ihr den Futterbeutel über Maul und Nüstern gehängt, der einen, wenn auch nur kleinen Teil der Asche und des Staubes aus ihrer Atemluft filterte.

Die kalten Nächte brachten keine wirkliche Erholung. Sobald die Dunkelheit hereinbrach, suchten sich die Wanderer ein Plätzchen am Rande der Straße, räumten die Asche beiseite und legten sich nieder. Es gab kein Feuerholz und nicht den kleinsten, dürren Stängel für Clothilde. Sie musste sich mit einer dürftigen Portion ihres Futters aus gequetschtem Hafer und getrockneten Rübenschnitzeln begnügen, das sie auf ihrem Rücken mit sich trug.

Auch die Menschen und der Elm litten. Zu Essen hatten sie noch reichlich, doch genießen konnten sie es nicht. Die ungewohnt langen Fußmärsche forderten ihren Tribut und alle Muskeln und Gelenke ihrer Körper schmerzten. Asche und Staub hatten die Schleimhäute ihrer Nasen und Rachen ausgetrocknet und das Schlucken fiel ihnen schwer. Gierig tranken sie Wasser in kleinen Schlucken und wussten doch, wie kostbar es war, und dass sie sparsam damit umgehen mussten.

Am vierten Tag ihrer Reise wurde die Luft etwas besser. Dennoch gingen die Wasservorräte schnell zur Neige. Von den sechzig Kannen[7] Wasser, die sie aus dem Turon geschöpft hatten, war nur noch ein kleiner Rest übrig. Zwar waren sie an mehreren Brunnen vorbeigekommen. Doch alle waren ausgetrocknet und bis zum Rand mit Asche gefüllt.

Als sie am Abend ihr Lager aufschlugen, musterte Boffo mit Besorgnis den Wasserschlauch. Der hing ziemlich schlaff an beiden Seiten von Clothildes Rücken herab.

»Falls wir bis morgen kein Wasser finden sollten, kann es unangenehm für uns werden. Bis zum Rand des Taurongebirges sind es noch vier Tagesmärsche. Ihr solltet mit dem restlichen Wasser sparsam umgehen und eine eiserne Reserve in euren Trinkflaschen zurückbehalten. Was aus Clothilde wird, falls wir nicht fündig werden sollten, mag ich mir zum jetzigen Zeitpunkt nicht vorstellen. Vielleicht muss sie am Ende mit ihrem Körper

---

[7] Eine elegische Kanne entsprach nach unseren Maßen der Menge von 1,15 Litern.

unser Überleben sichern.«

Die anderen blickten betroffen. Bert ging zu dem Maultier, füllte etwas Wasser in den faltbaren Ledereimer und ließ es trinken.

»Sie hat heute, wie schon die Tage zuvor, die meiste Arbeit geleistet und sich ihre Ration verdient.« Er strich Clothilde über den Hals und sie schnaubte dankbar. »Wir müssen eben etwas kürzer treten und auf morgen hoffen.«

Boffo nickte. Er sagte nichts weiter, hüllte sich in seine Decke und legte sich zur Ruhe.

Der folgende Tag brach so an, wie die anderen geendet hatten. Staub und Asche wehten über die Ebene, verklebten Augen und Lungen und setzten sich in jede Naht und Fuge von Kleidung und Gepäck der Reisenden. Gegen Mittag kamen sie an eine Stelle, die in früheren Zeiten als Standort einer Herberge gedient zu haben schien. Direkt neben der Straße erstreckte sich ein ebenmäßiger Platz, auf dem die verfallenen Reste eines steinernen Hauses standen. Die dürren und angekohlten Stämme einer Gruppe Bäume zeigten an, dass dieses Fleckchen Erde einst fruchtbar gewesen war.

»Das muss Glimm sein«, sagte Boffo. »Eine verlassene Raststation. So jedenfalls ist es in meiner Karte verzeichnet.«

Sie gingen hinüber zu einer gemauerten Einfassung, die aussah, wie der oberen Rand einer ehemaligen Zisterne oder eines Ziehbrunnens. Jedenfalls deuteten die Bruchstücke der hölzernen Winde, an denen noch eine Kette mit einem Eimer hing, darauf hin. Doch auch hier gab es nur Asche und Sand und nicht die geringste Spur von Wasser. Zum Erstaunen aller ging Clothilde auf das trockene Brunnenloch zu, weitete die Nüstern und sog die Luft ein.

»Dies sollte einen Versuch wert sein«, sagte Lorin. »Etwas anderes bleibt uns sowieso nicht übrig.«

Er schwang sich über die Brunnenbrüstung, nahm den Eimer vom eisernen Haken und begann damit, Asche und Sand aus dem Brunnenloch zu schöpfen. Nach einiger Zeit löste Robin ihn ab und so kam reihum jeder der Schwertläufer an die Reihe. Nach zwei Stunden waren sie eineinhalb Klafter in die Tiefe gelangt. Immer noch zeigte sich keine Spur von Feuchtigkeit. Nach vier Stunden mühsamer Arbeit konnten sich die Schwertläufer nur noch an der rostigen Kette der Zugvorrichtung in die Tiefe lassen.

»Seid vorsichtig!«, warnte Boffo. »Falls die Kette reißt, wird es ungemütlich für denjenigen, der gerade dran ist.«

Es begann bereits dämmern. Das Loch war mittlerweile zweieinhalb Klafter tief, als Bero, der eben unten arbeitete, einen Freudenschrei ausstieß. Mit bloßen Händen schaufelte er den feuchten Sand in den Eimer, den seine Gefährten in immer kürzeren Abständen nach oben zogen. Langsam bildete sich am Grunde des Schachtes eine kleine Pfütze und nach einer weiteren halben Stunde stand Bero barfuß bis zur halben Wade im Wasser.

Das Wasser war trüb und schmeckte abgestanden. Doch den durstigen Wanderern erschien es besser, als jedes edle Getränk. Clothilde, die sich endlich wieder einmal richtig satt trinken durfte, wieherte zufrieden. Und dann, so als hätte sie sich wieder auf die väterliche Hälfte ihrer Abstammung besonnen, schallte ein kräftiges ›I-Aaah‹ durch die Abenddämmerung.

Die fünf Gefährten saßen im Schutz einer alten Mauer beieinander und lachten von Herzen. In ihrer Mitte flackerte ein Feuer, genährt von den Resten morscher Balken, die sie in den Resten des Hauses gefunden hatten. Bert hatte verschiedene Delikatessen aus den Vorratssäcken gezaubert. Und zum Schluss, als alle satt und zufrieden waren, holte er aus den Tiefen von Clothildes Packtaschen eine Flasche Wein hervor.

»Das wäre wohl unser letzter Tropfen gewesen«, sagte er. »Vor dem Verdursten. Doch jetzt kann er einen erfreulicheren Zweck erfüllen.«

Er entkorkte die Flasche und reichte sie den anderen. Jeder

nahm einen kräftigen Schluck. Plötzlich sah die Zukunft nicht mehr düster aus.

»Auch nicht schlecht«, sagte Boffo. »Sommersonnenwende ist zwar erst morgen. Aber welcher, wenn nicht dieser Tag hätte es verdient, dass man auf ihn anstößt.«

Keiner der fünf war an diesem Abend wortkarg oder griesgrämig. Als sich Robin gegen Mitternacht in seine Decke wickelte, dachte er: ›So weit so gut. Wieder eine Hürde genommen. Bin gespannt, was als nächstes kommt.‹

Mit neuen Wasservorräten versehen fiel das Reisen leichter und das fortwährende Gehen wurde den fünf Gefährten mehr und mehr zur Gewohnheit. Auch die Landschaft zeigte sich wieder freundlicher. Die Asche wurde weniger und an einigen geschützten Stellen lugten sogar frische Grashalme hervor, die von Clothilde begierig abgezupft wurden. Am achten Tag seit ihrem Aufbruch aus dem Turontal[8] erkannten die Wanderer einen dunklen Streifen am Horizont. Darüber zeigten sich grau-weiße Schatten. Doch waren es keine Wolken. Es waren die schneebedeckten Höhen des Taurongebirges.

An diesem Abend übernachteten sie in einem weitgehend ausgetrockneten Bachbett. Nur in seiner Mitte floss, noch immer oder auch schon wieder, ein schmales Rinnsal. Es schien, als wollten die guten Kräfte der Natur, die in den tiefen Tälern des Taurongebirges überdauert hatten, ihre Arme ausstrecken und die verdorrte Landschaft mit neuen Lebenssäften versorgen. Verstreut lagen ausgebleichte Äste und trockenes Treibholz herum. Bald brannte ein lebhaftes Feuer. Die Wanderer machten es sich auf dem weichen Kiesbett bequem und bereiteten ihr Abendessen.

»Sieht so aus, als sei die Gegend, in die wir jetzt kommen, vom Wüten des Tarantuil weit weniger mitgenommen, als ver-

---

[8] Für Tagesangaben gilt: »nach« und »seit« unterscheiden sich um einen Tag. »Seit« schließt den ersten Tag mit ein.

mutet«, sagte Boffo. Er hatte sich eine dicke Scheibe Brot abgeschnitten und war dabei, sie mit Käse und Speck zu belegen.

»Das ist zumindest ein Lichtblick«, erwiderte Lorin. »Andererseits sollten wir uns darauf einstellen, dass wir auf unserer Weiterreise möglicherweise nicht allein bleiben werden.«

»Wenn du damit Lurgs meinst, dann bin ich sehr darauf gespannt einen von denen zu treffen«, bemerkte Bero leichthin. »Ich habe viel von diesen seltsamen Wesen gehört, aber noch nie eines zu Gesicht bekommen.«

»Also wenn es wirklich welche gibt, dann haben wir uns heute in aller Form bei ihnen angemeldet«, stellte Lorin fest. »Ich befürchte, unser Feuer ist auf fünf Meilen im Umkreis zu sehen.«

»Und wenn schon.« Robin winkte ab. »Solange sie uns in Ruhe lassen, werden auch wir sie nicht behelligen. Trotzdem sollten wir vorsichtig sein und ab heute wieder Wache halten. Ich bin bereit, die erste zu übernehmen.«

Die anderen waren einverstanden. Nachdem sie gegessen hatten, kümmerten sie sich um ihre Ausrüstung, die in den letzten Tagen stark gelitten hatte. Robin ging zu dem Rinnsal, wusch sich und säuberte seine Kleidung so gut es ging. Dann legte er noch etwas Holz aufs Feuer, wickelte sich in seine Decke und lehnte sich gegen einen bleichen Baumstumpf, der aus dem Kies ragte. Das Feuer brannte ruhig und rauchfrei, denn die Uferböschungen schützten es vor dem Wind, der außerhalb des Bachbetts wehte. Die Luft war kühl, doch das erste Mal seit einer Woche frei von Asche und Staub. Während sich die anderen nach und nach zur Ruhe begaben, blickte Robin gedankenverloren ins Leere. Dunkle Wolken zogen träge nach Nordosten. In diesem Augenblick war es ihm, als sähe er in einer Wolkenlücke ein zaghaftes Glitzern. Nur den Bruchteil eines Augenblicks lang. Doch es war wie ein Funke, der ausreichte, die Hoffnung in ihm neu zu entfachen.

In aller Frühe waren sie wieder unterwegs. Es drängte sie mit Macht, die unwirtliche Wüste hinter sich zu lassen. Je näher sie dem Gebirge kamen, desto klarer wurde die Luft. Auch die Sicht verbesserte sich zusehends. Der Himmel blieb bedeckt doch die Wolkendecke hatte sich gehoben. Robin konnte jetzt einige der Gipfel des Taurongebirges erkennen. Nur ihre höchsten Höhen, welche die Hitze des Vulkanausbruchs nicht erreicht hatte, waren schneebedeckt. Darunter gingen ihre weißen Hauben in ein schmutziges Grau über und machten schnell dem nackten Fels Platz.

Die Straße vor ihnen war jetzt wieder sichtbar und gab den Blick auf das ebenmäßige Pflaster frei, das ihre Erbauer mit großer Sorgfalt verlegt hatten. Zu ihren Seiten waren gemauerte Entwässerungsgräben angelegt und von Zeit zu Zeit sprudelte eine kleine Quelle in ein gefasstes Becken am Straßenrand. Die Zeit der Wasserknappheit war beendet. Bert ließ die Hälfte aus dem Wasserschlauch laufen, um Clothilde den Aufstieg zu erleichtern.

»Welches Volk auch immer diese Straße gebaut hat, es muss in großer Zahl daran gearbeitet haben«, sagte Lorin bewundernd.

»Ja, die Sirdain waren einst fähige Straßenbauer«, bestätigte Boffo. »Doch diese Straße scheint für die Ewigkeit geplant. Und seit ewigen Zeiten ist sie in den Karten verzeichnet. Es würde mich nicht wundern, wenn sie viel älter wäre als die Hinterlassenschaften der Sirdain in Arkandra. Möglich, dass die gleichen Baumeister, die Ormor errichtet haben, auch hier am Werke waren.«

»Doch Ormor ist noch weit«, wandte Robin ein.

»Was uns betrifft, ist es das allerdings. Mindestens siebzig Meilen auf der Straße, schätze ich. Momentan entfernen wir uns wieder vom Tarantuil. Bis wir das Gebirge überwunden haben und wieder nach Süden kommen, wird es eine Weile dauern.«

Die Straße führte mit nur mäßiger Steigung und ohne starke Kehren bergauf. Clothilde musste sich jetzt wieder von ihrem Futter ernähren, dass die selbst trug. Und auch die Vorräte der fünf Gefährten schwanden, so dass Boffo sie rationierte.

»Zehn bis zwölf Tage werden wir mit dem Mitgebrachten noch auskommen«, sagte er. »Das könnte knapp werden bis Ormor, wenn wir vorher nichts Essbares finden oder erjagen. Was ich allerdings hoffe, denn die Gegend westlich des Taurongebirges ist weit weniger lebensfeindlich als die Nirondebene.«

Zweieinhalb Tage lang marschierten sie bergauf. Robin beobachtete mit wachsender Sorge die Straße. Ihr baulicher Zustand hatte sich keineswegs verschlechtert. Aber immer mehr Schmutz und Steine lagen herum. An einigen Stellen war Geröll von den Hängen auf sie herabgerutscht. Und bis zum Pass war es noch weit.

Es ging gegen Mittag. Die Luft war schneidend kalt und feuchte Nebelfetzen zogen vor der anderen Seite des Gebirges herein. Robin griff in die Innenseite seiner Jacke und zog die Strickmütze hervor, die ihm Merien geschenkt hatte. Sofort fühlte er sich besser. Nicht nur durch die Wärme des zusätzlichen Bekleidungsstücks. Auch Meriens Bild tauchte in seinen Gedanken auf. Sie lächelte und schien ihm Mut zuzusprechen.

Die Straße wurde auf ihrem letzten Abschnitt bergauf steil und kurvig. Dann lehnte sie sich zurück, bis sie nahezu waagrecht verlief. Sie hatten die Anhöhe des Passes erreicht.

Als sie um die nächste Kehre bogen, blieben sie entsetzt stehen. Die Straße war verschwunden und vor ihnen türmte sich ein gewaltiges Hindernis.

»Hier müsste eigentlich der Tuforpass sein«, sagte Boffo und schüttelte ungläubig den Kopf. »Doch das einzige, was ich sehe, sind Schutt, Geröll und Felsbrocken.«

»Schöne Bescherung!«, rief Bero und stieß mit dem Fuß gegen einen der auf der Straße liegenden Felsen. So, als wollte er sich überzeugen, dass es sich nicht um eine Einbildung handelte. »Eine Gerölllawine! Und das ausgerechnet an der engsten Stelle.«

»Mist!«, fluchte auch Robin. »Gerade schon hatte ich mich auf den Abstieg gefreut. Und jetzt das.«

»Fluchen und Jammern bringt uns nicht weiter. Lasst uns nachsehen, wie die Lage weiter oben ist«, schlug Boffo vor.

Bert blieb bei Clothilde zurück. Die anderen erklommen die steile Geröllhalde bis zu ihrem Scheitelpunkt. Als sie oben ankamen, stockte ihnen der Atem. Auf der anderen Seite tat sich ein gähnender Abgrund auf. Nicht nur die Straße fehlte. Ein ganzes Stück des Berges schien abgebrochen und in die Tiefe gerutscht zu sein. Das Merkwürdigste jedoch waren eine große Anzahl kreisrunder Öffnungen, die sich allenthalben an der Abbruchstelle auftaten. Ungefähr einen Klafter im Durchmesser, führten sie geradewegs in den Berg hinein – lockeres Gestein und auch gewachsenen Fels durchbohrend.

»Was, um Himmels willen, ist hier passiert?!«, rief Bero aus. »Und was sind das für Löcher im Berg? Ich komme mir vor, wie am Rande eines riesigen Käses.«

»Sieht mir eher wie ein gigantischer Erdrutsch aus«, erwiderte Boffo. »Allerdings scheint er nicht allein durch die äußeren Gewalten der Natur hervorgerufen worden zu sein. Irgendetwas muss den Berg gelockert haben. Eine Kraft, die auch diese Löcher hineingebohrt hat.«

»Das war's wohl vorerst. Hier kommen wir nicht weiter«, stöhnte Robin. »Ich fürchte, uns steht ein gewaltiger Umweg bevor.«

»Langsam, Langsam«, beschwichtigte Boffo. »Zuerst wollen wir diese ebenso ungemütliche wie gefährliche Aussichtsplattform verlassen. Dann werden wir beraten, was weiter zu tun ist.«

Sie kletterten zurück zur Straße, wo Bert mit dem Maultier wartete. Dort setzten sie sich auf einige herumliegende Felsbrocken. Boffo griff in das Futter seines Umhanges, öffnete eine verborgene Tasche und zog ein Stück Pergament heraus. Er faltete es auseinander und zum Vorschein kam eine prächtige Karte. Sie war in leuchtenden Farben gemalt: ockergelb, tiefblau und purpurrot; und Straßen, Wege und Schriften glänzten in Gold.

»Es ist eine Karte des Kontinents Laudora«, verkündete Boffo. »Sie enthält alle Länder zwischen dem Nordreich, dem Nurischen Meer und der Alursee. Sie ist sehr alt und sehr selten. Genauer gesagt, gibt es nur ein Exemplar davon. Die Elme bewahren es wie einen Schatz in ihrem Archiv im Rauquelltal. Dies ist eine Abschrift. Allerdings eine sehr qualitätvolle. Ich selbst habe sie angefertigt.« Dabei strich er sich über den Bart und blickte voller Stolz in die Runde, als erwarte er Komplimente für seine gute Arbeit. Doch die anderen hatten im Moment keine Muße für solche Höflichkeiten.

»Nun, was sagt uns diese Karte?«, wollte Lorin wissen. »Kann sie uns helfen, zur anderen Seite dieses Gebirges zu finden, ohne dass wir es umgehen müssen?«

»Vielleicht«, antwortete Boffo mit einem vielsagenden Blick. »Es gibt einen Weg. Er nennt sich der Silberne Steig, denn er führt zu den alten Silberminen der Sirdain. Ein Stück unterhalb des Tuforpasses zweigt er von der Straße ab. Und er trifft die Straße auf der Westseite des Gebirges wieder.«

Boffo deutete auf eine Stelle in der Karte und die anderen beugten sich interessiert über das Pergament.

»Wenn der Maßstab stimmt, und davon können wir ausgehen, dann müssen wir eine dreiviertel Meile zurückgehen«, fuhr der Elm fort. »Dort finden wir eine gefasste Quelle. Und in ihrer Nähe müssen wir suchen. Denn der Zugang zum Steig ist verborgen und ob er dieser Tage noch existiert ist ungewiss.«

»Dann nichts wie hin!«, rief Bert. »Mir ist kalt und dieser löchrige Berg ist mir so heimelig, wie eine Trollhöhle bei Neumond.«

Bert nahm Clothilde am Zügel und sie machten sich auf den Rückweg. Nach einer halben Stunde kamen sie an die Stelle, die Boffo beschrieben hatte. An der Hangseite der Straße lief Wasser aus einer steinernen Röhre in einen behauenen Brunnentrog. Doch so sehr sie sich bemühten, nirgends war auch nur die Spur eines Steigs zu entdecken. Lorin und Bero gingen ein Stück die Straße bergauf, während Boffo und Robin erfolglos in der entgegengesetzten Richtung suchten. Plötzlich ertönte ein Pfiff. Er kam von Bert, der bei Clothilde zurückgeblieben war. Als sie zurückeilten, standen die beiden an der gegenüberliegenden Straßenseite. Das Maultier zupfte an den Gräsern am Straßenrand. Bert deutete nach unten. Robin beugte sich vornüber und pfiff leise durch die Zähne. Unter ihm, von der Straße nicht einsehbar, führte eine schmale Rampe in die Tiefe. Und sie endete vor einem Tunnelloch.

Vorsichtig tasteten sie sich über die Rampe nach unten und betraten den Tunnel. Clothilde folgte ohne Zaudern.

»Was für ein Glück, dass wir ein Maultier, und kein Pferd bei uns haben«, sagte Boffo. Er entzündete seine Kerzenlaterne und ging voraus. Die Tunnelwände waren grob und schrundig und Wasser tropfte aus Ritzen und Spalten auf den Boden. Dieser war glatt und schlüpfrig, doch er stieg nur mäßig an. Nach zweihundert Schritten zeigte sich am Ende des Ganges ein heller Schein. Wenig später traten sie wieder ans Tageslicht. Vor ihnen lag ein Steig aus lang gestreckten, sorgfältig in den felsigen Boden gehauenen Stufen. Er strebte in sanften Biegungen schräg nach oben, vom Berghang durch einen niedrigen Felssockel getrennt. Robin warf einen Blick zurück auf die Straße, die jetzt fünfzehn Klafter unter ihnen verlief. Und er wunderte sich, dass ihm ebendieser Steig, auf dem sie jetzt gingen, von dort unten wie ein Teil der Felswand erschienen war.

Nach einer kurzen Strecke führte sie der Weg auf den Grund eines tiefen, zwischen zwei Felsgraden liegenden Einschnitts. Und im gleichen Augenblick wusste Robin, woher dieser Steig seinen Namen hatte. Obwohl nur wenig Tageslicht in die Schlucht fiel, war sie von einem zauberhaften Leuchten erfüllt. Die Felswände zu beiden Seiten zierte eine unüberschaubare Zahl kleiner und größerer bunter Minerale. Sie warfen das einfallende Licht in allen nur denkbaren Farbtönen zurück. Doch am eindrucksvollsten war der silberhelle Schein, der von den großen Bergkristallen ausging, die wie Straßenlaternen an steinernen Bögen hoch über den Köpfen der Wanderer hingen.

Der Steig war so angelegt, dass er von Reittieren, auch von Zugtieren mit kleinen Karren benutzt werden konnte. Er bereitete Clothilde keine Schwierigkeiten und schon gar nicht ihren Begleitern. Nach gut einer Stunde Aufstieg hatten sie annähernd wieder die Höhe des Tuforpasses erreicht. Doch der Steig wand sich stetig weiter in die Höhe, bis er auf einem nahezu kreisförmigen Platz endete. Rings um diese freie Fläche ragten senkrechte Felswände empor, in denen sich ein halbes Dutzend Stollenlöcher und Tunneleingänge auftaten.

»Jetzt ist guter Rat teuer«, sagte Lorin. »Ich hoffe doch nicht, dass wir hier in eine Sackgasse geraten sind.«

»Das glaube ich nicht«, beruhigte ihn Boffo. »Ich kann mir nicht vorstellen, dass die Karte in einem solch entscheidenden Punkt irrt. Dies sind zweifelsohne die Eingänge zu den Minen der Sirdain. Und einer von ihnen wird uns die Fortsetzung unseres Wegs ermöglichen.«

»Doch welcher?« Bero strich sich das Kinn und sah sich fragend um. »Ich sehe keinerlei Zeichen oder Hinweis. Ganz zu schweigen von einem Wegweiser.«

»Dann bleibt uns nur eine Möglichkeit. Wir müssen den richtigen Weg suchen.« Noch während er sprach, hatte Boffo seine Kerzenlaterne wieder entfacht. Auch Lorin kramte eine kleine, faltbare Laterne aus den Packtaschen des Maultiers hervor. Der Elm half ihm beim Anzünden.

»Ich denke es wäre sinnvoll, wenn Bert hier bei Clothilde bliebe«, sagte er »Der Rest sollte sich in zwei Gruppen aufteilen. Auf diese Weise werden wir schneller fündig.«

Die anderen waren einverstanden. Lorin und Bero verschwanden in dem Tunneleingang, der am besten ausgebaut war. Robin und Boffo folgten dem Stollen, der ihnen als eine gerade Verlängerung ihres bisherigen Wegs erschien. Dieser war durch festen Fels getrieben und es waren keinerlei Abstützungen oder Verbauungen zu sehen. Boffo ging mit der Laterne voraus. Plötzlich blieb er stehen. Es fehlte nicht viel, und Robin, der nahe hinter ihm ging, hätte den Elm umgestoßen.

»Hoppla, nicht so hastig!«, rief Boffo. »Du willst doch nicht, dass wir beide dort unten landen.«

Er hielt seine Laterne höher. Vor ihren öffnete sich ein tiefer Schlund. Schwarze Ungewissheit, die der Schein von Boffos Licht nur ein kurzes Stück weit erhellen konnte.

»Puh! Das hätte leicht schief gehen können. Doch sieh!« Robin deutete nach rechts. »Dort scheint der Weg weiterzuführen.«

Schmal, uneben und ohne dass ihn ein schützendes Geländer von der gähnenden Tiefe trennte, schmiegte sich ein Pfad an die Felswand.

»Wenn dies der richtige Weg ist, dann wäre hier wohl das Ende von Clothildes Reise« sagte Boffo, als sie sich vorsichtig am Rande des Abgrunds entlang tasteten.

»Kann ich mir nicht vorstellen«, entgegnete Robin. »Es sei denn, dieser Abgrund hätte sich erst in jüngerer Zeit aufgetan. Lass uns noch ein Stück gehen, und dann umkehren.«

Sie folgten dem schmalen Pfad und tatsächlich schloss sich nach einiger Zeit der Abgrund wieder. Der weitere Weg war uneben. Steine und kleinere Felsbrocken lagen auf ihm verstreut. Schließlich endete der Gang am Fuß einer Geröllhalde. Zu beiden Seiten führten runde Löcher in den Fels. Sie waren von gleicher Form und Größe, wie diejenigen, welche sie am Tuforpass gesehen hatten. Boffo winkte. Sie betraten eines der Löcher und gingen ein kurzes Stück in den Fels hinein. Dann war auch dieser Gang zu Ende. Boffo trat näher an die schräge Halde, welche die Röhre vor ihnen abschloss und befühlte das Gestein mit den Fingern. Es schien eine weichere und zugleich dichtere Beschaffenheit zu haben, als das Material der runden Außenwand des Ganges.

»Seltsam!« Boffo strich sich mit Daumen und Zeigefinger den Bart. »Irgendetwas gräbt hier Gänge und verschließt sie wieder.«

Am Boden lagen einige schwarz glänzende Steinbrocken. Robin hob einen davon auf. Er war schwer und seine Oberfläche war glatt.

»Es ist Orynth«, sagte Boffo. »Sein Vorkommen so weit von Ormor entfernt erstaunt mich. Und es wäre mir auch neu, dass die Sirdain dieses Mineral hier abgebaut hätten.«

»Doch wenn die Sirdain diese Gänge nicht angelegt haben, wer dann?«, wollte Robin wissen.

»Ich hoffte bisher, dass sie nicht durch jene Ursache entstanden sein könnten, die ich vermute«, erwiderte Boffo auf eine für ihn ungewohnt zögerliche Art.

»Und ich vermute, dass du mir etwas verheimlichst, Boffo.« Robins hatte seiner Stimme Nachdruck verliehen. »Du solltest dich nicht weiter zieren und mir die Wahrheit sagen. Bereits am Pass hatte ich den Eindruck, dass du mehr weißt, als du vorgibst zu wissen. Für solche Geheimniskrämereien ist jetzt nicht der richtige Zeitpunkt.«

»Du hast recht«, lenkte Boffo ein. »Ich wollte euch nicht beunruhigen, bevor ich mich selbst überzeugen konnte. Es gibt etwas, das in der Lage ist, diese Gänge zu graben. Zumindest berichten unsere Überlieferungen davon. Ich hielt es bisher für eine Sage. Doch was ich sehe, belehrt mich eines Besseren. Und es gibt noch weitere Hinweise auf die Existenz dieses Wesens.«

»Ein Wesen?« Robin schaute ungläubig. »Welches Wesen sollte in der Lage sein, solche Löcher in den Fels zu bohren?«

»Kein Wesen aus Fleisch und Blut.« Boffo hatte die Hand erhoben und sein verneinender Zeigefinger warf gespenstige Schatten an der Wand. »Es ist vielmehr ein Geschöpf, denn es wurde künstlich geschaffen. Von denen, die auch Ormor erschufen. Es besteht aus Erz. Härter, als du es dir vorstellen kannst. Und genau davon ernährt es sich auch. Denn es lebt. Sein Name ist Grold. In den Tiefen des Taurongebirges lagerte es seit Jahrhunderten und wartete darauf, sein zerstörerisches Werk zu beginnen.«

»Woher weiß du das alles?«, wollte Robin wissen.

»Die Karte von Ormor weiß einiges darüber. Es gibt dort eine Abbildung und eine kurze Beschreibung dieser Geschöpfe. Ganz am Rande und ziemlich unauffällig.«

»Geschöpfe? Dann gibt es also mehrere davon?«

»Ganz recht. Vielleicht sogar viele. Du erinnerst dich sicher an die geschriebenen Worte des Meridoz: ›Die Tage werden kälter und bereits erwachen die Geschöpfe der Tiefe.‹ Nichts anderes meint Meridoz damit als die Grolds. Und wie damals vor 744 Jahren, so geschah es erneut vor vier Jahren. Seither fressen sich diese Erzwürmer durchs Gestein. Es sieht so aus, als hätten sie sich in dieser Zeit bis zu den Pässen des Taurongebirges durchgefressen, und die Lurgs dabei aus ihren Höhlen vertrieben. Oder wie erklärst du es dir, das wir bisher nicht den kleinsten Hemdzipfel dieser Höhlenbewohner zu Gesicht bekommen haben?«

»Ich weiß es auch nicht«, erwiderte Robin. »Doch wird es wohl so sein, wie du sagst.«

Zweifelsohne interessierte sich Robin im Moment viel mehr für diese mysteriösen Erzwürmer, als für Lurgs. Er hatte den Eindruck, dass Boffo schon wieder ablenken wollte. Doch er blieb hartnäckig.

»Eines verstehe ich nicht. Wieso verschließen diese Grolds ihre Gänge wieder?«

»Dumme Frage!«, knurrte Boffo. »Hast du das Bergbauwesen studiert oder ich? Die Grolds können sicher Erdreich zur Seite pressen, doch gewachsenen Fels können auch sie nicht zum Verschwinden bringen. Ich gehe davon aus, dass sie nur jene Mineralien aufnehmen, die sie für ihre inneren Funktionen und die Erneuerung ihrer selbst benötigen. Den Rest scheiden sie hinten wieder aus. Wie hier ersichtlich, zwar in zerkleinerter, doch sehr kompakter Form. Zum Glück, denn sonst wäre ihr Zerstörungswerk wohl noch gewaltiger. Nur wenn sie auf natürliche unterirdische Schluchten oder Höhlen treffen, oder in der Näher der Oberfläche, können sie das gegrabene Erdreich und Gestein auch transportieren. Wahrscheinlich ähnlich, wie es ein Maulwurf tut. Dann entstehen diese runden Gänge, die wir hier sehen. Hier gibt es kein Fortkommen. Lass uns zurückgehen.«

Sie gingen wieder zum Hauptgang. Dort blieb Robin stehen und lauschte. Wieder kam es ihm vor, als wäre sein Gehörsinn schärfer als gewohnt. Er hörte Stimmen. Erst sehr leise, doch sie kamen näher. Dann waren hastige Schritte zu hören. Robin lockerte sein Schwert. Boffo stellte seine Laterne ab und nahm seine Armbrust vom Rücken. In einem der Tunnellöcher erschienen zwei Gestalten. Es waren Bero und Lorin.

»Ihr seid es! Welch ein Glück!«, rief Bero.

»Wir müssen von hier verschwinden«, keuchte Lorin. »Sofort! Irgendetwas ist hinter uns her. Wir waren gerade dabei, den richtigen Ausgang zu finden, als uns etwas in die Quere kam. Es war grauenhaft, und es kam aus dem Nichts.«

»Folgt mir!« Boffo zögerte keinen Augenblick. Er ergriff seine Laterne und rannte in Richtung Ausgang. Sie hatten gerade die Schlucht auf dem schmalen Steig passiert, als ein Zittern durch den Boden ging. Es schien von vorne zu kommen. Boffo wurde langsamer und blieb dann stehen. Robin rannte noch ein kurzes Stück weiter. In diesem Moment, nicht mehr als fünfzehn Schritte vor ihm, barst die Tunnelwand zu seiner Rechten. Was dort zum Vorschein kam, ließ ihm das Blut in den Adern gerinnen. Mit ungläubigem Staunen sah er, wie sich etwas aus einer runden Öffnung schob und auf ihn zukam. Ein walzenförmiges Gebilde, zusammengesetzt aus schwarz glänzenden Ringen. Aus deren Fugen drang bläulich schimmerndes Licht. Sein Kopf in der Form eines Kegels bewegte sich in gleichförmigem Takt je eine viertel Drehung zur einen und dann wieder zur anderen Seite. Die vier Segmente seines Mauls waren halb geöffnet.

»Schnell, zurück!«, rief Boffo. »Auf dem schmalen Pfad am Rande der Schlucht kann er uns nicht erreichen!«

Die Schwertläufer lösten sich aus ihrer Erstarrung und waren eben dabei, Boffos Anweisung Folge zu leisten, als auch die Tunnelwand hinter ihnen barst. Jetzt saßen sie in der Falle, eingekeilt zwischen zwei Grolds. Boffo, Bero und Lorin drückten sich so nah wie möglich an den Fels, als einer der Erzwürmer sich mit raupenhaften Bewegungen an ihnen vorbei schob. Doch das Wesen nahm keine Notiz von ihnen. Es kroch auf Robin zu.

»Warte, du Bestie!«, schrie Lorin, der auf einem Felsvorsprung stand. Er sprang vom Felsen und rammte sein Schwert zwischen die Ringsegmente des vorbei kriechenden Ungetüms. Doch das Schwert glitt ab, wie auf blank poliertem Stahl und fiel klirrend zu Boden. Der Grold nahm keine Notiz davon.

Robin stand wie versteinert, während die Kreaturen von beiden Seiten auf ihn zu krochen. Einer der Grolds blieb stehen. Der andere kam unaufhaltsam näher. Robin blickte in einen glitzernden Schlund, besetzt mit unzähligen diamantenen Zähnen. Aus seinem Innern drang ein dumpfes Summen, wie die Schwingungen einer riesigen Glocke, Minuten nach ihrem letzten Schlag. Robin war unfähig jeder Reaktion. Er hatte sich seinem Schicksal ergeben. Das Maul des Wurms hatte sich Robins Kopf bis auf wenige Handbreit genähert. In dieser Stellung verharrte es einige Augenblicke. Dann senkte es sich langsam bis auf die Höhe der Gürteltasche, in der Robin den Schlüssel Khor verwahrte. Ein unendlich tiefer und klagender Ton entwich ihm. So, als striche ein Sturmhauch über die Öffnung eines riesigen Flaschenhalses.

In diesen Augenblicken fielen Furcht und Entsetzen von Robin ab. Vor seinem inneren Auge öffnete sich eine Welt aus lichten Farben und leiser Musik. Er hatte das Gefühl, dass die Schwingungen, welche diesem unglaublichen Wesen entströmten, seinen Körper ergriffen und ihn auf sanften Wogen entführten.

Dann geschah etwas völlig Unerwartetes. Der Grold ließ von Robin ab und zog sich zurück. Auch der zweite Erzwurm machte kehrt und verschwand in dem Loch, aus dem er gekommen war. Jenseits der Schlucht deuteten blau schimmernde Schatten und scharrende Geräusche den Rückzug weiterer Grolds an. Der Fels um die vier Gefährten begann zu vibrieren. Loses Gestein löste sich von der Decke des Tunnels und fiel krachend zu Boden.

»Nichts wie weg hier!«, rief Lorin und rannte los. Im Vorbeilaufen ergriff er Robin am Arm und zog ihn mit sich. Bero und

Boffo folgten. Kurz darauf erreichten die vier das Felsenrund. Dort stand Bert und hatte alle Mühe, das erschreckte Maultier festzuhalten. In der Mitte des Platzes, wo sie von herabfallenden Felsbrocken nicht getroffen werden konnten, kauerten sie sich nieder. Endlos lange Augenblicke dauerte das Spektakel. Dann war alles ruhig.

»Was ist passiert?«, fragte Bert. »Ich hörte unheimliche Geräusche und ohrenbetäubenden Lärm.«

»Erzählen wir dir gleich«, erwiderte Lorin. »Wenn wir es selbst verdaut haben.« Sie ließen sich auf den Boden fallen, stellten ihre Laternen neben sich und atmeten schwer. Draußen war es dunkel geworden.

»Die Geschichte wird immer unglaublicher«, presste Boffo hervor. »Ich hatte bereits alle Hoffnung aufgegeben. Doch es sah so aus, als würde der Schlüssel Macht über die Grolds besitzen. Sie schienen ihm zu gehorchen. Oder demjenigen, der ihn besitzt. Jedenfalls bleiben wir heute Nacht hier. Ich glaube nicht, dass uns die Erzwürmer erneut angreifen, nachdem sie uns einmal laufen ließen.

»Grolds? Erzwürmer? Was soll das bedeuten?« Bert war jetzt völlig verwirrt. Lorin half ihm, das Maultier abzuladen und erzählte ihm das gerade Erlebte.

»Seltsam«, sagte Bert. »Seit ich mich um Clothilde kümmern muss, scheint die Hälfe des Abenteuers an mir vorbeizugehen. Das nächste Mal sollte bitteschön jemand anderes auf das Maultier aufpassen.«

Sie setzten sich nieder, um einige Bissen zu essen. Doch niemand, außer Bert hatte richtigen Appetit. Auch Robin nicht. Lediglich einen Schluck Wasser nahm er zu sich. Er fröstelte. Ohne mit den anderen noch ein Wort zu wechseln, wickelte er sich in Mantel und Decke und vertraute auf die wundersamen Heilkräfte des Schlafes.

Alle hatten große Bedenken, als sie sich am folgenden Morgen bereitmachten, die Minen der Sirdain erneut zu betreten. Selbst

Clothilde, sonst die Ruhe und Unerschütterlichkeit selbst, schnaubt ängstlich. Doch es musste sein. Es war die einzige Möglichkeit für die Gemeinschaft, das Taurongebirge auf seiner westlichen Seite wieder zu verlassen. Lorins und Beros Beobachtungen verhießen Hoffnung. In dem von ihnen am gestrigen Tag untersuchten Tunnel hatten sie einige viel versprechende Zeichen für einen Weiterweg gefunden. Bevor ihnen die Grolds in die Quere kamen.

Auch dieser Stollen, den sie jetzt betraten, hatte Abzweigungen. Doch war der Hauptweg leicht ersichtlich, denn er war breit und stellenweise ausgemauert. Als sich die Wanderer der Stelle näherten, an der Lorin und Bero von den Grolds überrascht worden waren und sich in einen Seitengang geflüchtet hatten, wuchs ihre Beunruhigung. Die Gruppe blieb stehen und alle lauschten. Bis auf die Geräusche fallender Wassertropfen herrschte Totenstille. Ungefähr dreißig Schritte vor ihnen machte der Stollen eine leichte Biegung, welche die weitere Sicht versperrte.

»Was immer sich dort vorne verbergen mag. Wir müssen weiter«, raunte Boffo und ging mit seiner Laterne voraus. Als er um die Ecke leuchtete, wurde es plötzlich hell im Gang. Ein geheimnisvolles Flackern und Glitzern erhob sich und Schatten tanzten an den Tunnelwänden. Mitten im Tunnelgang, nur einige Schritte vor ihnen, lag etwas. Und dieses Etwas schien die Quelle der seltsamen Lichterscheinungen zu sein. Boffo ging darauf zu. Robin, Lorin und Bero folgten mit gezogenen Schwertern. Das Etwas hatte die Form eines kleinen Hügels und als Boffo die Laterne näher hielt, glitzerte es in allen Regenbogenfarben. Der Elm stieß mit dem Fuß dagegen. Mit einem leisen, gläsernen Klirren lösten sich einige Teilchen und rollten auf den Boden. Boffo hob eines davon auf.

»Es sind reine Diamanten«, stellte er fest. »Groß und klar. Noch nie habe ich dergleichen gesehen.«

Lorin griff in den Haufen und ließ einige der Steine durch die

Finger gleiten. Auch die anderen kamen näher und besahen sich den Fund. Robin nahm einen der Steine zwischen Daumen und Zeigefinger und hielt ihn gegen Boffos Laterne.

»Ein einzelner von diesen Steinen ist ein Vermögen wert«, sagte er. »Und hier liegt ein ganzer Haufen davon. Ich frage mich, woher sie kommen.«

»Gestern waren sie jedenfalls noch nicht da«, bemerkte Bero und Lorin nickte.

»Die Grolds haben sie hinterlassen«, sagte Boffo. »Da bin ich mir ziemlich sicher. Sie ernähren sich zwar von Mineralien, doch diese Art ist ihnen mit Sicherheit zu hart. Ich vermute, sie sammeln diese Steine in einer Art innerem Sieb, welches sie von Zeit zu Zeit entleeren. Für Diamanten haben sie keine Verwendung.«

»Außer vielleicht als Zahnersatz«, bemerkte Robin trocken. Die anderen lachten.

»Nachdem dir diese Erzwürmer allem Anschein nach gehorchen, solltest du sie dir dienstbar machen«, sagte Lorin. »Mit ihrer Hilfe könntest du ein gewinnbringendes Geschäft eröffnen. Sie schürfen für dich die Diamanten, und du hättest ausgesorgt.«

»Wie ich bemerke, habt ihr euren Humor wieder gefunden. Ausgezeichnet!« Boffo klatschte in die Hände. »Allerdings gehorchen diese Grolds nicht Robin, sondern dem Schlüssel. Und der hat andere Aufgaben zu erfüllen. Im Übrigen ist schon dieser Haufen Diamanten hier ausreichend, um sich ein ganzes Königreich zu kaufen.«

Bert kramte zwei leere Beutel aus Clothildes Packtaschen und Lorin und Bero füllten einen Teil der Diamanten hinein.

»Das sollte für uns alle reichen«, sagte Boffo. »Den Rest verstecken wir.«

Mit bloßen Händen schaufelten sie die edlen Steine auf eine ausgebreitete Decke, schlugen sie an den Enden zusammen und brachten sie in einen der runden Tunnel, den die Grolds gegraben hatten. Dort schütteten sie den Inhalt in eine Nische und bedeckten ihn mit Geröll und Gesteinsbrocken. Robin ritzte über den Stolleneingang das Schlangensymbol der Tirith mit einem

Splitter aus Orynth. Dann setzten sie ihren Weg fort.

Auch der Boden dieses Tunnels war von Schutt und Geröll bedeckt. Doch die stellten kein unüberwindbares Hindernis dar. Nach weniger als einer viertel Meile führte er ins Freie.

Der Abstieg war bequemer, als der Aufstieg. Was in der Natur der Sache lag. Doch auch in der Beschaffenheit des Steiges selbst. Er hatte keine Stufen und war mit glatten Steinplatten belegt. In sanften Windungen führte er bergab, kunstvoll eingebettet in Schluchten, Klüfte und Klammen. An manchen Stellen hatten sich die Spuren der Karren eingegraben, die vor vielen Jahrhunderten die Edelmetalle und Mineralien der Sirdain ins Tal transportiert haben mochten. Doch störte dies die Wanderer wenig. Sie waren gut gelaunt. Denn auch hier, wie schon während des Aufstiegs, begleitete das Funkeln und Leuchten unzähliger Kristalle sie auf ihrem Weg nach unten.

Gegen Mittag traten sie aus der letzten der scharf in den Berg geschnittenen Klüfte hinaus in die offene Landschaft. Ebenso wie an seinem östlichen Einstieg mündete auch hier der Steig in einem versteckten Tunnelausgang an der Talseite der Straße. Als die Wanderer diese erklommen, bot sich ihnen ein überwältigender Ausblick. Wie Boffo vermutet hatte, war die Witterung auf der Westseite des Gebirges weniger unwirtlich, als die der Gegend, aus der sie kamen. Zwar war auch hier der Himmel bewölkt und grau, doch die Luft war reiner und die Sicht besser.

Tief unter ihnen lag das Land Arkandra. Sein jetziger Anblick spiegelte in keiner Weise seine frühere Herrlichkeit, die in alten Sagen überlieferte Fruchtbarkeit seiner Ländereien und die vielbesungene Schönheit seiner Landschaft mit ihrem milden Klima wieder. Im Vergleich zu den Gegenden rings um die Nirondebene im Osten allerdings erschien er den Ankömmlingen wie die Verheißung auf einen glücklichen Fortgang ihres Unternehmens.

Am Ende dieses Tages lagerten sie auf halber Strecke bergab in einem Tobel, durch den ein schmales Bächlein talwärts rauschte. Ohne Feuerholz und kaum geschützt vor dem böigen, schneidenden Wind war an einen geruhsamen Schlaf nicht zu denken. Noch bei Dunkelheit machten sie sich wieder auf den Weg. Das Gehen war ihnen jetzt willkommene Anstrengung, denn es brachte die über Nacht verlorene Wärme in ihre Körper zurück.

Der Wind legte sich nach einer Weile und es wurde wärmer, je tiefer sie kamen. Lorin erlegte eine junge Bergziege und Boffo behauptete, es wäre ein Meisterschuss gewesen. Über große Entfernung und noch dazu bergab. Doch Lorin wollte von all dem nichts wissen. Er wäre einfach ein Glückstreffer gewesen und im Übrigen ein Fingerzeig der Natur. Das Fasten würde jetzt ein Ende haben.

Am Abend erreichten sie die baumbestandenen Vorhügel des Gebirges. Clothilde fand hier endlich wieder Gras und es gab Feuerholz zur Genüge. Was Robin aber am meisten auffiel war etwas, auf das er früher kaum geachtet hätte. Es war nicht mehr der Gestank nach Staub, Rauch, Schwefel und Salpeter, der in der Luft lag. Auch nicht der kalte Dunst des Hochgebirges. Es war der warme, aromatische Geruch nach Baumharz, frischem Moos, Holz und Kräutern, der Robin in die Nase stieg und ihm selbst in dieser fremden Landschaft ein Gefühl der Vertrautheit vermittelte.

Unter einem alten Bergahorn errichteten sie ihr Lager. Boffo kümmerte sich um die Zubereitung der Ziege. Es wurde ein Festessen und der Rest des gebratenen Fleisches sollte einen guten Vorrat für die kommenden Tage abgeben.

Sechzehntes Kapitel

Der Narnenstein

Lediglich der Gedanke an die Ernsthaftigkeit ihres Auftrags, das trübe Wetter und die Sorge vor einem möglichen Überfall von Lurgbanden bewahrte Robin davor, sich auf einer Ferienreise zu wähnen. Denn das Klima war mild im Lande Arkandra. Die Landschaft war abwechslungsreich und das tägliche Marschieren strengte ihn mittlerweile nur noch mäßig an.

Bereits seit drei Tagen zogen sie beständig nach Süden. Immer entlang der westlichen Ausläufer des Taurongebirges. Auf einer Straße, von der man kaum glauben mochte, dass sie seit Jahrzehnten, beinahe Jahrhunderten kaum noch begangen wurde. Sie war in bestem Zustand, makellos eben und über weite Strecken gepflastert. Die ungepflasterten Abschnitte bedeckte eine Schicht aus fein zerstoßenem Gestein, dem ein den Fornländern unbekannter Zusatz eine außerordentlich widerstandsfähige Beschaffenheit verlieh.

Das Bemerkenswerteste war jedoch, dass die Straße nahezu frei von Asche war. Nur hin und wieder zeigten sich kleine Mengen des leichten, graubraunen Pulvers in den Fugen der Pflastersteine und in den Entwässerungsgräben, welche sie zu beiden Seiten säumten.

»Auch ich finde das erstaunlich«, sagte Boffo. »Aber die südwestliche Windströmung, die seit Wochen, ja Monaten vorherrscht, scheint nicht nur Fornland zu begünstigen. Auch diese Gegend bewahrt sie bisher vor dem Unbill des Tarantuil.«

»Das könnte sich schnell ändern«, gab Bero zu bedenken. »Noch ist der Vulkan nicht zur Ruhe gekommen. Und der Wind wird irgendwann drehen.«

»Umso wichtiger, dass wir unseren Auftrag bald erfüllen«, erwiderte Boffo. »Nicht zuletzt auch um die Grolds daran zu hindern, das ganze Taurongebirge umzugraben. Übrigens – «, damit wechselte er das Thema, »was ihr dort im Osten so glitzern seht, ist der Iruhin. Er kommt aus den Tälern im Norden und wird für eine lange Wegstrecke unser Begleiter sein.«

Sie blickten in die Richtung, die ihnen Boffo wies und sahen ein silbernes Band, welches zwischen zwei Hügelketten zu entspringen schien. Es kam ihnen im gleichen Maße näher, wie sie ihren Weg nach Süden fortsetzten. Als die zweite Tageshälfte anbrach, folgte die Straße bereits seinem westlichen Ufer. Noch floss er unruhig über Felsen und natürliche Schwellen. Doch wunderten die Reisenden sich, wie breit dieser Wasserlauf schon hier war. Und während sie weiter zogen, ergossen sich in regelmäßigen Abständen weitere Gebirgsbäche in sein Bett, so dass er sich bald zu einem wasserreichen und schnell fließenden Fluss wandelte.

Nach zwei weiteren Tagen änderte sich die Gegend. Die Vorberge des Taurongebirges wichen zurück und machten einer Ebene Platz, die offensichtlich in früheren Zeiten landwirtschaftlich genutzt worden war. Davon zeugten die Reste eingefallener Bewässerungsgräben und Mauern aus Feldsteinen, die zur Einfriedung ehemaliger Felder und Wiesen errichtet worden waren. Jetzt wuchs kein Korn mehr auf ihnen und kein Vieh stand mehr darauf. Doch das satte Grün des Grases und die Vielfalt der Vegetation zeugten von der Fruchtbarkeit des Bodens. Durch diese Ebene hindurch strömte der Iruhin. Stellenweise säumten Gehölze aus Pappeln und Erlen seine Ufer oder umrahmten die unregelmäßigen Formen der Altwässer, die sich im Laufe der Zeit entlang des jetzigen Flussbetts gebildet hatten. An ihren sumpfigen Rändern wucherte üppiges Springkraut und ein leichter Duft von Eberraute lag in der Luft. An einem dieser Gehölze machten die Wanderer Halt, um auf Boffos Vorschlag hin trockenes Brennholz zu sammeln.

»Wir kommen heute noch nach Linhor«, erklärte der Elm, »der alten Ruinenstadt am Fuße des Taurongebirges. Vor vielen Jahrhunderten war sie die Heimstatt der Sirdain. Aber ich befürchte, dass wir dort wenig brennbares Material finden werden.«

Als sie der Straße weiter folgten, bemerkte Robin zu ihren Seiten die Grundmauern verfallener Häuser. Meist waren es kleine, ländlich anmutende Gebäudeformen. Doch bisweilen konnte man die Grundrisse prächtiger Villen erahnen, mit Innenhöfen, säulengestützten Gängen und Resten von Mosaiken auf den sorgfältig gefliesten Böden.

Plötzlich tauchte eine wuchtige, mehrbogige Steinbrücke vor ihnen auf. Zwischen all den Ruinen überspannte sie den Iruhin wie ein Sinnbild der Beständigkeit, kaum gezeichnet vom Zahn der Zeit.

»Eines verstehe ich nicht«, wunderte sich Bero. »Die Straße, die uns hierher führte, ist unversehrt. Doch die Stadt ihrer Erbauer ist nahezu dem Erdboden gleich. Wie passt das zusammen?«

»Sie wurde zerstört«, antwortete Boffo. »Von einer Macht die aus dem Westen kam. Doch erst, nachdem ihre Gründer sie verlassen hatten. So jedenfalls überliefern es unsere Geschichtsschreiber.« Dabei beließ er es und keiner fragte nach, denn sie hatten die Brücke erreicht.

Es war erst früher Nachmittag, doch die Gefährten beschlossen, heute nicht weiterzugehen. In den Ruinen von Linhor wollten sie für diese Nacht Schutz suchen. Deshalb überquerten sie die Brücke und kamen so in den Ostteil der Stadt. Die kunstvolle Gestaltung der noch erhaltenen Mauerreste ließ vermuten, dass sich hier, auf einem flachen Hügel, die Altstadt befunden haben musste. Ehemals prachtvolle Gebäude ließen sich erahnen, harmonisch in ihrem Aufbau und in ihrer Anordnung zueinander. Zwar von Elmen erbaut, doch in ihren Proportionen nur wenig kleiner, als die Häuser der großen Völker. Unter den Resten eines steinernen Gewölbes, umgeben von Mauern mit seltsamem

Figurenschmuck, machten sie halt. Sie luden das Brennholz von Clothildes Rücken, entzündeten ein Feuer und Boffo machte Teewasser heiß. Lorin sah die Vorräte durch.

»Hoffentlich gibt es nicht schon wieder kalten Ziegenbraten«, murrte Bero.

»Ich könnte noch trockenen Zwieback anbieten. Oder Dauerbrot. Dazu getrocknete Würste.« Lorin wühlte in den Packtaschen. »Alles Dinge, für die man gute Zähne braucht. Und schau unsere beiden Tauben nicht so lüstern an, Boffo! Sie sind unsere Verbündeten, nicht unser Proviant!«

»Wie wär's mit diesem Früchtekuchen? Hemir oder so ähnlich?«, fragte Robin.

»Den heben wir uns auf schlechtere Zeiten auf«, sagte Boffo. »Wir wissen nicht, was uns erwartet, wenn wir in die Nähe von Ormor kommen.«

»Ein paar Krümel davon können wir sicher entbehren. Ich will versuchen, unten am Fluss Fische damit zu fangen.«

»Gute Idee, Robin«, sagte Lorin. »Ich komme mit!«

Die beiden suchten ihre Angelutensilien hervor.

»Lass uns auch unsere Bogen mitnehmen«, schlug Lorin vor. »Im Falle, dass uns etwas Geflügeltes vor die Pfeilspitze fliegt. Das wäre eine willkommene Abwechslung.«

Sie gingen hinunter zum Flussufer. Auf dem Weg dorthin fing Lorin zwei Heuschrecken und unter einem Stein fand er eine Schnecke und einige Würmer. In der Nähe der Brücke setzten sie sich auf die noch vorhandene Kaimauer, befestigen die Köder an den Angelhaken und warfen die Schnüre ins Wasser.

Robins Früchtekuchen schien die hier heimischen Fischarten nicht sehr zu verlocken. Doch zog er nach einiger Zeit eine ziemlich gewichtige Brasse aus dem Wasser. Lorin hingegen fing mit seinen Heuschrecken und Würmern in kurzer Zeit einige Äschen, zwei Forellen und einen Bachsaibling. Während sie saßen und angelten, beobachteten sie die Umgebung.

»Sieht so aus, als hätten nicht alle Lebewesen diese Gegend

verlassen«, bemerkte Robin. »Jedenfalls Fische gibt's hier noch.«

»Unter Wasser scheint sich nicht so viel verändert zu haben«, vermutete Lorin. »Möglicherweise haben sie gar nicht viel von den Kapriolen des Tarantuil mitbekommen.«

»Anders als die Wildtiere. Ich habe keins mehr gesehen, seit du die Bergziege erlegt hast. Und nur wenige Vögel. Sieht so aus, als wären diese Tiere geflüchtet. Vielleicht in den Süden, oder Westen.« Robin machte eine ausladende Armbewegung in die genannten Richtungen.

»Trotzdem kann mir vorstellen, dass man in früheren Zeiten hier gut leben konnte«, fuhr Lorin fort, während seine Blicke umherschweiften. »Man muss sich nur etwas Sonne in die Landschaft hinein denken. Das Wild wird sich früher oder später wieder einfinden. Erstaunlich, dass die Sirdain diese Gegend trotzdem verlassen haben. Sie betrieben doch sicherlich auch die Viehzucht und waren nicht von Wildtieren abhängig. Und den Feldbau beherrschten sie, wie man noch sehen kann. Die Gegend scheint wirklich sehr fruchtbar gewesen zu sein, und ist es noch jetzt.«

»Nun ja – sicherlich war die damalige Verschlechterung der Lebensbedingungen nur einer der Gründe für die Wanderung der Sirdain«, erwiderte Robin. »Die Entfremdung von den Turdain und die zunehmenden Feindseligkeiten des Fürsten Nehor mögen ebenfalls eine wichtige Rolle gespielt haben. Doch erinnere dich an die Bemerkung Boffos auf dem Weg hierher. Es gab eine weitere, wahrscheinlich noch ernstere Bedrohung. Seitens eines Volkes, das uns sehr fremd ist. Es waren die Zwerge. Sie waren es auch, die Linhor zerstörten, um den Sirdain jede Möglichkeit zur Rückkehr zu nehmen. Jedenfalls ist dies Boffos Meinung. In den Tiefen des Marzadgebirges hausten sie und neideten den Sirdain die Schätze des Taurongebirges. Und dort hausen sie wohl immer noch. Eigensinnig und unersättlich in ihrer Gier nach Kostbarkeiten und Reichtum. Mögen sich unsere Wege niemals mit den ihren kreuzen.«

»Ja, das Marzadgebirge. Es soll riesig sein«, sinnierte Lorin.

»Kein Fornländer, den ich kenne, ist je dort gewesen. Und niemand kennt einen, der es gewesen wäre. Nur Sagen werden erzählt. Nicht nur Zwerge sollen dort leben, sondern auch andere fabelhafte und furchterregende Lebewesen. Sowohl an seiner Oberfläche, als auch in den Tiefen seiner Unterwelt.«

»Ich glaube und hoffe nicht, dass wir je ihre Bekanntschaft machen werden«, entgegnete Robin und lächelte. »Das Marzadgebirge ist weit. Mehr als 200 Meilen in gerader Linie von hier, schätze ich. Es gibt andere Gefahren, die näher liegen ...«

Robin brach ab, denn wüstes Geschrei drang an seine Ohren. Teilweise waren es unverständliche Laute. Doch dazwischen waren die Stimmen von Bero und Bert zu erkennen.

Robin und Lorin zögerten keinen Augenblick. Sie ließen die Fische liegen, warfen sich ihre Schwertgehänge über die Schultern, ergriffen ihre Bögen und rannten los. Als sie in die Gasse einbogen, an der sie ihr Lager aufgeschlagen hatten, rannten vier Gestalten aus der Hofeinfahrt und eilten in entgegengesetzter Richtung davon. Es waren halbnackte, dunkelhäutige Gesellen. Mit fliehender Stirn, tief liegenden Augen und struppigen Haaren. Barfuß und in grob geheftete Fetzen aus Tierfell gehüllt. In den Händen hielten sie Speere, Haumesser und Keulen.

»Lurgs!« rief Lorin und schickte ihnen einen Pfeil hinterher. Die Entfernung war nicht allzu groß. Vielleicht 60 Schritt. Doch zu hastig waren Lorins Bewegungen. Sein Pfeil fehlte. Auch Robin blieb stehen und spannte den Bogen. Als er den letzten der Lurgs im Visier hatte, sah er, dass dieser hinkte. Er zögerte. Auf einen verletzten Mann zu schießen, und noch dazu von hinten, widerstrebte ihm. Dann waren die Lurgs um die Ecke verschwunden.

»Warum hast du nicht geschossen?!«, rief Lorin fassungslos. Robin antwortete nicht, denn Bero und Bert stürmten mit gezogenen Schwertern aus dem Torbogen, hinter dem sich ihr Lager befand.

»Diese Halunken!«, schrie Bero als er Robin und Lorin sah. »Friedliche Reisende überfallen, das könnte ihnen so passen!«

»Die schnappen wir uns!« rief Bert und stürmte davon, gefolgt von Bero und Lorin. Robin blieb nichts anderes übrig, als den dreien zu folgen.

»Seid vorsichtig und riskiert nichts!«, hörte er Boffo noch rufen.

Vor sich sah er die drei Freunde, die in schon gehörigem Abstand den Lurgs nachsetzten. Sie strebten den höher gelegenen Ruinen zu, die sich an den Fuß eines Felssporns schmiegten. Dann waren sie verschwunden. Robin verlangsamte sein Tempo. Als er um die nächste Ecke bog, traf er auf Lorin, der sich entschlossen hatte zu warten.

»Diese Hitzköpfe!«, fluchte Robin. »Mit ihrem unüberlegten Handeln bringen sie uns alle in Gefahr.«

»Mag sein«, erwiderte Lorin. »Doch jetzt dürfen wir sie nicht im Stich lassen. Los, komm!«

Die Ruinen der Häuser, an denen sie jetzt vorbeikamen, waren besser erhalten, als jene im Talgrund. Aus massivem Mauerwerk gefügt und teilweise in den Felsen hinein gebaut hatten sie der Zerstörung getrotzt. Und sie vermittelten noch einen Eindruck vom ursprünglichen Aussehen dieser Stadt. Im Vorbeilaufen bemerkten Robin und Lorin, dass einige ihrer Eingänge mit primitiven Türen versehen waren. Es roch nach Rauch. In einem der Türlöcher hing ein schäbiges Tierfell. Und es bewegte sich.

»Vorsicht«, raunte Lorin und trat an die Seite des Eingangs. Er hatte sein Schwert gezogen. Robin spannte seinen Bogen. Lorin riss den Fellvorhang zur Seite. Niemand rührte sich. Robin spähte vorsichtig um den Türpfosten. Zuerst konnte er nichts sehen. Dann zeichnete sich im Hintergrund ein flackerndes Feuer ab. An der Decke hing eine rußende Talglampe. Übelkeitserregender Gestank entströmte dem Türloch. Robin erkannte menschenähnliche Umrisse. Zerlumpte Gestalten, die auf dem Boden kauerten und die Ankömmlinge mit angstvollen, weit aufgerissenen Augen anstarrten. Dazwischen hockten Kinder mit spindeldürren

Gliedmaßen, fehlenden Zähnen und vor Schmutz starrend. Es waren Lurgs. In einer Ecke lag ein Haufen roher Felle, denen der Gestank zu entströmen schien. Im Vordergrund standen einige Fässer auf dem Boden und daneben lag ein Haufen grob zerkleinerter, weißlicher Kristalle, die wie Salz aussahen. Die Frauen waren anscheinend dabei, das Fleisch von Tierkadavern zu zerlegen und einzupökeln. Von den Männern war keiner zu sehen.

Gerade kamen auch Bero und Bert die Gasse herunter gelaufen. Sie hatten entweder die Spur der Flüchtigen verloren oder ihre Verfolgung aufgegeben. Beide warfen nur einen kurzen Blick in die Wohnhöhle und wandten sich angewidert ab.

»Lasst uns verschwinden!«, sagte Robin. »Hier gibt es nichts für uns zu tun.« Lorin ließ das Tierfell zurück gleiten und sie eilten bergabwärts, zurück zum Lager.

Boffo empfing die Zurückkehrenden mit einer Strafpredigt. Doch klang dabei unüberhörbar auch Erleichterung mit, dass die vier wohlbehalten zurückgekehrt waren.

»Solche Aktionen können uns Kopf und Kragen kosten, zumindest unser Unternehmen gefährden!«, schimpfte er. »Helft mir, die Sachen zu packen und dann nichts wie weg von hier!«

Robin blickte sich um. Auf dem Boden herrschte ein ziemliches Durcheinander. Das Gepäck war zerstreut. Dazwischen lagen zwei tote Lurgs. Clothilde stand in der Ecke und zitterte. Die beiden Tauben flatterten aufgeregt in ihrem Käfig umher. Zu fehlen schien nichts.

Kurze Zeit später marschierten sie weiter. Als sie hinunter zur Brücke kamen, ging Lorin zu einer Weide, die an der Ufermauer stand. Er schnitt einen Zweig ab und spitzte ihn zu. Darauf fädelte er die Fische, die noch an der gleichen Stelle lagen, wo sie zurückgelassen worden waren.

»Damit sich unser Aufenthalt zumindest in dieser Beziehung gelohnt hat«, sagte er, knüpfte den Weidenzweig zu einem Ring zusammen und hängte ihn mitsamt den Fischen an Clothildes

Tragegestell. Robin, der nachgekommen war, rollte die Angelschnüre zusammen, die noch über der Kaimauer baumelten.

Sie überschritten die Brücke und folgten der Straße weiter in südlicher Richtung. Es begann eben zu dämmern, als Boffo eine zum Lagern geeignete Stelle entdeckte.

»Hier bleiben wir«, entschied er. »Eine besseren Platz werden wir heute nicht mehr finden.«

Er führte die Gruppe etwas abseits der Straße zu einer geschützten, sandigen Fläche, umstanden von Büschen und Bäumen, die nur zum Ufer hin eine schmale Lücke ließen. Bert begann damit, die Fische auszunehmen und ihre Innereien in den Fluss zu werfen. Die anderen setzten sich auf den Stamm einer umgestürzten Pappel.

»Es ist nicht ratsam, heute Nacht ein Feuer zu entfachen«, sagte Boffo mit Blick auf Bert. »Die Fische werden auch morgen noch frisch sein.«

»Obwohl ich nicht glaube, dass sich die Lurgs noch einmal an uns heranwagen«, wandte Bero ein. »Dazu waren es zu wenige. Wäre interessant zu wissen, wo die anderen sind.«

»Wahrscheinlich in alle Himmelsrichtungen verstreut«, erwiderte Boffo. »Und auch diese scheinen sich erst vor kurzem hier eingenistet zu haben. Jedenfalls sollten wir heute Nacht auf der Hut sein.«

»Was wir gesehen haben sind nichts weiter als bedauernswerte Kreaturen«, sagte Robin. »Es ist fraglich, ob sie in dieser Gegend unter den derzeitigen Umständen überleben können.«

»Doch hätten sie keinen Augenblick gezögert uns zu töten«, entgegnete Bert. »Wenn wir ihnen die Gelegenheit dazu geboten hätten. Und wenn Boffo nicht so wachsam gewesen wäre. Ich wünschte, wir hätten ihnen einen noch größeren Denkzettel verpasst.«

»Euer Handeln war leichtsinnig«, brummte Boffo. »Doch sei's drum. Glücklicherweise ist die Angelegenheit gut ausgegangen. Zumindest für uns. Und damit sollten wir's auch gut sein lassen.«

Sie aßen einige Bissen. Dann bestimmten sie die Reihenfolge derer, die Wache halten sollten und begaben sich zur Ruhe.

Die weitere Reise entlang des Iruhin war zunächst wenig beschwerlich. Die Wanderer ernährten sich von den Fischen des Flusses und für Clothilde gab es genügend Grünfutter. Doch am zweiten Tag nach ihrem Aufbruch von Linhor wurde die Vegetation spärlicher. Die Nähe des Tarantuil war nicht mehr zu übersehen. Die Bäume hatten ihr Laub verloren und viele ihrer Äste waren geknickt. Auch das Gras hatte sich nur notdürftig von der feurigen Glut des Vulkans erholt, welche die dazwischen liegenden Berge nicht ausreichend abzuschirmen vermocht hatten. An diesem Mittag durfte Clothilde sich noch einmal satt fressen. Lorin und Bert schnitten mit ihren Schwertern Gras ab, pressten es in eine Decke und banden es dem Maultier auf den Rücken.

Dann ging es weiter – hinein in eine Landschaft, die den Reisenden vorkam, als hätte eine magische Kraft die Farbe aus sämtlichen Elementen der Natur gesogen. Asche hatte sich wie ein graubraunes Tuch über die Umgebung gelegt und immer häufiger fanden sich Brocken erkalteter Lava, die der Tarantuil bis hierher geworfen hatte. Allerdings war es beinahe windstill und, anders als in der Nirondebene, fiel das Atmen nicht schwer.

Nur der Iruhin floss unbeeindruckt durch diese Szenerie, sich stetig erneuernd aus den Quellen seines Ursprungs. Durch die Nähe der Berge waren seine Ufer jetzt felsiger und steiler. Auch gab es längere Abschnitte, auf denen er sich in Jahrtausende währender Arbeit durch Felsmassive gefressen hatte. Dort wurde er wild und reißend, bis er, sich wieder ausbreitend, zu seinem vorherigen Tempo zurückfand. Die Straße folgte stetig seinem westlichen Ufer, teilweise auf erhöhter Trasse, teils innerhalb von in den Felsen hinein gehauenen Galerien.

Die Nacht verbrachten die Wanderer in einer Grotte am Rande der Straße. In der Ferne (oder war es nahe?) hörten sie das Grollen des Tarantuil und in beinahe regelmäßigen Abständen erhellte sein flackerndes Leuchten die Umgebung. Es überstrahlte das mattgelbe Licht, welches das spärlich brennende Feuer am Grotteneingang erzeugte und brach sich in den Wellen des Iruhin.

»Wie weit ist er noch entfernt?, fragte Bero, nachdem sich ein lang anhaltendes Donnern gerade wieder gelegt hatte.

»Ungefähr zehn Meilen«, erwiderte Boffo. »Übermorgen werden wir in seine Nähe gelangen. Und damit auch nach Ormor, denn die Festung liegt unmittelbar am westlichen Ausläufer des Vulkans. Hoffen wir, dass sie noch nicht verschüttet oder anderweitig zerstört wurde.«

Lorin kam gerade vom Flussufer zurück, wo er versucht hatte, zu angeln. »Keine Fische!«, sagte er nur und rollte seine Angelschnur zusammen.

»Dann haben wir unser Feuer umsonst entfacht«, grummelte Bert enttäuscht und legte noch einige Holzstücke nach.

»Abwarten und nicht ungeduldig sein«, sagte Boffo und warf zwei flache Steine in die Glut. Danach verrührte er etwas Mehl mit Salz und Wasser, formte Fladen daraus uns drückte sie auf die heißen Steine. Schließlich zerdrückte er mit der Klinge seines Messers eine Handvoll Hartkäse und streute ihn darüber.

Es war keine opulente Mahlzeit. Doch als sie fertig war und die Schwertläufer blasend in die dampfenden Fladen bissen, besserte sich ihre Stimmung zusehends. Noch einige Male wiederholte der Elm diese Prozedur. Als alle satt waren, holte Bertram eine kleine Flöte aus seinem Bündel. Er stimmte die Melodie einer fornländischen Weise an, die alle kannten. Zuerst sang nur Lorin. Die anderen summten nur. Doch bereits bei der zweiten Strophe sangen alle mit.

Nachdem sie geendet hatten sagte Boffo: »Warum eigentlich sollten wir ihn aufheben? Wer weiß, ob wir ihn später noch genießen können?«

Die anderen schauten ihn fragend an. Doch er zog sein Fläschchen hervor, stellte fünf Becherchen auf einen Stein und füllte in jedes einen Schluck Inuil.

»Auf dass uns das Glück in den nächsten Tagen nicht verlassen möge«, rief er und leerte seinen Becher im Kreis der anderen. Dann zündete er sich seine Pfeife an und blies kleine Rauchwolken in die Luft.

›Merkwürdig‹, dachte Robin, ›ich habe Boffo seit Wochen nicht mehr rauchen gesehen. Irgendwie habe ich das Gefühl, dass uns schwere Tage bevorstehen.‹

Noch vor Morgengrauen waren sie wieder auf den Beinen. Boffo kochte Kaffee.

»Dies sind die letzten Reste«, sagte er. »Solche und ähnliche Genüsse werden wohl warten müssen, bis wir wieder zuhause sind. Auch unsere Essensvorräte neigen sich dem Ende zu. Zwei oder drei Tage reichen sie vielleicht noch. Dann müssen wir etwas Essbares gefunden haben, oder uns von Clothildes Trockenfutter ernähren. Doch auch das wird nicht sehr lange vorhalten.«

Die Schwertläufer blickten betreten. Dennoch genossen sie das heiße Getränk und aßen ein wenig Früchtekuchen dazu. Boffo verzichtete auf seinen Anteil und verfütterte die heruntergefallenen Krümel an die beiden Tauben in ihrem Käfig.

Die Witterung war drückend an diesem Tag und der Himmel verhieß Regen. Die Wanderer blickten besorgt nach oben. Auch wenn die Natur die Feuchtigkeit brauchte. Der Regen würde zusammen mit der Asche eine unangenehme Mischung ergeben, mit der in Berührung zu kommen niemand besonderen Wert legte. Tatsächlich fielen gegen Mittag nur einige Tropfen, die der Boden wie ein Schwamm aufsog. Der Rest des Tages blieb trocken.

Je näher sie Ormor kamen, umso einsilbiger wurden die Gespräche der Wanderer. In Robin verstärkte sich das Gefühl banger Erwartung. In welchem Zustand würden sie die Festung vorfinden? Würden sie überhaupt in ihr Inneres vordringen können? Und was würde sie dort erwarten? Diese Fragen gingen ihm durch den Kopf, und die graue Landschaft bot wenig Anlass, ihn auf andere Gedanken zu bringen.

›Clothilde hat ziemlich abgenommen‹, dachte er, während er hinter dem Maultier her trottete. ›Doch noch mehr unsere Vorräte. Viel wird sie nicht mehr zu schleppen haben, wenn wir in Ormor ankommen.‹

An diesem Abend fanden sie keinen komfortablen Unterschlupf, wie in der Nacht zuvor. Auf einem flachen Felsen in der Nähe des Flussufers beschlossen sie zu lagern. Bero und Bert schnitten Äste aus dem Gebüsch und kehrten damit die Vulkanasche notdürftig beiseite. Ein Feuer war schnell entfacht. Doch gab es weder etwas zu kochen, noch etwas, das man braten konnte. Ein paar Brocken Früchtekuchen bildeten ihre Hauptmahlzeit. Dazu gab es Wasser aus dem Fluss. Und als Nachtisch ein paar wenige übrig gebliebene Nüsse.

»Der Gedanke daran, dass wir diese magere Gegend auf unserem Rückweg erneut durchqueren müssen, stimmt mich nicht gerade hoffnungsvoll«, seufzte Robin.

»Immerhin besteht die Möglichkeit, dass wir doch noch etwas Essbares finden. Man soll die Hoffnung nie aufgeben«, erwiderte Boffo. »Aber darüber werden wir morgen nachdenken. Nachdem wir unseren Auftrag in Ormor erfüllt haben.«

Clothilde stand unter einem nahen Baum und blickte mit traurigen Augen zu der kleinen Gruppe, die um das Feuer saß. Robin, wie auch die anderen vermieden es, offen zu dem Tier hinüberzublicken. Und keiner erwähnte an diesem Abend ihren Namen.

Der folgende Tag war ein Sonntag. Genau gesagt war es der 7. Juli, wie Boffo verkündete. Die Wanderer waren frühmorgens mit knurrenden Mägen aufgebrochen und eine gewisse Verdrossenheit hatte sich unter ihnen breit gemacht. Nicht einmal die Tatsache, dass Boffo die Reste der in Erinburg gekauften Süßigkeiten aus Karamellzucker und Mandeln austeilte, konnte ihre Stimmung wesentlich bessern.

Am späten Vormittag verließen sie das enge Flusstal und traten hinaus in eine weite Ebene, die sich zu ihrer Rechten im Westen auftat. Zur ihrer Linken floss der Iruhin. Um einiges breiter, als noch in Linhor. Und er war mit seinem östlichen Ufer dem Gebirge sehr nahe gekommen. Steil schwangen sich die Hänge und Abbrüche des Taurongebirges über ihm auf, an manchen Stellen untergraben von den schnell fließenden Wassern des Flusses.

Als die Reisenden um die nächste Flussbiegung kamen, war ihre Müdigkeit wie weggeblasen. Was sie sahen, übertraf sowohl ihre Erwartungen als auch ihre Befürchtungen. Die Steilhänge des Ostufers waren zurückgetreten und hatten den Ausblick in ein lang gestrecktes, felsiges Tal freigegeben. Und am Ende dieses Tals stand er: der Tarantuil. Viel mächtiger, als ihn sich die Schwertläufer vorgestellt hatten. Aus seinem Schlot erhob sich eine gewaltige Säule aus Rauch und Asche bis in große Höhen, wo sie sich ausbreitete und mit der Wolkendecke verschmolz. Sie war dunkel und drohend. Doch an der Stelle, wo sie dem Vulkan entstieg, leuchtete sie glutrot. Dort schossen feurige Fontänen empor und stürzten wieder in sich zusammen. Hinein in ein nur vorübergehend gezügeltes Inferno. Jederzeit bereit, erneut und mit noch größerer Gewalt in ungeahnte Sphären geschleudert zu werden.

Nur kurz blieben die Blicke der Ankömmlinge an diesem Naturschauspiel hängen. Denn am Eingang des Tales stand etwas, das sie nicht weniger magisch anzog. Riesig, glänzend und mit ebenmäßigen geometrischen Formen schmiegte es sich an einen Bergsporn, der sich vom Tarantuilmassiv bis zum Fluss zog. War es ein Bollwerk? Ein kolossaler Schutzschild? Oder ein Monument? Ganz aus schwarzem Orynth gebaut, spiegelglatt und hart wie Diamant erhob es sich am Ufer des Iruhin. Niemand, der es erstmals sah, hätte seinen Sinn erraten können. Und auch den staunenden Schwertläufern, die zumindest seinen Namen kannten, erschien es rätselhaft und unergründlich. Es war Ormor. Die Festung der Altvorderen.

»Na, da wären wir endlich«, sagte Bero nach einigen Augenblicken stummen Staunens. »Fragt sich nur, wie wir dort hinüber kommen sollen.«

»Ich sehe keine Brücke«, sagte Robin. »Und ich weiß nicht, ob wir es wagen können, an dieser Stelle hinüber zu schwimmen.«

»Das wäre wohl nicht ratsam«, entgegnete Boffo. »Die Strömung ist zu stark hier. Lasst uns ein wenig weiter flussabwärts nachsehen. Vielleicht gibt es noch eine andere Möglichkeit.«

Sie gingen ein Stück die Straße hinunter, bis zu einer Kreuzung. Hier führte die Hauptstraße geradeaus weiter, immer am Iruhin entlang. Eine Abzweigung verlor sich westwärts in einem flachen Tal, durch welches ein Bächlein dem Iruhin zufloss. Die östliche Abzweigung endete am Flussufer, genau gegenüber von Ormors höchster Mauerzinne.

»Seltsam!«, sagte Bero. »Ich kann mir nicht vorstellen, dass hier eine Furt hinüberführt. Der Übergang wäre viel zu gefährlich.«

»Und doch scheint es genau so zu sein!« Robin war zum Ufer hinuntergegangen und blickte ins Wasser. Das Wasser das Iruhin war unruhig und trübe. Dennoch konnte Robin erkennen, dass die Straße innerhalb des Flussbetts weiterführte. Ihre Oberfläche war sorgsam aus Steinplatten gefügt und ihre Seiten wurden von niedrigen Mauern begrenzt.

»Du hast recht!«, sagte Boffo, der ebenfalls ans Ufer getreten war. »Es ist eine Furt. Und wie es aussieht, auch unsere einzige Möglichkeit ans andere Ufer zu gelangen.«

»Auf was warten wir dann noch«, rief Lorin aus dem Hintergrund. »Lasst uns keine Zeit verlieren. Schließlich haben wir heute noch einiges vor.«

»Sachte, sachte!«, mahnte Boffo. »Überstürzte Eile hilft uns hier nicht weiter. Zuerst müssen wir unsere wichtigsten Sachen so verpacken, dass sie möglichst nicht nass werden. Das restliche Gepäck werden wir am diesseitigen Ufer lassen. Wir müssen damit rechnen, dass Clothilde schwimmen muss. Maultiere sind zwar gute Schwimmer. Doch das gesamte Gewicht wäre in einem solchen Fall auch für sie zu viel.«

»Und wie sollen wir uns verhalten, wenn einer von uns von der Strömung mitgerissen wird?«, fragte Bero.

»Wofür haben wir denn das hier?« Bert klopfte auf eine Seilrolle, die an Clothildes Tragegestell hing. »Wir binden uns einfach zusammen.«

»Ausgezeichnete Idee!« Boffo nickte anerkennend.

Sie legten das verzichtbare Gepäck auf einen Haufen. Den Tauben gaben sie eine Handvoll Haferflocken und etwas frisches Wasser. Dann zogen sie eine Decke über alles und beschwerten sie ringsum mit Steinen. Als sie damit fertig waren, legten sie ihre Kleidung ab und befestigten diese zusammen mit ihren wichtigsten Utensilien zuoberst auf Clothildes Rücken. Lorin nahm das Seil und rollte es ab. Es war stabil und hatte eine Länge von ungefähr sechs Klaftern. Damit banden sich Robin, Lorin, Bero und Bert zusammen. Boffo winkte ab.

»Ich werde mich an dem Maultier festhalten«, sagte er.

Robin stieg zuerst ins Wasser. Dann folgte Lorin und Bero. Zuletzt kam Bert, der Clothildes Zügel in der Hand hielt. Boffo hielt sich am Tragegestell des Maultiers fest.

Die Luft war warm an diesem Tag, doch das Wasser war eiskalt. Bereits nach wenigen Schritten standen die Schwertläufer bis zu den Hüften und Clothilde bis zum Bauch im Wasser. Boffo machte Schwimmbewegungen. Der Untergrund der Furt war eben und griffig. Trotzdem hatten die Schwertläufer große Schwierigkeiten, ihr Gleichgewicht gegen die starke Strömung zu behaupten. Noch vor Erreichen des zweiten Drittels der Strecke fühlte Robin keinen Grund mehr unter den Füßen. Dann ging alles sehr schnell. Einer nach dem anderen von ihnen wurde von der Gewalt des Wassers fortgerissen. Robin schwamm, so gut er konnte. Er sah, wie Bert Clothildes Zügel losließ und das Maultier abgetrieben wurde. An seinen Schweif klammerte sich Boffo.

Dann sah Robin nichts mehr. Wasser schwappte über seinen Kopf. Er hatte nur noch einen Gedanken: Schwimmen und oben bleiben. Er wusste, dass Lorin und Bert ausgezeichnete Schwimmer waren. Und hoffentlich auch Bero. Gemeinsam würden sie es schaffen, oder untergehen. Er kämpfte unter Aufbietung aller Kräfte, die sein Körper im Überlebenskampf freizusetzen vermochte. Plötzlich fühlte er, wie sich das Seil straffte. Und zwar gegen die Strömung. Einen kurzen Moment lang konnte er Lorin erkennen, der sich mit einer Hand an einer Wurzel festhielt. Dann spürte auch er Grund unter den Füßen und seine Hände fanden Halt an den Felsen der Uferböschung. Er zog sich empor und dann mit aller Kraft am Seil, bis auch Lorin, Bero und Bert auf dem Trockenen waren. Völlig erschöpft ließen sich die vier auf das aschebedeckte Ufer fallen.

»Das war's dann wohl!«, keuchte Lorin. »Boffo, das Maultier mit Essen, Kleidung und Waffen – alles weg!«

»Und der Schlüssel auch!«, rief Robin verzweifelt. »Doch Boffo dürfen wir nicht so schnell aufgeben. »Wir müssen ihn suchen! Auf der Stelle!«

Er sprang auf und rannte los. Die anderen hinter ihm her. Nackt und aschebeschmiert, wie Ureinwohner eines unentdeckten Stammes, eilten sie am Ufer entlang flussabwärts. Von Boffo und dem Maultier war nichts zu sehen. Sie rannten weiter. Bis sie zu einer Flussbiegung kamen. Dort endete der Weg. Robin sank auf einen Felsen und raufte sich die Haare. Bero schlug die Hände vors Gesicht. Lorin und Bert starrten wortlos auf den Fluss.

Mitten in seiner Verzweiflung hörte Robin ein leises, aber vertrautes Geräusch. Auch die anderen drei standen wie angewurzelt und lauschten gebannt. Im gleichen Augenblick brachen sie in Jubelrufe aus. Denn um die Flussbiegung, sich über unwegsames Gelände kämpfend, kam Boffo. Er hatte bereits trockene Sachen an. Und am Zügel führte er die schnaubende Clothilde mit dem Gepäck auf dem Rücken. Die Schwertläufer stürmten den beiden entgegen. Robin umarmte den Elm und hob ihn in die Höhe. Bero und Lorin vollführten einen Freudentanz. Und Bert drückte dem noch zitternden Maultier einen dicken Kuss auf die Nüstern.

»Dies als Versicherung dafür, dass du nie auf unserem Speisezettel landen wirst!«, rief er. »Jedenfalls nicht auf meinem. Selbst wenn ich Gras und Baumwurzeln essen muss.«

Zuerst banden die Gefährten ihre Sachen von Clothildes Rücken los. Am Flussufer säuberten sie notdürftig ihre ascheverschmierten Körper und schlüpften dann in ihre halbwegs trockene Kleidung. An Ort und Stelle setzten sie sich auf den Boden und aßen einige Brocken des Früchtebrots, die Boffo als Notration aufgehoben hatte.

»Das waren so ziemlich unsere letzten Vorräte«, sagte der Elm. »Jetzt haben wir nur noch einige Handvoll von Clothildes Haferflocken und Rübenschnitzeln. Wir sollten uns also beeilen.«

»Dann los«, sagte Robin und stand auf. Auf ihrem Weg zurück stellten sie fest, dass sie eine gehörige Strecke abgetrieben worden waren. Erst nach einer viertel Stunde Fußmarsch erreichten sie die Gestade von Ormor wieder. Vor ihnen erhob sich die gewaltige Frontseite des Bollwerks. Robin strich mit der Hand über die schwarz glänzende Oberfläche. Sie fühlte sich kalt und glatt an. Nur bei besonders genauem Hinsehen konnte man die Fugen zwischen den Platten aus Orynth erkennen. Robin schaute empor. Halbrund an den Bergsporn geschmiegt, und nach oben sich stark zurücklehnend, schwang sich diese riesige Mauer vor ihm auf. Er konnte keinerlei Öffnungen in ihr erkennen. Keine Fenster oder Tore, auch keine Erker oder Vorsprünge waren zu sehen. Doch entlang des Ufers verlief eine Art Kaimauer. Auch sie war aus Orynth und sie schützte den Weg am Fuße der Festung vor den Wassern des Flusses.

»Hier jedenfalls gibt's keinen Eingang«, sagte Lorin. »Außer, man hätte die Fähigkeit, durch Wände zu gehen.«

»Auch wenn es einen geben sollte, könnte man ihn nicht sehen«, erwiderte Boffo. »Doch zunächst müssen wir den magischen Stein finden. Und wenn wir ihn gefunden haben, müssen wir dort den Eingang suchen. Folgt mir!«

Der Elm ging wieder ein Stück des Wegs zurück, bis zum südlichen Beginn des Bollwerks. Dort, wo die Furt aus dem Iruhin ans Ufer führte, öffnete sich die Mauer nach hinten und bildete ein weites Halbrund, dessen hinteres Areal vom Flussufer aus nicht einsehbar war. Dieses Halbrund war vormals bewaldet. Jetzt lagen die Bäume, meist Fichten und Tannen, entwurzelt und zersplittert umher. Die Druckwelle des Vulkanausbruchs hatte sie zerstört. Doch hatten die Mauern der Festung sie vor der vernichtenden Glut des Feuersturms bewahrt. Viele der Bäume waren zwar umgestürzt, doch nicht verbrannt. Unter ihren Trümmern spitzte sogar das zaghafte Grün einiger Jungbäume hervor.

Mitten in diese Unordnung führte ein schmaler, gepflasterter Weg, den Boffo einschlug. Über Baumstämme steigend und bisweilen darunter hinweg, kamen sie mühsam voran. Und des Öfteren mussten die Schwertläufer, unterstützt von Clothilde, einen dieser Stämme zur Seite wuchten. Schließlich standen sie auf einem baumfreien Platz. Vor ihnen erhoben sich in einem zurückspringenden Bogen die Mauern der Festung. Ebenfalls aus Orynth erbaut, doch bei weitem nicht so hoch wie das Hauptbollwerk. In einer Entfernung von etwa zwanzig Schritten davor stand ein Stein: eine runde Stele, schlank, schwarz, aus Orynth. Verziert mit einem spiralförmig umlaufenden Ornament, ähnlich einer Myrtenranke. Es war der Myrtenstein.

Boffo ging zu dem Stein und strich über seine Oberfläche. Dann ging er weiter zum Fuße der Mauer bis zu einer kunstvoll geformten Treppe. Diagonal zur Mauer verlaufend, führte sie auf breiten Stufen nach oben. Und sie endete auf halber Höhe der Mauer. Robin trat an Boffos Seite.

»Wenn die Karte von Ormor recht hat, dann finden wir hier den Eingang. Und zwar auf dem Absatz nach der fünfzehnten Stufe.«

»Richtig, mein Junge! Und hoffentlich mit Hilfe des Schlüssels, den du in deiner Tasche trägst. Also vorwärts! Lass es uns versuchen!«

Robin und Boffo stiegen die Treppe hinauf. Nach der fünfzehnten Stufe blieben sie stehen. Die anderen warteten unten und blickten gespannt nach oben.

Robin musterte den Mauerabschnitt direkt über dem Treppenabsatz während Boffo darunter suchte. Doch es gab keinen Hinweis auf eine Öffnung, eine Aussparung oder von sonst irgendetwas, in das man den Schlüssel hätte einfügen können. Auch keinerlei Fugen oder Formen einer Tür oder eines Tores waren erkennbar.

»Hier ist nichts.« Boffo wirkte beunruhigt. »Lass uns etwas weiter oben nachsehen.«

Die zwei stiegen weiter hinauf. Stufe für Stufe. Bis sie auf der dreißigsten und letzten angekommen waren. Doch auch hier gab es keinerlei Anzeichen für eine Tür oder Öffnung.

»Ich verstehe das alles nicht.« Boffo schüttelte ratlos den Kopf. »Auf der Karte war eine Tür eingezeichnet. Sollten uns diese Aufzeichnungen in die Irre führen wollen? Ich kann es mir nicht vorstellen. Noch in Bahor hatte sich alles als richtig erwiesen.«

»Ich denke, wir sollten uns das Ganze noch einmal von unten ansehen«, schlug Robin vor. »Möglicherweise sieht man die Umrisse eines Eingangs besser aus der Entfernung. Oder aus einem anderen Blickwinkel.«

Sie kletterten wieder hinab. Zusammen mit Lorin, Bero und Bert musterten sie jeden Quadratfuß der Mauer. Doch ohne Erfolg.

Allmählich machte sich Ratlosigkeit unter den Schwertläufern breit. Auch Boffo schien niedergeschlagen. Und mit zunehmender Mutlosigkeit wuchs auch die Erschöpfung der fünf Gefährten. Obwohl sie wenig sprachen, signalisierten ihre Blicke, wie hungrig und elend sie sich fühlten. Alle bisherigen Anstrengungen schienen umsonst gewesen zu sein. Und selbst ein ruhmloser Rückweg schien fragwürdig. Müde ließen sie sich auf die untersten Treppenstufen sinken.

Plötzlich hatte Robin eine Idee. Er stand auf und ging zu Clothilde, die in der Nähe des Myrtensteins stand und den Kopf hängen ließ. Er wühlte im Gepäck und kramte ein silbernes Fläschchen hervor.

»Ich weiß zwar nicht, aus was es besteht. Doch dies hier hat mir Merit, Boffos Schwägerin, mitgegeben. Es ist ein Kräuterelixier, wie sie sagte, und es würde uns in aussichtslosen Situationen Kraft geben.«

Robin öffnete den Verschluss des Fläschchens und roch hinein. Er rümpfte die Nase, was bei den anderen, trotz aller Niedergeschlagenheit, Heiterkeit hervorrief.

»Na bitte, es hilft schon!«, rief Boffo. »Doch sollst du nicht daran riechen, sondern trinken. Nur wenig! Es ist sehr gehaltvoll.«

Robin nahm einen Schluck. Sofort fühlte er eine wohltuende Wärme in sich aufsteigen. Die Erschöpfung schwand. Und auch die düsteren Gedanken machten einer hoffnungsvolleren Stimmung Platz. Robin ließ das Fläschchen herumgehen und jeder probierte von dem Getränk. Die gleiche Wirkung, die Robin in sich verspürte, schien auch bei den anderen einzutreten. Sie wurden munter und gesprächig und ihre Äußerungen klangen wieder zuversichtlich.

»So, das reicht!«, mahnte Boffo. »Den Rest solltest du wieder sorgfältig verwahren. Wir werden ihn vielleicht noch brauchen.«

Robin ging wieder hinüber zu Clothilde und steckte die Flasche zurück an ihren Platz.

Dann lehnte er sich an den Myrtenstein, schloss die Augen und dachte nach. Ein seltsames, schabendes Geräusch drang an sein Ohr. Er sah zur Mauer hin. Erneut schloss er die Augen und öffnete sie wieder. Nein! Seine Sinne hatten ihn nicht getäuscht. Auch die anderen waren aufgesprungen und starrten nach oben. Dort, auf halber Höhe der Treppe, über dem Absatz nach der fünfzehnten Stufe, klaffte eine Öffnung. Groß, schwarz und von dreieckiger Form. Ein merkwürdig prickelndes Gefühl durchströmte Robin. Es kam von seiner Gürteltasche. In ihr befand sich der Schlüssel Khor. Er blickte an sich hinab. An der Stelle, an der die Tasche mit dem Schlüssel den Myrtenstein berührte, sah er die Köpfe zweier sich windender Schlangen. Er trat einen Schritt zurück. Es war das Symbol der Tirith. Unauffällig und versteckt in den Ranken der Myrte. Doch jetzt war das Auge in seiner Mitte nicht mehr zu übersehen. Denn es leuchtete.

»Potzblitz!«, rief Boffo, dessen Blick aufgeregt zwischen Myrtenstein und Mauer hin und her wanderte. »Die Wunderwerke hier in Ormor sind noch erstaunlicher als die in Bahor. Doch jetzt ist keine Zeit zum Wundern. Wer weiß, wie lange die Tür offen bleibt? Jetzt lautet die Frage: Wer folgt mir in die Tiefen von Ormor?«

»Ich natürlich!«, tönte es einstimmig zurück.

»Das wäre unklug«, widersprach Boffo. »Falls etwas Unvorhergesehenes eintritt, sollte jemand helfen können. Oder, wenn dies nicht möglich ist, zumindest die Nachricht von unserem Scheitern überbringen. Zwei oder drei Mann sind ausreichend, um die Aufgabe zu erfüllen.«

»Wenn ihr mich nicht unbedingt braucht, dann bleibe ich hier und passe auf Clothilde auf«, sagte Bertram. Er schien wenig Lust auf die Erkundung unberechenbarer Tiefen zu verspüren.

»Und ich leiste dir Gesellschaft«, sagte Bero und trat zu Bert. »Um ehrlich zu sein: der eine Ausflug in die Unterwelt der Tirith von Bahor reicht mir vollauf.«

»Einverstanden«, sagte Boffo und an Robin und Lorin gewandt: »Nehmt nur eure Schwerter mit. Wenn wir sie nicht zur Verteidigung benötigen, dann vielleicht als Werkzeug. Dazu das Seil, Feuerzeug und Lorins Laterne. Und du Robin, vergiss den Schlüssel nicht.«

»Was für eine Ermahnung«, brummte Robin. Doch sah er zur Sicherheit in seiner Gürteltasche nach. Alles, was er als notwendig erachtete, war vorhanden. Lorin hängte sich das Seil über die Schulter. Boffo nahm nur seine Kerzenlaterne mit. Dann eilten sie die Treppe hinauf, zündeten ihre Laternen an und betraten das Innere der Festung.

Nicht nur die Tür, durch die sie traten, auch der Gang, der sich ihr anschloss, hatte den Querschnitt eines Dreiecks mit annähernd gleichen Seiten. Er maß bis zu seinem Scheitel etwa doppelte Mannshöhe und war am Boden ungefähr zwei Klafter breit. Nur kurze Zeit begleitete sie schwaches Tageslicht. Dann schloss sich die schwere Tür hinter ihnen mit einem dumpfen Ton. Boffo und Lorin hielten ihre Laternen höher. Ihr Licht spiegelte sich in den blanken, schwarzen Wänden und erzeugte vor und hinter den Gehenden seltsam mäandernde Schatten. Die Luft war abgestanden und roch leicht nach Schwefel. Doch fiel das Atmen nicht schwer und das helle Brennen der Laternen zeigte an, dass sie für den menschlichen Organismus nicht schädlich war.

Boffo ging voraus. Ihm folgte Robin und Lorin bildete den Schluss der Gruppe. So gingen sie einige Minuten geradeaus, ohne dass Abzweigungen oder Kreuzungen ihren Weg in Frage stellten. Dann tat sich auf der linken Seite des Ganges ein Loch im Boden auf, durch welches eine Treppe nach unten führte.

»Diese Treppe ist nicht in der Karte verzeichnet«, sagte Boffo. »Aber vielleicht wäre es nützlich zu wissen, wohin sie führt.«

Er hielt seine Laterne empor und sie gingen die Treppe hinab. Es waren nicht allzu viele Stufen. Fünfundzwanzig, höchsten dreißig. Und sie endeten in einem niedrigen Raum. An seiner Stirnseite befand sich eine kreisrunde Tür. Schwer und massiv sah sie aus und fugenlos passte sie in die umgebende Mauer. Ihr Umriss war nur zu erkennen durch die Farbe des unbekannten Erzes, aus dem sie gegossen war. Verschlossen war sie mit einem wuchtigen Riegel.

»Wir sollten einen kurzen Blick riskieren«, schlug Boffo vor.

Robin schob den Riegel zurück. Beinahe wie von selbst schwang die Tür nach innen auf, obwohl sie nahezu einen Fuß dick war und ihre Außenseite aus schwarzem Orynth bestand.

Boffo leuchtete in die runde Öffnung. Einige Stufen führten hinunter in eine seltsam geformte Halle. Langgestreckt, so dass man ihr Ende nicht sehen konnte und von ovalem Querschnitt. Die Luft, die ihnen entgegenströmte, war schlecht. Stickig und geschwängert von Schwefel- und Salpeterdämpfen. Aus der Tiefe des Raums, wie aus weiter Ferne, hörte Robin unheimliches Pochen.

»Dies scheint mir nicht der rechte Weg«, sagte Boffo. »Lasst uns umkehren. Doch lass die Tür offen, Robin. Für alle Fälle.«

Sie stiegen die Treppen wieder hinauf und setzten ihren Weg in gerader Richtung fort. Um sie erhob sich dumpfes Summen, das lauter wurde, je weiter sie in den Berg eindrangen. Während sie gingen, fühlte sich Robin in zunehmenden Maß unbeschwerter, ja fast leichter. Seinen Begleitern schien es ebenso zu gehen.

»Ein mächtiger Zauber scheint das Innere dieses Bauwerks zu beherrschen«, raunte Boffo. »Etwas von großer Kraft, das wir nicht verstehen und das nicht dem Schaffen unserer Völker entsprungen ist.«

»Ich hoffe, es wird uns zumindest nicht schaden«, bemerkte Lorin, der diesmal vorausging. »Ich fühle mich etwas seltsam. Ziemlich leicht und gleichzeitig ist mir flau im Magen.«

»Kein Wunder, wir haben seit zwei Tagen nichts Vernünftiges gegessen«, versuchte Robin zu scherzen. Doch auch er teilte Lorins Empfinden und wachsende Unruhe nahm von ihm Besitz.

Sie gingen weiter. Das Summen im Untergrund wurde stärker und die Flammen ihrer Kerzen brannten jetzt schwächer und mit bläulichem Licht. Sie wollten eben anhalten, als der Gang vor ihnen plötzlich in steilem Winkel nach unten abknickte und sich in der Tiefe verlor.

»Was zum ...«, wollte Lorin fluchen, doch er stoppte mitten im Satz und ruderte mit den Armen. Auch Robin versuchte stehen zu bleiben. Doch es ging nicht. Er hatte seine Bodenhaftung verloren. Langsam und doch unwiderstehlich, wie Gegenstände in einer ölgefüllten Röhre, schwebten alle drei über die schiefe Ebene nach unten. Robin und Boffo fast aufrecht stehend, Lorin mit leichtem Übergewicht nach vorne. Im gleichen Maße, wie sie ihre Vorwärtsbewegung beibehielten, sanken sie auch nach unten ab. Gerade so viel, dass ihre Füße den Boden nicht berührten.

Robin brachte nicht einmal einen Schrei der Überraschung über die Lippen. Er schaute auf Lorin, der sich gerade nach vorne überschlug und dabei krampfhaft versuchte, seine Laterne aufrecht zu halten. Doch zu Robins Erstaunen brannte die darin enthaltene Kerze unbeirrt weiter. Nicht so lang gestreckt und so hell wie sonst, doch gleichmäßig nach allen Richtungen. Schließlich wurden ihre Lichter dunkler. Kurz, bevor sie erloschen, spürte Robin einen leichten Windhauch im Gesicht. Lorins und Boffos Laternen flackerten und brannten wieder heller. Dann sanken die drei auf den Boden. Boffo hielt sein Licht empor. Sie befanden sich am Rande eines runden, kuppelgewölbten Raums. In seiner Mitte stand ein Block mit quadratischem Grundriss. Glatt und spiegelnd. Er schien nicht aus Orynth zu bestehen, sondern aus einem transparenten Material. Konturen aus dem Hintergrund, von den Laternen der staunenden Eindringlinge beleuchtet, schienen durch ihn hindurch.

»Der Narnenstein«, raunte Boffo und Robin griff unwillkürlich an seine Tasche, wo er den Schlüssel verwahrte.

Aus dem Innern des Bergs dröhnte das dumpfe Pochen. In unregelmäßigen Abständen und weit entfernt. Dennoch so stark, dass es den Boden des Raumes vibrieren ließ. Bei jedem Pochen klirrten eine Anzahl schimmernder Gefäße aneinander, die in einer altarähnlichen Nische an der entgegengesetzten Seite der Halle lagen und standen.

»Es sind die Grolds«, flüsterte Boffo. »Zumindest vermute ich das. Sie wollen in die Festung. Doch können sie den Panzer aus Orynth nicht durchbrechen, wie ich sehr hoffe.«

Robin hatte plötzlich das Bedürfnis, den Schlüssel möglichst schnell loszuwerden. Um dann diesen Ort unverzüglich wieder zu verlassen. Auf Händen und Knien arbeitete er sich vorwärts, immer den Stein in der Mitte des Raumes im Blick. Aufgrund seines geringes Gewichts und des fehlenden Halts seiner Hände und Füße fühlte er sich wie ein junger Hund, der in seinem ersten Winter auf Spiegeleis geraten war. Oder eine Spinne nach einem Sturz in ein glattes Marmorbecken. Lorin und Boffo bemühten sich so gut es ging, mit ihren Laternen zu leuchten. Am Stein angekommen, richtete sich Robin daran auf. Etwa hüfthoch war seine obere Fläche, und etwas abgeschrägt. In ihrer Mitte befanden sich zwei Vertiefungen in der Form zwei sich gegenüber stehender Stiere.

Robin nahm Khor aus seiner Gürteltasche. Dann sah er zu Boffo, der gerade eben über die Kante des Steins schauen konnte. Der nickte. Robin hielt den Schlüssel empor. Er schien zu leuchten und auch im Inneren des Narnensteins wurde ein schwaches Glühen sichtbar. Dann setzte Robin ihn in die linke Vertiefung ein. Er passte haargenau. Und der Narnenstein sog ihn mit einem singenden Ton ein, bis er mit seiner Oberfläche eine plane Ebene bildete.

In diesem Augenblick entströmte ihm ein tiefes Leuchten, welches den gesamten Raum in ein lapislazuliblaues Licht hüllte. Das Klopfen der Grolds hörte augenblicklich auf und Robin merkte, dass er sein Eigengewicht wieder erlangt hatte. Und er merkte noch etwas. Als er seine Gürteltasche wieder verschließen wollte, strahlte ihm etwas entgegen. Es war der Sirgenstein, der seine alte Leuchtkraft wieder gefunden hatte. Und auch die Tiriphe um seinen Hals fühlte sich plötzlich warm an.

»Wurde auch höchste Zeit«, stöhnte Lorin und griff sich an Arme und Beine. So, als wolle er überprüfen, ob alles noch vorhanden war. »Ich befürchtete bereits, als körperloses Wesen den Rest meiner Tage hier zubringen zu müssen.«

»Vor allem wird es höchste Zeit, dass wir uns hier ein wenig umsehen«, fügte Boffo hinzu. »Schließlich sind wir auch auf der Suche nach dem zweiten Schlüssel. Und ich hoffe inständig, ihn hier zu finden.«

Robin blickte sich um. Am anderen Ende der Halle, gegenüber der Öffnung, aus der sie hereingekommen waren, bemerkte er eine offene Tür, aus der kühle Luft strömte.

›Gut zu wissen, dass es hier noch einen anderen Ausgang gibt‹, dachte er. Dann folgte er Boffo und Lorin, die bereits zu der Nische mit den blinkenden Kunstwerken weitergegangen waren. Es waren Ritualgegenstände, vielleicht auch Opfergaben, die dort lagen. Meist handelte es sich um Gefäße aus Gold und anderen Edelmetallen, geschmückt mit Email und Edelsteinen. Auch Figuren waren darunter. Manche davon aus Kristall, andere aus massivem Gold. Und einige prunkvolle Waffen waren dabei. Schwerter und Streitäxte. In ihrer Mitte lagen eine reich verzierte Krone und ein Zepter. Boffo schaute alles durch. Doch schien das, was er suchte, nicht unter diesen Dingen zu sein. Am stetig lauter werdenden Klappern seiner Suche konnte man den Grad seiner wachsenden Ungeduld erkennen.

»Lauter schöne Dinge!«, rief er schließlich aus und der Klang seiner Stimme spiegelte seine Enttäuschung wider. »Doch der Schlüssel ist nicht dabei!« Dennoch ergriff er eine kunstvoll gearbeitete Axt. Auch zwei reich verzierte Messer nahm er an sich. »Diese Dinge haben mich auf eine Idee gebracht. Wir werden sie später brauchen. Hilf mir bitte beim Tragen, Robin!«

Robin steckte die Axt in seinen Gürtel und Boffo die beiden Messer in seinen Knappsack.

»Vielleicht hilft uns das hier weiter!«, ließ sich Lorin vernehmen, der zwischenzeitlich zum Narnenstein zurückgegangen war. »Ich fand es an den Sockel des Steins gelehnt.« Er hielt ein Täfelchen in die Höhe. »Wir haben es vorhin schlicht übersehen.«

Boffo ging zu Lorin hinüber, nahm ihm das Täfelchen aus der Hand und begann es zu studieren. Es bestand aus Ton. Elmische Zeichen waren hineingeritzt worden, als er noch weich war. Und nachdem er erhärtet war, hatten sie die Jahrhunderte unbeschadet überdauert. Robins und Lorins Blicke hingen an Boffos Lippen, als er leise zu murmeln begann. Doch konnten sie nichts verstehen. Und die wachsende Bestürzung, die sich in Boffos

Gesicht abzeichnete, war kaum geeignet, irgendwelche Hoffnungen auf gute Nachrichten zu wecken.

»Lies laut vor!«, bat Robin. »Auch wir wollen wissen, was hier geschrieben steht.« Boffo las:

Wenn du diese Tafel liest, hast du die Karte gefunden, die Schriften entschlüsselt und du besitzt Khor. Setze ihn ein, damit Tirith einen Teil ihrer Kraft zurückerhält. Khrit habe ich mit nach Arangion genommen, nachdem er dreißig Jahre lang in diesem Stein ruhte. Es gab keine andere Wahl. Dort suche ihn im Sonnenschrein. Hast du auch ihn gefunden und deine Aufgabe hier an diesem Ort erfüllt, dann verwahre ihn gut. Khor gib an Tirith zurück. Erst dann wird sie ihre Macht vollständig gewinnen. Keiner der Schlüssel darf hier zurückbleiben, nachdem du beide eingesetzt hast. Doch wisse: die Tür nach draußen öffnet sich nur für eine begrenzte Zeit, sobald du Khor oder Khrit, oder beide in den Narnenstein einsetzt. Verweile nicht zu lange!

Meridoz, Sohn des Helorn, im Herbst des Jahres 2226.

»Genau dies hatte ich befürchtet!«, stöhnte Boffo. »Der zweite Schlüssel ist nicht hier. Und auch einiges andere wird mir nun klar!« Dann wandte er sich an Robin: »Erinnere dich an die Zeilen des Meridoz. Er schreibt: ›Bereits geschlossen sind die Tore von Ormor. Die Tage werden kälter und die Geschöpfe der Tiefe beginnen zu erwachen.‹ Dies muss nicht bedeuten, dass sich die Tore erst im März 2197, dem Zeitpunkt von Meridoz' Aufzeichnungen geschlossen haben. Wahrscheinlich geschah dies schon früher. Und wenn man diesem Tontäfelchen glauben darf, so lag die Ursache dafür bereits im Jahr davor. Denn: 2226 weniger 30 Jahre wären 2196. Im Herbst dieses Jahres muss Tantriloz der Dritte, Elmenherrscher der Sirdain, den Schlüssel Khrit in den Narnenstein eingesetzt haben. Aber eben nur diesen und nicht auch Khor. Und damit nahm das Verhängnis seinen Lauf. Nichts anderes bedeutet es, wenn Meridoz schreibt: ›Fürst

Tantriloz hat seinen Schlüssel genutzt. Doch sein Bemühen war zu schwach.‹ Immerhin scheint aber auch Tantriloz' Schlüssel eine gewisse Wirkung nicht verfehlt zu haben. Gemäß der Worte, die in der Karte stehen: ›Nimmst du Khor, geht Tiriths Kraft. Der Narnenstein gibt sie ihr zurück.‹ Die gleiche oder eine ähnliche Wirkung scheint auch der Schlüssel Khrit zu besitzen. Dies ist sicher auch der Grund, warum Tirith damals ihre Kraft über den langen Zeitraum von dreißig Jahren nie ganz verlor. Sie hatte Khor in Bahor und sie hatte Khrit hier im Narnenstein. Durch ihn konnte sie die Grolds im Zaum halten und die Kräfte des Tarantuil so weit beherrschen, dass es nicht zu einer solch großen Katastrophe kam, wie der im Mai dieses Jahres.«

»Aber hier auf dem Tontäfelchen steht doch, dass keiner der Schlüssel im Narnenstein zurückbleiben darf«, wandte Robin ein.

»Aber erst, nachdem beide Schlüssel eingefügt wurden und damit die Macht der Sonnengöttin wiederhergestellt wurde. Zwischen diesem Zeitpunkt und demjenigen vorher, in welchem die geheimnisvollen Vorgänge ihrer Erneuerung beginnen, scheinen andere Gesetzmäßigkeiten zu gelten.«

»Doch warum die lange Zeit von dreißig Jahren, bis Meridoz den zweiten Schlüssel einsetzen konnte?«, wollte Lorin wissen.

»Das kann auch ich nur vermuten«, erwiderte Boffo. »Irgendetwas oder irgendjemand hinderte Meridoz während dieser Zeit daran, seine Aufgabe zu vollenden. Vielleicht Fürst Nehor. Die Schlüssel von Ormor hatten seine Sinne verwirrt, wie es in Meridoz' Aufzeichnungen steht, und er strebte nach der Macht der Sieben Gestirne. Möglicherweise wollte er verhindern, dass Meridoz Khor aus Bahor entfernte. Wir werden es wohl nie genau erfahren.«

»Na, wenn ich das Ganze richtig verstehe, dann werden zumindest die Grolds jetzt erst mal Ruhe geben«, meinte Robin. »Und wir haben Zeit gewonnen, um den zweiten Schlüssel zu suchen.«

»Zeit?!« rief Boffo entsetzt. »Was rede ich hier in aller Seelenruhe! Währenddessen läuft uns die Zeit davon! Vor über einer halben Stunde hast du Khor in den Narnenstein eingesetzt. Meridoz ermahnt uns, nicht zu lange zu verweilen. Doch erwähnt er nicht, wann sich die Tür wieder schließt. Wir dürfen keine Minute mehr verlieren! Hier, nimm das und verwahre es gut!«

Er gab das Tontäfelchen Lorin, der es einsteckte. Dann eilten sie zur schiefen Ebene, durch die sie gekommen waren. Doch nach wenigen Versuchen gaben sie wieder auf. Diese glatte Fläche mit der Neigung der halben Senkrechten war nicht zu bezwingen.

»Schnell zur anderen Tür!«, rief Robin. »Vielleicht gibt es noch andere Wege zurück. Ich denke an die Treppe kurz nach unserem Einstieg, die zu der großen Halle führte.«

»Wir haben keine andere Wahl«, sagte Boffo. »Auch wenn wir nicht wissen, was uns dort erwartet.«

Sie nahmen ihre Laternen und traten durch die Tür. Dahinter befand sich ein enger Vorraum, von dem aus eine Treppe in die Tiefe führte. Nach ungefähr fünfzig Stufen mündete sie in einen Tunnel mit rundem Querschnitt von ungefähr dreißig Fuß Durchmesser, der sich in einer Richtung bergauf und in der anderen weiter in die Tiefe zog. Sie schlugen die Richtung ein, die aufwärts führte. Ein kühler Wind wehte ihnen entgegen.

»Dies Scheint eine Art Lüftungsschacht zu sein«, rief Boffo. »Doch hoffe ich nicht, dass der Wind noch weiter zunimmt.«

Sie gingen die Röhre entlang. Bis sie sich senkrecht nach oben schwang. Unbegehbar und bedrohlich. Direkt vor ihnen klaffte ein vergittertes Loch im Boden. Lorin leuchtete hinein.

»Hier unten verläuft ein noch größerer Tunnel!«, rief er aus.

Boffo kniete sich nieder und steckte seinen Kopf durch Gitter. »Tatsächlich! Vielleicht führt er uns weiter. Vorausgesetzt, wir können hinunter gelangen. Gib mir das Seil, Lorin!«

Er legte das Seil doppelt über die Gitterstäbe, die so weit waren, dass ein erwachsener Mann hindurchpasste.

»Du zuerst Robin. Ich denke, das Seil müsste reichen. Zumindest für dich.«

Robin vertraute Boffo. Er ließ sich durch das Gitter gleiten, bis er mit gestreckten Armen an einem der Gitterstäbe hing. Dann umfasste er beide Stränge des Seils und hangelte sich drei Klafter in die Tiefe. Unten angekommen ließ er los. Nach kurzer Luftfahrt erreichte er wohlbehalten den Grund. Als nächstes folgte Lorin mit der Laterne zwischen seinen Zähnen. Zuletzt kam Boffo.

»Fang mich auf, Robin!« rief er, bevor er das Seil an nur einem Ende losließ. Mit dem anderen Ende in der Hand rauschte er in die Tiefe, genau in die Arme Robins.

»Na prima!« stöhnte Lorin. »Jetzt ist uns der Rückweg definitiv abgeschnitten. Im wahrsten Sinne des Wortes.«

»Es gibt keinen Rückweg, Lorin!« Boffo betonte jedes einzelne Wort. »Die Zeit arbeitet gegen uns. Der Weg nach vorne ist unsere einzige Möglichkeit, dieser Festung zu entrinnen. Und das Seil könnte sich dabei noch als nützlich erweisen. Jetzt lass uns sehen, wo wir hier gelandet sind.«

Er hielt seine Laterne in die Höhe. Lorin tat dergleichen und alle drei verharrten in andächtigem Staunen. Der Tunnel, in dem sie sich befanden, hatte keinen runden, sondern einen elliptischen Querschnitt. Doch das erstaunlichste war seine schiere Größe. Fünf Klafter in der Höhe und zwanzig in der Breite, schätzte Robin. Seine Neigung war nur gering. Und die Luft war schlecht hier unten. Es roch nach Schwefel und Salpeter. Alles, die Form dieses lang gestreckten Raumes und sein Geruch erinnerte Robin stark an die Halle hinter der runden Tür und seine Hoffnung wuchs.

»Dieses Bauwerk können keine irdischen Wesen errichtet haben«, staunte Lorin, als sie entlang der Tunnelsenke bergauf schritten.

»Und doch haben sie es«, entgegnete Boffo. »Genauso, wie sie ganz Ormor geschaffen haben. Es waren die Eluren. Oder ihre

Vorväter, woher auch immer sie kamen. Nur hatten sie Hilfe. Von Geschöpfen, die sie selbst erschufen.«

»Den Grolds?«, fragte Robin ungläubig.

»Ja!«, antwortete Boffo. »Die Erbauer von Ormor nutzten die Hitze des Tarantuil, um ihre Bausteine aus Orynth zu formen. Und die Grolds halfen ihnen nicht nur dabei, Orynth zu finden und abzubauen. Sie formten auch die gigantischen Höhlen und Schächte, die notwendig waren, um an die Quellen des Feuers zu gelangen. Denn diese Quader und Platten sind nicht behauen, sondern gegossen.«

»Heißt das, dieser Tunnel führt bis zu den Tiefen des Tarantuil?«, wollte Lorin wissen.

»Ich nehme es an«, entgegnete Boffo. »Doch jetzt weiter! Wir haben schon zu viel Zeit verschwendet.«

Sie beschleunigten ihre Schritte, bis sie an das Ende des Tunnels gelangten, wo eine glatte Wand den weiteren Weg versperrte. Zu ihrer Linken führten einige Stufen empor und darüber zeichneten sich die Umrisse einer runden Tür ab. Robin fiel ein Stein vom Herzen. Es war genau die Tür, welche sie auf ihrem Herweg erkundet hatten. Noch immer stand sie einen Spalt weit offen. Robin drückte dagegen und mühelos gab sie nach. Sie traten in die Treppenflucht, die nach oben führte.

»Es ist doch nie verkehrt, ein wenig vorauszuplanen«, sagte Boffo. »Dennoch sollten wir diesen Ort so hinterlassen, wie wir ihn vorgefunden haben. Hilf mir, Robin!« Der Elm schloss die runde Tür. Und Robin schob den schweren Riegel vor.

Dann eilten sie treppauf und erreichten die Stelle des dreieckigen Gangs, an der sie vor etwas mehr als zwei Stunden vorbei gekommen waren.

»Der Eingang ist nicht mehr fern! Lauft voraus! Ich komme nach!«, rief Boffo.

»Von wegen! Du kommst schön mit uns!« Robin hob Boffo auf seine Schultern und rannte los. Lorin hinterher. Bereits sahen sie von ferne das helle Licht des Eingangs. Doch unvermittelt hallte ein dumpfes Geräusch durch den Gang. Und im gleichen Moment war das Licht an seinem Ende verschwunden. Robin und Lorin blieben erschrocken stehen. Boffo glitt von Robins Schultern. In seinem Gesicht spiegelte sich blankes Entsetzen.

»Es ist meine Schuld«, jammerte er. »Durch mein Reden und Handeln haben wir wertvolle Zeit versäumt. Jetzt ist es zu spät.«

»Es ist nie zu spät«, versuchte Robin zu trösten. Obwohl er unter diesen Umständen selbst am wenigsten an die Wahrheit seiner Worte glaubte. »Notfalls müssen wir eben zurückgehen und den Schlüssel wieder holen. Dann versuchen wir ...«

»Nicht so voreilig!«, unterbrach ihn Lorin. »Ich glaube, ich habe etwas gesehen.«

Er ging los, erst zögernd, dann schneller. Die anderen folgten ihm auf den Fuß. Und je näher sie dem Ausgang kamen, umso deutlicher sahen sie es. An der rechten Seite der Tür klaffte ein schmaler Spalt. Und in diesem Spalt steckte das abgebrochene Stück eines Baumstammes. Sein Durchmesser betrug nicht viel mehr als einen Fuß. Doch es genügte, dass sich alle drei nach außen zwängen konnten.

»Da seid ihr ja endlich!« rief ihnen Bero entgegen. Er saß mit Bert auf der untersten Stufe der Treppe.

»Gelobt sollt ihr sein – mitsamt eurer Idee!«, rief Boffo und sprang die Treppe hinunter, je zwei Stufen auf einmal nehmend. »Ich wusste, dass man sich auf euch verlassen kann!« Er setzte sich neben die beiden auf die Treppe und knuffte Bert in die Seite.

»Nun ja«, entgegnete der seelenruhig. »Als diese Tür hinter euch ins Schloss fiel und sich dann wieder öffnete, dachten wir: wenn es wieder passiert, dann nicht ohne unsere Zustimmung. Ich hoffe, das war in eurem Sinne.«

»Und ob!«, rief Robin. »Im anderen Falle hättet ihr sehr viel länger auf uns warten müssen.«

»735 Jahre – mindestens«, brummte Boffo und zündete sich seine Pfeife an. »Ungefähr eine Stunde also bleibt diese Tür offen, sobald man einen der Schlüssel in den Narnenstein einsetzt. Gut zu wissen«, sinnierte er vor sich hin, nachdem er einige Rauchringe in die Luft geblasen hatte. »Ich wundere mich nur, dass Meridoz keine genaueren Angaben darüber gemacht hat. Entweder er wusste es selbst nicht. Oder es gibt noch einen anderen, schnelleren Weg. Sei's drum – beim nächsten Mal machen wir's besser!«

Siebzehntes Kapitel

Die Heißen Quellen von Orind'hor

»Und wie soll's jetzt weitergehen?«, fragte Bert, nachdem Robin und Lorin ihre Erlebnisse der letzten beiden Stunden erzählt hatten.

»Zuerst einmal wird es allerhöchste Zeit, dass wir wieder in wohnlichere Gebiete kommen«, erwiderte Robin. »Unsere Vorräte sind aufgebraucht. Wir brauchen dringend Nahrung und die können wir hier nicht finden. Der Gedanke, dass wir uns wieder zurück begeben müssten, vielleicht bis in die Gegend von Linhor, macht mir große Sorgen.«

»Robin hat recht!«, pflichtete Boffo bei. »Es wäre besser, wenn wir uns nach Süden orientieren. Dort gibt es Nahrung und bewohnte Gegenden. Süd-Arkandra soll noch immer besiedelt sein. Eine Entscheidung darüber, wie wir weiter vorgehen, können wir dort auch noch treffen. Notfalls könnten wir bis Largon weiterziehen. Von dort aus bieten sich uns mehrere Möglichkeiten der Weiterreise – oder auch die Möglichkeit zur Rückkehr nach Hause.«

»Aber auch in dieser Richtung wird es einige Tage dauern, bis wir wieder in unverwüstete Gegenden kommen«, gab Bero zu bedenken.

»Hier ist mein Plan«, fuhr Boffo fort. »Und die Idee dazu ist mir bereits bei unserer Ankunft gekommen. Wir bauen ein Floß! Geeignetes Holz liegt hier genügend herum. Und wie ich sehe, hast du die Axt mitgebracht, die ich dir am Narnenstein gegeben habe, Robin.«

Robin zog die Axt aus dem Gürtel. Es war eine wundervolle Arbeit mit goldtauschiertem Blatt und silbergetriebenem Schaft.

Bert nahm sie in die Hand und betrachtete sie mit fachkundigem Blick.

»Sie muss sehr alt sein«, sagte er. »Doch zeigt sie keinerlei Spuren des Gebrauchs. Es scheint sich um einen Kultgegenstand zu handeln. Aber sie liegt ausgezeichnet in der Hand. Mir scheint sie sowohl als Waffe als auch als Werkzeug geeignet.«

Er führte einen wuchtigen Hieb gegen den Baumstamm, der noch immer im Türspalt klemmte. Tief drang die Axt in das Holz und beim zweiten Schlag klaffte eine große Kerbe.

»Gut mitgedacht!«, sagte Boffo. »Du kannst den Stamm zur Gänze entfernen. Morgen früh werden wir dann mit der eigentlichen Arbeit beginnen. Doch dafür müssen wir einige Vorbereitungen treffen, solange es noch hell ist. Robin und Lorin, ihr beide bemüht euch um einige junge Fichtenstämmchen! Ihr wisst schon, welche ich meine. Wir brauchen ungefähr zwei Dutzend. Bero kann euch dabei helfen, sie zuzurichten. Bert und ich sammeln in der Zwischenzeit reichlich Brennholz. Denn wir müssen schmieden. Und dafür benötigen wir Holzkohle.«

Robin und Lorin machten sich sofort an die Arbeit. Sie gingen zu der Fichtenschonung, die sie bei ihrer Ankunft gesehen hatten. Dort schnitten sie eine Anzahl kleiner Bäumchen ab. Zwischen einem bis eineinhalb Daumen dick und etwa vier Fuß lang. Die entasteten Stämmchen bogen sie zu einem doppelten Strang zusammen, klemmten das offene Ende in eine Felsspalte und steckten ein Stück Holz durch das geschlossene Ende. Dann drehten und wanden sie die Stämmchen, bis sie zäh und elastisch wurden. Ein Teil blieb ganz, der Rest wurde in zwei Hälften von je zwei Fuß Länge zerteilt.

»Damit werden wir unser Floß zusammenheften«, erklärte Robin dem staunenden Bero. »Die Flößer bei uns im Westwald nennen es ein Wied. Vielleicht heißt es so, weil man es auch aus Weide flechten kann. Oder weil es sich winden lässt. Fachgerecht hergestellt und angewandt hält es um ein Vielfaches besser als Nägel oder Taue, die wir sowieso nicht haben.«

Als sie genügend Stämmchen zugerichtet hatten, banden Robin und Lorin sie mit Zweigen zu zwei Bündeln zusammen. Diese legten sie in einer flachen Bucht am Ufer des Iruhin ins Wasser und beschwerten sie mit großen Steinen. Dann halfen sie Boffo bei der Köhlerei.

Der hatte mittlerweile ein Feuer entfacht und einen Stapel kurzer Rundhölzer darauf geschichtet. Als alles gut brannte, deckten sie Erde und Grassoden darüber. Nur einige kleine Luftlöcher blieben offen.

»Morgen wird alles fertig sein«, sagte Boffo. »Lasst uns jetzt unsere letzten Reste essen und dann bald zu Bett gehen. Wir brauchen alle Kraft, die wir noch besitzen.«

Nachdem Clothilde eine Handvoll davon bekommen hatte, kochten sie die letzten Haferflocken und Rübenschnitzel mit etwas Salz zu einem Brei. Begierig aßen sie das karge Mahl, kauerten sich ohne ihre Decken zusammen und versuchten zu schlafen. Nur Boffo blieb noch wach. Aus den Resten zäher Fichtenäste schnitzte er eine reichliche Anzahl von Keilen, die er für seine morgige Arbeit benötigte.

Kaum begann der Tag zu dämmern, waren alle wieder auf den Beinen. Robin, Bertram und Bero hatten den Auftrag, das notwendige Bauholz zum Ufer des Iruhin zu transportieren. Viele der entwurzelten und gebrochenen Fichten lagen schon einige Wochen am Boden. Sie waren nicht mehr frisch und eigneten sich umso besser zum Bau eines Floßes. Robin suchte diejenigen Exemplare aus, die ungefähr einen Fuß im Durchmesser maßen. Dann brachten sie die Stämme mit der Axt auf eine Länge von vier Klaftern. Als sie zwölf Stämme beisammen hatten, kam Clothilde zum Einsatz. Mit Hilfe des Seils und der Unterstützung der drei Schwertläufer schleppte das Maultier die Stämme zum Ufer des Iruhin. Unterhalb der Furt hatte der Fluss eine flache Bucht in das Ufer gespült, die wenig Strömung aufwies. Dort hinein rollten sie die Stämme und hinderten sie mit zwei in den Flussgrund getriebenen Pfählen am Wegschwimmen.

In der Zwischenzeit half Lorin Boffo beim Schmieden. Zuerst zogen sie den glimmenden, mit Erde bedeckten Holzhaufen auseinander. Dicker Qualm breitete sich aus, den Lorin mit Wasser dämpfte.

»Keine besonders gute Qualität!«, stellte Boffo mit einem kritischen Blick auf die Holzkohle fest. »Doch wird sie unseren Ansprüchen genügen.«

Er häufte eine gehörige Menge der Kohle über die brennende Feuerstelle, die sie nahe an der Mauer errichtet hatten. Als Amboss hatte Boffo einen vorspringenden Sockel aus Orynth ausersehen. Lorin hatte seine Schwertscheide zum Blasebalg umfunktioniert, indem er ihre Spitze entfernt hatte und durch die entstandene Öffnung kräftig in die Glut blies. Boffo suchte die zwei langen Messer hervor, die er aus dem Inneren der Festung mitgebracht hatte.

»Schade um die schöne Arbeit«, sagte er und besah die beiden Klingen prüfend. »Aber Zierrat nützt uns jetzt nichts. Wichtiger ist, dass es guter Stahl zu sein scheint und die Hefte eine durchgehende Angel haben.«

Er ließ sich von Bert die Axt geben und schlug mit ihrer Hammerseite die reich verzierten und mit edlen Steinen besetzten Griffschalen der beiden Waffen ab. Dann nahm er das breitere der beiden Messer und steckte es in die Kohlen. Um seine Hände vor der Hitze zu schützen, benutzte er eine behelfsmäßige Zange aus zwei Holzstücken und einem Stück dicken Leder. Zuerst formte er aus dem Erl des Messers eine Öse von der Größe, dass man später ein rundes Stück Holz hindurch stecken konnte. Dann brachte er die Klinge der Waffe zu Rotglut, steckte sie in eine Fuge zwischen zwei Steinen und drehte sie zur Spirale.

»Ein Holzbohrer! Wie praktisch!«, rief Lorin, der Boffos Arbeit fachkundig verfolgte.

Das zweite Gerät, ein Stemmeisen, war noch schneller gefertigt. Dazu schlug Boffo mit einem Schlag die Spitze der zweiten Klinge ab. Dann schmiedete er das verbliebene Ende breit und versah es mit einer leichten Hohlkehle. Das Schärfen besorgte Lorin mit Hilfe eines Wetzsteins, wie ihn Schwertläufer zum Abziehen ihrer Schwertklingen stets bei sich führten. Schließlich kamen die beiden Werkzeuge letztmalig in die Glut, wurden im Wasserbad gehärtet und zur Verbesserung der Haltbarkeit nochmals erwärmt.

Danach machten sich Boffo und Lorin an das Zusammenfügen des Floßes. Quer über das jeweilige Ende der Stämme wurde ein Joch in Form eines etwas mehr als spannendicken Rundholzes gelegt. Vor und hinter dieses Rundholz bohrte und stemmte Boffo in jeden Stamm zwei Löcher. Dort hinein, im Bogen über das Rundholz hinweg, wurden die beiden Enden von je einer der am Vorabend gefertigten Wieden gesteckt und mit Holzkeilen festgeklopft.

Nachdem das Floß fertig war, legten sie noch einige dünnere Stangen in die Fugen zwischen den Stämmen. Und weil sie weder Moos noch Gras finden konnten, sammelten sie die Streu junger Fichtenäste und polsterten damit einen Teil der Oberfläche ihres Gefährts. Auf diese Weise würde auch Clothilde eine halbwegs bequeme Liegefläche vorfinden.

Als sie am späten Nachmittag ihre schweißtreibende Arbeit beendet hatten, waren die Schwertläufer und der Elm am Ende ihrer Kräfte. Sie beschlossen deshalb, sofort loszufahren.

»Brauchen wir denn kein Steuerruder?«, fragte Bero.

»Brauchen wir nicht!«, erwiderte Boffo. »Zudem würde uns ein einzelnes Ruder nicht viel nützen. Um ein mit der Strömung treibendes Floß zu steuern, muss man quer zur Fahrtrichtung rudern. Dazu benötigt man zwei Ruder: eines vorne und eines hinten. Doch es geht auch anders. Der Iruhin ist zwar derzeit reißend, doch nicht so tief, dass nicht wir seinen Grund mit langen Stangen erreichen könnten.«

Die wenigen Habseligkeiten waren schnell verstaut. Das Maultier war so erschöpft, dass es sich widerstandslos auf das Floß führen ließ. Dann stießen sie ab. Obwohl Lorin und Robin sich mit ihren Steuerstangen mächtig ins Zeug legten, trieb das Floß schnell ab. Erst nach einiger Zeit gelang es Bert, das Seil um ein nahe am anderen Ufer stehendes Erlenstämmchen zu werfen und sie landeten an einer flachen Böschung an. Lorin und Bert zogen mit der bedauernswerten Clothilde los, um das restliche Gepäck zu holen. Nach etwas mehr als einer halben Stunde waren sie zurück und die Reise konnte beginnen.

Gegen sechs Uhr abends trieben die Gefährten dann endlich auf dem Iruhin und augenblicklich legten sich die Anstrengungen des vergangenen Tages wie Blei auf ihre Glieder. Abwechselnd musste einer von ihnen mit der Steuerstange das Floß in der Mitte des Flusses halten. Die anderen lagen flach auf dem Rücken, den Kopf auf irgendein Bündel gebettet. Bert lehnte sich sachte an die liegende Clothilde und strich ihr über den Hals. Das Tier war jetzt so schwach, dass Robin Wasser aus dem Fluss schöpfte, um es zu tränken. Auch entschloss er sich, noch etwas von Merits Kräutertrank auszuteilen. Jeder nahm einen kleinen Schluck und auch das Maultier bekam ein wenig davon in seinen Wassereimer. Sofort fühlten sie sich besser und selbst Clothilde ließ ein ermutigendes Schnauben hören. Dann schwiegen alle und nur das sanfte Rauschen des Flusses und das Schlagen der Wellen an die Stämme des Floßes waren zu hören.

»Ungefähr dreißig Meilen können wir jetzt fahren«, unterbrach Boffo nach einiger Zeit die Stille. »Dies sollte ausreichen, um wieder unzerstörte und fruchtbare Gegenden zu erreichen. Doch dürfen wir die Stelle nicht versäumen, an der die Straße den Fluss quert. Man nennt diesen Ort die Heißen Quellen. Laut meiner Karte werden wir dort eine Brücke vorfinden.«

»Und warum können wir den Fluss nicht weiter befahren, bis nach Largon?«, wollte Bert wissen.

»Weil uns der Iruhin nicht nach Largon führen würde. Ab der erwähnten Stelle wendet er sich von der Straße ab und fließt nach Südwesten in Richtung Nergath, im Lande Norien gelegen. Aber sein Weg dorthin ist nicht befahrbar. Eine Fahrt durch die

Stromschnellen der Kohirschlucht würde unser Floß nur mit Mühe überstehen. Doch seine Besatzung höchstwahrscheinlich nicht.«

»Aber wir wollen doch nicht nach Nergath, sondern nach Largon, nicht wahr?« Bert blickte Boffo fragend an. »Ich habe schon viel von dieser Stadt gehört. Ihren prächtigen Bauten und ihrem Fürstenpalast. Und das Volk der Lurier soll sehr gastfreundlich sein.«

»Das ist allerdings wahr.« Boffo nickte zustimmend. »Bis vor einigen Jahren gab es auch rege Kontakte zwischen Lurien und Fornland. Du wirst dich sicher erinnern, Robin. Des Öfteren waren Gesandte des Fürsten Borotil im Rob'schen Handelshaus zu Gast, um über Lieferungen fornländischer Waren zu verhandeln. Doch in letzter Zeit wurden diese Besuche seltener und seit dem großen Ausbruch des Tarantuil sind sie ganz zum Erliegen gekommen.«

»Gerade deshalb sollten wir die Gelegenheit zu einem Gegenbesuch nutzen, wenn wir schon in dieser Gegend sind«, schlug Robin vor. »Wir könnten versuchen, Fürst Borotil unsere Aufwartung zu machen.«

»Nun, ob das möglich ist, wird sich zeigen, wenn wir dort sind«, entgegnete Boffo. »Denn nach Largon werden wir auf jeden Fall kommen, mein lieber Bert. Vorausgesetzt, dass nichts Unvorhergesehenes eintritt. Für diejenigen von euch, die nach Hause zurückkehren wollen, ist der Weg über Largon jetzt sowieso die einzige Möglichkeit. Die Straße entlang der Südostseite des Gebirges ist zwar um einiges länger, als es der Rückweg von Ormor über den Tuforpass gewesen wäre. Doch abgesehen davon, dass man sich auf ihr ernähren kann, ist sie wahrscheinlich auch sicherer. Zumindest bis Eldar. Wie es weiter im Norden ist, weiß ich nicht. Aber auch der obere Teil der Strecke entlang des Turon müsste zu überwinden sein. Wenn nicht Bethun die Gegend unsicher machen. Allerdings dürften es von Largon bis zum Tirionpass fast zweihundert Wegmeilen sein. Das sind etwa dreißig Tagesmärsche. Ruhetage nicht mitgerechnet. Es sei denn, man macht sich in Largon beritten.«

»Wer sagt denn, dass jemand von uns in Largon umkehren will?«, protestierte Lorin. »Ich jedenfalls will es nicht. Und zumindest bei Bert gehe ich davon aus, dass auch er es nicht will.«

Bertram schüttelte den Kopf. Doch richtige Begeisterung war ihm nicht anzusehen.

»Also gut!«, mischte sich Robin ein. »Jetzt, da wir nun schon mal an diesem Punkt der Unterhaltung angekommen sind, brauchen wir unsere Entscheidung auch nicht weiter hinausschieben. Ich für meine Person bin auf jeden Fall weiter dabei!«

»Und ich auch!«, rief Bero. »Und wenn es stimmt, dass wir den zweiten Schlüssel nur in Arangion finden können, dann müssen wir eben dorthin reisen. Obwohl ich ehrlich gesagt nicht genau weiß, wo dieses Land liegt.«

»Wenn ihr das wollt«, sagte Boffo ernst, »werde ich es euch zeigen.« Er zog seine Karte hervor und schlug sie auf. Er deutete auf Ormor und fuhr mit dem Finger – zuerst entlang des Iruhin, dann entlang der Straße – in den Süden. »Einhundertzwanzig Wegmeilen sind es bis Largon. Danach geht es immer nach Westen. Mindestens weitere dreihundert Meilen – über Nergath, entlang des Bolgirgebirges und über die Gollwydberge bis nach Sirdun, an der Ostgrenze Arangions. Selbst, wenn alles gut gehen sollte, und wir einige Abschnitte reiten können, sind wir bis dorthin zwei Monate unterwegs. Wahrscheinlich sogar länger. Wir müssten uns also ziemlich beeilen, um noch vor Wintereinbruch wieder zuhause zu sein.«

Robin blickte in die Gesichter der anderen. In ihnen glaubte er ein gehöriges Maß an Betroffenheit zu erkennen. Auch er selbst hatte ein merkwürdiges Gefühl in der Magengegend, welches nicht allein vom Hunger herzurühren schien. Er dachte an Merien und sein Versprechen, so bald wie möglich wieder heimzukehren. Und obwohl seine Entscheidung feststand, hatte er Angst vor dem Zeitpunkt, an dem er sie in die Tat umsetzen musste.

»Lasst uns dieses Gespräch jetzt nicht weiter vertiefen«, schlug er vor. »Vorerst lautet unser Ziel, so schnell wie möglich in Gegenden zu kommen, wo wir etwas zu essen zu finden. Denn bevor uns das nicht gelingt, reisen wir nirgends hin.«

Die anderen Schwertläufer nickten müde. Boffo steckte sich seine Pfeife an und vertiefte sich in seine Karte.

Robin ging zu Clothildes Futtersack und schüttelte einige einsame Haferflocken heraus. Die gab er den beiden Tauben. Dazu ein paar Rosinen, die er aus seinen Taschen glaubte.

»Wäre dumm, wenn unserer einzigen Boten, die den Weg zurück in die Heimat kennen, zuletzt auch noch verhungern würden«, sagte er. Dann setzte er sich auf ein Bündel, lehnte sich zurück und schaute flussaufwärts. Der Himmel über ihm war schmutzig grau. Doch die Wolkendecke schien jetzt höher zu hängen. Bereits ein ganzes Stück hinter sich sah er die Rauch- und Aschesäule des Tarantuil. Der Berg selbst war nicht mehr zu erkennen.

Das Floß hatte mittlerweile kräftig Fahrt aufgenommen und Bero stand auf, um Lorin beim Steuern zu helfen. Bäume und Felsen an den Ufern des Iruhin zogen in rascher Folge vorbei. Nur die Höhen des Taurongebirges im Osten schienen fest an ihrem angestammten Platz zu verharren. Robin zog seine Taschenuhr hervor. Sie zeigte kurz nach Neun.

›Erstaunlich‹, dachte Robin, ›schon so spät und immer noch hell. Entweder ist meine Uhr kaputt, oder wir kommen tatsächlich in freundlichere Gegenden.‹

Die Wasser des Iruhin trieben das Floß beständig, doch nicht unruhig voran. Robin schätzte seine Geschwindigkeit auf zwei Meilen pro Stunde. Sein Dahingleiten beflügelte Robins Gedanken. Die Ereignisse der letzten Wochen kamen ihm auf einmal fern, fast unwirklich vor. Mehrmals war er knapp dem Tode entronnen. Er dachte an die Zufälle, die ihn und seine Gefährten in letzter Sekunde aus hoffnungslosen Situationen gerettet hatten. Waren es Zufälle? Wenn ja, dann würde diese Glückssträhne früher oder später ein abruptes Ende finden. Aber nein. Er war ganz einfach vom Glück begünstigt. Oder half ihm seine geheimnisvolle Beschützerin? Seine Hand tastete zu der Tiriphe, die auf seiner Brust ruhte. Als er das Figürchen berührte, durchströmte ihn ein beruhigendes Gefühl.

Und dann gab es ja auch noch Boffo. Robin sah zu dem Elm hinüber, der gemächlich seine Pfeife rauchte, den Blick nach vorne in die hereinbrechende Dunkelheit gerichtet. Er hatte den Eindruck, dass Boffo über ihre derzeitige Situation keineswegs beunruhigt war. Wusste er mehr, als er preisgab? Oder war es einfach nur die natürliche Zuversicht des Elms? Solange er die hatte, würde Robin ihn weiter begleiten. Und möglicherweise auch darüber hinaus. Das hatte er für sich entschieden und davon würden ihn nichts und niemand abbringen.

Auf seinen Freund Lorin konnte er sich verlassen. Daran hatte er keine Zweifel. Er kannte ihn lange genug. Auch lange genug, um sich von dessen bisweilen forschem Auftreten und ungestümem Temperament nicht aus der Ruhe bringen zu lassen. Aber was war mit Bertram? Hatte er sich nicht auffallend oft von Boffo versichern lassen, dass sie auch wirklich nach Largon wollten? Und nicht nach Nergath. Natürlich war er immer dabei, wenn man ihn direkt fragte. Doch bisweilen kam es Robin vor, als bemerke er bei Bert einen Anflug von Heimweh. Und Bero? Der war auffallend still geworden in den letzten Tagen. Gut – Bero war eher der gelassene Typ. Zumindest äußerlich. Doch wenn man ihn genau beobachtete, hatte man den Eindruck, als käme er sich bisweilen überflüssig vor.

Das Wiegen des Gefährts in den Wellen und die gleichmäßigen Geräusche des Wassers machten Robin schläfrig. Selbst sein Hungergefühl war verschwunden. Er fühlte sich leicht und unbeschwert. Eine gewisse Gleichgültigkeit bemächtigte sich seiner. Schließlich nickte er ein. Tief und traumlos schlief er, bis ihn jemand sanft an der Schulter rüttelte.

»Wach auf Robin!« Es war Bero. »Du hast jetzt das Kommando. Lorin und ich wollen uns ein wenig aufs Ohr legen.«

Es war dunkel geworden. Robin stand auf. Verschlafen und schwankend. Er musste sich erst an das Stehen auf dem sich im Rhythmus der Wellen bewegenden Boden unter ihm gewöhnen. Auch Clothilde hatte sich erhoben und stand auf unsicheren Beinen. Bert war bei ihr und strich ihr über die Nüstern. Das Tier schien zu spüren, dass unbedachte Bewegungen nicht nur sie selbst in Gefahr bringen könnte und verhielt sich ruhig.

Robin ergriff eine der langen Steuerstangen und ging nach vorne. Trotz der Dunkelheit hoben sich die Linien beider Ufer deutlich sichtbar vom Wasser des Iruhin ab. Das Floß glitt ruhig und gerade dahin. Nur von Zeit zu Zeit senkte Robin seine Steuerstange an der einen oder anderen Seite des Gefährts in den Fluss. Der war jetzt tiefer geworden und er musste die Stange bisweilen über zwei Klafter weit ins Wasser tauchen. Sobald er Grund spürte, ließ er sie an einem der äußeren Stämme nach hinten gleiten und brachte mit leichtem Druck das Floß wieder auf Kurs.

Es mochte jetzt kurz nach Mitternacht sein. Die anderen schliefen und auch das Maultier hatte sich wieder niedergelegt. Robin hatte Gefallen an seiner Tätigkeit gefunden. Die Nacht war warm und es gab keine Mücken. Er spürte keinerlei Müdigkeit mehr und ein Anflug von Euphorie überkam ihn. Er musterte das westliche Ufer. Die raue, felsendurchsetzte Waldlandschaft war beschaulichen Auwäldern gewichen. Unschwer zu erkennen waren die Umrisse von Pappeln, Erlen und knorrigen Weiden. Von Zeit zu Zeit taten sich Lücken zwischen den Bäumen auf, hinter denen Robin ausgedehnte Wiesen vermutete. Auch der Iruhin selbst hatte sich verändert. Noch geraume Zeit, nachdem sie Ormor verlassen hatten, war er Robin leb- und geruchlos erschienen. Jetzt erinnerte ihn die Farbe seines Wassers an schwarze Tinte und es roch nach Moos, Wasserpflanzen und Schilf. Bisweilen drang das Quaken eines einzelnen Frosches oder das schlaftrunkene Fiepen eines Wasservogels durch die Stille.

›Aha!‹, dachte Robin. ›Das Leben kehrt zurück. Ich glaube, wir könnten morgen Jagdglück haben.‹

Dann richtete er seinen Blick nach oben. Er hatte etwas gesehen, das er viel zu lange vermisst hatte. Nur nach der Überquerung der Nirondebene, vor mehr als zwei Wochen, hatte sich ihm für einen kurzen Augenblick ein Vorbote gezeigt. Doch jetzt sah er sie ganz deutlich: blinkende Sterne am mondlosen Nachthimmel über ihm. Immer dann, wenn sich gerade eine Lücke in der Wolkendecke auftat. Und die Lücken wurden häufiger und größer.

Plötzlich verspürte Robin unbändige Freude. Und er genoss sie. Er hatte keinerlei Bedürfnis, seine Gefährten zu wecken. Sie sollten sich weiter ausruhen. Und das taten sie. Bis es gegen halb vier Uhr zu dämmern begann und Lorin und Bert schließlich von selbst aufwachten.

»Wir hätten dich längst ablösen müssen«, sagte Lorin vorwurfsvoll. »Warum hast du uns nicht geweckt?«

»Es war nicht notwendig«, erwiderte Robin. »Doch jetzt könnt ihr euch betätigen. Hier gibt es jede Menge Fische!«

»Hast du denn auch Köder?«, fragte Bert.

»Nur noch zwei Rosinen, wenn die etwas nützen«, antwortete Robin.

»Und ich habe noch eine Trockenpflaume«, fügte Lorin hinzu.

Sie warfen ihre Angelschnüre aus. Nach kurzer Zeit fing Bert einen kleinen Döbel.

»Der macht uns nicht satt, aber als Köder wird er uns gute Dienste erweisen!«, sagte Lorin.

Bert nahm den Weißfisch aus, schnitt das Fleisch in schmale Streifen und warf die Innereien zurück ins Wasser.

»Das wird die größeren Brocken anlocken!« Bert spießte etwas von dem Fisch auf seinen Haken und warf die Schnur wieder aus. Er hatte sich nicht getäuscht. Nach einer Stunde hatten er und Lorin vier Forellen und einen Wels gefangen. Schließlich ging Lorin auch noch ein großer Zander an die Angel und ihr Jagdglück schien noch nicht enden zu wollen.

Doch unvermittelt hielten Lorin und Bert mit ihrer Tätigkeit inne und schauten gebannt nach Osten. Auch Robin richtete seine Blicke dorthin. Ebenso wie Bero und Boffo, die gerade wach geworden waren. Zwischen den Gipfeln des Taurongebirges, im tiefen Einschnitt eines Gletschertals, leuchtete es hell und golden. Und ganz am Ende des Tals, dort wo es mit dem Horizont verschmolz, zeigte sich ein blutroter Ball. Es war die Sonne. Seit fast zwei Monaten hatten die Schwertläufer und der Elm sie nicht mehr gesehen. Nun war sie aufgegangen.

Und dies war nicht das einzige Schauspiel, welches die Blicke der Gefährten fesselte. In einiger Entfernung hinter ihnen hatte sich die Wolkenbarriere gelichtet. Wie von einer unsichtbaren Macht wurde sie zurückgehalten und nach oben gewölbt. Und weit im Nordosten, so dass das Auge sie gerade noch schauen konnte, stieg die Rauchwolke des Tarantuil empor. Sie durchstieß die Wolkendecke und bahnte sich ihren Weg weiter nach oben, bis in unvorstellbare Höhen. Dort, wie die Schaumkrone einer Meereswelle, neigte sie sich nach Norden und verbreiterte sich ins Riesenhafte. Darunter herrschte Dämmerung und Kälte und kein Sonnenstrahl drang hindurch.

Die neue Welt rings um die Gefährten allerdings konnte unterschiedlicher nicht sein. Nicht mehr grau und schattenhaft, sondern bunt und freundlich zogen die Ufer des Iruhin an ihnen vorüber. Einzelne Bäume reckten ihre üppig belaubten Äste über das Wasser. Davor stand ein dichter Gürtel aus Schilf und Rohrkolben. Und wo sich lichtere Stellen auftaten, leuchteten gelbe Blüten von Sumpfschwertlilien und violette Dolden des Blauen Eisenhuts aus dem satten Grün des Binsengrases. Vereinzelt drangen zarte Vogelstimmen aus dem Röhricht. Große, in allen Regenbogenfarben schillernde Libellen schwebten über das Wasser und beobachteten das ungewohnte Fahrzeug, das der Fluss an ihnen vorbei trug.

»Kann mir mal jemand sagen, ob ich wirklich wach bin, oder ob ich noch träume?!«, rief Bero und rieb sich die Augen. »Wenn dies ein Traum und keine Wirklichkeit ist, dann will ich nie mehr aufwachen. Aber vielleicht bin ich auch unbemerkt ins Wasser gefallen und in einer anderen Welt gelandet.«

»Weder träumst du, noch bist du im Jenseits, mein lieber Bero«, erwiderte Lorin. »Und weil du so wirklich bist, kannst du dich auch gleich nützlich machen. Diese Fische haben wir gefangen, während du selig schliefst. Und es werden noch welche dazukommen. Du kannst helfen, sie auszunehmen.«

»Nichts lieber als das!« Bero zog sein Messer aus dem Gürtel. »Aber ich kann nicht garantieren, dass ich nicht einige davon gleich roh verschlinge.«

»Das wirst du hübsch bleiben lassen«, mischte sich Boffo ein. »In zwei oder spätestens drei Stunden werden wir an Land gehen. Dann werden wir ein Feuer machen und sehr gesittet unsere Mahlzeit zubereiten. Bis dahin wird niemand verhungern. Nicht einmal Clothilde.«

Während das Floß unbeirrt den Iruhin hinab trieb, genossen seine Passagiere die Sehenswürdigkeiten der Landschaft. Dennoch blieben sie nicht untätig. Bero kümmerte sich um die Fische. Bert warf seine Angel wieder aus. Robin und Boffo sortierten das Gepäck und Lorin hielt das Floß auf Kurs. Clothilde knabberte vorsichtig an den grünen Spitzen ihres Bettes aus Fichtenstreu.

Im gleichen Maße, wie sie der Fluss nach Süden brachte, entfernten sie sich von den schroffen und felsigen Ausläufern des Hochgebirges. Zu ihrer Linken breitete sich jetzt eine sanfte Vorgebirgslandschaft aus. Eine Zeit lang hatte sich die Sonne wieder hinter den hohen Bergen des Taurongebirges verborgen. Nun tauchte sie endgültig über den Baumwipfeln des östlichen Flussufers auf und breitete ihre wärmenden Strahlen über die Reisegesellschaft.

Bert ließ das Angeln sein und ließ einen lauten Freudenruf erschallen. Dann zog er Jacke und Hemd aus, legte sich auf den Rücken und breitete die Arme aus.

»Jetzt ist keine Zeit zum Faulenzen!«, mahnte Boffo. »Wir erreichen jeden Augenblick unser heutiges Ziel. »Du solltest schon jetzt das Seil am hinteren Ende des Floßes befestigen. Sobald ich es dir sage, halte Ausschau nach einer geeigneten Stelle zum Festmachen.«

Es ging mittlerweile gegen neun Uhr und Boffo behielt recht. Als sie um die nächste Flussbiegung fuhren, tauchte eine Brücke vor ihnen auf. Aber sie überspannte den Iruhin nicht von Ufer zu Ufer. Vielmehr erhob sie sich mitten aus dem Fluss, der sowohl unter ihr hindurch, als auch an beiden Seiten an ihr vorbei strömte. Niemand hatte jetzt Zeit, sich darüber zu wundern.

»Wir müssen noch vor der Brücke anlegen!«, befahl Boffo. »Und zwar an Backbord! Für Landratten: auf der linken Seite!«

Robin und Lorin arbeiten kräftig mit ihren Stangen und lenkten das Floß nahe ans östliche Ufer. Bert riss sich die restlichen Kleider vom Leib. Dann nahm er das Seil zwischen die Zähne, sprang ins Wasser und schwamm an Land. Dort hatte der dichte Baumgürtel einer breiten Kiesbank Platz gemacht. Zuerst versuchte Bert das Floß zu bremsen, indem er seine nackten Fußsohlen erfolglos in den Kiesboden stemmte.

»Die Weide! Nimm die Weide!«, rief Boffo.

Bert reagierte augenblicklich. Er nahm das Seilende und schlang es doppelt um den Stumpf einer abgebrochenen Weide, der vor ihm aus der Uferböschung ragte. Während sich das Seil straffte, versuchten Lorin und Robin im Flussbett Halt zu finden. Sie rammten ihre Steuerstangen vor dem Floß in den Grund und lehnten sich mit ihrem ganzen Körpergewicht zurück. Bert wurde von dem gleitenden Seil zum Baumstumpf hingezogen und war diesem bereits bedenklich nahe gekommen. Er war kurz davor, das Seil wieder loszulassen, als das Floss abrupt stoppte. Die Stangen bogen sich bedenklich. Doch das Gefährt stand still und gab Bert die Gelegenheit, das Seil an der Weide festzuknoten. Sie waren angelandet.

Robin sprang als Erster an Land und betrachtete die Umgebung. Zu seiner Linken erstreckte sich eine sumpfige Wiesenaue. Darüber wuchs lichter, mit Riesenthujen durchsetzter Kiefernwald. Vor ihm jedoch, über einem leicht geneigten Uferstreifen aus Flussschotter, erhoben sich terrassenförmig gestaffelte Felsenbecken aus grünlichem Diabas. Bei genauerem Hinsehen bemerkte Robin Dampf, der ihnen entstieg. Klares Wasser lief über ihre mit weißem Kalksinter überzogenen Ränder. Als schmales Rinnsal strömte es dem Fluss zu, umstanden von vereinzelten Tamarisken, deren rosa Blüten süßlichen Duft verströmten.

»Dies sind die Heißen Quellen von Orind'hor«, sagte Boffo, der neben Robin getreten war. »In früheren Zeiten war dies ein berühmter Badeort. In der Nähe sollen noch Ruinen davon stehen. Man sagt, das Wasser habe eine heilende Wirkung. Doch vor allen Dingen ist es sehr heiß.«

»Wunderschön!«, erwiderte Robin. »Doch bevor wir uns daran erfreuen, sollten wir uns ums Essen kümmern.«

»Dann an die Arbeit! Ich schlage vor, du gehst mit Lorin und Bero zum Holzsammeln. Bert wird in der Zwischenzeit das Gepäck vom Floß holen und sich um das Maultier kümmern. Ich selbst will sehen, ob ich einige Zutaten organisieren kann.«

Bert hatte Clothilde bereits ans Ufer geführt. Steifbeinig und schwankend machte das Maultier die ersten Schritte. Dann sog es die Luft ein, schnaubte und folgte dem viel versprechenden Duft von saftigem Gras und jungem Schilf.

Auch Robin zog mit Lorin und Bero los. Beim Betreten des Kiefernwaldes umströmte sie der Duft von Harz und würzigem Thujaholz. Doch nicht überall war der Boden von Bäumen bestanden. Zwischen den Baumstämmen erhoben sich die Reste verfallener Pavillons und säulenumstandener Rondelle. Dazwischen ragten Abschnitte verwitterter Steinstufen aus dem Waldboden und mit steinernen Platten belegte Wege verbanden sie. Die von Säulen getragenen Friese waren mit seltsamen Reliefs geschmückt. Doch sie zeigten weder Menschen noch Elme, sondern den Schwertläufern unbekannte Mythen und Fabelwesen einer längst vergangenen Epoche.

»Beeindruckend, aber wenig einladend«, raunte Bero. Dabei blickte er sich um, als erwarte er, dass irgendjemand aus einem der Pavillons kommen und die Ankömmlinge begrüßen könne.

»Keine Angst, hier wohnt niemand mehr. Zumindest kein Lebender, der uns unser Essen streitig machen könnte«, scherzte Robin. Doch war auch ihm angesichts dieser fremdartigen Artefakte seltsam zumute.

»Beeilt euch lieber mit dem Holz!«, rief Lorin, der schon einen ganzen Arm voller dürrer Äste aufgesammelt hatte. »Hier liegt jede Menge davon und Boffo wird bestimmt schon ungeduldig!«

Wenig später trugen auch Robin und Bero schwere Bündel und folgten Lorin, der bereits wieder dem Lager zugeeilt war.

Als sie zurückkamen, hatte Boffo verschiedene Schätze der Natur gehoben. Auf einem großen Pestwurzblatt lagen Wurzeln und junge Triebe von Schilfpflanzen.

»Eine wunderbare Gegend«, schwärmte Boffo. »Sie bietet wirklich fast alles, was das Herz begehrt. Überall wachsen Kräuter und sogar Walderdbeeren habe ich schon ...«

»Die holen wir uns zum Nachtisch«, unterbrach ihn Bert. »Jetzt braten wir erst einmal die Fische. Ich bin am Verhungern.«

»Gut, gut! Ich beeil mich ja schon.« Boffo nahm Berts Drängeln nicht übel. Lächelnd hob er einen der Fische auf, roch daran und nickte zufrieden. »Du kannst mir bei der Zubereitung helfen. Aber wasch dir vorher die Hände.«

Sie hatten ihren Lagerplatz direkt auf der Kiesbank aufgeschlagen, an der sie angelegt hatten. Lorin hatte ein Feuer entfacht. Robin und Bero schafften Stücke von Treibholz und etliche größere Steine als Sitzgelegenheiten herbei.

Boffo würzte die Fische mit Salz, von dem sie noch reichlich hatten. Dann füllte er sie mit Rosmarinzweigen, wildem Thymian, etwas Vogelmiere und einigen Blättchen Knoblauchsrauke. Bert verschloss sie mit Halmen von Schilfgras und spießte sie auf

Weidenstöcke, die er schräg übers Feuer in den Boden steckte.

»Während die Fische gar werden, könnte sich jemand um das Gemüse kümmern«, schlug Boffo vor. »Wir hängen es einfach in eine der heißen Quellen.«

Er schüttete die Schilfsprossen in ein sauberes Tuch und verknotete es. Robin stieg damit zu den Quellen empor. Bisher hatte er noch keine Gelegenheit, diese Wunder der Natur näher in Augenschein zu nehmen. Das Wasser des untersten Beckens war zwischen einer und zwei Ellen tief und Robin konnte auf den Grund sehen. Mineralische Ablagerungen glitzerten ihm in allen Schattierungen entgegen und der weiße Rand des Beckens fühlte sich so glatt an, als wäre es polierter Marmor. Robin griff mit der Hand hinein. Das Wasser hatte etwa Körpertemperatur. ›Dies wird nicht ausreichen, um unser Gemüse zu garen‹, dachte er und richtete seinen Blick nach oben. Dort zogen sich weitere Bassins stufenförmig am Hang empor, wobei sich die höher gelegenen in die nächst tieferen ergossen. Dem obersten entstieg dichter, weißer Dampf. Sorgfältig in den Felsen gehauene Stufen führten dorthin. Robin erklomm sie. Auf seinem Weg nach oben kam er an Nischen mit steinernen Ruhebänken und muschelförmigen Schalen vorbei, aus denen sich kleine Wasserfälle stürzten und ihren weiteren Weg über künstlich angelegte Rinnen in die Tiefe suchten.

Das Wasser des obersten Beckens schien beinahe zu kochen. Robin hängte das Tuch mit dem Gemüse hinein. Dann sah er sich um. Die Treppen führten weiter empor. Robin sah Plattformen und Galerien und auch sie waren kunstvoll aus dem festen Gestein gemeißelt. Dazwischen gab es rechteckige Öffnungen, die wie Türen oder Fenster Zugang zum Felseninnern gewährten. Nach der linken Seite wand sich die Treppe in Richtung des Waldes hin. Robin folgte ihr. Inmitten der Felsenlandschaft und von unten nicht einsehbar, betrat er einen ovalen, säulenumstandenen Platz. Geheimnisvolle Grotten mit fremdartigen Statuen säumten seine Ränder. Doch Robin interessierte sich jetzt nicht dafür. Denn in einer sonnigen Nische wucherten Himbeer-

und Brombeersträucher, an denen leuchtend rote Früchte in Massen hingen. Robin konnte nicht widerstehen. Die Beeren dufteten herrlich und sie schmeckten noch besser. Nach Wochen mit nur karger und eintöniger Nahrung kamen sie ihm wie ein Geschenk des Himmels vor. Er aß eine Zeit lang. Dann setzte er sich auf eine der sonnenbeschienenen Steinbänke und genoss die Aussicht. Unter ihm erstreckte sich das Tal des Iruhin mit dem glitzernden Band des Flusses in seiner Mitte, das am Horizont zwischen sanft gewellten Höhenzügen verschwand. Dahinter musste das Land Norien und die Stadt Nergath liegen. Dorthin wollten sie irgendwann gelangen. Doch alles schien so weit. Ein Pfiff von unten riss ihn aus seinen Gedanken. Er rannte die Treppen hinab, fischte unterwegs das Gemüse aus dem Wasser und eilte seinen Gefährten zu.

Das Festmahl hielt das, was sein Duft bereits bei seiner Zubereitung versprochen hatte. Bert hatte die Fische fleißig über niedriger Glut gedreht, so dass sie knusprig braun aber nicht verbrannt waren. Es war genug da und alle wurden satt. Sogar die Tauben. Denen hatte Lorin ein Bündel Vogelmiere in den Käfig gesteckt. Die wuchs überall entlang der feuchten Uferwiesen, voll mit kleinen, aber nahrhaften Blüten und Samen.

Nach dem Essen streckten sich die Schwertläufer zur Mittagsruhe auf dem weichen und warmen Kiesbett aus. Boffo ging zum Angeln. Als er mit guter Beute zurück war, machten sie sich daran, ihre Kleidung zu säubern. Die Sachen, die sie auf dem Leib trugen, wuschen sie im warmen Wasser der Quellen und legten sie dann in die Sonne zum Trocknen. Dann stiegen sie selbst in das unterste Bassin. Robin genoss das Prickeln des mineralhaltigen Wassers auf seiner Haut. Und er spürte wie neue Kraft und Energie seinen Körper durchflutete und seinen Geist erfrischte. Er lehnte sich zurück, legte seinen Kopf auf den glatten Beckenrand und schloss die Augen. Dabei dachte er an Lindhag und die große, kupferne Badewanne im Rob'schen Haus in der er seit früher Jugend immer gerne gesessen hatte.

Zweimal in der Woche, wenn Helmbert den großen Heißwasserkessel einheizen musste, weil auch der Rest der Familie nach Sauberkeit verlangte.

Als ihm die Wärme zu viel wurde, stieg Robin aus dem Wasser. Er ging zu seinem Gepäck und kramte Onkel Birkers Haar- und Bartschneideapparat heraus. Doch dann fiel ihm ein, dass er keinen Spiegel hatte.

»Lieber Boffo, wer, wenn nicht du könnte helfen, uns alle wieder ein wenig zu verschönern?!«, rief er zu dem Elm hinüber, der noch im warmen Becken saß. »Wir wissen doch alle, welch ausgezeichneter Barbier du bist!«

Boffo winkte ab. Doch alle anderen waren begeistert.

»Was sollen aber die Leute von uns denken, wenn wir so nach Largon kommen«, bemerkte Lorin mit gespielter Sorge. Und Bertram strich sich mit den Fingern durch die nassen Haare, so dass sie nach allen Seiten abstanden und machte eine hinterwäldlerische Grimasse dazu.

»Na gut«, sagte Boffo schließlich. »Aber nur, wenn ihr hinterher wieder alles hübsch sauber macht. Ich kann keine herumliegenden Haare leiden.«

Er stieg aus dem Wasser und schlang sich ein Tuch um die Hüften. Dann begann er damit, den Schwertläufern Bärte und Haare zu stutzen.

Drei Tage lang lagerten die fünf Gefährten an den Gestaden von Orind'hor, ohne sich große Gedanken über ihr weiteres Vorhaben zu machen. Und obwohl sie sich nur von dem ernährten, was ihnen die Natur bot, kamen sie jeden Tag besser zu Kräften. Die milde Luft, das schöne Wetter und die heilende Wirkung des Quellwassers taten ein Übriges. Meist lagen sie in der Sonne und freuten sich auf die nächste Mahlzeit. Manchmal gingen sie im Wald spazieren, suchten Beeren und bewunderten die Bauwerke und Steinmetzarbeiten. Abends lagen sie dann im warmen Quellwasser und ließen Körper und Seele treiben. Auch Clothilde ging es besser. Das saftige Gras und die Ruhe hatten sie wieder lebhaft und neugierig werden lassen. Nur die beiden Tauben saßen in ihrem Käfig und ließen die Köpfe hängen.

Am Morgen des vierten Tages wachte Robin auf, weil ihm ein Duft in die Nase stieg, der ihn an frisch gerösteten Malzkaffee erinnerte. Er streckte den Kopf aus seiner Decke und sah Boffo, der sich am Feuer zu schaffen machte. Der Elm hatte einen Arm voll Pflanzen der Wegwarte ausgegraben, deren hellviolette Blüten man in großer Anzahl am Flussufer sehen konnte. Deren Wurzeln hatte er klein geschnitten und auf einem heißen Stein geröstet. Das Ergebnis seiner Arbeit hatte er in heißes Wasser geschüttet und aufgekocht.

»Das könnte ein schönes Frühstück werden«, seufzte Robin, als er Boffos Trank probierte. »Aber irgendetwas fehlt. Ohne einen Löffel Imril ist dieses Getränk nur etwas für Hartgesottene. Ganz zu schweigen davon, was ich für frisches Brot oder knusprige Brötchen geben würde.«

»Damit kann ich leider nicht dienen.« Boffo zuckte mit den Schultern. »Auch heute wird es wieder nur Fisch und Gemüse geben. Und zum Nachtisch Beeren. Doch wem dieses Getränk hier zu bitter ist, für den habe ich noch ungesüßten Tee aus Schafgarbe und Brombeerblättern.«

»Na toll!«, grummelte Bero und rümpfte die Nase. »Den gibt's schon seit drei Tagen.«

»Ich kann's nicht ändern«, erwiderte Boffo. »Zumindest nicht hier. Wenn ihr euch so sehr nach Abwechslung sehnt, müssen wir uns eben wieder auf den Weg machen.«

»Wird sowieso langsam Zeit, dass wir wieder auf die Straße kommen«, stimmte Robin zu. »Dreizehn oder vierzehn Tagesreisen bis Largon sind kein Pappenstiel. Und wenn wir noch länger bleiben, gewöhnen wir uns am Ende noch ans Faulenzen.«

»Also gut«, sagte Boffo. »Ich habe nichts dagegen. Wie wär's, wenn wir uns gleich morgen früh auf den Weg machen?«

Die anderen waren einverstanden. Heute wollten sie sich noch einmal ausruhen. Doch nach ihrer mageren Morgenkost galt es zunächst, etwas Essbares zu beschaffen.

Während sich die anderen am Wasser und in den Uferauen auf die Suche machten, begaben sich Robin und Boffo bergauf. Sie wollten ein letztes Mal zu dem säulenumrandeten Platz auf der Waldlichtung über den Quellen empor wandern. Dort angekommen setzten sie auf eine der sonnenbeschienenen Bänke mit Aussicht über das Tal.

»Weißt du noch Robin, als wir erstmals zusammen am Hirschsprung über der Rotfelsmine saßen?«

»Natürlich kann ich mich erinnern. Wir ließen die Füße ins Leere baumeln und tief unter uns floss der Springbach. Viel tiefer als hier der Iruhin, und es ging auch viel steiler nach unten – beinahe senkrecht.«

»Du warst damals erst acht Jahre alt und dein Vater war sehr besorgt um dich. Er hatte dich nur unter der Bedingung mitgehen lassen, dass ich dich wie meinen Augapfel hüte.«

»Daran kann ich mich allerdings nicht erinnern. Aber warum erzählst du mir das?«

»Nun, die gleichen Worte hat mir dein Vater auch jetzt wieder mit auf den Weg gegeben. Als wir vor beinahe sechs Wochen von zuhause aufbrachen. Und ich musste ihm feierlich versprechen, dich auf keinen Fall zu irgendwelchen unüberlegten oder gefährlichen Handlungen anzuhalten. Doch genau das habe ich von Anfang an getan und ich tue es immer noch. Tatsächlich kann ich für überhaupt nichts garantieren, was weiter geschieht. Denn ich weiß es selbst nicht.«

»Heißt das, du glaubst selbst nicht daran, dass wir den zweiten Schlüssel in Arangion finden könnten?« Robin blickte Boffo mit ungläubigen Augen an.

»Das nicht. Doch siebenhundert Jahre sind eine lange Zeit. Sie haben ausgereicht, dass niemand in Fornland mehr etwas über die damaligen Ereignisse wusste. Selbst im Tal der Elme nicht. Und in Bahor lebt seit hunderten von Jahren niemand mehr, der von Tirith und dem Schlüssel Khor hätte künden können. Ebenso wenig, wie an den Gestaden von Ormor. Wer kann wissen, ob dies nicht auch in Arangion der Fall ist. Möglicherweise ist auch dort das Vermächtnis des Meridoz längst in Vergessenheit geraten. Und mit ihm das Wissen um den Schlüssel Khrit.«

»Das ist sicher möglich. Doch eines weiß ich bestimmt: es gibt den Schlüssel. Er existiert. Davon bin ich überzeugt, seit ich Khor bei mir trug. Und wenn es ihn gibt, dann wird man ihn auch finden können.« Robin legte seine Hand auf seine Brust, wo die kleine Figur unter seinem Hemd ruhte. »Notfalls wird uns die Tiriphe dabei helfen.«

Boffo nickte und lächelte. Dann klopfte er Robin mit der flachen Hand auf den Oberschenkel, stand auf und deutete mit dem Daumen über seine Schulter nach hinten. Dorthin, wo die Sträucher mit den Himbeeren standen.

»Lass uns noch einige Beeren für die anderen pflücken. Deswegen sind wir ja wohl eigentlich hier. Ich habe extra ein sauberes Tuch mitgebracht.«

»Du hast recht«, erwiderte Robin. »Bevor uns die Vögel alles wegfressen.« Er stand auf und ging mit Boffo hinüber zu den Büschen. Ein Schwarm Stare, die dort gesessen hatten, erhob sich mit schwirrendem Flügelschlag und suchte das Weite. Und von einem Ast des Vogelbeerbaumes darüber schwang sich eine große, schwarze Rabenkrähe in die Luft und glitt mit einem heißeren Ruf zu Tal.

Als sie wieder zurück zum Lager kamen, wartete dort eine Überraschung auf sie. Lorin hatte einen Hasen geschossen. Er war bereits abgezogen und drehte sich an einem Holzspieß über der Glut der Feuerstelle.

»Viel ist nicht dran an diesem Winzling«, bemerkte Bert. »Aber ein wenig Abwechslung tut uns allemal gut. Wie wär's mit etwas kalten Bratfisch zum Nachtisch?«

»Da hätten wir einen besseren Vorschlag«, sagte Robin. Er schlug das Tuch auseinander und zum Vorschein kam ein gewaltiger Haufen duftender Himbeeren. Alle wurden diesmal satt. Sogar für die beiden Tauben blieben noch genug Beeren übrig.

»Was die Tauben angeht, so bin ich der Meinung, wir sollten sie möglichst bald fliegen lassen«, schlug Bero vor. »Und zwar beide. Auf unserem langen Weg nach Largon werden wir selbst eine davon kaum ernähren können.«

»Warum nicht gleich heute?«, fragte Lorin. »Von hier aus finden sie bestimmt die richtigen Pässe und Täler, die sie über das Gebirge zum Leronsee führen. Und von dort ist es nicht mehr so weit bis Elegien. Zumal für Tauben.«

»Das würde Sinn machen. Doch welche Nachricht wollen wir ihnen mitgeben?« Boffo blickte fragend in die Runde.

»Natürlich die, dass wir unsere Aufgabe in Ormor erfüllt haben und alle wohlauf sind«, sagte Bero. Und Lorin fügte hinzu: »Und dass wir über Largon in das Land Arangion weiterreisen, um den zweiten Schlüssel zu finden.«

»Dann habt ihr euch also entschieden«, sagte Boffo und wiegte nachdenklich den Kopf.

»Es hat keiner großen Überlegungen bedurft«, sagte Lorin. »Unsere Entscheidung stand auch vorher schon fest.«

Robin hatte Bert beobachtet, der etwas abseits saß und alles andere als begeistert dreinblickte. »Wie sieht's mit dir aus, Bert? Bist du auch dabei?«, fragte er.

»Was für eine Frage! Natürlich werde auch ich Boffo folgen. Und ich bin stolz darauf, in eurer Begleitung reisen zu dürfen.«

»Damit ist es beschlossen«, sagte Boffo. Er holte seine Schreibfeder und fertigte zwei kleine Zettelchen. Lorin und Bert brachten sie an den Beinen der beiden Tauben an und warfen sie dann gemeinsam in die Luft. Schnell und ohne Zögern, als könnten sie der neu gewonnenen Freiheit nicht recht trauen, schwangen sie sich empor und flogen in südöstlicher Richtung dem Gebirge entgegen. Die Schwertläufer und der Elm blickten ihnen nach, bis sie ihren Blicken entschwunden waren.

»Ich hoffe, zumindest eine wird es schaffen«, sagte Robin nachdenklich. Dann begannen sie mit den Vorbereitungen für den morgigen Aufbruch.

Am Abend kam ein leichter Wind auf, der in der Nacht stärker wurde.

»Sieht aus, als wolle sich das Wetter ändern«, sagte Boffo und blickte nach Südwesten.

»Schon möglich«, entgegnete Robin, der als einziger der Schwertläufer noch wach war. »Doch wenn schon anderes Wetter, dann hoffentlich aus der richtigen Richtung.« Damit zog er sich seine Decke über den Kopf und schlief ein.

Boffos Sorge schien unbegründet. Am nächsten Morgen schien wieder die Sonne, so als wäre nichts gewesen. Doch als Bert hinunter zum Fluss ging, um seine Angelschnur auszulegen, hörte man ihn lauthals fluchen. Die anderen sprangen aus ihren Decken und liefen hinunter zum Ufer. Das Floß war weg. Am Weidenstumpf hing noch das Seil.

»Zumindest einer meiner Knoten hat gehalten«, knurrte Bert.

»Wir hätten das Floß sowieso nicht mehr gebraucht«, beruhigte ihn Robin. »Viel wichtiger ist, dass wir gestern Abend noch das ganze Gepäck an Land gebracht haben.«

Achtzehntes Kapitel

Gänsebraten und dunkles Bier

Am Vormittag des 13. Juli verließen die Schwertläufer und der Elm die Gestade des Iruhin. Die Straße führte sie auf sanften, trockenen Anhöhen durch eine mit lockerem Strauchwerk bewachsene und nur gering bewaldete Landschaft. Lediglich die Ausläufer des Gebirges zu ihrer Linken waren mit lichten Nadelwäldern bestanden. Zu ihrer Rechten, weiter im Westen, erstreckten sich grasige Niederungen, die das sumpfige Schwemmland zwischen dem Iruhin und seinem Nebenfluss Merin bildeten.

Der Aufbruch von Orind'hor war den Wanderern nicht leicht gefallen. Zu sehr schon hatten sie sich an das müßige Leben und die Annehmlichkeiten der Heißen Quellen gewöhnt. Nur Clothilde trabte froh vor sich hin. Sie hatte sich prächtig erholt und schwer hatte sie jetzt nicht mehr zu tragen.

Die nächsten Tage folgten sie der Straße geradewegs nach Süden. Ihre Kost war karg, seit sie dem Fluss den Rücken gekehrt hatten. Lediglich ein Rebhuhn, das Lorin erlegte, bot ein wenig Abwechslung zu den Wurzeln und Blattgemüsen, die Boffo mit Kennerblick suchte und fand. Am Ende des dritten Tages schoss Bero eine Graugans, die im Formationsflug mit ihrer Schar ebenfalls nach Süden strebte. Die Gänse waren aus guten Weidegründen gekommen. Auch diese war wohlgenährt und bescherte den Reisenden ein unerwartetes Festmahl. Mit vollen Bäuchen gingen sie zu Bett.

Am Ende des vierten Tages kamen sie an den Merin, der aus den Tiefen des Taurongebirges kommend dem Iruhin zustrebte.

Geraume Zeit schon waren vermehrt Wolken aus Südwesten herangezogen, die stetig dichter und dunkler geworden waren. An diesem Abend begann es zu regnen.

Der Merin war wasserreich und lebhaft, doch nicht sehr breit. Dennoch verband eine schön geschwungene Steinbrücke seine Ufer. Boffo hatte am Ende der Brücke einen schmalen Pfad entdeckt, der unter ihren dritten Bogen führte. Dessen Grund war zu Hälfte trocken und bot den Reisenden Platz für ein komfortables Nachtlager.

Der auf das Wasser plätschernde Regen hatte auch die Fische an die Oberfläche gelockt. Lorin und Bert fingen in kürzester Zeit einige Forellen. Und weil Boffo etwas Gänseschmalz aufgehoben hatte, konnte er endlich wieder seine geliebte Pfanne in Betrieb nehmen. Darin bereitete er ein würziges Fischragout mit Bärlauchzwiebeln und jungen Blättern von Spitzwegerich und Wegwarte. Boffos Pfanne war nicht besonders groß und er musste mehrere Portionen zubereiten. Dennoch wurden die Schwertläufer an diesem Abend nicht satt. Doch Boffo tröstete sie damit, dass sie in einigen Tagen die Waldstadt Koss erreichen würden. Dort würde es alles geben um ihren Hunger zu stillen und ihre müden Körper zu erfrischen.

Gegen Mittag des fünften Tages erreichten sie den Lerdwald. Dreißig Meilen erstreckte er sich in der Länge und fast ebenso viel in der Breite.

»Nehmt Fornland und halb Thornland zusammen«, sagte Boffo, »und ihr habt eine ungefähre Vorstellung von der Größe dieses Waldes.«

Der Lerdwald war kein lichter Nadelwald, wie es ihn bei den Heißen Quellen von Orind'hor oder an den Vorbergen des Taurongebirges gab. Er bestand aus gewaltigen Eichen, Buchen und Ahornbäumen. Jetzt im Sommer bildeten sie ein dichtes Blätterdach, durch das bei dem derzeitigen trüben Wetter nur wenig Licht bis auf den Boden drang. Aber dies war nicht die einzige Unannehmlichkeit, mit der sie der Wald empfing.

Die ganze vorhergehende Nacht und den Vormittag dieses Tages hatte es genieselt. Jetzt, da sie in die Tiefen des Waldes eintauchten, wurde der Regen stärker – gelinde gesagt. Tatsächlich goss es in Strömen. Anfänglich hielt das dichte Blätterdach die Nässe noch zurück. Doch bald konnte es seine Last nicht mehr tragen. In großen Tropfen ergoss sie sich auf die Kleidung der Reisenden und drang bis auf die Haut. Nur Robin und Boffo wurden von ihren Elmenmänteln einigermaßen trocken gehalten.

Die Nacht verbrachten sie notdürftig geschützt unter dem ausladenden Blätterschirm einer Linde. Glücklicherweise war es nicht kalt. Robin stellte den anderen Schwertläufern seine wasserabweisende Elmendecke zur Verfügung. Sie war groß genug, dass drei Leute eng nebeneinander liegen und die andere Hälfte über sich schlagen konnten. Er selbst und Boffo schliefen im Sitzen an den Stamm des Baumes gelehnt. Ein Feuer zu entfachen hatten sie gar nicht erst versucht.

Am Morgen des sechsten Tages ihrer Wanderung war das Wetter nicht besser. Lorin, Bero und Bert schälten sich fluchend aus Robins Decke.

»Nichts gegen eure Freundschaft«, schimpfte Lorin. »Aber auf eine solche Nähe will ich in Zukunft gerne verzichten!«

»Zumindest sind wir trocken und warm geblieben«, meinte Bert.

»Du hast auch die ganze Nacht geschnarcht, während ich keine Auge zugetan habe«, knurrte Bero, »und auf die Geräusche, die Lorin von sich gegeben hat, möchte ich nicht näher eingehen.«

»Du hättest jederzeit ausziehen können«, erwiderte Lorin trotzig. »Dann hätten wir mehr Platz gehabt.«

Bero winkte wortlos ab und schickte sich an, Bert beim Beladen von Clothilde zu helfen.

Mit leerem Magen setzten sie sich missmutig in Bewegung und zu allem Übel regnete es auch diesen ganzen Tag. Sogar die

Wildtiere schienen wie vom Erdboden verschluckt. Weder Feder- noch Haarwild ließ sich sehen und kein Vogel piepste im Gezweig. Als einzige Nahrung blieben den Wanderern die Beeren, welche sie im Vorbeigehen am Wegrand zupften. Auch ihr Plan, die Nacht durchzumarschieren zerschlug sich. Gegen zehn Uhr war es so dunkel, dass sie nur noch im Schein ihrer Laternen hätten wandern können. Deshalb entschlossen sie sich zu bleiben, wo sie gerade waren und Robins Decke als Regenschutz aufzuspannen. Dann streiften sie sich die einzig verbliebenen trockenen Hemden über die nasse Haut und erwarteten das Ende der Nacht.

Beim ersten Licht des siebten Tages machten sie sich wieder auf den Weg. Und zur freudigen Überraschung aller ließ der Regen im Laufe des Vormittags nach. Am späten Nachmittag kamen sie aus dem dichten Hochwald in offeneres Gelände. Auf den ersten Blick war nicht zu erkennen, ob sie den Wald bereits hinter sich gelassen hatten, oder auf eine riesige, nicht überschaubare Lichtung getreten waren.

»Den Lerdwald können wir noch nicht durchschritten haben«, sagte Boffo. »Wir sind noch nicht durch Koss gekommen. Das soll eine ziemlich große Ansiedlung sein. Wir hätten sie nicht übersehen können. Und noch vor der Stadt gibt es ganz sicher auch Dörfer oder zumindest Bauernhöfe.«

»Dann lasst uns sie suchen«, drängelte Lorin. »Bevor ich mich vor Hunger nicht mehr auf den Beinen halten kann.«

Sie beschleunigten ihre Schritte. Und wirklich nahm die Landschaft bald kultivierte Formen an. Aus der buschigen Lichtung am Waldrand wurden geordnete Wiesen und Weiden und dazwischen öffneten sich vereinzelte Feldfluren, auf denen halbreifes Getreide stand. Auch Kartoffeläcker waren darunter und die bereits abgeblühten Pflanzen ließen auf die ersten reifen Knollen hoffen. Direkt am Straßenrand lag eine Streuobstwiese und zu Freude der Wanderer standen darinnen Bäume mit gelben, duftenden Frühäpfeln.

»Esst nicht zu viel davon!«, warnte Boffo, als sich die Schwertläufer mit Heißhunger darauf stürzten. »Eure Mägen könnten euch diesen ungewohnten Genuss verübeln. Und bevor ihr damit beginnt, die Felder zu plündern, denkt daran, dass dies alles jemandem gehört. Sobald wir das erste Dorf erreichen, können wir all diese Dinge kaufen oder sogar auf eine fertige Mahlzeit hoffen.«

Sie steckten sich einige Äpfel ein und gingen weiter. Schon bald sahen sie abseits der Straße einzelne Gehöfte. Dann tauchten die Häuser eines Dorfes vor ihnen auf.

»Riecht ihr, was ich rieche?, fragte Bero und streckte die Nase in die Luft.

»Natürlich! Jemand backt Brot!«, rief Bert. »Mir läuft das Wasser im Mund zusammen!«

Es hatte aufgehört zu regnen, als sie die ersten Gebäude erreichten. Eine Gruppe Kinder lugte um die Ecke eines Hauses und rannte davon, als die Wanderer näher kamen. Sonst ließ sich niemand sehen. Allerdings bemerkte Robin, dass sich hinter manchen Fenstern die Vorhänge bewegten.

»Ziemlich ungastlich, die Leute hier«, knurrte Lorin. »Zumindest etwas freundlicher hätte ich mir unseren Empfang vorgestellt.«

»Ich denke, die haben einfach nur Angst«, erwiderte Robin. »Fremde, und gar solche wie wir, scheinen nicht häufig hierher zu kommen.«

»Schon gar nicht aus nördlicher Richtung«, fügte Boffo hinzu. »Lasst uns einfach irgendwo hingehen und fragen.«

Sie waren in der Mitte des Dorfes angelangt. Es war das stattliche Gehöft zu ihrer Rechten, aus dem der Geruch frisch gebackenen Brotes drang. Die Ankömmlinge traten durch die Einfahrt in den Hof.

Lorin ging zur Eingangstür des Wohnhauses und klopfte. Aus dem Hinterhof drang Hundegebell. Doch niemand antwortete. Lorin klopfte erneut, diesmal heftiger.

»Hallo!«, rief er. »Ist jemand zuhause?«

Ein kräftiger Mann mit Vollbart kam um die Ecke des Hauses. In der Hand hielt er eine Mistgabel. Zwei junge Burschen folgten ihm. Sie hatten Dreschflegel in den Händen.

»Guten Abend«, sagte Robin und ging auf den Bauern zu. »Ich nehme an, Ihr seid der Besitzer dieses Anwesens.«

»Das ist richtig, Herr«, knurrte der Bauer. »Und was verschafft uns die Ehre Eures Besuchs?«

»Wir sind Reisende auf dem Weg nach Largon«, fuhr Robin fort. »Leider ist uns in den letzten Tagen der Proviant ausgegangen. Wir hoffen, in diesem Dorf etwas Essbares zu bekommen. Und ein Dach über dem Kopf für eine Nacht. Damit wir unsere nassen Kleider trocknen können.«

»Glaubt uns, werter Landmann: mit einer einfachen Mahlzeit könnt Ihr uns vor dem Verhungern retten«, mischte sich Lorin ein. »Natürlich gegen anständige Bezahlung, versteht sich.«

»Zu Essen könnt Ihr bekommen. Doch sind wir nicht auf Übernachtungsgäste eingerichtet. Höchstens einen Schlafplatz im Heu kann ich Euch anbieten. Wenn Euch das genügt, und solange Ihr nicht herumzündelt.« Der Bauer klang jetzt freundlicher. Die offene Art der Fremden schien sein Misstrauen gedämpft zu haben. Auch die beiden jungen Männer hinter ihm ließen ihre Dreschflegel sinken.

»Hört sich gut an!«, sagte Bert. »Ich schlafe sowieso lieber im Heu als in fremden Betten.«

»Dann kommt herein. Doch erwartet keinen Luxus und keine vornehme Küche. Wir sind einfache Bauern und leben von dem, was uns die Scholle bietet. Derk und Bolin werden sich um das Maultier kümmern.«

Zu viert folgten sie dem Bauern. Robin führte derweil Clothilde hinter dessen beiden Söhnen in die Tenne. Dort half er, das Tier abzuschirren und legte die Gepäckstücke beiseite. Derk und Bolin schafften Heu, Hafer und Wasser herbei. Nebenbei warfen sie bewundernde Blicke auf die Waffen und die Ausrüstung der Ankömmlinge. Doch machten die beiden den Eindruck ehrlicher Kerle. Dennoch nahm Robin die wertvollsten Sachen an sich, bevor er sich über einen dämmrigen Flur in die Stube geleiten ließ.

Robins Augen mussten sich erst an das Halbdunkel gewöhnen. Der große, rußgeschwärzte Raum war Küche und Wohnstube in Einem. In einer Fensternische erkannte Robin einen Tisch mit Bänken und Stühlen. In der gegenüberliegenden Ecke stand ein mit braun glasierten Kacheln verkleideter Ofen. In der Mitte des Raumes hing ein pyramidenförmiger Rauchabzug. Der quadratisch gemauerte Herd darunter war genau genommen nur ein erhöhtes Podest. Darauf standen verschiedene Gestelle, um das Kochgeschirr zu halten. Auf einer dieser Vorrichtungen stand ein großer Topf und darunter brannte ein Feuer. Gerade eben ausreichend, um darauf auf kleiner Flamme zu kochen. Neben dem Herd warteten schon Robins Gefährten und er gesellte sich dazu. Derk und Bolin ließen sich auf die Ofenbank fallen.

Eben betrat auch der Bauer den Raum durch die Hintertür. In seiner Begleitung kam eine Frau mittleren Alters. Sie hatte wohl bis eben noch im Stall zu tun gehabt, denn sie ging zuerst zu einem Wasserschaff und wusch sich die Hände.

»Meine Frau Lina«, stellte sie der Bauer vor. Die warf nur einen kurzen Blick auf die Ankömmlinge, nickte freundlich und machte sich dann am Herd zu schaffen. Ihr Gesicht war von harter Arbeit gezeichnet. Doch war es nicht bäurisch. Einige hübsche Züge hatten sich darin erhalten. Und ihre schlanke, fast zierliche Figur verlieh ihren Bewegungen einen Anflug von Anmut und Leichtigkeit.

»Angenehm«, sagten die Gäste beinahe einstimmig und verbeugten sich. Die Frau lächelte und beschäftigte sich weiter mit ihrer Arbeit.

»Mein Name ist übrigens Urt Merlot«, fuhr der Bauer fort. »Ich bin der Vorsteher dieses Dorfes, welches wir Einod nennen. Meine beiden Söhne kennt Ihr ja bereits.«

»Sehr erfreut«, erwiderte Boffo. »Mein Name ist Boffo, Falons Sohn. Ich bin, wenn man so will, der Reiseführer dieser vier jungen Herren, die allesamt aus dem Land Elegien stammen. Genauer gesagt aus Fornland, bis auf Herrn Bero Bordin hier, der aus dem schönen Lusilien kommt.« Dann deutete er auf jeden der restlichen Schwertläufer und nannte ihre Namen.

»Reiseführer, mmh, seltsam«, brummte der Bauer und rieb sich den Bart. »Dann seid Ihr sicher neu in dieser Profession. Denn wenn Ihr aus Elegien kommt und nach Largon wollt, wäre der Weg über Eldar sicher der bessere gewesen. Doch jetzt setzt Euch erst einmal. Ich glaube, das Essen ist fertig.«

Diese Aufforderung ließen die Schwertläufer nicht zweimal über sich ergehen. Sie setzten sich an den Tisch und blickten erwartungsvoll in Richtung des Herdes, aus der es verlockend duftete. Auch der Gastgeber und seine Söhne nahmen ihre Plätze ein.

»Tira! Lede!«, rief die Hauswirtin. »Kommt und helft mir beim Auftragen!« Zwei Mädchen betraten den Raum. Die jüngere der beiden Schwestern war barfuß und trug ein buntes Kleid. Die ältere hatte langes, dunkles Haar und man sah, dass sie bereits auf ihr Äußeres achtete. Beide kicherten und tuschelten miteinander. Dabei stellten sie Teller und Geschirr auf den Tisch und musterten die Schwertläufer und vor allem den Elm neugierig.

»Seid nicht albern!«, mahnte ihre Mutter. »Was sollen denn diese Herren von euch denken. Ihr müsst verzeihen«, wandte sie sich dann an Boffo. »Wir haben gehört, dass es solch kleine Herren, wie Euch gibt. Doch haben wir noch niemanden Eures Volkes hier gesehen.«

»Kein Wunder«, sagte Boffo. »Wir kommen selten in diese Gegend. Und das, obwohl Angehörige meines Volkes früher in diesen Landen ansässig waren. Doch das ist lange her.«

Die Bäuerin schüttelte verwundert den Kopf. Doch fragte sie nicht weiter nach, sondern stellte den Topf auf den Tisch.

»Es ist nur eine einfaches Mahl«, sagte sie entschuldigend, als sie mit einem Schöpflöffel eine Art dicken Eintopf austeilte. »Kartoffeln und Rüben mit durchwachsenem Speck. Ich hoffe, Ihr mögt es dennoch.«

Diese Bemerkung wäre überflüssig gewesen. Denn die Schwertläufer und der Elm legten los, kaum dass ihre Teller gefüllt waren. Und jeder von ihnen ließ sich so lange nachgeben, bis der Topf beinahe geleert war. Urt Merlot und seine Frau sahen sich erstaunt an. Derk und Bolin machten große Augen und es schien, als könnten sie sich nicht entscheiden, ob sie protestieren oder lachen sollten. Nur Tira und Lede, die etwas abseits auf einer Bank saßen, kicherten.

»Ihr scheint wirklich sehr hungrig zu sein, meine Herren!«, sagte die Hausfrau, die endlich selbst Zeit gefunden hatte, neben ihrem Mann Platz zu nehmen. »Normalerweise koche ich immer für ein paar Tage im Voraus und ein solcher Topf reicht bei uns die halbe Woche.«

»Verzeiht, Frau Lina!«, erwiderte Robin, immer noch kauend. »Aber dies ist unsere erste warme Mahlzeit seit drei Tagen. Und ich für mich kann behaupten, nie einen Eintopf gegessen zu haben, der mir besser geschmeckt hätte.«

Die anderen stimmten mit vollen Backen zu.

»Wenn das so ist, muss ich wohl noch etwas mehr auftragen.« Sie winkte ihren Töchtern. Zusammen verließen sie den Raum und kamen wenig später mit frischem Brot, geräucherten Würsten, Käse und Speck zurück. Die Hausherrin selbst trug einen großen, irdenen Krug, den sie auf den Tisch stellte. Dann teilte sie Becher aus und goss ihren Gästen ein.

Das Bier schmeckte etwas schal und sauer. Es war das gewöhnliche Dünnbier, welches die Landleute während und nach der Arbeit tranken. Doch nach dem wochenlangen Genuss von blankem Wasser oder ungesüßtem Tee, kam es Robin köstlich vor.

Als sie endlich satt waren und der Tisch abgeräumt war, steckte sich Urt Merlot eine Pfeife an.

»Bedient Euch«, sagte er und rückte die Tabaksdose in die Mitte des Tisches.

Boffo nahm dieses Angebot gerne an. Die anderen lehnten dankend ab. Frau Merlot schenkte ihnen Bier nach.

»Nun sagt, was führt Euch aus dem Norden hierher zu uns?«, begann Urt Merlot eine Unterhaltung. »Seit Jahren, wenn nicht Jahrzehnten, sind keine Fremden mehr aus nördlicher Richtung zu uns gekommen. Die Gegend dort soll gefährlich geworden sein. Selbst Schatzsucher aus dem Süden wagen sich nicht mehr dorthin, seit einige von ihnen vor zwei Jahren nicht mehr zurückgekehrt sind.«

»Ein eher privater Grund«, antwortete Boffo, ohne auf die weiteren Bemerkungen des Bauern einzugehen. »Er betrifft mich und meine Sippe. Ich wollte immer schon Ormor und Linhor besuchen, die uralten Heimstätten meiner Vorfahren.«

»Dann verzeiht meine Neugier. Doch wenn Ihr in Ormor wart, dann seid Ihr sicher auch am Nebelberg vorbeigekommen. Der Vulkan, den wir hier Nolintor nennen, erfüllt uns mit großer Sorge. Auch wenn er so weit von uns entfernt ist und uns bisher wenig belästigt hat. Vor zwei Monaten soll es einen größeren Ausbruch gegeben haben, wie man hört. Diese Nachricht kam aus Largon zu uns, wo man gute Verbindungen nach Eldar hat.«

»Den gab es allerdings«, sagte Robin. »Ich selbst habe ihn erlebt und gesehen. Vor allem die Gegenden im Norden und Nordosten hatten darunter zu leiden und haben es noch immer. Es erstaunt mich, dass der Süden hier überhaupt nicht betroffen ist.«

»Überhaupt nicht, wäre übertrieben«, wehrte der Bauer ab. »Der Berg spuckt nun schon etliche Jahre. Und bei ungünstiger Witterung saßen auch wir schon einige Male im Trüben. Seit mehr als zwei Monaten kommt uns allerdings zugute, dass Wind und Wetter beständig aus Südwesten zu uns ziehen. Dies wird sich irgendwann ändern. Und dann, befürchte ich, werden auch wir schlechteren Zeiten entgegen sehen.«

»Doch sagt, wie steht es im Süden, mein lieber Herr Merlot«, brachte Lorin die Unterhaltung auf ein anderes Thema. »Habe ich recht, dass auch diese Gegend hier zum schönen Land Lurien gehört, welches vom weisen Fürsten Borotil regiert wird.«

»Das ist richtig, Herr. Zumindest dieser Teil des Lerdwaldes bis hinauf zum Fluss Merin. Der westliche Teil des Waldes gehört zu Norien. Der genaue Grenzverlauf ist auch einer der Gründe, warum Norien und Lurien seit einigen Jahren im Streit liegen.«

»Im Streit? Wie das? Und worüber?«, wollte Boffo wissen. »In Elegien hat man davon bisher nichts vernommen.«

»Nun ja, den tatsächlichen Grund weiß wohl niemand so genau. Jedenfalls führt der Iruhin schon seit geraumer Zeit ziemlich hohes Wasser. Man vermutet, dass die harten Winter und die Schneeschmelze im Gebirge ihren Anteil daran haben. In der Gegend von Nergath sind seither große Flächen überschwemmt und die Norier sind gezwungen, vermehrt Getreide und andere Lebensmittel einzukaufen. Vieles davon kommt aus Süd-Heras und diese Handelsroute führt nun einmal über Largon. Prinz Lainok, der derzeit in Nergath regiert, beschuldigt Fürst Borotil zu hoher Zölle und Behinderung des freien Handels. Seither beziehen die Norier vermehrt Waren aus dem südlichen Sarnur am Iruhindelta. Doch dieser Handelsweg ist gefährlich und man hörte von Überfällen, die von Trokrebellen im Süden des Bolgirgebirges auf Karawanen verübt wurden.«

»Das sind wahrlich schlechte Nachrichten«, sagte Robin. Tatsächlich aber erstaunten ihn die weit reichenden Kenntnisse Urt Merlots, die er von einem Bauern nicht erwartet hätte. Auch wenn dieser das Amt eines Dorfvorstehers innehatte. »Ich kenne Fürst Borotil zwar nicht persönlich«, fuhr er fort, »doch spricht man in Fornland von ihm als einem klugen und freundlichen Herrscher.«

»Das wundert mich nicht«, sagte Urt Merlot. »Und solange Fürst Lobomir in Nergath herrschte, gab es auch nie Probleme.

Leider verstarb er vor zwei Jahren. Sein Sohn ist leicht beeinflussbar, unerfahren und schnell beleidigt. Und offensichtlich hat er derzeit nicht die richtigen Ratgeber. Dennoch hoffen wir, dass diese Streitigkeiten bald ausgeräumt sind, damit Lurier und Norier wieder friedlich zusammenleben können.«

»Auf das Wohl von Fürst Borotil!« Lorin hob seinen Becher. Urt Merlot nickte und leerte den seinen.

»Wenn Ihr erlaubt, werde ich Euch jetzt Eure Schlafplätze zeigen«, sagte er. »Wir haben morgen einen harten Arbeitstag und sind es gewohnt, bald zu Bett zu gehen.«

Er stand auf, nahm eine Laterne vom Haken und ging zur Tür. Die Gäste tranken ebenfalls aus, erhoben sich und folgten ihm.

Als lichte Streifen durch die schmalen Fugen zwischen den Brettern der Scheunenwand fielen und ihn an der Nase kitzelten, erwachte Robin. Er hatte fest und traumlos geschlafen, eingewickelt in seinen Mantel und bedeckt von duftendem Wiesenheu. Draußen krähte ein Hahn. Das gedämpfte Klappern von Eimern und anderen Gerätschaften zeigte an, dass die Bauern bereits im Stall tätig waren. Die anderen Schwertläufer schliefen noch. Nur Boffo fehlte.

Robin stieg die Leiter zur Tenne hinab und trat aus der Scheune. Die Sonne schien und ihre Strahlen legten sich warm auf Robins Haut.

»Du könnest mir helfen, unsere Sachen ein wenig in Ordnung zu bringen!« Es war Boffo, der gerade vom Brunnentrog zurückkam. Robin nickte. Das Gepäck hatten sie am Abend ziemlich achtlos in der Tenne auf einen Haufen geworfen. Jetzt trugen sie es hinaus in die Sonne und Robin hängte Decken, Mäntel und andere feuchte Sachen auf eine Wäscheleine, die zwischen zwei Apfelbäumen gespannt war.

Frau Lina kam aus dem Stall, ging zum Brunnentrog und wusch an dessen Überlauf einen Melkeimer aus. Robin und Boffo grüßten.

»Guten Morgen, meine Herren«, antwortete sie. »Wenn Ihr hungrig seid, folgt mir bitte in die Stube. Tira und Lede, meine Töchter, sollten mit den Vorbereitungen fertig sein. Euer Maultier ist auch schon versorgt.«

Bevor Robin Danke sagen konnte, war sie bereits wieder durch die Haustür verschwunden. Er steckte zwei Finger in den Mund und ließ einen kurzen Pfiff ertönen. Aus der Scheune drangen unverständliche Laute. Dann war das Knarren der Leiter zu hören. Bero und Lorin kamen zuerst. Zum Schluss folgte Bert, gähnte und blinzelte in die Sonne.

»Was für eine wundervolle Nacht!«, rief er. »Jetzt fehlt nur noch ein schmackhaftes Frühstück.«

»Genau deshalb solltest du dich beeilen«, entgegnete Robin. »Wir wurden eben eingeladen.«

Bero, Lorin und Bert klopften sich das Heu aus den Kleidern. Dann wuschen sie sich am Brunnentrog die Gesichter und folgten Robin und Boffo in die Stube.

Drinnen roch es nach gebratenen Eiern mit Speck. Frau Lina stand am Herd und goss heiße Milch in Becher. Auf dem gedeckten Tisch standen Butter, Honig und frisches, duftendes Brot.

»Mein Mann und meine beiden Söhne treiben gerade die Kühe zurück auf die Weide«, erklärte die Bauersfrau. »Doch zum Warten gibt es keinen Grund. Wir haben bereits gegessen. Deshalb greift zu!«

Das ließen sich die Schwertläufer und der Elm nicht zweimal sagen.

»Frau Lina«, begann Robin, während die Bäuerin und ihre Töchter aus zwei großen Pfannen Rühreier mit Speck austeilten, »erzählt uns doch etwas mehr über Eure Gegend. Diese große Lichtung inmitten des Waldes ist in der Tat ungewöhnlich.«

»Nicht für uns. Wir und unsere Familien bewohnen sie seit Generationen. Aus Erzählungen weiß ich, dass es hier nie anders war. Der Boden ist fruchtbar. Wir bestellen das Land und achten darauf, dass der Wald es nicht zurückerobert. In früheren Zeiten sollen mehr Menschen in dieser Gegend gelebt haben. Doch dies ist sehr lange her.«

»Und die berühmte Waldstadt. Wie weit ist es dorthin?«

»Nach Koss sind es 14 Meilen – fast zwei Tagesreisen mit dem Ochsenkarren. Auf dem Weg dorthin liegen mehrere Dörfer. Dort könnt Ihr Euch gut versorgen. Nur Cohend solltet Ihr meiden. Eine Waldarbeitersiedlung. Wilde Gesellen sind darunter und man sagt, es solle dort öfters ziemlich hoch hergehen. In Koss könnt Ihr alles kaufen, was Euer Herz begehrt. Ich selbst war noch nicht oft in der Stadt. Zweimal im Jahr fährt mein Mann mit den beiden Söhnen dorthin. Sie liefern Getreide, Vieh und andere Erzeugnisse und bringen das mit, was man bei uns nicht bekommt.«

»Sicher gibt es dort einige schöne Gasthäuser?«, wollte Bert wissen.

»Die gibt es in der Tat. Und sie sind gut besucht, vor allem, wenn Markttag ist. Dies zumindest erzählt mein Mann, der sich schon öfters sehr bemühen musste, ein ansprechendes Quartier zu finden. Doch wenn Ihr Euch nicht mit lästiger Quartiersuche abmühen wollt, dann geht ins Weiße Einhorn. Es ist das größte und stattlichste, aber auch das teuerste der Gasthäuser in Koss und liegt direkt am Marktplatz.«

»Das klingt alles sehr vielversprechend«, sagte Robin. »Allerdings bezweifle ich, dass wir zwischen hier und Largon ein ähnlich gastfreundliches Haus finden werden, wie das Eure hier. Zudem möchten wir Eure Gastfreundschaft nicht überstrapazieren. Wir wollen noch im Laufe des Vormittags aufbrechen.«

»Kommt nicht in Frage!«, widersprach die Bäuerin. »Ihr werdet zum Mittagessen bleiben. Es gibt nur eine Kleinigkeit. Und bis dahin werden wir uns um Eure Sachen kümmern. Ich habe gesehen, dass einiges zerrissen ist.«

Die Reisenden ließen sich nicht lange bitten und nahmen die Einladung an. Die Bauersfrau und ihre beiden Töchter stopften, nähten und bürsteten mit flinken Händen die schadhaften und schmutzigen Sachen der Schwertläufer. Währenddessen brachte Urt Merlot Clothildes Tragegestell wieder in Ordnung, das beim Ziehen der Bäume Schaden genommen hatte. Die Schwertläufer selbst fetteten alle Lederteile, vor allem ihre Stiefel, mit einer Lederschmiere, die ihnen der Bauer gegeben hatte.

Dann rief Frau Lina zu Tisch. Es gab neue Kartoffeln mit würzigem Quark. Für die Besucher eine willkommene Abwechslung. Nach dem Essen traten alle nach draußen. Als Robin nach dem Bezahlen fragte, wehrte der Bauer ab und auch seine Frau schüttelte den Kopf.

»Wollt Ihr uns beleidigen«, sagte sie. »Wir haben selten Gäste hier und vor allem hatten wir noch nie so vornehme und weit gereiste, wie Ihr. Es war uns eine Ehre, Euch bewirten zu dürfen.«

Nach einem halbherzigen Überredungsversuch gab Robin auf. Ganz im Gegensatz zu dem Eindruck, den er bei seiner Ankunft gewonnen hatte, wusste er mittlerweile, wer in diesem Haushalt das Sagen hatte. Und was Frau Lina sagte, das galt. Widerspruch war sinnlos. Doch ließ er es sich nicht nehmen, den vier Kindern je ein Geldstück zu geben. Gemessen am freudigen Ausdruck ihrer Gesichter war es nicht wenig. Währenddessen war Boffo zu Clothilde gegangen, die fertig bepackt am Brunnentrog stand und hatte in einer der Gepäcktaschen gewühlt. Als er zurückkam, hielt er zwischen Daumen und Zeigefinger jeder Hand einen leuchtend grünen Diamanten, die er der Hausherrin reichte.

»Dies dürft Ihr nicht ausschlagen, werte Frau«, sagte er. »Es ist kein Geld, sondern nur ein Ausdruck unserer Wertschätzung für Euch und Eure Dienste.«

Die Steine waren groß und obwohl sie weder geschliffen noch poliert waren, reflektierten sie das einfallende Sonnenlicht in allen erdenklichen Farben.

»Sie kommen aus den Tiefen des Taurongebirges«, fuhr Boffo fort. »Doch diejenigen, die sie schürften, hatten keinen Sinn für ihre Schönheit. Ihr werdet wohl kaum Gelegenheit haben, diese

Steine zu tragen. Aber vielleicht zieren sie zur gegebenen Zeit Eure hübschen Töchter bei ihrer Hochzeit.«

Tira und Lede, die hinter ihrer Mutter standen, kicherten diesmal nicht. Lede, die ältere der beiden, errötete und senkte den Kopf.

»Ich danke Euch«, sagte Frau Lina. »Sie sind wunderschön.«

Sie griff hinter sich, und zog einen ziemlich gewichtigen Beutel hervor, denn Boffo hatte um ein wenig Wegzehrung gebeten. Bert verstaute die Sachen auf Clothildes Rücken. Dann nahmen sie Abschied, verließen den Hof durch die Toreinfahrt und folgten der Straße. An den Fenstern und hinter den Gartenzäunen standen die Dorfbewohner und bestaunten die Fremden wie Besucher von einem fremden Stern. Boffo und die Schwertläufer lächelten und grüßten. Und wenn Kinder winkten, winkten sie zurück. Bald hatten sie das Dorf hinter sich gelassen und schritten in die weite, sonnige Landschaft hinein.

Der Himmel blieb wolkenlos und die Nacht war mild. Frau Lina hatte ihnen reichlich eingepackt. Nur einmal machten die Reisenden in einem der Dörfer halt, um sich mit frischem Brot und einige Eiern zu versorgen und ihren Wasservorrat aufzufüllen. Ansonsten sahen sie keine Notwendigkeit, sich übermäßig zu beeilen und machten lange Pausen. Vor allem am folgenden Tag, an dem es ziemlich warm geworden war. Doch die Alleebäume am Straßenrand spendeten Schatten und von Zeit zu Zeit durchschritten die Wanderer das kühlende Grün eines Laubwaldes.

Gegen Abend verlangsamte sich das Tempo der Gruppe zusehends. Denn Clothilde lahmte. Bereits seit dem Mittag war die Maultierstute nicht mehr so lustvoll vorwärts marschiert, wie am Tag zuvor. Jetzt war es deutlich zu sehen: sie schonte ihr linkes Vorderbein.

»Vielleicht hat sie sich nur ein wenig vertreten.« Sie waren stehen geblieben. Bert untersuchte das Tier und konnte nichts Außergewöhnliches feststellen. Boffo trat hinzu und bat ihn,

Clothildes Vorderbein anzuheben.

»Der Huf ist gesprungen«, sagte er schließlich nach sorgfältiger Begutachtung. »Nur ein feiner Haarriss, aber er verursacht dem Tier Schmerzen. Clothilde ist nicht beschlagen und die letzten Wochen waren strapaziös für ihre Hufe. Wir werden etwas unternehmen müssen, bevor es schlimmer wird.«

»Bis Koss kann es nicht mehr sehr weit sein«, sagte Bero. »Dort finden wir bestimmt einen Hufschmied.«

»Mit Sicherheit«, erwiderte Robin. »Aber wir werden die Stadt heute voraussichtlich nicht mehr erreichen. Vorher soll doch noch diese Holzfällersiedlung kommen. Cohend, oder so ähnlich nannte sie die Bäuerin.«

»Und sie hat uns davor gewarnt«, sagte Lorin und zwinkerte mit einem Auge. »Was mich erst recht neugierig macht. Um ehrlich zu sein: ich hätte gegen einen kleinen Kneipenbesuch nichts einzuwenden. Oder was meinst du, Bert?« Bertram zuckte mit den Schultern, und aus Lorins Blick konnte man entnehmen, dass der etwas mehr Begeisterung erwartet hatte.

»Wir werden sehen«, sagte Boffo. »Lasst uns weiter gehen. Es ist ja noch einige Zeit hell.«

Die Gegend war jetzt wieder waldiger geworden. Von Zeit zu Zeit mündeten Fahrwege in die Hauptstraße ein, deren tiefe Karrenspuren andeuteten, dass auf ihnen schwere Lasten bewegt wurden. Doch waren keine Fuhrwerke zu sehen.

»Kein Wunder«, sagte Robin und lachte. »Heute ist Sonntag. Wenn ich richtig mitgezählt habe seit unserer Ankunft in Ormor.«

»Ganz richtig! Du hast gut aufgepasst!« Boffo zog seinen kleinen Kalender aus der Brusttasche. »Heute ist Sonntag, der 21. Juli. Und an diesem Tag wird man sich auch hierzulande frei nehmen. Was unsere Aussichten schmälert, heute noch einen Schmied aufzutreiben.«

Nach einer weiteren Stunde kamen sie zu einer Straßeneinmündung, die in westlicher Richtung von der Hauptstraße abzweigte. Ein Wegweiser war nirgends zu sehen. Doch lag der

Geruch nach Rauch in der Luft. In einiger Entfernung glaubte Robin die Umrisse von Gebäuden im Dunst des anbrechenden Abends zu sehen.

»Dort müsste Cohend liegen«, sagte er. »Lasst uns sehen, ob wir für diese Nacht dort unterkommen können.«

Es gab keinen Widerspruch und sie bogen auf die Nebenstraße ab, entlang deren Rand ein Bach plätscherte. Bald passierten sie zwei niedrige Hallen, an deren Längsseiten sich Wasserräder befanden. Zahlreich Stapel mit Brettern verschiedener Größenordnung und einige Polter aus Nadel- und Laubholzstämmen zeigten an, dass hier Holz bearbeitet wurde. Doch heute war niemand zu sehen und die Wasserräder standen still.

Dann tauchten die ersten Häuser auf. Kleine, unscheinbare und schmucklose Wohnstätten. Die meisten waren aus roh behauenen Baumstämmen zusammengefügt und besaßen einem kleinen Stallanbau. Gärten gab es wenige, und wenn, dann waren sie nur an lieblos bestellten Gemüsebeeten zu erkennen. Es fehlte ihnen jeglicher Blumenschmuck. Dies schien eine Ansiedlung nur für Männer zu sein. Männer, die hart arbeiteten und das sauer verdiente Geld zu ihren Familien brachten, die vielleicht in Koss, oder auf irgendeinem Bauernhof in der Umgebung lebten. Am Eingang dieser Siedlung gab es weder Tor noch Zaun und niemanden, der es für nötig hielt, Besucher zu empfangen.

Weiter im Inneren der Ortschaft wurden die Häuser größer und teilweise waren sie von Stein erbaut. Solcher Art war auch ein Gebäude mit Vordach, welches den Ankommenden sofort ins Auge fiel. Denn unter diesem standen eine Esse und ein Amboss und ließen es unschwer als Schmiede erkennen. Robin ging zum Hauseingang und betätigte den eisernen Ring, der als Türklopfer diente. Mehrmals musste er klopfen. Dann endlich öffnete sich die Tür und das bärtige Gesicht eines kräftigen Mannes kam zum Vorschein.

»Was wollt ihr denn?«, fragte er unwirsch. »Heute am Sonntag, und um diese Zeit.«

»Wir benötigen Eure Hilfe, Meister«, antwortete Robin höflich. »Oder besser gesagt, unser Maultier benötigt sie. Es braucht neue Eisen.«

»Kommt morgen wieder«, raunzte der Schmied und machte sich daran, die Tür wieder zu schließen. Doch Robin hatte bereits einen Fuß in den Türspalt gestellt.

»Habt Ihr mich nicht verstanden, Fremder?« Die Stimme des Schmieds klang noch ungehaltener. »Heute wird nun mal nicht gearbeitet. Außerdem habe ich mit Maultieren keine Erfahrung und auch keine Hufeisen für dergleichen. Wir haben hier nur schwere Zugpferde und Ochsen.«

»Das macht nichts, Meister«, mischte sich Lorin ein. »Wir sind vom Fach und werden schnell fertig sein. Wenn Ihr uns nur Eure Esse, ein wenig Kohle und einige Stücke Eisen zur Verfügung stellt. Morgen wollen wir zeitig wieder unterwegs sein.«

»Na schön«, brummte der Mann. »Wartet hier auf mich.« Er verschwand in der Tür. Währenddessen hatte sich Boffo umgesehen. Mit flinken Händen häufte er trockene Holzspäne aus einer in der Nähe stehenden Kiste auf die Esse. Robin entzündete sie mit seinem Feuerzeug. Als der Schmied schließlich das Werkstatttor von innen öffnete, hatte Lorin schon Holzkohle über die brennenden Flammen gehäuft und betätigte vorsichtig den Blasebalg.

»Wie ich sehe, wisst ihr euch zu helfen«, knurrte der Schmied. In den Händen hielt er einige kleinere Hufeisen.

»Die brauchen wir nicht«, meldete sich Boffo zu Wort. »Nur zwei Stücke Rund-, oder Flacheisen, jeweils eine Spanne lang. Dazu zwei Hämmer, Zange, Durchschlag, eine Raspel und einige Hufnägel.«

Der Schmied blickte verwundert auf den Elm, der er vorher gar nicht beachtete hatte. Doch mit einem Schulterzucken ging er zurück in die Werkstatt und brachte die gewünschten Dinge. In der Zwischenzeit glühte die Kohle auf der Esse und Lorin und Boffo machten sich unverzüglich an die Arbeit. Ehe sich der

Schmied versah, formten die beiden zwei leichte Hufeisen, wobei Boffo die Feinarbeit übernahm, während ihm Lorin mit dem zweiten Hammer zuarbeitete und den Blasebalg bediente. Bero leuchtete mit der Laterne, Bert sorgte dafür, dass Clothilde ruhig stand und Robin hielt den jeweiligen Huf des Tieres auf. Nur zweimal musste anprobiert werden, dann hatte das Maultier neue Schuhsohlen. Der Schmied stand staunend mit offenem Mund dabei.

»Die Vorderhufe werden reichen«, erklärte ihm Boffo lächelnd. »Sie werden am meisten belastet und hintere Eisen bedeuten nur überflüssiges Gewicht. Was sind wir Euch schuldig, Meister?«

»Nun, ich weiß nicht. Schließlich habt ihr alles selbst gemacht.«

Robin gab dem Schmied zwei Dorin. »Ich hoffe es ist angemessen.«

»Mehr als genug! Ich danke Euch.« Die Miene des Schmieds war jetzt deutlich freundlicher und seine Ausdrucksweise höflicher. »Falls das Eisen drückt, könnt Ihr gerne morgen früh noch mal vorbeikommen.« Er wandte sich zum Gehen.

»Sagt uns Meister, warum sieht man hier kaum Menschen auf der Straße?«, wollte Bero noch wissen.

»Nun, Familie haben hier nur wenige. Nur einige Handwerker, solche wie ich, der Krämer, der Mühlenbesitzer und der Wirt. Die anderen finden sich am Abend im Wirtshaus ein. Dort werdet Ihr sie antreffen. Zur Singenden Säge. Direkt in der Dorfmitte, Ihr könnt es nicht übersehen.« Damit nickte er, ging in seine Werkstatt und schloss das Tor hinter sich.

Es wurde jetzt schnell dunkel und die Reisenden beeilten sich, zum Wirtshaus zu gelangen. Natürlich hätten sie, wie gewohnt, auch im Freien übernachten können. Aber die Nähe einer warmen Mahlzeit, eines hoffentlich guten Bieres und eines vielleicht sauberen Bettes übten eine magische Anziehungskraft auf die müden Wanderer aus. Zumindest ging es Robin so. Und die anderen dachten wohl ähnlich, denn sie alle schritten hurtig aus.

Selbst Clothilde trabte wieder und schien Gefallen an ihren neuen Schuhen zu finden.

Das Wirtshaus war nicht zu übersehen. Und vor allem nicht zu überhören. Durch die erleuchteten Fenster drang Stimmengewirr und lautes Lachen. Die Toreinfahrt stand offen und durch sie gelangten die fünf in den Innenhof.

»Ich werde hineingehen und fragen. Ihr wartet hier«, sagte Robin. Er hängte sein Schwert an Clothildes Tragegestell und ging in Richtung des erleuchteten Eingangs.

Als er den Gastraum betrat, schlug ihm Tabakrauch entgegen. Doch roch es auch recht appetitlich nach Essen. Robin versuchte sich zu orientieren. Der Gastraum war ziemlich groß und lang gestreckt. Am seiner Stirnseite befand sich ein Durchgang und dahinter ein weiterer Raum. Alle Tische, die Robin sehen konnte, waren besetzt. Doch sah er weder Wirt noch Bedienung. Niemand nahm Notiz von ihm. Dann fiel ihm auf, dass die Gäste ihr Bier an einer Durchreiche bezogen. Von Zeit zu Zeit ertönte von dort auch eine Klingel und ein Gericht wurde ausgerufen. Daneben war eine Tür. Robin klopfte, trat ein und fand sich in der Küche wieder.

Eine dicke Köchin stand am Herd inmitten des Raums und rührte in Töpfen und Pfannen. Eine ebenso beleibte Küchengehilfin war damit beschäftigt, Essen auf Teller zu garnieren. Neben der Durchreiche zapfte ein Hausknecht braunes Bier aus einem großen Holzfass in Zinnkrüge. Dort stand auch ein rundlicher Mann mit weißer Schürze und weißer Mütze, nahm Bestellungen entgegen und reichte Bier und Speisen in die Gaststube. Als Robin den Raum betrat, blickten alle vier von ihrer Arbeit auf.

»Guten Abend!«, grüßte Robin. »Wie ich sehe, bekommt man bei Euch gutes Essen und einen kräftigen Schluck Bier. Habt Ihr auch ein Lager für die Nacht anzubieten?«

Der Wirt musterte Robin aufmerksam. Und er schien ihn für vertrauenswürdig zu halten.

»Das lässt sich machen«, sagte er. »Wie lange wollt Ihr denn bleiben?«

»Nur eine Nacht. Doch nicht ich allein. Wir sind zu fünft. Mit einem Maultier, welches unser Gepäck trägt.«

»Zu fünft?« Der Wirt kratzte sich unter seiner Mütze. »Da muss ich mir die anderen erst ansehen. Habt Ihr geschäftlich hier in Cohend zu tun?«

»Nein, wir kommen aus Einod und wollen morgen weiter nach Koss«, antwortete Robin wahrheitsgemäß.

Der Wirt trocknete sich die Hände an einem Tuch. Er überließ seine Tätigkeit der Küchenhilfe und dem Schankkellner. Dann nahm er eine Laterne von der Wand, öffnete die Hintertür und winkte Robin, ihm zu folgen. Sie gingen durch einen dunklen Gang und auf halbem Weg klopfte der Wirt an eine Tür: »Freoff, komm mit! Es gibt Arbeit!« Ohne die Ankunft des Gerufenen abzuwarten ging er weiter und öffnete die Tür zum Hof. Dort standen die Gefährten um Clothilde herum und warteten.

»Guten Abend, meine Herren«, begrüßte sie der Wirt. »Mein Name ist Notker Barinkor und ich bin der Besitzer dieses Gasthauses. Wie ich höre, wollt Ihr hier übernachten.«

»Ganz recht«, erwiderte Boffo. »Und bei dieser Gelegenheit auch eine Kleinigkeit essen. Wenn sich beides einrichten ließe.«

Der Wirt blickte nach unten. »Oh, ich wusste nicht, dass auch Kinder dabei sind«, entfuhr es ihm, als er Boffo erblickte.

»Tut mir leid«, erwiderte Boffo. »Ich gehöre zum Volk der Elme und kann leider nicht mit mehr Körpergröße aufwarten. Über ein geräumiges Bett würde ich mich trotzdem freuen.«

Der Wirt hielt die Laterne hoch und musterte die Besucher. »Bitte nehmt mir die Bemerkung nicht übel. Aber ich hoffe doch, die Herren bringen mir keine kleinen Tierchen mit. Wir sind zwar ein einfaches, doch sauberes Haus und legen Wert darauf, dass dies so bleibt.«

»Keine Sorge, Herr Wirt«, erwiderte Lorin. »Wir haben gerade eine einwöchige Badekur hinter uns, sind gesund und frei von Untermietern.«

»Dann folgt mir.« Der Wirt ging voraus und schloss die Tür des Gästehauses an der gegenüberliegenden Hofseite auf. Bert blieb bei Clothilde zurück, und half dem Hausknecht, der eben eingetroffen war, beim Abschirren.

Wenig später betraten die vier Schwertläufer und der Elm in Begleitung des Wirts die Schankstube. Der ging auf einen der größeren Tische zu und sprach mit den dort sitzenden Gästen. Es schienen die Honoratioren des Ortes zu sein. Gesetzten Alters und besser gekleidet als der Rest der Anwesenden. Sie blickten überrascht auf und rückten zusammen.

Dann saßen die vier Schwertläufer und der Elm mit am Tisch und bald hatte jeder einen Zinnkrug vor sich stehen. Gefüllt mit dunklem, schäumendem Bier, das angenehm nach Malz duftete. Lorin hob seinen Krug.

»Zum Wohl!« Er nickte den anderen Gästen am Tisch zu und tat einen guten Zug. Seine vier Gefährten folgten seinem Beispiel.

»Aaah!, sagte er und wischte sich mit dem Handrücken den Schaum aus dem Bart. »Auf diesen Augenblick habe ich lange gewartet. Der kleine Abstecher hierher hat sich zweifelsohne gelohnt.«

»Das hat er«, pflichtete ihm Bert bei. »Das Bier hier ist fast so gut, wie das im Eisenross in Lindhag.«

Die einheimischen Tischgenossen hatten ihre Unterhaltung eingestellt und hörten aufmerksam zu.

»Ihr seid wohl nicht aus dieser Gegend«, meldete sich einer derselben zu Wort. Es war ein älterer Herr mit gepflegtem Schnurrbart. Aus einer Tasche in seinem schwarzseidenen Wams hing eine goldene Kette, die an ihrem Ende eine Uhr vermuten ließ.

»Wie kommt Ihr denn darauf, Herr?«, fragte Lorin scherzhaft.

»Nun ja.« Der ältere Herr lächelte. »Das ist ja wohl nicht zu übersehen und auch nicht zu überhören. Erstens an Eurer Kleidung und zweitens an Eurer Aussprache. Und der kleine Herr hier in Eurer Begleitung kommt sicher auch aus einer Gegend, die nicht gerade in unserer Nachbarschaft liegt. Ich habe gehört dass jenseits des Gebirges, weit oben im Nordosten, mehr von Eurer Art leben sollen. Mein Name ist übrigens Sergo Forondir. Ich bin der Besitzer der hiesigen Sägemühle.« Er nickte Boffo freundlich zu.

»Ihr seid gut informiert, Herr Forondir«, erwiderte Boffo. »Mein Name ist Boffo, Falons Sohn. Und das sind die Herren Rob, Klingsporn, Bordin und Bartsohn. Allesamt aus dem fernen Elegien, gut 220 Wegmeilen nordöstlich von hier gelegen, wenn man den Weg über Largon nimmt.«

»Ich weiß, wo Elegien liegt«, antwortete der Mühlenbesitzer. »Obwohl ich noch nicht dort war. Doch gab es bis vor einigen Jahren gute Handelsbeziehungen zwischen Lurien und Eurer Gegend. Hier, diese Uhr ist ein Beispiel dafür.« Er legte seine Taschenuhr auf den Tisch. »Sie leistet mir seit langem wertvolle Dienste.«

»Könnte aus der Werkstatt meines Onkels Birker Rob stammen.« Robin zog seine eigene Taschenuhr hervor. Die Ähnlichkeit der beiden Stücke war nicht zu übersehen. »Darf ich?« Er nahm Sergos Exemplar und warf einen Blick auf die Rückseite. »Tatsächlich, hier ist es eingraviert: B.R., Steinwasser. Das gibt mir die Gelegenheit, meine Uhr wieder einmal genau zu stellen. In letzter Zeit war dies nur nach der Sonne möglich.«

»Warum habt Ihr sie denn nicht in Koss gestellt, oder in Largon?«, wollte einer der anderen Tischgäste wissen. Ein Mann in mittleren Jahren mit schütterem Haar und glatten Gesicht.

»Nun, weil wir nicht aus dem Süden kommen, sondern aus dem Norden.« Robin blickte selbstbewusst in die Runde. Am Tisch herrschte erstauntes Schweigen und auch am Nachbartisch war es ruhig geworden.

»Das ist in der Tat ungewöhnlich«, unterbrach Sergo Forondir die Ruhe. »Was ist denn der Grund für die Wahl Eures Reisewegs.«

Robin blickte auf Boffo. Der saß vor seinem Bier und machte

einen unbeteiligten Eindruck. So, als wollte er Robin signalisieren: du hast diese Suppe eingebrockt, also löffle sie auch wieder aus.

»Es gibt zwei Gründe«, begann Robin und räusperte sich. »Den einen habt Ihr bereits erwähnt. Wir wollen nach Largon, um einige der alten Geschäftsbeziehungen wieder aufleben zu lassen. Der zweite Grund unserer Reise ist ein amtlicher Auftrag unserer Regierung. Er lautet, den Vulkan Tarantuil und sein Treiben aus der Nähe in Augenschein zu nehmen.«

»Dann seid Ihr als offizielle Delegation Eures Landes unterwegs«, folgerte der Mann mit dem schütteren Haar. »Ihr hättet das gleich sagen sollen. Wir hätten Euch dann gebührend empfangen. Ich heiße Lois Borkun und bin der hiesige Gemeindevorsteher, Pferdehändler und auch Krämer dieses Ortes. Doch sagt, wie sieht es derzeit aus am Nolintor?«

»Nur unwesentlich besser, seit dem großen Ausbruch vor über zwei Monaten. Der Berg schleudert nach wie vor gewaltige Mengen Asche und Rauch in die Höhe, mal mehr, mal weniger. Zum Glück für Eure Gegend zieht der größte Teil derzeit nach Norden.«

»Was ich die ganze Zeit sage«, mischte sich ein hagerer Kerl mit glatten, schwarzen Haaren und schmalem Gesicht vom Nachbartisch ein. »Diese Wolke wird immer unheimlicher. Auf die Dauer wird das nicht gut gehen. Irgendwann schwappt der ganze Dreck zu uns herunter und dann stehen wir im Dunklen.«

»Du solltest ein wenig höflicher sein, Josso Brauwlin. Was sollen diese Herren denn von uns denken?«

»Mein Vorarbeiter in der Säge«, erklärte der Mühlenbesitzer etwas leiser. »Manchmal ein wenig vorlaut, doch ein zuverlässiger Mann. Er kommt von jenseits der norischen Grenze zu uns, wie einige andere hier. Denn wir brauchen dringend tüchtige Arbeiter. Doch lasst Euch nicht aus der Ruhe bringen. Unsere Holzarbeiter und Fuhrknechte sind raue, aber gutmütige Gesellen, die nicht gleich jedes Wort in die Waagschale legen.«

Josso schien da anderer Meinung und von der Ermahnung

seines Arbeitgebers wenig beeindruckt zu sein. Er nahm einen Schluck von seinem Bier und machte ein trotziges Gesicht.

»Wer sagt denn, dass uns diese Herren die Wahrheit erzählen?«, hub er erneut an. »Geschäftsbeziehungen mit Largon. Vielleicht noch eine Audienz bei Fürst Borotil persönlich. Dass ich nicht lache! Im amtlichen Auftrag zu reisen, kann jeder behaupten. Und das er aus dem Norden zu uns kommt auch. Wir haben's nicht gesehen. Noch dazu, wo sich im Norden in letzter Zeit zwielichtige Gestalten herumtreiben sollen. Und zwar diesseits und jenseits des Gebirges.«

»Jetzt reicht's aber, Josso!« Der Mühlenbesitzer hatte seine Stimme erhoben. »Niemand an diesem Tisch hat dich nach deiner Meinung gefragt. Ich hoffe, wir haben uns verstanden.«

Josso schwieg, doch er warf den Schwerläufern einen zornigen Blick zu. Den Elm beachtete er gar nicht.

»Kein Grund zur Aufregung. Wir können uns ausweisen.« Robin kramte in seiner Jackentasche, holte das Empfehlungsschreiben des Fornlandrates hervor und reichte es dem Gemeindevorsteher. Der überflog es, zeigte das Siegel in die Runde und gab es Robin zurück.

»Schon gut«, sagte er. »Wir hätten Euch auch so geglaubt.«

»Mich wundert«, bemerkte Lorin nebenbei, »dass Euer Vorarbeiter die Wolke beobachten kann. Kann man die von hier aus überhaupt sehen?«

»Von hier aus nicht«, antwortete der Mühlenbesitzer. »Doch fünf Meilen westlich von hier gibt es einen Berg. Wir nennen ihn Brock. Dort entspringt der Lerdon und von dort aus kann man an klaren Tagen die Rauchwolke des Nolintor weit im Norden sehen.«

In diesem Augenblick klingelte die Glocke an der Durchreiche und das Essen für die neuen Gäste wurde ausgerufen. Robin kam diese Unterbrechung sehr gelegen. Die ganze Ausfragerei war ihm ziemlich lästig geworden.

Diesmal ließ es sich der Wirt nicht nehmen, das Essen selbst zu servieren. Unterstützt von der Küchenhilfe brachte er fünf große Teller. Es gab Gänsebraten mit Kartoffelklößen und Blaukraut.

»Wenn das kein Zufall ist!«, rief Lorin aus. »Zweimal Gänsebraten innerhalb einer Woche. Ich fühle mich, als wäre ich nie von zuhause weg gewesen.«

»Wer hätte das gedacht«, fügte Bert hinzu. »Nur, dass dieser hier viel saftiger und knuspriger aussieht, als unserer.«

»Lasst es Euch schmecken, meine Herren!« Herr Barinkor wischte sich die Hände an seiner Schürze ab. »Und meldet Euch, falls Ihr noch Wünsche habt. Es ist noch genug da.«

Auch die anderen Tischgenossen wünschten guten Appetit. Den hatten die fünf Gefährten allemal. Sie langten kräftig zu und der Wirt musste noch zweimal nachreichen. So sehr waren sie mit Essen beschäftigt, dass die Unterhaltung beinahe zum Erliegen kam.

Die Gäste am Nebentisch hatten ihre Aufmerksamkeit von den neuen Besuchern ab- und wieder ihrem eigenen Gesprächskreis zugewandt. Dort hatte sich mittlerweile auch der der Schmied dazugesellt. Und wenn Robin seine Handbewegungen sowie das Gelächter und die erstaunten Ausrufe der anderen richtig deutete, trug er gerade das abendliche Erlebnis mit Clothildes Hufbeschlag vor.

»Sagt mir, Herr Borkun, Ihr erwähntet, dass Ihr auch den Pferdehandel betreibt. Welche Art von Pferden habt Ihr denn zu verkaufen?« Bero war als erster mit dem Essen fertig und begann ein Gespräch mit dem Gemeindevorsteher, dem er am nächsten saß.

»Kommt darauf an«, entgegnete Lois Borkun. »Wollt Ihr ein Fuhrunternehmen eröffnen?«

»Das nicht. Doch sind wir sind jetzt lange genug marschiert, teilweise durch unwirtliches Gelände. Pferde hätte wir auf unserem bisherigen Weg nicht gebrauchen können. Nur ein Maultier hat unser Gepäck getragen. Aber jetzt – auf guten Straßen und mit reichlich Futterangebot – überlegen wir, uns bei nächster

Gelegenheit beritten zu machen.«

»Da muss ich Euch enttäuschen, mein Herr. Solche Pferde, wie Ihr sie braucht, habe ich leider nicht. Gute Reitpferde sind hier nicht zu bekommen. Selbst Zug- und Rückepferde sind derzeit Mangelware. Und ich kann mir kaum vorstellen, dass Ihr auf Kaltblütern reiten wollt. Möglicherweise könnt Ihr in Koss fündig werden. Doch die beste Auswahl werdet Ihr sicher in Largon haben. Ich nehme an, Ihr wollt Euch von dort zu Pferd über Eldar wieder nach Hause begeben.«

»Vielleicht, vielleicht auch nicht.« Bero nahm einen tiefen Schluck aus seinem Bierkrug. Es war bereits sein zweiter. »Möglich, dass wir einen Abstecher nach Nergath machen. Wenn wir schon mal in der Gegend sind.«

»In der Gegend sein ist wohl etwas untertrieben, wenn man in Largon ist. Von dort nach Nergath sind es sicher 80 Meilen. Und Ihr solltet wissen, dass unsere beiden Nachbarländer momentan kein besonders gutes Verhältnis haben. Wer weiß, ob Ihr dort willkommen seid.«

»Warum sollten wir nicht? Die Probleme zwischen Fürst Borotil und Prinz Lainok sind nicht die unseren.«

»Woher wisst Ihr denn davon?« Der Gemeindevorsteher blickte verwundert auf.

»Nun, man hört so allerhand, wenn man auf Reisen ist. Und ich denke, wir werden sicher in Largon von Fürst Borotil persönlich mehr darüber erfahren.«

»Natürlich möchte ich Euch in Eure Vorhaben nicht dreinreden. Ihr seid schließlich frei, Eure Entscheidungen so zu treffen, wie Ihr sie für richtig haltet. Doch wenn Ihr unbedingte nach Nergath wollt, hättet Ihr diese Stadt wahrscheinlich viel schneller erreicht, wenn Ihr dem Fluss Merin gefolgt wärt. Er quert etwas nördlich des Lerdwaldes die Straße. Entlang seiner Ufer führt ein Weg, der zur Kohirschlucht und von dort entlang des Iruhin bis nach Nergath führt. Allerdings vermutet man, dieser Weg wäre überschwemmt, seit der Iruhin so viel Wasser führt. Zumindest Josso Brauwlin behauptete das.«

Lois Borkun deutete mit dem Kopf hinüber zum Nebentisch, wo der Vorarbeiter saß. Der, als hätte er seinen Namen verstanden, warf einen flüchtigen Blick herüber. Bero wollte gerade die Unterhaltung fortsetzen, als Robin ihm unter dem Tisch sachte auf den Fuß trat. Der saß neben Bero und hatte dessen Unterhaltung mitbekommen und auch den Blick Jossos gesehen.

»Wie auch immer«, beschloss Bero die Unterhaltung. »Zunächst wird uns unser Weg nach Largon führen. Und dann sehen wir weiter. Wann öffnet übrigens Euer Laden, Herr Borkun?«

»Ab halb sieben Uhr in der Früh seid Ihr jederzeit willkommen.«

Neunzehntes Kapitel

Verloren und gefunden

»Federbetten und saubere Bettwäsche! Ich weiß nicht, wann ich das zum letzten Mal hatte!« Bert streckte sich und gähnte. Dann strampelte er seine Bettdecke ans Fußende, streckte ein Bein nach oben und verpasste Lorin durch Lattenrost und Matratze hindurch einen kräftigen Stoß.

»He, he!«, rief der. »Du willst doch nicht, dass ich hier durchbreche und dich platt drücke, wie einen Pfannkuchen. Obwohl du's verdient hättest.«

Die zwei lagen in einem Etagenbett. Lorin oben und Bert unten. Robin hatte ein Einzelbett ergattert und setzte sich am Bettrand auf. Sein Rücken schmerzte von der weichen Matratze.

»So, wie ihr heute Nacht gesägt habt, wundert mich, dass euer Bettgestell nicht schon während der Nacht eingestürzt ist. Beim nächsten Mal schlafe ich mit Bero in einem Zimmer. Der schnarcht zumindest nicht.«

»Bitte sehr! So sollte es auch sein.« Lorin sprang von seiner Etage herunter und warf sein Kissen auf Robin. »Erwachsene und Kinder getrennt. Solange ihr nicht mitten in der Nacht gekrochen kommt, weil ihr euch fürchtet.«

»Beeilt euch! Ihr seid ziemlich spät dran!« Draußen stand Boffo und klopfte an die Tür. Die drei schlüpften in ihre Kleider und standen wenig später im Hof. Eine Kurzwäsche am Brunnentrog musste reichen, denn der Wirt stand bereits in der Tür und winkte.

»Hier entlang meine Herren! Ich hoffe, Ihr hattet eine angenehme Nachtruhe.«

»Das will ich meinen«, antwortete Robin. »Nach dem Berg

von Daunen zu schließen, in dem wir die Nacht verbringen durften, scheint Gänsebraten die Spezialität dieses Hauses zu sein.«

Notker Barinkor lachte und öffnete die Tür zu einem Raum, der, von den Gasträumen getrennt, der Küche gegenüber lag. Dort waren Boffo und Bero gerade mit dem Frühstück fertig. Wie es aussah, waren die fünf die einzigen Übernachtungsgäste.

»Wir machen schon mal das Maultier fertig.« Bero stand auf. Er machte einen etwas missmutigen Eindruck.

»Lasst euch nicht zu viel Zeit«, sagte Boffo und folgte Bero. »Wir treffen uns draußen im Hof.«

»Na so was.« Bert kratzte sich hinter dem Ohr. »Da freut man sich auf ein gemeinsames Frühstück, und dann diese Eile.«

Lorin sah den beiden nach und schüttelte den Kopf.

»Lasst uns besser die Zeit nutzen«, sagte Robin und griff zu. »Boffo wartet nicht gerne lange.«

Clothildes Fell glänzte. Bero und Freoff hatten das Maultier gestriegelt, aufgezäumt und auch das Tragegestell befestigt. Das Gepäck war schnell verstaut. Boffo sprach mit dem Wirt und überreichte ihm ein Geldstück, worauf dieser sich freundlich verbeugte und seine Mütze lüftete.

»Ich hoffe, Ihr behaltet die Singende Säge in guter Erinnerung. Und vielleicht führen Euch Eure Wege wieder einmal in unsere Gegend.«

»Das erstere werden wir, das zweite können wir nicht versprechen«, sagte Robin. Bero drückte auch dem Hausknecht eine Münze in die Hand. Dann machten sie sich auf den Weg.

Als sie am Dorfladen vorbeikamen, stand Lois Borkun in der Tür und lachte über das ganze Gesicht.

»Ich dachte, Ihr wolltet mich bereits um halb sieben beehren, Herr Bordin. Nun scheint mir, Ihr habt Euch ein wenig verspätet.«

»Nun, an mir hätte es nicht gelegen.« Bero schaute leicht säuerlich. »Doch meine Freunde haben es vorgezogen, ein wenig länger zu schlafen.«

»Na, na, immer mit der Ruhe.« Boffo zupfte Bero am Ärmel. »So eilig haben wir's auch wieder nicht. Und ich denke, bis Mittag sind wir allemal in Koss. Nicht wahr, Herr Borkun?«

»Wenn Ihr gut ausschreitet, dann ja. Es ist jetzt gleich neun Uhr. Und bis in die Stadt sind es etwas über dreieinhalb Meilen.«

Sie hielten sich nicht lange in Lois Borkuns Laden auf und kauften auch nicht viel. Nur Tabak, Tee, Zucker und Hafer für das Maultier. Dann machten sie sich wieder auf den Weg. Bei der Schmiede rauchte die Esse bereits und Bort, der Schmied, war gerade dabei, zwei Zugochsen zu beschlagen. Sie winkten nur und gingen weiter. Der Schmied blickte von der Arbeit auf und schaute ihnen nach. Robin kam es so vor, als erwarte er, dass das Maultier immer noch lahmte. Doch Clothilde ging ebenmäßig und gerade – so als wäre nichts gewesen.

Gegen ein Uhr am frühen Nachmittag erreichten sie Koss. Ganz plötzlich waren die Mauern und Türme der Stadt vor ihnen aufgetaucht, als sie um die Ausläufer eines kleinen Hügels gebogen waren, der inmitten in der sonst ebenen Landschaft stand.

Am Tor stellten sich ihnen zwei Wachmänner in den Weg. Robin trat vor.

»Guten Tag!«, sagte er. »Wir sind auf der Durchreise und wollen für einen Tag die Stadt besuchen. Wenn möglich, ein bequemes Nachtlager in Anspruch nehmen und etwas Vernünftiges essen.«

»Wir haben euch auf der Hinreise gar nicht gesehen«, knurrte der ältere der beiden Wachen. »Habt euch wohl im Dunkeln an unseren Mauern vorbei geschlichen?«

»Keineswegs«, wehrte Robin ab. »Wir kommen aus dem Norden. Genauer gesagt aus Fornland. Hier ist unser Empfehlungsschreiben.«

»Merkwürdig«, entgegnete der Wachmann. »Aus dem Norden kommt hier niemand. Zumindest keine Fremden. Es sei denn, sie sind vorher aus dem Süden dorthin gereist.« Er überflog das Schreiben.

»Hier steht zwar, woher ihr kommt, doch nicht, wohin ihr wollt. Außerdem ist hier nur von zwei Personen und einem Elm die Rede, womit wohl dieser kleine Kerl hier gemeint ist.« Er deutete mit dem Kopf auf Boffo.

»Richtig geraten!«, erwiderte dieser. »Und was unser Ziel betrifft, so können wir Euch mitteilen, dass wir nach Largon reisen. Dort werden wir erwartet. Und zwar von Fürst Borotil persönlich. Und jetzt bitten wir darum, passieren zu dürfen. Wir haben Hunger.«

Er nahm dem verdutzten Wachmann das Schreiben aus der Hand und schritt voran. Bert folgte mit Clothilde. Danach kamen Robin, Lorin und Bero, freundlich grüßend. Die Wächter machten keine weiteren Anstalten, die Neuankömmlinge aufzuhalten.

»Verhaltet euch anständig, wir werden euch im Auge behalten!«, rief ihnen einer der beiden nach.

»Dass wir in Largon erwartet werden, ist mir neu«, bemerkte Lorin grinsend. »Doch muss ich nicht alles wissen.«

»Spätestens ab jetzt werden wir es«, sagte Boffo. »Darauf kannst du dich verlassen.«

Koss war im wahrsten Sinne des Wortes ein malerisches Städtchen, denn es war farbenfroh, beinahe bunt. Und man sah ihm seine Lage inmitten des größten Waldgebietes dieses Landes an. Allenthalben wurde mit Holz gebaut. Viele Häuser, meist zwei oder dreigeschossig, waren aus kunstvoll beschnitztem und bemaltem Fachwerk gefügt. Nur die besonders vornehmen hatten Steinfassaden. Die Straßen und Gassen waren verwinkelt, voll von kleinen Läden und Handwerksbetrieben, die ihr Angebot auf bunten Schildern kundtaten. Zwischen ihnen drängten sich Fuhrwerke und Karren aneinander und vorbei an Dienstboten mit Körben und Tragen, die allesamt der Stadtmitte zustrebten.

Die Neuankömmlinge folgten dem Strom und ließen sich treiben, bis sie den großen Marktplatz erreichten. Der war übersäht mit Verkaufsständen, an denen Waren aller Art auf Tischen, Böcken oder direkt auf dem Boden feilgeboten wurden. Dass heute Markttag war, war unübersehbar. Und unüberhörbar. Das Geschrei der Händler, das Gackern des Geflügels, das Blöken von Schafen und das Wiehern von Pferden vermischten sich zu einem vielstimmigen Konzert. Wer von den Marktleuten die Gelegenheit hatte, suchte mitsamt seinen Waren Schutz unter einem der vielen Zeltdächer und Sonnensegel. Denn kein Wölkchen war am Himmel zu sehen.

Sie hielten an einem runden Steinbrunnen in der Mitte des Platzes, um Clothilde zu tränken. Die Häuser rings um den Marktplatz waren prächtiger als die in der Vorstadt. Steinerne, figurengeschmückte Fassaden, mit bleiverglasten Fenstern, umrahmt von Türmchen und Erkern schmückten ihre Vorderseiten. Im Giebel des größten von ihnen prangte eine Uhr mit goldenem Zifferblatt inmitten eines Glockenspiels.

Direkt neben dem Brunnen hatte ein fliegender Koch seinen Stand aufgeschlagen. Es duftete verlockend nach Eierpfannkuchen mit Äpfeln und Zimt. Und nach frisch gebackenem Fladenbrot mit Schafskäse, Oliven, Paprika und Speck. Über glühender Kohle hingen zwei runde Steinplatten, auf denen der Koch seine Spezialitäten bereitete.

»Wie wär's mit einem kleinen Imbiss?«, fragte Boffo. Die anderen nickten.

»Für mich zwei!«, rief Bert. »Mit süßem Quark und Rosinen.«

»Ich nehme das Pikante, mit Paprika«, sagte Bero.

»Und wir die Spezialität des Hauses.« Lorin deutete auf Robin, Boffo und sich.

»Sofort, meine Herren!« Der Verkäufer lächelte und machte sich an die Arbeit. Er bereitete Berts Pfannkuchen, bestrich sie mit der süßen Masse und rollte sie zusammen. Die Fladenbrote belegte er mit den gewünschten Zutaten, buk sie auf den heißen Steinen auf und servierte sie seinen Gästen auf Holzbrettern.

Bero biss als Erster hinein. Seine Kaubewegungen kamen schlagartig zum Erliegen. Dann lief sein Gesicht rot an.

»Ihr seid gewiss nicht von hier«, bemerkte der Koch mit leichtem Stirnrunzeln. Er reichte Bero einen Becher, den dieser wortlos am Brunnenrohr füllte. »Ich hätte Euch vielleicht sagen sollen, dass man in Koss gerne scharf isst. Sehr scharf!«

»Danke für den Hinweis«, sagte Bero, nachdem er den Inhalt des Bechers hinuntergespült hatte. Die anderen lachten.

»Ich weiß nicht, was ihr habt.« Bero war alles andere als erheitert. »Wenn ihr euch auf meine Kosten lustig machen wollt, dann nur zu. Aber erwartet nicht von mir, dass ich auch selbst noch dazu lache.«

»Hör mal mein Junge.« Boffo ging zu Bero und legte ihm den Arm um die Hüfte. »Niemand will sich hier über dich lustig machen. Aber dir täte es ganz gut, ein bisschen weniger ernst zu sein. Wenn dich etwas bedrückt, dann können wir gerne in Ruhe miteinander reden. Aber nicht jetzt und nicht hier. Und jetzt beruhig dich wieder. Der Koch wird dir einen weniger scharfen Fladen zubereiten.« Er nickte dem Koch zu.

»Bin schon dabei«, sagte der und machte sich sofort an die Arbeit.

Nachdem alle satt waren, schlug der Koch ein schweres Stück Segeltuch zurück, das über einem Holzbottich hing. Darin lag ein Fass – und es lag auf einem Bett von gehacktem Eis. Aus ihm schenkte er jedem seiner Gäste einen Becher Weißwein ein.

»Wir lagern das Eis im Winter in unseren Kellern ein«, erklärte er auf deren staunende Blicke hin. »Dort hält es sich fast das ganze Jahr.«

Die Stimmung der Gruppe besserte sich schlagartig. Sogar Beros Gesichtsausdruck entspannte sich.

»Was meint ihr?« Robin blickte in die Runde. »Langsam bekomme ich Lust auf ein wenig Luxus. Sollen wir Frau Linas Rat befolgen und im besten Haus am Platz absteigen?«

»Mir ist's egal«, sagte Bero. »Aber unsere gestrige Übernachtung war gut und dennoch preisgünstig. Warum sollten wir mehr Geld ausgeben, als notwendig?«

»In der Stadt gelten nun mal andere Gesetzte als auf dem Land«, belehrte ihn Robin lächelnd. »Je billiger, desto weniger kann man erwarten. Ich weiß nicht, wie das in Dornburg ist. Aber so jedenfalls ist's in Pern. Und hier wird's nicht anders sein.«

»Da bin ich Robins Meinung«, sagte Lorin. »Also, lasst uns bezahlen und dann auf zum Einhorn.« Er blickte hinüber zum Koch, der gerade zwei weitere Gäste bediente. Ein halbwüchsiger Junge eilte vorbei und stolperte über Lorins Füße. Der hielt ihn am zerrissenen Jackenärmel fest.

»Hoppla Junge! Pass auf, wo du hintrittst! Aber wenn du schon hier bist. Weißt du, wo wir das Weiße Einhorn finden?«

»Direkt neben dem Rathaus!« Der Junge deutete in Richtung des Gebäudes mit der Uhr. »Dort drüben! Auf der linken Seite.« Dann rannte er auch schon weiter.

»He! Warte einen Augenblick!«, Lorin hatte in seine Jackentasche gegriffen, denn gewöhnlich belohnte er auch kleine Dienste. Doch diesmal fluchte er und klopfte sich auf die Taschen.

»Verdammt! Ich kann's nicht glauben! Das Bürschchen hat mir meine Geldbörse gestohlen! Na warte!«

Lorin rannte los. Robin folgte ihm. Am Ende des Platzes tauchte der Junge in die Menschenmenge. Als Lorin und Robin die Stelle erreichten, war er nicht mehr zu sehen.

»Mist!«, fluchte Lorin. »Der ist weg! Lass uns umkehren.«

»Pass doch auf, Bengel!« Mit diesen Worten kam ein bürgerlich gekleideter Mann in ihr Blickfeld und drehte sich ärgerlich um.

»Da ist er!«, rief Robin und rannte weiter. Am Beginn einer vom Marktplatz wegführenden Gasse sah er, dass der Junge bereits einen guten Vorsprung hatte. Dennoch setzten die beiden hinter ihm her. Die Gasse war lang und sie führte um mehrere Ecken. Und je weiter sich die Schwertläufer von der Stadtmitte entfernten, umso weniger vornehm wurde die Gegend. Sie waren schon ziemlich nahe an den Jungen herangekommen, als dieser in eine Hofeinfahrt bog.

»Ich könnte wetten, dass der nicht hier wohnt«, keuchte Lorin. »Der Hof hat bestimmt zwei Eingänge.«

»Möglicherweise!« Robin schaute sich um. Direkt vor ihnen bog eine Quergasse ab. »Lauf du hier herum. Wir nehmen ihn in die Zange.«

Lorin nickte und bog in die Seitengasse ab. Robin nahm seinen Weg durch die Einfahrt. Licht und Schatten eines engen Innenhofs umfingen ihn. Im Hinterhaus bellte ein Hund, worauf eine Frauenstimme zu schimpfen begann. Robin ging weiter. Der Hof endete an einer Mauer. Kein weiterer Ausgang zur Gasse war zu sehen. Doch eine Holztreppe führte empor zu einer umlaufenden Galerie im ersten Stock. Robin stieg einige der knarrenden Treppenstufen hinauf. Dann blieb er stehen und horchte. Alles war jetzt wieder ruhig. Fast alles. Aus dem Verschlag unter dem Aufgang der Treppe, hörte er unterdrücktes, stoßweises Atmen. Er stieg langsam die Treppe wieder hinab. Stufe um Stufe. Unter dem Treppenaufgang war ein Bretterverschlag. Und darin befand sich eine Tür. Sie war nur angelehnt. Robin öffnete sie. Nachdem sich seine Augen an das Halbdunkel gewöhnt hatten, sah er den Jungen. Er lehnte am hinteren Ende des Verschlags an der Wand.

»Los, gib die Börse zurück, Früchtchen! Dann passiert dir auch nichts. Und beeil dich, bevor ich's mir anders überlege!«

Robin streckte die Hand aus. Der Junge starrte ihn an. Doch er sah nicht in Robins Augen, sondern schaute an ihm vorbei. In diesem Augenblick wusste Robin, dass er einen Fehler gemacht hatte. Ehe er sich umdrehen konnte spürte er einen Schlag auf dem Hinterkopf. In seinem Kopf entlud sich ein greller Blitz. Dann umfing ihn Dunkelheit.

»He Robin, wach auf!« Jemand rüttelte seine Schultern und klopfte seine Wangen.

»Was ist passiert?«, stöhnte Robin. Vor sich sah er verschwommen die Gestalt eines Mannes.

»Das wüsste ich gerne von dir!« Es war Lorin. Robin versuchte aufzustehen, wobei ihm Lorin helfend unter die Arme griff. Nur mühsam gelang ihm dies. Rings um ihn drehte sich alles. Sein Kopf schmerzte. Und als er sich über die Stirn wischte, war sein Handrücken blutig. Robin griff sich an die Seite. Seine Gürteltasche stand offen.

»Wir waren auf der ganzen Linie erfolgreich, Lorin. Meine Geldbörse, mein Feuerzeug und meine Uhr, alles ist weg. Und mein Schwert auch.«

»Dein Schwert nicht«, sagte Lorin. »Es hängt, genau wie meines, an Clothildes Gepäck. Glücklicherweise. Denn, so wie ich die Situation deute, hätte es dir kaum genützt.«

Von Lorin gestützt taumelte Robin zurück in den Hof. Von dem Jungen und dem Unbekannten war keine Spur mehr zu sehen. Sie setzten sich auf eine Steinbank, die an einer der Hofwände im Schatten stand. Robin fasste sich an die Brust. Er spürte die Tiriphe, was ihn etwas beruhigte. Und der Sirgenstein, den er in einer Innentasche seiner Jacke verwahrte, war auch noch da.

»Wer seid ihr und was ist hier überhaupt los?« Über das Geländer der Galerie im ersten Stock des Innenhofs beugte sich eine Frau. Sie sah aus, wie eine ganz normale Hausfrau, Mitte Vierzig, mit sauberer Schürze und geordneten Haaren, die unter einer Haube hervorschauten. Robin erkannte die Stimme, die vorhin den Hund gescholten hatte.

»Verzeiht, werte Frau!« Lorin erhob sich. »Wir suchen einen Jungen, vielleicht vierzehn Jahre alt – dunkles, gelocktes Haar – wohnt der hier?«

Nicht, dass ich wüsste. Hier wohnen außer mir und meinem Mann nur meine Eltern, mein Bruder, meine Schwägerin und deren Tochter. Sind alle auf dem Markt. Warum fragt Ihr?«

»Man hat uns beraubt. Und der Bursche ist in diesem Hof verschwunden.«

»Diese Taschendiebe werden immer dreister.« Die Frau drohte mit der Faust in Richtung Toreinfahrt. »Immer, wenn Markt ist, treibt sich hier Gesindel herum. ›Schließ das Hoftor ab!‹, hat mich mein Mann ermahnt. Jetzt haben wir die Bescherung.«

Sie kam die Treppe herunter, gefolgt von einem Hütehund, der freundlich mit dem Schwanz wedelte. Unten angekommen, zog sie ein sauberes Tuch aus ihrer Schürze, ging zu einem Pumpbrunnen und machte es nass.

»Lasst Euch erst mal säubern, Herr.« Sie wischte Robin das Blut von Gesicht und Stirn. Die Wunde selbst berührte sie nicht.

»Nicht schlecht für einen Vierzehnjährigen«, sagte sie.

»Er hatte einen Helfer«, antwortete Robin. »Doch der blieb unerkannt.«

»Na, wie auch immer – ich denke, es sieht schlimmer aus, als es ist. Aber auch eine solche Schramme kann sich übel entzünden. Jedenfalls solltet Ihr dem hiesigen Bader einen Besuch abstatten. Am Ende der Gasse, direkt am Marktplatz, findet Ihr ihn. Gleich daneben ist auch die Polizeiwache. Falls Ihr die bemühen wollt.«

Sie wusch das Tuch aus und gab es Robin. Der drückte es sich auf die Stirn.

»Danke für den Rat, werte Frau. Einen Arzt kenne ich selbst. Doch der Polizei werde ich vielleicht einen Besuch abstatten.«

»Wie Ihr wollt«, antwortete die Frau. »Aber erwartet Euch dort nicht zu viel. Und lasst mich aus dem Spiel. Ich kann nichts für Euer Ungemach. Wenn sie nach der Adresse fragen, dann sagt ihnen, es war am Haus des Korbmachers Balkor. Das ist mein Mann und er hat einen guten Leumund.«

Robin stand auf. In seinem Kopf spürte er einen pochenden Schmerz. Ihm war schwindlig.

Sie verabschiedeten sich und gingen die Gasse zurück zum Markt. Am Brunnen warteten die Gefährten bereits voller Unruhe.

»Ich hätte es mir denken können!« Boffo schien sofort zu ahnen, was passiert war, als er Robin sah. Der setzte sich auf die unterste Stufe des Brunnens. Die anderen waren sprachlos. Sogar der Koch schaute entsetzt. Boffo sah in Robins Pupillen. Dann tastete er seinen Kopf ab. Schließlich holte er seine Reiseapotheke, tränkte einen sauberen Lappen mit einer Essenz und reinigte die Wunde. Währenddessen erzählte Lorin, was passiert war.

»Damit ist auch unsere Reisekasse mit einem Schlag um einiges leichter.« Mit dieser trockenen Feststellung beendete er seinen Bericht.

»Schade vor allem um die Uhr und das Feuerzeug«, fügte Robin hinzu.

»Viel wichtiger ist, dass dein Kopf und vor allem dein Gehirn heil geblieben sind«, entgegnete Boffo. »Soweit ich das hier auf die Schnelle beurteilen kann. Schließlich warst du bewusstlos, wenn auch vielleicht nur für einige Augenblicke. Das ist immer eine sehr ernste Angelegenheit.« Aus einem Fläschchen träufelte er einige Tropfen in einen Becher, füllte ihn mit Wasser auf und reichte ihn Robin. Der trank in großen Schlucken und fühlte sich augenblicklich besser.

»Notfalls können wir einige von den Diamanten verkaufen«, bemerkte Bert. Gerade so laut, dass es der Koch nicht hören konnte.

»Eben!« Boffo nickte. »Aber nicht hier, sondern in Largon. Jetzt melden wir die Angelegenheit erst einmal der Polizei. Und dann suchen wir uns ein Quartier. Du brauchst dringend Ruhe.«

Er gab Robin einen aufmunternden Klaps auf die Schulter. Sie bezahlten und gingen. Wie die Frau des Korbmachers vorhergesagt hatte, machte ihnen der Präfekt auf der Polizeiwache wenig Hoffnung. Er versprach jedoch, sich um die Sache zu kümmern.

»Allerdings haben wir noch Quartiere frei.« Der Wirt stand in der Toreinfahrt des Weißen Einhorns und musterte die Ankömmlinge. »Aber wenn ich mir die Bemerkung erlauben darf, die Herren sehen etwas mitgenommen aus.« Dabei blickte er besonders auf Robin. »Ich hoffe doch, Ihr seid um eine gebührende Anzahlung nicht verlegen.«

»Wird das hier reichen?« Boffo schnippte ein Geldstück in die

Höhe. Der Wirt fing es auf und warf einen flüchtigen Blick darauf. Es waren zehn Golddorin. Augenblicklich wurde seine Miene freundlicher.

»Natürlich, meine Herren. Darf ich Euch hereinbitten?«

»Ihr dürft!«, antwortete Lorin und sie folgten dem Wirt in den Innenhof, wo ein Stallknecht das Maultier und zwei Hausknechte das Gepäck in Empfang nahmen.

»Dies trage ich selbst!« Boffo klemmte sich seinen Tornister unter den Arm. »Den Rest bringt bitte auf unsere Zimmer.«

»Wie Ihr wünscht.« Der Wirt ging voran. Unter einer schattigen, mit Efeu bewachsenen Pergola hindurch gelangten sie in einen dreistöckigen Lichthof mit umlaufenden Emporen. An deren Hinterseiten befanden sich Türen mit kleinen Schildern daran. In der Mitte des Lichthofs plätscherte ein steinerner Brunnen und verbreitete angenehme Kühle.

»Ich könnte Euch ein Fünfbettzimmer anbieten.« Der Wirt deutete nach oben zum ersten Stock. »Oder zwei Dreibettzimmer. Gleich hier im Erdgeschoss.«

»Wir nehmen die Dreibettzimmer«, sagte Bero.

»Natürlich. Fast hätte ich's vergessen. Einige von uns haben einen empfindlichen Schlaf. Aber bitte, von mir aus.«

»Bero warf Lorin ob dessen Äußerung einen vorwurfsvollen Blick zu. Aber er sagte nichts. Der Wirt zuckte mit den Schultern und schloss zwei nebeneinander liegende Türen auf. Die Zimmer waren sauber, geräumig und hell.

»Ihr könnt die Türen von innen verriegeln«, erklärte der Wirt. »Wenn Ihr Eure Unterkunft verlasst, so sagt mir Bescheid. Ich schließe dann ab. Waschgelegenheit und Toilette findet Ihr am Ende des Hofs. Wir können auch für ein heißes Bad sorgen. Oder Ihr besucht unser städtisches Dampfbad. Gleich hinter dem Rathaus. Sehr zu empfehlen. Und weit und breit berühmt. Auch für Eure Wäsche können wir Sorge tragen. Sagt einfach Bescheid, wenn Ihr etwas braucht. Ihr findet Ihr mich in der Schankstube oder in der Küche. Oder wendet Euch an einen unserer Hausknechte.« Damit ging er davon.

»Ich denke, ich lege mich gleich hin.« Robin fühlte sich immer noch schwindlig und ihm war übel.

»Mach das, mein Lieber!« Boffo begleitete ihn zu seinem Bett und half ihm, seine Kleider abzulegen. »Du ruhst dich erst mal aus, während wir in der Zwischenzeit einige Besorgungen erledigen.«

Robin legte sich aufs Bett. Die Hausknechte hatten in der Zwischenzeit das Gepäck gebracht. Boffo holte einen Becher aus einer der Taschen, füllte ihn am Brunnen und gab einige Tropfen einer braunen Tinktur hinein.

»Trink das hier. Es wird dir helfen, dich schneller zu erholen.«

Robin wachte auf. Die Sonne schien schon schräg durchs Fenster und in ihrem Strahl sah Robin winzige Staubfädchen schweben. Wie lange hatte er geschlafen? Zwei oder drei Stunden? Sein Kopf schmerzte noch immer. Doch Schwindel und Übelkeit waren verschwunden. Und er hatte Appetit. Robin setzte sich auf und blickte um sich. In der anderen Ecke des Zimmers standen zwei weitere Betten. Von dort hörte er leises Atmen. Die Tür öffnete sich und Boffo kam ins Zimmer.

»Guten Morgen, Robin. Ich hoffe du hast angenehm geruht.« Dann wandte er seinen Kopf über die Schulter: »Und *du* kannst jetzt auch aufstehen, Bero. Robin ist gerade aufgewacht.«

In der Zimmerecke raschelte es und Beros Kopf erschien über der Bettdecke.

»Wie spät ist es denn schon?«, fragte er.

»Gleich acht Uhr«, antwortete Boffo.

»Was? Wie?« Robin war einigermaßen verwirrt. »Heißt das, ich habe einen halben Tag und eine ganze Nacht geschlafen?«

»Hast du!« Boffo trat zu ihm und blickte in seine Pupillen. »Und es hat dir gut getan. Du siehst heute schon viel besser aus. Ich denke, ein anständiges Frühstück wird dir jetzt gut tun.«

»Komisch, diese Idee hatte ich auch gerade.« Robin lachte und stand auf. Er wusch sich und ging dann mit Bero hinüber in den großen Speisesaal. Einige Gäste saßen schon dort. Wahrscheinlich wohlhabende Händler oder Geschäftsreisende, dachte Robin. Auch Boffo, Lorin und Bert hatten es sich hier bequem gemacht. Küchenmädchen eilten durch den Raum und brachten heiße Getränke, Säfte, frisches Brot, Eier in verschiedenen Variationen, gebratene Würste und gebratenen Speck. Butter, Honig und Marmelade standen bereits auf dem Tisch.

»Ich denke, wir sollten heute nicht weiterreisen«, sagte Boffo und schob sich ein großes Stück Speck mit Ei in den Mund. »Robin muss sich noch ein wenig erholen.«

»Da hätte ich nichts einzuwenden«, sagte Bert. »Wenn wir es uns weiterhin so gut gehen lassen, wie bisher. Du hast übrigens gestern Abend einiges versäumt, Robin. Das Abendessen war erstklassig.«

»Schon gut«, erwiderte Robin. »Das kann ich ja heute nachholen. Im Übrigen möchte ich die Gelegenheit nutzen, mich um unsere gestohlenen Sachen zu kümmern. Vielleicht hat die Polizei etwas herausgefunden.«

»Zuvor könnten wir unsere Wäsche in der Waschküche dieses feinen Hauses abgeben«, schlug Bero vor. »Wäre wieder mal nötig.«

»In Ordnung. Und was haltet ihr davon, wenn wir uns danach um eine bequemere Reisemöglichkeit nach Largon bemühen?« Lorin blickte fragend in die Runde.

»Keine schlechte Idee«, stimmte Bert zu. »Wir sind zwar mittlerweile ziemlich gut zu Fuß. Doch befürchte ich, wenn wir unser Tempo noch mehr steigern, müssen wir Boffo irgendwann zurücklassen.«

»Um mich macht euch mal keine Sorgen.« Boffo winkte ab. »Aber um ehrlich zu sein: ich hätte auch nichts dagegen, wenn wir etwas schneller vorankämen. Nach Largon sind es immerhin dreißig Meilen. Und beritten könnten wir die heutige Pause leicht wieder hereinholen.«

Der Marktplatz von Koss wirkte an diesem Vormittag noch größer, als er ohnehin schon war. Denn er war beinahe leer. Das große Markttreiben war vorüber. Nur an einigen wenigen Ständen boten Bauersfrauen Gemüse, frische Beeren, Pilze und Kräuter feil. Am Brunnen lungerten einige halbwüchsige Burschen herum, die Robin gar nicht gefielen.

Lorin und die anderen hatten sich sofort auf die Suche nach einem Pferdehändler gemacht. Doch Robin wollte erst seinen Besuch bei der Polizei hinter sich bringen. Deshalb hatten sie sich vor dem Weißen Einhorn getrennt.

Als Robin die Wache betrat, konnte er den Präfekten, mit dem sie gestern gesprochen hatten, nicht sehen. Ein griesgrämig schauender Beamter schrieb an einem Stehpult und schaute nicht auf, als Robin grüßte. Robin wartete eine Zeit lang geduldig. Dann räusperte er sich. »Verzeiht, Herr Amtsvorsteher, ich wollte ...«

»Immer mit der Ruhe und eins nach dem anderen«, unterbrach ihn der Beamte und schrieb weiter. Nach geraumer Zeit blickte er auf.

»Wie sagtet Ihr noch gleich, war Euer Name?«

»Ich habe bisher nichts gesagt«, erwiderte Robin. »Aber mein Name ist Robin Rob. Ich war gestern bereits hier. Wir sind bestohlen worden.« Robin war ärgerlich und das konnte man seiner Stimme anhören.

»Wer ist wir?«, wollte der Polizist wissen.

»Einer meiner Reisegefährten und ich.«

»Und *wo* wurdet Ihr bestohlen?«

»Zuerst hier auf dem Markt. Direkt am Brunnen. Ich habe doch schon gestern dem Präfekten alles erklärt.«

»Der ist aber heute nicht hier. Was wurde Euch denn gestohlen?«

»Zwei Geldbörsen, eine Uhr und ein Feuerzeug.«

»Und das alles kam Euch hier auf dem Marktplatz abhanden?«

»Nein, auch im Hof des Korbmachers Balkor ...«

»Soso, im Hof des Korbmachers Balkor. Dort wird aber normalerweise nichts gestohlen.«

»Diesmal aber schon.« Robin spürte, wie sich ein Kloß in seinem Hals bildete und größer wurde. Doch er nahm sich zusammen.

»Das klingt mir alles sehr abenteuerlich«, fuhr der Beamte fort. »Sicher habt Ihr die Sachen nur verloren. Solcherlei Dinge passieren öfters an Markttagen. Kommt morgen wieder vorbei. Vielleicht wurde bis dahin etwas gefunden.« Damit beugte er sich wieder über seine Schreibarbeit.

Robin war wütend. Dieser Polizist war nicht nur überheblich. Er schien sich überhaupt nicht für sein Problem zu interessieren.

»Ich komme wieder, wenn Euer Vorgesetzter zurück ist.« Er drehte sich um und verließ grußlos die Wache.

Bei einer der Marktfrauen erkundigte sich Robin nach den Weg zum Pferdehändler. Er folgte einer der Gassen die ihren Ausgang am Marktplatz nahmen bis kurz vor die Stadtmauer und betrat einen großen Innenhof. Vier Pferde standen angebunden an einer Stange vor einem Gatter. Daneben standen Lorin, Bero und Bert und verhandelten mit dem Besitzer. Boffo stand etwas abseits. Robin trat hinzu und strich einem der Pferde, einem großen Braunen mit Blesse auf der Stirn, über den Hals. Dann trat er zu Boffo.

»Der eine ist nicht übel. Aber für die anderen würde ich meine Hand nicht ins Feuer legen wollen.«

Boffo machte eine unschlüssige Geste. »Wie du weißt, Robin, sind Pferde nicht mein Spezialgebiet. In dieser Beziehung kennst du dich viel besser aus. Ich kann sie zwar beschlagen, doch reiten müsst ihr sie selbst. Ich werde mich deshalb auf dein Urteil verlassen.«

Der Händler schien diese Unterhaltung gehört zu haben, denn er wandte sich Robin zu.

»Täuscht Euch nicht, Herr. Es sind zwar keine Paradepferde, aber sie sind gesund und in gutem Zustand. Wie ich den anderen Herren hier schon erklärt habe, ist das Angebot an Reitpferden im Moment etwas mager. Ein Großteil der Tiere wird derzeit von den Soldaten benötigt. Die kaufen alles auf. Und sie zahlen schlecht. Was Ihr hier seht, ist noch übrig. Dies ist, was ich Euch anbieten kann. Auch Sättel und Zaumzeug dazu. Und wenn Ihr nicht zufrieden sein solltet, nehme ich sie wieder zurück. Auf mein Wort.«

»Also, um ehrlich zu sein, hatten wir uns etwas Besseres vorgestellt. Doch möglicherweise könnten wir ins Geschäft kommen, wenn Ihr uns einen guten Preis macht«, sagte Robin. Lorin, Bero und Bert nickten.

»Einhundertvierzig Golddorin für alle vier. Mit Sätteln und Zaumzeug.« Der Händler streckte die Hand aus.

»Einhundert!« Robin streckte ebenfalls die Hand aus.

»Keinesfalls!« Der Händler zog seine Hand zurück. »Wollt Ihr mich berauben? Einhundertdreißig sage ich! Dies ist mein äußerstes Angebot. Und dabei zahle ich noch drauf!«

»Einhundertzwanzig! Und dies ist *unser* letztes Angebot«. sagte Robin.

»Meinetwegen!« Der Händler schlug ein. »Wenn ich nur Kunden wie Euch hätte, wäre ich bald ruiniert. Aber sei's drum. Hier habt Ihr sie. Natürlich erst, nachdem Ihr bezahlt habt.«

Boffo zog seine Geldbörse hervor und zählte zwölf Goldstücke auf die Hand des Pferdehändlers.

»Die großen Herren geben an und der kleine Mann muss zahlen«, sagte der und grinste. »So ungerecht ist nun mal das Leben.«

»Wie wahr«, erwiderte Boffo. »Doch heute scheint es ebendieses gut mit Euch zu meinen. Wenn Ihr einverstanden seid, lassen wir die Tiere heute noch hier. Wir benötigen sie erst morgen früh. Sie für eine Nacht im Gasthof einzustellen, wäre zu umständlich.«

»Selbstverständlich! Morgen früh könnt Ihr sie abholen. Gefüttert, gestriegelt und mit geputztem Lederzeug.« Der Händler machte einen außerordentlich zufriedenen Eindruck und die fünf Gefährten machten sich auf den Rückweg.

»Es wird deinen Vater freuen zu hören, dass du mittlerweile

auch in Handelssachen dazugelernt hast«, sagte Boffo. »Ob dein Einkauf sein Geld auch wirklich wert ist, wird sich spätestens morgen auf dem Weg nach Largon zeigen.«

»Was soll's?« Mit gleichgültiger Geste versuchte Robin seine eigenen und die Bedenken der anderen hinwegzuwischen. »Notfalls können wir sie in Largon wieder verkaufen. Vielleicht nicht um diesen Preis. Aber sicher ohne großen Verlust.«

Gerade rechtzeitig zum Mittagessen kamen sie zurück zum Weißen Einhorn. Es gab gespickten Hasenrücken, Ofenkartoffeln mit Sauerrahm und verschiedene Gemüse.

»Nun, meine Herren, hat es Euch geschmeckt?«, fragte der Wirt, als sie fertig waren. Alle nickten.

»Und darf ich fragen, ob Ihr heute Vormittag erfolgreich wart, bei Euren Erledigungen?«

»Wie man's nimmt«, antwortete Robin. »Bei den Pferden haben wir das genommen, was wir bekommen konnten. Die Freundlichkeit der hiesigen Polizeibehörde lässt allerdings zu wünschen übrig.«

»Ich weiß – und eigentlich dürfte ich so etwas gar nicht äußern.« Der Wirt rückte etwas näher an den Tisch und sprach leiser. »Aber auch die Bürger sind nicht glücklich mit der neuen Belegschaft. Der neue Präfekt wurde von Largon hierher versetzt und ist erst seit kurzem im Amt. Und er hat eine Anzahl Gehilfen mitgebracht, die sich ziemlich selbstherrlich gebärden. Auch die Torwächter gehören dazu. Sie sagen, es wären jetzt strengere Kontrollen notwendig. Wegen der vielen Fremdarbeiter aus Nergath. Allerdings scheint man diese neue Strenge nur gegen die Bürger anzuwenden. Denn auf der anderen Seite treibt sich hier in letzter Zeit allerhand Gesindel herum, welches sich keine große Mühe gibt, im Verborgenen zu blühen. Ihr selbst habt es ja gestern am eigenen Leib verspüren müssen.«

»Ist wohl an der Zeit, dass sich mal jemand in Largon bei Fürst Borotil beschwert«, bemerkte Lorin und nahm einen Schluck aus seinem Weinbecher.

Am Nachmittag entschlossen sich die Reisenden zu einem Besuch des städtischen Warmbads. Sie fanden es gleich hinter dem Rathaus, in einer Seitengasse. Es war ein steinernes Gebäude mit kleinen Fenstern an der breiten Vorderseite. Durch ein halbrundes Tor betraten sie den Innenhof. Der hatte die Form eines Atriums, zwischen dessen säulenbewehrten Gängen sich mehrere wassergefüllte Becken aneinander reihten. Im Zentrum befand sich ein kuppelförmig gemauerter Raum, aus dessen Eingang Dampf quoll. Einige Bedienstete reinigten mit Schrubbern die glatten Marmorböden. Zwei weitere warfen große Holzscheite in einen Ziegelofen mit hohem Rauchabzug, der in einer gemauerten Vertiefung stand. Ein Mann mit weißer Schürze und nackten Oberarmen kam auf sie zu.

»Guten Tag, meine Herren. Willkommen in unserem Badehaus. Wie Ihr seht, sind wir gerade beim Großreinemachen. Nach dem Ansturm gestern. Zu Eurem Vorteil. Ihr werdet alles sauber vorfinden. Und frisches Wasser in allen Becken.«

Er machte eine einladende Armbewegung.

»Wo können wir unsere Kleidung ablegen?«, fragte Bero.

»Hier entlang, wenn ich bitten darf.« Der Bademeister führte sie in einen hellen Raum mit einer umlaufenden Bank und verschließbaren Holzschränken.

»Hier könnt Ihr euch entkleiden. Und danach bitte ich Euch, unsere warmen Brausen in Anspruch zu nehmen. Bevor Ihr in die Becken steigt. So sind unsere Regeln. Ihr könnt Euch auch in einem dieser Holzzuber reinigen. Einer unserer Gehilfen wird Euch dann den Rücken schruppen, wenn Ihr es wünscht. Frische Handtücher bekommt Ihr von mir.«

Die Schwertläufer und der Elm nahmen das volle Programm. Erst genossen sie die warme Brause. Dann ließen sie sich in den Zubern von Kopf bis Fuß abseifen. Nur Bero gebärdete sich ein wenig genierlich und bestand darauf, sich eigenhändig zu schruppen.

»Keine Scheu, Bero. Ich habe hier bisher keine Damen gesehen«, stichelte Lorin.

»Die gibt es hier auch nicht, meine Herren«, erklärte der Badegehilfe. »Die Frauen haben ein eigenes Badehaus. Etwas kleiner wie dieses, und an anderer Stelle. Dort sind sie unter sich. Wir sind eben eine anständige Stadt.« Er schüttete lachend einen Kübel warmes Wasser über Beros Kopf aus. Der tauchte hustend und prustend unter.

»Nicht schlecht, eine solche Einrichtung.« Bert wischte sich den Seifenschaum aus den Ohren. »So etwas könnten wir in Lindhag auch gebrauchen. Holz und Kohle zum Heizen hätten wir genug.«

»Ich weiß nicht«, spöttelte Bero, der wieder zu Atem gekommen war. »Bei den vielen Schmieden und anderen rußigen Gesellen, die im Hochquelltal umherlaufen, käme man womöglich schwärzer wieder heraus als man hineingegangen wäre.«

»Holla, jetzt wird aber einer übermütig!« Lorin warf einen nassen Schwamm auf Bero. »Die Sauberkeit der Fornländer ist sprichwörtlich. Während in Lusilien manchmal Wasserknappheit herrschen soll, wie ich gehört habe.«

»Streitet doch nicht schon wieder! Manchmal hat man den Eindruck, mit halbwüchsigen Jungen unterwegs zu sein, nicht mit erwachsenen Männern.« Boffos Stimme klang ziemlich hohl. Er saß am Grund seines Bottichs bereits bis zum Hals im Wasser.

»Langsam mit dem Nachgießen, Herr Bademeister!«, rief Robin mit gespieltem Ernst. »Der kleine Herr versinkt ja in den Fluten.«

»Von wegen versinken!«, knurrte Boffo. »Überleg mal, von wem du Schwimmen gelernt hast.«

Nach der Grobwäsche setzten sich die fünf in eines der warmen Wasserbecken und genossen die Nachmittagssonne, die schräg in den Innenhof fiel.

»Fast so schön wie in den warmen Quellen von Orind'hor.« Robin blinzelte in die Sonne.

»Aber auch nur fast«, meinte Bero. »Die Landschaft dort war unvergleichlich.«

»Allerdings wird man von Landschaft allein nicht satt«, wandte Bert ein. »Mir knurrt jetzt noch der Magen, wenn ich an die magere Kost jener Tage denke.«

»Was deiner Statur sicher nicht abträglich war.« Lorin klopfte Bert auf den Bauch. »Das gute Essen in letzter Zeit hat sich bemerkbar gemacht.«

»Jetzt übertreibe aber mal nicht.« Bert warf einen nachsichtigen Blick auf Lorin. »Es kann ja wohl nicht verkehrt sein, wenn man versucht, wieder zu Kräften zu kommen. Nach all den Anstrengungen der vergangenen Wochen. Und die nächsten Strapazen kommen bestimmt.«

»Morgen jedenfalls noch nicht«, bemerkte Bero lakonisch. »Anstatt zu laufen werden wir reiten.«

»Und nun auf ins Dampfbad!«, rief Robin. Er stand auf und band sich sein Handtuch um die Hüften. Lorin und Bert folgten ihm, Boffo und Bero blieben zurück.

Die drei Schwertläufer betraten den runden Kuppelbau. Ein Bediensteter in weißer Kleidung goss gerade Wasser auf heiße Steinplatten. Nichts war zu sehen als weißer Dampf. Als sich dieser etwas lichtete, konnte Robin einige Konturen erkennen. Das gesamte Gewölbe wurde von kunstvoll gemauerten Bögen getragen, die auf schlanken Säulen ruhten. Robin sah kleinere Becken, die anscheinend der Abkühlung dienten und Holzpritschen, auf denen Badegäste lagen, die von schwitzenden Masseuren durchgewalkt wurden. In der Mitte des Raumes, wo eine Zwischendecke verhinderte, dass der Dampf zu schnell nach oben abzog, standen kreisförmig angeordnete Bänke aus Stein.

Robin, Lorin und Bert setzten sich. Ihnen gegenüber saßen bereits drei wohlbeleibte Männer, die kräftig schwitzten. Die Neuankömmlinge nickten zum Gruß.

»Na wenn das nicht unsere Besucher sind, die gestern auf dem Markt ihre Wertsachen verloren haben! Sind die Herren mittlerweile wieder fündig geworden?« Einer der dicken Männer grinste. Es war der Polizeipräfekt. Die anderen beiden waren Robin unbekannt, doch grinsten sie ebenfalls.

»Leider nein«, erwiderte Robin. »Und wir hoffen noch immer auf die tatkräftige Unterstützung Eurer Behörde, Herr Präfekt.«

»Der kann ich Euch versichern«, erwiderte der Präfekt und seine beiden Begleiter lachten hämisch. »Wir tun, was wir können.«

»Das sehe ich«, raunte Lorin.

»Nun, wir werden morgen beizeiten die Stadt in Richtung Largon verlassen«, sagte Robin. »So wie es aussieht, werden wir wohl oder übel auf unser Geld und die anderen Sachen verzichten müssen. Doch wäre es schön, wenn Ihr diesen Zwischenfall zum Anlass nehmen würdet, etwas genauer auf zwielichtige Gestalten zu achten, die an den Markttagen die Stadt unsicher machen.«

»Was soll das denn heißen, Herr ...« Der Präfekt lief noch röter an, als er durch die Hitze sowieso schon war. Die anderen beiden nahmen eine drohende Haltung an, welche Geste ob ihrer Beinahe-Nacktheit einer gewissen Komik nicht entbehrte.

»Rob, Robin Rob ist mein Name, aus Fornland, wie gestern schon zu Protokoll gegeben. Und dies sind meine Reisegefährten Herr Lorin Klingsporn und Herr Bertram Bartsohn.«

»Ich würde Euch raten, Euren Tonfall zu mäßigen, Herr Rob«, presste der Präfekt zwischen den Lippen hervor. »Sonst könnte es sein, dass wir Euch etwas näher unter die Lupe nehmen.«

»Kein Grund zur Aufregung, Herr Präfekt. Bitte verzeiht meine etwas unbedachte Ausdrucksweise. Wie gesagt, morgen reisen wir sowieso ab. Wünsche noch einen angenehmen Tag.«

Die drei Schwertläufer standen auf und begaben sich zum Ausgang. Noch ehe der Präfekt sich entschieden hatte, wie er auf Robins doppeldeutigen Gruß reagieren sollte.

»Ich kann mir nicht helfen«, sagte Robin im Hinausgehen. »Dieser Kerl gefällt mir gar nicht. Und seine beiden Badekumpane noch weniger.«

»Mir geht's ebenso«, erwiderte Lorin. »Koss ist eine wunderschöne Stadt. Und eine solche Obrigkeit hat sie sicher nicht verdient.«

Am folgenden Morgen machten sich Lorin und Bert auf, die Pferde zu holen. Als sie zurückkamen, hatten Robin, Bero und Boffo Clothilde schon beladen. Der Wirt kam mit der Rechnung. Vier Dorin und einige Heller sollte Boffo zurückerhalten. Er nahm nur zwei. Eine Tatsache, die den Wirt zu großer Höflichkeit anspornte.

»Ich hoffen, die Herren waren zufrieden und beehren uns irgendwann wieder.«

»Das entscheiden nicht wir, sondern unser Schicksal«, antwortete Robin. »Doch wenn es sich einrichten lässt, gerne.«

Dann saßen sie auf, und ritten zum Hoftor hinaus. Boffo saß hinter Robin und führte Clothilde am Zügel. Obwohl das Maultier an Bert gewöhnt war, hatte der Elm als einziger zwei freie Hände.

Als sie auf die Straße bogen, die zum Stadttor führte, sahen sie, dass die Schranke davor heruntergelassen war. Keiner der Wächter war zu sehen. Plötzlich öffnete sich die Tür der Wachstube. Eine schmächtige Gestalt wischte heraus und verschwand hinter den niedrigen Hütten, die sich an die Stadtmauer schmiegten.

»Donnerwetter!« Robin zügelte sein Pferd. »Kann sein, dass ich immer noch fantasiere. Aber ich hätte schwören können, dass dies das Kerlchen war, das uns auf dem Markt angerempelt hat. Irgendetwas stimmt hier nicht, oder ich will die Sandalen des Bademeisters von Koss verspeisen. Wartet hier auf mich.« Robin rutschte aus dem Sattel, warf Lorin die Zügel über den Arm und eilte gebückt auf das Wachhaus zu.

»Sei vorsichtig, Robin und mach uns keinen Ärger«, raunte Boffo, doch Robin war schon an der Mauer des Torhauses. Die Tür war noch angelehnt. Und drinnen hörte Robin Stimmen.

»Wie oft soll ich dem Burschen noch sagen, dass er nicht hierher kommen soll. Er wird uns noch um Kopf und Kragen bringen«, schimpfte jemand. Robin erkannte den Wächter, der sie bei der Einreise in die Stadt so unfreundlich behandelt hatte.

»Was soll er sonst tun?«, erwiderte eine jüngere Stimme. »Schließlich sitzen wir den ganzen Tag hier, und in der Kaserne kann er sich ja wohl schlecht sehen lassen. Lass mal sehen, was er gebracht hat.«

Robin schlüpfte am Türspalt vorbei. Dort, wo sich das Wachhaus an die Stadtmauer lehnte, befand sich eine schmale Lüftungsluke. Robin spähte hindurch. Drinnen, im Gegenlicht eines Fensters zur Straße hin, standen die beiden Wächter an einem Tisch. Der ältere der beiden schlug ein schmutziges Stück Tuch auseinander. Robin traute seinen Augen nicht. Inmitten von anderem mehr oder weniger wertlosen Plunder lagen seine Uhr und sein Feuerzeug. Robin hatte genug gesehen. Er ging zur Tür, klopfte kräftig, öffnete sie im gleichen Augenblick und trat in die Wachstube.

»Guten Morgen, meine Herren!« Die Wächter fuhren erschrocken in die Höhe.

»Was fällt dir ein!«, rief der Ältere und stellte sich vor den Tisch. »Hinaus mit dir. Oder willst du einen Tag im Loch verbringen?!« Er fasste an den Griff seines Schwertes. Doch hielt er in der Bewegung inne, denn Lorin, Bert und Bero waren ebenfalls in die offene Tür getreten. Der Jüngere stand wie versteinert.

»Kein Grund zur Aufregung.« Robin blieb ganz ruhig. »Wir wollten gerade die Stadt verlassen. Weil niemand draußen war, habe ich eben geklopft. Und bei dieser Gelegenheit wollte ich auch etwas fragen.« Dabei blinzelte Robin Boffo zu. Der schaute zum anderen Fenster herein und hielt die Pferde und das Maultier an den Zügeln.

»Was denn?« blaffte der ältere Wächter, der Robins Blick bemerkt hatte.

»Nun, uns sind vorgestern einige Sachen abhandengekommen. Vielleicht sind sie bei Euch abgegeben worden.«

»Bei uns?« Der Wächter warf einen Blick über seine Schulter, dorthin, wo Boffo stand. »Bei uns werden viele Dinge abgegeben. Was sucht ihr denn?«

»Unter anderem eine Uhr und ein silbernes Feuerzeug. Ziemlich gute Stücke. Und zwei satt gefüllte Geldbörsen.«

»Geldbörsen gibt hier niemand ab. Und schon gar keine gefüllten. Aber was euer anderes Zeug betrifft, so schaut mal hier nach. Ist heute erst gebracht worden. Vielleicht ist was dabei.« Er wies auf den schmutzigen Lumpen auf dem Tisch. Zweifelsohne war er zu der Überzeugung gelangt, dass Ausflüchte nichts mehr nutzen würden. Und deshalb die Flucht nach vorne vorzuziehen sei.

»Na so was!« Robin trat an den Tisch. »Da sind ja meine Sachen. Was für ein Glücksfall.« Er griff nach der Uhr und dem Feuerzeug und hielt beides in die Höhe. Die Gefährten in der Tür stießen gespielte Rufe des Erstaunens aus.

»Ich bin sicher, wenn man lange genug sucht, finden sich auch unsere Geldbörsen wieder«, mischte sich Lorin ein und trat einen Schritt nach vorne.

»Wollt ihr uns drohen?« Der jüngere der beiden Wächter war in die Ecke des Raumes getreten und griff nach einem Glockenseil. Er zog nicht. Aber mit schneidender Stimme fuhr er fort: »Ich darf euch darauf aufmerksam machen, dass ihr euch auf fürstlichem Hoheitsgebiet befindet. Gewalt gegen uns ist gleichbedeutend mit Gewalt gegen die Landesherrschaft.«

»Lass gut sein, Lorin!« Robin legte seinem Freund die Hand auf die Schulter. »Alles Weitere hält uns nur auf und bringt uns keinen Nutzen.« Dann wandte er sich mit gespielter Hochachtung an die beiden Wächter: »Vielen Dank, Ihr Herren, für Eure Bemühungen. Einen Finderlohn werdet Ihr sicher nicht erwarten. Ebenso wenig wie der ehrliche Finder, schätze ich. Und was das fürstliche Hoheitsgebiet anbelangt, so ist Fürst Borotil sicher begierig, neues von den Grenzen seines Reiches zu erfahren.«

Damit drehte er sich um, griff Lorin beim Arm und verließ mit ihm die Wachstube. Bero und Bert folgten. Vor dem Wachlokal saßen sie auf. Robin zog Boffo hinter sich aufs Pferd.

»Das hat gesessen«, sagte der und nahm Clothilde am Zügel. »Allmählich lernst du deine Lektionen.«

»Aber das Geld ist futsch«, maulte Robin, obwohl es ihn nicht wirklich störte.

»Du hast deine Sachen wieder, das reicht«, sagte Boffo. »Und was Geld betrifft, so habe ich genügend für uns alle dabei.«

Lorin hob die Schranke empor und ohne sich umzusehen ritten die vier Schwertläufer mit dem Elm in südlicher Richtung davon.

Zwanzigstes Kapitel

Scheidewege

Ein warmer Südwind blies den Reitern entgegen, als sie den Lerdwald verließen und in die hügelige Landschaft Nord-Luriens hineinritten. Die Pferde trabten munter vorwärts. Ganz anders, als es ihr äußerer Anschein beim Kauf hätte vermuten lassen. Und sie schienen sich dabei nicht einmal besonders anzustrengen. Ebenso, wie Clothilde, die mühelos nebenher lief. Kein Anzeichen deutete darauf hin, dass ihr verletzter Huf noch schmerzte.

Anfangs floss der Lerdon neben den Reisenden her. Dann bog er nach Osten ab und strebte dem Turon zu, während die Straße auf einem niedrigen Höhenzug weiter nach Süden führte. Die Gegend wurde trockener, blieb aber dennoch fruchtbar. Lange Reihen von Zypressen zeichneten sich gegen die Sonne ab und warfen ihre schlanken Schatten auf die Hänge der sanften Hügelketten, auf denen sie standen. Deren Flanken waren bedeckt mit kurzem Trockenrasen, unterbrochen von leuchtenden Inseln mit violett blühendem Heidekraut, aus dem vereinzelte Wacholderbüsche ragten. Rechts und links der Straße spendeten Pinien wohltuenden Schatten und breiteten ihre Nadeln wie einen federnden Teppich über den harten Fahrweg. Der Duft ihres Harzes vermischte sich mit dem der Lavendelstauden am Straßenrand und wurde intensiver, je wärmer der Tag wurde.

Die offene Weite und der Duft dieser Landschaft hatten eine befreiende Wirkung auf das Gemüt der Reisenden. So jedenfalls empfand es Robin und so glaubte er es auch in den Gesichtern seiner Begleiter zu lesen. Der Fahrtwind spielte in ihren Kleidern und brachte Kühlung und selbst Bert, der kein begeisterter Reiter war, blickte entspannt in die Gegend.

Hatte in den vergangenen drei Tagen schon ungewohnt sonniges und warmes Wetter vorgeherrscht, so wurde es gegen Mittag dieses Tages so heiß, dass sie ihre Tiere nur noch im Schritt gehen ließen. Sich selbst hatten sie so luftig wie möglich gekleidet. Ihre Panzerhemden hatten sie längst abgelegt. Selbst der immer wachsame Boffo saß, nur noch mit Hemd und Hose bekleidet, im Schatten von Robins Rücken und wischte sich mit einem Tuch den Schweiß von der Stirn.

Lorin und Bert ritten vorneweg, dann kam Bero und mit einigem Abstand folgte Robin mit Boffo und Clothilde.

»Was meinst du, Boffo?«, nutzte Robin die Gelegenheit zu einer ungestörten Unterhaltung. »Bero macht mir Sorgen. Er sondert sich oft ab, ist meist mürrisch und ganz anders, als ich ihn kennen gelernt habe. Wenn ich an unseren Besuch in Dornburg denke, so kommt es mir bisweilen vor, wir hätten dort einen anderen Bero getroffen.«

»Ja, sonderbar. Auch ich mache mir meine Gedanken über ihn. Doch vergiss nicht: eine solche Reise ist kein Ausflug in eine Sommerfrische. Wir hatten mache Begebenheit, die schwer zu verkraften war. Denke an den Überfall der Bethun und die Begegnung mit den Grolds. Oder an euer Abenteuer in Bahor. Der eine geht leichter damit um, der andere denkt mehr darüber nach und beginnt vielleicht zu grübeln.«

»Möglich, aber ich glaube nicht, dass es allein daran liegt«, widersprach Robin. »Bahor war eine große Herausforderung. Alles hing an einem seidenen Faden. Und gerade dort hat sich Bero am besten bewährt. Ich hatte fast den Eindruck, es hat ihm Spaß gemacht.«

»Siehst du, gerade deshalb habe ich große Hoffnungen, dass alles wieder ins Lot kommt. Versuche dich zu erinnern, wann Beros seltsames Verhalten begann.«

Robin zog die Stirn in Falten. »Ich glaube, es war, als wir das Tal des Turon verließen und in die Nirondebene zogen.«

»Genau, kurz nachdem Lorin und Bert zu uns stießen. Bero

fühlt sich seither von Lorin in den Schatten gestellt. Vor allem, wenn Lorin wieder einmal den forschen Draufgänger gibt, fühlt er sich nach hinten gedrängt. Und das macht ihn missmutig. Was Bero braucht, ist eine Herausforderung. Eine Aufgabe, bei der er sich bewähren kann. Und die wird ganz sicher kommen. Spätestens dann ist er wieder der alte. Du wirst sehen.«

Boffo hielt inne und beide schwiegen eine Weile.

»Mehr Sorgen als um Bero mache ich mir um Bert«, fuhr Boffo nach einiger Zeit fort. »Ich fürchte, dass wir ihn in Largon verlieren. Er will nach Hause. Das merkt man ihm an.«

»Wollen wir das nicht alle? Zumindest zeitweise.«

»Was wir wollen und was wir müssen sind zweierlei Dinge, mein lieber Robin. Das weißt du ebenso gut, wie ich. Was letztlich zählt, ist das zu tun, was unsere Pflicht ist. Auch wenn es uns nicht in dieser Form aufgetragen wurde. Wenn du verstehst, was ich meine. Allerdings, um etwas zu erreichen, muss man auch den Willen dazu haben. In dieser Beziehung hast du recht. Sonst wird nichts draus. Und wenn Bert nicht will, dann sollten wir ihn gehen lassen.«

Robin nickte wortlos.

Als die Hitze des Tages zu groß wurde, lagerten sie sich unter einer Gruppe großschirmiger Pinien. In einer Senke, an deren Grund ein kleines Bächlein plätscherte. Sie banden den Pferden die Vorderbeine locker zusammen, so dass sie noch gehen, aber nicht weglaufen konnten und ließen die Tiere grasen. Sie selbst stärkten sich an den Vorräten, die ihnen der Wirt vom Weißen Einhorn mitgegeben hatte, und ruhten dann im Schatten der Bäume.

Robin hing seinen Gedanken nach. In der Nähe hörte er das Blöken einer Schafherde, was bedeutete, dass die Gegend bewohnt war. Er dachte an die sanften Hügel der Blauberge und an den Grünsee an ihrem Fuße, wo er mit seinen Freunden im Hochsommer oft gebadet hatte. Und er dachte an Merien. Damit schlief er ein, entspannt und leichtem Gemüts.

Robin erwachte vom Klirren des Zaumzeugs und der Steigbügel. Lorin, Bert und Bero sattelten die Pferde. Ein wenig verschlafen sah er auf seine Taschenuhr. Es ging bereits gegen fünf Uhr und der Tag begann, kühler zu werden.

»Seht, mal, Robin ist aufgewacht!«, rief Bert.

»Und ich fürchtete schon, wir müssten ihn schlafend aufs Pferd setzen«, witzelte Lorin.

»Du wirst ein wenig leichtsinnig. Man hätte dich schlafender Weise wegtragen können, mein Lieber«, fügte Bero hinzu.

»Na und? Ich hab mich schließlich auf dich verlassen. Und dieses beruhigende Gefühl hat mich gut schlafen lassen. Ausgesprochen gut!«

»Na ja, wenn du das so siehst.« Bero zuckte mit den Schultern und machte sich an den Sätteln zu schaffen. Doch Robin bemerkte, wie ein Lächeln über sein Gesicht huschte. Und er sah auch, dass sein eigenes Pferd bereits fertig gesattelt und gezäumt war.

Am Ende des zweiten Tages seit ihrer Abreise von Koss näherten sich die Reisenden der großen Stadt. Die Gegend war zuletzt flach geworden und seit geraumer Zeit schon hatten sie die Türme und Zinnen Largons in der Ferne sehen können. Aus nordöstlicher Richtung näherte sich der Turon. Und er führte die Fruchtbarkeit seiner Ufer mit sich, die sich wie ein grüner Strom in die Ebene ergoss. Allenthalben gab es Wiesen, Weiden und Felder, auf denen das Korn schon hoch auf den Halmen stand. Auf der Straße hatte der Verkehr zugenommen. Zum Großteil waren es landwirtschaftliche Gefährte. Aber auch einige Holzfuhrwerke waren darunter, die sich schwer beladen und langsam auf die Hauptstadt zu bewegten.

Noch am frühen Abend passierten sie eine Kreuzung, in deren Mitte ein Wegstein in Form eines Pyramidenstumpfs stand.

»Achtzig Meilen nach Nergath; neunzig Meilen nach Eldar ...«, las Bero vor.

»Und nur zwei Meilen nach Largon«, fiel ihm Lorin ins Wort. »Und da wollen wir hin.«

»Schon klar.« Bero warf Lorin einen ärgerlichen Blick zu. »Was ich sagen wollte ist, dass wir uns hier an einer Stelle zwischen den beiden Städten befinden, an der sich vielleicht einige von uns später noch entscheiden müssen.«

»Unsinn! Ich jedenfalls nicht.« Lorin setzte sein Pferd in Trab und schlug die gerade Richtung nach Largon ein.

Bald wurden die Häuser am Straßenrand dichter. Bauernhöfe und Fuhrunternehmen waren es meist, die Platz und Weideflächen benötigten und dennoch die Nähe zur Landstraße suchten. Plötzlich blieb Clothilde wie angewurzelt stehen und war selbst von Bert nicht mehr von der Stelle zu bewegen. Von einer umzäunten Weide, die an die Straße grenzte, waren wohlbekannte Laute zu hören: ein kräftiges Wiehern, welches in ein quietschendes Stakkato überging. Kein Zweifel: es waren drei Artverwandte von Clothilde, die an den Zaun gekommen waren und neugierig ihre reisende Verwandtschaft beäugten.

Robin war mit Boffo, der Clothildes Zügel losgelassen hatte, ein kurzes Stück weiter geritten. Dort, direkt an der Straße, erhob sich ein recht stattliches Gebäudeensemble mit einem großen Steinhaus und etlichen Scheunen und Stallungen. Über der Tür des Steinhauses hing ein Schild.

»Zur Einkehr – Landgasthof und Herberge. Lumir und Elka Marsol. Gute Küche«, las Robin vor. »Was meinst du, Boffo? Wäre das etwas für uns?«

»Warum nicht? In die Stadt kommen wir noch früh genug. Hier hätten wir genug Platz für die Tiere und wenn Essen und Quartier in Ordnung sind, hätte ich nichts dagegen, hier zu bleiben.«

In der Tür über der Eingangstreppe erschien eine kräftig gebaute Frau. Um die Hüfte trug sie eine saubere, weiße Schürze und auf dem Kopf eine ebensolche Haube. Sie lächelte und nickte zum Gruße.

»Wenn mich meine Menschenkenntnis nicht ganz verlassen hat, dann kann diese Frau kochen«, raunte Boffo.

»Habt Ihr noch Betten frei, Frau Wirtin?«, rief Robin zur Tür hinüber.

»Mehr als genug!«, antwortete die Angesprochene. »Kommt nur herein, dann könnt Ihr Euch selbst überzeugen.«

Robin schaute Boffo an. Der nickte.

»Anschauen können wir's uns ja zumindest«, sagte Robin zu den anderen, die inzwischen herangekommen waren.

»Eigentlich wollten wir doch nach Largon«, murrte Lorin.

»Du wirst noch früh genug dorthin kommen«, erwiderte Boffo sehr bestimmt. »Jetzt geh mit Robin hinein und schau dir alles an. Und dann gib uns Bescheid. Wir warten.«

Lorin warf einen erstaunten Blick auf Boffo. Doch er verkniff sich jegliche Widerrede und ging mit Robin ins Haus.

Die Wirtin ging voraus in den ersten Stock und öffnete einige Türen. In jedem der Zimmer standen zwei Betten. Und in der Luft lag der Geruch von frisch gewaschener Bettwäsche.

»Ihr werdet Euch wohl fühlen, meine Herren«, sagte sie. »Hier in der Tiefebene ist es tagsüber heiß, aber nachts oft kühl. Da werdet Ihr ein gutes Bett zu schätzen wissen. Wie gefällt es Euch?«

»Sehr gut«, antwortete Robin und auch Lorin machte ein zufriedenes Gesicht. Sie gingen wieder nach unten.

»Ich denke, hier können wir bleiben«, sagte Robin zu den anderen, die erwartungsvoll vor der Tür standen.

»Dann bringt Eure Tiere in den Hof.« Das Gesicht der Wirtin glänzte rosig vor Freude. »Unser Stallknecht wird sich um alles kümmern. Bennik!«, rief sie in den Hausflur hinein. »Hilf den Herren beim Absatteln der Pferde und kümmere dich um das Gepäck!«

»In dieser Beziehung täusche ich mich selten!« Boffo wischte sich mit einer frisch gebügelten und gestärkten Serviette den Mund. »Für Orte, an denen es gutes Essen gibt, habe ich ein untrügliches Gespür. Und ich hoffe, es hat euch ebenso geschmeckt, wie mir.«

»Schmeckt immer noch. Und fertig bin ich noch lange nicht.«
Bert kaute mit vollen Backen.

Das Essen hier war anders, als das in Koss. Und es war anders, als jeder von ihnen es in diesem Landgasthaus erwartet hätte. Leichter und abwechslungsreicher. Es gab kleine Vorspeisen und Salate, vielfältige Hauptgerichte mit und ohne Fleisch, kräftig gewürzt. Dazu allerlei Gemüse, geschmort, oder mit schmackhaften Kräutern in Öl gebraten. Frau Elka, Wirtin und Köchin in einer Person, war wahrlich eine Meisterin ihres Fachs. Und wer von den Hauptgerichten noch nicht satt war, auf den warteten Nachspeisen fruchtiger oder süßer Art, Beerengrütze und kleine Kuchen. Dazu gab es leichten Tafelwein und Limonenwasser. Und zum Abschluss servierte die Wirtin Kaffee aus feinsten Kopobohnen.

Robin schlürfte genussvoll aus seiner Tasse und schaute sich dabei die anderen Gäste genauer an. Die Gaststube war nicht voll, aber gut besucht. An einem Tisch saßen einige Bauern oder sonstige Anwohner aus der Nachtbarschaft, unterhielten sich in gedämpften Ton und warfen von Zeit zu Zeit interessierte Blicke auf die ihnen unbekannten Reisenden. Die meisten der anderen Tische waren mit Leuten besetzt, die nur zum Abendessen hierhergekommen waren. Bereits am frühen Abend hatte Robin die Ankunft einiger Pferdegespanne und Kutschen beobachtet, die jetzt im Hof und vor dem Haus standen.

»Die meisten Eurer Gäste kommen sicher, weil sie die gute Küche des Hauses zu schätzen wissen?«, wandte sich Robin fragend an die Wirtin, während sie das Geschirr abräumte.

»Danke für das Lob! Aber Ihr habt recht, Herr. Es sind meist Bürger aus der Stadt, die zum Essen hierher kommen. Und wir bemühen und sehr, sie zufrieden zu stellen. Das Geschäft mit den Pensionsgästen geht seit einiger Zeit nicht mehr so gut. Nur einige wenige Reisende, die aus Eldar nach Largon kommen, steigen hier bei uns ab. Ja früher, da hatten wir gut zu tun. Da gab es Gäste aus dem Norden auf der Fahrt nach Heras zu uns. Oder sie reisten weiter nach Nergath oder umgekehrt.«

Stadtmauern mit den vielen Türmen die Neuankömmlinge beeindruckt. Nun, da sie durch die prächtigen Tore traten, konnten sie sich mit eigenen Augen davon überzeugen, dass das bisher Gehörte nicht übertrieben war. Eine breite Prachtstraße zog sich kerzengerade bis in das Stadtinnere. Und an ihren Rändern standen Gebäude mit vornehmen Fassaden. Gebaut waren sie aus hellem Stein, fast alle mehr als vier Stockwerke hoch und ihre nach oben strebenden Erscheinung wurde durch zinnengeschmückte Türme noch verstärkt. Man hätte den Baustil dieser Häuser als kühl bezeichnen können, wenn die ebenerdigen Arkadenbögen entlang ihrer Straßenseiten nicht gewesen wären. Hinter diesen verbargen sich Läden, Werkstätten und Gasthäuser. Zu erkennen an ihren Auslagen und an der Betriebsamkeit ihrer Kundschaft.

Bereits beim Passieren der Tore war es Robin aufgefallen, dass niemand nach ihrem Woher und Wohin gefragt hatte. Es gab keine Wächter, zumindest keine solchen, die man hätte sehen können. Und auch die Passanten nahmen kaum Notiz von den neu angekommenen Besuchern. Vielleicht, so vermutete Robin, lag es auch daran, dass sich diese in Bezug auf ihr Aussehen und ihre Kleidung nur unwesentlich von den Einheimischen unterschieden. Auch aus diesem Grund, und um nicht unnötig aufzufallen, hatten die neuen Gäste darauf verzichtet, sich äußerlich sichtbar zu bewaffnen.

Während sie die Prachtstraße entlang schlenderten, bewunderten sie das schier unerschöpfliche Warenangebot der Händler und Handwerker. Hier gab es feinste Stiefel, dort Hemden aus edlen Stoffen. Woanders wiederum wurden Schmuck und kostbare Waffen angeboten, und überall gab es auch Dinge des täglichen Bedarfs.

»Auf dem Rückweg werde ich mir hier einige neue Sachen gönnen«, sagte Lorin. »Und auch ihr solltet das tun. Denn niemand kann ernsthaft bestreiten, dass uns der Weg hierher ziemlich mitgenommen hat.«

»Dagegen ist nichts einzuwenden«, entgegnete Boffo. »Aber

bedenke: die meisten dieser Waren, so fein und edel sie aussehen, können wohl kaum mit der Qualität und Haltbarkeit unserer Kleidung aus Fornland mithalten. Oder würdest du deinen
Elmenmantel hier eintauschen wollen, Robin?«

»Natürlich nicht! Aber in einer Beziehung gebe ich Lorin
recht. Neue Wäsche, Strümpfe und vielleicht ein neues Hemd
können sicher nicht schaden.«

»Das ist wahr.« Boffo lachte. »Ein neues Hemd wäre auch mir
willkommen. Vorausgesetzt, ich bekomme hier etwas in meiner
Größe. Und haltet Ausschau nach einem Pfeilschäfter. Ich brauche dringend Ersatz für meine verschossenen Armbrustbolzen.«

Am Ende der Straße strebten die Häuser auseinander und
machten Raum für einen ausgedehnten Platz. Doch anders als in
Koss war dieser nicht von Gast- und Geschäftshäusern umstanden. Der große Platz in Largon spiegelte die Pracht und den
Reichtum des Herrscherhauses von Lurien wieder. Und deshalb
standen die Freunde jetzt still und schauten gebannt auf ein
Gebäude, das seine gesamte Stirnseite einnahm und an Prunk
und baulichem Zierrat alles übertraf, was sie bisher gesehen
hatten.

»Fürst Borotil muss mächtig reich sein, wenn er sich eine
solch komfortable Behausung leisten kann«, sinnierte Bert.

»Das ist er ohne Zweifel«, pflichtete ihm Robin bei. »Ob aber
diese Behausung, wie du sie nennst, genauso komfortabel ist,
wie unsere behaglichen Häuser zuhause, ist eine andere Frage.«

»Der Reichtum dieses Landes ist unermesslich«, erklärte Boffo. »Und er hat eine Ursache. Es sind die Goldminen von Lonor'lin. Sie gehören dem Herrscherhaus. Doch ihr Reichtum kam
auch der Bevölkerung zugute.«

»Was heißt kam?«, wollte Bero wissen. »Sind die Minen jetzt
erschöpft?«

»Nein«, antwortete Boffo. »Doch Gold allein macht nicht
reich. Man muss auch etwas dafür kaufen können. Bis vor wenigen Jahren war Largon die bedeutendste Handelsstadt inmitten

der sie umgebenden Länder. Nun ist die Verbindung nach Norden seit einiger Zeit unterbrochen, wie ihr wisst. Und damit sind es auch die dazu gehörigen Handelsbeziehungen. Zudem wird Luriens Streit mit seinem Nachbarland Norien sicher auch Wirkung zeigen.«

»So, wie ich das sehe, lebt man immer noch gut genug«, stellte Lorin fest. »Und ich denke, auf ihren goldenen Pölsterchen können sich Land, Stadt und auch Fürst Borotil noch eine ganze Weile ausruhen.«

Robin schaute sich um. So groß der Platz war, so wenig belebt war er auch. Einzelne Boten eilten dem Palast zu und vor einem großen Gebäude auf der Westseite des Platzes, welches Robin für das Rathaus hielt, fuhren zwei Kutschen vor, aus denen vornehm gekleidete Herren stiegen. Robin kam sich ziemlich verloren vor. Er musste an die Worte von Josso Brauwlin in Cohend denken. Eine Audienz bei Fürst Borotil schien ihm jetzt so wahrscheinlich, wie Schnee im August. Er blickte zurück zur Straße. Dort, an der Ecke vor der Einmündung auf den Schlossplatz, hatte er eine Taverne gesehen, mit einigen Stühlen und Tischen unter den Arkaden.

»Wir wär's mit einer Erfrischung?«, fragte er und deutete ebendort hin. »Dabei können wir in Ruhe überlegen, was als nächstes zu tun ist.«

Die anderen waren einverstanden. Sie gingen zu den Arkaden und setzten sich an einen der Tische. Der Wirt kam und nahm die Bestellungen entgegen.

»Die Herren sind wohl zum ersten Mal hier in Largon?«, fragte er, als er die Getränke auf den Tisch stellte.

»Wir sind auf der Durchreise«, erwiderte Lorin kühl.

Der Wirt lächelte und ging in den Schankraum zurück, wo er sich an einem der Fenster zu schaffen machte. Robin nippte an seinem Kaffee, Bero an seiner Limonade und Lorin und Bert tranken verdünntem Most. Nur Boffo ließ sein Glas unberührt. Er schaute auf den Platz hinaus, als erwartete er irgendetwas, oder irgendjemanden. Und wirklich, nachdem sie einige Minuten gesessen hatten, kam eine Gestalt über den Platz gelaufen. Es war ein rundlicher Mann mittleren Alters. Auf dem Kopf trug er eine bestickte Kappe und sein Wams war mit Goldtressen besetzt. Robin erwartete zuerst, er würde seinen Weg entlang der Straße fortsetzen und in irgendeinem der vornehmen Häuser verschwinden. Doch er steuerte geradewegs auf die Taverne und die vor ihr sitzenden Gäste zu, vor denen er stehen blieb.

»Guten Tag, meine Herren«, sagte er. »Mein Name ist Sirlog Maturin, Oberhofmeister des Fürsten Borotil, Herrscher über Lurien und Esselien. Ich bin gesandt, Euch mitzuteilen, dass Euch der Fürst erwartet. Bitte folgt mir!«

Ohne die Reaktion der Sitzenden abzuwarten drehte sich der Mann wieder um und machte sich auf den Rückweg. Die Schwerläufer saßen wie gebannt und starrten der seltsamen Person nach, die sich mit schnellen Schritten entfernte. Nur Boffo hatte sich erhoben.

»Was ist los mit euch? Seid ihr festgewachsen? Ihr wollt doch wohl den Fürsten nicht verärgern?«

Jetzt sprangen auch die anderen auf. Robin warf dem immer noch lächelnden Wirt eine Münze zu und folgte ihnen.

»Woher konntest du wissen, dass dieser Mann zu uns wollte?«, fragte er Boffo, als er ihn eingeholt hatte.

»Du wirst doch nicht glauben, dass unser Kommen unbemerkt geblieben ist«, antwortete der Elm. »Wahrscheinlich weiß man im Palast bereits seit gestern von unserer Ankunft. Und wenn du den Wirt genau beobachtet hättest, als er sich an der Markise zu schaffen machte, hättest du gesehen, wie er einen Spiegel ins Sonnenlicht drehte.«

Bevor Robin weiter fragen konnte, hatten sie die Tore des Palastes erreicht. Die Wachen salutierten vor dem Oberhofmeister, würdigten die Ankömmlinge aber keines Blickes. Über eine breite Treppe ging es empor in den ersten Stock des Gebäudes, dessen Inneres nicht weniger prächtig war, als seine äußere Fassade. Am Ende eines langen Ganges, flankiert von in vergoldetes Schnitzwerk gefassten Spiegeln, klopfte der Hofmeister mit seinem Stock auf den Boden. Wie von unsichtbarer Hand schwangen die Flügel einer raumhohen Tür auf. An der Stirnseite des sich öffnenden Saals stand eine hochgewachsene Gestalt in bodenlangem Umhang und sah aus dem Fenster.

»Eure Durchlaucht, die Besucher sind eingetroffen.« Der Hofmeister war am Rande des Raums stehen geblieben und senkte den Kopf.

»Sehr schön«, sagte Fürst Borotil und wandte sich den Ankömmlingen zu. Robin schätzte sein Alter auf ungefähr fünfzig Jahre. Sein Gesicht war schmal und streng geschnitten und es spiegelte das Bewusstsein von Amt und Würde wider. In seinen Zügen lag etwas, das Respekt erzeugte, aber auch Vertrauen bei demjenigen, der ihm offen und ohne schlechtes Gewissen gegenübertrat. Der Fürst deutete auf eine Gruppe brokatbezogener Sessel vor einem niedrigen Tisch. Er selbst nahm an der Stirnseite einer großen Tafel Platz. Die Schwertläufer taten es Boffo gleich, verbeugten sich kurz und kamen dann der Einladung des Herrschers nach. Auf eine Handbewegung des Fürsten hin betraten drei Lakaien den Raum. Sie stellten Schalen mit frischem Obst und silberne Becher vor die Gäste. Aus kristallgläsernen Karaffen schenkten sie ihnen Getränke von gelber und grünlicher Farbe ein, in denen Scheiben von Zitrusfrüchten schwammen.

»Bedient euch«, sagte Fürst Borotil. »Largon ist unter anderem auch berühmt für seine Limonaden und ihr seid sicher durstig. Ich hatte euch eigentlich einen oder zwei Tage eher erwartet. Jetzt, da ihr unsere Stadt glücklich erreicht habt, soll es euch auch gut gehen.«

»Erst seit Koss sind wir zu Pferd unterwegs, Eure Durchlaucht«, ergriff Boffo das Wort. »Und ich muss gestehen, dass wir uns auf dem Weg hierher nicht sonderlich beeilt haben. Wir konnten nicht wissen, dass Ihr uns erwartet. Mein Name ist übrigens Boffo, Falons Sohn, vom Volk der Elme, und das hier sind die Herren ...«

»Rob, Bartsohn und Klingsporn, ich weiß«, unterbrach Fürst Borotil den Elm. »Allesamt aus Lindhag, bis auf Herrn Bordin, der aus Dornburg stammt.«

»Mit Vornamen Robin, Bertram, Lorin und Bero«, ergänzte Lorin, indem er der Reihe nach auf die Genannten einschließlich sich selbst deutete, dann aber den Kopf im Bewusstsein seiner Vorlautheit senkte. Der Fürst schenkte ihm jedoch nur ein mildes Lächeln.

»Du solltest nicht meinen, dass wir hierzulande schlecht informiert wären, mein Junge. Auch wenn du nicht genau wissen musst, wie und auf welchen Wegen. Deinen Vater kenne ich übrigens persönlich.« Dann wandte er sich auch an die anderen. »Ebenso wie den von Herrn Robin. Schade, dass ich beide seit langen Jahren nicht mehr gesehen haben. Aber die Zeiten haben sich eben zum Schlechteren verändert. Wie ich erfahren habe, seid ihr an Ormor vorbeigekommen. Jetzt, da der Nolintor sich so wild gebärdet, ist dies eine gefährliche Reise. Sie muss einen sehr dringlichen Grund haben.«

»Das hat sie in der Tat«, antworte Boffo. Robin konnte in der Mimik des Elms lesen, wie sehr dieser um eine angemessene Antwort bemüht war. »Im Grunde genommen sind wir gerade *wegen* des Vulkans in diese Gegend gekommen. Ursprünglich zumindest.«

»Was heißt ursprünglich?«, wollte der Fürst wissen und runzelte die Stirn.

»Nun ja«, druckste Boffo ein wenig herum, »erst in Ormor haben wir Nachrichten erhalten, dass wir weiter reisen müssen, um unsere Aufgabe zu erfüllen. Sehr viel weiter. Genau gesagt bis in das Land Arangion.«

Der Fürst stutzte. Es war ihm anzusehen, dass er diese Antwort nicht erwartet hatte. Robin und die anderen Schwertläufer schauten ungläubig. Würde der sonst so zurückhaltende Elm mehr preisgeben, als es sonst seine Art war?

Unter den erstaunten Blicken des Fürsten und seiner Gäste

fuhr Boffo unbeirrt fort: »Ihr müsst wissen, Fürst, dass unser Auftrag bereits in Thornland begann. Dort, in den Ruinen von Bahor, bargen wir unter großen Gefahren einen Schlüssel. Einen Schlüssel, der uns helfen kann, den Nolintor wieder in seine gewohnten Bahnen zu lenken.«

»Einen Schlüssel, der den Nolintor ...?« Der Fürst war verdutzt und schien unschlüssig, ob er die Worte des Elms erst nehmen oder diesen ob seiner Dreistigkeit tadeln sollte.

»Ja, einen Schlüssel!«, erwiderte Boffo. »Im Archiv von Dornburg erfuhren wir von seiner Existenz. Und in Fornland bekamen den Auftrag, nach ihm zu suchen. Von keiner geringeren Instanz, als der Ratsversammlung der elegischen Provinzen. Dieser Schlüssel ist in der Lage, die Macht der Sonnengöttin Tirith zu erneuern, welche vor vier Jahren zu schwinden begann und nun fast vollständig zum Erliegen gekommen ist. Nur mit ihrer Hilfe ist es möglich, den Nolintor wieder zu besänftigen. Die Quelle ihrer Kraft liegt in den Tiefen von Ormor. Dorthin haben wir den Schlüssel gebracht. Zumindest den Teil, den wir besaßen. Denn dieser Schlüssel besteht aus zwei Teilen. Die andere Hälfte vermuten wir in Arangion am fernen Arnokgebirge. Doch nur als Ganzes kann er seine Wirkung entfalten. Deshalb muss auch der andere Teil gefunden werden. Und dabei, Fürst, bitten wir um Eure Hilfe.«

»Meine Hilfe? Die will ich euch nicht verwehren, wenn ich in der Lage bin, sie euch zu bieten. Doch wobei? Um nach Arangion zu gelangen? Wir selbst wissen und hören wenig über dieses Land. Es ist fern von hier und der Weg dorthin führt durch unbewohnte Gefilde. Selbst zu Friedenszeiten reist niemand von hier aus in diese Gegend. Und noch eines müsst ihr mir erklären. Ich hörte von einem Empfehlungsschreiben. Ihr habt es in Koss vorgezeigt. Doch war es nur für drei Personen ausgestellt und das Ziel lautete auch nicht Lurien oder gar Arangion.«

»Nun, Eure Durchlaucht, wie ich bereits erwähnte, führte unsere Reise zuerst nach Bahor. Dort sollte sie, nach dem Willen unseres Rates, vorerst enden. Doch die Umstände bewogen uns weiter zu ziehen bis nach Ormor. Denn dort hofften wir, den zweiten Schlüssel zu finden.«

Boffo schilderte nun in knappen Worten die Ereignisse in Ormor und die Umstände, welche die Gruppe zur Weiterreise bewogen hatten. Fürst Borotil war sichtlich beeindruckt. Und die Schwertläufer waren es ebenfalls, wenn auch aus einem anderen Grund. Nie hätte Robin geglaubt, dass Boffo so schnell und so offen mit der ganzen Wahrheit über ihren Besuch herausrücken würde. Er schien den Fürsten für einen Verbündeten zu halten, oder zumindest war er der Meinung, dass nur mit ihm auf ihrer Seite das Vorhaben gelingen könne.

»Höchst merkwürdig!« Der Fürst war um Worte bemüht, als Boffo seine Rede geendet hatte. »Ich höre Dinge, die ich kaum glauben mag. Doch selbst, wenn sie wahr sind, würde ich an der Möglichkeit zweifeln, dass ihr an euer Ziel gelangt. Zumindest nicht zum jetzigen Zeitpunkt. Wie ihr vielleicht schon erfahren habt, ist unser Verhältnis zum Lande Norien und seinem Herrscher Prinz Lainok derzeit gestört. Um nicht zu sagen zerrüttet. Ihr habt sehr richtig gehandelt dem Iruhin von Orin'dhor aus nicht weiter zu folgen, sondern hierher nach Largon zu kommen. Doch auch von hier aus führt der kürzeste Weg nach Arangion nun einmal über Nergath. Sicher, es gibt noch andere Möglichkeiten, nach Arangion zu gelangen. Die bequemste Möglichkeit wäre die zu Wasser über den Turon und den Iruhin bis zu der großen Stadt Sarnur am Nurischen Meer. Und von dort per Schiff weiter nach Westen bis Nolind. Doch zum einen sind die Sarnurer Verbündete von Prinz Lainok. Und zum anderen würdet ihr Sarnur kaum erreichen. Ihr würdet wohl nicht einmal die Mündung des Turon in den Iruhin unbeschadet passieren. Denn dort leben die Trok. Es sind Rebellen, die aus Norien fliehen mussten. Sie sind unsere Feinde ebenso wie die der Norier. Jetzt hausen sie im Naurwald im Süden des Bolgirgebirges. Sie leben vom Raub zu Wasser und zu Land und ihre Festung Drakor ist stark befestigt. Ihr seht also, es wäre das Beste, erst einmal abzuwarten. Solange es euch beliebt, könnt ihr meine Gäste sein. Oder von hier unter meinem Schutz über Eldar in eure Heimat zurückkehren. Vorerst natürlich, bis sich die Verhältnisse gebessert haben. Dann sollten wir zusammen mit dem Rat von Fornland beraten, wie man diese Aufgabe sicherer lösen kann.«

»Aber die Verhältnisse werden sich nicht so schnell bessern, Fürst Borotil«, Robin spürte, dass der Zeitpunkt gekommen war, Boffos Appell zu unterstützen. »Und damit meine ich auch die Verhältnisse in unserer Heimat. Sie wird bedroht. Von Bethun, die aus den unwirtlichen Weiten des Nordreichs in unser Land eingedrungen sind. Bereits in Bahor mussten wir uns ihrer erwehren. Ebenso, wie auf dem Weg hierher. Und nur mit knapper Not sind wir ihnen entronnen. Doch nicht nur die Bethun sind es, die ganz Elegien bedrohen. Sie haben sich mit dem Volk der Kaurok verbündet. Aus den kalten Weiten jenseits der Throndberge kamen sie zu uns. Beschwörer dunkler Mächte, die unter ihrem zauberkundigen Führer Balfur danach trachten, von unserem Land Besitz zu ergreifen. Die Macht dieses Zauberers muss gebrochen werden. Auch deshalb müssen wir unser Ziel erreichen. Und wir fürchten, dass die Zeit, die uns dafür bleibt, begrenzt ist.«

Der Fürst schwieg eine Weile. Und auch die anderen schwiegen unter dem Eindruck von Robins eindringlicher Rede.

»Wenn ich euch recht verstehe, handelt ihr ohne das Einverständnis eures Rates und eurer Regierung«, sagte Fürst Borotil schließlich und runzelte die Stirn.

»Nicht ohne das Einverständnis, sondern nur ohne das Wissen des Fornlandrates. Obwohl auch der mittlerweile informiert ist.« Boffos Stimme hatte plötzlich einen sehr überzeugenden Klang und der kleine Elm stand selbstbewusst und stolz vor dem Fürsten. »Im Übrigen handeln wir aber im Auftrag und mit der Vollmacht des Volkes der Elme. Den ersten, die in Fornland waren, deren Weisheit und Können der Reichtum und der Wohlstand seiner jetzigen Bewohner zu verdanken ist und deren

Aufgabe es ist, auch in Zukunft über das Wohl unseres Landes und seiner Bewohner zu wachen. Und hier ist *meine* Legitimation, die mich als unbeschränkt handlungsberechtigten Vertreter meines Volkes ausweist.«

Mit diesen Worten zog Boffo ein Pergament aus der Tasche, faltete es auseinander und reichte es dem Fürsten. Es war prächtig gestaltet, beschrieben mit goldenen und blauen Lettern in Elmisch und Laudoranisch. Und ein kunstvolles Siegel zierte es.

Fürst Borotil warf einen erstaunten Blick auf das Dokument. Dann sah er Boffo an und lächelte. »Ihr seid ein guter Diplomat, Herr Elm. Ich sehe, dass Euer Anliegen und Euer Auftrag schwerer wiegen, als ich dachte. Natürlich mache auch ich mir große Sorgen um das Schicksal Luriens. Und um Esselien steht es seit geraumer Zeit nicht zum Besten, wie mir mein Statthalter Nil Torbin aus Eldar nicht müde wird zu berichten. Deshalb werde ich mich bemühen, mit unseren Feinden zu verhandeln. Obwohl mir dieses mehr als ungelegen kommt. Aber ich kann Euch nicht versprechen, dass meine Bemühungen erfolgreich sein werden. Währenddessen möge sich euer Aufenthalt unter meinem Dach so angenehm wie möglich gestalten. Ihr könnt euch frei im Palast bewegen. Mein Hofmeister wird euch alles zeigen.«

Mit einer Handbewegung bedeutete er, dass er die Audienz als beendet ansah. Die Schwertläufer und der Elm standen auf und verbeugten sich. Die Flügeltüren des Saals schwangen auf und die Gäste traten im Gefolge des Hofmeisters wieder hinaus in den Spiegelgang.

»Ihr werdet doch der Einladung Fürst Borotils folgen?« Sirlog Maturins Stimme klang zwar freundlich, doch nicht so, als würde sie eine andere als eine zustimmende Antwort erwarten.

»Natürlich!«, antwortete Robin. »Doch noch nicht heute. Wenn Ihr gestattet, werden wir heute Abend in unsere Herberge zurückkehren. Schließlich müssen wir dort unsere Schulden begleichen und außerdem brauchen wir auch unser Gepäck. Zumindest einen Teil davon.«

»Das Gepäck können wir holen lassen. Und um die Rechnung braucht Ihr Euch keine Sorgen zu machen. Gäste des Fürsten wohnen stets kostenfrei.«

»Dennoch würden wir dies ganz gerne selbst übernehmen«, mischte sich Boffo ein. »Wir führen einige wichtige Gegenstände mit, die wir ungern in fremde Hände geben. Morgen Vormittag werden wir hier sein. Pünktlich um 10 Uhr, wenn es Euch genehm ist.«

Der Hofmeister schaute etwas befremdet, nahm aber den Wunsch der Gäste hin.

»Ich werde versuchen, es Ihrer Durchlaucht zu erklären. Nichtsdestotrotz werde ich Euch jetzt Eure Unterkunft zeigen.«

Sie folgten dem Hofmeister über Treppen und Gänge bis in den Innenhof des Palasts. Dort bogen sie durch ein Seitentor in einen kleineren Hof ein. Aus einem ebenerdigen Wirtschaftsraum sprangen zwei livrierte Diener und verbeugten sich.

»Diese beiden werden Euch zu Diensten sein«, beschied ihnen der Hofmeister. »Zögert nicht, Eure Wünsche zu äußern. Auch um Eure Pferde wird man sich hier kümmern.«

Über eine Treppe gelangten sie zu einem umlaufenden Gang im ersten Stock, wo der Hofmeister drei nebeneinander liegende Türen öffnete.

»Fühlt Euch wie zuhause«, sagte er, »und verfügt über die vorhandenen Betten nach Belieben. Falls Ihr zusätzliche Zimmer benötigt: alle Räume in diesem Stockwerk stehen zu Eurer Verfügung. Auch der Eintritt in den Palast wird keine Schwierigkeiten bereiten. Man kennt Euch bereits. Falls Euch nach Speisen und Getränken verlangt, wird man Euch aus der fürstlichen Küche versorgen. Ihr könnt diese Dienste sofort in Anspruch nehmen. Die Uhr zeigt nur wenig über die Mittagszeit.«

Mit diesen Worten verbeugte sich Sirlog Maturin, drehte sich um und entfernte sich eiligen Schritts. Auch die fünf Gefährten beeilten sich, den Palast zu verlassen. Sie wollten ihre Eindrücke zunächst in Ruhe verdauen und obwohl sie hungrig waren, verzichteten sie auf die Einladung, im Palast zu essen.

»Puh!«, rief Lorin, als sie wieder auf dem großen Platz standen und tief durchatmeten. »Dies ist mir beinahe zu viel der Ehre. An so viel Aufmerksamkeit muss ich mich erst gewöhnen.«

»Mir geht's ebenso«, sagte Bert und wischte sich die Stirn. »Außerdem wär mir jetzt ein kühles Bier recht. Und etwas zu Essen, einfach und schmackhaft!«

»Da sag ich nicht nein«, stimmte Bero zu. »Warum gehen wir nicht dorthin zurück, von wo wir heute so plötzlich und unerwartet vertrieben wurden?«

Robin und Boffo waren einverstanden. Der Wirt der Taverne unter den Arkaden lächelte wieder. So wie er gelächelt hatte, als ihn seine Gäste am Vormittag verließen.

»Wir gedenken, eine Kleinigkeit zu uns zu nehmen«, sagte Robin. Sie ließen sich am gleichen Tisch wie vordem nieder.

»Und wir hoffen, Ihr haltet Euch von Eurer Markise fern, solange wir hier sitzen«, ergänzte Lorin.

Der Wirt neigte den Kopf. Und ohne die geringste Verlegenheit zu zeigen brachte er eine schwarze Tafel, auf der mit Kreide das Angebot des heutigen Tages geschrieben stand.

»Es wundert und ehrt mich, dass die Herren meine bescheidene Küche der Tafel am Hof vorziehen«, erwiderte er. »Deshalb ist es mir ein Anliegen, Eure Erwartungen nicht zu enttäuschen.«

»Ich glaube, wenn ich diesen Happen noch esse, platze ich!« Bert blies die Backen auf. Dennoch ergriff er noch einen der knusprig gegrillten Fleischspieße, die, umgeben von zartem Gemüse und verschiedenen Kartoffelbeilagen, auf einer Platte in der Mitte des Tisches standen.

»Tu dir keinen Zwang an«, sagte Bero und wischte sich den Mund mit einer Serviette. »Ich jedenfalls bin pappsatt. War eine gute Idee, hierher zu kommen. Auch wenn's meine war. Das Essen ist so gut und reichlich, dass ich fast glaube, der Wirt will etwas wiedergutmachen.«

»Das hat er zweifelsohne geschafft. Und dieser Stoff ist ebenfalls ganz nach meinem Geschmack.« Lorin griff nach einem der

»Und aus der Gegend von Koss? Gibt es von dort keine Reisenden?«, wollte Robin wissen.

»Reisende ja, aber kaum Gäste. Meist kommen von dort nur Fuhrwerke, die sowieso hier aus der Gegend stammen. Oder die Postkutsche, die einmal pro Woche verkehrt. Die fährt direkt nach Largon weiter.«

Robin nickte. »Wir werden diese Adresse jedenfalls gerne weiterempfehlen. Und ich kann mir gut vorstellen, dass in naher Zukunft auch wieder ausländische Besucher hier Quartier nehmen werden.«

»Da bin ich aber gespannt, Herr. Wo wollt Ihr uns denn empfehlen?«

»Na, auf jeden Fall in Fornland, dort wo wir herkommen.«

»Fornland, ach ja?« Die Wirtin lachte. »Ich habe schon bessere Scherze gehört. Aber es freut mich, wenn es Euch geschmeckt hat. Und wenn Ihr Euch wohl bei uns fühlt.« Damit widmete sie sich wieder ihrem Geschirr und den anderen Gästen.

»Dies, meine Freunde, ist die Stadt Largon, deren Schönheit und Pracht allenthalben gerühmt wird.« Lorin ging zwischen Robin und Bert und hatte beide an der Schulter gefasst.

»Du sprichst beinahe so, als wärst du selbst schon einmal hier gewesen«, entgegnete Robin.

»Nun ja, selbst war ich noch nicht hier. Aber eben das ist es, was man so hört über diese Stadt.« Robins Bemerkung hatte Lorins Überschwang ein wenig gedämpft. »Immerhin kenne ich jemanden, der schon einmal hier war. Der alte Linus aus unserer Schmiede hat viel von dieser Gegend erzählt. Vor Jahren hat er meinen Vater hierher begleitet. Und er wurde nie müde, die Sehenswürdigkeiten Largons zu preisen.«

Am frühen Vormittag hatten die fünf zu Fuß die Einkehr verlassen und nach kurzem Fußmarsch die Hauptstadt Luriens erreicht. Die Pferde und das Maultier hatten sie auf der Weide bei der Herberge gelassen. In der Stadt würden sie nur hinderlich sein. Bereits aus einiger Entfernung hatten die wuchtigen mit kühlem Bier gefüllten Gläser und nahm einen tiefen Schluck.

»Ich denke, wir könnten den Nachmittag nutzen, um unsere Einkäufe zu erledigen«, schlug Robin vor. »Wer weiß, welche Pflichten bei Hof auf uns warten, wenn wir morgen die Gastfreundschaft des Fürsten genießen dürfen.«

»Gute Idee, auch wenn's meine von heute Vormittag war!«, erwiderte Lorin, auf Beros kleine Spitze von vorhin eingehend. Er winkte dem Wirt. »Aber wir sollten nicht gehen, bevor wir dieses Essen etwas besser verdaut haben. Was könnt Ihr uns dazu empfehlen, Herr Wirt? Wir können wohl nicht erwarten, hier ein Gläschen Inuil zu bekommen?«

»Das nicht, doch habe ich Sin. Der ist viel besser für Eure Bedürfnisse.« Der Wirt brachte eine Flasche mit einer klaren Essenz, Gläser und eine Karaffe mit Wasser. Er goss etwas vom Inhalt der Flasche in die Gläser und füllte sie mit Wasser auf. Das trübe Getränk roch nach Anis, und es schmeckte süß und stark. Robin kannte es aus Pern, denn auch in Iridien liebte man diesen Anisschnaps.

Nachdem Boffo ihre Rechnung beglichen hatte, zogen sie los. Doch nicht eilig, sondern gemächlich bummelten sie unter den Arkaden entlang. Sie ließen sich die Waren der Händler und Handwerker zeigen und kauften dies und das: Hemden, Socken, Unterwäsche, warme Decken, Tabak, Kaffee, Nahrhaftes und Schmackhaftes. Sie nahmen ihre Einkäufe nicht gleich mit, sondern ließen sie in den Palast liefern, mit welcher Vorgehensweise die Händler vertraut zu sein schienen. Lorin und Bero ließen sich neue Stiefel anmessen und Boffo fand tatsächlich einen Bogenmacher und Pfeilschäfter, der sich ohne Zögern bereit erklärte, zwei Dutzend neue Armbrustbolzen anzufertigen. Und zwar nach dem Vorbild eines Exemplars, welches Boffo in seinem Knappsack mitgebracht hatte. Auch die Schwertläufer erneuerten ihren Vorrat an Pfeilen. Davon hatte der Bogenmacher Muster vorrätig. In allen Größen und Formen. Vier Dutzend der besten Exemplare suchten sie aus und der Bogenmacher versprach, alles bis zum folgenden Montag fertig zu haben.

Gleich neben dem Bogenmacher fand Boffo noch ein weiteres Geschäft, das ihn interessierte. Es war eine Seilerei. Die fünf traten ein und eine Glocke ertönte über der Ladentür. Von der Decke hingen Seile, in allen Dicken und Längen und ebenso viel Auswahl gab es auf großen Rollen, die auf dem Boden standen und in Gestellen an den Wänden hingen. Ein kleines, schmächtiges Männlein mit dicker Brille kam aus einen Hinterzimmer.

»Womit kann ich dienen?«

»Wir benötigen ein Seil«, sagte Boffo. »Sonst wären wir nicht hier. Ungefähr 20 Klafter lang. Es muss stark sein, doch nicht zu dick und vor allem nicht zu schwer.«

»Da hätte ich etwas für Euch.« Der Sailer bückte sich unter den Ladentisch und legte ein Bündel auf den Tisch. Es war ein Seil, nicht rau und grob, wie ein herkömmliches Hanfseil. Sondern glatt und schimmernd und von der Dicke eines kleinen Fingers. Robin hob es auf. Es war leicht und es fühlte sich sehr weich und doch griffig an.

»Ja, das ist bestes Material«, sagte der Seiler. »Nicht Hanf, sondern reine Seide. Sehr leicht und unglaublich haltbar. Es kommt aus Süd-Heras. Bei uns gibt es so etwas nicht. Aber es hat auch seinen Preis.«

»Wieviel?«, fragte Boffo.

»Acht Dorin.«

»Sechs Dorin sind wir bereit zu zahlen. Und als Dreingabe erwarten wir diese Rolle Garn.« Boffo deutete auf eine Rolle Schnur, die eben so lang wie das Seil und von guter Qualität zu sein schien.

»Na gut, weil Ihr es seid«, antwortete der Seiler, und er machte keinen allzu zerknirschten Eindruck. Er legte das Knäuel Schnur zu dem Seilbündel auf den Ladentisch und Boffo zählte sechs Dorin daneben. Dann machten sie sich auf den Rückweg zur Herberge.

Nach dem Abendessen eröffneten sie der Wirtin, dass sie ab morgen im Palast wohnen würden.

»Schade. Es war ein kurzes Vergnügen, meine Herren. Ihr hättet uns besser gleich erzählen sollen, dass Ihr in solch hoher Stellung reist. Dennoch hoffe ich, dass es Euch bei uns gefallen hat.« Die Stimme der Wirtin klang nicht mehr so fröhlich, wie noch an diesem Morgen. Robin fielen die Worte des Hofmeisters ein.

»Das hat es in der Tat, Frau Elka«, griff Robin ihre Äußerung auf. »Doch weil wir morgen früh bald aufbrechen wollen, wäre es uns recht, wenn wir unsere Rechnung noch heute Abend begleichen könnten.«

»Aber wisst Ihr denn nicht«, die Wirtin blickte Robin verwundert an, »dass Gäste des Fürsten in Largon und Umgebung stets freie Kost und Unterkunft genießen? Ihr seid uns nichts schuldig.«

»Das gilt nicht für uns«, erwiderte Robin. »Außerdem beabsichtigen wir, unser Maultier hier für einige Zeit in Pension zu geben. Wenn es Euch recht ist. Dafür nehmt diese Anzahlung.« Er griff in seine Tasche doch erinnerte er sich im gleichen Moment seiner fehlenden Geldbörse.

»Lass nur!« Boffo schmunzelte, denn er hatte bereits eine Münze in der Hand und gab sie der Wirtin. Robin konnte erkennen, dass sie golden glänzte. Elka Marsol warf einen Blick darauf.

»Dafür könntet Ihr das Maultier ein ganzes Jahr bei uns lassen, Herr Elm.«

»Kann gut sein, dass wir etwas länger wegbleiben«, antwortete Boffo. »Und je besser Ihr für das Tier sorgt, umso lieber ist es uns. Es hat die beste Behandlung verdient.«

Am nächsten Morgen fanden sich die Schwertläufer und der Elm im Palast des Fürsten ein. Um zehn Uhr bat sie der Hofmeister zur Audienz.

»Ich habe euch kommen lassen«, begann der Fürst. »um euch meine Entscheidung mitzuteilen. Heute Morgen, schon in aller Frühe, haben sich drei meiner Boten auf den Weg nach Nergath gemacht. Sie haben den Auftrag, eure Durchreise anzukündigen und die Erlaubnis dafür einzuholen. Doch kann ich nicht für ihren Erfolg garantieren. Deshalb mögt ihr euch bis zur Rückkehr dieser Boten gedulden.«

»Und wie lange rechnet Ihr mit deren Ausbleiben, Fürst?«, fragte Boffo.

»Wenn alles gut geht, werden sie in spätestens vierzehn Tagen wieder hier sein. Dann können wir über euer weiteres Handeln befinden.«

Boffo neigte den Kopf. Er schien es nicht für ratsam zu halten, dem Fürsten zu widersprechen. Stattdessen zog er eines der Säckchen mit Diamanten unter seinem Umhang hervor.

»Erlaubt mir, Fürst, Euch etwas zu zeigen.«

Boffo band den Beutel auf und schüttete seinen gesamten Inhalt auf einen in der Nähe stehenden Spieltisch mit grüner Samtauflage. Die Steine glitzerten und funkelten im Licht der schräg durch die Fenster einfallenden Sonnenstrahlen und warfen es vielfach zurück an die Wände des Raums. Fürst Borotil bekam große Augen. Mit flinken Fingern teilte Boffo die Diamanten in drei gleiche Häufchen.

»Einen Teil dieser Steine, mein Fürst, möchten wir Euch gerne zum Geschenk machen. Als Dank für Eure Gastfreundschaft und die Dienste, die Ihr uns zuteilwerden lasst. Ihr könnt ihn Euch aussuchen.«

»Das sind ganz außergewöhnliche Steine!« Fürst Borotil nahm ein besonders schönes Exemplar zwischen Daumen und Zeigefinger und hielt es gegen das Licht. »Selten habe ich so große und reine Diamanten gesehen. Und noch nie in dieser Menge. Woher stammen sie?«

»Nun, Durchlaucht, Elme schürfen in der Tiefe der Berge nach allem, was wertvoll ist«, wich Boffo der Frage aus. »Und sie finden nicht nur Erz, Forn oder Silber. Was den zweiten Teil betrifft«, damit wechselte er schnell das Thema, »so bitten wir Euch, ihn in Eure Obhut zu nehmen und für uns aufzubewahren. Wir gehen unsicheren Zeiten und Zielen entgegen. Da ist es gut, auf eine sichere Reserve bauen zu können.«

»Eure Großzügigkeit und euer Vertrauen ehren mich«, erwiderte Fürst Borotil »Habt vielen Dank! Und was soll mit dem dritten Teil geschehen?«

»Für den dritten Teil suchen wir einen Käufer. Denn leider ist uns in Koss ein beträchtlicher Teil unserer Reisekasse abhandengekommen. Ihr könnt uns doch sicher einen Juwelier empfehlen, der Verwendung dafür hat.«

»Das lässt sich einrichten. Ich werde die Steine meinem Hofgoldschmied zur Beurteilung vorlegen. Doch erzählt mir, wie und wodurch eure Reisekasse in Koss verschwinden konnte.«

Boffo schaute Robin an und der trug vor, was ihnen in Koss widerfahren war. Auch vergaß er nicht, die ›Hilfsbereitschaft‹ des Polizeipräfekten und die Meinung des Wirts vom Weißen Einhorn über denselben zu erwähnen.

»Sieh an, wieder eine der Verfehlungen des Herrn Präfekten Bokrol und seiner Gefolgsmänner. Gut zu wissen. Doch sind mir diese Missstände schon vor längerem zu Ohren gekommen. Einige meiner Getreuen sind bereits seit geraumer Zeit in Koss, um diesem Herrn und seinen Helfern auf die Finger zu sehen. Ihr werdet sie vielleicht nicht bemerkt haben. Aber sie werden dafür sorgen, dass solche Taten nicht ungesühnt bleiben.«

Robin überlegte. Plötzlich war er sich nicht mehr sicher, ob er die Begleiter des Präfekten in der Dampfkammer oder den unfreundlichen Beamten in der Polizeiregistratur nicht zu Unrecht verdächtigt hatte. Doch das sollte jetzt nicht mehr sein Problem sein. Er hatte sein Gewissen erleichtert und seinem Gerechtigkeitsempfinden war genüge getan.

Das Leben im Palast des Fürsten war für die Gäste aus Fornland bequem und komfortabel. Doch war es nicht sehr ereignisreich. Die Schwertläufer vertrieben sich die Zeit mit Ausflügen in die Stadt und die Umgebung. Am dritten Tag ihres Aufenthaltes im Palast wurde Boffo zum Fürsten gerufen. Und er kam zurück mit zwei beachtlichen Säckchen voller Goldmünzen – dem Erlös für die Diamanten. Doch ohne Neuigkeiten und ohne Aussicht auf baldige Entscheidungen.

Lorin und Bert hatten in den vergangenen Tagen häufig beieinander gesessen und sich angeregt, bisweilen temperamentvoll unterhalten. Und Robin ahnte den Inhalt ihrer Gespräche. An diesem Abend, als sie zu Tisch saßen, ergriff Lorin das Wort.

»Liebe Freunde. Bertram hat mich gebeten, für ihn zu sprechen. Und ich möchte euch etwas mitteilen, das euch vielleicht traurig stimmen, doch nicht überraschen wird. Bert hat sich entschieden, uns hier in Largon zu verlassen. Nicht ganz aus freien Stücken. Denn Bert ist jemand, der seine Pflichten sehr ernst nimmt. Niemals würde er seine Freunde aus Eigennutz, Furcht oder Bequemlichkeit im Stich lassen. Ich selbst habe ihm dazu geraten und gemeinsam sind wir zu dem Schluss gekommen, dass einer von uns beiden heimkehren sollte. Allein schon aus Rücksicht auf meinen Vater. Er kann uns nicht beide auf Dauer in der Schmiede entbehren.«

»Es ist, wie Lorin sagt«, fügte Bert hinzu. »Doch ist dies nicht der einzige Grund für meine Entscheidung. Es ist auch so, dass ich für das Reisen einfach nicht gut tauge. Und ich befürchte, euch auf Dauer keine so große Hilfe sein zu können, wie ich gerne möchte. Mein Wunsch, die Stadt Largon zu besuchen, ist nun erfüllt. Und jetzt, da ich fremde Länder gesehen habe, muss ich gestehen, dass mich großes Heimweh überkommen hat. Natürlich will ich unserer Sache und unserem Volk dienen. Doch denke ich, dass ich dies zuhause besser tun kann, als in der Fremde.«

Bertram blickte zu Boden und sagte nichts mehr. Die anderen schauten betroffen und schwiegen. Alle hatten früher oder später mit dieser Entscheidung gerechnet. Doch nun, da sie verkündet worden war, wollte sich keiner so recht mit ihr abfinden. Schließlich ergriff Robin das Wort.

»Lieber Bert, wir hören deine Worte ungern. Doch wir respektieren und verstehen deinen Entschluss. Und vielleicht ist er klug und richtig. Dennoch werden wir dich sehr vermissen. Nicht nur persönlich, sondern auch als tatkräftiges Mitglied unserer Gemeinschaft. Deine Zuversicht, dein Mut und deine starken und geschickten Hände in Zeiten der Bedrängnis waren uns eine große Hilfe. Und ich bin sicher, dass du in der Heimat ein guter Botschafter unserer Sache sein wirst.«

Robin gab Bert die Hand und auch die anderen schüttelten seine Hände.

»Die einzige, die sich über deinen Heimgang freuen wird, ist Clothilde«, sagte Lorin. Und er hatte feuchte Augen, auch wenn er es sich nicht anmerken lassen wollte. »Wer hätte vor kurzem noch gedacht, dass ihr gemeinsam und unversehrt den Heimweg antreten werdet.«

»Schade, dass ich zukünftig auf meinen talentiertesten Kochgehilfen verzichten muss«, sagte Boffo.

»Und dein Flötenspiel am Lagerfeuer werden wir alle vermissen«, fügte Bero hinzu.

Es waren nur schwache Worte des Trostes. Bert lächelte verlegen. Und auch die anderen waren an diesem Abend nicht mehr zu Späßen aufgelegt.

Am fünften Tag ihres Aufenthaltes im Palast des Fürsten war Boffo ungewöhnlich aufgeregt. Er hatte sich entschlossen, die Rückkunft der Boten nicht mehr abzuwarten und bat um eine Audienz. Robin begleitete ihn.

»Mein Fürst«, begann Boffo, »Wir bitten um Eure Erlaubnis, morgen abreisen zu dürfen. Zu diesem Zeitpunkt werden Eure Boten Nergath erreichen. Wenn sie erfolgreich sind, dann werden wir sie auf dem Rückweg treffen. Wenn nicht, werden wir trotzdem versuchen, unseren Weg fortzusetzen. Auch ohne die Erlaubnis Prinz Lainoks.«

Fürst Borotil sah die beiden fragend an. Einen Moment schien es, als wäre er ungehalten. Doch er zügelte seinen Unmut.

»Weshalb dieser plötzliche Sinneswandel?«, fragte er. »Und warum habt ihr es plötzlich so eilig.«

»Es ist nicht eine plötzliche Laune, die uns zum Aufbruch

drängt«, erwiderte Boffo. »Es ist meine innere Stimme. Und sie sagt mir, dass der Zeitpunkt unseres Aufbruches nicht günstiger wird, wenn wir ihn hinauszögern. Die kommenden Ereignisse werden zeigen, ob sie recht hatte. Doch hat sie mich selten betrogen.«

»Nun gut.« Fürst Borotil wirkte ernst. »Wenn ihr darauf besteht euch in Gefahr zu bringen, will ich euch nicht hindern. Doch vermeidet unbedachtes oder voreiliges Handeln. Und hütet euch davor, eure Taten in meinem Namen rechtfertigen zu wollen. Zu viel steht auf dem Spiel und zu schnell werden blutige Fehden durch nichtige Anlässe vom Zaune gebrochen.«

»Wir werden alles tun, Euch keine Unannehmlichkeiten zu bereiten«, beeilte sich Robin zu versichern. »Und wir bitten Euch, in unsere Fähigkeiten und unseren Verstand zu vertrauen. Und in die gute Sache, derenthalben wir unterwegs sind. Möge unser Erfolg, wenn wir ihn denn erringen, auch Eurem Lande dienlich sein.«

»Dann möge die Vorsehung euch beschützen.«

Robin und Boffo verbeugten sich. Der Fürst wandte sich ab und widmete sich den Dokumenten, die auf einem Tisch lagen. Der Oberhofmeister geleitete die beiden Besucher aus dem Saal.«

»Ich weiß nicht, ob Eure Entscheidung klug ist. Doch ich kenne den Fürsten und ich kann Euch versichern, dass er auf Eurer Seite ist. Auch wenn man ihm dies nicht auf den ersten Blick anmerkt. Falls Euer Vorhaben scheitern sollte, könnt Ihr Euch jedenfalls getrost zurück an diesen Hof begeben.«

Noch am Abend packten die Schwertläufer und der Elm ihre Sachen. Danach kümmerten sich Lorin und Bero um die Pferde. Bert half nach Kräften mit und dies wiederum schien ihm selbst dabei zu helfen, seine Wehmut und seinen Abschiedsschmerz zu unterdrücken. Robin schrieb einen Brief an Merien und Boffo einen an den Fornlandrat. Beide sollte Bert überbringen.

Am nächsten Morgen, es war der erste Tag des August, nahmen sie in aller Frühe Abschied von Sirlog Maturin, dem Oberhofmeister und von den anderen Bediensteten. Bert begleitete die vier Freunde noch bis auf den großen Platz vor dem Palast. Dort trennten sich ihre Wege.

»Passt gut auf euch auf!«, rief Bert, als sich die drei Pferde in Bewegung setzten.

»Und du gewöhn dich nicht zu sehr an das süße Leben hier! Und viele Grüße an alle zuhause in Fornland!«, riefen die anderen.

Bert lief einige Schritte mit. Dann blieb er zurück und winkte, bis die Freunde seinen Blicken entschwunden waren.

Einundzwanzigstes Kapitel

Der Graue Turm

In schnellem Trab erreichten die vier Reiter die Kreuzung mit dem Wegstein. Dort schlugen sie ein gemächlicheres Tempo an. Die Pferde hatten schwer zu tragen und sie wollten die Tiere nicht vorzeitig ermüden. Boffo meinte, nun, da sie auf dem Weg seien, wäre der wichtigste Schritt getan. Ein oder zwei Tage mehr oder weniger würden den Lauf der Dinge nicht ändern.

Anfangs erstreckten sich ausgedehnte Felder und Äcker beiderseits der Straße. Bauern mit Knechten und Mägden, auf Wägen oder zu Fuß mit landwirtschaftlichen Geräten auf den Schultern, begegneten den Reisenden. Denn man hatte mit der Getreideernte begonnen. Dann wurde die Gegend karger. Am dritten Tag ihrer Reise erreichten sie eine steppenähnliche Graslandschaft, die schließlich in eine Halbwüste überging. Die Reiter mussten jetzt längere Pausen einlegen, um den Pferden Gelegenheit zu geben, sich von den spärlichen und weit verstreuten Grasbüscheln zu ernähren. Allerdings gab es in regelmäßigen Abständen Wasserstellen. Die Ziehbrunnen am Rande der Straße mit ihren an langen Stangen befestigten Gegengewichten waren bereits über weite Strecken zu sehen.

Zur Erleichterung von Mensch und Tier war das Wetter erträglich. Ein bedeckter Himmel minderte die Hitze, die man zu dieser Jahreszeit hätte erwarten können und der schwache Wind, der aus westlichen Richtungen wehte, brachte Kühlung.

An Verpflegung hatten die Reisenden keinen Mangel. Doch mussten sie mit kalter Küche vorliebnehmen, denn es gab so gut wie kein Feuerholz. Die wenigen Büsche, die in dieser Landschaft wuchsen, waren unergiebig. Bereits Generationen von

Durchreisenden hatten sich ihrer bedient.

»Möchte mal wissen, womit die Leute in Nergath kochen und bauen«, bemerkte Bero. »Bei dem Holzmangel.«

»Auch sie schöpfen aus den Vorräten des Lerdwaldes, dessen westlicher Randgürtel zu Norien gehört«, erklärte Boffo, der wie immer hinter Robin saß. »Doch Brennholz gibt es sicher auch im Umkreis der Stadt. Mir scheint, du hast in der Singenden Säge zu Cohend nicht richtig aufgepasst, als über diese Dinge gesprochen wurde.«

»Hatte Wichtigeres zu besprechen«, knurrte Bero.

»Trotzdem hast du nicht unrecht«, beschwichtigte ihn Boffo. »Bauholz ist in Nergath sicher rar und teuer. Wie alles, was über weite Strecken transportiert werden muss.«

Am folgenden Tag überschritten sie die Grenze nach Norien. Sie war nur ein steiniger Graben. Eine Art ausgetrocknetes Bachbett, das sich quer zur Straße erstreckte und an dessen Rand ein verwittertes Holzschild stand. Es gab keine Gebäude und zur Verwunderung aller ließ sich keine Menschenseele sehen.

»Die Norier scheinen ihre Landesverteidigung auf die Hauptstadt Nergath zu beschränken«, vermutete Lorin.

»Mich wundert das nicht«, sagte Boffo. »Warum auch sollten sie die Wüste verteidigen? Schließlich besteht der wichtigste Teil ihres Landes aus einer einzigen, durch den Iruhin erschaffenen Flussoase.«

Nach zwei weiteren Tagen wurde die Gegend wieder reizvoller und das Land fruchtbarer. Sie passierten die Einmündung einer aus Richtung des Lerdwaldes kommenden Straße und überholten hin und wieder mit Pferden oder Ochsen bespannte und schwer mit Holz beladene Fuhrwerke. Die Kutscher und Karrenknechte musterten die Reisenden misstrauisch. Sie waren wortkarg und grüßten nur einsilbig und auch die Schwertläufer und der Elm spürten wenig Neigung sich zu unterhalten. Boffos Devise war, sich so unauffällig wie möglich zu verhalten und näheren Begegnungen mit Einheimischen möglichst aus dem Weg zu gehen.

»Seltsam«, sinnierte der Elm. »Nergath ist nicht mehr weit und wir hätten den Boten aus Largon längst auf ihrem Rückweg begegnen müssen. Entweder sie wurden aufgehalten, oder es ist etwas Unvorhergesehenes eingetreten, das sie an ihrer Rückreise hindert. Jedenfalls sollten wir vorsichtig sein. Möglicherweise ist es sogar ratsam, einen großen Bogen um die Stadt zu machen.«

Am achten Tag ihrer Reise, dem achten August, näherten sie sich der Hauptstadt. Gegen Mittag kamen sie an einen See, der rechts der Straße lag. Dahinter waren bereits waren die Türme Nergaths in Sicht. Die Bewölkung der letzten Tage hatte sich aufgelöst und die Sonne schien strahlend warm.

»Wie wär's mit einer kleinen Abkühlung?« Robin blickte seine Begleiter fragend und zugleich erwartungsvoll an.

»Kann sicher nicht schaden«, erwiderte Lorin. »Nach über einer Woche ohne Bad sollte man ein wenig auf sein Äußeres achten, bevor man sich wieder unter Leute begibt.«

Auch die anderen beiden waren einverstanden. Sie schwenkten von der Straße ab, tränkten die Pferde am Ufer des Sees und führten sie dann zu einer kleinen Baumgruppe in der Nähe. Dort sattelten sie die Tiere ab und ließen sie grasen.

»Ich warte erst mal hier und passe auf«, sagte Boffo. »Ihr könnt mich ja später ablösen. Und bleibt nicht zu lange.«

Robin, Bero und Lorin rannten zum Ufer. Es war mit dichtem Schilf umstanden. Doch gab es eine freie Stelle mit kiesigem Boden, auf dem sie bequem bis zum Wasser gelangen konnten. In Windeseile entledigten sich die drei ihrer Kleidung, so sehr lockte die nasse Erfrischung. Dann sprangen sie mit fröhlichem Prusten in den See. Das Wasser war nicht kalt. Aber seine Kühle war ausreichend, um Glieder und Geist zu erfrischen. Robin genoss dieses Gefühl, dass er so lange entbehren hatte müssen. Es erinnerte ihn an die sommerlichen Badefreuden im Quellteich bei Lindhag, den sie als Kinder oft besucht hatten. Und er dachte an den Tag im Frühling, den er mit Merien an seinen Ufern verbracht hatte.

Robin war ein guter Schwimmer. Mit langen, ruhigen Zügen glitt er durch das dunkle, glatte Wasser. Die sanfte Bewegung in dem geschmeidigen Element tat seinem Körper gut. Nach den langen Tagen zu Pferd und den Nächten auf hartem Boden war es eine Wohltat für Muskeln und Gelenke. Robin folgte dem Ufer in einigem Abstand. Allein schon wegen der vielen Seerosen, die dort im flachen Wasser ihre Blätter ausbreiteten.

Das Ufer verlief nicht gerade. Kleine Buchten und Landzungen prägten seinen Verlauf und an einigen Stellen führten Stege ins Wasser, an deren Ende Fischerboote und Nachen befestigt waren. Robin hatte bereits eine tüchtige Strecke zurückgelegt und die Stimmen der Freunde hinter ihm waren verstummt.

›Zeit umzukehren‹, dachte er. ›Nicht, dass die Jungs meinen, ich wäre ertrunken.‹

»He da, Bürschchen!«, klang es plötzlich vom Ufer her. Robin blickte auf. An einer Lücke im Schilf hinter einem der Holzstege standen einige Reiter. Zwei von ihnen waren abgesessen und hielten Bögen in den Händen. »Du weißt, dass das Betreten von Prinz Lainoks Fischrevier verboten ist. Und trotzdem tust du es.«

»Weiß ich nicht. Woher auch? Ich bin nicht aus der Gegend.« Robin war im flacheren Wasser stehen geblieben und blickte ziemlich ärgerlich. Ausgerechnet hier und in dieser Situation, nackt und unbewaffnet, musste er einer Patrouille aus Nergath direkt in die Arme schwimmen.

»Auch wenn du nicht aus der Gegend bist, lesen kannst du ja wohl. Und Schilder gibt es hier wahrlich genug. Woher kommst du überhaupt?«

Der Reiter, der diese Worte an Robin richtete, schien der Anführer dieser Gruppe zu sein. Jedenfalls ließen dies sein Tonfall und die Qualität seiner Kleidung und Waffen vermuten.

Robin überlegte. Sollte er die Wahrheit sagen? Auf dem Weg hierher hatte er einige Häuser an der Straße gesehen. Doch der Name des Ortes, zu dem sie gehörten war ihm unbekannt.

»Ich wohne nicht weit von hier«, antwortete er schließlich.

»Und ich bin auf dem Weg in die Stadt, um etwas zu besorgen. Und jetzt, ihr Herren, würde ich mich gerne entschuldigen. Ich möchte meine Kleider anlegen.«

Robin schickte sich an, zurück zu schwimmen.

»Nicht so schnell, Freundchen!« Es war die Stimme des Anführers. Robin drehte sich langsam um. Zwei gespannte Bögen waren auf ihn gerichtet.

»Wo genau, sagtest du noch mal, kommst du her?«

Robin stutzte. Diese Frage hatte er befürchtet.

»Nun, wie ich bereits sagte. Nicht weit von hier. Es ist nur ein Weiler, direkt an der Straße gelegen.«

»Dann komm doch mal an Land. Möglicherweise hat der Trionsee dein Gedächtnis ein wenig verwässert. Vielleicht können wir ihm auf die Sprünge helfen.«

Einen Moment überlegte Robin, ob es besser wäre unterzutauchen und sich irgendwo im Schilfgürtel zu verbergen. Er könnte versuchen, eines der Schilfrohre zum Atmen zu verwenden. Doch schnell verwarf er diesen Gedanken als töricht. Die Pfeile dieser Burschen würden ihn durchbohren, ehe er nur Anstalten machte, tief Luft zu holen. Ihm blieb keine Wahl. Er schwamm zu dem Holzsteg, stemmte sich hinauf und ging auf die Reiter zu.

»Da haben wir ja einen netten Fisch gefangen«, sagte einer der Männer. Die Kerle lachten. Robin bedeckte mit der rechten Hand seine Blöße. Seine linke tastete über seine Brust bis hinauf zu seinem Hals. Er erschrak. Die Tiriphe war nicht mehr da. Er musste sie im Wasser verloren haben. Doch blieb ihm keine Zeit, über diesen Verlust nachzusinnen.

»Du kommst erstmal mit uns!« Die harschen Worte des Anführers trafen Robin wie Hiebe. »Deine Ausreden kannst du dir für später aufheben. Wir können uns schon denken, was du für einer bist.«

Einer der Reiter zog ein schmutziges Tuch hinter dem Sattel hervor und warf es Robin zu. »Hier, binde dir das um! Und beeil dich!« Dazu reichte er Robin ein Stück Schnur.

Robin tat wie ihm geheißen. Dann banden sie ihm die Hände auf den Rücken und legten ihm einen Strick um den Hals.

»Wo hast du überhaupt deine Sachen?«, fragte der Anführer weiter. »Und, vor allem: bist du allein, oder in Begleitung?«

»Ich bin allein, das seht ihr doch«, antwortete Robin trotzig. »Und wenn ich's nicht wäre, dann wären meine Begleiter jetzt längst auf dem Rückweg dorthin, wo sie herkamen. In dieser ungastlichen Gegend würde wohl niemand länger als nötig verweilen. Im Übrigen möchte ich einen offiziellen Vertreter der Stadt Nergath oder des Hofes von Prinz Lainok sprechen. Meine Angelegenheiten sind zu wichtig, um sie euch anzuvertrauen.«

»Ah, daher weht der Wind!«, rief der Anführer. »Langsam scheint deine Erinnerung wiederzukommen. Doch werd bloß nicht frech, Bürschchen. Sonst darfst du bis Nergath rennen. Einen Vertreter der Stadt zu sprechen, dazu wirst du ausführlich Gelegenheit haben. Und was deine Begleiter angeht, so werden wir selbst nachsehen.«

Er gab zweien aus der Gruppe ein Zeichen. Die begannen damit, das Seeufer abzusuchen. Die anderen wandten sich zur Straße. Derjenige, der den Strick in der Hand hielt, zog Robin mit einem Ruck vorwärts und der Rest der Patrouille setzte sich in Richtung Nergath in Bewegung.

Robin stolperte zwischen den Reitern her. Seine zusammengebundenen Hände hinderten ihn daran, im Gleichgewicht zu bleiben und wenn er einem von ihnen zu nahe kam, wurde er mit einem Tritt zurückgestoßen. Die spitzen Schottersteine der Straße bohrten sich in seine Fußsohlen und er hatte alle Mühe, den Pferdehufen auszuweichen. Für seine Umgebung hatte Robin keinen Blick. Doch ganz unerwartet watete er im Wasser. Erst ging es ihm bis zu den Knöcheln, dann bis zu den Waden und es wurde schnell höher. Robin wagte einen Blick in die Runde. Es war der Iruhin, der über seine Ufer getreten war. Als Robin das Wasser bis zu den halben Oberschenkeln reichte und er kurz davor war, sich einfach hineinfallen zu lassen, wurde es wieder flacher. Vor ihm stieg der sanfte Bogen einer großen Brücke aus den Fluten. Über diese trieben sie ihn. Auf ihrer anderen Seite kamen sie trockenen Fußes bis vor die Stadttore Nergaths. Eine johlende Kinderschar hatte sich ihnen angeschlossen. Doch Robin beachtete sie nicht. Auch als er durch die Straßen und Gassen der Stadt gezerrt wurde, blickte er kaum auf. Und wenn er es tat, schlugen ihn die Soldaten mit den Enden ihrer Zügel auf den Kopf oder den Rücken.

Vor einem Gebäude mit abweisenden Mauern hielten sie schließlich an. Als sich das Tor öffnete, spürte Robin einen kalten Luftzug und es roch modrig. Durch die Toreinfahrt kamen sie in einen düsteren, feuchten Innenhof. An der Schmalseite des Hofes befand sich ein weiteres Tor, kleiner als das Haupttor, doch ebenfalls eisenbeschlagen. Durch dieses zerrten sie Robin, stießen ihn weiter, durch Gänge und über Treppen, bis sie einen runden Saal erreichten. Robin kam er wie das lichte Innere eines Turms vor, in dessen Außenwand sich Türen befanden.

Eine dieser Türen wurde geöffnet und Robin in einen kahlen Raum geführt. Nur ein Tisch und ein Stuhl standen darin. Seine Begleiter nahmen ihm den Strick ab und schlossen ihn an zwei in die Wand eingemauerte Ketten. Mit einem Ring um den Hals und einen um sein Fußgelenk. Dann ließen sie ihn allein.

Robin wartete. Er konnte sich nicht auf den Boden setzen. Nicht einmal hinkauern konnte er sich, weil ihn die Kette um den Hals daran hinderte. Seine wunden Füße schmerzten höllisch und er begann zu frösteln.

Nach mehr als zwei Stunden öffnete sich die Tür. Zwei Wächter betraten den Raum. Und in ihrer Begleitung kam ein finster blickender Kerl mit Hakennase, ganz in schwarz gekleidet. In der Hand trug er einen silberbeschlagenen Stock.

»Wie ist dein Name, Gefangener?«, fragte er.

»Robin Rob.«

»Und woher kommst du?«

»Aus Largon.« Robin hatte jetzt beschlossen, bei der Wahrheit zu bleiben. Zumindest, soweit er dies für angemessen hielt.

»Und was führt dich nach Nergath?«, wollte der Schwarzgekleidete weiter wissen.

»Ich bin nur auf der Durchreise«, erwiderte Robin. »Und ich komme in ehrenwerter Absicht. Ihr habt keinen Grund mich hier festzuhalten oder gar einzukerkern.«

»So, so.« Der Schwarze klopfte sich mit seinem Stock auf seine flache Hand. »Du willst also meine kostbare Zeit verschwenden. Das ist eine Unart, die ich gar nicht leiden kann.«

Er trat zur Tür und pochte mit dem Knauf seines Stockes dagegen. Ein Riegel wurde beiseitegeschoben und herein kam ein weiterer Wächter in Begleitung eines langen, hageren Mannes mit schmalem Gesicht und Hakennase.

»Josso Brauwlin!«, rief Robin erstaunt aus. Der Hagere grinste.

»Ihr kennt euch also?«, fragte der Schwarzgekleidete.

»Natürlich, Richter Sorok«, antwortete Josso. »Er ist einer der Kerle, die vor fast drei Wochen durch Cohend kamen. Sie waren zu viert und so ein kleiner Kerl war auch dabei. Sagten, sie kämen aus Elegien, im Auftrag ihrer Regierung. Und dass sie in Ormor waren und dem Nolintor einen Besuch abgestattet hätten. Wollten weiter nach Largon zu Fürst Borotil um mit ihm über geschäftliche und politische Dinge zu sprechen. Doch über was genau, haben sie nicht verraten.«

»Wir werden es herausfinden«, bemerkte der Richter in bewusst beiläufigem Tonfall. Dann wandte er sich wieder an Robin. »Was hast du dazu zu sagen, Bursche?«

»Der Mann hier hat recht«, erwiderte Robin. »Doch ist es nichts Ehrenrühriges, nach Largon reisen zu wollen. Seit langen pflegt unser Land Elegien guten Beziehungen zu Lurien. Nur das war unser Auftrag.«

»Schon wieder die Unwahrheit«, sagte der Richter lächelnd. »Wahr ist, dass uns vor einigen Tagen drei Herren aus Largon mit ihrem Besuch beehrten. Und sie haben euch angekündigt.

Doch unter Nennung ganz anderer Gründe. Jetzt schmoren sie hier im Turm und werden dir einige Zeit lang Gesellschaft leisten. Doch sprich: wo sind deine Begleiter geblieben?«

»Ich gehe davon aus, dass sie zurück nach Largon geritten sind«, erwiderte Robin. »Sie wollten wohl auf einen ähnlich freundlichen Empfang verzichten, wie Ihr ihn *mir* bereitet habt.«

»Nun gut«, sagte der Richter. »Ich denke, heute hat es keinen Zweck mehr, dass wir uns mit dir befassen. Ich werde dir ein wenig Zeit geben, über deine Lage und deine wahre Geschichte nachzudenken. Wir sehen uns morgen früh.«

Er klopfte wieder mit dem Stock gegen die Tür und sie wurde geöffnet.

»Bringt ihn in seine Zelle! Und vergesst nicht, ihm vorher die Werkzeuge zu zeigen.«

Die Wärter lösten Robin von seinen eisernen Fesseln und banden ihm die Hände hinter seinem Rücken. Dann nahmen sie ihn in die Mitte und zogen ihn durch die Tür in den Innenraum des Turmes. An der gegenüberliegenden Seite des Rundes befand sich ein großes Gitter. Dorthin schleiften sie ihn und pressten sein Gesicht gegen die Stäbe. Hinter dem Gitter befand sich ein hohes Verlies mit rundem Deckengewölbe, in dem eine Fackel brannte. Robin konnte zuerst wenig erkennen. Dann lösten sich Einzelheiten aus dem Dunkel und Robin schauderte. An der Wand sah er eine schräge Leiter mit Seilen und Rollen. Daneben stand eine wuchtige Bank mit Hand und Fußfesseln. Von der Decke des Gewölbes hing ein Seil, unter dem einige schwere Gewichtssteine standen. An den Wänden hingen allerlei Geräte: Zangen und Ketten, Daumen- und Beinschrauben, große Trichter und Schandmasken.

»Morgen früh, bei Sonnenaufgang, darfst du dir einige dieser netten Spielzeuge aussuchen«, sagte einer der Wächter hämisch. »Sie werden dir viel Freude bereiten.« Der andere feixte.

In der Mitte des Turms führte eine gewendelte Steintreppe nach oben. Dort hinauf brachten sie Robin jetzt. Er zählte vier

Stockwerke. Die ersten drei sahen dem Erdgeschoss ähnlich, doch das oberste war anders. Ringsum in der Außenwand des Turmrondells befanden sich Zellentüren. Eisenbeschlagen, mit kleinen Guckfenstern und schweren Eisenriegeln. In eine dieser Zellen wurde Robin gestoßen. Er strauchelte und weil er seine Hände nicht gebrauchen konnte, fiel er der Länge nach mit dem Gesicht auf den Steinboden. Ein Schmerzensschrei entfuhr ihm. Einer der Wächter setzte den Fuß auf seinen Rücken und löste ihm die Handfesseln. Robin stöhnte. Der Wächter warf ihm ein schmutziggraues Stoffbündel vors Gesicht.

»Zieh das hier an und verhalte dich ruhig, sonst wirst du angekettet!«, raunzte er. Dann fiel die Tür ins Schloss und Robin war allein.

Er blickte sich um. Der Raum, in dem er sich befand war nicht besonders groß, mehr lang als breit. Aber er war sehr hoch. Und er hatte nur ein einziges, vergittertes Fenster, aus dem man nicht hinaussehen konnte. Eineinhalb Klafter, wenn nicht mehr schätzte Robin die Höhe bis zu seiner Unterkante. An der Fensterlaibung konnte er die gewaltige Dicke der Mauern dieses Turms erkennen. Trübes Licht fiel durch die Gitterstäbe in eine Ecke der Zelle. Dort befand sich ein Lager aus schmutzigem Stroh, das einen stechenden Geruch verströmte. Robin warf einen Blick auf das Stoffbündel, das vor ihm auf dem Boden lag und hob es auf. Es war ein leinenes Hemd, dünn und rau. Doch er streifte es dankbar über seinen geschundenen Körper.

Boffo hatte genug gesehen. Er huschte zurück zu den anderen. Schnell und lautlos schlängelte er sich durch den Schilfgürtel und selbst die Wasservögel wurden seiner kaum gewahr. Am Lagerplatz fand er Lorin und Bero bereit zum Aufbruch. Auch sie hatten Robins Gefangennahme aus der Ferne beobachtet. Sofort hatten sie die Pferde gesattelt und bepackt und auch Robins Kleidung und Gepäck waren schon verstaut.

»Sie sind zu sechst. Soldaten der norischen Armee«, berichtete Boffo. »Im Moment können wir nichts für Robin tun. Doch will ich versuchen mehr herauszufinden. Vor allem, wohin sie ihn bringen.« Er nestelte an seinem Gepäck und hängte sich seinen Knappsack um. Seine Armbrust ließ er am Sattelgeschirr zurück. »Sie werden kommen und nach uns suchen. Nehmt die Pferde und führt sie zum östlichen Teil des Sees. Wartet auf mich bis Mitternacht. Falls ihr euch nicht mehr verbergen könnt, oder ich bis dahin nicht zurück bin, dann flieht zurück nach Largon und berichtet alles dem Fürsten.«

»Aber warum sollen wir nicht mitkommen?« Beros Stimme klang trotzig. »Nur sechs Soldaten. Und wenn sie sich aufteilen, um nach uns zu suchen, können wir sie vielleicht überwältigen und Robin befreien.«

»Das wäre äußerst unklug!« Der Elm war bereits zum Aufbruch fertig und drehte sich um. »Denkt daran: wir befinden uns hier in einem fremden Land mit eigenen Gesetzen. Wir haben nicht das Recht, einen oder mehrere dieser Soldaten einfach zu töten. Wir wären dann vogelfrei und keiner könnte mehr für unser Leben einstehen. Nicht einmal Fürst Borotil. Es wird einen anderen Weg geben müssen. Und jetzt seht zu, dass ihr von hier verschwindet. Bemüht euch, keine Spuren zu hinterlassen. Achtet auf den Ruf einer Pfeifente, auch wenn ihr keine seht. Und vor allem: lasst euch nicht erwischen!«

Mit den letzten Worten war Boffo bereits wieder im dichten Schilf verschwunden. Eine Zeit lang lief er denselben Weg zurück, den er gekommen war. Zuerst war alles ruhig. Nur die aufgeregten Rufe einer Rohrammer und das Fiepen einiger junger Teichhühner durchdrang die Stille. Nach einer Weile hörte er Pferdehufe. Er drückte sich zwischen einen Büschel Rohrkolben, der nahe am Ufer stand und lauschte. Zwei Reiter erschienen, ritten langsam am Ufer entlang und bogen mit ihren Lanzen das Schilf zur Seite.

»Ich weiß nicht was das nützen soll«, sagte einer der beiden. »Wenn der Kerl Begleiter hatte, dann haben die sich längst verdrückt, wie er selbst gesagt hat.«

»Und wenn sie noch hier sind, dann laufen wir Gefahr, dass sie auf dem Hinterhalt auf uns schießen«, entgegnete der andere. »Lass uns eine Zeit hier warten und dann verschwinden.«

»Willst du für einige Tage ins Loch wandern?«, entgegnete der erste. »Wir reiten einmal um den See. Das reicht. Doch warte! Hier sind Spuren.«

Der eine Reiter war stehen geblieben, nur einige Schritte von dem Ort entfernt, an dem sich Boffo versteckte. Er stieg vom Pferd und warf dem anderen die Zügel zu. Dann bückte er sich. »Hier ist jemand entlanggelaufen. Und zwar jemand mit ziemlich kleinen Füßen. Ich würde fast sagen, es sieht aus wie die Spuren eines Kindes.«

»Dann war es bestimmt auch eines«, murrte der andere. »Würde mich nicht wundern. Hier treiben sich öfters Kinder herum. Fangen Frösche und anderes Getier.«

»Doch sind die barfuß, aber dieses hier trug Stiefel«, erwiderte der erste.

Boffo duckte sich tiefer in das Gebüsch. Er hatte sich die Kapuze seines Elmenmantels über den Kopf gezogen und seine Lippen bewegten sich lautlos, so als spräche er zu sich selbst. Oder vielmehr zu einem runden Medaillon, das auf seiner Brust ruhte. Unter dem Rand seine Kapuze sah er die Stiefel des abgesessenen Soldaten und er fühlte dessen Blick, der genau auf sein Versteck gerichtet war. Der war jetzt ganz herangekommen und bog die Stängel der Rohrkolben auseinander.

»Komm schon!«, rief der andere ungeduldig. »Hier ist niemand. Oder vermutest du fremde Reiter in einem Büschel Rohrkolben?«

»Komisch! Mir war, als hätte ich etwas gesehen«, sagte der zu Fuß und schüttelte den Kopf. »Doch jetzt ist es weg.«

»Vielleicht war es eine Ente, oder ein Blässhuhn. Los! Lass uns weiter reiten!«

»Wahrscheinlich hast du recht.«, erwiderte die Stimme über Boffo.

Der hörte, wie sich das Röhricht über ihm wieder schloss.

Und er sah, wie sich die Stiefel wendeten und entfernten. Er hörte die gedämpften Geräusche von Pferdehufen auf feuchtem Boden. Und sie wurden leiser, ebenso, wie die Stimmen der Reiter.

Boffo atmete tief durch. ›Was für ein Leichtsinn‹, dachte er. ›Dieses Versteckspiel hat mich Kraft gekostete, die ich vielleicht später noch brauchen werde. Ich muss vorsichtiger sein.‹

Er schälte sich aus dem Gebüsch, streifte seine Kapuze ab und lief los. Als er die Straße erreichte, war niemand mehr zu sehen. ›Umso besser‹, dachte Boffo. Er blickte sich kurz um. Im Westen, vielleicht eine halbe Meile entfernt, sah er die Mauern Nergaths. Und davor schlängelte sich ein silbernes Band. Breit, und an einigen Stellen in weite, glitzernde Flächen übergehend. Der Iruhin.

Boffo rannte. Dabei schlug er ein Tempo an, dass ihm keiner, der es nicht mit eigenen Augen sehen konnte, zugetraut hätte. Nach zehn Minuten hatte er den Iruhin erreicht. Doch noch nicht die Brücke, die darüber führte. Die lag einhundertfünfzig Schritte vor ihm. Boffo überlegte nicht lange. Er sprang auf das Pfahlgerüst, welches das Hochwasser überbrückte und begann, auf den schwankenden Bohlen entlangzulaufen. Vor ihm gingen zwei Marktweiber, mit Körben auf ihren Rücken. Behutsam und gemächlich setzten sie Schritt vor Schritt. So viel Zeit hatte Boffo nicht. Er zog seine Kapuze wieder über den Kopf, schwang sich auf das Geländer und hatte die beiden auch schon passiert, ehe sie seiner richtig gewahr wurden.

»Unverschämtheit!«, keifte die vordere der beiden. »Alte Frauen so zu erschrecken. Wir hätten ins Wasser fallen können, du Rüpel. Aber ich kenne deinen Vater. Dem werd ich's erzählen.«

›Gut so‹, dachte Boffo, ›meine Strategie scheint aufzugehen.‹ Er war jetzt auf der Brücke angekommen, die sich in einem Bogen über den Iruhin spannte. Als er ihren Scheitel erreicht hatte, sah er die Patrouille. Und zwischen ihren Pferden stolperte

Robin, die Hände auf den Rücken gefesselt und mit einem Strick um den Hals.

Boffo stutzte und drückte sich in eine Nische der gemauerten Brückenbrüstung. Er musste zusammen mit Robin in die Stadt kommen. Und er musste herausfinden, wo sie ihn hinbrachten. Sollte er es wagen, Sirgitor erneut zu rufen? Das würde zu stark an seiner Energie zehren. In diesem Moment hörte er Schreien und Johlen. Boffo lugte über den Nischenrand. Eine Gruppe halbwüchsiger Knaben hatte sich den Soldaten angeschlossen. Sie rannten hinter Robin her, schnitten Grimassen und versuchten das Tuch wegzuziehen, das Robin um seine Hüften geschlungen hatte.

›Nurins Spiegel wird reichen‹, dachte Boffo. Er kramte in seinem Hemdkragen und zog erneut das glänzende, runde Ding hervor, das an einer dünnen Kette hing. Dann rannte er los und reihte sich in die grölende Jungenschar ein.

»He! Was willst du denn hier?«, fragte einer der Knirpse. »Ich kenn dich überhaupt nicht.« Es war einer derjenigen, die Robin am ärgsten foppten.

Boffo war erleichtert. Nurins Spiegel funktionierte. Er war jetzt einer der jungen Meute, oder zumindest erschien er ihnen als einer der ihren.

»Halt die Klappe und lauf weiter!«, antwortete Boffo mit hoher Knabenstimme. »Sonst wirst du mich kennen lernen.« Er langte nach vorne und schnippte dem frechen Kerl mit Daumen und Zeigefinger kräftig ans Ohr. Der heulte auf und hielt sich die Backe. Da waren sie schon unter dem Stadttor.

Die Wächter standen an der Seite und beobachteten interessiert die ankommende Gruppe mit dem Gefangenen. Die schreienden Jungen schienen sie an ihre Pflicht zur Bewahrung der öffentlichen Ordnung zu erinnern.

»Hört auf zu streiten!«, rief einer der Wächter. »Verschwindet und lasst den Gefangenen in Ruhe, sonst gerb ich euch das Fell!«

Boffo ließ sich das nicht zweimal sagen. Gleich, nachdem sie das Tor passiert hatten, drückte er sich in eine der Seitengassen. Im Halbschatten der dunklen Häuser rannte er an der Stadtmauer entlang und wechselte dann in die erste Seitenstraße, die wieder in Richtung Stadtmitte führte. Er durfte Robin keinesfalls verlieren. Die nächste Querstraße war größer und breiter, als das, was Boffo bisher gesehen hatte. Hier gab es Geschäfte und Händler mit ihren Auslagen und dazwischen baumelten vereinzelte Wirtshausschilder. Gerade eben bogen die Reiter mit Robin um die Ecke und kamen auf ihn zu. Boffo drückte sich hinter einen Brunnen, der am Straßenrand stand und lugte über den Rand. Er hatte jetzt ein wenig Zeit, sich umzusehen. Die Gebäude und Straßen hier in Nergath boten keinen Vergleich zur der heiteren und hellen Architektur Largons. Alles hier war älter und dunkler. Doch hatten die verwinkelten, engen Gässchen und die altersschwarzen Häuser, die sich darüber beugten, einen gewissen Charme. Und die Gesichter der Leute, die neugierig am Straßenrand oder in den Hauseingängen standen und die vorbei reitende Eskorte mit Robin in der Mitte begafften, waren keineswegs unfreundlich und verschlossen.

Robin schaute zu Boden, als er vorbeigezogen wurde und Boffo vermied es, sich zu erkennen zu geben. Davon abgesehen, dass selbst Robin ihn wahrscheinlich nicht erkannt hätte, weil Nurins Spiegel ihm das Antlitz eines Kindes verlieh.

»Oho, wieder ein Kandidat für den Grauen Turm!«, rief einer der Gaffer am Straßenrand.

»Ja, schon der vierte Spion, den sie innerhalb einer Woche erwischt haben«, sagte ein anderer. »Diese Lurier werden wohl nicht schlauer.«

Boffo folgte den Reitern in einiger Entfernung. Sie querten mehrere Straßen und bogen dann in eine enge Gasse ein, die wieder zu den Außenbezirken der Stadt führte. Am Rande eines schmalen Platzes erhob sich ein düsteres Gebäude mit abweisenden Mauern, flankiert von vier Türmen. Boffo schlüpfte hinter einen Stoß Bretter, der angelehnt vor einer Werkstatt stand und sah durch die Spalten. Vor dem wappengezierten Tor machte die Abteilung halt und ihr Anführer stieß in ein Horn. Nach kurzer Zeit wurde eine kleine Tür im großen Tor geöffnet. Ein Wächter trat heraus und sprach mit den Ankömmlingen. Dann schwangen die Torflügel auf und fielen mit einem lauten Krachen wieder ins Schloss. Boffo war allein. Er wartete. Nach einer halben Stunde öffnete sich der kleine Einlass wieder. Ein Bote huschte heraus und eilte durch die Gassen davon.

›Sie werden Robin jetzt verhören‹, dachte Boffo. ›Doch hoffentlich nicht härter, als man dies für neu angekommene Gefangene erwarten sollte.‹

Er musterte die Umgebung. Den wuchtigen Bau vor ihm zu betreten, war unmöglich, außer direkt durch das Haupttor. Er schien Gerichtsgebäude und Gefängnis in einem zu sein. Die Türme an seinen Ecken hatten kleine, vergitterte Fenster und keinerlei sichtbare Zugänge. Zumindest drei von ihnen. Der vierte Turm war höher und massiger, als die anderen. Er bestand aus grauem, grobem Mauerwerk und schloss sich direkt an die Stadtmauer an, die er um mehr als das Doppelte überragte.

›Der Graue Turm!‹, fuhr es Boffo durch den Kopf. Der Kerl in der Stadt hatte seinen Namen genannt. Falls sie Robin wirklich dort hinein bringen sollten, wäre dies vielleicht sogar von Vorteil. Aber wie sollte er es herausfinden? Im Moment blieb ihm nur abzuwarten, bis sich eine Gelegenheit böte. Welcher Art auch immer.

In der Gasse herrschte wenig Betrieb. Eine Hausmagd, wohl von einem Besorgungsgang zurückgekehrt, verschwand in einem Hauseingang und ein Schusterjunge in einer der Werkstätten, die entlang der Gasse lagen. Ab und zu rumpelte ein Karren über das Pflaster und bog in eine Seitengasse ab. Nach über einer Stunde kehrte der Bote zurück. Doch er war nicht allein. Mit ihm kam ein langer, hagerer Kerl. Boffo konnte sein Gesicht nicht erkennen, weil er eine Kapuze über den Kopf gezogen hatte. Doch irgendwie kam ihm dieser Bursche bekannt vor. Der Bote klopfte mit einem Stock an die kleine Durchlasspforte und die beiden wurden eingelassen. Dann war alles wieder ruhig. Eine weitere Stunde wartete Boffo in seinem Versteck, hielt Ausschau und dachte angestrengt nach.

Dort, wo sich der Turm an die Stadtmauer schmiegte, führte eine hölzerne, mit Schindeln gedeckte Stiege empor. Und sie mündete in einen überdachten Wehrgang, der die Stadtmauer auf ihrer gesamten überschaubaren Länge krönte. Boffo hatte diesen Wehrgang lange beobachtet. In regelmäßigen Abständen von etwa einer halben Stunde erschien eine Gestalt und schritt den Gang ab. Danach zog sie sich in das Innere einer Wachstube zurückzog, die sich im mittleren Stockwerk einer der Mauertürme befand.

Über den Platz vor dem Gerichtsgebäude wurde jetzt ein Karren geschoben. Und von oben hörte Boffo die knarrenden Schritte des zurückkehrenden Wächters. Der Karrenschieber hatte genau vor der Schreinerei, neben der sich Boffos Bretterversteck befand, angehalten. Boffo machte sich so klein er konnte und atmete kaum. Durch die Spalten des Bretterstoßes sah er den Rücken des Schreiners, der hinüber zum Wehrgang blickte. Dort, in der Türluke am Ende der Stiege, war die Gestalt des Wächters erschienen.

»Na, Friso!« rief der Schreiner hinauf. »Du bist ja heute besonders rege. Sonst sieht man dich den halben Tag nicht. Und heute läufst du auf und ab, wie ein Hund im Zwinger.«

»Befehl von oben, Benk«, antwortete der Wächter. »Erhöhte Wachsamkeit ist angeordnet. Eigentlich sollten wir zu zweit sein. Doch die Leute sind knapp. Laufen alle Patrouille vor der Stadt. Haben heute wieder einen dieser Kerle erwischt, die hier in der Gegend herumspionieren. Wird erst mal ein Einzelzimmer bekommen, gleich hier oben mit Blick auf den Fluss.« Er deutete mit dem Kopf in Richtung des Grauen Turms. »Sieht so aus, als hätten die in Largon was vor. Aber morgen bei Sonnenaufgang wollen sie dem Burschen ein wenig auf die Sprünge helfen. Sein Gedächtnis ein wenig auffrischen, wenn du verstehst, was ich meine. Danach wird man mehr wissen.«

»Na, übertreibt mal nicht. Ich frag mich manchmal, was uns diese kleinliche Fehde mit den Luriern überhaupt nützt. Früher ist man doch auch gut mit diesen Leuten ausgekommen.«

»Werden schon ihre Gründe haben, die da oben«, brummte der Wächter. »Für unsereins ist's jedenfalls besser, nicht zu viele Fragen zu stellen. Ich tu nur meine Pflicht und mach das, was mir aufgetragen wird. Und jetzt muss ich weiter.«

Er verschwand in der Türluke und die Schritte auf dem Wehrgang entfernten sich. Auch der Schreiner hatte sich einen Stapel Bretter auf die Schulter gepackt und trug sie in seiner Werkstatt.

Boffo sah jetzt den richtigen Zeitpunkt als gekommen. Er schlüpfte aus seinem Bretterversteck, eilte hinüber zur Stiege und erklomm ihre Stufen. Der Wehrgang war eng und dunkel. Nur durch schmale Schießscharten drang ein wenig Licht in sein Inneres. Doch wo er die Außenmauern des Grauen Turms berührte, fast genau im Winkel zwischen Turm und Stadtmauer, befand sich eine kleine, offene Dachluke. Da hindurch zwängte sich der Elm und schwang sich auf das Dach des Wehrgangs.

Dort verharrte er. Über ihm zog sich ein schmaler Sims um die Außenmauer des Turms, kaum zwei Spannen breit. Und in einiger Höhe darüber verlief eine Reihe vergitterter Fenster. Dahinter mussten sich die Gefängniszellen befinden. Doch in welche dieser Zellen hatten sie Robin gebracht, oder würden sie ihn bringen? Wenn es denn so war, dass er den Worten des Wächters vertrauen konnte. Boffo lauschte. Nichts war zu hören, außer dem Rauschen des Iruhin und dem Schreien einiger Kinder, die vor der Stadtmauer herumtollten.

Plötzlich hörte er das Klirren eines Schlüssels. Dann einen Schmerzensruf. Eine Tür wurde zugeschlagen. Danach war es wieder still. Boffo hatte keinen Zweifel. Das war Robins Stimme. Der Wächter hatte tatsächlich die Wahrheit gesagt. Hier, in diesem Turm hatten sie ihn eingekerkert. Und das Fenster, aus dem Robins Ruf gedrungen war, hatte sich Boffo genau gemerkt.

Er erklomm das Dach des Wehrgangs bis zum First und turnte zu der Stelle, wo seine Ziegeln an die Außenmauer des Turms stießen. Unter ihm öffnete sich jetzt der äußere Abgrund der Stadtmauer. Er griff nach oben, zog seinen Körper über den Mauersims und richtete sich vorsichtig auf. Fuß neben Fuß setzend, tastete er sich den schmalen Mauervorsprung entlang. Unter jedem der Fenster verbreiterte sich dieser zu einer schmalen Nische, an deren Grund sich eine Öffnung befand. Es waren Lüftungsöffnungen, so vermutete Boffo, und selbst diese waren vergittert. Mit einem dicken Eisenstab, der sie auf halber Höhe waagrecht durchzog.

Als er in der Nische angekommen war, hinter der er Robins Zelle vermutete, blickte Boffo nach oben. Weit über sich sah er das Fenster. Ungefähr zwei auf zwei Ellen maß es und seine Gitterstäbe waren senkrecht. Die Höhe zwischen dem Mauervorsprung, auf dem er stand, und dem Fenster schätzte Boffo auf mehr als zehn Fuß. Er lauschte. Aus der Öffnung des Lüftungsschachtes war leises Stöhnen zu hören. Boffo näherte sich mit seinem Kopf der Maueröffnung so weit, wie es der schmale Sims davor zuließ.

»Robin! Bist du da drin?«, rief er mit gedämpfter Stimme. Es kam keine Antwort, doch das Stöhnen hatte aufgehört.

»Boffo, bist du es?«, kam es nach einiger Zeit aus dem Inneren des Turms zurück.

»Was dachtest du denn? Vielleicht mein Großvater?«

»Nein, ganz im Gegenteil. Deine Stimme klingt merkwürdig verändert. Viel jünger.«

»Entschuldigung. Hatte ich vergessen.« Boffo nahm den kleinen Metallspiegel, der um seinen Hals hing und steckte ihn zurück unter sein Hemd. In diesem Augenblick hörte er unter sich Geräusche.

»Pst!« zischte er. »Ich glaube, es kommt jemand.«

Dumpfe Schritte näherten sich und verstummten genau unter ihm. Dann streckte Friso, der Wächter, seinen Kopf durch eine der schmalen Schießscharten des Wehrgangs und blickte nach unten. Boffo drückte sich in die Mauernische, zog seine Kapuze übers Gesicht und machte sich so flach, wie er konnte. Der Wächter machte Anstalten, auch nach oben zu blicken. ›Nicht schon wieder Sirgitor anrufen müssen‹, dachte Boffo. ›Ich habe mich kaum von heute Nachmittag erholt.‹ Doch irgendwie hinderte die Enge der schmalen Scharte Friso an der Ausführung seiner Idee. Er zog den Kopf wieder zurück. Dann hörte Boffo schlurfende Schritte, die sich langsam entfernten.

»Robin!«, wisperte Boffo. »Kannst du durch die Öffnung greifen?«

»Ich versuch's.« Boffo hörte schabende Geräusche aus dem Inneren des Lüftungsschachtes und ein Stöhnen Robins: »Weiter geht's nicht. Die Mauer ist zu dick.«

»Bleib so!« Boffo kniete sich auf dem Sims nieder und zog einen Gegenstand aus seiner Hosentasche. Es war Robins Uhr. Der Elm beugte sich, bis seine rechte Schulter beinahe den Sims berührte. Dann streckte auch er seinen Arm durch den engen Schacht. Als sie sich ihre Hände trafen, umfasste Robin die des Elms und drückte sie einen Moment. Erst dann ließ er los und ergriff die Uhr.

»Mach dich bereit, genau um Mitternacht«, raunte Boffo. »Deshalb hab ich sie dir mitgebracht. Für lange Erklärungen ist jetzt keine Zeit. Ich muss los!«

»Danke!«, hörte er Robin noch flüstern, bevor er sich abwandte, auf den Mauervorsprung setzte und nach unten blickte. Er befand sich an der vordersten Stelle des Turmrondells, fast direkt über der äußeren Fassade der Stadtmauer. Der Wehrgang unter ihm durchschnitt an dieser Stelle die dicken Turmmauern. Nur ein schmaler Dachüberstand markierte seinen Verlauf. Boffo griff in seinen Knappsack und holte die Rolle mit der dünnen Leine hervor, die er in Largon gekauft hatte. Er wickelte sie zur Hälfte ab und legte ein Ende um den in die Lüftungsöffnung eingemauerten Eisenstab. Das lose Ende wickelte er wieder auf und warf dann beide Knäuelhälften über den Dachvorsprung des Wehrgangs hinweg nach unten. Die Schnur rollte sich ab und reichte nun in einem doppelten Strang gerade eben bis zum Fuß der Stadtmauer.

Boffo richtete sich auf. Vorsichtig auf dem Sims des Turms entlang balancierend, erreichte er den First des Wehrgangs. Dort hangelte er sich an den Ziegeln der stadtseitigen Dachschräge nach unten und schwang sich durch die offene Luke zurück in sein Inneres. Der Wächter war nirgends zu sehen. Langsam tastete sich der Elm die überdachte Holzstiege hinab, sorgsam jedes Geräusch vermeidend. Auf halber Höhe, dort wo ein kleines Podest der Treppe einen Knick verlieh, blieb er stehen und sah sich um. Auch der Platz vor dem Gerichtsgebäude war leer. Er eilte die restlichen Stufen hinab, rannte über den Platz und bog in die Seitengasse, aus der er gekommen war. Im Laufen griff er in sein Hemd, holte den kleinen Metallspiegel heraus und streifte sich seine Kapuze über den Kopf. Er musste sich jetzt beeilen. Es war bereits nach sieben Uhr. Sicher würden sie erst bei Einbruch der Dämmerung die Tore schließen. Doch darauf konnte er sich nicht verlassen. Nicht auszudenken, was mit Robin geschähe, wenn er nicht mehr rechtzeitig aus der Stadt gelangte.

Auf der breiten Straße, die zum Stadttor führte, herrschte immer noch Betrieb. Zwei Buben kreuzten Boffos Weg.

»He, das ist doch der Kerl, der mir vorhin dumm gekommen ist!«, rief einer der beiden.

»Wer bist du eigentlich?«, fragte der andere, etwas ältere Junge und hielt Boffo am Umhang fest. »Und was fällt dir ein, meinen Freund zu schlagen.«

»Tut mir leid«, sagte Boffo. »Hab aber jetzt keine Zeit. Muss noch mal schnell vor die Stadt. Hab da was gefunden, gleich vor der Brücke. Hinter einem Stein. Liegt sicher noch mehr davon dort.«

»Und was hast du gefunden?«, wollte der jüngere der beiden wissen.

Boffo griff in seine Tasche, holte einige kleine Münzen hervor und zeigte sie auf der flachen Hand. Die beiden Buben bekamen große Augen.

»Vor der Brücke hinter einem Stein?«, fragte der Ältere weiter. »Wie soll dort denn Geld hinkommen?«

»Keine Ahnung – vielleicht hat jemand seine Geldbörse verloren«, antwortete Boffo. »Oder einen Schatz vergraben. Wenn ihr mitkommen wollt, teilen wir. Wie wär's?«

»Einverstanden«, sagte der Jüngere. »Aber wehe, du führst uns an der Nase rum, Bürschchen. Dann kannst du was erleben.«

»Kommt mit und seht selbst!«, rief Boffo und rannte los. Die beiden folgten ihm. Als sie durch das Tor kamen, standen die Wächter gerade in einer Ecke und unterhielten sich.

»He, ihr Taugenichtse!«, rief einer von ihnen der kleinen Meute nach. »Lasst euch bloß nicht einfallen, zu spät zu kommen! Sonst könnt ihr heute Nacht draußen bleiben!«

»Nichts als Flausen im Kopf, diese Tagediebe!«, schimpfte ein anderer. »Aber den einen kenn ich. Das ist der Sohn von Ibo, dem Fischer, wenn ich mich nicht irre. Werd deinem Vater mal ins Gewissen reden, wenn ich ihn morgen sehe!«, rief er den Dahineilenden noch nach. Doch die Jungs schienen sich nicht sonderlich um die Drohung des Wächters zu scheren.

»So, wo ist denn nun dein Schatz, ha?«, wollte der Jüngere der beiden wissen, als sie an der Brücke angekommen waren.

»Gleich hier!« Boffo sprang hinter einen der großen Eckpfeiler am Beginn des Bauwerks, riss mit der Stiefelspitze eine Furche in die sandige Grasnarbe und streute einige Münzen hinein. Mit der gleichen Handbewegung scharrte er Gras und Sand über die Münzen. Während die beiden herangekommenen Jungen neugierig ihre Köpfe über die Stelle reckten, richtete er sich auf und hielt triumphierend ein Zehnhellerstück empor. Jetzt gab es für die beiden kein Halten mehr. Auf Händen und Knien durchwühlten sie den Sand. Kleine, aufgeregte Schreie der Begeisterung kündeten von ihren Erfolgen. Keiner von beiden achtete mehr auf Boffo, der sich klammheimlich davonmachte.

Er steckte Nurins Spiegel ein und rannte über die jetzt menschenleere Brücke. Diesmal auf ihrer rechten Seite. Und als er über die Brüstung sah, konnte er einen Ausruf des Erstaunens kaum unterdrücken. ›Alle Wetter‹, dachte er. ›Damit hätte ich nun wirklich nicht gerechnet.‹

Boffo blieb erst stehen, als er die Stelle erreichte, wo er sich von Bero und Lorin getrennt hatte. Dort ahmte er den Ruf einer Pfeifente nach.

»Piiuu, Piiu, Piiu!« Er lauschte. Nichts rührte sich. Nochmals ließ der Elm den Ruf des Wasservogels erschallen. Er wartete einige Minuten. Als er zum dritten Mal rief, bewegte sich das Schilf in der Nähe und ein Kopf erschien.

»Na endlich!«, sagte Lorin. »Wir hatten uns verdammte Sorgen gemacht.«

»Ihr hattet allen Grund dazu«, antworte Boffo. »Aber jetzt bin ich hier.«

»Dann folge mir. Bero wartet mit den Pferden in der Nähe.«

Geduckt huschten beide durch das Röhricht. Als sie in die Nähe einer allein stehenden Pappel kamen, hörte Boffo gedämpftes Schnauben und Pferdegeruch stieg ihm in die Nase.

Auch Bero hatte die Ankunft des Elms kaum erwarten können.

»Dem Himmel sein Dank! Konntest du etwas über Robin herausfinden?!«, rief er schon aus einigen Schritten Entfernung.

»Konnte ich«, erwiderte Boffo, als er mit Lorin herangekommen war. »Die Sache war einfacher als ich dachte. Dennoch wird unsere Aufgabe gefährlich. Und ihr Erfolg ist unsicher. Wir warten hier einige Stunden. Dann werden wir versuchen, Robin dort herauszuholen, wo sie ihn eingesperrt haben.«

Boffo berichtete in knappen Worten über seine Erlebnisse und die Verhältnisse in Nergath. Und er erfuhr, dass auch Bero und Lorin nur knapp einer Entdeckung durch die Reiter aus Nergath entgangen waren. Doch, genau wie Boffo mit eigenen Ohren vernommen hatte, hatten diese sich ihrer Aufgabe nur halbherzig gewidmet und den See lediglich nahe am Ufer umritten.

Als es dunkel wurde, nahmen die drei eine karge Mahlzeit

ein. Allerdings vermieden sie es, Feuer zu machen und sie unterhielten sich nur leise.

Die Nacht war klar, warm und wolkenlos. Der Mond, obwohl nur im ersten Viertel stehend, überzog die Landschaft mit fahlem Silberschein und ließ Einzelheiten der näheren Umgebung deutlich hervortreten. Boffo sah empor zu den Sternen. Auch sie leuchteten heute fast ein wenig zu hell für seinen Geschmack. Lorin und Bero saßen bei den Pferden und sie sprachen nicht. Boffo sah auf seine Uhr. Es war kurz vor Elf.

»Macht euch fertig«, sagte er zu den beiden Schwertläufern. »Vermeidet überflüssige Kleidung und Waffen. Eure Messer genügen. Doch auch die verwendet nicht als Waffe. Und befestiget das Gepäck so auf den Pferden, dass man es schnell abnehmen kann.«

Lorin und Bero erhoben sich und folgten den Anweisungen des Elms. Dann machten sie sich auf den Weg nach Nergath. Boffo ging voraus und jeder führte ein Pferd.

Sie überschritten die Brücke. Still und dunkel lag die Stadt vor ihnen. Nur der Iruhin zog breit und glänzend gen Süden und mit leisem Plätschern teilten die Eisbrecher vor den Brückenpfeilern seine Wogen. Gleich nach der Brücke bogen sie von der Straße ab. Im Schutze einer Baumreihe aus Weiden und Erlen folgten sie dem Lauf des Flusses entlang seines stadtseitigen Ufers. Zwischen den Stämmen der Bäume konnten sie die Kaimauer sehen, an der einige Nachen und Fischerboote vertäut lagen. Dann endete auch diese.

Auf einer freien Stelle, etwas oberhalb der schrägen Uferböschung, lag ein Stapel Baumstämme. Es war Floßholz, das man hier an Land gezogen hatte. Eine kleine, nach allen Seiten offene Hütte diente als Unterstand. Boffo gab Bero die Zügel seines Pferdes und trat zu der Hütte. Einen handlichen Holzprügel, den er dort liegen sah, nahm er mit. Zwischen einigen Holzstangen, die an der Dachtraufe lehnten, hatte er ebenfalls etwas Brauchbaren entdeckt: ein kurzes, kräftiges Stämmchen, an dessen unterem Drittel ein Eisenring mit Haken befestigt war, wie ihn die Flößer zum Wenden und Rollen der Holzstämme verwendeten. Boffo ergriff das Werkzeug und reichte es Lorin.

»Das können wir brauchen. Ich erkläre dir später, wofür.«

Weiter folgten sie dem ausgetretenen Pfad, der sich am Flussufer entlang zog, bis sie zu ihrer Rechten den Grauen Turm hoch über der Stadtmauer Nergaths sahen. An einer geschützten Stelle banden sie die Pferde fest. Boffo bat Bero, das leichte Seilbündel aus Largon mitzunehmen, das an einem der Sattelringe hing. Er selbst nahm nur seinen Knappsack. Den kurzen Holzprügel steckte er in seinen Gürtel. Lorin trug den Wendehaken. Solchermaßen ausgerüstet schlichen sie los.

Geduckt und jede sich bietende Deckung nutzend kamen sie bis vor die Stadtmauer, wo sie sich neben einen der Stützpfeiler kauerten. Vor ihnen hingen die beiden Stränge der dünnen Leine, welche Boffo durch das Gitter des Lüftungsschachtes fünfzig Fuß über dem Boden gefädelt hatte. Hoch oben in einem der Mauertürme, schräg zu ihrer Rechten, brannte noch Licht. Über ihren Köpfen waren Schritte zu hören. Das musste der Wächter sein, der seine Runde auf dem Wehrgang machte. Sie warteten eine Weile. Dann hörten sie eine Tür ins Schloss fallen und wenig später erlosch das Licht. Boffo sah auf seine Uhr. Es war jetzt eine viertel Stunde vor Mitternacht.

»Los jetzt!«, raunte er. »Gib mir das Seil, Bero!«

Er knüpfte das Seilende an eines der Enden der Leine und begann am anderen Ende zu ziehen. Langsam und lautlos wanderte das Seil nach oben, bis es anstelle der Leine als doppelter Strang an der Mauer hing. Ungefähr vier Klafter Seil lagen noch auf dem Boden.

»Das dürfte reichen«, flüsterte Boffo. »Bero, du kommst mit mir! Lorin, du wartest hier unten! Wenn ich ein Zeichen gebe, schickst du uns den Wendehaken nach oben.«

»Warum Bero und nicht ich?«, maulte Lorin halblaut. »Schließlich ist Robin *mein* bester Freund.«

»Weil ich es so will«, zischte Boffo. »Ich weiß, dass Bero ein hervorragender Kletterer ist. Und er ist leichter als du. Falls uns etwas zustößt, bringst du die Pferde und das Gepäck in Sicherheit. Dies ist *deine* Verantwortung!«

Mit seinen letzten Worten hatte Boffo den doppelten Strang des Seils umfasst und zog sich mit großer Kraft und Geschicklichkeit nach oben. Als er die Nische vor dem Lüftungsschacht erreicht hatte, folgte ihm Bero. Und Boffo hatte recht. Bero hangelte sich mit einer Leichtigkeit nach oben, als wäre er schwerelos und saß wenige Augenblicke später neben Boffo auf dem Sims.

»Pst!«, machte Boffo und legte den Finger auf die Lippen. Die Schritte des Wächters waren wieder zu hören. Diesmal unterhalb der beiden. Wenig später steckte der Wächter seinen Kopf aus der Schießscharte. Es war Friso.

»Zum Teufel auch ...«, fluchte er, als er das Seil vor der Mauer baumeln sah.

Diese Worte waren aber auch alles, was er von sich gab. Zumindest vorläufig. Boffo hatte sich in Windeseile am Seil nach unten gelassen und ehe Friso begriff, was geschah, hatte ihm der Elm seinen mitgebrachten Holzprügel gefühlvoll über den Schädel gezogen. Friso taumelte in das Innere des Wehrgangs zurück und sackte auf dem Bretterboden zusammen.

»Der schläft ein Weilchen«, murmelte Boffo, als er wieder zu Bero zurückkam. »Doch nicht lange. Wir müssen auf Nummer Sicher gehen.«

Er zog ein Ende des Seils nach oben und schnitt mit seinem Messer zwei Stücke ab, jeweils einen halben Klafter lang. Dann tastete er sich über den Sims des Grauen Turmes hin zur offenen Dachluke des Wehrgangs, schwang sich hinein und verharrte im Gebälk. Unter sich, im fahlen Lichtkegel einer Laterne, sah er eine dunkle Gestalt auf dem Dielenboden liegen. Boffo ließ sich hinab und band dem Wächter Hände und Füße. Der regte sich bereits wieder. Boffo nahm ihm das speckige Halstuch ab und riss es in zwei Teile. Die eine Hälfte stopfte er in seinen halboffenen Mund, die andere Hälfte band er darüber und verknotete sie in Frisos Nacken. Dann löschte er das Licht der Laterne.

Als er zurück zu Bero kam, hielt dieser immer noch das abgeschnittene Seilende in Händen. An dieses knotete Boffo seinen Holzprügel, richtete sich in der Mauernische auf und warf das Holz nach oben zu Robins Zellenfenster. Nach zwei vergeblichen Versuchen verfing sich der Knüppel zwischen den senkrechten Gitterstäben. Im Nu hangelte sich Boffo hinauf und zog das Seilende um einen der äußeren Eisenstäbe. Das Seil hing jetzt als Doppelstrang eine Etage höher und reichte eben noch bis zum Fuß der Stadtmauer. Dort hinan band Lorin auf ein Zeichen Boffos den Floßhaken, der wenige Augenblicke später seinen Weg nach oben antrat.

Robin hatte seit Boffos Verschwinden kein Auge zugetan. Am späten Abend hatten sie ihm einen schmutzigen Napf mit Gerstenbrei und einen Krug mit Wasser durch eine Klappe in der Tür geschoben. Den Brei hatte Robin nicht berührt. Nur einige Schlucke Wasser hatte er zu sich genommen. Jetzt saß er zusammengekauert auf seinem Strohlager und fröstelte. Er trug nur das dünne, leinene Hemd, das sie ihm am Abend gegeben hatten. Sein Gesicht schmerzte und seine Fußsohlen brannten wie Feuer. Doch das war ihm jetzt nicht wichtig. Ein unbestimmtes Gefühl der Furcht war in ihm aufgestiegen. Und es ließ sich nicht unterdrücken, obwohl er es versuchte. Auf Boffo konnte er sich noch immer verlassen. Das wusste er. Doch würde Boffo etwas gelingen, was er selbst für nahezu unmöglich hielt. Er blickte empor zum vergitterten Fenster seines Verlieses. Über ihm schien fahles Mondlicht durch die Gitterstäbe und malte einen hellen Fleck auf den Steinboden. Robin hielt seine Uhr in den blassen Lichtkegel. Sie zeigte eine viertel Stunde vor Mitternacht. Doch kein Laut war zu hören. Was, wenn etwas schief gegangen war. Ein Gefühl der Angst und der Hilflosigkeit machte sich in Robin breit. Morgen, bei Tagesgrauen würden sie ihn foltern. Er hatte nichts zu verheimlichen, das wusste er selbst am besten. Doch würden sie ihm glauben? Er griff sich an die Brust. Dorthin, wo er gewohnt war, die Tiriphe zu spüren. Seine Finger griffen ins Leere.

In diesem Moment hörte er ein leises, scheuerndes Geräusch durch den Lüftungsschacht, der jetzt nur ein dunkles Loch auf Bodenhöhe war. Es hörte sich an, als würde ein Seil aufgezogen. Dann hörte er gedämpfte Stimmen. Eine davon war die Boffos. Und die andere stammte zweifelsohne von Bero. Robins Herz klopfte ihm bis zum Hals. Inmitten seines Verlieses stand er, beschienen vom fahlen Lichtkegel des Mondes und blickte hoffnungsvoll nach oben zum Fenster.

Die Minuten verstrichen und kamen ihm wie kleine Ewigkeiten vor. Und es waren viele Minuten, während deren er die Freunde erwartete. Dann, endlich, sah er einen Schatten vor dem Fenster. Es war Boffo.

»Mach dich fertig, wir sind gleich so weit!«, flüsterte der Elm.

»Ich *bin* fertig«, erwiderte Robin. »Was glaubst du denn, was ich hier alles bei mir habe?«

Dann sah er Bero, der neben Boffo auf dem Fenstersims kniete. An den äußern Stäben des Fenstergitters hatte er ein Ende des Holzstämmchens als Hebel angesetzt und mittels des mit einem Eisenring daran befestigten Hakens begann er, die Stäbe in der Mitte der Fensteröffnung auseinanderzubiegen. Robin staunte und wartete. Schließlich war die Öffnung groß genug, dass ein Mann hindurch passte.

»Los, spring hoch!«, zischte Bero.

Robin nahm Anlauf. Der erste Versuch endete kläglich. Fast einen Fuß unterhalb des Fenstersimses klatschte seine Hand gegen die Mauer. Robins zweiter Versuch war besser, doch noch immer fehlte ein Stück bis zur Mauerkante.

»Hier, meine Hand! Versuche sie zu erreichen!« Bero hatte seinen Oberkörper durch die Lücke zwischen den Stäben gezwängt und ließ seinen rechten Arm nach unten hängen. Robin nahm erneut Anlauf. Nur knapp erreichte er Beros Hand. Dessen Finger schlossen sich um die seinen. Jetzt schnellte auch Robins linker Arm empor und erfasste die Kante des Fenstersimses. Dann war er oben. Eng kauerten sich die drei aneinander und hielten sich an den Gitterstäben fest. Vor Robins Augen tat sich eine schwarze, gähnende Tiefe auf.

»Meine Güte!«, stammelte er. »Ich hätte nicht geglaubt, dass wir so hoch oben sind.«

Aus dem Wehrgang unter ihnen drangen gurgelnde Laute. Und wenige Augenblicke später gellten laute Schreie durch die Nacht: »Alarm! Überfall! Zu den Waffen! Der Gefangene versucht zu fliehen!«

»Verdammt!«, zischte Boffo. »Friso ist seinen Knebel losgeworden. Wir sollten uns beeilen! Du zuerst, Robin.«

Robin ergriff das Seil, welches an einem der äußeren Gitterstäbe hing. Seine Füße tasteten an der Mauer entlang, bis sie an einen kleinen Vorsprung Halt fanden. Dann schlang er sich das doppelte Seil in gewohnter Manier durch die Beine und über die Schulter hinweg und rutschte abwärts. Über den schmalen Dachvorsprung des Wehrgangs hinweg ging die Fahrt und weiter hinab, bis zum Fuß der Mauer.

»Wird aber auch Zeit«, Lorin klopfte Robin zur Begrüßung auf die Schulter. »Hört sich an, als habt ihr sämtliche Wachen Nergaths aus dem Schlaf geweckt.«

Robin blickte nach oben. In den Fenstern des Wachturms auf der Stadtmauer flammten Lichter auf und bereits waren die Tritte schwerer Stiefel auf Holzdielen und Stiegen zu hören. Neben ihm kam Bero herabgerutscht und wenig später folgte Boffo.

»Nehmt das Seil mit! Und dann nichts, wie weg«, zischte der Elm. Lorin zog das Seil an einem Ende ab und Bero schlang es mit flinken Griffen zu einem Bündel zusammen. Dann rannten sie los. Robin folgte Lorin, Bero und Boffo kamen hinterher. Kurz, bevor sie die schützenden Büsche erreicht hatten, hörte er das Zischen von Pfeilen. Doch sie verfehlten ihr Ziel.

»Was jetzt?«, fragte Lorin atemlos, als sie bei den Pferden angekommen waren.

»Der Weg nach Westen beginnt hinter der Stadt«, antwortete Boffo. »Doch wäre es nicht klug, Nergath unter den jetzigen Umständen zu umrunden. Wir sind nicht ortskundig. Womöglich schnappen sie uns schneller, als uns lieb ist. Und wenn nicht, dann werden sie uns gnadenlos verfolgen.«

»Dann gibt es nur eine Möglichkeit: zurück nach Largon!«, rief Robin. Er schwang sich in den Sattel und zog Boffo hinter sich empor. Sie galoppierten los, in Richtung Brücke. Doch auch von dort ertönten Schreie. Die Tore der Stadt öffneten sich und eine Zugbrücke wurde herabgelassen. Einige Soldaten strömten heraus, und rannten ihnen entgegen.

»Mist! Zu spät!«, fluchte Lorin.

»Es gibt noch einen anderen Weg!«, rief Boffo. »Hinunter zum Kai. Dorthin, wo die Boote vertäut sind.«

Lorin und Bero lenkten ihre Pferde nach rechts in Richtung Flussufer. Robin galoppierte mit Boffo hinterdrein. Als sie den Kai erreichten, fehlten Robin die Worte. Sein Mund blieb offen stehen. Vor ihm, zwischen einigen Booten, lag *ihr* Floß. Doch es war verändert. Seine Oberfläche zierte jetzt eine Plattform aus Brettern und vorne und hinten waren Steuerruder befestigt.

»Keine Zeit für Erklärungen jetzt!«, rief Boffo. »Nehmt das Gepäck ab! Wir gehen an Bord!«

Mit wenigen Handgriffen lösten Lorin und Bero die Satteltaschen und alle anderen Gepäckstücke und warfen sie auf das Deck des Floßes. Boffo hatte sein Messer gezogen und schnitt die Befestigungsleinen der anderen Boote durch. Auf einen Wink des Elms ließ Robin die Pferde laufen und sprang mit Lorin und Bero auf. Boffo löste das Tau des Floßes und sprang hinterher. Mit kräftigen Ruderschlägen trieben Lorin und Bero das Gefährt in Richtung Flussmitte. Mehr und mehr wurde es von der Strömung des Iruhin erfasst und mitgenommen. Vom Ufer flogen erste Pfeile und verschwanden mit fauchenden Geräuschen im Wasser.

»Hilf mir, Robin!«, rief Boffo. »Leg alles Gepäck auf einen Haufen, damit wir ein wenig Schutz finden!«

In seinem dünnen Leinenhemd fühlte sich Robin ziemlich nackt und kam deshalb der Aufforderung gerne nach. Auf ein Zeichen Boffos ließen sie das Floß treiben und legten sich hinter der spärlichen Deckung flach auf die Bretter des Decks. Robins Blick schweifte zurück zur Brücke. Ein Reiter galoppierte darüber.

»Meine Güte, das wird eng«, raunte er. »So schnell hätte ich die berittenen Soldaten nicht erwartet.«

Bert saß in einem gepolsterten Sessel in seinem Zimmer im Palast von Largon. Er hatte sich zurückgelehnt und die Augen geschlossen. Komfortabel hatte er es hier. Das musste er zugeben. Doch damit würde es bald vorbei sein. Morgen sollte es losgehen. Im Schutze einer Handelskarawane bis Eldar. Und dann weiter unter dem Geleitschutz esselischer Soldaten nach Elegien. Bert wusste nicht, ob er sich darüber freuen sollte. Die Reise würde anstrengend werden, und gefährlich. Freilich, er hatte zugestimmt, als Lorin ihn gefragt hatte. Und Lorins Argumente hatten ihn nicht überzeugen müssen. Er selbst hatte es ja so gewollt. Doch was ihn in Fornland erwarten würde, wusste er auch nicht so recht. Wahrscheinlich würde er erst einmal den Rest seines Dienstes am Tirionpass ableisten müssen. Und sicher würde er sich einen Rüffel einhandeln, weil er mit Lorin eigenmächtig weiter gezogen war. Und nicht nur seinen militärischen Vorgesetzten, auch Sigbert Klingsporn, seinem Meister, würde er Frage und Antwort stehen müssen. Und natürlich Robins Vater. Nun gut, er hatte nur das befolgt, was Lorin, Robin und Boffo entschieden hatten. Doch diese drei waren jetzt nicht mehr da. Er allein würde alle Verantwortung übernehmen müssen. Zwar hatte er ein Empfehlungsschreiben mit dem Siegel Fürst Borotils erhalten. Doch ob ihm das zuhause viel nützen würde? Ein flaues Gefühl beschlich ihn. Am besten würde es sein, wenn er sich nicht zu viele Gedanken machte.

Vor zwei Tagen waren Lorin und die anderen aufgebrochen. Ja, er hatte die Zeit seither genutzt und es sich richtig gut gehen lassen. Mit Faulenzen, Bummeln gehen und mit Geschenken einkaufen. Sein Anteil am Verkaufserlös der Diamanten hatte ihm einiges eingebracht. Geld hatte er jetzt so viel, wie noch nie in seinem Leben. Und schöne Dinge hatte er zuhauf gesehen in den Straßen Largons. Doch irgendwie hatte ihn das alles nicht recht befriedigen können. Wehmut hatte ihn beschlichen. Und die beschlich ihn auch jetzt, als er sich erhob, um zu packen. Er kam sich unnütz, leer und unvollständig vor. Die Freunde fehlten ihm. Und das Abenteuer ging ohne ihn weiter.

Bert ließ sich Zeit. Als er seine wichtigsten Sachen verstaut und sein Gepäck geordnet hatte war es Mittag geworden. Er beschloss, Essenspause zu machen. Im Speisesaal war wenig Betrieb. Einige Bedienstete saßen bei Tisch, doch von den höheren Hofbeamten war keiner zu sehen. Bert setzte sich allein an einen der Tische. Sofort kam ein Diener und stellte Speisen und Getränke vor ihn hin. Es gab gebackene Fischbällchen mit verschiedenen Saucen. Als Vorspeise. Doch Bert winkte bereits nach dem ersten Gang ab. Er nippte an einem Glas kühler Limonade. Auch die wollte ihm nicht recht schmecken. Er dachte daran, wie köstlich ihm manche einfache Mahlzeit in Gesellschaft der Gefährten geschmeckt hatte. Und danach sehnte er sich.

Bert stand auf und ging zurück zu seiner Unterkunft. Über einen langen Korridor kam er in den Wohnhof mit den Gästezimmern, von denen jetzt nur noch sein eigenes bewohnt war. Doch auch aus den anderen Zimmern der ersten Etage kamen Geräusche. Es waren Bedienstete, die putzten und die Betten machten. Bert beschloss, zu warten. Er setzte sich im Innenhof auf eine Bank und lauschte dem Plätschern des Brunnens.

»Herr, gehört das hier Euch?« Bert schaute auf. Vor ihm stand ein junger Diener. In der Hand hielt er ein Lederriemchen, an dem eine kleine Figur baumelte. Bert hatte das Gefühl, als hätte ihn ein Blitz berührt.

»Wo hast du das gefunden?« Bert war aufgesprungen und der erschrockene Diener war einen Schritt zurückgewichen.

»Nun Herr, es hing über dem Pfosten eines der Betten, welche wir gerade neu beziehen. Ich dachte, wenn dieser Anhänger nicht die Eure ist, wüsstet Ihr vielleicht, wem er gehört.«

»Und ob ich das weiß!«, rief Bert. Er griff nach dem Figürchen und klopfte dem Diener auf die Schulter. »Danke!« Dann griff er in seine Tasche und gab dem vollständig verwirrten Domestiken eine Goldmünze. Der Diener begab sich zurück an seinen Arbeitsplatz und Bert setzte sich. Er hielt die Figur in beiden Händen vor sich und betrachtete sie genau. Bisher hatte er sie nur an Robins Hals gesehen. Es war ganz ohne Zweifel Robins Tiriphe. Er wusste, wie wertvoll sie für Robin war. Und er ahnte, dass sie eine wichtige Rolle in ihrem ganzen Unternehmen spielte oder vielleicht noch spielen würde. Und plötzlich war ihm auch klar, was er zu tun hatte. Nein, was er tun wollte! Er würde Robin das Amulett bringen. Koste es was es wolle. Fornland musste warten.

Bert überlegte. Die anderen hatten eineinhalb Tage Vorsprung. Aber nur, wenn er sofort aufbrach. Er durfte keine Zeit verlieren. Auch keine Zeit mit Audienzen und sonstigen Gesprächen. Er würde einen Brief schreiben. Auch wenn er darin keine Übung hatte.

Er eilte in sein Zimmer. Schreibzeug und Papier stand auf einem Sekretär in der Ecke. Und Bert schrieb. Er bat vielmals um Verständnis, er müsse seinen Gefährten etwas sehr wichtiges nachliefern. Und er hoffe, sie in Nergath zu treffen. In vierzehn Tagen käme er wieder. Möglicherweise aber auch später. Dann setzte er seine Unterschrift darunter, steckte das Papier in einen Umschlag und adressierte diesen an den Oberhofmeister Sirlog Maturin. Den Umschlag gab er einem der Diener, zusammen mit einem Geldstück und der Maßgabe, diesen erst nach seiner Abreise abzuliefern.

Alles Weitere ging sehr schnell. Bert ließ sein Pferd satteln und schlüpfte in seine Reisekleidung. Dann nahm er das nötigste Gepäck, seine wichtigsten Utensilien, genügend Proviant und seine Waffen und lud alles auf sein Reittier. Fast alle seine Einkäufe, die er jetzt als unnütz erachtete, ließ er zurück. Und als er schließlich aus dem Tor des Palastes trabte, fühlte er sich unendlich erleichtert.

Als er an der Herberge Zur Einkehr vorbei ritt, kam Clothilde an den Rand der Koppel galoppiert. Bert stieg ab und strich dem Tier über die Nüstern.

»Du glaubst sicher, dass du mit mir mitkommen darfst. Aber du wirst noch hier bleiben müssen. Doch irgendwann hol ich dich ab. Und dann geht's nach Hause. Versprochen!«

Clothilde wieherte leise und es sah so aus, als würde sie mit dem Kopf nicken. Bert band sein Pferd an den Zaun und ging zum Eingang der Herberge, wo ihm die Wirtin entgegenkam.

»Guten Tag, Frau Elka. Kann leider nicht reinkommen, denn ich hab's eilig. Meine Reisepläne haben sich geändert. Ich muss nach Nergath. Clothilde werde ich noch einige Zeit Eurer Obhut anvertrauen müssen. Wenn es Euch recht ist.«

»Ist es«, erwiderte die Wirtin. »Der Herr Boffo hat bereits für lange Zeit dafür bezahlt. Holt das Maultier ab, sobald es Euch genehm ist.«

»Danke«, sagte Bert. Dann stieg er auf, winkte und ritt davon. Die Wirtin sah ihm nach und schüttelte den Kopf.

Den größten Teil des Weges nach Nergath ließ Bert sein Pferd in schnellem Schritt gehen. Nur hin und wieder legte eine Strecke im Trab zurück. Er achtete darauf, dass das Tier, welches diese Entfernungen nicht gewohnt war, bei Kräften blieb. Zu diesem Zweck hatte er auch einige Tagesrationen Haferschrot mitgenommen. Und nachts ließ er dem Pferd genügend Zeit zur Erholung.

Am Ende des fünften Tages seiner Reise erreichte er die Einmündung der Straße aus dem Lerdwald und am Mittag des sechsten Tages die fruchtbareren Gegenden. An einem Wegstein machte er Halt. ›16 Meilen bis Nergath‹ stand darauf. Das würde er vielleicht bis morgen Mittag schaffen. Aus dem nahegelegenen Ziehbrunnen schöpfte er einen Eimer Wasser. Dann tränkte und fütterte er sein Pferd. Als er damit fertig war lehnte er sich an den Wegstein, aß eine Kleinigkeit und trank einige Schlucke aus seiner Wasserflasche. Eigentlich hätte er sich müde fühlen müssen. Mit schmerzenden Gliedern und Rücken. Denn noch nie war er eine so lange Strecke an einem Stück geritten. Doch seltsamerweise fühlte er sich kräftig und ausgeruht. Er griff nach Robins Tiriphe, die er sich um den Hals gehängt hatte. Irgendwie hatte er den Eindruck, dass sie ihm dieses gute Gefühl verlieh. Oder bildete er sich das vielleicht auch nur ein. Vielleicht könnte sie ihm ja sogar den Weg zu den Gefährten weisen. Als sein Blick auf das Figürchen fiel, stutzte er. Das Symbol, das es in Händen hielt, schimmerte bläulich.

Bert erschrak. Er wusste, dass dieser Figur geheimnisvolle Kräfte innewohnten. Robin hatte öfters davon gesprochen. Doch nur unbestimmt und ohne genauer auf ihre Eigenschaften einzugehen. Aber dass ihr Leuchten Gefahr signalisierte, hatte er erwähnte. Doch Gefahr für wen? Für ihn selbst? Schließlich war jetzt er ihr Träger. Oder für Robin? Oder für die Aufgabe der Gemeinschaft? Jedenfalls war es höchste Zeit zu handeln. Er musste die Gefährten schnellstens finden.

Bert ließ dem Pferd nur eine Stunde Ruhepause. Dann machte er sich wieder auf den Weg. Gegen Abend erreichte er die ersten bestellten Felder. Zwei weitere Stunden Rast gönnte er dort seinem Reittier. Als es zu dämmern begann, machte er sich auf zur letzten Etappe seiner Reise.

Selbst nach Einbruch der Dunkelheit konnte Bert die Einzelheiten der Straße gut sehen, denn Mond und Sterne schienen hell. Es musste bereits nach Mitternacht sein, als Bert zu seiner Rechten einen ausgedehnten See wahrnahm. Und vor sich sah er die Mauern Nergaths. Vom Stadttor her hörte er Lärm. Bert sah auf die Tiriphe. Sie leuchtete jetzt hellblau und strahlend. Er spornte sein müdes Pferd an und trieb es durch das Wasser des übergetretenen Flusses. Auf dem Scheitel des Brückenbogens hielt er inne. Aus dem Tor rannten Soldaten, bewaffnet mit Speeren und Bögen. Bert konnte einige Wortfetzen ihrer Rufe verstehen. Er hörte etwas von »Gefangenen«, »fliehen« und »Floß«. Er sah auf den Iruhin und erblickte tatsächlich ein Floß. Vier Gestalten kauerten darauf. Drei Männer und ein Kind. Nein! Das war kein Kind! Es war Boffo! Ohne jeden Zweifel. Jetzt erkannt er auch Lorin und Bero. Und einen, der wie Robin aussah, aber ein langes Hemd trug. Vom Ufer schoss man auf sie. In diesem Moment durchströmte Bert ein kraftvolles Gefühl von Entschlossenheit und Tatendrang. Er musste jetzt helfen. Und vor allem: er wollte dort mit!

Er zog sein Schwert und trieb sein Pferd mit aller Kraft vorwärts. Am Ende der Brücke schwenkte er nach links und folgte der Kaimauer und, als diese aufhörte, dem Flussufer. Einige Soldaten überholte er, ohne ihnen Aufmerksamkeit zu schenken. Sollten sie doch glauben, er wäre einer von ihnen. Als er die Höhe des Floßes erreicht hatte, zügelte er sein Reittier. Einen, der gerade auf die Fliehenden zielte, stieß er mit dem Fuß zu Boden. Ein anderer drehte sich mit gespanntem Bogen und aufgelegtem Pfeil zu Bert um. Doch dessen Schwert sauste bereits durch die Luft und zerschnitt den Bogen des Schützen wie Butter. Von den Einzelteilen seiner eigenen Waffe wie vom Blitz getroffen sank dieser zu Boden.

»Lorin, Bero, ich bin hier!«, schrie Bert und trieb sein Pferd erneut an, zwei der Soldaten über den Haufen reitend. Jetzt endlich hatten sie ihn erkannt.

»Lass das Pferd laufen, nimm deine Sachen und komm rüber«, schrie Lorin. Bert sah, wie Lorin und Bero aus Leibeskräften ruderten und der Bursche im Hemd einige Pfeile in Richtung Ufer abschoss. Er preschte voran, bis zu einer Stelle, die dem Floß etwa zweihundert Schritt voraus war. Dort zügelte er sein Pferd, sprang ab, löste den Gurt und ließ den Sattel samt allem

Gepäck zu Boden gleiten. Dann entließ er das keuchende Tier.

Das Floß näherte sich dem Ufer. Als es nahe genug war, warf Bert sein gesamtes Habe hinüber. Dann sprang er selbst. Augenblicklich legten sich Bero und Lorin in die Ruder und lenkten das Gefährt zurück zur Flussmitte. Die Gefährten hatten Bert wieder, und er hatte sie.

Sie nahmen schnell an Fahrt auf. Die Verfolger am Ufer wurden weniger, blieben schließlich ganz zurück. Nur heißere Rufe drangen noch durch die Nacht. Bert ließ sich auf das Deck sinken und atmete schwer.

»Du hier, Bert?«, fand Lorin als erster Worte. »Wir dachten, du wärst längst auf dem Weg nach Eldar.«

»Wie man sieht, bin ich's nicht«, antwortete Bert mit gepresster Stimme.

»Aber warum hast du deine Meinung geändert?, wollte Robin wissen. »Hattest du Probleme in Largon oder gab es Unstimmigkeiten mit Fürst Borotil.«

»Keines von beiden«, antwortete Bert. »Ich dachte nur, du würdest das hier vermissen, und es wäre wichtig für dich.« Mit diesen Worten nahm er das Figürchen vom Hals und hielt es Robin entgegen. »Hier hast du deine Tiriphe. Doch wenn ihr *mich* nicht wollt, dann sagt es und lasst mich irgendwo aussteigen.« Seine Stimme stockte. Und Tränen stiegen ihm in die Augen.

»Was redest du denn?!«, rief Robin. »Ich bin so froh, dass du wieder hier bist. Und wenn auch du es willst, werden wir zusammen weiterreisen und gemeinsam unser Abenteuer bestehen.«

Er ging zu Bert, kniete nieder und legte den Arm um ihn. Auch die anderen kamen herbei, klopften Bert auf die Schultern und gaben ihm aufmunternde Worte. Das Floß trieb schnell, gerade und ohne fremde Hilfe in der Mitte des Iruhin. Bert fühlte ein unbeschreibliches Gefühl der Erleichterung und der Freude in sich aufsteigen. Wie weggeblasen waren all seine Zweifel und nur noch ein Gedanke beseelte sein Inneres: zusammen mit den Gefährten wollte er den Weg bis zum Ende gehen.

Zweiundzwanzigstes Kapitel

Die Festung der Trok

»Wie siehst du überhaupt aus?« Verwundert schaute Bert auf Robin, der im Hemd und mit zerschundenem Gesicht neben ihm am Boden des Floßes kauerte.

»Wie eben einer aussieht, der einen Tag lang in den Verliesen Nergaths schmachten musste«, erwiderte Robin. »Aber gut, dass du mich daran erinnerst.« Er stand auf, wühlte im Gepäckhaufen und begann damit, seine Sachen zusammenzusuchen. Dann streifte er das schmutzige Leinenhemd ab, wusch sich in den Fluten des Iruhin und legte seine gewohnte Kleidung an. Dabei schilderte er in knappen Sätzen die Ereignisse der vergangenen zwölf Stunden. Bert lauschte mit offenem Mund und von Zeit zu Zeit schüttelte er ungläubig den Kopf.

»Ja, kaum zu glauben«, fügte Lorin hinzu, als Robin geendet hatte. »Und wenn wir Boffo nicht gehabt hätten, säßen wir wohl jetzt alle in Nergaths Kerkern. So wie die Boten Fürst Borotils. Das Schicksal sei ihnen gnädig.«

»Und wie seid ihr zu diesem Floß gekommen«, wollte Bert wissen.

»Wenn du es dir genau besiehst, wird es dir sicher bekannt vorkommen«, erwiderte Boffo. »Es ist *unser* Floß. Ebenjenes, welches wir eigenhändig an den Gestaden von Ormor gebaut haben. Wie man sieht, hat es die Reise durch die Kohirschlucht überstanden. In Nergath hat man es offensichtlich aus dem Wasser gezogen und ihm eine Verschönerungskur verpasst. Ich vermute, dass man es als Fährfloß auf dem vom Iruhin über-schwemmten Land benutzt hat. Seine letzten Besitzer werden es wohl vermissen.«

»Uns kommt es jedenfalls sehr gelegen«, stellte Robin fest. »Und als Ausgleich haben wir immerhin unsere Pferde zurückgelassen. Wer auch immer sich ihrer bemächtigt, wird sicher seine Freude daran haben.«

Er nahm das Gefährt genauer in Augenschein, soweit dies im fahlen Licht des Mondes möglich war. Man hatte sich wirklich alle Mühe gegeben. Sogar zwei Bänke waren auf den glatten Brettern des Decks befestigt und dazwischen stand auf einem Dreibein eine eiserne Feuerschüssel.

Die Nacht war warm und windstill. Die fünf saßen auf den Bänken des Floßes und aßen von den mitgebrachten Vorräten. Als sie fertig waren, holte Lorin zur Überraschung der anderen zwei Flaschen Wein aus seinen Satteltaschen hervor.

»Der edelste Tropfen, den ich in Largon finden konnte«, sagte er. »Glücklicherweise sind die Flaschen heil geblieben.« Er füllte die Becher der Gefährten und zuletzt seinen.

»Unter diesen Umständen muss ich deine Weitsicht loben«, sagte Boffo. »Obwohl ich dich eigentlich tadeln müsste. Schließlich ist unser Gepäck knapp bemessen und Luxusgüter bedeuten nur unnötiges Gewicht.«

»Na, so was!« Lorin tat erstaunt. »Seit wann bist *du* denn leiblichen Genüssen abgeneigt? Ich wette, du hast dir eine reichliche Portion Tabak aus Largon mitgenommen.«

»Hab ich«, entgegnete Boffo. »Der wiegt aber nicht so viel. Ebenso wenig, wie die Tüte Kaffee, der vor allem euch in den nächsten Wochen zugutekommen wird.«

»Du musst dich wirklich nicht entschuldigen«, sagte Lorin mit gespieltem Ernst. »Wir haben alle unsere kleinen Schwächen.«

Die anderen grinsten und selbst Boffo musste schmunzeln. Tatsächlich zündete er sich ein Pfeifchen an und blies einige Rauchwolken über das nachtschwarze Wasser. So saßen sie beieinander, nippten aus ihren Bechern und sprachen über ihre Erlebnisse seit ihrem Aufbruch von Largon. Der Fluss zog ruhig seine Bahn. Nur bisweilen, wenn eine der wenigen Biegungen in

Sicht kam, ergriffen Lorin und Bero die beiden Ruder und hielten mit wenigen Schlägen das Floß auf Kurs.

Robin schaute ihnen dabei zu. Und er sah mit Freude, dass die beiden harmonisch und freundschaftlich zusammenwirkten. Schon bei seiner Befreiung aus dem Turm war ihm aufgefallen, dass die tragende Rolle, die Bero dabei zugekommen war, diesen mit Stolz erfüllt hatte. Ganz besonders im Angesicht der Gefahr. Und Lorin hatte Beros Leistung offensichtlich anerkannt. Derzeit jedenfalls war von den kleinen Eifersüchteleien und Spitzfindigkeiten, mit denen sich die beiden in der Zeit vor Largon und noch auf dem Weg nach Nergath bedacht hatten, nichts mehr zu bemerken.

»Schade, dass wir kein Feuerholz haben«, stellte Bert fest, als sich Lorin und Bero wieder niedergelassen hatten. »Jetzt, da wir sogar eine Feuerstelle haben.«

»Ich denke nicht, dass es klug wäre, nachts hier Feuer zu machen«, antwortete Boffo. »Zum einen könnten wir gesehen werden. Zum anderen würden wir selbst viel schlechter sehen, weil uns das Feuer blenden würde. Zum dritten wissen wir nicht, ob uns berittene Truppen aus Nergath folgen. Vielleicht schicken sie auch Boote hinter uns her. Anzulanden, um Holz zu sammeln, wäre deshalb nicht ratsam. Wir würden Zeit verlieren und uns damit unnötig in Gefahr bringen.«

»Wie schnell glaubst du, kommen wir momentan voran?«, wollte Lorin von Boffo wissen.

»Nun, der Fluss ist hier wesentlich breiter, als an seinem Oberlauf. Er fließt deshalb auch langsamer. Ich schätze, wesentlich mehr als eine Meile in der Stunde legen wir nicht zurück.«

»Dann wäre es kein großes Problem für Prinz Lainoks Soldaten, uns zu folgen«, wandte Bero ein. »Selbst zu Fuß, ganz zu schweigen von berittenen Truppen.«

»Im Prinzip nicht«, erwiderte Boffo. »Und ich glaube auch, dass sie das tun werden. Sie sind wohl fürs Erste nur zurückgeblieben, weil das Ufer unwegsam wurde. Und weil es an Land dunkler ist als hier auf dem Fluss. Ich hoffe zudem, Robin hat mit seinem Bogen ihren Verfolgungsdrang nicht zu sehr angestachelt.«

»Habe ich nicht«, entgegnete Robin. »Obwohl ich große Lust gehabt hätte, einige von diesen Kerlen für immer ruhig zu stellen. Ein paar Warnschüsse waren ausreichend, ihren Vorwitz zu zügeln. Zumindest wissen sie jetzt, dass wir in der Lage sind, uns unserer Haut zu wehren.«

»Ich glaube eher, sie warten mit der Verfolgung bis zum Tagesanbruch«, vermutete Lorin.

»Das käme uns sehr gelegen«, sagte Boffo. »Die Zeit ist auf unserer Seite. Denn unser Vorteil ist die ständige Bewegung. Wenn wir den kommenden Tag und die folgende Nacht ohne Pause durchfahren, können wir in dieser Zeit eine Strecke von 35 Meilen oder mehr bewältigen. Für Fußvolk ist das nicht zu schaffen. Und selbst Pferde hätten mit einer solchen Entfernung größte Mühe.«

»Dann sollten wir dies auch tun«, stimmte Robin zu. »Ich meine, ohne anzuhalten weiterfahren. Vielleicht sogar bis zu unserem Ziel. Falls wir ein bestimmtes haben.«

»Das haben wir.« Boffo nickte. »Ich habe die Karte genau studiert. Wir fahren bis dorthin, wo der Turon in den Iruhin mündet. Dort beginnt ein Weg. Vielleicht ist es auch nur ein Pfad. Entlang der westlichen Ausläufer des Bolgirgebirges, am Rande der Nalidwüste, führt er nach Nordwesten bis zum Fluss Lesir und an seinen Ufern bis zu den Gollwydbergen. Dort treffen wir wieder auf die Straße, die von Nergath kommt. Und haben wir diese erreicht, dann werden wir mit Glück auch das letzte Stück Wegs bis nach Arangion hinter uns bringen.«

»Aber war es nicht gerade das, wovor uns Fürst Borotil warnte«, wandte Lorin ein. »Das Gebiet, in dem der Turon in den Iruhin mündet. Eben dort, wo die Trokrebellen ihr Unwesen treiben sollen.«

»Das weiß ich«, erwiderte Boffo. »Doch sagte er auch, die Fahrt bis nach Sarnur am Nurischen Meer wäre nicht weniger gefährlich. Und ein Weiterkommen von dort ungewiss. Jedenfalls erscheint mir der Weg über die Gollwydberge als der kürzere. Und gefährlich ist unsere Fahrt allemal, ganz gleich, welche Route wir wählen.«

Eine leichte Prise kam auf und Robin fröstelte. Und er wurde gewahr, dass der Wind mit dem Fluss wehte. Er sah auf seine Tiriphe. Selbst das schwache Leuchten, das noch von ihr ausgegangen war, als Bert sie ihm zurückgegeben hatte, war jetzt verschwunden. Es drohte also keine unmittelbare Gefahr. Die Anspannung des vergangenen Tages fiel nun von ihm ab und große Müdigkeit überkam ihn. Er hüllte sich in seine Decke.

»Du kannst ruhig ein wenig schlafen«, sagte Bero. »Mehr als wir alle hast du jetzt Ruhe nötig. Lorin und ich werden wach bleiben. Und danach Boffo und Bert.«

Robin nickte dankbar. Er streckte sich auf den Planken des Decks aus, bettete seinen Kopf auf ein Bündel und schlief ein.

Als Robin erwachte, stand die Sonne bereits hoch im Osten. Aber sie schien nicht so hell und klar, wie am Vortag. Ein Schleier umgab sie. Auch die Ufer des Flusses schienen Robin jetzt weiter entfernt, als in der vergangenen Nacht. Zweifelsohne war der Iruhin breiter geworden. Er hatte Zulauf bekommen und die Wasser, die bei Nergath noch die Felder überschwemmt hatten, fanden jetzt Platz in seinem Bett. Er hatte sich zum Strom gewandelt. Das Land entlang seiner Ufer war flach. Und es schien fruchtbar zu sein, denn grüne Auen durchzogen es. Aber es gab keine bestellten Felder und auch keine andere von Menschen kultivierte Landschaft. Weder Städte noch Dörfer säumten seine Gestade.

Robin erhob sich, streckte sich und wusch sich das Gesicht im kalten Wasser des Flusses. Lorin und Bero schliefen noch. Am Heck des Floßes standen Boffo und Bert und schauten stromaufwärts. Robin gesellte sich zu ihnen.

»Früher oder später musste es so weit kommen«. sagte Boffo. »Die Großwetterlage hat sich geändert und wir haben Nordostwind.«

»Selten genug in unseren Breitengraden«, ergänzte Bert. »Aber jetzt ist er eben da. Vielleicht hält er ja nicht lange an.«

Weit hinter Nergath, beinahe schon dort, wo er den Beginn des Taurongebirges vermutete, sah Robin eine dunkle Wolkenwand.

»Die armen Bewohner des Lerdwaldes«, sagte er mehr zu sich selbst. »Jetzt werden sie auch in Einod, Cohend und Koss dunklere Tage erleben.«

»Nicht nur dort.« Boffo ließ seinen Blick nach Osten wandern. »Ich befürchte, dass nun auch die Leute in Largon, wenn nicht gar in Nergath den Launen des Tarantuil ausgesetzt sein werden.«

»Umso mehr Ansporn für uns, unsere Aufgabe voran zu bringen«, sagte Bert.

»Ein guter Vorsatz«, entgegnete Robin leichthin. »Doch hat das Zeit bis nach dem Frühstück! Schade, dass wir in Nergath nicht einkaufen konnten. Eier mit Speck wären mir jetzt höchst willkommen. Aber ohne wird's auch gehen. Als Ersatz dafür könntest du uns einen anständigen Kaffee brauen, Boffo.«

»Das würde ich gerne tun«, erwiderte der Elm. »Wenn jemand für Brennholz sorgt.«

»Das lässt sich einrichten«, sagte Bert. »Ich denke, eines dieser Bretter können wir entbehren.«

Die kostbare Axt aus der Schatzkammer Ormors hatte er mit sich geführt, seit sie dieses Floß gebaut hatten. Und oft hatte sie ihnen gute Dienste geleistet. Bei ihrem Abschied in Largon hatte er sie den Gefährten überlassen. Aber jetzt war Bert wieder da. Und jetzt nutzte er sie, um die hinterste Planke vom Deck des Floßes abzulösen und zu Kleinholz zu verarbeiten. Bald loderten kleine Flammen aus der Feuerschale. Während Robin die Vorräte ausbreitete begann Boffos Kaffee zu duften und weckte Lorin und Bero. Wenig später saßen alle fünf ums Feuer, aßen und tranken und blickten hoffnungsvoll einem neuen Tag entgegen.

»Sie sind da!« Boffo deutete zum westlichen Ufer des Flusses. Dorthin, wo die Sonne bereits tief stand und im Begriff war, hinter den fernen Hügelketten des Bolgirgebirges zu verschwinden. Robin hielt sich die Hand schützend über die Augen. Jetzt sah er sie: ein Dutzend Reiter, halb verdeckt von Bäumen und Sträuchern. Bero und Lorin standen an den Rudern und begannen, das Floß näher in Richtung des entgegengesetzten Ufers zu lenken.

»Wundert mich, dass sie nicht schon eher gekommen sind«, bemerkte Robin.

»Mich wundert das nicht«, erwiderte Boffo. »Die Straße von Nergath verläuft nicht direkt entlang des Iruhin, sondern viel weiter westlich. Wo die Gegend weniger sumpfig ist. Diese Reiter haben sichtlich Mühe, dem Ufer zu folgen.«

Jetzt fiel es auch Robin auf. Die Verfolger kamen merkwürdig langsam voran. Immer wieder verschwanden sie ins Hinterland, um sich an einer baumfreien Stelle wieder dem Fluss zu nähern.

»Ich schätze, sie können ihre Ungeduld kaum noch zügeln«, sagte Boffo mit besorgtem Blick auf das Geschehen am Ufer. »Sie werden bei nächster Gelegenheit angreifen. Bleibt wachsam!«

Er sollte recht behalten. Die Reiter waren ein Stück Wegs vorausgeritten und an einer baumfreien Stelle abgesessen. Als sie auf gleicher Höhe waren, zischte der erste Pfeil durch die Luft und fuhr mit einem saugenden Geräusch ein gutes Stück vor dem Floß ins Wasser. Daraufhin erhob sich eine Pfeilwolke vom westlichen Ufer, durchmaß in hohem Bogen die Luft und prasselte in den Fluss. Einer der Pfeile traf das Floß und blieb in einem der Baumstämme stecken.

»Nicht schlecht!«, entfuhr es Robin. Er schätzte die Entfernung zu den Verfolgern auf 40 und die gesamte Breite des Flusses auf 60 Ruten.

Lorin und Bero steuerten das Floß noch näher ans östliche Ufer. Eine zweite Pfeilsalve durchschnitt die Luft, erreichte das Gefährt jedoch nicht mehr. Wütendes Geschrei drang von den Angreifern herüber.

»Sie haben weder ihre besten Reiter, noch ihre besten Bogen-schützen geschickt. Und sind noch dazu schlechte Verlierer«, sagte Lorin verächtlich.

»Ich denke, das können wir besser«, fügte Bero hinzu. »Wir wär's? Sollen wir ihnen einen Denkzettel verpassen?«

»Nein!«, antwortete Boffo. »Noch nicht. Habt etwas Geduld. Möglicherweise löst sich unser Problem von ganz allein.«

Noch zwei Pfeilsalven schossen die Verfolger in Richtung des Floßes ab. Dann saßen sie auf und zogen sich zurück.

»Sehr vernünftig«, sagte Bert. »Sieht so aus, als geben sie auf.«

»Darauf würde ich mich nicht verlassen«, sagte Boffo. »Bleibt auf der Hut und haltet euch nahe am diesseitigen Ufer. Die Dunkelheit könnte unsere Verbündete sein. Doch könnte sie auch einige Überraschungen für uns bereithalten.«

Die Schwertläufer blieben wachsam und am meisten Boffo, der vorne am Bug kauerte und in die Nacht lauschte. Das Floß trieb gemächlich in Ufernähe dahin. Gegen Mitternacht lösten Robin und Bert Lorin und Bero an den Rudern ab. Bis zum Morgen blieb alles ruhig. Nur das verschlafene Keckern einiger aufgeschreckter Reiher war von Zeit zu Zeit aus dem Geäst der vorbeiziehenden Bäume zu hören. Bei Sonnenaufgang legten sie am Rande eines Auwaldes an und sammelten so viel Brennholz, wie sie in einer halben Stunde zusammentragen konnten. Dann lenkten sie das Floß in die Mitte des Stromes und nahmen wieder schnellere Fahrt auf. Robin warf einen Blick auf seine Ti-riphe. Sie zeigte keinerlei Reaktion.

»Was für ein herrlicher Ausflug! Und endlich gibt es wieder geregelte Mahlzeiten! Wie lange dauert's denn noch, bis das Essen fertig ist?« Bero lag auf den Holzbrettern des Decks und schaute in den Himmel. Bert widmete sich mit Hingabe seiner Lieblingsbeschäftigung, dem Angeln. Robin und Lorin standen an den Rudern und hatten nicht viel zu tun. Boffo war während-dessen um die Küche besorgt. Auf die Glut des Holzfeuers hatte er seine Eisenpfanne gesetzt, in der ein halbes Dutzend Fische einträchtig nebeneinander vor sich hin schmurgelten. Der Duft von Gewürzen und einer leichten Prise Knoblauch lag in der Luft.

»Du wirst dich noch etwas gedulden müssen«, antwortete Boffo. »Doch wenn du mithilfst, geht's vielleicht schneller.«

»Dann gedulde ich mich lieber noch etwas«, antwortete Bero und grinste. Dennoch stand er auf und ging Boffo zur Hand. Er füllte Wasser in einen Topf, gab einige Hände voll grob geschroteten Weizen hinein und setzte ihn auf die Feuerstelle. Als das Ganze zu einem Brei aufgekocht war, gab er Zucker, Salz und einige Trockenfrüchte hinzu. Dann setzten sie sich zum Essen.

»Wir haben jetzt gut die Hälfte unserer Wasserreise hinter uns.« Boffo deutete auf eine Felsformation, die zu ihrer Rechten langsam vorbei glitt. Sie hatte die Form eines lang gestreckten, ruhenden Tieres und der steil aufragende Felssporn an ihrem Ende glich dem aufgereckten Hals eines urzeitlichen Ungeheuers.

»Der Drachenfels!«, sagte Boffo. »Er markiert die Grenze des Landes Norien. Ab hier beginnt wildes, unregiertes Land. Bewohnt von Stämmen verschiedener Völker und Rassen, die untereinander mehr oder weniger freundliche Verbindungen pflegen und bisweilen auch ihre Meinungsverschiedenheiten in blutigen Fehden austragen.«

»Gehören die Trok auch dazu?«, wollte Lorin wissen.

»Ja«, antwortete Boffo. »Doch nehmen sie eine Sonderstellung ein. Fürst Borotil bezeichnete sie als Rebellen, weil sie sich gegen die Hoheit Nergaths auflehnten. Doch unsere Quellen besagen, dass sie die eigentlichen Ureinwohner dieser Gegend sind. Ihre Siedlungsgebiete reichten einst bis in den Süden Noriens hinein und sie selbst halten sich für die ursprünglichen Besitzer dieses Landes. Richtig ist, dass sie ein räuberisches und grausames Volk sind. Wir müssen alles daran setzen, ihnen aus dem Weg zu gehen. Doch anders, als bei den Noriern werden wir uns mit allen Mitteln verteidigen, falls sie uns angreifen. Denn man sagt, sie kennen keine Gnade.«

»Schöne Aussichten sind das«, sagte Bert. Die anderen schwiegen betreten. Robin schaute zum westlichen Ufer des Iruhin hinüber, wo die Ausläufer des Bolgirgebirges stetig näher rückten. Die Gegend schien ihm jetzt nicht mehr lieblich, sondern bedrohlich. Und er hatte den Eindruck, der unbeschwerte Abschnitt ihrer Fahrt war so schnell wieder vorüber, wie er gekommen war.

Eine weitere Nacht und den folgenden Tag setzten sie ihre Flussfahrt fort. Gegen Abend des dritten Tages ihrer Wasserreise gab Boffo das Kommando zum Anlegen. Am östlichen Ufer befestigten sie das Floß und gingen an Land. Die Gegend war weitgehend flach, doch dicht mit Strauchwerk bewachsen und unübersichtlich. Aber ganz in ihrer Nähe erhob sich ein niedriger Hügel. Diesen erklommen sie und Boffo deutete zum östlichen Horizont. Dort konnten sie erkennen, wie in großer Entfernung aus dem Dunst eine blassgrüne Linie auftauchte, näher kam und einige Meilen weiter südlich dem Iruhin zustrebte.

»Das ist der Turon«, sagte Boffo. »Und wo er in den Iruhin mündet, ist Trokland. Wir werden deshalb hier warten, bis es Nacht geworden ist. Dann passieren wir diese Stelle im Schutze der Dunkelheit und gehen, hoffentlich unbemerkt, unterhalb der Turonmündung an Land. Von dort aus müssen wir unsere Reise zu Fuß fortsetzen.«

Sie bereiteten ihr Abendessen. Feuer zu machen wollten sie in dieser Gegend nicht riskieren. Deshalb aßen sie von den mitgebrachten Vorräten: Zwieback, Käse und luftgetrocknetes Fleisch. Das restliche Tageslicht nutzten sie, um ihre Ausrüstung zu sortieren.

»Nehmt nur das Notwendigste mit«, mahnte Boffo. »Nur das, was ihr tragen könnt, ohne eure Bewegungsfreiheit allzu sehr einzuschränken. Denkt daran: wir haben keine Pferde, die uns beim Tragen helfen.«

»Dann müssen wir wohl oder übel das meiste hier lassen«, sagte Lorin. »Schade um viele der schönen Sachen, die wir in

Largon gekauft haben.«

»Sei's drum«, sagte Bero. »Einige der Dinge haben sich als nützlich erwiesen. Alles andere ist entbehrlich. Außerdem haben wir in den vergangenen Tagen nicht schlecht gelebt. Unsere Vorräte sind lange nicht mehr so üppig, wie bei unserer Abreise aus Largon.«

Nach Einbruch der Dunkelheit legten sie ein letztes Mal ab. Langsam trieb das Floß im Schutz des östlichen Ufers flussabwärts. Das westliche lag im Dunklen. Dort markierten die Umrisse großer Bäume den Beginn eines ausgedehnten Waldes, der sich als dunkler Schatten weit in das ansteigende Hinterland erstreckte. Und wo dieser Wald endete, erhoben sich die vom Mondlicht beschienenen Hänge des Bolgirgebirges.

Dann war das Ostufer verschwunden und augenblicklich wurde das Floß von einer starken Strömung ergriffen. Sie hatten die Turonmündung erreicht. Bero und Lorin standen an den Rudern und bemühten sich, das Floß gerade durch das unruhige Wasser zu steuern.

»Haltet auf das rechte Ufer zu!«, rief Boffo. »Wir dürfen nicht zu weit abgetrieben werden!«

Bero und Lorin ruderten, was ihre Kräfte hergaben. Dennoch dauerte es eine geraume Zeit, bis sich das Gefährt dem Westufer des jetzt fast doppelt so breiten Stroms näherte. Endlich fanden sie eine geeignete Stelle zum Anlegen. Im Schatten tief hängender Weidenäste tat sich ein Altwasserarm auf. In diesen lenkten sie das Floß. Dort blieb es nach kurzer Zeit unter dichtem, übers Wasser ragendem Buschwerk hängen. Die Schwertläufer zogen die Köpfe ein und Bert schlang das Anlegetau um einen geborstenen Baumstumpf. Um sie herum herrschte tiefe Dunkelheit. Robin suchte den Sirgenstein aus seiner Tasche hervor und legte ihn auf eine der Bänke. Er verbreitete mattes Licht.

»Kein schlechtes Versteck.« Bero blickte sich um.

»Damit erübrigt sich auch die Entscheidung, ob wir unser Fahrzeug behalten oder dem Iruhin übergeben sollten«, ergänzte Lorin. »In dieser Sackgasse stecken wir erst einmal fest.«

»Das ist auch gut so«, sagte Boffo. »Hier findet das Floß so schnell niemand und wer weiß, ob wir es nicht doch noch benötigen. Jetzt versucht ein wenig Ruhe zu finden, denn morgen werden wir sehr früh aufbrechen.«

Sie hüllten sich in ihre Decken. Für kurze Zeit lauschte Robin dem Konzert der Frösche. Dann wurden ihm die Augenlieder schwer. Doch eben, als er einschlummern wollte, rief ihn ein brennender Schmerz auf der Wange in die Wirklichkeit zurück. Und jetzt merkte er, dass die Luft nicht nur vom Gequake der Frösche, sondern auch von durchdringendem Sirren erfüllt war. An diesem Ort gab es etwas, wovor sie in den letzten Wochen verschont geblieben waren: Mücken! Auch die anderen waren wieder hellwach, fluchten und suchten sich unter klatschenden Geräuschen der Plagegeister zu erwehren.

»Du hast nicht zufällig noch das Mittelchen bei dir, welches uns Anfang Juni auf dem Weg nach Bahor so gute Dienste geleistet hat?«, fragte Robin hoffnungsvoll.

»Natürlich habe ich«, erwiderte Boffo. Er hatte das Döschen bereits aus seinem Knappsack hervorgesucht und warf es Robin zu. Der strich sich ein wenig von seinem Inhalt auf die Stirn und reichte es dem erstaunten Lorin weiter. »Verwende es sparsam, dann haben wir alle etwas davon.«

Von diesem Zeitpunkt an hielten die Mücken Abstand und die Schläfer konnten sich einer halbwegs geruhsamen Nachtruhe erfreuen.

Beim ersten Tageslicht waren sie auf den Beinen. Nun galt es, sich von allem überflüssigen Ballast zu trennen. Einige der Satteltaschen verwendeten sie als Tornister. Darin verstauten sie Verpflegung und ihre wichtigsten Habseligkeiten und banden Mäntel und Decken daran. Ihre Waffenbündel hängten sie über die Schultern. Bert entschloss sich nach reichlicher Überlegung, seine Axt mitzuschleppen. War sie doch ein Geschenk Robins und das einzige Erinnerungsstück aus dem Inneren Ormors. Vor allem aber überaus nützlich.

Nachdem sie ihre Trinkflaschen gefüllt hatten, machten sie sich auf den Weg. Robin warf einen wehmütigen Blick zurück auf das Floß, das nach wenigen Schritten im Dickicht der Uferbegrünung verschwand. Boffo ging voraus. Anfangs gab es weder Steig noch Pfad. Nur die Richtung schien dem Elm bekannt zu sein. Der Untergrund wurde fester und bald kamen sie an einen schmalen Weg. Teilweise zugewachsen zog er sich entlang des Flusses dahin. In früherer Zeit musste er breiter gewesen sein. Denn vereinzelt und verborgen unter Farnen und Moos lugte der eine oder andere Begrenzungsstein hervor.

»Das scheint mir die alte Straße zu sein, die von Sarnur am Nurischen Meer bis hinauf nach Nergath führt«, sagte Boffo. »Jetzt ist sie verwaist. Außer den Trok kommt wohl kaum noch jemand hier vorbei.«

Er überschritt den Weg und die anderen folgten ihm. Je weiter sie sich vom Ufer des Iruhin entfernten, umso höher und mächtiger wurden die Bäume und im gleichen Maße wurde das Unterholz lichter.

»Dies ist der Naurwald«, erklärte der Elm. »Ihn müssen wir durchqueren, bis wir den Westrand des Bolgirgebirges erreichen. Und dabei hoffen, dass wir den Trok nicht über den Weg laufen.«

Robin blickte zu den gewaltigen Kronen der Baumriesen empor. Wie die Decke eines gewaltigen Saales wölbte sich ihr Blätterdach über ihm und warf selbst geflüsterte Worte unnatürlich laut zurück. Bisweilen dachte er, mehr Stimmen zu hören, als die seiner Gefährten. So wie damals, als Tiriths Schlüssel seine Sinne schärfte. Unruhe überkam ihn und er warf einen heimlichen Blick auf die Tiriphe. Doch sie war blass und unauffällig und seine Furcht wich augenblicklich. Solange sie sich in der Wildnis bewegten, schienen sie sicher zu sein. Und Feuer oder andere Anzeichen bewohnter Plätze hatten sie am Vorabend vom Fluss aus nicht gesehen.

Nach zwei Stunden Fußmarsch rasteten sie im Schutz eines großen Findlings und nahmen eine erste Mahlzeit zu sich. Der

Dunst des Morgens hatte sich nicht aufgelöst und ein trüber Himmel schimmerte durch die wenigen lichten Stellen im Geäst der Bäume. Bereits zu diesem frühen Zeitpunkt des Tages war es warm und feucht. Aber die in Flussnähe so zahlreichen Mücken waren weniger geworden.

»Ich fühle mich, wie im Dampfbad von Koss.« Lorin wischte sich den Schweiß von der Stirn. »Am liebsten würde ich mich bis auf Hemd und Hose ausziehen.«

»Solange wir die Festung Drakor nicht hinter uns gelassen haben, würde ich dir davon abraten«, erwiderte Boffo. »Niemand weiß, welche Gefahren in dieser Gegend lauern.«

»Wie sollen wir da überhaupt unbemerkt vorbeikommen?«, wollte Bero wissen. »Du hast doch sicher einen Plan, Boffo.«

»Habe ich nicht«, erwiderte der Elm. »Ich habe diese Festung weder gesehen, noch habe ich von ihr gehört bis zu dem Zeitpunkt, als Fürst Borotil sie erwähnte. In meiner Karte ist sie dennoch eingezeichnet. Namenlos und wahrscheinlich uralt. Die Trok haben sich ihrer wohl erst in neuerer Zeit bemächtigt. Und sie zu ihrem Stützpunkt ausgebaut. Lasst uns abwarten, bis wir sie zu Gesicht bekommen. Dann werden wir beraten, wie vorzugehen ist.«

Sie gingen weiter. Bisweilen, wenn sie den Grund seltener Lichtungen durchschritten, konnten sie die Höhen des Bolgirgebirges durch die Baumwipfel schimmern sehen. Es war ihre einzige Orientierung in dieser unübersichtlichen Gegend. Endlich teilte sich das Blätterdach. Ein schmaler Streifen grauen Himmels erhellte einen Karrenweg, der sich vom Fluss kommend landeinwärts zog.

»Das ist unser Weg«, sagte Boffo. »Doch seid auf der Hut. Falls etwas Unvorhergesehenes passiert, schlagen wir uns in die Büsche. Und notfalls treffen wir uns am Floß wieder.«

Vorsichtig, einer hinter dem anderen, folgten sie den Karrenspuren und keiner von ihnen sprach ein Wort. Plötzlich blieb Boffo stehen. Robin, der den Schluss der Gruppe bildete, wandte sich um. Sehen konnte er niemanden. Doch dann hörte er es deutlich: Pferdegetrappel.

»Los! Verbergt euch!«, zischte Boffo. Sie sprangen ins Gebüsch. Robin drückte sich hinter einen Baum. Als das Geräusch der Pferdehufe näher kam, lugte er vorsichtig hervor. Da waren sie. Sie saßen auf untersetzten, kräftigen Pferden und kamen aus Richtung des Iruhin in eiligem Trab herangeritten. Die meisten von ihnen trugen Lederpanzer und darüber weite Umhänge. Auf den Köpfen hatten einige von ihnen federgeschmückte Helme mit Ohrenklappen und Nackenschutz. Andere trugen eine Art Wickelturban, wobei Mund und Nase in der Art der Wüstenvölker von Tüchern verhüllt waren. Robin zählte dreizehn Reiter. Nur drei oder vier von ihnen waren mit Bögen bewaffnet. Die anderen hatten Schwerter, Äxte und Streitkolben an den Gürteln hängen.

Kurz nachdem sie die Stelle passiert hatten, wo sich die Schwertläufer versteckten, hob einer der Reiter die Hand. Er war vollkommen kahlköpfig und der einzige, der auch sonst keine Kopfbedeckung trug. Aber seine Haut war mit Tätowierungen übersät. Seinen Lederpanzer zierte ein Leopardenfell und auch seine Sattelunterlage bestand aus dem Fell einer Raubkatze. Die Reiter blieben stehen und unterhielten sich in einer Sprache, die den Schwertläufern fremd war. Bisweilen deuteten sie in die Runde und der Anführer stieß kurze, befehlende Sätze aus. Dann ritten sie weiter und verschwanden so schnell, wie sie gekommen waren.

Die Schwertläufer und der Elm warteten eine Weile und kamen dann aus ihrem Versteck.

»Unsere Ankunft ist anscheinend nicht so unbemerkt geblieben, wie wir uns das erhofft hatten«, sagte Lorin.

»Das war leider zu befürchten«, sagte Boffo. »Aber diese Tatsache darf uns nicht davon abhalten, weiter unseren Weg zu suchen.«

»Doch muss es auf diese Weise sein?«, wandte Robin ein. »Wäre es nicht ratsamer, sich abseits des Wegs zu halten. Oder bis zur Dunkelheit zu warten. Notfalls wird uns der Sirgenstein Licht spenden.«

»Vielleicht«, antwortete Boffo. »Doch bedenke: das Gehen im unwegsamen Gelände ist mühselig und langsam und die Zeit ist auf der Seite der Trok. In der Nacht wären wir noch langsamer. Und was uns dabei hilft, besser zu sehen, hilft auch unseren Feinden, uns schneller zu entdecken.«

Robin nickte. Die anderen Schwertläufer schauten ratlos. Als erster fasste sich Lorin ein Herz.

»Wenn es so entschieden ist, dann sollten wir uns auch nicht unnötigerweise länger aufhalten. Also lasst uns gehen.« Er schritt voraus und die anderen folgten.

An der nächsten Weggabelung hielten sie an und Boffo warf einen Blick auf seine Karte.

»Bei mir gibt es nur einen Weg«, sagte er. »Und der ist nur als Pfad eingezeichnet. Ich würde vorschlagen, wir nehmen den rechten Abzweig. Der bringt uns näher an die Hänge des Bolgirgebirges und dorthin müssen wir uns orientieren.«

Sie folgten Boffos Vorschlag. Doch war ihr Vorwärtsdrang gebremst. Robin war verunsichert und auch seine Begleiter machten nicht den Eindruck, als fühlten sie sich wohl in ihrer Haut. Selbst Lorin, vor kurzem noch die Zuversicht selbst, musterte argwöhnisch die Umgebung.

»Irgendetwas kommt mir seltsam vor«, sagte Boffo und kratzte sich am Kopf. Er hatte angehalten. »Seit einiger Zeit ist mir, als höre ich Geräusche. Doch seit wir stehen, ist alles wieder still.«

»Dann sind es wohl unsere eigenen«, meinte Bert. »Ich jedenfalls höre nichts.«

Robin zog seine Tiriphe aus dem Hemd. Das Schlangensymbol in ihren Händen war dunkel. Ebenso, wie vor einigen Stunden, als die Trok an ihnen vorüber geritten waren. Robin wurde klar, dass er sich in diesem Fall nicht auf sein Amulett verlassen konnte. Er sah sich um. Ein leichter Wind war aufgekommen und nur das eintönige Rauschen der Blätter ringsum war zu hören.

Sie machten sich wieder auf den Weg, aufmerksam nach allen Seiten lauschend. Aus einiger Entfernung ertönte der Ruf einer Ringeltaube. Aber er erschien Robin merkwürdig gekünstelt. Und der Tageszeit nicht angemessen. ›Vielleicht gibt es hier andere Tauben, als bei uns‹, dachte er. Doch auch den anderen schien der Ruf verdächtig zu sein. Bero nahm seinen Bogen aus seinem Gepäckbündel, hängte die Sehne ein und nahm einige Pfeile zu Hand. Robin, Lorin und Bert lockerten ihre Schwerter und Boffo rückte seine Armbrust zurecht. Sie waren jetzt an eine Stelle gekommen, wo sich der Weg verbreiterte. Vor ihnen am Wegrand erhob sich eine Felsformation. Es waren Natursteine, doch zwischen ihnen hatten sich die Überreste alter Mauern erhalten. Und dahinter verschwand der Weg in einer felsigen Hohlgasse.

Boffo hob die Hand. Sie blieben stehen. Robin hatte den Eindruck, als hätte er das Schnauben eines Pferds gehört. Und zweifelsohne lag Pferdegeruch in der Luft.

»Was sollen wir tun?«, flüsterte Robin. »Zurückgehen?«

Selbst Boffo schien unschlüssig. Jetzt hörten sie das Geräusch galoppierender Pferde. Vor ihnen. Und es entfernte sich. Die Gefährten schauten sich an. Unverständnis lag in ihren Blicken. Plötzlich war es wieder da. Doch diesmal hinter Ihnen. Im letzten Moment konnte Robin vom Weg ab und seitlich in die Büsche springen. Im Fallen und Liegen sah er, wie Lorin strauchelte. Eine geworfene Schlinge hatte sich um seinen Fußknöchel gelegt. Vier Reiter preschten vorbei und Lorin wurde mitgerissen. Die Reiter verschwanden so schnell, wie sie gekommen waren. Und mit ihnen entschwand Lorin, mit den Füßen zuerst und auf dem Rücken liegend über den rauen Weg geschleift.

Die Schwertläufer und der Elm rappelten sich auf. Alles war so schnell gegangen. Keiner von Ihnen war auf den Füßen geblieben und keiner von ihnen hatte die Möglichkeit zur Gegenwehr gehabt.

»Das kann doch nicht sein«, rief Bero entsetzt und schaute fassungslos auf seinen Bogen und sämtliche Pfeile, die er noch in der Hand hielt. »Wie konnte das passieren?«

»Ich weiß es nicht!«, rief Robin. »Doch jetzt ist keine Zeit, um darüber nachzudenken!«

Er schwang Boffo auf seine Schultern und ohne lange zu überlegen stürmte er in den Hohlweg, alle Gefahr missachtend. Bero und Bert hinterher. Doch von den Reitern war nichts mehr zu sehen. Dann fanden sie Lorins Bündel. Die Riemen waren zerrissen. Bert nahm es an sich und sie eilten weiter. Boffos Gewicht zusätzlich zu dem seines Gepäcks bremste Robin. Ganz anders, als auf der Flucht aus Bahor, als ihm Tiriths Schlüssel Kraft und Energie verliehen hatten. Er atmete schwer. Schließlich signalisierte ihm der Elm anzuhalten. Er rutschte von Robins Schultern und deutete auf den grasigen Mittelsteg des Weges. Die Schleifspuren hatten aufgehört und an ihrer Stelle fanden sie Stiefelspuren, in unregelmäßigen Abständen ins frische Gras gepresst.

»Lasst mich und eure Sachen hier zurück und folgt Lorin!« Boffo sprach eindringlich und mit weit aufgerissenen Augen. »Solange er in der Lage dazu ist, wird er laufen. Das verbessert eure Aussichten ihn zu erreichen. Zeigt alles, was ihr gelernt habt! Sie dürfen ihn nicht nach Drakor bringen. Sonst ist er für uns verloren. Los jetzt!«

Die Schwertläufer gehorchten. Ihre Waffenbündel hängten sie sich über den Rücken, wo sie am wenigsten hinderlich waren. Dann rannten sie los und ließen Boffo zurück. Zuerst führte der Weg über ebenes Gelände. Doch nach einiger Zeit begann er anzusteigen. Robins Lungen brannten und seine Beine wurden müde. In seinem Kopf dröhnten die Worte Boffos: »Die Trok kennen keine Gnade!« Weiter hasteten sie. Und je steiler der Weg wurde, desto langsamer wurden sie. Nach fast zwei Meilen ununterbrochenen Laufens hatten sie den Scheitelpunkt der Erhebung erreicht. In einer lang gezogenen Linkskehre begann der Weg wieder abzufallen. Sie hielten inne. Keuchend und atemlos. Zum Sprechen war keiner von ihnen in der Lage. Wortlos blickten sie sich um. Der Weg verlief entlang eines Berghanges, wahrscheinlich einem der Ausläufer des Bolgirgebirges. Die stattlichen Buchen und Eichen des Naurwaldes waren zurückgeblieben und hatten niedrigerem Strauch- und Buschwerk Platz gemacht. Von der linken Seite des Weges konnte man den Hang bis zum Talgrund überblicken. Etwa 150 Schritt unter ihnen sahen sie einen weiteren Weg. Und im gleichen Abstand darunter noch einen. Und darunter einen dritten.

»Der ganze Berghang scheint von Wegen durchzogen«, keuchte Bert, als sie wieder etwas zu Atem gekommen waren.

»Das sind nicht mehrere Wege, das ist nur einer!«, stieß Robin hervor. »Er führt in Kehren nach unten!« Er fasste Bero an der Schulter und deutete nach unten. Denn gerade waren ein gutes Dutzend Reiter aus einer von Büschen verdeckten Wegschleife aufgetaucht. Und zwischen sich zogen sie Lorin.

»Los!«, zischte Bero, als die Gruppe wieder hinter Buschwerk verschwand. Gleichzeitig stürzte er sich hangabwärts. Robin und Bert hasteten ihm nach. Über Strauchwerk, Wurzel und Felsstufen fielen sie mehr, als sie rannten. Dornige Zweige und Ranken zerrissen ihnen Kleidung und Haut. Steine und Felsen hinterließen schmerzhafte Blessuren auf Knien und Ellbogen. Schließlich erreichten sie die dritte Kehre, suchten Deckung hinter einem Felsvorsprung und machten ihre Bögen schussbereit. Mit allen Sinnen spürte Robin die Gegenwart der Trok, als diese näher kamen. Auf ein Zeichen Beros sprangen sie mitten auf den Weg. Drei Pfeile zischten von den Sehnen und fanden ihre Ziele. Und nur Augenblicke später weitere drei Pfeile, die ebenfalls nicht fehlten. Dann zog Bero sein Schwert und stürmte vorwärts. Die Trok waren völlig überrascht. Einige von ihnen glitten von den Pferden und griffen nach ihren Waffen. Die hinteren wandten sich zur Flucht.

Was Robin dann sah, erschien ihm wie eine alptraumhafte Offenbarung der Rache und des Zorns. Zuerst sah er, wie die hintersten beiden der flüchtenden Reiter zu Boden gingen und der nachfolgende über sie hinweg stürzte. Denn eine Gestalt hatte sich aufgerichtet, und das Ende der Leinen, mit der sie an zwei der Pferde gefesselt war, um einen Baum geschlungen. Das zweite, was Robin sah, war Bero, der mit einem einzigen Hieb seines Schwertes den Anführer der Gruppe vom Pferd holte, den Schwung seiner Waffe ausnutzend zwei weitere Trok niederschlug und einen vierten bis zum Heft durchbohrte. Im gleichen Augenblick war Bert wie ein Rasender über den gestürzten Reitern und wenig später war keiner der Trok mehr am Leben. Robin blieb nur noch, zwei der Trokpferde festzuhalten. Zwei weitere hingen noch an Lorins Leinen.

Lorin saß an den Baum gelehnt, unter dem er zusammengesunken war. Blutend und mit zerfetzten Kleidern. Robin schlang die Zügel der Pferde um einen Ast und ging zu ihm. Dort kniete bereits Bero. Er hatte Lorins Fesseln durchschnitten und ihn in den Arm genommen. Bert stand schluchzend und mit gesenktem Kopf daneben. Auch Robin stiegen die Tränen in die Augen. Doch in gleichem Maße erschreckte und verstörte ihn das blutige Abbild von Tod und Verderben, welches die vier umgab.

Die Schwertläufer waren nicht unbeschadet davongekommen. Die Schwere von Lorins zahlreichen Blessuren konnte Robin nicht einschätzen. Bero blutete aus einer Stichwunde am Oberschenkel und Bert hatte einen Schnitt am Unterarm, den sein Panzerhemd nicht bedeckt hatte.

»Lass nur«, sagte Bert, als Robin sich die Wunde ansehen wollte. »Es ist nur ein Kratzer.«

»Dann lasst uns diesen Ort so schnell wie möglich verlassen«, sagte Robin tonlos. »Boffo wird sich um eure Verletzungen kümmern.«

Sie hoben Lorin auf eines der Pferde. Es war das mit der Leopardendecke. Dann saßen sie selbst auf und ritten zurück.

Boffo fanden sie an der Stelle, an der sie ihn verlassen hatten. Nur dass er sich und alles Gepäck in den Büschen versteckt hatte. Als er die Schwertläufer sah, kam er hervor. Doch seine

Freude über die Wiederkehr der Gefährten und ihre Beute wurde getrübt, als er Lorin näher betrachtete. Der war in einem bedauernswerten Zustand. Sie hoben ihn vom Pferd und legten ihn auf eine moosige Stelle am Wegrand. Er stöhnte leise, während Boffo seine Glieder abtastete.

»Vieles ist oberflächlich, aber sein Schlüsselbein ist gebrochen«, sagte er schließlich. »Ob er innere Verletzungen davongetragen hat, kann ich bislang nicht sagen.«

Er säuberte Lorins Wunden mit einer klaren Flüssigkeit aus seiner Feldapotheke. Einige Tropfen eines andern Mittels träufelte er auf dessen Zunge. Aus einem Tuch knüpfte er eine Schlinge für Lorins Arm. Dann sah er sich Beros und Berts Verletzungen an und versorgte diese ebenfalls.

»Für mehr bleibt jetzt keine Zeit«, sagte er dann. »Wir müssen schleunigst von hier verschwinden.«

»Doch wohin sollen wir«, fragte Robin. »Zurück zum Fluss?«

»Das wäre eine Möglichkeit«, antwortete der Elm. »Doch befürchte ich, dass unser Floß entdeckt wurde. Und wenn nicht, so wäre es fraglich, ob wir es so schnell wieder flott machen könnten. Bedenkt auch: wir haben jetzt Pferde. Bei allem Unglück ist dies ein glücklicher Zufall und eine Gelegenheit, die wir nutzen sollten.«

»Glaubst du, dass du reiten kannst, Lorin?«, fragte Bert. Lorin nickte matt.

»Dann los!«, rief Robin. »Hauptsache weg von hier! Reden können wir später!«

Sie saßen auf. Waffen und Gepäck behielten sie am Körper. Bis auf Lorins Sachen, die Bert an sich genommen und hinter seinem Sattel befestigt hatte. Sie ritten zurück bis zur Wegegabelung. Dort wählten sie den südlichen Abzweig und wandten sich landeinwärts. Robin ritt mit Boffo voraus. Dann folgte Bert, Lorins Pferd am Zügel führend. Den Schluss bildete Bero. Die Pferde der Trok waren widerspenstig und eigenwillig, denn sie waren die harte Hand ihrer früheren Herren gewohnt. Doch sie waren zäh und ausdauernd. In schnellem Trab, bisweilen auch im Galopp eilten sie dahin. Robin hatte das Pferd des Anführers gewählt. Es war das kräftigste und es musste zwei Personen tragen. Dennoch hatte er alle Hände voll zu tun, das Tier unter Kontrolle zu halten.

Während die Pferde vorwärts drängten, beobachtete Robin die Umgebung. Dabei fiel ihm auf, dass die Bäume niedriger und lichter wurden, je weiter sie ins Landesinnere kamen. Schließlich hörten sie ganz auf. Eine freie Ebene tat sich auf, bestanden mit Gras und Buschwerk. Die Sonne war hinter den Wolken hervorgekommen und stand jetzt am frühen Nachmittag leicht im Westen. Ihre Strahlen spiegelten sich in einem lang gestreckten See, der zu ihrer Rechten lag. Und sie erleuchteten ein Bauwerk, das sich in einiger Entfernung darüber an die Hänge des Bolgirgebirges schmiegte. Es war die Festung Drakor, ein trutziges Bollwerk mit gewaltigen Mauern und zinnenbekränzten Türmen.

»Es hilft alles nichts«, sagte Robin. »Wir müssen hier vorbei. Je schneller desto besser.«

»Alles hängt davon ab, ob die Trok ihre toten Kumpane bereits entdeckt haben«, sagte Boffo. »Wenn nicht, halten sie uns vielleicht für welche der Ihren.«

»Wenn sie uns überhaupt sehen – gegen die Sonne«, gab Bert zu bedenken. »Und selbst wenn, so rate ich ihnen nicht, uns zu folgen. Es sei denn, auch sie wollen sich blutige Nasen holen.«

Sie trieben die Pferde weiter, bis die Festung hinter einem der Ausläufer des Gebirges verschwand. Dann ließen sie die schwitzenden Tiere langsamer gehen.

»Ich konnte keinen Weg sehen, der direkt von der Festung in diese Richtung führte«, sagte Robin. »Wenn uns die Trok folgen wollten, dann müssten sie zurück und diesen einen Weg nehmen. Jede weitere Meile, die wir jetzt zwischen uns und Drakor bringen, gereicht uns zum Vorteil.«

Nur zweimal legten sie eine Pause ein, um die Pferde zu tränken und kurz ruhen zu lassen. Erst als die Dämmerung hereinbrach und die Tiere die Grenzen ihrer Leistungsfähigkeit erreicht hatten, hielten sie an. Ein wenig abseits des Wegs, am Ufer eines kleinen Flusslaufes sattelten sie die Pferde ab und ließen sie mit gefesselten Vorderhufen grasen.

Im letzten Tageslicht versorgte Boffo die Wunden der Schwertläufer. Lorin war am Ende seiner Kräfte und halb besinnungslos vor Schmerzen. Sie hüllten ihn in Decken und betteten ihn auf ein Lager aus dürrem Gras und Moos. Er fröstelte. Boffo gab ihm ein Mittel, das ihm die Schmerzen nahm und ihn müde machte. Schließlich schlief er ein. Erst jetzt setzten sich auch die anderen und aßen lustlos einige Bissen.

»Diese verdammten Unmenschen«, stieß Bert hervor und aus jeder seiner Regungen konnte man erkennen, wie aufgewühlt er noch war. »Kein einziger von den Kerlen tut mir leid. Ich töte ungern jemanden. Und vor unserer Reise hab ich's noch nie getan. Doch sollte mir noch einer dieser Bestien über den Weg laufen, werde ich keinen Augenblick zögen, ihn seinen Kumpanen nachzuschicken. Und wenn ich dabei draufgehe.«

Bero saß stumm an einen Baumstumpf gelehnt. Es aß nichts. Und wenn er von Zeit zu Zeit einen Schluck aus seiner Wasserflasche nahm, konnte Robin sehen, dass seine Hände zitterten.

»Ihr wart sehr tapfer«, sagte Robin. »Ohne euren Mut und eure Fähigkeiten wäre Lorin sicher nicht mehr am Leben.« Dann schwieg auch er. Denn er spürte, dass Worte heute nichts bewirkten. Zu tief noch saß der Schrecken in jedem Einzelnen von ihnen. Mit Ausnahme vielleicht von Boffo. Doch auch der schwieg. Als die Schwärze der Nacht sie einhüllte, zog Robin die Tiriphe aus seinem Hemd und legte sie auf seine Brust. Ein beruhigendes Gefühl überkam ihn. Und Müdigkeit durchflutete seinen schmerzenden Körper.

Robin erwachte, weil ihm Rauch in die Nase stieg. Zaghafte Vogelstimmen begannen gerade, den neuen Tag zu begrüßen, der sich als schmaler, heller Streifen über dem Bolgirgebirge zeigte. Boffo hatte Feuer gemacht und kochte Tee. Robin war sich sicher, dass der Elm heute Nacht nicht geschlafen hatte.

Auch Bero war bereits auf den Beinen und brachte die Pferde herbei. Robin bemerkte, dass er sein rechtes Bein nachzog. Er sprang auf und half ihm beim Satteln. Dann setzten sie sich ums Feuer. Lorin schien es etwas besser zu gehen. Er schlürfte begierig den heißen Tee, den ihm Boffo in die Hand gedrückt hatte.

»Glaubst du, dass uns die Trok verfolgen?«, fragte Robin, als Boffo auch ihm einen Becher reichte. »Ich könnte mir vorstellen, dass sie zumindest ihre Pferde wieder haben wollen.«

»Schwer zu sagen«, antwortete Boffo. »Wir wissen so gut wie nichts von diesem Volk. Weder kennen wir ihre Zahl, noch ihre Fähigkeiten. Aber auch sie wissen nichts über uns. Zwischen hier und der Festung mögen 20 Meilen Wegstrecke liegen. Diese hätten sie im Laufe der Nacht zurücklegen können. Dass sie es nicht getan haben, mag Gründe haben, die wir nicht kennen. Vielleicht hat sie auch die Beherztheit eures Angriffs abgeschreckt.«

»Trotzdem sollten wir uns unverzüglich auf den Weg machen«, schlug Bero vor. »Dem Frieden ist nicht zu trauen. Und erst wenn diese Festung in weite Ferne gerückt ist, werde auch ich wieder ruhig schlafen können.«

Nach wenigen Minuten waren die Schwertläufer zu Aufbruch fertig. Sie halfen Lorin aufs Pferd und ritten in das Morgengrauen hinein. Leichter Nebel entstieg dem Boden. Doch der Tag versprach sonnig zu werden. Deshalb genossen Mensch, Elm und Tier die Kühle des Morgens, solange es noch möglich war. Selbst Lorin versuchte, die Zügel seines Pferdes mit eigener Hand zu führen.

Der Weg, dem sie folgten, zog sich stetig am Fuß der Hänge des Bolgirgebirges hin. Die Ebene zu ihrer Linken war von kurzem Gras, Buschwerk und vereinzelten Gruppen von Schirmakazien bedeckt. In ihrem Schatten hielten sich allerhand Tiere auf, die bei Annäherung der Reiter flohen. Sie hatten lange, gerade Hörner und Robin hatte ihre Art noch nie gesehen. Boffo vermutete, es wären Antilopen. Weiter im Westen wurde die Vegetation dünner. Boffo deutete hinüber zum Horizont. Dort war, von der aufgehenden Sonne beschienen, eine dunkle Gebirgskette sichtbar geworden.

»Das ist das Borungebirge. Und dazwischen liegt die Nalidwüste, eine Gegend, von der wir uns besser fernhalten.«

Die Pferde hatten sich über Nacht gut erholt und sie schienen sich auch bereits an ihre neuen Herren gewöhnt zu haben. Jedenfalls waren sie williger, als am Vortag. Ihre Reiter mussten sie kaum antreiben und Robin war froh über jede Meile, die sie in lebhaftem Trab zurücklegten. Stunde um Stunde eilten sie so fast geradewegs nach Norden, währenddessen Bäume und Büsche spärlicher wurden und das vormals dichte Steppengras mehr und mehr Lücken zeigte. Gegen Mittag zügelten sie ihr Tempo, denn es war heiß geworden. Zum Schutz gegen die Sonne hatten sich die Schwertläufer Tücher um den Kopf gebunden und Boffo hatte sich seine Kapuze tief ins Gesicht gezogen. An einer der wenigen Wasserstellen hielten sie an, tränkten die Pferde und füllten ihre Trinkflaschen. Es war nur ein dünnes Rinnsal, das in einem strauchigen Tobel von den Höhen des Bolgirgebirges herabplätscherte und sich nur wenig unterhalb ihres Standortes in einem sandigen Binsenteppich verlor. Bero knüpfte das leichte Seidenseil, das sie seit der Flucht aus dem Grauen Turm immer noch mit sich führten, an einen Strauch. An das andere Ende band er in regelmäßigen Abständen die Zügel der Pferde. Die begannen gierig damit, die Grasbüschel am feuchten Ufergürtel des Wasserlaufs abzuweiden.

Die Gefährten selbst lagerten sich im dünnen Schatten einiger Stechwacholderbüsche, wo Boffo ihre Wunden versorgte. Bero hatte ein Tuch ausgebreitet und darauf Nüsse und Trockenfrüchte geschüttet. Doch sie aßen nur wenig und Lorin aß überhaupt nichts.

»Vielleicht hätten wir versuchen sollen, eine dieser Antilopen zu erlegen«, sagte Bert. »Das wäre sicher eine willkommene Abwechslung auf unserem Speiseplan.«

»Bei eurem Appetit wäre das die reine Verschwendung«, sagte Boffo. »Noch reichen unsere Vorräte. Und zum Feuermachen haben wir weder Zeit noch Holz. Doch das wird sich hoffentlich bald ändern. Bereits heute Abend sollten wir das Dornental erreichen. Von dort ist es nur noch eine knappe Tagesreise bis zu den Ufern des Lesir.«

Robin war unruhig. Er stand auf und ging hinüber zu den Pferden, die ruhig grasten. Bero war Robin gefolgt und hatte sich neben ihn gestellt. Beide schauten hinüber nach Westen, wo die Sanddünen der Nalidwüste näher gerückt waren.

»Eine merkwürdige Landschaft.« Bero wischte sich den Schweiß von der Stirn. »Selten habe ich eine eintönigere Gegend gesehen. Und niemals eine heißere gespürt. Ich hoffe sehnlich, dass wir bald wieder schattigere Gefilde erreichen.«

»Das hoffe ich vor allem für Lorin.« Robin wandte den Blick zurück zum Lager, wo sich Boffo und Bert um den Gefährten kümmerten. »Boffo kann hier wenig für ihn tun, außer seine Schmerzen lindern. Doch was er dringend bräuchte, wären einige Tage Ruhe. Ein Krankenlager. Das Reiten muss ihm höllische Qualen bereiten. Doch er erträgt sie mit großer Geduld. Wie geht es übrigens deiner Verletzung?«

Bero winkte ab. »Sie ist nicht der Rede wert. Boffo hat die Wunde gut versorgt und sie beginnt bereits zu heilen. Er ist wirklich ein ausgezeichneter Arzt.«

Robin nickte. »Der beste. Doch wollen wir hoffen, dass er seine Heilkunst nicht öfters anwenden muss als uns lieb ist.«

Sie banden die Pferde los und gingen mit ihnen zurück zum Lagerplatz. Wenig später ritten sie weiter in Richtung Norden.

Die Abhänge des Bolgirgebirges wurden jetzt steil und felsig. Ein richtiger Pfad war nicht mehr zu erkennen und die Reisenden mussten ihren Weg in der Ebene suchen, wo der Boden locker und das Vorwärtskommen anstrengender war. Immer öfters brachen die Pferde im sandigen Boden ein. Schließlich mussten die Reiter absitzen und die Tiere am Zügel durch die Dünenlandschaft führen. Nur Lorin durfte reiten, auch wenn er öfters das Pferd wechseln musste.

Robin, der vorausging, stutzte. Sein Pferd schnaubte nervös. Vor ihnen ragten die sonnengebleichten Knochen eines großen Tieres aus dem Sand.

»Wohl eine dieser Antilopen, die sich zu weit in die Wüste gewagt hat.« Bert stieß mit der Stiefelspitze gegen den weißen Schädel. »Diese unwirtliche Gegend scheint bisweilen Opfer zu fordern.«

»Was auch immer es war. Es ist keines natürlichen Todes gestorben«, bemerkte Boffo nachdenklich, »denn die Überreste sind zerstreut. Haltet eure Augen offen. Wir könnten auf Raubtiere treffen.«

Sie gingen weiter. Um sie herum war jetzt nur noch Sand. Rotbraun und gleichmäßig erstreckte er sich in sanft geformten Dünen von den Hängen des Bolgirgebirges bis zum westlichen Horizont. Nur vereinzelte Büschel spärlichen Dünengrases zeigten an, wo der Untergrund fester und gangbar war.

»Welche Gefahr uns auch immer hier drohen könnte. Selbst sie müsste sich verstecken«, sagte Robin. »Doch dazu sehe ich weit und breit keine Gelegenheit.«

»Und doch ist hier etwas, auch wenn wir es nicht sehen«, raunte Bero. »Die Pferde sind ungewöhnlich aufgeregt. Und diese seltsamen Geräusche. Hört ihr sie nicht?« Er hatte seinen Bogen vom Rücken genommen und die Sehne aufgelegt.

»Klingt wie ein großer Blasebalg«, sagte Robin und deutete nach Westen. »Und dort drüben steigen kleine Staubwirbel auf. Obwohl kein Wind weht.«

»Die Wüste hat bisweilen eigene Gesetze, die uns unbekannt sind«, sagte Boffo. »Wir sollten sie möglichst schnell hinter uns lassen.«

Dieser Meinung war auch Robin. Doch es ging nicht so, wie er wollte. Denn sein Pferd stand wie angewurzelt. Das Fell des Tieres war schweißnass und es zitterte. Alle standen jetzt und lauschten. Sogar Lorin war aus dem Sattel geglitten. Um sie herum war alles still. Nur das Zirben einer einsamen Grille drang von irgendwo aus den Dünengräsern durch die vor Hitze flirrende Luft. Und jetzt war dieses Geräusch wieder da. Leiser als vorhin, doch näher und unüberhörbar. Wie Luft, die aus einer engen Öffnung strömte.

Instinktiv wich Robin einen Schritt zurück. Er spürte die Wärme der Tiriphe auf seiner Brust. Gerade wollte er einen Blick darauf werfen. Doch dazu kam er nicht mehr. Vor ihnen aus dem Sand erhob sich etwas, schnellte nach vorne und biss zu. Robins Pferd sackte wie vom Blitz getroffen zu Boden und Robin sah mit Entsetzen, dass ihm der Kopf fehlte. Er steckte im Rachen einer Kreatur, die damit begonnen hatte, auch ihren restlichen Körper aus dem Sand zu schälen. Es war eine Mischung aus Reptil und Wurm. Sein Kopf war augenlos und spitz zulaufend. Die Unterteile der gepanzerten Segmente seines Körpers waren mit vielen kleinen Stummelbeinen bewehrt und erinnerten an einen gigantischen Tausendfüßler. Bereits hatte er den ersten Bissen seiner Beute verschlungen. Die beiden Tentakel an den Seiten seines mit spitzen Zähnen bewehrten Mauls züngelten gierig nach Robin. Der stand wie versteinert. Bis er von Bert zurückgerissen wurde. Gleichzeitig sirrte Beros Bogensehne. Doch der Pfeil glitt mit einem singenden Geräusch an einem der dicken Hornschilder des Tieres ab. Es stieß einen pfeifenden Ton aus, der aus den Segmenten seines Plattenpanzers hervorzudringen schien. Dann schlug es seine Zähne erneut in den Kadaver des toten Pferdes. Dies war mehr, als dessen Artgenossen ertragen konnten. Sie rissen sich los und stürmten in panischer Angst nach vorne. Doch sie kamen nicht weit. Ein weiteres Ungeheuer schnellte aus dem Sand empor und riss das vorderste der flüchtenden Tiere nieder. Und es war nicht allein. Vier oder fünf weitere fielen augenblicklich über die Beute her und rissen sie in Stücke. Und auch aus der entgegengesetzten Richtung kamen jetzt diese Bestien mit schnellen Bewegungen über den Sand gekrochen. Die Gefährten waren eingeschlossen.

Robin und Bert hatten ihre Schwerter gezogen, Boffo seine

Armbrust in Anschlag gebracht und alle scharten sich um Lorin. Als einer der Tausendfüßler näher kam, kurz innehielt und mit seinen Tentakeln Witterung aufnahm, schwirrte ein weiterer Pfeil von Beros Bogen. Diesmal fuhr er mitten in den aufgerissenen Rachen des Ungeheuers. Es verharrte. Ein dumpfes Grollen entwich seinen bebenden Körpersegmenten. Diesen Augenblick nutzte Bert. Er sprang nach vorne, umging das Untier und schlug ihm mit seinem Schwert das ungepanzerte Schwanzende ab. Der Wurm richtete sich mit einem trompetenartigen Schrei auf. Jetzt sah Robin seine Gelegenheit gekommen. Er schnellte nach vorne und rammte Thorndil mit aller Kraft in eine der Fugen des Plattenpanzers am Bauch der Kreatur. Dann warf er sich zur Seite. Gerade noch rechtzeitig, bevor der Körper der Bestie auf dem Sandboden aufschlug und in wilden Zuckungen verendete. Einen weiteren der Tausendfüßler streckten die Schwertläufer auf diese Weise nieder. Doch es waren zu viele.

»Nehmt Lorin in eure Mitte!«, schrie Boffo. »Wir müssen versuchen, die Felsen im Osten zu erreichen!«

Die Schwertläufer und der Elm wandten sich zur Flucht. In diesem Moment erfüllte der Klang eines Horns die Luft. Er war tief und lang gezogen. Robin konnte den Schall nicht nur mit den Ohren, sondern mit dem ganzen Körper wahrnehmen. Ein weiteres Mal ertönte das Horn und dann ein drittes Mal. Die Tausendfüßler hatten sich aufgerichtet und wiegten die Vorderteile ihrer Körper. Beim nächsten Ton begannen sie, sich ins Innere der Wüste zurückzuziehen.

Dreiundzwanzigstes Kapitel

Im Tari Walid

Die Gefährten kauerten um Lorin und betrachteten das Geschehen ungläubig. Dann blickten sie staunend auf eine Gestalt, die aus dem Nichts der Wüste aufgetaucht war und schnellen Schrittes auf sie zukam. Es war ein Mann mittleren Alters, nicht allzu groß, aber kräftig. Aus seinem gutmütigen, bartlosen Gesicht blitzten zwei kleine Äuglein. Er trug eine bunt gewebte, halblange Jacke aus leichtem Wollstoff, mit einem breiten Gürtel zusammengehalten. Dazu helle Leinenhosen und braune Lederstiefel. Auf dem Kopf hatte er eine runde Kappe, ebenso bunt wie seine Jacke, bestickt mit Perlen und kleinen Opalblättchen. Auf seinem Rücken hing ein kurzer Bogen samt Pfeilköcher und an seiner Seite baumelten eine bestickte Tasche und ein in Silber gefasstes Muschelhorn.

»Eine schöne Unordnung habt ihr mir da angerichtet!«, rief er schon von weitem. Dabei schüttelte er tadelnd den Kopf.

»Unordnung?!«, brachte Bert entrüstet hervor. »Wir haben uns nur unserer Haut gewehrt. Und beinahe hätten wir dabei selbst ins Gras gebissen, wenn es hier welches gäbe.«

»Das hättet ihr ganz gewiss, wenn der gute Yal nicht rechtzeitig hier erschienen wäre. Die Shariks hätten keinen von euch übrig gelassen. Selbst wenn ihr vielleicht noch einen oder zwei von ihnen erlegt hättet. Was im Grunde genommen überflüssig gewesen wäre. Denn diese Tierchen sind auch ausgesprochen nützlich. Sie halten uns die Trok und anderes Gesindel vom Leibe. Schon allein deshalb konnte ich nicht untätig zusehen, wie ihr noch mehr von meinen Schäfchen abschlachtet.«

»Die Trok? Ihr kennt sie?«, fragte Robin erstaunt. »Genau vor denen sind wir auf der Flucht.«

»Natürlich kenne ich sie. Und zuerst dachte ich, ihr wärt selbst welche. In diesem Fall hätte ich mich hier nicht eingemischt. Doch dann sah ich diesen kleinen Kerl,« er deutete auf Boffo, »den ich zu eurem Glück für ein Kind hielt.«

»Ein Kind!« Boffo schnaubte verächtlich. »Mein Name ist Boffo, Sohn des Falon vom Volk der Elme. Meine vier Gefährten und ich kommen aus dem fernen Elegien.«

»Elegien? Schon mal gehört. Und auch, dass dort ein kleines Volk leben soll. Doch was wollt ihr dann hier?«

»Wir suchen einen Weg zu den Gollwydbergen. Und von dort wollen wir weiter bis in das Land Arangion. Wir sind friedfertige Reisende. Solange man uns in Ruhe reisen lässt. Die Trok wollten das nicht. Und mussten einen hohen Preis dafür bezahlen.«

»Schlecht für sie. Aber hier gibt es keinen Weg, der zu den Gollwydbergen führt.« Der Fremde war plötzlich nicht mehr so freundlich. »Nur Wüste und Felsen. Am besten, ihr kehrt gleich wieder um und versucht woanders euer Glück. Vielleicht weiter im Süden, entlang des Lesir.«

»Und doch gibt es einen Weg!« Boffos Stimme klang sehr bestimmt. Er deutete auf seine goldbeschriftete Karte, die er aus seinem Umhang gezogen hatte. »Und zwar hier. Durch das Tari Walid. Das Dornental.«

»Das Tari Walid? Und in dieser Karte soll es verzeichnet sein?« Der Fremde war sichtlich verblüfft.

»Ja!«, antwortete Boffo. »Und genau dorthin wollen wir. Denn wir können nicht zurück. Nicht nur wegen der Trok. Auch wegen dieses jungen Mannes hier.« Er deutete auf Lorin. »Er war in der Gewalt dieser Unmenschen. Nur mit Mühe konnten wir ihn retten, mehr tot als lebendig. Er braucht dringend ein Krankenlager.«

Der Fremde schaute Lorin an und schien zu überlegen.

»Nun gut!«, sagte er schließlich. »Ich werde euch den Weg zeigen. Doch hoffe ich für euch, dass ihr gute Absichten hegt. Ich habe mächtige Verbündete. Und damit meine ich nicht die Shariks hier. Ihr fändet keine Gnade unter ihren Augen, solltet ihr mich täuschen. Ich heiße übrigens Yalbo Tibbit. Aber ihr könnt mich Yal nennen.«

»Angenehm«, sagte Robin. »Mein Name ist Robin Rob. Und das hier sind Bero, Lorin und Bert.«

»Dann folgt mir jetzt«, sagte Yal und wandte sich zum Gehen. »Bevor die Shariks ihre Zurückhaltung aufgeben. Sie werden bald wiederkommen und sich um ihre Toten kümmern.«

Die Schwertläufer suchten eilig ihr zerstreutes Gepäck zusammen. Dann nahmen sie Lorin in ihre Mitte und folgten Yal, der sich leichtfüßig und geschickt über den Sand bewegte.

»Diese Shariks, wie Ihr sie nennt. Was sind das eigentlich?«, wollte Robin wissen, als er neben Yal einher schritt.

»Sie sind genau das, wonach sie aussehen«, antwortete Yal. »Anders kann man sie nicht beschreiben. Es gibt sie seit Urzeiten. Früher wurden sie gejagt. Wegen ihrer Hornpanzer. Und sie wurden beinahe ausgerottet. Doch jetzt vermehren sie sich wieder, denn das Nahrungsangebot ist gut. Und sie sind ausgezeichnete Jäger. Sie lauern ihrer Beute auf, gut im Sand versteckt. Dort atmen sie über ihre Rückenschuppen. Doch sie bewegen sich oberirdisch. Und das ziemlich schnell, wie ihr heute selbst erleben konntet. Bisweilen schnappen sie einige der Trok. Eine Tatsache, die uns sehr gelegen kommt.«

»Wer ist uns«, fragte Robin weiter.

»Das bin ich und meine Familie, die wir am westlichen Ende des Tari Walid wohnen. Und das Volk der Silenad, das weiter nördlich an den Ufern des Lesir siedelt. Bislang ungestört und unbelästigt von Eindringlingen, die in schlechten Absichten unterwegs sind. Dank der Shariks.«

»Doch wie kommt es, dass gerade Ihr Macht über sie habt? Seid Ihr so etwas, wie der Meister über dieser Kreaturen?«

»Das nicht«, antwortete Yal und lachte. »Vielmehr so etwas wie ihr Hirte. Denn sie hören nicht auf mich, sondern auf meine Stimme.« Dabei klopfte er auf das silberbeschlagene Muschelhorn an seiner Seite. »Nur der Klang dieses Hornes schlägt sie in die Flucht. Oder lockt sie an, je nachdem, wie man es bläst. Ein Geheimnis, das zusammen mit diesem Instrument aus alter Zeit auf uns gekommen ist. Von Zeit zu Zeit sehe ich nach meinen Schäfchen und zähle sie. Doch ist dies nicht der einzige Grund, warum ich in diese Gegend komme. An den Hängen des Bolgirgebirges sammle ich Opale. Sie sind sehr begehrt bei den Silenad und tragen zu meinem Lebensunterhalt bei.«

Ungefähr eine Stunde lang gingen sie durch den Sand. Bert, Bero und abwechselnd Robin stützten Lorin und immer öfters machten sie kurze Pausen, in denen dieser ruhen und etwas trinken konnte. Dann wurde der Weg wieder fester. Er stieg beständig an, bis zu einem steinigen Plateau, das dicht mit Akazienbüschen bestanden war. Deren fingerlange Dornen schienen jedes Weiterkommen unmöglich machen zu wollen. Dort, am Rande einer dieser undurchdringlich anmutenden Hecken, standen auch die beiden überlebenden Pferde. Sie waren unverletzt. Lorin konnte wieder aufsitzen und Yal führte die Gruppe durch die Dornenlandschaft, wie durch ein Labyrinth.

Schließlich erreichten sie eine senkrechte Felsbarriere. In ihr, versteckt hinter einem Dornbusch, befand sich ein Durchgang. Dort hinein führte sie Yal und augenblicklich umfing sie Kühle und Dunkelheit. Mit kräftigen Schlägen eines Feuersteins und etwas Zunder entzündete Yal eine Fackel, die er aus einem Spalt in der Felswand nahm. In ihrem Schein folgten sie dem Gang, der etwas abfallend ins Berginnere führte. Nach einiger Zeit spürte Robin einen warmen Luftzug. Vor ihnen kündete eine lichtdurchflutete Öffnung das Ende des Tunnels an. Durch sie hindurch betraten sie eine Landschaft, die nicht gegensätzlicher hätte sein können zu der unwirtlichen Wüstengegend, aus der sie kamen.

Nur anfänglich säumten noch dichte Dornenhecken den felsigen, talabwärts führenden Weg. Doch je breiter das Tal wurde, umso vielfältiger wurde auch seine Tier- und Pflanzenwelt. Bald schlängelte sich ein munterer Wasserlauf in seiner Mitte, einer unsichtbaren Quelle entsprungen, über runde Felskaskaden sprudelnd und in ausgespülten Mulden verweilend. Und entlang seines Ufers führte der Weg. Überschattet von weit ausladenden Platanen und gesäumt von kugeligen Feigenbäumen, an denen die ersten reifen Früchte hingen. Aus ihrem Geäst waren die Rufe fremdartiger Vögel zu hören, und wenn sie sich sehen ließen, schimmerte ihr Gefieder in allen Regenbogenfarben.

An einer sandigen Bucht machte die Gruppe halt. Die Pferde tranken gierig das kristallklare Wasser. Die Schwertläufer legten alle überflüssige Kleidung und ihre Panzerhemden ab und nutzten die Gelegenheit um sich zu waschen und zu erfrischen. Bert und Boffo halfen Lorin, der sich nur mühsam bewegen konnte. Vom Ursprung des Tals strömte ein kühlendes Lüftchen daher. Robin atmete tief durch und sog die frischen Wohlgerüche der Natur in sich ein. Er fühlte sich erleichtert und befreit. Und die Sonnenstrahlen, die vereinzelt das grüne Laubdach der Bäume durchdrangen, waren nicht mehr sengend heiß, sondern wärmten wohltuend seine Haut.

Yal ging zu einem der Bäume, deren Art Robin unbekannt war. Er pflückte einen Arm voll der großen, eiförmigen Früchte, die dort an langen Stielen hingen und deren Schalen in grünen, purpurnen und gelben Farbtönen leuchteten. Sie setzten sich. Yal schnitt die Früchte auf und reichte die Hälften seinen Gästen. Das Fruchtfleisch war tiefgelb und verströmte einen betörend aromatischen Duft. Und sein Geschmack übertraf den aller Früchte, die Robin bisher gekostet hatte.

»Wir nennen diese Frucht Sumach«, erklärte Yal. »Sie wächst nur in diesem Tal, wo es das ganze Jahr über mild und warm ist. Ihr seid die ersten Fremden seit langer Zeit, die davon kosten dürfen. Doch behaltet dieses Geheimnis besser für euch. Und auch alles andere, was ihr seht.«

»Das werden wir«, sagte Boffo. »Von uns soll niemand etwas über dieses Tal erfahren. Und ich will hoffen, dass es seine zauberhafte Schönheit auf Dauer behält.«

»Warum sollte es nicht?«, fragte Yal verwundert.

»Nun, weil weiter im Norden, dort wo wie herkommen, das Wetter weitaus unwirtlicher ist als hier. Und es breitet sich aus. In Largon und vielleicht auch in Nergath geht man düsteren Zeiten entgegen. Dies ist auch der Grund, warum wir in das Land Arangion reisen.«

Yal blickte verwundert auf den Elm. »Dann wollt ihr dorthin auswandern?«

»Vorerst nicht.« Boffo lächelte. »Wir suchen nur Antworten auf unsere Fragen. Und wir hoffen, sie dort zu finden.«

Yal schüttelte verständnislos den Kopf. Doch er fragte nicht weiter. Die Beweggründe der Fremden schienen ihn wenig zu interessieren. Solange sie den Frieden seines Tals nicht störten. Er brachte noch einige der wohlschmeckenden Früchte und seine Schützlinge verzehrten sie mit großem Genuss.

Gerne hätten sie noch länger verweilt, aber auf Drängen Yals setzten sie ihren Marsch fort. Boffo und Yal gingen voraus und Robin führte Lorins Pferd am Zügel. Auch Bero durfte reiten, weil sein verletztes Bein wieder schmerzte. Bert ging neben ihm.

»Wie geht es dir, Lorin?« Robin betrachtete seinen Freund mit Sorge. Der hatte Mühe, sich auf dem Pferd zu halten und sein gequälter Blick verriet, dass er Schmerzen hatte.

»Ich will nicht jammern, aber ich fürchte, nicht allzu gut«, erwiderte Lorin. »Ich habe das Gefühl, als wären alle Knochen in meinem Körper zerbrochen. Selbst, wenn wir rasten, kann ich mich nicht sehr gut erholen. Sehr lange werde ich nicht mehr durchhalten.«

»Sobald wir Yalbo Tibbits Haus erreichen, wirst du dich ausruhen können. Ich hoffe sehr, dass er uns eine Zeit lang bei sich aufnehmen wird. Auch Bert und Bero müssen ihre Verletzungen auskurieren. Und selbst für halbwegs Gesunde wie mich, sind diese Strapazen auf Dauer schwer zu ertragen. Wir alle brauchen dringend eine kleine Verschnaufpause.«

Er klopfte aufmunternd auf Lorins Schenkel und der rang sich ein gequältes Lächeln ab.

Der Nachmittag verging und noch immer zogen die Gefährten mit ihrem Führer durch das Tal.

»Nicht mehr lange, bald haben wir's geschafft«, sagte Yal jedes Mal lächelnd, wenn Robin oder Boffo ungeduldig fragten, wie weit es denn noch wäre. Dann endlich, als die Abendsonne schon beinahe waagrecht von Westen her das Tal beleuchtete und sich anschickte, hinter den Kronen der Bäume zu verschwinden, erreichten sie ihr Ziel.

Zuerst sah Robin kleine Felder und Gemüsebeete inmitten einer von Menschenhand kultivierten Obstbaumplantage. Dann tat sich vor ihnen eine Lichtung auf. Und auf ihr, eingebettet in grüne Wiesen und angeschmiegt an eine Gruppe alter Eichen, lag ein Gehöft. Teils aus Holz, teils aus Steinen war es nahe am Bach errichtet worden. Eine steinerne Brücke führte über das Wasser zu seinem Tor. Ein ähnliches Gehöft hatte Robin noch nie gesehen. Es bestand nicht, wie sonstige Bauernhöfe, aus Wohnhaus, Stall, Scheune und etlichen Schuppen. Vielmehr waren seine Gebäude auf zwei Etagen kunstvoll miteinander verwoben, durch überdeckte Veranden und Galerien verbunden, bunt bemalt und mit allerlei Schnitzwerk verziert.

Bereits in einiger Entfernung hatte Yal seinem Horn einen sanften Ton entlockt. Nun, als die Reisegruppe über die Brücke schritt, trat eine junge Frau aus dem Hof in die Toreinfahrt. Sie war hoch gewachsen, hatte außergewöhnlich schöne und ebenmäßige Gesichtszüge und ihr langes, rehbraunes Haar fiel, von Flechtwerk zusammengehalten, auf ihren Rücken. An ihre Seiten schmiegten sich scheu zwei junge Mädchen, ebenso hübsch wie ihre Mutter.

»Meine Frau Rhila und unsere beiden Töchter Rhea und Khona«, sagte Yal. Er ging zu Rhila, drückte ihr einen Kuss auf die Wange und strich den beiden Mädchen übers Haar. »Diese kleine Gesellschaft ist mir zufällig über den Weg gelaufen«, erklärte er auf Rhilas ängstlich fragenden Blick hin. »Die Trok haben ihnen übel mitgespielt und gerade eben noch konnte ich sie aus den Fängen der Shariks retten. Jetzt sind sie hier und ich glaube, sie haben es verdient, dass wir ihnen unsere Gastfreundschaft erweisen.«

»Werte Hausherrin,« Robin war einen Schritt vorgetreten, während die anderen ihre Köpfe zum Gruß neigten, »wir wollen Euch nicht zur Last fallen. Wir selbst sind mit einfachsten Bedingungen zufrieden. Doch für unseren kranken Freund«, dabei zeigte er auf Lorin, der als einziger noch zu Pferd saß, »bitten wir um einen Ort, wo er wieder zu Kräften kommen kann.«

»Ihr seid willkommen«, sagte Rhila in gebrochenem Laudoranisch. »Ihr habt das Vertrauen meines Mannes erwirkt. Deshalb schenke ich euch auch das meine. Fühlt euch als Gäste unter unserem Dach.«

»Dann will ich euch eure Unterkunft zeigen«, sagte Yal. »Ihr müsst nicht denken, wir hätten nie Besucher. Die Verwandtschaft meiner Frau beehrt uns bisweilen. Und ich kann euch sagen: diese Herrschaften sind ausgesprochen anspruchsvoll. Wir haben deshalb ein bescheidenes Gästehaus eingerichtet. Nehmt eure Sachen und folgt mir. Rhea und Khona werden die Pferde auf die Weide bringen.«

Die Gefährten taten wie ihnen geheißen. Yal ging voraus. Über eine hölzerne Treppe kamen sie in ein geräumiges Zimmer. Nicht üppig eingerichtet, doch hell und sauber. Der Dielenboden war mit geflochtenen Bastmatten bedeckt und entlang der Wände erstreckten sich flache Bettgestelle mit Matratzen, über welche helle Wolldecken gebreitet waren.

»Macht es euch bequem!«, sagte Yal. »Gelegenheit zum Waschen und für andere Notdurft findet ihr im Hof. Und wenn ihr Lust auf ein Bad verspürt, so könnt ihr dies im Bach unterhalb der Brücke nehmen. Ich werde meiner Frau bei der Vorbereitung des Abendessens helfen. Wenn es fertig ist, werden wir euch rufen.«

Als er gegangen war, bereiteten sie Lorin ein weiches Lager und betteten seinen Kopf auf ein großes Kissen. Boffo versah seine Schulter mit einer festen Bandage. Dann verabreichte er ihm einige Tropfen seiner Medizin und ließ ihn klares Wasser aus seiner Flasche trinken.

»Endlich Ruhe«, sagte Lorin, atmete tief durch und lächelte.

»Brauchst du sonst noch etwas oder bist du hungrig?«, fragte Robin, während er eine Decke über den Freund breitete. Doch Lorin war bereits eingeschlafen.

»Na, wie wär's?!«, rief Bert. »Wollen wir Yals Angebot annehmen?« Er hatte ein frisches Hemd aus seinem Tornister gezogen und schwenkte es in der Luft.

»Ein Fehler kann's nicht sein«, sagte Bero lachend. »Wo wir doch in aller Form zum Abendessen geladen sind. Warte auf mich!«

Doch Bert war schon die Treppe hinabgesprungen. Bero folgte ihm, so schnell es sein verletztes Bein zuließ.

»Da kann ich mich wohl nicht drücken«, sagte Robin und zwinkerte Boffo zu. »Was wird sonst Frau Rhila von mir denken?« Er griff einige Dinge aus seinem Bündel und rannte hinter den beiden her. Boffo schüttelte nur den Kopf. Erst an der Brücke holte Robin die beiden anderen ein. Dort führte eine flache, mit Steinplatten belegte Furt ins Wasser. Ein schneller Blick zurück überzeugte die drei, dass dieser Ort vor neugierigen oder auch unbeabsichtigten Blicken geschützt war. Hurtig schlüpften sie aus ihren Kleidern und sprangen in die Fluten.

In Ufernähe war der Bach flach und seinen Grund bildeten runde Kiesel und Steine. Aber die ruhige Strömung ließ vermuten, dass er zur Mitte hin tiefer wurde. Robin stieß sich ab und ließ sich ein Stück treiben. Die Sonne war untergegangen und der Himmel hatte einen tintenblauen Farbton angenommen. Auf seinem Gesicht spürte Robin, wie ein warmer Wind über das Bachbett strich. Und er hörte ihn sachte durch die Zweige der Uferbäume rauschen, die letzte Schatten auf das schwarz glänzende Wasser warfen. Er holte tief Luft, tauchte unter und schwamm zurück zum Ufer.

»Kein Vergleich zu dem flachen Rinnsal von heute Mittag«,

prustete er, als er wieder auftauchte. »Hier kann man sogar richtig schwimmen. Doch pass auf, dass deine Wunde nicht blutet, Bero. Hier gibt es große Fische. Jedenfalls hat irgendetwas an meiner Zehe geknabbert.«

»Nicht witzig nach unserem heutigen Erlebnis«, gab ihm Bero zur Antwort. »Pass lieber selbst auf, damit du nicht wieder verloren gehst. So wie im See bei Nergath.« Dann tauchte auch er unter, machte einen Handstand und streckte die Fußspitzen in die Luft. Nur Bert war ein wenig vorsichtiger und hielt seinen verletzten Arm aus dem Wasser. Robin stieg ans Ufer, ging zu seinen Sachen und zog ein kleines Döschen aus seiner Hosentasche. Diesem entnahm er einen weißlich schimmernden Barren und begann, sich die Haare damit einzureiben.

»Kann ich's denn glauben? Der hat Seife!«, rief Bert. »Wo hast du die denn her?«

»Eines der nützlicheren Dinge, die ich in Largon gekauft habe. Zu schade, wenn ich sie auf dem Floß zurückgelassen hätte. Natürlich könnt auch ihr sie benutzen.«

Sie seiften sich gegenseitig die Haare ein und tauchten ein letztes Mal die Köpfe unter Wasser. Dann kletterten sie ans Ufer, schlüpften in ihre frischen Hemden und anderen Sachen und gingen zurück zum Haus. Auch Boffo hatte sich inzwischen gesäubert. Aber er hatte mit dem Brunnentrog im Hof vorliebgenommen. Mit noch nassen Haaren, doch schon fertig angezogen stand er in der Tür und erwartete die Schwertläufer.

»Wird auch Zeit, dass ihr kommt«, knurrte er. »Yal hat bereits gerufen und es wäre mehr als unhöflich, wenn wir unsere Gastgeber warten ließen.«

Sie kämmten sich die Haare und ordneten ihre Kleidung. Robin warf einen Blick auf Lorin. Doch der schlief friedlich. Sie ließen ihn schlafen und gingen über eine Holzgalerie hinüber zum Wohnhaus mit seinen inzwischen erleuchteten Fenstern. Dort klopften sie an die Tür.

»Kommt nur herein! Alles ist offen!« Es war Yals Stimme.

Das Zimmer, in welches sie traten, wurde von Öllampen und Wachskerzen in warmes Licht getaucht. An den Wänden standen nur wenige Möbel. Doch gab es dort gepolsterte Diwane mit bunt gemusterten Decken und Kissen und andere bequeme Sitzgelegenheiten. In der Mitte des Raumes stand ein rechteckiger Tisch mit einer Platte aus poliertem Nussbaumholz. Er war gedeckt mit irdenen, farbig glasierten Tellern und Bechern derselben Machart. An seinen Längsseiten standen je drei Stühle mit reich geschnitzten Lehnen und jeweils einer an seinen Stirnseiten. Auf einem dieser saß Yal. Er trug einen bequemen Hausmantel aus regenbogenfarbenem Webstoff und eine runde, bestickte Mütze. Neben ihm stand seine Frau Rhila in einem grünen Bastkleid. Ihre Ohrgehänge schmückten zwei tiefblaue Opale und ihren Hals eine Kette aus ebensolchen Steinen in schimmernden Rottönen. Die Gäste verbeugten sich der Reihe nach und stellten sich mit ihren Namen vor. Yal lud sie mit einer Handbewegung ein, Platz zu nehmen. Boffo jedoch bedeutete den Schwertläufern noch einen Moment zu warten. Er trat vor und zog ein kleines Beutelchen aus der Tasche.

»Werte Frau Rhila«, sprach er. »Habt vielen Dank für die freundliche Aufnahme in Eurem Haus. Und weil ich sehe, dass Ihr Schmuck mögt, dachte ich, Ihr könntet vielleicht auch an diesem kleinen Geschenk Freude haben. Es stammt aus meiner Heimat und Angehörige meines Volkes haben es mit viel Kunstverstand hergestellt. Ich hoffe, es gefällt Euch.«

Aus dem Beutel schüttelte er einen Ring in seine Hand und reichte ihn Rhila. Der Ring war aus Silber geschmiedet, mit feinen Ornamenten verziert und an seiner Vorderseite prangte ein leuchtend grüner Smaragd. Er war geschliffen und in seinen Facetten spiegelte sich das Licht sämtlicher Kerzen des Raumes wider.

Rhilas Augen leuchteten ebenfalls.

»Welch wundervolles Geschenk!«, sagte sie. »Habt vielen Dank dafür! Doch weiß ich nicht, womit ich es verdient hätte. Und ich bin nicht sicher, ob ich so etwas Wertvolles annehmen kann.« Sie blickte fragend zu Yal.

»Das könnt Ihr«, kam ihm Boffo zuvor. »Es ist nur eine Kleinigkeit. Eine unbedeutende Geste im Vergleich zu dem, was Ihr in der kurzen Zeit unserer Anwesenheit hier für uns getan habt. Ihr habt unserem verletzten Gefährten Obdach gegeben und ohne die Hilfe Eures Mannes wären wir bereits nicht mehr am Leben. Das Bedürfnis zu danken liegt deshalb auf unserer Seite.«

Rhila neigte den Kopf, steckte den Ring an und nahm an der anderen Schmalseite des Tisches Platz. Auch die Gäste setzten sich und die Töchter Rhilas kamen mit irdenen Krügen und füllten ihre Becher. Dann hob Yal sein Gefäß und alle tranken. Das Getränk schmeckte süßlich und fruchtig und es perlte ein wenig. Es erfrischte, doch es berauschte nicht. Rhea und Khona hatten das Zimmer verlassen. Jetzt kamen sie wieder mit vollen Platten und Schüsseln und sie gingen erneut, um mehr zu holen. Die Speisen waren vielfältig, wenn auch für die Schwertläufer ungewohnt anzusehen. Dennoch ließen sie sich nicht lange bitten und griffen zu. Es gab Fladenbrot, Butter, helle, frische Käse, in Öl eingelegtes Gemüse und verschiedene Getreidemuse. Dazu würzige und auch süße Soßen und Pasten unterschiedlicher Farbe und Konsistenz. Salate aus frischem Obst, mit Nusskernen garniert, bildeten den Nachtisch.

»Ich hoffe, unsere Küche ist nach eurem Geschmack«, sagte Yal. »Ihr müsst wissen, dass wir hier keine Tiere essen. Nur die Früchte unseres Bodens und das, was uns unsere Kühe, Ziegen und Hühner schenken.«

»Dennoch ist es das Beste, was wir seit langer Zeit genießen dürfen«, sagte Robin. »Und nach den Entbehrungen der vergangenen Tage genießen wir es umso mehr.«

Zum Ende des Mahls brachten Rhilas Töchter noch sechs Schüsselchen.

»Eine Spezialität dieser Gegend«, erklärte Yal. »Ein Mus aus Sumach und Feigen. Es schließt den Magen, wie wir hier sagen.«

Und das tat es. Robin fühlte sich so satt und voll, wie lange nicht mehr und selbst Boffo blies die Backen auf. Die Schwertläufer lehnten sich zufrieden zurück, während Rhila ihren Töchtern half, den Tisch abzuräumen. Dann verschwand sie für kurze Zeit in der Küche. Als sie wieder erschien, trug sie ein Tablett mit einer Auswahl verschiedener Speisen.

»Für euren kranken Freund«, sagte sie. »Auch er wird hungrig sein.« Bert bot sich an, nach Lorin zu sehen.

»Dann entschuldigt mich eine Weile«, sagte er, nahm das Tablett und verließ den Raum.

»Sagt mir, Yal, und diese Frage beschäftigt mich schon die ganze Zeit«, begann Robin nach einigen Momenten satten Schweigens. »Wie kommt es, dass Ihr mit Eurer Familie ganz allein auf diesem wunderschönen Fleckchen Erde lebt? Ich könnte mir vorstellen, dass hier viele gerne wohnen würden.«

»Möglich«, antwortete Yal. »Doch sie dürfen es nicht. Hier lebt seit ewigen Zeiten immer nur einer. Und das ist der Wächter des Tari Walid. Er hat die Aufgabe dieses Tal zu schützen und zu bewachen. Und derzeit obliegt diese Aufgabe mir.«

»Und wer hat Euch mit dieser Aufgabe betraut?«, wollte Bero wissen.

»Die Gemeinschaft der Silenad, von denen ich bereits erzählte. Sie leben im Sil, einem Waldgebiet fünfzehn Meilen flussaufwärts entlang des Lesir.«

»Dann seid Ihr ein Angehöriger dieses Volkes?«, fragte Robin weiter.

»Ich nicht«, antwortete Yal, »aber meine Frau Rhila. Ihr müsst wissen, dass die Silenad fast ausschließlich weiblichen Geschlechts sind. Nur wenige Männer leben unter ihnen. Doch sind sie nicht besonders kriegstüchtig. Im Gegensatz zu den Frauen. Es ist ein Glücksfall für euch, dass ihr nicht unangemeldet in ihr Reich eingedrungen seid.«

»Wieso bewachen sie dann dieses Tal nicht selbst?«, fragte Bero, der an diesem Abend einen besonders aufgeweckten Eindruck machte.

»Wie ich schon sagte«, erwiderte Yal. »Den Wächter des Tales gibt es seit langer Zeit. Es ist eine uralte Tradition. Und davon ist man bisher nicht abgekommen. Dennoch fühle ich mich hier nicht allein gelassen. Nicht zuletzt, weil mir dieses Volk eine ihrer schönsten Töchter zur Frau überlassen hat. Und bei Gefahr würde der Ruf meines Horns ihre Schwestern in kurzer Zeit herbeiführen.«

»Doch wenn Ihr nicht von diesem Volk seid, woher kommt Ihr dann«, wollte Boffo wissen.

»Aus Norgid, einer Stadt im Lande Yerdor. 80 Wegmeilen von hier an den Ufern des Tibor gelegen. Mein Volksstamm sind die Yerdun. Wir leben vom Handel, denn der Tibor ist eine respektable Wasserstraße. Von Norgid bis zur großen Stadt Nolind an der Tibormündung kann er mit Segelschiffen befahren werden. Und bei Südwestwind auch stromaufwärts.«

»Norgid an den Ufern des Tibor«, wiederholte Boffo nachdenklich. »Von dort ist es nicht mehr allzu weit bis nach Arangion. Wisst Ihr mehr über dieses Land. Oder wart Ihr vielleicht selbst schon dort?«

»Bisher nicht«, erwiderte Yal. »Und auch über das Land selbst weiß ich nicht besonders viel. Bis auf das, was man sich über diese Gegend erzählt. Ja, in früheren Zeiten, als die große Brücke über den Tibor errichtet wurde, soll es rege Handelsverbindungen und eine viel begangene Straße dorthin gegeben haben. Von Norgid bis nach Sirdun im Osten des Landes. Die Leute, die dort wohnen, sind vom Volk der Arsid. In Norgid sieht man sie selten, denn sie pflegen jetzt ihre Handelsbeziehungen mit der Stadt Nolind an der Küste, so sagt man. Auf den Wassern des Legris verschiffen sie Kohle und Erdpech, welche sie in Arangion gewinnen. Eine ziemlich schmutzige Angelegenheit.«

»Und Elme?«, fragte Bero aufgeregt. »Dieses kleine Volk, welches so aussieht, wie unser Herr Boffo hier. Gibt es die dort?«

»Ich persönlich habe noch keine gesehen«, entgegnete Yal. »Aber ich möchte nichts Falsches sagen. Arangion ist ein großes Land. Und voller Geheimnisse. Es soll dort einige Hinterlassenschaften der alten Kulturen geben. Vor allem im Westen des

Landes, wo die Gegend gebirgig ist. In Sirdun gibt es sicher Leute, die darüber besser Bescheid wissen, als ich. Und wenn ihr tatsächlich vorhabt, in dieses Land zu reisen, dann ist es am besten, ihr macht euch selbst ein Bild von der Lage dort.«

»Ja, das werden wir wohl«, sagte Boffo. »Denn nach Arangion müssen wir so oder so. Unser Auftrag erfordert es.«

»Ich will zwar nicht neugierig erscheinen. Doch weil ihr es mehrfach erwähntet, in der einen oder anderen Form: was ist das eigentlich für ein Auftrag, der euch so wichtig erscheint?«

»Wir suchen einen Schlüssel«, sagte Robin. »Er wurde vor mehr als 700 Jahren nach Arangion gebracht. Vom Elmenvolk der Sirdain. Er ist Teil eines Vermächtnisses und von großer Wichtigkeit für das Schicksal aller Völker, die rund um das Taurongebirge leben.«

»Schlüssel? Mmh!« Yal rieb sich das Kinn. »Das erinnert mich an eine Sage, die ich in meiner Jugend oft gehört habe. Sie betrifft die Zwerge, die in Tiefen des Marzadgebirges wohnen. In Tinura, ihrer unterirdischen Stadt weit im Norden des Gebirges, schürfen sie nach Schätzen. Im Süden sieht man sie kaum. Doch man erzählte sich seltsame Dinge über sie.«

»Was denn zum Beispiel?«, wollte Boffo wissen. Die Augen des Elms waren mit einem Mal noch wacher als sonst.

»Nun, es heißt, auch sie wären auf der Suche nach so etwas, wie einem Schlüssel. Und dass ihr Herrscher, Zwergenkönig Laurinel, große Belohnungen versprochen hätte. Demjenigen, der Hinweise über den Verbleib dieses geheimnisvollen Gegenstands geben könne, den die Zwerge Khrit nennen. Doch dies sind sicher nur Ammenmärchen.«

»Ganz und gar nicht«, widersprach Bero. »Es gibt diesen Schlüssel wirklich. Wir wissen es genau. Er besteht aus zwei Teilen. Einen Teil konnten wir bereits erlangen. Und seiner Bestimmung zuführen. Den anderen Teil, er trägt den Namen Khrit, den suchen wir.«

»Was meint ihr mit *seiner Bestimmung zuführen*«, wollte Yal wissen.

Boffo beeilte sich, der Antwort Beros zuvorzukommen. Seit Yal die Zwerge erwähnt hatte schien ihm dessen Auskunftsfreudigkeit nicht mehr zu behagen.

»Es geht um den Nolintor«, sagte er bewusst beiläufig. »Den Nebelberg im Westen des Taurongebirges. Er ist in letzter Zeit ein wenig außer Kontrolle geraten. Und nur wer den erwähnten Schlüssel in seiner Gänze besitzt, hat möglicherweise Einfluss auf die Launen dieses Vulkans. Deshalb benötigen wir die zweite Hälfte.«

Man konnte Yal ansehen, dass er die Äußerungen des Elms nicht allzu ernst nahm.

»Nun, ich möchte euch nicht zu nahe treten«, sagte er. »Jedes Volk hat seine eigenen Riten und Gebräuche. Das respektiere ich. Aber ich fürchte, euch bei eurem Vorhaben nicht weiterhelfen zu können. Allerdings hätte ich einen Vorschlag. Wenn ihr durch Norgid kommt, schaut doch bei meinem Bruder Jerbo vorbei. Er hat eine Eisenwarenhandlung, gleich neben dem großen Stadtturm. Ihr könntet einen Brief an ihn mitnehmen. Und ihn bei dieser Gelegenheit ein wenig über Arangion ausfragen. Er treibt bisweilen Handel mit Sirdun und weiß mehr über diese Gegend als ich. Zumindest kennt er Leute, die mehr darüber wissen könnten.«

»Sehr gerne«, sagte Boffo, aber er runzelte die Stirn, als er fortfuhr: »Ihr werdet ihm doch aber nichts über unser heutiges Gespräch schreiben? Es käme uns höchst ungelegen, wenn Zwerge etwas von unseren Plänen erführen.«

Yal lächelte. »Das werde ich nicht. Alles war ihr ihm darüber mitteilen wollt, müsst ihr schon selbst tun.«

»Wir vertrauen Euch, Yal«, sagte Robin, »und deshalb gibt es keinen Grund, Euch Eure Bitte abzuschlagen. Zu viel habt Ihr uns bereits geholfen. Und zu sehr sind wir Euch zu Dank verpflichtet.«

»Schon gut«, sagte Yal. »Es hat sich eben so ergeben. Doch nun sollten wir zu Bett gehen. Der Tag war anstrengend, vor allem für euch. Und wir sind es gewohnt, früh aufzustehen.«

Die Schwertläufer erhoben sich, bedankten sich bei ihren Gastgebern und gingen auf ihr Zimmer. Lorin war noch nicht aufgewacht. Neben seinem Kopfkissen, auf einem kleinen Tischchen, stand sein Essen. Es war unberührt. Im Bett daneben lag Bert. Und auch er schlief schon. In die noch freien Betten legten sich Robin, Bero und der Elm, nachdem sie sich ihrer Hosen und Stiefel entledigt hatten. Robins Matratze roch angenehm nach Bast und frischem Wiesenheu. Er bettete seinen Kopf auf das Kissen aus weißem Leinen und zog sich die weiche Wolldecke bis zur Kinnspitze. Neben sich hörte er die ruhigen und regelmäßigen Atemzüge von Lorin und Bert. Dann fiel auch er in eine tiefe, wohltuende Leere.

Die folgenden Tage waren für Yals Gäste erholsam und kurzweilig zugleich. Sie genossen das schöne Wetter und die abwechslungsreiche Küche Rhilas. Doch sie machten sich auch nützlich. Bert und Boffo bewiesen ihre Schmiedekünste und griffen Yal bei der Reparatur verschiedener eiserner Werkzeuge und landwirtschaftlicher Gerätschaften unter die Arme. Robin nutzte Berts Prunkaxt um Holz zu spalten und brachte anschließend zusammen mit Bero einige schadhafte Stellen der mit Holzschindeln gedeckten Dächer wieder in Ordnung. Abends saßen sie mit Yals Familie auf der Veranda oder im Inneren des Hauses zusammen. Die Schwertläufer erzählten aus ihrer Heimat und fachsimpelten mit Yal über Bergbau und Bodenkunde. Auch Lorin nahm wieder an der Gemeinschaft teil – meist warm eingepackt in Decken und in einem Schaukelstuhl sitzend.

Dennoch machten sich die anderen Sorgen um ihn. Anders als Beros und Berts Wunden, die dank Boffos Pflege schon beinahe verheilt waren, machte Lorins Genesung nicht die erhofften Fortschritte. Seine Schulter heilte schlecht. Das Atmen bereitete ihm Probleme und selbst beim Liegen hatte er Schmerzen. Boffo tat, was in seinen Möglichkeiten stand. Aus mehreren Tüchern und Polstern baute er einen stabilen Verband, der Lorins Schlüsselbein stabilisierte. Doch er konnte seine Schmerzen nur lindern, seine Heilung konnte er nicht erzwingen. Am sechsten Tag ihres Aufenthaltes im Tari Walid drängte Boffo zur Weiterreise. Er schien beunruhigt, denn der August war bereits in seine zweite Hälfte getreten und sie hinkten ihrem ursprünglichen Zeitplan um mehr als zwei Wochen hinterher. Lorin fühlte sich nach eigener Aussage wieder stark genug und so legten sie ihre Abreise für den folgenden Tag fest.

An diesem Montag, es war der 19. August, waren die Gefährten früher als an den vergangenen Tagen auf den Beinen. Dass Lorin reiten durfte, stand außer Frage. Das zweite Pferd wurde als Packpferd beladen. Yal und Rhila gaben den Reisenden Proviant und etwas grob gemahlenes Getreide für die Pferde mit. Boffo zog seine Geldbörse, doch Yal weigerte sich nachdrücklich, auch nur die geringste Bezahlung anzunehmen. Stattdessen schenkte er Robin und Bero jeweils einen Anhänger aus gebranntem Ton, geziert mit Symbolen und Schriftzeichen, die Robin nicht kannte.

»Tragt diese Anhänger sichtbar bei euch«, sagte er. »Sie werden euch vor unliebsamen Überraschungen schützen, wenn ihr das Sil erreicht.« Dann übergab er Robin zwei Briefe. »Dieser eine Brief ist für Sirud, die Oberste Silenad, bestimmt. Den anderen bitte ich euch, meinem Bruder Jerbo in Norgid zu übergeben. Und nun wünsche ich euch viel Glück auf eurer Reise und dass euer Vorhaben gelingen möge. Den Weg nach Norden entlang des Lesir ist nicht immer einfach zu finden. Denn die eigentliche Straße verläuft an seinem westlichen Ufer, am Fuße des Borungebirges. Doch folgt nur immer dem Fluss. Dann könnt ihr nicht fehlgehen.«

Die Gefährten bedankten sich und verabschiedeten sich bei Yal, Rhila und den beiden Töchtern. Dann halfen sie Lorin in den Sattel und marschierten los. Bero und Bert führten jeweils ein Pferd am Zügel und Boffo ging mit Robin vorneweg.

Vierundzwanzigstes Kapitel

Die Silenad

Bereits war die Sonne über dem östlichen Talrand erschienen und schickte erste wärmende Strahlen in die Landschaft. Darüber leuchtete der Himmel in morgendlichem Blau. Wiesen und Auen erstreckten sich zu beiden Seiten des Baches. Und entlang seiner Ufer zog sich ein Baumgürtel aus Schwarzerlen und Weiden, in deren Schatten der Weg verlief.

Anfänglich war das Tari Walid breit und offen. Doch allmählich rückten die Felsabbrüche seiner Flanken näher zusammen. So nahe, bis sie schließlich ein schmales Felsentor bildeten, welches nur Platz für den Bach und einen felsigen Steig an seinem Ufer ließ. Durch diese Pforte traten die Reisenden ein in ein weiteres, sonnendurchflutetes Tal. Viel breiter und offener, als das, aus dem sie kamen. Auf einer baumfreien Anhöhe blieben sie stehen.

Im Westen, in einer Entfernung von ungefähr fünf Meilen, erhoben sich die felsigen Abhänge des Borungebirges. Weiter im Süden waren die Ausläufer der Nalidwüste zu erkennen und nach Norden hin erstreckte sich ein fruchtbarer Talgrund. Als Robin zurückblickte, bemerkte er, dass der Weg, der sie durch das Felsentor geführt hatte, verschwunden war. Bäume und Büsche verdeckten seine Existenz. Niemand, der zufällig an diesen Ort gekommen wäre, hätte ihn hier vermutet und auch nicht das Felsentor, durch das er führte. Nur der Teris, wie Yal den Bach aus dem Dornental genannt hatte, hätte dem neugierigen Sucher seine Herkunft preisgeben können. Seinem Lauf folgte die Gruppe durch unwegsames Terrain und kam schließlich zu der Stelle, an der er in den Fluss mündete. Sie hatten den

Lesir erreicht.

Auf nicht mehr als 100 bis 120 Schritt schätzte Robin dessen Breite. Doch sein hellgrünes Wasser floss schnell und an manchen Stellen ragten Felsen daraus empor, an denen sich schäumende Strudel bildeten. Ein Überschreiten wäre nur schwer möglich gewesen. Deshalb befolgten die Reisenden Yals Rat und wandten sich am diesseitigen Ufer flussaufwärts.

Nur wenige Anzeichen deuteten darauf hin, dass hier auch andere Reisende unterwegs sein könnten. Aber geübten Augen fielen kleine Besonderheiten auf. Wie ein abgeschlagener Ast oder eine Baumwurzel, an der ein Stück Rinde fehlte. Bisweilen versperrte ein umgestürzter Baum den Weg und mehrmals mussten die Wanderer sumpfigen Stellen umgehen.

Allmählich wurde der Untergrund fester und die Uferböschung des Lesir steiler und höher. Auch die Bäume wurden mächtiger. Die dünnen Gehölze aus Erlen, Pappeln, Birken und Sumpfzypressen der hinter ihnen liegenden Flussauen hatten sich zu einem stattlichen Wald verdichtet. Hoch aufragende Ahornbäume bildeten zusammen mit knorrigen Eichen und struppigen Kiefern ein geschlossenes Dach, in dessen schattigem Grund kaum Unterholz wuchs. Sogar so etwas, wie ein Pfad zeichnete sich jetzt ab. Die Reisenden kamen nun schneller voran. Allerdings verdeckte der Wald auch die weitere Umgebung. Nur das Flussbett des Lesir unter ihnen gab bisweilen einen Ausblick in die Landschaft frei.

Robin hatte bereits seit einiger Zeit beobachtet, dass Boffo wiederholt besorgte Blicke auf Lorin geworfen hatte. Schließlich, am frühen Abend, deutete der Elm auf eine geschützte Mulde nahe des Flussufers.

»Für heute soll's genug sein«, sagte er. »Hier bleiben wir.«

Sie sattelten ab, tränkten die Pferde und machten sich daran, ein bequemes Lager einzurichten. Bert schlug mit seinem Schwert grüne Äste von einer Fichte und baute eine Liegestätte für Lorin. Robin sammelte zusammen mit Bero trockenes Holz und machte Feuer. Boffo setzte Teewasser auf und bereitete das Abendessen. Als wenig später die Sonne hinter den Baumwipfeln der jenseitigen Gestade des Lesir versank, setzten sie sich um die Feuerstelle und aßen. Ein frisches Lüftchen säuselte durch das Gezweig der Äste und nahm den aufsteigenden Rauch mit sich fort.

»Zumindest gibt's hier schon mal keine Mücken, so wie am Ufer des Iruhin«, stellte Bert fest.

»Die gab's im Tari Walid auch nicht«, sagte Bero. »Mich erstaunt viel mehr, wie schnell sich die Natur verändert hat. Wir sind noch nicht sehr weit von Yalbo Tibbits Haus entfernt, und doch ist hier alles anders. Die Pflanzen, die Bäume, die Farben. Diese Gegend erinnert mich beinahe an zuhause.«

»Es war die Nähe der Wüste, die dort alles veränderte«, sagte Boffo. »Jetzt, da wir weiter nach Norden kommen, wird euch vieles wieder vertrauter erscheinen.«

»Das will ich hoffen«, sagte Bert. »Besonders wäre es mir recht, wenn uns zufällig ein Rebhühnchen oder eine Ente vor den Bogen flattern würde. Yal und Rhilas Küche in allen Ehren. Doch von Zeit zu Zeit etwas Gebratenes ist auch nicht zu verachten.«

»Du könntest ja morgen versuchen, deine Angel auszuwerfen«, schlug Boffo vor. »Denn wenn wir erst zu den Silenad kommen, solltest du dir keine allzu großen Hoffnungen mehr auf ›Gebratenes‹ machen. Die sind schließlich mit Rhila verwandt.«

»Schöne Aussichten!«, brummte Bert. »Was hältst du davon, Lorin?«

»Mir egal«, stöhnte Lorin. »Alles, was ich brauche, ist ein wenig Ruhe.«

Boffo reichte ihm einen Becher Tee, in den er einige Tropfen seiner Medizin geträufelt hatte.

»Das wird dir gut tun, mein Junge. Und dir helfen zu schlafen.«

Schon beim ersten Morgengrauen war Bert aufgestanden. Kurz nachdem Robin und Bero sich erhoben hatten, um Feuer zu machen, kam er bereits vom Flussufer zurück. In der Hand trug er einen Ring aus Weidenzweigen, an dem einige prächtige Regenbogenforellen baumelten.

»Fisch zum Frühstück!?«, Bero runzelte die Stirn. »Aber warum nicht? Ist mal was anderes.«

»Die braten wir in Butter!«, rief Bert. »Davon hat uns Frau Rhila eine gute Portion mitgegeben.«

Boffo machte sich sofort ans Werk und setzte seine Eisenpfanne aufs Feuer. Aus einem Tontiegel gab er reichlich Butter hinein. Dazu die Fische und einige Zweiglein wilden Rosmarins, den er im Tari Walid gefunden hatte. Nebenbei röstete Robin große Stücke Fladenbrot. Wenig später verbreitete sich ein verführerischer Duft, von dem sogar Lorin erwachte. Als die Forellen knusprig braun waren, ließen sich die Gefährten nieder und schwelgten im Überfluss.

Erst gegen neun Uhr machten sie sich auf den Weg. Alle waren satt und gut gelaunt, einschließlich der Pferde. Und sogar Lorin machte den Eindruck, als fühle er sich heute etwas besser.

Der Tag wurde warm. Doch der Schatten der Bäume und der leichte Wind, der entlang des Flusses blies, sorgten für willkommene Kühlung.

Der Pfad lag jetzt offen vor ihnen. Kurvenreich und in stetigem Auf und Ab schmiegte er sich an das Hochufer des Lesir. Bisweilen krochen Baumwurzeln über den Weg und ausgetretene Felsstufen zwangen Pferde und Wanderer zu Vorsicht. Das Tal war enger geworden und die zerklüfteten Abbrüche des Borungebirges waren nahe an das jenseitige Flussufer gerückt.

Am frühen Nachmittag erreichten sie eine Schlucht. Durch ihre Tiefe zwängte sich der Lesir. Schnell fließend stürzte er sich über felsige Barrieren talwärts und sein Tosen hallte zwischen den Felswänden wie das Grollen eines fernen Gewitters. Die Gischt der Stromschnellen stieg in feinen Nebeln auf und zeichnete Regenbogenfarben gegen die hochstehende Sonne. Und hoch über den aufgewühlten Wassern schlängelte sich der Weg entlang steiler Felsabbrüche.

Die Pferde waren ängstlich. Bero und Bert verhängten ihre Augen mit Tüchern und sprachen beruhigend auf die Tiere ein. Und sie überwanden ihre Angst und folgten ihren Führern.

Endlich neigte sich der Pfad talwärts, bis zu einer Stelle, wo er sich vom Fluss abwandte und ins Landesinnere schwenkte. An einer unbewaldeten Wegbiegung verweilten die Reisenden. Von ihrem erhöhten Standpunkt aus blickten sie über das wieder weite und offene Tal des Lesir. Westlich von ihnen zog er seine Bahn. Träge und noch ohne Anzeichen der Unruhe, die ihn bald erfassen würde. Nach Nordosten hin breitete sich eine sanft geschwungene Hügellandschaft aus. Mit waldbedeckten Kuppen und lichten Tälern, aus denen kleine Bäche ihrem großen Bruder zustrebten.

»Das muss das Sil sein, von dem Yalbo sprach«, sagte Boffo. »Und somit müssen wir auch damit rechnen, irgendwann auf seine Bewohner zu treffen.«

»Und Bewohnerinnen«, ergänzte Bert. »Ich hoffe, diese Silenad sind nicht ganz so furchterregend, wie Yal sie beschrieben hat.«

Er nahm das Pferd, auf dem Lorin saß, am Zügel und ging weiter. Noch bevor er die Biegung ganz durchschritten hatte, blieb er wie angewurzelt stehen. Als die anderen zu ihm aufschlossen, sahen sie den Grund für sein Zögern. In kurzer Entfernung vor ihnen, inmitten des Weges, stand ein großes, schwarzes Pferd. Und auf ihm saß eine Reiterin. Sie hielt die linke Hand in die Höhe.

»Halt! Und Hände weg von euren Waffen!«, sagte sie ruhig und in reinem Laudoranisch.

Dann ritt sie langsam auf die Ankömmlinge zu. Wenige Schritte vor ihnen zügelte sie ihr Pferd und betrachtete sie eingehend. Auch diese blickten stumm und staunend auf die Gestalt vor ihnen. Eine solche Erscheinung hatte Robin in der Tat noch nicht gesehen. Sie war jung. Robin schätzte sie auf Mitte zwanzig. Ihr Körper war schlank und wohl geformt. Und sie war ebenso hübsch wie Rhila. Doch ihr sonstiges Äußeres hätte nicht unterschiedlicher sein können. Ihre eng anliegenden Hosen steckten in weichen Stiefeln und ihren Oberkörper bedeckte ein hüftlanges, besticktes Lederkoller. Ihren Kopf zierte ein Metallreif mit hohem Rand. Dessen Öffnung war mit rotem Stoff verschlossen, der ihr nach hinten in den Nacken fiel und das zu einem Zopf geflochtene Haar zur Hälfte verdeckte. Auf dem Rücken trug sie einen Köcher, in dem ein Bogen und einige Pfeile steckten. Und am reich verzierten Sattel ihres Pferdes hing ein schlankes Schwert.

»Ihr braucht Euch nicht zu fürchten«, ergriff Robin das Wort. »Wir kommen in friedlicher Absicht. Und wir bringen Euch Grüße von Yalbo und Rhila aus dem Tari Walid.«

»Ich weiß«, sagte die Reiterin und lächelte. »Und nein, ich fürchte mich nicht. Yalbo hat gut daran getan, euch das Zeichen umzuhängen. Zu eurem Glück. Denn wenn es nicht so wäre, wärt ihr jetzt vielleicht jetzt schon nicht mehr am Leben.«

Sie winkte und hinter ihr bewegten sich die Zweige der nahen Büsche. Fünf Kriegerinnen traten auf den Weg. In ihren Händen hielten sie gespannte Bögen mit aufgelegten Pfeilen. Auf ein Zeichen ihrer Anführerin ließen sie die Waffen sinken und eine weitere Reiterin, fünf Pferde an den Zügeln führend, näherte sich der Gruppe. Die Silenad steckten ihre Bögen in die Köcher und saßen auf.

»Folgt mir!«, befahl die Anführerin und ritt mit zweien ihrer Kriegerinnen voraus. Die Reisenden beeilten sich, der Aufforderung nachzukommen. Die vier verbleibenden Reiterinnen bildeten den Schluss.

Die Silenad schlugen ein forsches Tempo an. Lorin, dem anzusehen war, dass er litt, durfte reiten. Im Gehen setzte Robin Boffo auf das Packpferd. Er selbst, Bert und Bero hatten Mühe, der Anführerin zu folgen, ohne in Laufschritt verfallen zu müssen. Diese warf einen Blick zurück und mäßigte daraufhin die Geschwindigkeit.

»Ich vergaß, dass ihr das Zeichen tragt«, sagte sie. »Wir sind es gewohnt, unsere Gefangenen weniger rücksichtsvoll zu behandeln. Und die meisten von ihnen haben es verdient. Bei euch bin ich mir nicht sicher.«

»Gefangene?« Robin beeilte sich, neben die Anführerin zu gelangen. Er war ein wenig außer Atem. »Wir sind freiwillig hierhergekommen. Und wir haben sogar eine Nachricht dabei, an Sirud, Eure Herrin.«

»Sie ist nicht meine Herrin«, entgegnete die Angesprochene. »Sie ist die Oberste Silenad. Die Erste unter Gleichen. Ihr werdet sie heute kennenlernen. *Ihr* könnt ihr alles erzählen. Sie wird dann über euer weiteres Schicksal entscheiden. Und nun geh wieder an deinen Platz. Und spare deinen Atem. Wir haben noch einen weiten Weg.«

»Dein gewinnendes Wesen hat wohl nicht bei ihr verfangen?« Bert grinste. »Die Schöne ist ein wenig spröde, scheint mir.«

»Diese ganze Sippe ist voller Rätsel«, antwortete Robin. »Mit Rhila haben ihre Schwestern hier jedenfalls nur äußerlich etwas gemein. Ich hoffe nur, dass die Oberste Silenad, wie sie ihre Herrin nennen, etwas zugänglicher ist.«

Die Gegend, durch die sie jetzt kamen, schien nicht von Menschenhand kultiviert zu sein. Man sah keine Äcker und keine Felder. Stattdessen taten sich Lichtungen und freie Flächen inmitten der schattigen Wälder auf. Aber sie waren nicht ungepflegt und mit Gestrüpp überwuchert. Auf grünen Wiesen wuchs kurzes, saftiges Gras. Bisweilen ließen sich wilde Pferde sehen. Schöne, große Tiere, die aus einiger Entfernung neugierig die Vorbeiziehenden beobachteten und bei ihrem Näherkommen die Flucht ergriffen.

Stunde um Stunde folgten die Gefährten den Silenad. Diese unterhielten sich nur wenig und in ihrer eigenen Sprache, welche die Schwertläufer nicht verstanden. Mit den Fremden zu sprechen zeigten sie wenig Neigung. Robin glaubte nur den Namen der Anführerin zu verstehen. Ihre beiden Begleiterinnen nannten sie Alia.

Als die Sonne schon weit im Westen stand, kamen sie an das Ufer eines Baches, der dem Lesir zuströmte. Er entsprang einem Tal, dessen Eingang von zwei hohen Felsen flankiert wurde. In dieses Tal ritten sie hinein. Hier schickte Alia eine der Kriegerinnen voraus, die sie Liria nannte. Wohl in der Absicht, die Ankunft der Fremden zu melden.

Bald strebten die Felswände auseinander und machten Platz für lichte Wälder und Auen, dann für Felder, Wiesen und Weiden. Die meisten Felder waren bereits abgeerntet. Auf einigen waren junge Frauen und Mädchen dabei, goldgelbe Haferrispen mit Sicheln zu schneiden und zu Garben zusammenzubinden. Andere machten sich in umzäunten Gärten zu schaffen, gossen die Pflanzen, hackten Unkraut auf den Beeten und ernteten reifes Gemüse. Wieder andere saßen im Schatten hölzerner Pavillons, lachten und unterhielten sich und erfrischten sich mit Getränken und Obst. Sie alle waren nicht kriegerisch gekleidet, sondern trugen luftige Sommerkleider und einige hatten Strohhüte auf den Köpfen. Den Ankommenden schenkten sie kaum Beachtung. Sie schienen sich sehr sicher zu fühlen.

Schließlich erreichten sie eine Ansiedlung. Die Häuser hier sahen ähnlich aus, wie Yalbo Tibbits Anwesen im Tari Walid: größtenteils aus Holz erbaut und ebenso verziert. Auch standen sie nicht einzeln nebeneinander. Durch luftige Laubengänge waren sie sie miteinander verknüpft. Robin erschienen sie wie ein einziges, großes Gebäude, welches sich in mehreren Etagen an den Fuß einer felsigen Terrasse schmiegte.

»Das ist Gilathem, unser Dorf«, sagte Alia. »Wir sind am Ziel. Hier werdet ihr die Oberste Silenad treffen. Sie wird entscheiden, was mit euch geschieht.«

Eine breite, steinerne Treppe inmitten der Gebäudegruppe führte empor zu einer Halle, die ganz oben auf der Felsterrasse thronte. Ihr Dach wurde von beschnitzten Holzsäulen getragen, die auf steinernen Fundamenten ruhten. Am Fuße der Treppe hielten die Silenad an und stiegen ab.

»Legt eure Waffen ab und folgt mir!«, befahl Alia. »Um eure Pferde und euer Gepäck werden *wir* uns kümmern.«

Sie begann, die Treppe hinaufzusteigen. Robin sah Boffo an. Der nickte. Und obwohl die Situation so ungewöhnlich und fremdartig war, spürte Robin in seinem Innern weder Angst noch Misstrauen. Auch seine Gefährten schienen keine besonderen Befürchtungen zu hegen. Bero nahm mit einem Schulterzucken als erster sein Waffenbündel ab und hängte es an das Packpferd. Dann half er mit fragendem Blick Lorin aus dem Sattel.

»Lass uns gehen«, sagte der. »Solange ich bald sitzen oder liegen und mich ausruhen kann, soll mir alles recht sein.«

Am Ende der Treppe angekommen, traten sie durch ein breites Tor in die Halle. Sie war nicht düster, wie man von außen erwartet hätte. Durch großflächige Fenster fiel Licht in allen Farbtönen und durchflutete den Raum. Sie bestanden aus vielen bunten Scheiben, in kunstvoller Weise zu bildhaften Mustern gruppiert. Bereits in Yals Haus hatte Robin sie gesehen und bewundert, wenn auch nicht in solcher Farbvielfalt und Ornamentik. An der Stirnseite der Halle standen Bänke, wie sie einer Versammlung als Sitzgelegenheiten hätten dienen können. Heute waren sie leer. Davor, auf einem erhöhten Podium, saß eine Frau. Auch sie war jung und schön. Ihr zur Seite standen je drei bewaffnete Kriegerinnen. Sie selbst machte keinen kriegerischen Eindruck, in ihrem langen Kleid, bestickt mit schillernden Opalplättchen. Ihren Kopf, eingeflochten in ihr dunkles, langes Haar, schmückte ein schlichtes Gebinde aus bunten Federn. Robin war sich sicher, dass sie vor Sirud standen, der Obersten Silenad. Alia ging zu ihr, neigte den Kopf und sprach einige Sätze in ihrer eigenen Sprache.

»Ich danke dir, Alia, Waffenmeisterin«, sagte Sirud in akzentfreiem Laudoranisch. Mit einer Handbewegung bedeutete sie ihr, sich neben die anderen Kriegerinnen zu stellen, von denen eine Liria, die Gesandte, war. Dann wandte sie sich an die Ankömmlinge.

»Ob ich euch willkommen heißen kann, weiß ich noch nicht. Doch ich hoffe es. Einiges habe ich bereits über euch erfahren. Anderes müsst ihr mir noch erklären. Doch zuerst sagt mir, wer ihr seid und welche Gründe euch hierher in das Sil geführt haben.«

Boffo sah Robin an und der trat einen Schritt nach vorne.

»Werte Herrin«, begann er, »wir sind Reisende aus dem fernen Elegien und auf dem Weg nach Arangion, dem Land, in dem die Vorväter dieses kleinen Herrn vom Volk der Elme vor vielen Jahrhunderten Zuflucht fanden. Unter großen Gefahren kamen wir über das Taurongebirge in die Stadt Largon, wo wir freundlich aufgenommen wurden. Doch in Nergath empfing man uns feindselig. Wir waren gezwungen, unseren geplanten Reiseweg zu verlassen. Den Iruhin fuhren wir hinab, bis zur Turonmündung. Dort überfielen uns die Trok und verletzten unseren Gefährten hier schwer. Wir entkamen ihnen, doch verloren wir in der Nalidwüste zwei unserer Pferde ...«

»Zwei eurer Pferde?«, unterbrach ihn Sirud. »Diejenigen, welche ihr bei euch führt, sehen aber aus wie Trokpferde. Ein Umstand, der euch beinahe das Leben gekostet hätte, als ihr in das Sil eindrangt.«

»Die Pferde haben wir von den Trok erbeutet«, erklärte Robin. »Ihre toten Besitzer benötigen sie nicht mehr. Und auch unser Leben wäre verwirkt gewesen, wenn uns Herr Yalbo Tibbit nicht aus den Klauen der Shariks gerettet und in sein Haus aufgenommen hätte. Dies hier hat er uns für Euch mitgegeben.«

Robin griff in seine Jackentasche, zog den Brief, den er von Yal bekommen hatte, heraus und überreichte ihn Sirud. Sie öffnete ihn, überflog die Zeilen und ein Lächeln huschte über ihr Gesicht.

»Dieses Schreiben ist nicht von Yalbo«, sagte sie dann. »Es ist von unserer Schwester Rhila. Sie berichtet Beruhigendes und Beunruhigendes. Und auch einiges über euch.«

»Hoffentlich nur Gutes.« Bert konnte sich diese vorlaute Bemerkung nicht verkneifen, und Robin warf ihm einen tadelnden Blick zu.

Doch Sirud fuhr unbeirrt fort: »Rhila und Yal haben in der Tat große Gefahr auf sich genommen, als sie euch in ihr Haus aufnahmen. Wir wollen hoffen, dass die Trok glauben, die Shariks hätten euch getötet. Bisher blieb der geheime Eingang in das Tari Walid unentdeckt. Und so soll es auch bleiben. Ihr seid die ersten Fremden, die davon erfuhren. Doch glaube ich, dass wir euch vertrauen können. Denn es gibt Anzeichen für eure aufrechte Gesinnung.«

»Euer Vertrauen ehrt uns«, sagte Robin. »Und wir werden es nicht enttäuschen. Doch sagt uns, was bestärkt Euch in Eurer Zuversicht.«

»Das Gefühl in meinem Innern«, antwortete Sirud. »Und die Nachrichten, die ich über meine Botin bekomme. Vor nicht allzu langer Zeit spürten wir eine starke Kraft, die aus dem großen Gebirge im Osten kam. Und auch anderen blieb nicht verborgen, was dort geschah. Die Zwerge in Nimbor sind seither in großer Aufregung, so sagt man. Es heißt, einige Wagemutige hätten ihn gefunden. Den Schlüssel zur Macht über die Tiefen der Gebirge. Nach der, außer den Zwergen, auch noch andere dunkle Mächte streben. Und man sagt auch, die Elme, von denen man lange nichts hörte, wären auf dem Weg, sich zurückzuholen, was vor langer Zeit ihr Eigen war. Die Herrschaft über Arkandra und seine unermesslichen Schätze.«

»Nun, ganz so ehrgeizig sind die Absichten der Elme nicht, Herrin«, mischte sich Boffo ein. »Es freut mich, welch hohe Meinung Ihr über mein Volk habt. Allein, dass Ihr es kennt, macht mich stolz. Doch streben wir weder nach Macht noch nach Reichtum. Und was unsere Zahl betrifft, so sind wir kaum in der Lage, irgendwelche Herrschaften zurückzuerobern. Wir Ihr seht, reise ich als einziger Vertreter meiner Gattung, nur in Begleitung dieser jungen Herren. Und wie Herr Robin schon bemerkte, möchte ich in Arangion einige meiner Verwandten besuchen. Doch da Ihr den Schlüssel erwähntet, so gebe ich es zu: ja, wir suchen ihn dort. Doch nur einen Teil davon. Den anderen Teil haben wir bereits. Und auch schon an den Ort seiner Bestimmung gebracht. Doch nicht um Macht und Reichtum zu erlangen. Sondern, um dem zerstörerischen Treiben des Nebelbergs, des Tarantuil, Einhalt zu gebieten. Seine Asche und die Dunkelheit, welche diese verursacht, bedrohen unsere Heimat im Nordosten des Vulkans. Und inzwischen auch die Länder in seinem Süden und Westen. Selbst Euer schönes Land könnte eines Tages davon betroffen sein.«

»Dies alles schreibt mir auch unsere Schwester Rhila«, sagte Sirud. »Doch bereits vorher erfuhr ich von euren Plänen. Von einer Botin, die ihr nicht kennt aber vielleicht schon saht.«

»Und wer ist diese Botin?«, wollte Robin wissen.

»Ihr werdet sie erkennen, wenn ihr sie wieder seht«, erwiderte Sirud. »Dies soll fürs Erste genügen. Ich sehe, dass euer junger Freund leidet«, damit deutete sie auf Lorin. »Liria, meine Gesandte, wird euch jetzt zeigen, wo ihr euer Lager aufschlagen könnt. Solange ihr bei uns weilt, soll es euch an nichts fehlen.«

Sie stand auf und bedeutete den Gästen mit einer Handbewegung, dass der Empfang beendet war. Die verbeugten sich. Bero und Bert halfen Lorin und zusammen folgten sie Liria, die zum Tor hinaus und die Treppe hinab schritt.

Liria wählte einen Weg, der über zahlreiche Stufen und Windungen zu einem runden Platz, einer Art Forum führte. Dort sah Robin erstmalig einige Männer dieses seltsamen Volkes. Sie saßen in der Mitte des Platzes an einem Brunnen unter einem offenen Pavillon, unterhielten sich, scherzten und lachten. Auch sie waren alle jung. Sie trugen helle Gewänder und Sandalen und ihr meist blondes, langes Haar fiel ihnen auf die Schultern. Die fremden Ankömmlinge schienen sie kaum zu interessieren, denn sie sahen nur kurz auf und grüßten auch nicht.

Von ihren beiden Pferden war nichts zu sehen, aber auf der gegenüberliegenden Seite des Forums lagen flachere Gebäude mit vielen Fenstern und Türen. Gerade traf dort eine weitere Patrouille von bewaffneten Silenadfrauen zu Pferd ein. Vor einem dieser Gebäude saßen sie ab und führten ihre Tiere hinein.

»Wie mir scheint, sind die Aufgaben bei Euch streng verteilt«, wandte sich Robin an Liria. »Ich sehe Kriegerinnen und ich sehe Frauen, welche die Feldarbeit besorgen.«

»Nein«, antwortete Liria. »Alle Frauen übernehmen auch alle Aufgaben. Nur eben zu den ihnen zugewiesenen Zeiten. Wer heute auf dem Feld arbeitet, wird morgen vielleicht den Wachdienst übernehmen und übermorgen für Essen sorgen.«

»Und welche Aufgaben haben Eure Männer?«, wollte Robin wissen. »Bisher sah ich nur wenige, und die genossen ihre freie Zeit.«

Liria lächelte, doch sie war keineswegs verlegen.

»Sie sorgen dafür, dass wir nicht aussterben«, erwiderte sie. »Davon abgesehen sind sie begabte Handwerker. Sie schaffen all die schönen Dinge ringsum. Aus Holz und aus Stein. Mit Schnitzmesser und Meisel.«

Bei einem der Pavillons blieb Liria stehen. Im Grunde genommen war es nur ein schindelbedecktes Dach mit vier Wänden. Die großen Fensteröffnungen hatten keine Scheiben. Nur Holzläden, die jetzt offen standen. Dahinter hingen dünne Schleier, die sich leicht im Wind bewegten. Auf der geräumigen Veranda lag bereits das Gepäck der Gäste. Dort stand auch ein Tisch mit einer Bank und einigen Stühlen.

»Hier könnt ihr zunächst bleiben«, sagte Liria. »Wir werden später nach euch sehen.« Damit entfernte sie sich.

Robin ging mit den anderen in das Innere der Hütte. Wenige Möbel schmückten den einzigen Raum. Niedrige Regale standen an der fensterlosen Seite und es gab es einen gemauerten Herd, über dem kupferne Tiegel und Pfannen hingen. Daneben, in einer Ecke, lag ofenfertiges Brennholz. An einem der Deckenbalken hing eine zweiarmige Öllampe. Die Liegeflächen der Betten waren mit geflochtenen Bastfasern bespannt. Doch gab es keine Bettwäsche und keine Decken. Die Ankömmlinge behalfen sich mit dem, was sie mitgebracht hatten und Lorin ließ sich mit einem Seufzer der Erleichterung auf eine der Liegen sinken.

»Ein Herd ist schon mal nicht schlecht«, sagte Bert. »Fragt sich nur, was wir darauf kochen könnten. Einen Laden wird's hier ja wohl kaum geben.«

»Wer weiß«, sagte Bero. »Von irgendetwas müssen ja auch die Silenad leben. Und dann können sie uns auch etwas davon verkaufen. Außerdem hat uns ihre Oberin versprochen, dass es uns an nichts fehlen solle.«

In diesem Moment klopfte es an die Tür. Bert öffnete. Draußen stand Liria, die Gesandte. Und neben ihr zwei junge Frauen von bezauberndem Äußeren. Beide hielten flache Körbe in ihren Händen. Sie waren gefüllt mit frischen und getrockneten Früchten, Brot, Eiern und einem großen, gelben Käse. Dabei war auch ein Krug mit Milch und eine Schüssel mit gemahlenem Getreide. Liria selbst trug einige Decken auf ihren Armen.

»Lesia und Lara bringen euch Vorräte, die ihr nach der bei euch üblichen Art zubereiten könnt.« Liria bedeutete den beiden, die Körbe auf den Tisch der Veranda zu stellen. »Und diese Sachen werden euch helfen, die Nacht angenehmer zu verbringen.« Sie drückte Bert die Decken in die Hand. »Wasser findet ihr am Brunnen vor dem Platz.«

Ihre Begleiterinnen neigten die Köpfe und sagten nichts. Dann wandten sich alle drei um und ließen die Gäste allein.

»Mmh, Ahornsirup! Wie lange habe ich so etwas schon nicht mehr gegessen.« Bert hatte seinen Zeigefinger in einen Tonkrug getaucht und schleckte ihn ab.

»Na also«, sagte Bero. »Wie ich es vermutet hatte. An die Sitten dieser Schönheiten muss man sich zwar erst gewöhnen. Aber ihre Gastfreundschaft lässt nichts zu wünschen übrig.«

»Allerdings werden wir es hier nicht ganz so bequem haben, wie bei Rhila und Yal«, sagte Robin. »Und bevor es etwas zu

Essen gibt, steht uns noch ein wenig Arbeit bevor. Ich hole Wasser. Ihr könnt schon mal Feuer machen.«

Er ergriff eine große Kupferkanne, ging die Treppen der Veranda hinab und machte sich auf den Weg zum Brunnen.

Die Sonne war inzwischen untergegangen. Letzte warmrote Farben glitten über die Giebel der höheren Häuser, während die niedrigeren schon im Schatten versanken. Auf dem höchsten Dachfirst saß eine Schwarzdrossel und sang ihr Abendlied. Die Luft war warm, doch nicht schwül, denn ein Lüftchen wehte vom Hauptweg her, der zum Bach hinunter führte. Der Dorfplatz war jetzt nahezu leer. Die Männer waren aus dem Pavillon in seiner Mitte verschwunden. Nur eine Gruppe junger Mädchen in luftigen Kleidern und mit nassen Haaren kam vom Bach herauf. Sie kicherten, als sie Robin erblickten, und bogen um eine der Hausecken. Robin ging zum Brunnen, füllte seine Kanne und machte sich auf den Rückweg.

In den Häusern flammten einzelne Lichter auf. Und das Klappern von Geschirr deutete an, dass man sich allenthalben zum Abendessen bereit machte. Vereinzelt hörte Robin Singen, das aus den offen stehenden Fenstern drang. Es waren helle Stimmen junger Frauen und Mädchen.

›Seltsam‹, dachte Robin. ›Entweder verstecken sie hier die alten Leute, oder es gibt gar keine.‹

Als Robin zurück zum Pavillon kam, wehte ihm ein wohlbekannter Duft um die Nase. Boffo stand am Herd und buk Eierpfannenkuchen. Einige waren bereits fertig und stapelten sich auf einem Teller. Robin stellte die Wasserkanne auf den Boden und half Bero, den Tisch auf der Veranda zu decken. Dann setzten sie sich zum Abendessen. Auch Lorin hatte sich aufgerafft und draußen bei den anderen Platz genommen.

»Was meint ihr?«, fragte Bert in die Runde, nachdem sie ihren ersten Hunger gestillt hatten. »Diese Silenad. Also, ich werde nicht recht klug aus ihnen. Einmal sind sie kriegerisch und abweisend, dann wieder freundlich. Und man sieht fast nur Frauen. Ich weiß wirklich nicht, was ich davon halten soll.«

»Allein die Tatsache, dass sie Elme kennen, ist doch schon einmal sehr ermutigend«, sagte Boffo und zwinkerte dabei mit einem Auge. »Doch gebe ich Bert recht. Wenig ist über dieses seltsame Volk bekannt. Aber einiges wissen wir dennoch. In der Bibliothek von Elmbruck gibt es ein Buch über die Völker Laudoras. Dort heißt es, die Silenad wären ein sehr altes Volk. Und seine Wurzeln reichten ähnlich lange zurück, wie die der Elme. Man sagt sogar, beide Völker hätten mehr Gemeinsamkeiten, als man rein äußerlich vermuten würde.«

»Dachte ich's mir doch schon die ganze Zeit«, sagte Lorin lachend. »Die Ähnlichkeit zwischen dir und zum Beispiel Alia ist wirklich kaum zu übersehen.«

»Ich freue mich, dass es dir besser geht und ich dich ein wenig erheitern konnte, mein lieber Lorin«, entgegnete Boffo. »Das ist mir in den letzten Tagen selten geglückt. Doch meine Äußerung war ernst gemeint. Denn ich spreche über längst vergangene Zeiten, lange bevor Menschen diese Lande bevölkerten. Von einer Zeit, als es, abgesehen von einigen nicht erwähnenswerten Kreaturen, in Laudora nur Elme, Elfen und Zwerge gab. Und das geheimnisvolle Volk der Eluren. Woher sie kamen und wohin sie gingen weiß niemand. Und auch von Elfen in ihrer reinen Form ist heute nichts mehr bekannt. Doch dass es mehr als nur oberflächliche Bindungen zwischen diesen Völkern gab, ist offensichtlich. Wie wären die Geheimnisse von Ormor und Bahor wohl sonst in den Besitz der Elme gelangt? Jedenfalls sagt man, die Silenad wären aus einer Verbindung zwischen Elfen und Eluren hervorgegangen. Und einige ihrer Eigenschaften weisen auf diesen Ursprung hin. Sie werden alt. Doch altern sie nicht äußerlich. Und dennoch sind sie sterblich. Ihre Nachkommen sind fast ausschließlich weiblicher Natur. So wie sie ihre Erbanlagen auch ausschließlich an das weibliche Geschlecht weitergeben. Sie leben zurückgezogen und sind sehr wehrhaft. Was sie in dieser Gegend wohl auch sein müssen.«

»Und sie sind recht hübsch anzuschauen. Davon kann man

sich mit eigenen Augen überzeugen«, fügte Bert hinzu. Er grinste und goss dabei eine gehörige Portion Ahornsirup über seinen Pfannkuchen.

»Und gastfreundlich sind sie außerdem«, sagte Bero. »Das heißt immerhin, dass sie uns vertrauen. Und, ehrlich gesagt, würde ich mir ihr Wohlwollen nur ungern verscherzen wollen. Ich wüsste ja nicht einmal, wie ich mich verhalten sollte, wenn sie uns feindselig gegenüberträten.«

»In diesen Gewissenskonflikt werden wir wohl kaum geraten«, bemerkte Lorin. »Dass sie uns wohl gesonnen sind, ist ja nicht zu übersehen. Ich für meinen Teil bin erst einmal froh, dass sie uns hier aufgenommen haben. Und ich hätte nichts dagegen, ihre Gastfreundschaft noch für einige weitere Tage in Anspruch zu nehmen.«

»Im Prinzip wäre dagegen nichts einzuwenden«, sagte Boffo. »Doch müssen wir bedenken, dass noch eine Aufgabe vor uns liegt. Und die sollten wir noch vor dem Winter erledigt haben. Noch ist es sonnig und warm. Doch der August steht bereits in seiner zweiten Hälfte und die Wege vor uns sind noch weit. Aber ich sehe natürlich selbst, dass du nicht so kannst, wie du möchtest und deine Verletzung bereitet mir große Sorgen.«

»Die Schmerzen könnte ich vielleicht ertragen«, wiegelte Lorin ab. »Wenn auch nicht auf Dauer. Aber mich beunruhigt, dass es sich überhaupt nicht bessert. Jetzt, wo ich sitze, kann ich es aushalten. Aber es sticht nach innen, wenn ich mich bewege. Und wenn ich atme.«

»Das ist nicht gut.« Boffo runzelte die Stirn. »Normalerweise heilt ein solcher Bruch ohne größere Probleme. Bei dir scheint etwas diesem Heilungsprozess entgegenzustehen. Vielleicht ein Splitter. Ich überlege, ob es nicht besser wäre, etwas zu unternehmen. Jetzt, wo es noch möglich wäre. Du könntest sonst eine bleibende Beeinträchtigung davontragen.«

»Du meinst eine Operation?« Lorin war blass geworden und auch die anderen blickten erschrocken.

»Wenn du es so nennen willst, ja«, antwortete Boffo. »Ich

würde es als einen kleineren Eingriff bezeichnen. Es ist nicht das erste mal, dass ich so etwas mache. Du wirst nichts davon spüren.«

»Lass uns morgen noch einmal darüber sprechen«, wehrte Lorin ab. »Vielleicht ist es ja bis dahin besser geworden.«

»Wäre zu hoffen«, murmelte Boffo. »Doch ehrlich gesagt glaube ich nicht recht daran.«

Am nächsten Vormittag herrschte große Aufregung im und um den Pavillon der Gäste. Lorin sollte operiert werden. Auf eindringliches Anraten Boffos hatte Lorin schließlich eingewilligt und war sogar auf Anweisung des Elms am Morgen nüchtern geblieben. Was ihm nicht leicht gefallen war, denn Lesia und Lara hatten in aller Frühe frisches Brot gebracht. Und sie hatten die Neuigkeit in ganz Gilathem verbreitet. Zahlreiche Silenad, unter ihnen auch heilkundige Frauen des Dorfes, waren gekommen und einige von ihnen hatten saubere Tücher und große Schleier mitgebracht, um die Boffo gebeten hatte. Sogar eine Handvoll Männer hatte sich eingefunden. Sie hielten sich im Hintergrund, doch ihre Neugier konnten sie nicht verbergen. Robin hatte Boffo dabei geholfen, den Tisch auf der Veranda in eine bequeme Liege umzuwandeln. Darum herum hängten sie die Schleier zum Schutz gegen Insekten. Bero und Bert hatten einen Kessel mit Wasser auf den Herd gesetzt. Als es zu kochen begann, machte sich Boffo daran, sein Operationsbesteck vorzubereiten. Die benötigten Instrumente und Utensilien band er mit einem Faden zusammen und hielt das Ganze eine Zeit lang ins kochende Wasser. Dann legte er alles auf ein sauberes, weißes Tuch und benetzte es mit einer klaren Flüssigkeit aus seiner Reiseapotheke. Auch seine Hände reinigte er sorgfältig und befeuchtete auch sie mit dem keimtötenden Mittel.

Lorin schaute an diesem Morgen recht zuversichtlich. Offensichtlich war es Boffo gelungen, seine Bedenken zu zerstreuen. Und jetzt, da es so weit war, wirkte er sehr entschlossen. Er legte sich auf den Tisch und Boffo flößte ihm einen Teelöffel von einer braunen Tinktur ein. Mit einem scharfen Messerchen, das er in eine winzige silberne Phiole getaucht hatte, ritzte er die Haut seines Unterarmes. Zu diesem Zeitpunkt schlief Lorin bereits. Dann ging alles sehr schnell. Boffo reinigte die Stelle über Lorins Schlüsselbein und setzte einen Schnitt. Mit flinken Fingern fädelte er einen biegsamen Draht aus Fornmetall um den zerborstenen Knochen, zog ihn zusammen und fixierte ihn. Dann vernähte er die Wunde, strich eine Salbe darüber und legte einen Verband an. Der ganze Eingriff hatte nicht länger als zehn Minuten gedauert. Wenig später war Lorin wieder wach.

»Alles ist gut«, sagte Boffo und tätschelte seine Wange. »Du kannst dein Frühstück nachholen, sobald du wieder Appetit hast.«

Die Silenad waren von Boffos medizinischem Können beeindruckt. Der Elm wurde mit Fragen überhäuft, die er geduldig beantwortete. Am meisten interessierten sich die heilkundigen Frauen für Boffos Essenzen und Medizinfläschchen. Boffo erklärte bereitwillig Inhaltsstoffe und Zusammensetzung, er riet und er warnte auch. Und er versprach, ein wenig von seinen Mitteln in Gilathem zurückzulassen. Schließlich ließen sie von ihm ab und er konnte sich Lorin zuwenden. Robin, Bero und Bert hatten diesen zurück in den Pavillon getragen, wo er aufrecht auf seiner Liege saß und einen Becher mit heißem Tee schlürfte.

»Wie fühlst du dich, Lorin?«, fragte Boffo.

»Prächtig!«, antwortete der. »Von mir aus können wir morgen früh losreiten.«

»Ich kann deine Begeisterung verstehen«, erwiderte der Elm. »Nun, da dir der Schmerz genommen wurde, fühlst du dich stärker, als du wirklich bist. Dennoch sollten wir nichts übereilen. Ich konnte deine Hauptbeschwerden lindern. Doch deine inneren Verletzungen sind schwerwiegender, als du glaubst. Sie werden erst mit der Zeit ausheilen. Bis du vollständig genesen bist, dauert es mindestens noch zwei oder drei Wochen. Solange solltest du dich ruhig verhalten. Und Reiten wäre für deine

Genesung alles andere als förderlich. Was hältst du von der Idee, noch ein wenig hier zu bleiben? Das hast du dir doch gewünscht. Bert könnte dir Gesellschaft leisten.«

»Ich weiß nicht recht.« Lorins Gesichtsausdruck spiegelte Zweifel und einen Anflug von Enttäuschung wieder. »Das war gestern, als es mir noch schlecht ging. Jetzt könnte ich es mit meinem Gewissen nicht vereinbaren, euch allein ziehen zu lassen.«

»Aber warum?« Boffo sah ihn fragend an. »Du würdest deinem Körper einen Gefallen tun und unserer Sache trotzdem dienen. Zu Pferd könnten Robin, Bero und ich in weniger als zwei Wochen in Arangion sein. Wenn alles gut geht.«

»Ich hätte nichts gegen Boffos Vorschlag«, mischte sich Bero ein. »Wir könnten Nachrichten bei Yalbos Bruder in Norgid hinterlassen. Und in Sirdun, sobald wir Arangion erreichen. In zwei Wochen könnten wir Einiges in Erfahrung bringen. Sobald du dich wieder reisefertig fühlst, könnt ihr nachkommen. Wir treffen uns dann in Arangion. Oder vielleicht schon auf dem Rückweg von dort.«

»Boffo und Bero haben recht«, pflichtete ihm Robin bei. »Jeder Tag ist wichtig für uns. Im Nachhinein würden wir uns vielleicht Vorwürfe machen, etwas versäumt zu haben. Natürlich müssten wir die Silenad erst um ihr Einverständnis bitten. Wir sind schließlich nur Gäste hier.«

»Wenn ich mich nicht irre, geht es dabei auch um meine Person«, gab Bert nachdrücklich zu verstehen. »Aber mich fragt ja wohl niemand nach meiner Meinung.«

»Und – was hältst du von Boffos Vorschlag?«, beeilte sich Robin dies nachzuholen.

»Also eigentlich – hätte auch ich nichts dagegen.«

Berts Bemerkung sorgte für allgemeine Heiterkeit unter den Gefährten und für sichtliche Erleichterung in Boffos Gesicht.

Am Nachmittag kam Liria, die Gesandte Siruds, und überbrachte eine Einladung. Für den Abend war ein Fest vorgesehen.

Lorin fühlte sich dazu noch zu schwach. Auch, weil die Wirkung von Boffos schmerzstillendem Mitteln nachgelassen hatte. Und Bert wollte bei ihm bleiben. So entschlossen sich Robin, Bero und Boffo der Einladung allein Folge zu leisten. Als sie sich gerade zum Gehen anschickten, kamen Lesia und Lara vorbei. Sie brachten frische Früchte, verschiedene Säfte und andere leichte Kost. Und die Nachricht, dass sie den Auftrag hätten, sich um Lorins Krankenpflege zu kümmern.

»Unter diesen Umständen wäre ich auch gerne mal ein paar Tage krank«, bemerkte Bero augenzwinkernd.

»Wir können gerne tauschen«, entgegnete Lorin. »Allerdings müsstest du dich dann erst von Boffo operieren lassen.«

»Nein, danke! Kein Bedarf!«, sagte Bero und lachte. Dann wandte er sich an die anderen: »Los! Lasst uns gehen! Ich glaube nicht, dass wir hier noch gebraucht werden.«

Es war erst früher Abend, aber vor der Festhalle herrschte bereits reger Betrieb. Kleine Mädchen standen auf den Stufen der großen Treppe und streuten den Ankommenden Blütenblätter entgegen. Von allen Seiten kamen die Silenad herbei und keine von ihnen war heute kriegerisch gekleidet. Alle trugen sie luftige, helle Kleider, um die Taille mit gestickten Gürteln zusammengefasst. Und Blumenschmuck zierte ihr Haar. Manche der jungen Frauen hatten kleine Kinder bei sich. Die allermeisten davon waren Mädchen. Und wenn doch ein Junge darunter war, dann wurde er von allen Umstehenden mit besonderer Aufmerksamkeit bedacht.

Als die Besucher den Festsaal betraten, strömte ihnen betörender Duft entgegen. Er kam von den vielen Blumen, die in Form von Girlanden von der Decke und den Wänden hingen. An der Stirnseite des Saals waren Podeste errichtet. Und auf ihnen fand man alles, was diese Jahreszeit an Früchten und Gemüsen anzubieten hatte. In großen Schalen aus Bast häufte sich goldenes Getreide aller Sorten, geschmückt von kunstvoll geflochtenen Garben. Dazwischen standen Körbe und Schüsseln mit

Tomaten, Zwiebeln, Gurken, Karotten und frühen Kartoffeln. Überall hingen und lagen köstlich reife Äpfel, Birnen, Pfirsiche, Aprikosen, Trauben und Beeren aller Art, auch Früchte, die Robin nicht kannte.

»Ich dachte erst, sie geben den Empfang unseretwegen«, flüsterte Bero. »Aber dies hier scheint eine Art Erntedankfest zu sein, und wir sind nur Beiwerk.«

In der Tat nahm kaum jemand Notiz von den Ankömmlingen. Die Silenad standen in Gruppen zusammen und unterhielten sich. Mädchen gingen mit Bechern und Krügen umher und reichten Getränke. Auch Sirud, die Oberste Silenad, saß nicht auf ihrem gewohnten Thron. Sie stand inmitten einiger Frauen, die höhere Funktionen innerhalb der Gemeinschaft zu bekleiden schienen, und war in ein Gespräch vertieft. Schließlich löste sich eine der Frauen aus dieser Gruppe und kam auf die Gäste zu. Es war Liria.

»Die Oberste Silenad, bittet euch zur sich«, sagte sie. »Sie möchte euch begrüßen und einige Worte mit euch wechseln.«

Robin, Bero und Boffo folgten der Aufforderung. Als sie sich der Gruppe um Sirud näherten, verstummten die Gespräche. Die Gäste neigten die Köpfe zum Gruß und blieben stehen.

»Wir hörten erstaunliche Dinge, von deinen heilerischen Fähigkeiten, mein lieber Elm«, begann Sirud das Gespräch.

»Ihr könnt mich Boffo nennen, Herrin. Boffo, Falons Sohn, so nennt man mich dort, wo ich herkomme.«

Unter den umstehenden Frauen war gedämpftes Kichern zu vernehmen.

»Welch seltener und zugleich seltsamer Name«, entgegnete Sirud und lächelte.

»Euer Lob ehrt mich sehr«, fuhr Boffo fort, ohne auf Siruds letzte Bemerkung einzugehen. »Allerdings ist die Heilkunst bei uns im Rauquelltal sehr verbreitet. Schon meine Vorfahren im Lande Arkandra beherrschten sie. Seither wird sie von Generation zu Generation weitergegeben. Man sagt, der Ursprung dieses Wissens liegt bei einem längst verschwundenen Volk, welches man die Eluren nannte.«

Die Silenad wurden plötzlich still. Die Augen Siruds weiteten sich und ein Ausdruck großen Erstaunens glitt über ihr Gesicht. ›Dieser alte Fuchs‹, dachte Robin. ›Immer zieht er noch einen Pfeil aus dem Köcher, wenn man glaubt, er hätte schon alle verschossen.‹

»Die Eluren?«, wiederholte Sirud. »Was weißt du über sie?«

»Nun, nicht viel. Aber dass sie Ormor erbauten und auch die Festung Bahor. Stätten, in denen später Elme von den Stämmen der Sirdain und der Turdain siedelten. Und das nicht als Eroberer, sondern als legitime Nachfolger. So steht es in den Quellen. Man kann deshalb mit Recht gewisse Bindungen zwischen diesen Völkern vermuten. Welcher Art, das kann allerdings auch ich nicht sagen.«

»Vielleicht stehen sich unsere Völker näher, als du glaubst«, sagte Sirud. »Denn auch die Wurzeln der Silenad gehen auf das Volk der Eluren zurück. Doch ist jetzt nicht die Zeit noch der Ort um die Geschichte unserer Vorfahren zu erörtern. Vielleicht ein andermal. Sag mir nun, wie eure weiteren Pläne aussehen.«

»Wir wollen so bald wie möglich weiterreisen«, entgegnete Boffo und Robin wunderte sich, dass der Elm nicht weiter nachfragte. Wo es doch um die Geschichte der Altvorderen ging, die ihn so brennend interessierte.

»Nicht dass wir Eure Gastfreundschaft nicht zu schätzen wüssten«, fuhr Boffo fort. »Aber unsere Zeit drängt. Wir wollen weiter nach Arangion. Morgen oder spätestens übermorgen wollen wir aufbrechen. Aus Gründen, die wir bereits erwähnten.«

»Was wird dann aus eurem Freund?«, fragte Sirud weiter. »Deine Heilkünste sind beachtlich. Doch wird er schon morgen reiten können?«

»Genau dies ist es, um was wir Euch bitten wollten«, mischte sich Robin in das Gespräch ein. »Wir möchten ihn noch einige Zeit Eurer Obhut und Pflege anvertrauen. Ihn und einen weiteren unserer Begleiter, namens Bert. Sobald Herr Lorin genesen ist, vielleicht in zwei Wochen, werden beide uns nachfolgen.«

»Wir haben mit dieser Bitte gerechnet. Und sie sei euch gewährt«, sagte Sirud. »Eure Begleiter können bleiben, solange es nötig ist. Sie werden von uns bekommen, was sie brauchen. Und sie können gehen, wann immer es ihnen beliebt.«

Sie wandte ihren Blick in den Saal und noch ehe die Schwertläufer und der Elm Gelegenheit hatten, sich zu bedanken sagte sie: »Nun ist es Zeit, zu essen.«

Sirud klatschte in die Hände und ein Vorhang wurde beiseite gezogen. Dahinter kam eine lange Tafel zum Vorschein, reichhaltig gedeckt mit allerlei Köstlichkeiten. Die Silenad warteten höflich, bis ihre Oberste das Mahl eröffnete. Sie nahm sich eine der bereitstehenden Schalen und bediente sich selbst. Dann forderte sie die Gäste auf, zuzugreifen. Robin, Bero und Boffo füllten ihre Teller. Alles war mundgerecht zubereitet, gesotten, gebraten, gebacken oder roh. Es gab panierte Gemüsestückchen, kleine Bällchen, die wie gebackenes Geflügel aussahen und auch so schmeckten, dazu verschiedenste Saucen, geröstete Nüsse und Kerne, salzig und süß, locker geschlagene Muse und Cremes, Mehlspeisen aller Art und Salate in allen Variationen. Doch gab es kein Fleisch, weder von Land noch von Wassertieren. Und Robin vermisste es auch nicht.

»So etwas könnte sogar Lorin und Bert schmecken«, sagte er zu Bero. »Wenn auch nur eine gewisse Zeit lang, nehme ich an.«

Bero nickte. »Also ich könnte mich ganz gut von solchen Dingen ernähren. Vor allem wenn sie auf diese Weise zubereitet werden. Wozu es aber sicherlich einer Köchin bedarf, die nur hier zu finden ist.«

»Werd bloß nicht leichtsinnig!« Robin tat erschrocken. »Du wirst dich doch am Ende nicht auch fürs Hierbleiben entscheiden wollen?«

»Warum eigentlich nicht.« Bero setzte einen unschuldigen Gesichtsausdruck auf. »Ihr könnt mich ja auf dem Rückweg wieder hier abholen.«

»Nichts da! Du wirst uns schön brav nach Arangion begleiten. Selbst wenn wir dich aufs Pferd binden müssen.«

»Solches Essen ist nicht nur gesund«, murmelte Boffo und dabei blickte er suchend auf der Tafel umher, »es macht auch Appetit auf mehr. Nämlich auf ein gebratenes Hühnchen oder gebackene Forellen.«

»Noch ein Grund, warum diese Völker unmöglich verwandt sein können.« Bero schaute Robin an und grinste. Boffo warf den beiden einen bösen Blick zu und grummelte etwas in seinen Bart, was besser niemand verstand.

Boffo und Bero blieben in der Nähe der Tafel. Währenddessen schaute sich Robin im Saal um. Er war satt, doch hatte er Durst bekommen. Und ihm war nach einem anderen Getränk als den süßen Säften, die allenthalben angeboten wurden. Notfalls wollte er sich Wasser am Brunnen holen. In einer Nische neben dem Eingang des Saals stand eine Gruppe von Männern. Sie unterhielten sich, tranken aus gläsernen Bechern, lachten und scherzten. Die Gelegenheit wäre günstig, um einige Höflichkeiten auszutauschen, ging es Robin durch den Kopf und er gesellte sich zu ihnen.

»Guten Abend!«, sagte er. »Mein Name ist Robin Rob. Bevor ich wieder abreise, möchte ich mich zumindest vorgestellt haben.«

Die Unterhaltung der Männer verstummte. Alle sahen Robin an, doch keiner von ihnen erwiderte seinen Gruß.

›Seltsame Gesellen‹, dachte Robin. ›Vielleicht verstehen sie mich nicht?‹ Er deutete auf seine Brust: »Ich heiße Robin und ...«, er machte eine Bewegung, als wolle er trinken, »... ich habe Durst!«

»Ah, prolik ú dirsu«, sagte einer von ihnen und die anderen lachten schallend. Der Wortführer nahm ein Glas vom Tisch, schöpfte aus einem hohen Tonkrug mit einer Kelle eine milchig trübe Flüssigkeit hinein und reichte es Robin. Der nahm es, roch daran und hielt es gegen das Licht. Es roch ein wenig säuerlich.

Die anderen ermutigten ihn gestenreich, endlich zu probieren. Robin nahm einen kleinen Schluck. Das Getränk schmeckte fruchtig, doch nicht süß. Und es löschte den Durst.

»Mein Name Cirus«, sagte der Wortführer der Männer und legte seine rechte Handfläche auf seine eigene linke Schulter. »Ich verstehen nur wenig Worte, du sprechen.« Dann deutete er auf den Rest der Gruppe. »Die anderen keine.«

»Aber eure Frauen sprechen sehr gut Laudoranisch. Warum nicht ihr?«

»Unsere Frauen Silenad«, sagte Cirus. »Wir nur ihre Männer. Silenad reisen. Wir bleiben im Sil. Silenad kämpfen. Wir bauen. Brauchen kein fremde Worte.«

»Aber warum?«, wollte Robin wissen. »Seid ihr Gefangene? Dürft ihr Gilathem nicht verlassen?«

Cirus wandte sich an die anderen Männer und sprach einige Worte in der Sprache der Silenad. Lautes Gelächter war die Antwort.

»Nein!«, sagte Cirus. »Wir keine Gefangenen. Wir Männer der Silenad. Uns gehen gut. Wir nicht wollen fort.«

Er nahm Robins Glas und füllte es erneut. »Sidhir gut!«, sagte er und reichte es Robin. Robin trank und er merkte, dass ihn das Getränk belebte. Doch es stieg nicht zu Kopf, wie Wein oder Bier. Es regte nur seine Sinne an und es beflügelte seine Gedanken. Dies jedenfalls war Robins Eindruck. Auch die anderen Männer hatten ihre Zurückhaltung aufgegeben. Sie sprachen auf Robin ein und versuchten sich mit Gesten verständlich zu machen. Cirus übersetzte, so gut er konnte und Robin lernte einiges über die Silenad und das Leben in Gilathem. Er erfuhr, dass nur wenige Besucher bisher in das Sil gekommen waren. Nicht weil es schwer zu finden war, sondern weil die Silenad es vor Fremden beschützten. Ebenso, wie sie ihre männlichen Nachkommen beschützten, von denen nicht mehr als einer auf zehn Mädchen kam. Kleine Knaben wurden wie Augäpfel behütet, und wurden auch als Heranwachsende weder zur Arbeit noch zum Lernen angehalten. Sie taten es aus freien Stücken. Kunstfertigkeit lag in ihrer Natur und diese Gabe war in Gilathem allenthalben zu bewundern. Und weil sie gerne tätig waren, durften sie über die Art ihrer Tätigkeiten frei bestimmen und auch über die Zeit, die sie ihnen widmeten. Sie führten wahrlich ein glückliches Leben. Zumindest nach ihren Vorstellungen. Und noch etwas erfuhr Robin. Die Botin, von der Sirud gesprochen hatte, war geflügelt. Und sie hieß Xerxia.

Silberhelles Lachen lag in der Luft. Robin schaute auf seine Taschenuhr. Es war schon neun Uhr vorbei und er hatte geschlafen, wie ein Toter. Lorin, Bero, Boffo und Bert waren bereits wach. Er konnte sie durch die offene Tür sehen. Sie saßen auf der Veranda und frühstückten. Es roch nach Kaffee. Gerade noch konnte er Lesia und Lara erkennen, die mit leeren Servierbrettern die Stufen zum Pavillon hinab stiegen und entschwanden.

»Na Robin, bist du endlich aufgewacht?«, rief Bert. »Wir dachten schon, du willst heute überhaupt nicht mehr aufstehen.«

»Wie? Was? Wann bin ich denn ins Bett gekommen?«, Robin gähnte, rieb sich die Stirn und fuhr sich mit den Fingern durchs Haar.

»Na, jedenfalls nach uns«, sagte Bero.

Robin schwang sich von seiner Liege und ging nach draußen. Irgendetwas hatte er nicht mitbekommen. Lag es an dem Getränk, das er gestern genossen hatte? Wie auch immer. Zumindest fühlte er sich nicht schlecht, sondern ausgeruht und kräftig. Sein Kopf war klar und ihm war auch nicht unwohl. Vielmehr hatte er großen Appetit.

»Schöne Gefährten hab ich!«, murrte er. »Ihr hättet ruhig ein wenig besser auf mich achten können.« Er setzte sich auf die Bank und ließ seine Blicke über den gedeckten Tisch schweifen.

»Wir dachten, du wärst längst gegangen, weil wir dich plötzlich nicht mehr sahen«, sagte Boffo. »Darf man dich wirklich nicht eine Minute aus den Augen lassen?«

»Schon gut«, brummte Robin. »Hab mich nur gut unterhalten. Kein Grund zur Beunruhigung.« Er nahm sich ein Stück frisches

Brot und bestrich es mit Butter. Boffo schob ihm einen dampfenden Becher Kaffee zu.

»Hier! Hab ihn extra stark gebraut, damit du wieder klar wirst.«

»Mir geht es gut. Trotzdem Danke!«, sagte Robin und nahm einen kräftigen Schluck. »Werden wir heute weiterreisen?«

»Heute nicht, aber morgen in aller Frühe«, erwiderte Boffo. »Lorin bedarf heute noch meiner Beobachtung. Ab morgen können wir ihn der Pflege der Silenad anvertrauen.«

›Pflege der Silenad‹, fuhr es ihm durch den Kopf. Schlagartig und siedend heiß kehrte seine Erinnerung an den gestrigen Abend zurück. Lange hatte er mit den Männern gesprochen und gescherzt. Und er hatte getrunken. Zu viel von dem Getränk, das sie Sidhir nannten. Denn er war durstig gewesen. Doch dann wurden die Lichter gelöscht und der Saal hatte sich geleert. Zusammen mit den Männern war er vor die große Halle getreten und hatte hinunter auf Gilathem gesehen, das ein kreisrunder Mond in silberhelles Licht getaucht hatte. Einige der Silenad waren zu ihnen gekommen. Und sie hatten die Männer an der Hand genommen und mit sich geführt. Auch auf ihn war eine der Frauen zugekommen. Sie war groß und schön und sie hatte schwarz glänzendes Haar. Daran konnte er sich gut erinnern.

»Ich heiße Rhana«, hatte sie gesagt. »Komm mit mir!«

Doch Robin hatte ihr seine Hand entzogen. Oder hatte er sich losgerissen? Was er gesagt hatte, wusste er nicht mehr. Doch war es sicher nicht sehr schlagfertig gewesen, und auch nicht sehr liebreizend. Und dann war er gerannt. Bis zum Pavillon, wo er sich auf sein Bett geworfen hatte und sofort eingeschlafen war.

›Die Gegend hier ist gefährlich‹, dachte er. ›Auf ihre Weise. Vor allem für Männer, die schon vergeben sind. Es wird Zeit, von hier zu verschwinden.‹

Diesen Tag verbrachten die Besucher damit, sich auszuruhen. Es gab nicht viel zu tun und die Dinge des täglichen Lebens nahmen ihnen die Silenad ab. Am frühen Nachmittag saßen

Lorin und Bert auf der Veranda ihres Pavillons und scherzten mit Lesia und Lara. Auch Liria war da. Boffo unterhielt sich mit ihr. Er hatte sein kleines Buch aufgeschlagen, stellte Fragen und machte sich Notizen.

»Lass uns ein wenig hinunter zum Bach gehen«, schlug Bero Robin vor. »Ich habe gehört, in der Näher der Furt kann man gut baden.«

»Einverstanden«, erwiderte Robin. »Aber nur, wenn wir dadurch nicht zur Attraktion für das ganze Dorf werden. Ich fange langsam an, mich beobachtet zu fühlen.«

»Stell dich nicht so an«, sagte Bero lachend. »Diesen einen Tag wirst du ja wohl noch unbeschadet überstehen.«

Robin packte Früchte und anderes Essen in einen Korb und sie gingen die breite Dorfstraße entlang. Sie führte hinunter zum Bach, den die Silenad Gial nannten. Es war ein wunderschöner Sommertag, ebenso wie es der Tag zuvor gewesen war. Zu beiden Seiten der Straße spendeten glattrindige Platanen mit weit ausladenden Ästen und dichtem Blätterdach Schatten. Hühner scharrten im lockeren Boden darunter und suchten nach Fressbarem. Robin und Bero folgten dieser Allee. Als sie endete, traten sie aus dem Kreis der Häuser in eine offene Wiesenflur. Pferde und Rinder weideten dort auf getrennten Koppeln und in einem weitflächig umzäunten Gehege sah man eine Schafsherde.

»Dass sie die Schafe für ihre Wolle brauchen, ist mir klar«, überlegte Robin laut. »Doch was machen sie mit den Tieren, wenn sie älter sind?«

»Vielleicht werden sie nicht älter, so wie ihre Besitzerinnen«, scherzte Bero. »Jedenfalls scheint dieses Fleckchen Erde nicht nur für Männer, sondern auch für Haustiere eine Oase des Wohlbefindens zu sein.«

In der Nähe des Wassers begegnete ihnen eine Patrouille berittener Silenad, die den Gial durch die Furt gequert hatte. Robin und Bero grüßten höflich. Die Frauen musterten sie aufmerksam doch sie sprachen nicht und ritten weiter.

Als sie am baumbestandenen Ufer des Baches ankamen, waren Robin und Bero allein. Sie entledigten sich ihrer Kleider und ließen sich ins Wasser gleiten. Es war kühl und klar. Und oberhalb der Furt war es so tief, dass man schwimmen konnte.

Eine Zeit lang genossen die beiden die Frische des Wassers. Dann stiegen sie zurück ans Ufer und zogen ihre Hosen an. Bero hatte eine Decke mitgebracht, die er im Halbschatten der Bäume ausbreitete. Darauf stellte der den Korb mit den Früchten. Sie setzten sich daneben. Robin aß einige Mirabellen. Er lehnte sich zurück und schloss die Augen. Bilder und Erinnerungen zogen vorbei. Doch waren sie nicht düster und grau, wie so oft in den letzten Wochen, wenn er geträumt hatte. Sie waren bunt und unbeschwert. Er dachte an Fornland im Sommer, noch bevor er sein Studium in Pern aufgenommen hatte. An Ferienabenteuer, die er mit Lorin und Bert in den Weiten des Westwalds oder in den Wiesenauen am Ufer des Hochquells erlebt hatte. Mädchenlachen drang an sein Ohr. Es war Merien, die auf ihn zukam. Sie hatte einen Blumenkranz um ihre Stirn gewunden und sie breitete die Hände aus. Und als sie nahe genug herangekommen war, schien es ihm, als könne er den Duft ihres im Winde wehenden Haares riechen.

Er erwachte, weil ihn jemand unsanft in die Seite stieß. Robin fuhr hoch und versuchte sich zu orientieren. Das helle Lachen war noch immer zu hören. Neben ihm saß Bero und deutete hinunter zur Furt. Dort vergnügte sich eine Gruppe junger Frauen im Wasser des Gial. Sie schwammen, planschten und bespritzten sich gegenseitig. Und sie schienen sich nicht im Geringsten an der Anwesenheit der beiden Jünglinge zu stören.

»Haben die uns überhaupt gesehen?«, fragte Robin ein wenig ratlos.

»Haben sie!«, antwortete Bero. »Doch es scheint ihnen nichts auszumachen. So etwas wie Scheu vor dem anderen Geschlecht scheinen sie nicht zu kennen.«

»Dann sollten wir unauffällig von hier verschwinden«, sagte Robin. Er begann seine restlichen Sachen anzuziehen. Bero räumte den Korb mit dem Essen zusammen. Noch ehe sie damit fertig waren, kamen zwei der Silenad auf sie zu. Sie hatten ihre leichten Leinenkleider wieder übergezogen und trockneten ihr Haar mit Tüchern.

»Wegen uns müsst ihr nicht gehen«, sagte eine der beiden mit warmer Stimme und in reinem Laudoranisch. Sie hatte hellbraune Haut und schöne, ebenmäßige Gesichtszüge. Ihr langes, dunkles und noch feuchtes Haar schimmerte seidig, als sie es schüttelte und über ihre rechte Schulter strich. »Ich bin Kira und das hier ist Sirin.« Sie deutete auf ihre Begleiterin, die ebenso hübsch war, doch etwas jünger zu sein schien. »Wir sind aus demselben Grund hier, wie ihr. Und wir dachten, ihr teilt vielleicht einige von euren Früchten mit uns.«

»Natürlich, be...bedient euch bitte«, stotterte Bero, was er sonst nie tat. »Es ist genügend da.« Er nahm den Korb empor und hielt ihn beinahe schützend vor sich hin. Kira lächelte, nahm ein Bündel Weintrauben heraus, teilte es und gab die Hälfte davon ihrer Begleiterin. Dann setzten sich beide auf Beros Decke. Der folgte nach einigem Zögern ihrer Einladung sich ebenfalls niederzulassen. Robin wollte nicht unhöflich sein und setzte sich dazu. Er glaubte jetzt diejenige, die sich Kira nannte, wieder zu erkennen. Obwohl sie so anders aussah, als bei ihrem ersten Treffen. Dennoch war er sich sicher, dass sie eine der Kriegerinnen war, welche sie bei ihrer Ankunft ins Dorf geleitet hatten.

»Wir hörten, ihr wollt ihr uns bereits morgen wieder verlassen«, sagte Sirin. »Das ist schade. Wir hätten gerne mehr über euch erfahren. Und über das Land, aus dem ihr kommt.«

»Nun ..., äh ..., ja ..., auch wir wären gerne noch ein wenig geblieben. In dieser wunderbaren und gastfreundlichen Gegend«, erwiderte Bero. »Doch wir haben wichtige Dinge zu erledigen, die keinen Aufschub dulden. Morgen früh reisen wir ab. Aber nicht alle. Nur Robin hier, ich und unser kleiner Begleiter mit dem Namen Boffo. Die anderen beiden, Lorin und Bert, werden eure Gastfreundschaft noch ein wenig länger in Anspruch nehmen.«

»Und was drängt euch so zur Eile?«, wollte Sirin wissen. »Sind es eure Frauen, die euch so dringend zurück erwarten?«

»In meinem Falle ja«, antworte Robin schnell. Und in gewisser Weise war er froh, dass er die Gelegenheit hatte, diesen Umstand ohne Umschweife klarzustellen. »Doch ist dies nicht der einzige Grund. Wir müssen nach Arangion, um etwas in Erfahrung zu bringen. Und wir wollen vor dem Winter wieder zurück in unserer Heimat sein, die viele hundert Meilen von hier im Nordosten liegt.«

»Und wie ist dein Name?«, fragte Kira und blickte dabei Bero an.

»Ich heiße Bero, Bero Bordin«, sagte der. »Ich komme aus Dornburg in Lusilien.«

»Erzähl uns von deiner Heimat«, bat Kira. »Denn wir werden wohl nie dorthin gelangen. Ist es dort so schön, wie bei uns?«

Beros Augen leuchteten. »Ja, das ist es. Doch es ist anders. Elegien ist gebirgiger. Und die Landschaft ist rauer. Zumindest im Winter. Im Sommer ist es wundervoll warm. Und es gedeihen dort alle möglichen Arten von Früchten – auch Weinreben, Oliven und sogar Aprikosen. Nicht ganz so groß und süß, wie diese hier, doch immerhin. Das heißt, ...«

Bero stockte. Sirin und Kira sahen ihn fragend an.

»Was ist?«, wollte Kira wissen.

»Das heißt, bis vor kurzem war es jedenfalls so«, fuhr Bero fort. »Genauer gesagt, bis zum Ausbruch des Tarantuil oder Nebelbergs im Mai dieses Jahres. Seither ist unsere Heimat düster, kalt und wolkenverhangen. Und ich möchte mir gar nicht vorstellen, wie es gerade jetzt dort aussieht.«

»Ist dies der Grund für eure Reise?«, fragte Sirin.

»Ja!«, antwortete Robin. »Doch ist es nur ein Versuch, mehr über unser Schicksal herauszufinden. Und darüber, ob man es nicht doch noch wenden kann.«

»Ihr seid sehr mutig«, sagte Kira nach einer kleinen Pause. »Wenn es stimmt, was über euch erzählt wird. Und wir hoffen, dass euer Vorhaben gelingen möge. Und dass euch eure Wege dereinst wieder ins Sil führen, damit ihr uns von euren Erlebnissen berichten könnt.«

Robin schwieg nachdenklich.

»Wenn es sich irgendwie einrichten lässt«, entgegnete Bero mit einem schnellen Seitenblick auf Robin. Kira lächelte. Sie kniete sich hin, drückte Bero einen Kuss auf die Stirn und flüsterte ihm einige Sätze ins Ohr. Dann nahm sie Sirin an der Hand. Die beiden Frauen standen auf, sahen sich an, lachten und gingen dann schnellen Schritts zu den anderen zurück.

»Was hat sie denn gesagt?«, wollte Robin wissen.

Bero antwortete zunächst nicht. Kiras Worte schienen ihm die Sprache verschlagen zu haben.

»Du wirst doch auf deine alten Tage nicht auch noch neugierig werden«, erwiderte er schließlich. »Vielleicht sage ich es dir morgen.«

Am Abend war eine Abordnung der Silenad erschienen, um für die Gäste eine Abschiedsfeier zu geben. Lesia, Lara und Liria waren da. Auch Alia war gekommen, ebenso wie Kira, Sirin und andere Frauen der Begegnung am Bach. Selbst einige der Silenadmänner, mit denen sich Robin am Vorabend unterhalten hatte, hatten ihre Scheu überwunden. Die Frauen hatten Körbe mit Essen und Getränken mitgebracht und die Männer fremdartige Instrumente, deren Aussehen und Klang den Schwertläufern unbekannt waren.

Sie saßen am Tisch auf der Terrasse des Pavillons und auf den Stufen, der zu ihr empor führte. Nachdem sie gegessen hatten, stimmten die Silenadmänner rhythmische Weisen an. Die Frauen klatschten in die Hände und einige tanzten dazu. Zu ihrem Erstaunen holte Bert seine kleine Flöte hervor und spielte mit.

»Du solltest deine musikalische Talente öfters bemühen«, bemerkte Robin während einer musikalischen Pause. »Wie man sieht, ist Musik nicht das schlechteste Mittel zur Verständigung unter den Völkern. Selbst wenn sie nicht die gleiche Sprache sprechen.«

»Solche Gelegenheiten ergeben sich oder sie ergeben sich nicht«, erwiderte Bert. »Man kann sie nicht erzwingen. Und was das Flötenspiel betrifft ist weniger oft mehr. Sonst kann es einem ziemlich schnell auf die Nerven gehen.«

»Damit könntest du recht haben«, sagte Robin. Als er sich umblickte, fiel ihm auf, dass Bero nicht hier war. Und auch Kira fehlte. Andere mochten es ebenfalls bemerkt haben, doch niemand sagte etwas. Erst als auch die anderen Silenad gegangen waren und die Schwertläufer sich anschickten zu Bett zu gehen, wurde Boffo unruhig.

»Wo ist eigentlich Bero?«, fragte er und blickte in die Runde. Lorin und Bert schauten sich an und zuckten die Schultern.

»Ich glaube, er verabschiedet sich persönlich«, sagte Robin trocken.

»Na, so was.« Der Elm schüttelte verwundert den Kopf. »Ich will nur hoffen, er ist morgen rechtzeitig zur Abreise wieder zurück.«

Bero war da. Bei Sonnenaufgang, als sich die anderen gerade aus ihren Decken schälten stand er in der Tür des Pavillons. Und er war munter wie sonst einer. In Windeseile packte er seine Sachen und Robin konnte sehen, wie seine Augen leuchteten.

»Na Bero, hast du dich heute Nacht in der Tür geirrt«, fragte Lorin.

»Ganz im Gegenteil«, antwortete Bero mit einem breiten Grinsen im Gesicht. »Ich habe genau die richtige gefunden.«

Lorin warf Robin einen vielsagenden Blick zu. Der lächelte ein wenig verlegen. Er gönnte seinem Freund dieses Abenteuer. Doch ob es gut war, für Bero als auch für den Verlauf ihrer weiteren Reise, vermochte er nicht zu beurteilen.

Später brachten zwei Silenad in Begleitung von Liria die Pferde der Gäste. Sie waren sorgfältig geputzt und ihr Fell und ihre Hufe glänzten. Und auch sonst waren sie kaum wieder zu erkennen. Das unansehnliche Lederzeug der Trok war verschwunden. Dafür schmückte sie fein gesticktes und verziertes

Zaumzeug, Satteldecken und Sättel gleicher Machart. Und als sie vor die Stufen des Pavillons geführt wurden, sah Robin, dass es nicht nur zwei waren. Hinterher trottete ein kleines Pferd mit kleinem Sattel.

»Dies ist ein Geschenk von Sirud, der Obersten Silenad, an den kleinen Herrn vom Volk der Elme«, sagte Liria. »Ihr Name ist Sid. Sie ist zwar klein, doch kräftig, schnell und ausdauernd. Möge sie dir treue Dienste leisten.«

Boffo war sprachlos. Er ging zu der kleinen Stute und strich ihr über die Nüstern. Sie schnaubte und nickte mit dem Kopf. Boffo blickte an dem Pferd empor. Und gerade als Robin Anstalten machte, dem Elm in den Sattel zu helfen, schwang sich dieser mit ungeahnter Körperbeherrschung hinauf und ließ sich sanft auf den Rücken des Tieres gleiten.

»Reich mir meine Sachen!«, sagte er und sein Gesicht leuchtete vor Stolz. »Ich bin reisefertig.«

Der Abschied von Lorin, Bert und den anwesenden Silenad war kurz und herzlich. Dann ritten sie los. Als sie an der großen Halle vorbeikamen, stand Sirud auf einer der untersten Treppenstufen. Neben ihr stand Alia. Boffo glitt aus dem Sattel, gab Robin die Zügel in die Hand und lief zu der Obersten Silenad. Er verbeugte sich und reichte ihr die Hand.

»Habt Dank für alles«, sagte er. »Für Eure Gastfreundschaft und das wundervolle Geschenk.«

»Es ist nichts im Vergleich zu den Hoffnungen, die wir für das Gelingen eurer Aufgabe hegen. Macht eure Sache gut. Unsere Wünsche werden euch begleiten.«

Auch Robin und Bero waren abgestiegen und verneigten sich zum Dank und zum Abschied. Sirud senkte kaum merklich den Kopf. Dann wandte sie sich um und stieg in Begleitung Alias die Treppenstufen zur großen Halle hinauf. Als die beiden Silenad die oberste Plattform erreichten, sah Robin eine große Rabenkrähe, die auf dem Gebälk über dem Tor saß. Sirud ging unter ihr hindurch und der Vogel schwang sich empor und folgte seiner

Herrin in das Innere der Halle. In diesem Augenblick erinnerte sich Robin an die große Krähe am säulenumrandeten Rondell hoch über Orind'hor. Und er war sich sicher, dass es dieselbe war, die er hier und jetzt wieder sah. Vieles, was ihm bis vor kurzem noch rätselhaft erschienen war, wurde ihm in diesem Moment klar und verständlich.

Robin wandte sich zur Seite der Treppe, wo eine Anzahl Silenad standen, unter ihnen einige Männer, und er winkte. Dann setzte er sein Pferd mit leichtem Schenkeldruck in Bewegung. Bero tat es ihm gleich und es schien, als hätte Boffos kleine Stute nur auf ein Zeichen zum Aufbruch gewartet. Mit flinken Hufen setzte sie sich an die Spitze der Gruppe und die drei Reiter verließen Gilathem.

Fünfundzwanzigstes Kapitel

Das Vermächtnis des Trödlers

Entlang des Lesir folgten Robin, Bero und der Elm dem gut erkennbaren Weg nach Norden. Seit sie das Sil verlassen hatten, war der Fluss stetig schmaler geworden. Gegen Abend querten sie ihn auf einer Furt und schlugen am westlichen Ufer ihr Nachtlager auf. Am folgenden Tag erreichten sie die aus Osten kommende Straße, die am Fuß der Gollwydberge in Richtung Norgid führte. Die Einmündung des Weges zum Sil war von der Straße aus kaum zu sehen. Und wären die drei aus Nergath gekommen, wären sie wohl achtlos daran vorbei geritten.

Doch für keinen der Wege schienen sich außer den Gefährten andere Reisende zu interessieren. Die Straße war verwaist und sie sollte es bis Norgid bleiben. Doch war sie gut befestigt, meist gerade und ohne größere Steigungen.

Die Pferde der Trok machten ihre Sache gut. Sie waren viel ausdauernder als jene, welche die Schwertläufer in Nergath zurücklassen mussten. Die beiden dunkelbraunen Wallache waren ihnen bald ans Herz gewachsen. Robin nannte den seinen Reno und Bero seinen Groll, wegen der Geräusche, die beim Traben aus dessen Magengegend drangen. Obwohl ihre Reiter sie nur zwei bis drei Stunden im Trab und ansonsten im Schritt gehen ließen, schafften sie um die fünfzehn Meilen oder mehr am Tag. Und Boffos kleine Stute Sid folgte ihnen mühelos.

Am fünften Tag seit ihrem Aufbruch aus dem Sil näherten sich die Reisenden Norgid. Schon von weitem war der berühmte Turm zu sehen, der die Mitte der Stadt markierte und von dem auch Yal gesprochen hatte. Rechts und links der Straße erstreckten sich jetzt Felder und zwischen ihnen waren Gehöfte zu erkennen. Vereinzelte Fuhrwerke strebten der Stadt zu und ihre Lenker musterten die Ankömmlinge mit Interesse.

»Was ist, wenn sie uns hier ähnlich barsch empfangen, wie in Nergath?« Bero blickte argwöhnisch auf einige Fußgänger am Straßenrand, die den Fremden neugierig hinterher sahen.

»Das glaube ich nicht«, sagte Boffo. »Nergath ist weit. Yerdor und seine Bewohner, die Yerdun, sind anders. Viel freundlicher, so kommt es mir vor. Zudem hätte uns Yal sicherlich gewarnt, wenn wir Ungemach zu befürchten hätten.«

Gegen Mittag standen sie vor den Mauern Norgids. Dunkel und abweisend umgaben sie die Stadt und so hoch waren sie, dass hinter ihnen, bis auf den besagten Turm, nur wenige spitze Häusergiebel hervorlugten. Der Wächter unter dem Tor grüßte und machte keine Anstalten, die Ankömmlinge nach ihrer Herkunft und ihrem Begehren zu fragen. Deshalb ritten sie weiter und waren alsbald vom Treiben der Stadt umfangen. Und das war alles andere als düster. Es war heiter und lebhaft.

Die meisten Leute, die ihnen begegneten, waren Dienstpersonal, das Botengänge oder Besorgungen erledigte. Auch Handwerker, an ihren mit sich geführten Materialien und Werkzeugen erkennbar, waren darunter. Ebenso wie einige vornehmer gekleidete Personen, vielleicht Beamte, die zum Mittagessen nach Hause eilten. Allen gemeinsam war jedoch, dass sie ein gutes Stück kleiner waren als die Menschen, die Robin gewohnt war. Und es schien ihm beinahe so, als wäre Yal einer der groß gewachsenen Vertreter dieses Volkes. Er warf einen Blick hinüber zu Boffo und sah, dass der Elm höchst zufrieden dreinschaute. Er grüßte wohlwollend von seinem kleinen Pferd herab und nickte mal in diese, mal in jene Richtung. Und es schien ihm zu behagen, dass man ihm hier nicht die übertriebene Aufmerksamkeit schenkte, die er von anderen Gegenden kannte.

Die Gassen und Straßen Norgids waren verwinkelt und ebenso unregelmäßig waren die Häuser zu ihren Seiten. Sie waren aus grobem Sandstein und Fachwerk errichtet. Manche ihrer oberen Stockwerke kragten so weit vornüber, dass oft nur ein schmaler Streifen Himmel die Gassen erhellte. Man sah diesen Gebäuden an, dass sie über einen langen Zeitraum gewachsen, immer wieder verändert, doch nie erneuert worden waren. Dennoch waren sie sauber und adrett. Die Fachwerkbalken und Läden waren frisch gestrichen, die Eisen- und Messingbeschläge der Türen glänzten und die blanken Butzenscheiben ließen die Behaglichkeit erahnen, die sich hinter ihnen verbergen mochte.

Trotz des Labyrinths der Gassen verloren die Ankömmlinge die Übersicht nicht. Denn über allem thronte der hohe Stadtturm. Rings um ihn strebten die Häuser auseinander und machten Raum für den Marktplatz, in dessen Mitte der Turm stand.

Robin schaute sich um. Es gab Handwerksbetriebe, vor denen die dort gefertigten Produkte und Waren zur Schau gestellte wurden. Dort standen Fässer, hier Wagenräder und unter dem Vordach einer Schmiede warteten zwei Pferde darauf, beschlagen zu werden. Dazwischen gab es verschiedene Läden für Essbares und nicht Essbares. Über einem hing eine Schild mit der Aufschrift: Jerbo Tibbit, Werkzeuge und Eisenwaren.

»Hier sind wir richtig«, sagte Bero und deutete hinüber. »Und erfreulicherweise findet sich alles, was Reisende brauchen könnten, in unmittelbarer Nähe.«

»Und das Wichtigste von allem ist auch dabei«, fügte Boffo hinzu. »Ein Wirtshaus. Diesem sollten wir unseren ersten Besuch abstatten. Alles andere kann warten.«

Gleich neben Jerbos Geschäft hatte das Gasthaus seinen Platz. ›Zum Alten Schmied‹ stand in goldenen Lettern über der Toreinfahrt. Und neben dieser stand ein Schild mit der Überschrift: ›Heute zu empfehlen‹. Darunter folgte eine Auflistung verschiedener Speisen, die Robin auf die Entfernung nicht lesen konnte.

»Sieht vielversprechend aus«, sagte er. »Lasst uns hineingehen.«

Im Hof banden sie die Pferde an eiserne Ringe, die über einem langen Barren in die Hauswand eingelassen waren. Ein halbwüchsiger Bursche kam im Laufschritt aus einer der Türen, griff sich zwei Holzbottiche und machte sich daran, sie am Ziehbrunnen mit Wasser zu füllen. Robin gab ihm ein Geldstück, und der Hausbursche versprach, sich auch um Futter für die Pferde zu kümmern. Die Schwertläufer und der Elm ergriffen ihre Bündel und betraten das Wirtshaus.

In der Gaststube herrschte verhaltener Betrieb. Handwerker und andere Gewerbetreibende aßen ihr Mittagsmahl. Reisende gab es, bis auf die gerade Ankommenden, nicht. An einem Ecktisch nahmen sie Platz. Der Wirt kam sofort hinter seiner Theke hervor.

»Was darf ich Euch anbieten, meine Herren?«

»Kommt darauf an, was Ihr anzubieten habt«, antwortete Bero.

»Verzeiht, aber ich dachte Ihr hättet die Karte gelesen.« Der Wirt deutete auf eine braune Holztafel an der Wand. »Heute gibt es Bohneneintopf mit Rindfleisch. Gut und reichlich. Und ich darf Euch darauf aufmerksam machen, dass der Keller unseres Hauses einer der tiefsten in der Stadt ist. Unser Bier ist schmackhaft und frisch.«

»Das hört sich gut an!«, sagte Boffo. »Bringt uns von beidem.«

»Lauter wunderbare Dinge, die wir seit Wochen vermissen mussten. Fehlt nur noch, dass wir hier in weichen, sauberen Betten übernachten können.«

Bero hatte nur geflüstert. Doch der Wirt, der die Bestellung nur durch das Küchenfenster gerufen hatte und schon zum Einschenken hinter seinem Bierfass stand, hatte es gehört.

»Natürlich könnt Ihr das!«, rief er. »Für reisende Gäste, wie Euch stehen die besten Betten des Alten Schmieds bereit. Ihr werdet zufrieden sein. Darf ich fragen, woher Ihr kommt? Ich vermute, aus dem Süden oder Westen. Obwohl Ihr andererseits überhaupt nicht so aussieht.«

»Weder, noch«, sagte Robin. »Wir kommen aus dem Osten. Und wir reisen weiter nach Sirdun.«

»Aus Nergath kamen lange keine Reisenden mehr zu uns. Ihr seid die ersten seit über zwei Jahren. Was gibt es Neues von dort?«

»Nun, die Leute in Nergath sind ein wenig ungastlich geworden«, sagte Boffo. »Liegt wohl an ihrer Obrigkeit. Deswegen haben wir uns nur kurz dort aufgehalten. Weiter im Osten, in Largon, steht allerdings alles zum Besten. Fürst Borotil ist ein guter und gerechter Regent, und seine Untertanen danken's ihm.«

»Das will ich meinen«, sagte der Wirt. »In meiner Jugend hatte auch ich das Glück, Largon besuchen zu dürfen. Die Schönheit und den Reichtum dieser Stadt vergisst keiner, der einmal dort war. Dagegen waren die Norier schon immer ein sonderbares Völkchen. Aber man darf's ihnen nicht verübeln. Sie sind nun einmal so und können nicht anders. Wohl bekomm's!«

Er stellte drei volle Bierkrüge mit schöner Schaumkrone vor die Gäste hin. Die drei stießen an und jeder von ihnen nahm einen tiefen Zug.

»Na, was hab ich gesagt.« Bero wischte sich den Schaum von der Oberlippe. »Wunderbare Dinge, die wir seit Wochen vermissen mussten.«

»Lorin und Bert würden uns beneiden, wenn sie uns hier sitzen sähen«, fügte Robin hinzu.

»Das glaube ich wiederum nicht«, sinnierte Bero und blickte verträumt ins Leere. »Ich jedenfalls würde jetzt gerne im Sil sein.«

»Nur Geduld mein Lieber«. Boffo warf Bero einen nachsichtigen Blick zu. »Früher oder später wirst du wieder dorthin kommen. Wenn du dann noch willst. Aber vorher haben wir noch etwas zu erledigen.«

Nach dem Essen ließen sich die Gäste ihr Zimmer zeigen. Der Wirt versprach, für die Pferde zu sorgen und sich um das restliche Gepäck zu kümmern. Robin, Bero und Boffo machten sich deshalb daran, Yalbos Bruder den versprochenen Besuch abzustatten. Als sie Jerbo Tibbits Geschäft betraten, ertönte eine Glocke über der Ladentür. Doch niemand war zu sehen. Weder hinter dem Ladentresen, wo stabile hölzerne Regale mit zahllosen Schubfächern ihre eisernen Schätze bargen. Noch im Ladenhintergrund, wo eine offene Tür in den Innenhof des Anwesens führte.

»Hallo! Jemand zuhause?« Bero klopfte an eine eiserne Pfanne, die zusammen mit etlichen anderen Utensilien des täglichen Bedarfs von der Decke hing und einen scheppernden Ton von sich gab.

»Geduld! Geduld!«, tönte es aus dem Hinterhof. »Ich bin sofort bei Euch«.

Ein stämmiger Mann mit gutmütigem, rotem Gesicht kam zur Tür herein und wischte sich die Hände an einem Tuch ab. Seine Ähnlichkeit mit Yal war nicht zu übersehen.

»Womit kann ich dienen?«

»Schöne Grüße von Eurem Bruder Yalbo samt Familie sollen wir Euch ausrichten. Und das hier hat er uns für Euch mitgegeben.«

Robin reichte Jerbo den Brief. Dieser warf einen Blick auf den Umschlag.

»Na so was! Ein Brief von Yal. Und überbracht von gleich drei Kurieren. Ich hoffe, es sind keine unerfreulichen Nachrichten.«

»Das glaube ich nicht«, sagte Boffo. »Jedenfalls machte Euer Bruder keinen unglücklichen Eindruck. Doch, was er Euch zu sagen hat, müsst Ihr schon selbst lesen. Wir sind nur die Überbringer.«

»Das werde ich. Doch sagt, wo habt Ihr ihn getroffen.«

»In der Nalidwüste«, antwortete Robin frei heraus.

»Dann wart Ihr auch im Tari Walid?«, fragte Jerbo ungläubig und starrte auf die tönernen Anhänger, die Robin und Bero immer noch umhängen hatten.

»Waren wir«, antwortete Robin. »Ebenso wie im Sil. Doch das ist eine längere Geschichte. Und auch wir haben einige Fragen an Euch. Wir würden uns deshalb gerne ein wenig in Ruhe mit

Euch unterhalten. Wir wohnen gleich nebenan im Gasthaus zum Alten Schmied. Und wir würden uns freuen, wenn Ihr uns dort heute Abend auf einen Krug Bier Gesellschaft leisten würdet.«

»Kommt nicht in Frage!«, protestierte Jerbo. »Ihr seid heute Abend meine Gäste. Ich will sämtliche Neuigkeiten erfahren.«

Der kleine Mann war ganz aus dem Häuschen. Robin und Boffo hatten alle Mühe, ihn auf den Abend zu vertrösten. Endlich standen sie wieder auf dem Marktplatz. Der Schmied von nebenan war gerade mit dem Beschlagen der Pferde fertig.

»Die Gelegenheit wäre günstig«, sagte Boffo. »Auch die Hufe unserer Tiere haben auf der harten Straße hierher gelitten. Sie sind nur den Sand der Wüste und das weiche Grasland des Sil gewohnt und bräuchten dringend Eisen.«

Bero ging zu dem Schmied, der gerade die Rückstände seiner eben beendeten Arbeit zusammenkehrte und wechselte einige Worte mit ihm. An seinem Nicken war zu erkennen, dass er einverstanden war. Seine Esse hatte gerade die richtige Temperatur und alles nötige Werkzeug lag bereit. Robin, Bero und Boffo holten die Pferde aus dem Stall und kurze Zeit später waren Reno und Groll beschlagen. Obwohl es das erste Mal für sie war, ertrugen sie die Prozedur mit großer Geduld. Auch Sid sollte erstmalig neue Schuhe bekommen. Jerbo, der das Geschehen von der Ladentür aus beobachtet hatte, brachte extra kleine Eisen, die normalerweise für Esel gedacht waren.

»Beste Qualität«, sagte er und schlug die Eisen aneinander, so dass sie wie eine Glocke klangen. »Wie alles, was mein Freund Yon Linbor von mir bekommt. Und er versteht sein Handwerk, das kann ich euch versichern.« Dabei klopfte er dem Schmied auf die Schulter und der grinste bis über beide Ohren.

Nachdem die Pferde fertig beschlagen waren, statteten die Freunde der nahen Sattlerei einen Besuch ab. Die meisten ihrer Packtaschen hatten sie auf dem Floß am Iruhin zurückgelassen. Jetzt, da sie wieder beritten waren, war es an der Zeit, sich erneut zweckmäßig auszustatten. Der Sattler hatte gute Ware und eine große Auswahl. Und er half, die neuen Satteltaschen auf die Rücken der Pferde einzustellen. Einige Änderungen und Sonderwünsche versprach der Meister bis zum folgenden Tag auszuführen.

Im Laufe des Nachmittags erledigten die Gefährten noch verschiedene Einkäufe, besorgten Lebensmittel und Ersatz für manche Wäschestücke, die in den letzten Wochen besonders gelitten hatten. Gerade als sie alle notwendigen Dinge zusammen hatten, schlug die große Turmuhr Sieben. Es war höchste Zeit, Jerbo Tibbits Einladung nachzukommen.

Jerbos Haus erinnerte Robin ein wenig an die Wohnungen der Fornländer. Anders, als die filigrane Bauweise im Sil, waren Einrichtung und Mobiliar hier in Norgid bodenständiger, man hätte sagen können ›gut bürgerlich‹. Doch waren sie deshalb nicht weniger geschmackvoll. Und alles war ein wenig kleiner. Robin fiel dies vor allem an den Türstöcken auf, unter denen er seinen Kopf einziehen musste, um sich nicht zu stoßen. Jerbos Behausung war sauber aufgeräumt und es war offensichtlich, dass hier eine ordentliche Hausfrau das Regiment führte. Und sicher auch eine gute Köchin, denn in der Luft lag ein anregender Duft von Gewürzen und feinen Kräutern. Robins Vorstellung bestätigte, sich, als sie das Wohnzimmer betraten.

»Meine Frau Selma!«, stellte sie Jerbo vor. Selma lachte über ihr rosiges, wohlgenährtes Gesicht, während sie die Fremden begrüßte. Sie war einen Kopf kleiner, als ihr Mann, etwas füllig und sichtlich erfreut, Gäste in ihrem Haus bewirten zu dürfen.

»Kommt nur, meine Herren!«, sagte sie und wies mit der Hand auf den ovalen Tisch in der Mitte des Raumes. »Nehmt Platz und macht es Euch gemütlich. Das Essen wird bald fertig sein. Was darf ich Euch als Begrüßungstrunk anbieten?«

»Etwas leichtes, wenn möglich«, sagte Boffo. »Es ist noch früh am Abend und es war ein heißer Tag.«

»Das dachte ich«, sagte Selma und lächelte vielversprechend. »Ich habe deshalb eine frische Limonade zubereitet. Aus Melonen und anderen Südfrüchten, die gerade erst frisch aus Nolind eingetroffen sind. Sie wird Euch gut tun.«

Sie wandte sich um, füllte einige Gläser, die auf einem Tablett auf einem Beistelltisch standen, aus einer gläsernen Karaffe und reichte das Tablett den Gästen. Jeder nahm sich ein Glas, nickte der Gastgeberin zu und trank.

»Ahh, ganz ausgezeichnet!« sagte Robin. Bero und Boffo pflichteten ihm bei und Selma strahlte. Dann lud Jerbo die Gesellschaft mit einer Handbewegung ein, Platz zu nehmen. Selma entschwand in der Küche und kam wenig später mit einer großen Schüssel wieder, aus der es verführerisch duftete.

»Heute gibt es das Lieblingsgericht meines Mannes, und es wird hoffentlich auch unseren Gästen schmecken.« Mit einem Schöpflöffel begann sie, den Inhalt der Schüssel auf Teller auszuteilen. Es schien sich um eine Art Gemüseeintopf mit Fleisch zu handeln. Robin probierte. Der Geschmack war kräftig. Doch ein anderer, als man ihn in Elegien gewohnt war und auch die Zutaten konnte Robin nicht eindeutig bestimmen.

»Ein typisches Gericht aus Yerdor«, klärte Frau Selma die Besucher auf. »Wir nennen es Korrik. Gemüse und Kräuter der Gegend mit Hammelfleisch. Es ist nahrhaft und gesund.«

Bero und Boffo schien das Gericht zu schmecken, denn sie lehnten eine zweite und sogar dritte Portion nicht ab. Robin hätte gerne auch mehr gegessen, denn er war hungrig. Doch Frau Selma hatte anscheinend besonders ihn in ihr Herz geschlossen und damit auch zum Ziel ihres Anteils am Tischgespräch auserkoren. Und sie wollte alles Mögliche wissen. Über ihre Schwägerin Rhila im Tari Walid und vor allem über ihre beiden Nichten Rhea und Khona. Auch über die Heimat der Schwertläufer und was sie in diese Gegend geführt hatte. Robin bemühte sich nach Kräften, ihre Fragen zu beantworten, ohne dabei zu viel oder zu Kompliziertes preiszugeben. Wofür sich Frau Selma aber sowieso nicht interessierte. Außer ihrer Verwandtschaft im Tari Walid galt ihr Interesse vor allem der fornländischen Kochkunst und wie sich die Damen dort kleideten.

Endlich war ihr Wissensdurst gestillt und sie verschwand in der Küche, um das Geschirr hinauszubringen. In der Zwischenzeit zündete Jerbo einige Kerzen an. Dann lud er seine Gäste ein, in bequemen Sesseln Platz zu nehmen und schenkte jedem ein Glas Wein ein. Als Selma zurückkam, setzte sie sich mit einer Stickarbeit in einen Sessel und überließ die Unterhaltung den Männern.

»Wir sind sehr beeindruckt von Eurer Stadt Norgid.« Robin lehnte sich in seinem Sessel zurück und nahm einen Schluck aus seinem Weinglas. »Sie ist stattlich und hat feste Mauern. Und ihr Erscheinungsbild kündet vom Wohlstand ihrer Bewohner. Euer Bruder Yal erzählte uns bereits, dass man hier vom Handel lebt und reich geworden ist.«

»Der eine mehr, der andere weniger«, antwortete Jerbo und lächelte. »Aber es ist richtig. Norgid war seit jeher eine Handelsstadt. Und der Tibor ist ihre Eintrittspforte in andere, auch in ferne Länder. Allerdings gehen die Geschäfte in letzter Zeit schleppend. Die Umbrüche im Norden machen sich zunehmend bemerkbar.«

»Welche Umbrüche?«, fragte Boffo. »Gibt es dort Krieg?«

»Das nicht. Aber das große und stolze Land Saragon zerfällt zusehends. Eine Regierung gibt es in Nabur nicht mehr. Man hat sie verjagt. Und das möglicherweise mit Recht. Denn die Regierenden haben sich auf Kosten der Gemeinschaft bereichert. Allerdings ist man mit ihnen auch sämtliche Formen einer geordneten Verwaltung losgeworden. Vieles liegt jetzt im Argen und geregelter Handel ist schwierig.«

»Aber Nabur ist weit von hier«, wandte Robin ein. »Die Güter aus dem Norden müssen wertvoll sein, wenn man hier auf solch lange Handelswege angewiesen ist.«

»Es sind wichtige Rohstoffe, die im Süden fehlen: Holz, Erz und Getreide. Auch Eisen und Stahl gehören zu den Handelswaren. Und Entfernungen sind zweierlei, zu Land und zu Wasser. Von hier bis Nabur sind es ungefähr 180 Meilen Wasserlinie. Ein Lastkahn braucht von dort oben bis hierher acht Tage, unter normalen Verhältnissen. Wenn er auch nachts fährt und gerudert wird, nur sechs Tage. Und wenn er Segel setzen kann, geht es noch schneller. Doch mittlerweile ist nicht mehr die Entfernung ausschlaggebend, sondern die Frage, ob er Norgid überhaupt erreicht.«

»Was sollte ihn unterwegs aufhalten?«, wollte Bero wissen.

»Froks und anderes Gesindel, das sich in und um Sethor, etwa auf halber Strecke zwischen hier und dem Zwergenreich Nimbor gelegen, angesiedelt hat. Aus dem Westen des Gebirges, wo sie bisher im Quellgebiet des Rol hausten, kamen sie vor einiger Zeit zu uns. Und in den verlassenen Ruinen und Höhlen der Seth haben sie sich eingenistet. Wohl in der Hoffnung auf bessere und leichte Beute. Mit den flussabwärts fahrenden Kähnen haben sie nur selten Glück. Aber die Schiffer, die sich zu Fuß oder Pferd auf den Heimweg machen, müssen sich vor ihnen fürchten. Und immer weniger finden sich, die diese gefährliche Reise wagen.«

»Wieso unternimmt dann die Obrigkeit nichts dagegen?« Robin schaute ungläubig. »Hat man in Norgid keine bewaffneten Männer für solche Aufgaben?«

»Die hätte man schon«, antwortete Jerbo. »Und man macht sich diesbezüglich auch Gedanken. Doch ein solches Vorhaben ist gefährlich. Und sein Ausgang ungewiss. Denn Froks sind nicht nur wehrhaft. Sie verschanzen sich auch in ihren Höhlen und Verstecken. Dort ist ihnen schwer beizukommen. Sie zögen sich einfach zurück und kämen wieder, wenn die Soldaten fort sind. Norgid allein könnte diesem Unwesen kaum Herr werden. Und aus Nabur ist sicher keine große Hilfe zu erwarten. Auch die Zwerge in Nimbor haben ihre eigenen Interessen. Ja man sagt sogar, sie treiben Handel mit diesen Kreaturen. Verkaufen ihnen Schaufeln, Hämmer, Hacken und Meisel. Alles eben, was man zum Graben und Hauen benötigt. Womit sie sich allerdings bezahlen lassen, ist mir ein Rätsel.«

»Die Zwerge?« Boffo war hellhörig geworden. »Wisst Ihr mehr über sie und ihr Treiben?«

»Es gab Gerüchte, einige von ihnen wären unlängst im Süden

des Marzadgebirges gesichtet worden. So weit südlich, wie sie sich seit vielen Jahren nicht haben sehen lassen. Und es heißt, sie wollten noch weiter, bis zum Arnokgebirge. Der Zweck ihrer Reise ist allerdings unbekannt. Ich schätze, dass sie sich ihren Anteil an den seltenen Erzen sichern wollen, die dort vermutet werden. Bevor andere dies tun.«

»Wenn es im Norden so unsicher geworden ist, dann ist es verwunderlich, dass man uns hier in Norgid bei unserer Ankunft wenig Beachtung geschenkt hat«, bemerkte Bero.

»Das war auch bisher nicht notwendig«, sagte Jerbo. »Yerdor ist ein friedliches Land. Mit unseren Nachbarn im Süden und Westen haben wir keine Probleme. Ja, im Osten, jenseits der Gollwydberge gibt es bisweilen Raubgesindel. Doch die wagen sich nicht bis hierher. Auch wenn es eine Bedrohung aus dem Norden gäbe, würden wir rechtzeitig davon erfahren. Und was euch persönlich angeht: solange Ihr keine Ähnlichkeit mit Froks oder Trollen habt, was ja nun wirklich nicht der Fall ist, wird man keinen Grund haben, Euch den Einlass in die Stadt zu verwehren. Vorausgesetzt, Ihr betragt euch hier anständig, wovon ich ausgehe.« Jerbo lachte und seine kleinen Äuglein blitzten. Er hatte sich eine Pfeife gestopft, zündete sie an und blies einige blaue Rauchwolken gegen die Decke.

»Lasst uns ein wenig über Arangion sprechen«, schlug Boffo vor, der Jerbos Angebot nicht ausgeschlagen und sich ebenfalls eine Pfeife angezündet hatte, »denn das ist unser eigentliches Anliegen. Wir würden gerne mehr über das Land und seine Bewohner erfahren. Vor allem, ob es dort Elme gibt. Euer Bruder Yalbo meinte, Ihr wärt schön einmal dort gewesen.«

»Nun, ja. Ich war zwar in Sirdun. Doch das ist lange her. Und ehrlich gesagt, zieht es mich auch nicht so schnell wieder in diese Gegend. Sie soll in früheren Zeiten lieblich gewesen sein. Doch jetzt ist sie wüst und unansehnlich. Zumindest im Umkreis von Sirdun. Und die Arsid, die dort leben, haben wenig Sinn für die Schönheit der Natur. Ihr Interesse gilt den schmutzigen Schätzen ihres Bodens: Erdpech und Kohle, die sie mit gutem Gewinn nach Nolind im Süden verschiffen. Elme allerdings habe ich dort nicht gesehen. Mag sein, dass es auf dem flachen Land oder weiter im Westen welche gibt. Wenn jemand mehr darüber weiß, dann Bren Toffit, der hiesige Archivar. Doch will ich Euch nicht zu viel versprechen. Fragt ihn am besten selbst. Er wohnt oben im großen Stadtturm, gleich hier am Platz. Und meist ist er auch zuhause, denn er begleitet auch die Aufgabe eines Feuerwächters. Ihr könntet versuchen, ihm morgen früh einen Besuch abstatten. Vielleicht kann er Euch weiterhelfen.«

»Elme in Arangion? Die gibt es seit dreihundert Jahren nicht mehr.« Der bärtige Mann saß ein wenig missmutig an einem mit Schriftrollen und Folianten vollgepackten Tisch und schaute die Besucher verständnislos an. Es war derselbe Mann, der aus einem Fenster hoch über der Stadt geschaut hatte, nachdem Bero am Klingelseil neben der Tür des großen Stadtturms gezogen hatte. Dann hatte sich die Tür wie von Geisterhand geöffnet und Robin, Bero und Boffo waren gestiegen. Viele Treppen und Stockwerke empor. Bis sie endlich in die große Turmstube gelangt waren, wo sie Bren Toffit, dem Stadtarchivar, ihre Frage stellen konnten.

»Warum wollt ihr das überhaupt wissen.«

»Ich bin selbst einer von ihnen«, antwortete Boffo. »Und naturgemäß interessiere ich mich für andere Vertreter meiner Gattung, ihre Herkunft und ihre Geschichte. Es soll früher eine Anzahl von ihnen in Arangion gelebt haben. Wir sind auf dem Weg dorthin und man sagte uns, wenn jemand mehr über die Geschichte jenes Landes weiß, dann Ihr.«

»Viel könnt ihr in dieser Beziehung nicht von mir erwarten.« Der Archivar zuckte mit den Schultern, so als wolle er sich entschuldigen. »Die Beziehungen zwischen Yerdor und Arangion sind nicht besonders eng und auch nicht besonders gut und die Arsid selbst interessieren sich kaum für ihre Geschichte. Doch bevor wir eure und meine Zeit mit Reden verschwenden, lasst uns einen Blick auf das werfen, was da ist. Kommt mit!«

Er stand von seinem Stuhl auf, schlurfte zum hinteren Teil des Raums, wo eine Reihe von Regalen stand und zog eine staubige Kiste hervor.

»Diese Sachen bekam ich bei einem meiner Besuche in Sirdun von einem seltsamen Kerl. Er gab sie mir vor mehr als 20 Jahren zum Aufbewahren. Sagte, wenn er nicht mehr wäre, würden sie doch nur weggeworfen. Sein Name war Jeromir, seines Zeichens Trödler und fahrender Händler. Wohnte in einem kleinen Haus am südlichen Ladekai. Sammelte altes Zeug und hatte Spaß an seltenen und seltsamen Dingen. Ihr könnt ja nach ihm fragen, wenn ihr dorthin kommt. Vielleicht kann er euch weiterhelfen. Ich weiß allerdings nicht, ob er überhaupt noch lebt. War damals schon alt und verschroben.«

Er kramt in der Kiste, zog einen Stapel alte Kladden und Dokumente heraus und schmiss ihn auf einen Tisch, der in der Nähe stand.

»Hier, seht selbst, ob ihr etwas darunter findet, was von Wert für euch ist.«

Damit schlurfte er zurück zu seinem Platz und ließ die Besucher allein. Die drei beugten sich über die Schriftstücke und Boffo blätterte in den gebundenen Kladden.

»Die Schriftzeichen sind elmisch, ohne Zweifel«, sagte er. »Und sie sind alt. Sieht aus wie die Buchführung eines Handelskontors: Einnahmen, Ausgaben, Waren, Namen und das Datum ohne Jahr. Und dies schein eine Art Steuerregister zu sein. Nichts als Namen, Adressen und Beträge. Doch hier sehe ich Jahreszahlen: 2690 ... 2691 ... 2693. Das heißt, vor 250 Jahren gab es noch Elme in Sirdun.«

»Interessant!«, sagte Bero. »Zumindest wissen wir jetzt, dass wir keinen Hirngespinsten hinterher jagen. Es gab sie wirklich, die Sirdain in Arangion. Auch wenn nicht mehr viel von ihnen übrig geblieben zu sein scheint.«

»Daran gab es ja wohl auch vorher keinen Zweifel«, bemerkte Boffo vorwurfsvoll und blätterte weiter. »Doch in dieser Beziehung gebe ich dir recht: ich sehe keine Hinweise, die unmittelbar weiterhelfen könnten. Man bräuchte Zeit, um alles durchzulesen, doch die haben wir nicht. Lasst mich noch schnell einen Blick auf die restlichen Schriftstücke werfen. Danach können wir gehen.«

Robin, dem die elmischen Hinterlassenschaften wenig offenbaren konnten, ging mit Bero zu einem der Fenster der Turmstube. Unter ihnen lag die Stadt mit Häusern, die so klein aussahen, als wären es Bauklötzchen eines Kinderspiels. Und vor ihren Mauern lag majestätisch ein breites, blausilbern schimmerndes Band: der Tibor, der zweitlängste Fluss Laudoras nach dem Raduin.

Darüber führte die weithin bekannte Steinerne Brücke von Norgid. Allein für den Teil, der den Strom überspannte, zählte Robin sechzehn steinerne Bögen, die auf gewaltigen Pfeilern ruhten. In der Mitte des Bauwerks ragten zwei Türme in die Höhe und das zwischen ihnen befindliche Brückenjoch konnte aufgezogen werden, wenn größere Schiffe die Brücke passierten.[9]

»Ich bin so weit!«, rief Boffo aus dem Hintergrund. »Wir sollten uns langsam auf den Weg machen, wenn wir noch vormittags weiterkommen wollen.«

»Von mir aus jederzeit.« Bero wandte sich zur Tür. »Ich kann mit dem Geschreibsel hier sowieso nichts anfangen.«

»Und? Habt ihr etwas gefunden?« Bren Toffit blickte von seinem Arbeitsplatz auf.

»Ja und nein«, antworte Boffo. »Nicht unmittelbar das, was wir suchen. Aber dennoch ist es gut zu wissen, dass es Hinterlassenschaften gibt, die von der Existenz meiner Vorfahren künden.«

---

[9] Der Tibor hatte auf der Höhe von Norgid eine Breite von annähernd 100 Ruten. Mit den Flutbrücken auf beiden Seiten maß das gesamte Bauwerk sicherlich 150 Ruten. Wer dieses gewaltige Monument errichtet hatte, wusste man schon zu Robins Zeiten nicht mehr. Doch hatte er von Jerbo erfahren, dass es die größte steinerne Brücke in ganz Laudora und die einzige über den Tibor südlich von Nabur war.

»Ich hab's euch ja gesagt, dass nicht viel zu erwarten war.«
Der Archivar vertiefte sich wieder in seine Papiere.

»Trotzdem vielen Dank«, sagte Boffo. »Und passt weiter gut
auf den elmischen Nachlass auf. Könnte sein, dass sich in naher
Zukunft noch andere dafür interessieren.«

»Schon gut«, brummte Bren. »Und übrigens: wenn ihr unten
ankommt, könnt ihr mir einen Gefallen tun. In der Mitte des
Treppenaufgangs, hängt ein Korb an einem Seil. Füllt ihn mit
Brennholz, welches gleich daneben liegt. Und gebt auch die
anderen Sachen hinein, die der Krämer dort hinterlegt hat.«

»Kein Problem! Auf Wiedersehen!«, rief Robin noch in der
Tür, während Bero und Boffo sich bereits auf den langen Weg
nach unten gemacht hatten.

Wieder auf ebener Erde angekommen, kümmerten sie sich
um Brens Sachen und verloren dann keine weitere Zeit. Erst
holten sie die restlichen Taschen vom Sattler. Dann gingen sie
auf dem kürzesten Weg zum Alten Schmied und packten zusammen. Der Stallbursche half beim Satteln und der Wirt reichte
ihnen noch eine Portion dicke Suppe, die sie eilig verzehrten. Als
die Uhr des Stadtturms Mittag schlug, verließen sie das Gasthaus.

Jerbo stand, wie meistens, in seiner Ladentür. Und Selma
schaute aus einem Fenster im ersten Stock.

»Nochmals vielen Dank für alles!«, rief Robin. »Und noch eines: zwei unserer Gefährten, sie heißen Lorin und Bert, werden
hier vorbeikommen. In einer oder auch in zwei Wochen. Richtet
ihnen aus, wir erwarten sie in Sirdun. Falls wir nicht mehr dort
sein sollten, hinterlassen wir eine Nachricht in der Poststation.«

»Geht in Ordnung!«, rief Jerbo. »Und besucht uns wieder auf
der Rückreise!«

Sie verließen Nabur durch das Westtor und querten den Tibor
über die Steinerne Brücke. Am Hafenkai herrschte geschäftiges
Treiben. Lastkähne wurden entladen und größere Schiffe mit
Segeln und Rudern für die Weiterfahrt beladen. Robin wurde

klar, was Jerbo gemeint hatte, als er sagte, die Schiffer aus Nabur würden sich zu Fuß oder Pferd auf den Heimweg machen. Denn die leeren Lastkähne wurden aus dem Wasser gehievt und an Ort und Stelle in ihre hölzernen Einzelteile zerlegt. Übrig blieb nichts als Bretter und Bohlen.

Große, spitzbogige Portale mit schweren, eisenbeschlagenen Torflügeln führten durch die beiden Brückentürme. Und neben dem ersten las Robin ein Schild mit der Aufschrift: ›Sirdun 85 Meilen‹.

›Das wird ein langer, anstrengender Ritt‹, dachte er. ›Doch rückt unser Ziel näher.‹

Der letzte Abschnitt ihrer Reise nach Arangion hatte begonnen und er zog sich länger hin, als es sich die drei Gefährten gewünscht hätten. Die Hügel und Berge, die der Landschaft östlich des Tibor einen gewissen Reiz und ein abwechslungsreiches Erscheinungsbild verliehen hatten, waren verschwunden. Zwischen den Flüssen Tibor und Nook erstreckte sich ebenes Schwemmland. Das Getreide auf den Feldern zu beiden Seiten der Straße war zwar längst abgeerntet, doch auf einigen Gemüsebeeten waren die Bauern noch bei der Arbeit.

Am zweiten Tag querten sie den Nook auf einer Holzbrücke. Weites Grasland breitete sich jetzt vor ihnen aus, so weit das Auge reichte. Es bot den Pferden während der Ruhepausen ausreichend Futter. Und ihre Reiter hatten sich vorgenommen, diese nicht zu überfordern. Deshalb wählten sie auf dem größten Teil des Weges eine geruhsamere Gangart, als zwischen dem Sil und Norgid. Das gab den Tieren Gelegenheit, sich allmählich an ihre neuen Hufeisen zu gewöhnen und war auch für ihre Besitzer weniger anstrengend.

Obwohl auf der Straße wenig Verkehr herrschte, war die Gegend keineswegs einsam. Hin und wieder begegneten Kutschen und andere Gefährte – zumeist aus westlicher Richtung kommend – den Reisenden und zu keiner Zeit fühlten sie sich unsicher. Am Weg lagen kleine Ortschaften, wo sie sich verköstigen und auch bisweilen etwas kaufen konnten. Dadurch beschränkte sich das zu tragende Gewicht für die Pferde auf ein erträgliches Maß und die dankten es mit sichtlicher Freude an der Bewegung. Meist schliefen sie unter freiem Himmel, denn die Witterung war trocken und warm. Einmal, auf halber Strecke, gab es sogar ein Rasthaus mit frisch bezogenen Betten und einem passablen Abendessen.

Am Ende des siebten Tages seit ihrem Aufbruch aus Norgid konnten sie am westlichen Horizont die blasse Kontur einer Gebirgskette erkennen. Zweifellos waren sie dem Land Arangion jetzt sehr nahe. Robin hatte nun die Hoffnung, dass dieser nicht enden wollende Ritt bald vorbei sein würde. Dies war jetzt schon der zwölfte Tag seit ihrer Abreise aus dem Sil, an dem er und seine Gefährten im Sattel saßen. Sein Gesäß und seine Schenkel schmerzten und den anderen ging es nicht besser. Immer öfters waren sie während der letzten beiden Tage abgestiegen, um neben ihren Reittieren herzulaufen. Dies hatte geholfen, ihre schmerzenden Muskeln zu lockern und die Rücken der Pferde zu entlasten.

Die folgende Nacht verbrachten sie in einem Wäldchen am Ufer eines kleinen Baches und am Morgen erhob sich ein leichter Westwind. Als sie sich an diesem Tag auf den Weg machten, begrüßte sie der Himmel über Arangion mit einem trüben Grau. Es war der 4. September des Jahres 2941, ein Mittwoch. Fast auf den Tag genau drei Monate waren vergangen, seit sie aus Fornland aufgebrochen waren.

Den Reisenden wurde schnell klar, dass es kein idyllisches Fleckchen Erde war, was sie hier erwartete. Zu ihrer Rechten erhoben sich düster und wolkenverhangen die Ausläufer des südlichen Arnokgebirges. Die Gegend vor ihnen war eben und meist unbewaldet. Doch gab es nur wenige bestellte Felder und Äcker oder kultivierte Wiesen. Dafür erstreckten sich zu beiden Seiten der Straße große Erd- und Geröllhalden. In den ausgedehnten Löchern und Mulden dazwischen hatte sich trübes, bräunliches Wasser gesammelt, auf dessen Oberfläche ölige Schlieren schimmerten.

»Wenn dieses das ersehnte Land der Sirdun war, dann ist es mir ein Rätsel, mit welchen Versprechen Tantriloz sein Volk seinerzeit von Arkandra weg und hierher gelockt hat«, bemerkte Bero und blickte sich dabei ungläubig um.

»Das war vor mehr als siebenhundertvierzig Jahren«, entgegnete Boffo. »Ganz bestimmt sah dieses Land damals anders aus. Und noch haben wir so gut wie nichts von seiner ganzen Größe und Vielfalt gesehen.«

Sie ritten weiter und am späten Vormittag blickten sie von einer niedrigen Anhöhe auf Sirdun. Die Stadt war unbefestigt und ihre meist ein- oder zweistöckigen Häuser erstreckten sich in unregelmäßigen Ansammlungen zu beiden Seiten des Legris. Entlang seines Ufers führte die Straße aus südlicher Richtung in die Stadt. Ihr folgten die Ankömmlinge, bis sie sich zu einer gemauerten und gepflasterten Uferpromenade verbreitete. An ihrem Kai lagen größere und kleinere Lastkähne und Treidelschiffe, vertäut an Pollern und eingemauerten Eisenringen. Augenscheinlich wurde heute nicht gearbeitet. Nur einige Männer, kräftig und groß gewachsen, mit harten, wettergegerbten Gesichtern, standen in der Nähe des Wassers, rauchten und ließen eine Flasche herumgehen.

»Erinnert ihr euch an die Worte Bren Toffits in Norgid?«, fragte Boffo. »Wir befinden uns zweifelsohne am Ladekai und auch im Süden der Stadt. Hier soll doch dieser Jeromir, oder so ähnlich war sein Name, wohnen. Von dem der Archivar die elmischen Schriftstücke hatte.«

Robin blickte sich um.

»Wir suchen Jeromir, den Trödler. Wisst ihr, wo er wohnt?!«, rief er den Männern zu. Doch die blickten ihn nur verständnislos an und zuckten mit den Schultern.

»Jeromir?« Auf einem der Hafenpoller am Rande des Kais saß ein alter, bärtiger Mann und hielt eine Angel in den Fluss. »Dort drüben!« Er hatte seine Pfeife aus dem Mund genommen und deutete damit in Richtung einer Zeile heruntergekommener Häuser am Rande der Promenade.

»Das mittlere mit dem halb eingestürzten Dach. Dort hat er jedenfalls gewohnt, bis er vor fünf Jahren starb. Hat auch keine Nachkommen und das Anwesen verfällt. Sie werden's wohl bald vollständig abreißen. Was wolltet ihr denn von ihm?«

»Ihm einige Fragen stellen«, sagte Robin. »Aber das hat sich jetzt wohl erübrigt. Oder könnt Ihr uns sagen, wo wir Elme finden? Hier in Sirdun oder auch in anderen Teilen dieses Landes.«

»Elme? Das sind doch diese kleinen Kerle, die aussehen, wie euer Begleiter hier, mit Verlaub.« Er deutete mit einer Kopfbewegung auf Boffo. »Ich dachte, die sind längst ausgestorben. Wenn es sie überhaupt gegeben hat. Und wenn Ihr einer seid«, damit wandte er sich an Boffo, »dann seid Ihr der erste, den ich je zu Gesicht bekommen habe. Na, so ein Zufall. Dass ich das noch erlebe.« Er schüttelte ungläubig den Kopf und aus seinem Bart war ein rasselndes Geräusch zu hören, dass wie heißeres Lachen klang. Dann steckte er seine Pfeife wieder in den Mund und warf die Schnur seiner Angel ins Wasser.

»Und was machen wir jetzt?« Bero blickte ratlos in die Runde. »Dass es hier keine Elme gibt, ist offensichtlich. Und möglicherweise auch niemanden, der uns über sie Auskunft geben könnte oder wollte.«

»Das bleibt abzuwarten.«, antwortete Boffo. »Lasst uns zunächst nach einer Herberge Ausschau halten. Sechs ganze und zwei halbe Tage sind unsere Pferde seit Norgid gegangen. Sie brauchen dringend Erholung. Ebenso wie wir. Nach einem guten Essen und einem frischen Schluck sieht die Welt hoffentlich anders aus. Und dann werden wir in Ruhe überlegen, was zu tun ist.«

»Herberge klingt gut«, sagte Robin und blickte sich um. »Ich sehe nur keine.«

»Dort unten, dreihundert Schritte in diese Richtung!« Der alte

Mann deutete mit seiner Pfeife die Promenade entlang. »Dort findet ihr ein Gasthaus. Sieht etwas wüst aus. Aber nur auf den ersten Blick. Mit der Unterbringung werdet ihr zufrieden sein. Auch eure Pferde könnt ihr unterstellen. Und das Essen ist nicht übel. Zumindest sollte es das heute sein, am Feiertag.«

»Von welchem Feiertag sprecht Ihr eigentlich?«, wollte Robin wissen.

»Wo kommt ihr denn her?« Der Alte schüttelte den Kopf. »Heute ist Bürger- und Bauerntag. Das weiß doch jeder hier in der Umgebung. Sind jetzt genau 40 Jahre her, dass wir unsere Fürstenherrschaft hier abgeschafft haben. Es soll zwar manche geben, die's bereuen und sich die alten Zeiten zurückwünschen. Ich gehöre jedenfalls nicht dazu.«

»Na, wie auch immer. Jedenfalls danke für die Auskunft!«, sagte Robin und warf dem Alten ein Geldstück zu.

»Bestellt dem Wirt schöne Grüße vom alten Kalmis!«, rief ihnen der bärtige Angler nach und sein heißeres Lachen verklang hinter ihnen, als sie langsam den Kai entlang ritten. Die Häuser, die Straße, der Fluss mit den Schiffen und sogar die Menschen: alles sah trist und grau aus. Und zu allem Überfluss hatte es auch noch zu regnen begonnen. Der Straßenstaub saugte das Wasser gierig auf. Kleine Rinnsale schlängelten sich wie Adern über das Pflaster, sammelten sich in Pfützen und gerannen dort zu einer schmutzigbraunen Masse.

›Das ist also das Ziel unserer Reise‹, dachte Robin. ›All die Strapazen und Gefahren, um dieses trostlose Nest zu sehen.‹

Es war das erste Mal seit ihrem Aufbruch in Fornland, dass er sich wirklich mutlos und niedergeschlagen fühlte. Nicht einmal Hunger oder Durst hatte er. Nur das Gefühl bleierner Müdigkeit stieg in ihm hoch.

Aus dem dichter werdenden Regen tauchte ein Schild mit dem Abbild eines seltsamen Vogels auf, vom böigen Wind knarrend hin und her geschaukelt.

»Zum Grünen Papagei«, las Robin. »Die Leute hier haben Sinn für Humor«, murmelte er kopfschüttelnd vor sich hin. Er glitt aus dem Sattel, nahm Reno am Zügel und folgte den anderen durch die offene Hofeinfahrt.

Anhang I

Über Elegien und seine Provinzen

Unsere Geschichte beginnt in Fornland. Genau genommen ist Fornland kein eigenes Land, sondern eine von drei Provinzen des Landes Elegien, auf dem Kontinent Laudora gelegen. Fornland liegt im Norden Elegiens und ist gebirgig und waldreich. Der südliche Landesteil Elegiens mit dem Namen Iridien ist flach und weitläufig. Der östliche Teil heißt Lusilien, eine mit Strauch- und Buschwerk bewachsene Hügellandschaft, die nach Westen hin sanft zum Tal des Mirondell abfällt.

Zu der Zeit, in der unsere Geschichte spielt, zu Ende des dritten Jahrtausends nach laudoranischer Zeitrechnung, bildeten diese Provinzen Elegiens, trotz oder gerade wegen ihrer regionalen Besonderheiten und Gegensätze, eine harmonische Gemeinschaft.

In Iridien, begünstigt durch das fruchtbare Schwemmland des Raduin, widmete man sich vorwiegend der Landwirtschaft. Auch lag hier die alte Handelsstadt Pern sehr vorteilhaft an den nach Süden führenden Verkehrswegen zu Wasser und zu Land.

Lusilien, eine klimatisch milde aber sonst recht bergige und unwegsame Landschaft mit verstreut liegenden Weilern und Dörfern, war nur dünn besiedelt. Seine Bewohner bauten Wein und Oliven an und betrieben die Schafzucht. Die einzige Stadt Lusiliens war Dornburg mit seiner auf einem Felssporn darüber thronenden, gleichnamigen Festung.

In Fornland selbst lebte man vom Bergbau und von der Metallverarbeitung und viele Elegier hielten sie für die landschaftlich reizvollste der drei Provinzen.

Das mächtige Halvortgebirge im Norden Elegiens bildete eine natürliche Barriere gegen mögliche Eindringlinge aus den wilden Nordländern, aber auch einen klimatischen Schutzwall gegen die rauen und oft kalten Nordwinde. Über dieses Gebirge führte als verhältnismäßig einfach zu überwindende Passage aus Fornland der Tivuilpass. Von Lusilien aus konnte das Halvortgebirge über den höheren und schwierigeren Ortulinpass überwunden werden. Über beide Pässe gelangte man nach Thornland. Dieses war mit Elegien über ein Handels- und Verteidigungsabkommen freundschaftlich verbunden. Es gehört jedoch nicht zur Regierungs- und Verwaltungsgemeinschaft der elegischen Provinzen.

Das weniger hohe Nargathgebirge im Westen Elegiens bewirkte, dass die aus dieser Richtung kommenden Wetterfronten abgeschwächt wurden. Luftströmungen aus Süden und Südwesten hingegen erreichten Elegien meist in genau der richtigen Ausgewogenheit aus regenführender und trockener Luft, um von Frühjahr bis zum Herbst ein angenehmes und landwirtschaftlich ertragreiches Klima zu erzeugen. Die Winter in Elegien (zumindest was Fornland und das nördliche Lusilien betraf) waren dagegen in aller Regel streng, von trockener Kälte geprägt und schneereich. Jedoch hielten sie nicht allzu lange an und gingen in der Regel schon Mitte März in einen milden Frühling über. Allerdings beobachteten die Elegier seit einigen Jahren mit Besorgnis, dass dieser über die Jahrhunderte bewährte Gleichlauf der Jahreszeiten unsteter geworden war und das Wetter vermehrt unerwartete Schwankungen zeigte.

Pern, die Hauptstadt Elegiens, lag in einer Ebene an der Einmündung des in den Blaubergen entspringenden Elborn in den Raduin. Da sich ihre Bewohner von Süden her vor feindlichen Übergriffen sicher fühlten, war die Stadt nicht befestigt. Die Häuser waren weniger gedrängt, die Straßen weniger verwinkelt als in anderen Städten Laudoras. Der Raduin floss mitten durch die Stadt und wurde dort durch Mauern und Wälle daran gehindert, sich unkontrolliert ausbreiten. Was in bestimmten Jahren durchaus nötig war, wenn zur Zeit der Schneeschmelze die Zuflüsse am Oberlauf des Flusses mehr Wasser als gewöhnlich führten.

Pern war nicht nur Hauptstadt, sondern auch Zentrum der elegischen Verwaltung. Eine Regierung in unserem Sinne gab es dort nicht. Zwar hatte man einen Präsidenten. Doch der hatte überwiegend repräsentative Aufgaben. Zu den nützlicheren Einrichtungen zählten eine Bergbau- und eine Landwirtschaftsbehörde. Sie dienten der Bevölkerung Elegiens mehr in beratender als in überwachender Funktion. Und sie achteten auf die nachhaltige und vernünftige Nutzung der über- und unterirdischen Rohstoffe des Landes. In Pern gab es zudem mehrere höhere Schulen und eine Hochschule (nach unserem heutigen Sprachgebrauch würden wir sie Universität nennen) in welche die besser gestellten Familien Elegiens ihre Kinder schickten.

Mindestens ebenso große Bedeutung wie als Verwaltungsstadt hatte Pern als Handelszentrum. Dies verdankte man der Wasserstraße des Raduin. Als längster Fluss Laudoras war er von seiner Mündung in das Nurische Meer bis zu seinem Zusammenfluss mit dem Mirondell in Iridien über eine Strecke von über 400 Meilen durchgängig schiffbar. Deshalb lag an dieser Stelle, ungefähr acht Meilen südöstlich von Pern, die Hafenstadt Pernfurt, über welche die aus dem Süden auf Treidelschiffen ankommenden Waren auf dem Landweg weitergeleitet wurden. Und wo wiederum die in Elegien erzeugten und für die südlichen Länder bestimmten Handelsgüter verladen wurden.

In Pern selbst gab es eine Handelskammer, welche die Interessen der kleineren und größeren Handelshäuser vertrat. Und wie in jeder Handelsstadt wurden hier auch größere Geldgeschäfte abgewickelt, zu welchem Zweck sich mehrere Bankhäuser gegründet hatten. Auch das Münzregal befand sich hier. Als Währung diente der Dorin (bestehend aus einhundert Hellern) welcher, vor allem in Form größerer Silber- oder Goldmünzen, in fast ganz Laudora Gültigkeit besaß.

Eine in Pern ansässige Finanzbehörde verwaltete zwar die Steuergelder des Landes, doch waren die Steuersätze in Elegien allgemein niedrig. Die Einnahmen wurden für gemeinnützige Einrichtungen, Bildung und Schulen, Regierungsbauten und zur Deckung der Verwaltungskosten verwendet.

Im Übrigen agierten die drei Provinzen Elegiens weitgehend unabhängig, sowohl voneinander als auch von ihrer Hauptstadt. Ein nicht unerheblicher Grund dafür waren die Entfernungen. So lagen beispielsweise zwischen Lindhag, dem Hauptort Fornlands, und Pern etwas mehr als 16 Meilen, nach unserer heutigen Rechnung rund 65 Kilometer[10]. Dies entsprach einer knappen Tagesreise zu Pferd, einer guten Tagesreise mit leichtem Pferdewagen oder zwei Tagesreisen zu Fuß (wenn man es eilig hatte). Deshalb war es nicht weiter verwunderlich, dass viele Belange in den größeren Orten der einzelnen Provinzen von den dortigen Amtsvorstehern und Bürgermeistern eigenständig geregelt wurden. Das betraf den Bau und die Instandhaltung von Straßen und öffentlichen Gebäuden und den Großteil juristischer Angelegenheiten ebenso, wie fast alle Fragen des täglichen Miteinanders.

Im Land gab es einige Poststationen, die sowohl für den Briefverkehr wie auch für kleinere Warentransporte zuständig waren. Dort hatte man gut zu tun, denn die Elegier kommunizierten gerne. Dazu bedienten sie sich einer schwungvollen Schreibschrift, welche, zusammen mit anderen Grundkenntnissen, von den Kinder bereits in jungen Jahren in den Dorfschulen

---

[10] In Elegien, ebenso wie auch in weiten Teilen Laudoras, entsprach eine Wegmeile ziemlich genau 4 Kilometern nach unserer Rechnung. Eine Meile war unterteilt in 1000 Ruten (à 4 m). Die Rute wiederum war in 12 Fuß (à 33,33 cm) und ein Fuß in zwei Spannen oder 12 Daumen (à 2,78 cm) unterteilt. Weitere Längenmaße waren die Elle mit 1,5 Fuß (50 cm) und der Klafter (2 m), welcher ½ Rute, 4 Ellen oder 6 Fuß entsprach. Kurze Wegstrecken maß man in Schritt (ca. 0,8 m): 5 Schritt ergaben 2 Klafter oder 1 Rute. 5000 Schritt ergaben 1 Meile.

erlernt, oder – in den abgelegeneren Orten – innerhalb der Familien weitergegeben wurde. Man sprach und schrieb Laudoranisch, welches in fast ganz Laudora gebräuchlich war und sich allenfalls durch einige besondere Dialekte einzelner Länder unterschied.

In diesem Zusammenhang mag sich der Leser wundern, warum in unserer Geschichte fast alle Familiennamen und auch die meisten Ortsnamen in Elegien anders klingen als die in den restlichen Ländern Laudoras. Nun, die Erklärung dafür ist einfach. Sie wurden vom Erzähler übersetzt. In eine für uns verständliche Sprache. Zumindest, soweit sie übersetzbar waren. Außerhalb Elegiens wurden die laudoranischen Namensformen beibehalten.

Die althergebrachte Runenschrift hatte man in Elegien seit langer Zeit abgelegt. Lediglich innerhalb der oft Jahrhunderte alten Handwerksdynastien fand sie in noch Verwendung: zur Verzierung oder als Herkunftsbezeichnung von Waffen und anderen Metallerzeugnissen. Allerdings sorgte die Hochschule in Pern für den Fortbestand der alten Wissenschaften und es gab einige wenige Gelehrte, die noch die alten Runen- und die noch älteren Keilschriften entziffern konnten.

Um überliefertes Wissen auch bewahren zu können, und auch für den allgemeinen Schriftverkehr, verwendeten die Einwohner Elegiens hochwertiges, aus Lumpen gefertigtes Papier, welches in Pern hergestellt wurde. Für wertvolle Bücher oder auch Urkunden verstanden sie sich auch auf die Erzeugung und den Gebrauch von Pergament. Einfache Grafiken, Landkarten oder Bekanntmachungen wurden mit Hilfe einer holzschnittähnlichen Technik vervielfältigt. Der Buchdruck mit Hilfe gegossener Lettern steckte zum Zeitpunkt unserer Geschichte noch in seinen Anfängen. Die meisten Bücher in Elegien wurden deshalb noch mit der Hand geschrieben und kopiert. Doch gab es bereits gedruckte Bücher – vor allem für den Studiengebrauch und in Form technischer Nachschlagewerke. Und noch einen Vorteil der neuen Technik hatte man erkannt: die Schnelligkeit. Flugblätter über aktuelle Ereignisse, Vorläufer der Zeitung, erschienen bereits regelmäßig in Pern und Dornburg. Und Gleiches war für die anderen großen Städte Laudoras zu vermuten.

Auch wenn die Elegier im Landesinneren relativ sorglos miteinander umgingen, so waren sie doch bezüglich der Bewachung der Grenzen umso aufmerksamer. Nach Süden und Osten hatten sie wenig zu befürchten. Die an Iridien und Lusilien angrenzenden Gegenden waren befriedet und auf weite Entfernungen war hier kaum etwas zu befürchten. Ein wesentlich wachsameres Augenmerk richteten sie auf die westlichen und nördlichen Grenzgebiete. Zwar bildeten die gewaltigen Bollwerke des Halvort- und des Nargathgebirges einen natürlichen Schutzwall für Elegien. Das nördlich davon gelegene Thornland jedoch, mit seiner auch für die Fornländer wichtigen Rinder-, Schaf- und Pferdezucht, hatte feindlich gesinnten Eindringlingen wenig natürlichen Schutz entgegenzusetzen. Hier musste man mit Lurgbanden rechnen, die sich, von den nördlichen Ausläufern des Taurongebirges kommend, über den Tolbrandpass wagten. Hin und wieder gab es Einfälle wilder Horden vom Volke der Bethun aus Schneeland, Windland und Weitland, den unwirtlichen Gegenden des Nordreiches, die in der Hoffnung auf bessere Nahrung und Beute in südlichere Gefilde vordrangen. Bisweilen zeigten sich auch vereinzelte Bergtrolle, vom Hunger aus den Graubergen oder den Kirkunbergen nach Thornland getrieben, um sich an den Rinder- oder Schafherden zu vergreifen. Aus diesem Grund hatten die Elegier mit dem nördlichen Thornland besagtes Verteidigungsbündnis geschlossen, wofür jeweils einige junge Elegier zur Verstärkung der Garnison in Ford Trontil abgestellt wurden. Eine Anzahl kampffähiger junger Männer war zudem in Westfurt stationiert, von wo sie als so genannte Schwertläufer entlang der Ausläufer der Osthänge des Nargathgebirges patrouillierten.

Obwohl nach außen hin wehrhaft, pflegte Elegien mit seinen Nachbarländern ein überwiegend freundschaftliches Verhältnis. Dies lag gewiss nicht zuletzt daran, dass die Elegier nur ein geringes Bevölkerungswachstum verzeichneten. Vielleicht, weil die elegischen Frauen durch fortschrittliches Wissen ihre Geburtenplanung gut unter Kontrolle hatten, oder weil ihre genetische Veranlagung eine natürliche Begrenzung ihrer Fruchtbarkeit vorsah. Glücklicherweise war die Kindersterblichkeit sehr gering, beinahe bedeutungslos. Dennoch konnten es sich die Elegier keinesfalls leisten, durch unnötige Feindseligkeiten oder Kriege das Leben der Söhne zu riskieren. Auch kam es aus oben genannten Gründen in den familiären Handwerksbetrieben kaum zu Konkurrenzkämpfen zwischen möglichen Nachfolgern. Und die Abwanderungsrate nach Regionen außerhalb Elegiens war nahezu bedeutungslos. Dafür war die Lebenserwartung der Elegier verhältnismäßig hoch. Mit 40 fühlte man sich noch recht jugendlich, mit 60 oder 70 Jahren standen die meisten noch in der Blüte ihrer Arbeitskraft und Geburtstage jenseits von 100 Lebensjahren waren keine Seltenheit.

Über Fornland und seine Bewohner

Die elegische Provinz Fornland, Ausgangspunkt unserer Handlung und Heimat ihrer Protagonisten, war nicht nur fast vollständig von Gebirgen umgeben. Sie waren auch Teil dieser Landschaft. Vom Kamm des Nargathgebirges bis zu den Höhen der Dornberge erstreckte sich Fornland 30 Meilen in west-östlicher Richtung und von den Pässen des Halvortgebirges im Norden bis zu den Blaubergen im Süden über 13 Meilen. Nach unserer Rechnung entspräche dies einer Länge von 120 und einer Breite von etwas mehr als 50 Kilometern.

Der westliche und weitaus größte Teil der bewohnbaren Gegend Fornlands war von Wald bedeckt. Von den Einheimischen wurde er einfach nur Westwald genannt. Die Bewohner des restlichen Elegien nannten ihn Fornwald. Dieser Wald zog sich entlang des Flusses Weißwasser vom Städtchen Lindhag bis zu den Ausläufern des Nargathgebirges im Westen. Und er hatte große Bedeutung für das hauptsächliche Gewerbe der Fornländer: die Metallerzeugung und -verarbeitung. Denn für ihre in höchster Güte gefertigten Waffen, Werkzeuge und anderen metallenen Gebrauchsgegenstände waren die Fornländer weit über die Grenzen ihres Landes hinaus bekannt. Die Grundlage für dieses Handwerk bildeten die Eisenerzvorkommen des Halvortgebirges. Hier, genauer gesagt in der Rotfelsmine, baute man schon seit langer Zeit einen außerordentlich ergiebigen und von störenden Elementen nahezu freien Roteisenstein ab. In der Verhüttung dieses Minerals hatten die Fornländer im Laufe der Zeit erstaunliche technische Kenntnisse erworben. Dazu verwendeten sie eine fortschrittliche Variante der vorher üblichen und wenig ergiebigen Rennöfen aus Lehm. Die von ihnen betriebenen Schachtöfen waren bereits fest gemauert. Durch den Einsatz wassergetriebener Blasebälge erreichten sie die notwendige Hitze, um – je nach Temperatur – zähes, leicht zu bearbeitendes Schmiedeeisen, härtbaren Stahl oder sprödes Roheisen für die Weiterveredlung zu gewinnen.

Allerdings hätte die Güte der hier erzeugten Eisen- und Stahlwaren kaum die ihr damals zugemessene Berühmtheit erlangt ohne den Zusatz eines geheimnisvollen Minerals. Dieses kam ausschließlich in einem südlichen Ausläufer des Halvortgebirges vor und ihm hatte Fornland seinen Namen zu verdanken. Forn war ein grobkristallines, weiß glänzendes und sehr leichtes Metall. Verglichen mit seinem geringen Gewicht war es äußerst widerstandfähig. Und nur in den Fornstollen des Rauquelltals fand man es auch in gediegener Form.

Überwiegend kam es als Fornerz, einer mineralischen Verbindung, vor. Nun war Fornerz für sich allein gesehen nichts Besonderes. Als Zusatz bei der Verhüttung von Eisenerz verlieh es dem gewonnenen Metall jedoch einige ganz erstaunliche Fähigkeiten. Es erleichterte den Schmelzprozess und veränderte zugleich die Struktur der so gewonnenen Legierung in einer Art und Weise, dass diese sowohl zäher als auch leichter härtbar wurde. Gleichzeitig verlieh es dem so erzeugten Stahl einen hellen, silbernen Glanz und machte ihn widerstandsfähig gegen Rost. Daraus schufen die Fornländer alle erdenklichen Arten von Werkzeugen und Gerätschaften für Haushalt und Handwerk: Messer, Scheren, Schlösser, Hämmer, Äxte, Meisel, Bohrer und vieles mehr.

Berühmt waren jedoch vor allem die in Fornland gefertigten Waffen, wie Schwerter, Pfeil- und Speerspitzen, auch Schilde und andere Rüstungsteile. Zur Herstellung dieser Erzeugnisse hatten die Fornländer ein besonderes Verfahren entwickelt. Dabei wurde Roheisen in einem zweiten Fertigungsschritt bei großer Hitze und unter Zugabe von gediegenem Fornmetall zu einem außergewöhnlich hochwertigen Stahl umgeschmolzen, den man Fornstahl nannte. Aus diesem Material gefertigte Schwerter waren dauerhaft scharf und nahezu unzerstörbar, Panzerhemden so fest, dass sie jedem Stich und jedem Pfeil standhielten.

Diese Art von Gewerbe erforderte allerdings auch eine Menge Energie. Ein erheblicher Anteil davon wurde aus fließendem Wasser gewonnen, welches in Fornland reichlich vorhanden war. Die besten Voraussetzungen für die Nutzung der Wasserkraft lieferte der Hochquell, der sich in lebhafter Manier von den Höhen des Halvortgebirges bis in die Niederungen Fornlands ergoss. Auf halber Länge wurde er durch den Rauquell und etwas weiter talabwärts durch den Springbach und den Lochbach gespeist. Diese Gebirgsbäche mit ihrem starken Gefälle nutzte man, um mit Hilfe von Wasserrädern die Blasebälge und Hämmer der Eisenhütten und die Schleifsteine der Schleif- und Poliermühlen anzutreiben. Deshalb lagen an diesen Wasserläufen, relativ nahe zusammen, auch die meisten Orte Fornlands.

Lindhag war die größte Ansiedlung Fornlands. Offen und unbefestigt lag sie zu beiden Seiten der Ufer des Hochquells, kurz bevor er in die Weißwasser mündete. Eigentlich war Lindhag ein ganz normales, kleines Städtchen, wie man es sich aus früheren Zeiten vorstellt. Und doch wiederum nicht. Alles dort zeugte vom Fleiß, dem handwerklichen Geschick und der Kunstsinnigkeit seiner Bewohner. Seine Häuser waren nach außen ebenso schmuckvoll wie in ihrem Inneren wohnlich, deren Vorgärten und Hinterhöfe liebevoll gestaltet und die Straßen und Gässchen zwischen ihnen verwinkelt und verschachtelt. Mit Ausnahme der breiten Hauptstraße und des weiträumigen Rathausplatzes.

Von Lindhag als der Hauptstadt Fornlands zu sprechen wäre sicherlich übertrieben. Aber immerhin war es Sitz des Obersten Bürgermeisters Fornlands und der fornländischen Ratsversammlung. In seinen dreieinhalbhundert Wohn- und Hofstätten beherbergte es ungefähr vierhundertfünfzig Familien. Die Mehrzahl von ihnen lebte von Handwerk und Handel. Nebenbei betrieben einige auch Landwirtschaft. Doch nur die alteingesessenen Familien Lindhags besaßen und überwachten auch die lokalen Bergbaurechte, vor allem an der Rotfelsmine und einigen kleineren Abbaustätten an den Ausläufern des Halvortgebirges. Da es neben Eisenerz auch Vorkommen anderer Edelmetalle, darunter reichlich Silber und in geringeren Mengen auch Gold gab, hatten es einige der vornehmen Lindhager Familien zu beträchtlichem Wohlstand gebracht. Jedoch gab es deswegen auch unter der einfacheren Bevölkerung kaum Neidgefühle, denn die Errungenschaften der Fornländer kamen direkt oder indirekt auch allen anderen zugute. Dienstboten waren in Fornland zwar nicht die Regel, doch gab es sie bei den vornehmen Familien in ausreichender Zahl, wo sie Aufgaben in Küche, Stall, Garten oder auf dem Feld verrichteten. Sie hatten festgeschriebene Arbeitsbedingungen, genossen guten Lohn und gute Behandlung und wurden in den meisten Fällen wie Familienmitglieder behandelt. Ob als Arbeiter, als Handwerker, Dienstboten, Landwirte, oder Kaufleute: die Bewohner von Lindhag, wie alle Fornländer, hatten ihr gutes Auskommen und sie lebten dabei nicht schlecht.

Ungefähr eine dreiviertel Meile von Lindhag, talaufwärts in nördlicher Richtung, lag die Ortschaft Steinwasser. Hier hatte sich ein Großteil der Metall verarbeitenden Handwerksbetriebe angesiedelt: Schmieden, Schleif- und Poliermühlen für Werkzeuge und Klingen aller Art, aber auch Kunst- Silber- und Goldschmiede, Feinmechaniker, Uhrmacher[11], Sporer, Zaumzeugmacher und Gürtler hatten hier ihre Heimstatt. In den nahen Orten Siebenhütten und Blechhammer standen die Schmelzöfen und Hammerwerke Fornlands. Etwas westlich von Siebenhütten wurde in einer Kohlegrube mit dem Namen Alte Zeche hoch-

---

[11] Die Zeiteinteilung in Fornland, ebenso wie die im übrigen Laudora, entsprach exakt der unsrigen. Dies galt auch für die Länge eines Jahres sowie die Anzahl und Länge seiner Monate.

wertige Anthrazitkohle gefördert. Jedoch nur in überschaubaren Mengen. Sie wurde hauptsächlich für Schmiedearbeiten benötigt. Für den Betrieb der zur Eisen- und Stahlgewinnung notwendigen Schmelzöfen und Frischherde war sie allerdings ungeeignet. Hierfür verwendete man Holzkohle, die aus den reichen Nadel- und Laubholzbeständen des Westwalds bezogen und in den Kohlemeilern bei Meilerhof gewonnen wurde. Trotz der beachtlichen Ausdehnung des Westwalds achtete man sehr genau darauf, dass an dem lebensnotwendigen Rohstoff Holz kein Raubbau getrieben wurde. Zu diesem Zweck gab es in Tannenbühl eine eigene Forstverwaltung mit einem Aufseher, Forstbediensteten und Waldarbeitern. Die Fornländer bemühten sich um eine nachhaltige Waldwirtschaft und ebenso viel Zeit und Sorgfalt wie für die Holzernte widmeten sie der Aufforstung und der Waldpflege.

Auch die Glasherstellung wurde in Fornland mit Erfolg betrieben. In Glashütte, am Moosbach und knappe fünf Meilen westlich von Lindhag gelegen, wurden vor allem Gebrauchsgegenstände, wie Trinkgläser, Flaschen und Fensterglas hergestellt. Die dazu notwendigen Rohstoffe, vor allem Quarzsand, fand man an einem bewaldeten Hügel gleich in der Nähe. Die Glasöfen beheizte man teils mit Kohle aus der Alten Zeche, teils mit Holz, aus dessen Verbrennungsrückständen gleichzeitig die zur Glasherstellung notwendige Pottasche gewonnen wurde. Entgegen den Gepflogenheiten dieses energieintensiven Handwerks hielt sich der Brennstoffverbrauch jedoch in Grenzen, da man sich auf die Befriedigung des einheimischen Bedarfs beschränkte und keine Glaserzeugnisse exportierte.

Nun könnte man den Eindruck gewinnen, man hätte sich in der Umgebung Lindhags in einer rußigen und rauchigen Industrielandschaft befunden. Doch weit gefehlt! Denn zum einen sorgte ein stetiger und im Sommer meist milder Wind aus westlichen und südwestlichen Richtungen dafür, dass der unvermeidbare Rauch des Metallgewerbes sich rasch nach Osten verzog und bald auflöste. Zum anderen war den Fornländern nichts fremder als ständige Vergrößerung und fortwährendes Wachstum. Von Industrie konnte in dieser landschaftlich reizvollen Gegend deshalb keine Rede sein. Größere Handwerksbetriebe mit vielleicht einem Dutzend Angestellten waren die Ausnahme. Kleine Familienbetriebe mit einem Meister und zwei oder drei Gesellen waren die Regel. War die Nachfrage nach bestimmten Produkten einmal größer, so mussten sich die Kunden eben gedulden. Für manche Artikel, wie hochwertige Waffen oder andere Gerätschaften, die über größere Entfernungen und in andere Länder gehandelt wurden, gab es oft lange Lieferzeiten.

Ihre Häuser bauten die Fornländer meist in ein- oder zweistöckiger Ausführung. Je nach Verwendungszweck aus Holz, Bruchsteinen oder aus beidem. Während Werkstätten, Schmieden, Eisenhütten und andere Zweckgebäude – schon aus Gründen der Feuergefahr – aus massivem Mauerwerk bestanden, bevorzugte man für Wohnzwecke den Baustoff Holz. Lediglich in Lindhag und den beiden anderen größeren Ortschaften Walddorf und Westfurt gab es eine größere Anzahl mehrstöckiger und repräsentativer Bauten aus behauenen Steinen. Doch muss man keinesfalls annehmen, die ländliche Bevölkerung hätte in zugigen Hütten gehaust. Was komfortables Wohnen anging, so hatte sie den Bewohnern anderer Länder einige Erfahrung und Kenntnisse voraus.

Damit ihre Häuser in selbst in härtesten Wintern behaglich warm werden konnten, waren gut funktionierende Heizungen notwendig. Hierbei kam den Fornländern ihre berufliche Erfahrung mit Herden und Öfen aller Art zugute. Deshalb begnügten sie sich auch nicht mit offenen, rauchigen Feuerstellen oder klapprigen Herden aus Eisenblech. Ihre Wahl waren schwere und voluminöse Grundöfen, aus Bruchsteinen gemauert und mit Kalkputz oder Steingutkacheln verkleidet. Einmal aufgeheizt, gaben sie über einen langen Zeitraum Wärme ab, die über

Warmluftkanäle in weitere Zimmer geleitet werden konnte. Auch dienten sie der Erwärmung von Wasser, welches in gehobenen Haushalten über kupferne Rohrleitungen unter Zuhilfenahme seiner eigenen Schwerkraft verteilt wurde.

In Fornland, wie auch in den anderen Provinzen Elegiens, war man nicht nur mit den bereits erwähnten Rohstoffen sondern auch mit allem anderen Bedarf des täglichen Lebens gut versorgt. Was Lebens- und Grundnahrungsmittel anbetraf, so waren seine Bewohner nahezu unabhängig. Neben den reichen Wildvorkommen des Westwaldes lieferten die zahlreichen Bäche und Wasserläufe reichlich Fische. Südlich der Weißwasser, rund um die Ortschaft Sandhofen, bauten die Fornländer verschiedene Feldfrüchte an. Unter anderem auch Gerste. Mit dieser und dem in Iridien kultivierten Hopfen brauten sie in Lindhag, Wehrfurt und Westfurt ein weit über die Provinzgrenzen hinaus bekanntes Bier.

Aber auch an die kleinen Genüsse des täglichen Lebens wurde gedacht. Bei Sandhofen wurde in einer Destillerie aus Gerstenmalz ein ausgezeichneter Schnaps gebrannt, der durch das von den Torfmoorhöhen bezogene Quellwasser einen besonders charakteristischen Geschmack hatte. Man nannte ihn in Fornland Inuil oder Lebenswasser. Selbst der Weinbau wurde kultiviert und an einigen geschützten Südhanglagen bei Kelterbach ein recht annehmbaren Tropfen erzeugt. Dazwischen, auf den sanft abfallenden Wiesenhängen zwischen Hochtobel und der Weißwasser, weideten stattliche Rinder, die Milch und Fleisch lieferten. Lediglich Wolle und auch gegerbtes Leder wurden aus Thornland bezogen, denn dort, zwischen dem Tal der Flessa und dem Hochland von Egulin, wurde bevorzugt Viehzucht und Schafhaltung betrieben.

Was in Fornland an Feldfrüchten nicht so gut gedieh, beschaffte man aus dem fruchtbaren Iridien. Hier wuchs auch Imril, eine Art Zuckerohr, aus dem ein ergiebiger Süßstoff gewonnen wurde. Auch das weniger fruchtbare aber in seinem

721

südlichen Teil milde Lusilien leistete seinen Beitrag bei der Versorgung der elegischen Provinzen. Auf den Trockenwiesen, die man dort der Macchia abgerungen hatte, wuchsen Olivenbäume zur Gewinnung von Speise- und Lampenöl. Auch Weinreben gediehen hier ausgezeichnet. Dazwischen weideten Ziegen- und Schafherden und die hier erzeugten schmackhaften und würzigen Käsesorten waren weit über die Landesgrenzen hinaus berühmt und beliebt.

Auf einige Genussmittel und Spezialitäten, die nicht innerhalb Elegiens wuchsen, brauchten die Fornländer dennoch nicht zu verzichten. Über Pern pflegten sie rege Handelsbeziehungen bis in die südlichen Länder Laudoras. Im Gegenzug für die Metallwaren, die sie nach Süden lieferten, bezogen sie aus Süd-Heras beispielsweise Morobohnen, nach unserer Definition eine Art Kakaobohnen. Daraus wurde, zusammen mit Milch und Imril, ein vor allem bei Kindern beliebtes, süßes Getränk mit dem Namen Haftis gebraut. Die Erwachsenen bevorzugten allerdings ein anregendes Getränk aus gerösteten Kopobohnen, vergleichbar mit dem uns bekannten Kaffee, die, ebenso wie Pfeffer und schwarzen Tee, gleichfalls aus Heras bezogen wurden. Von dort kamen auch südländische Trockenfrüchte, wie Datteln Feigen und Aprikosen, aber auch der vor allem bei den älteren Fornländern beliebte Tabak, wofür man den bei den Heratianern gebräuchlichen Namen Poros übernommen hatte.

Die Fornländer selbst waren ein kleines Völkchen. Beileibe nicht, was ihre Köpergröße anging. Da waren sie recht stattlich: groß gewachsen (bis auf Ausnahmen, von denen wir später noch mehr erfahren werden), meist schlank und dennoch von kräftiger Statur. Doch was ihre Zahl anbelangte, so waren es ursprünglich nur einige Dutzend Familien, die, aus den südöstlichen Gefilden Laudoras kommend, vor ungefähr fünfhundert Jahren den Raduin überschritten hatten. Weitere Familien waren nachgezogen und im Laufe der Zeit hatte sich die Gemeinschaft langsam aber stetig vergrößert. Zum Zeitpunkt unserer Geschichte mochten es vielleicht zweitausend Familien gewesen sein, welche die Landschaft entlang des Weißwassertals besiedelten. Und auf diesem Niveau hielt sich die Bevölkerungszahl in Fornland aus den eingangs genannten Gründen nun schon seit etlichen Jahrzehnten.

In ihrem Zusammenleben legten sie großen Wert auf ein ausgesprochen harmonisches Miteinander. Dies war wohl auch der Grund, dass in Fornland, wie auch in ganz Elegien, kaum nennenswerte Rechtsverstöße vorkamen. Zwar gab es in Lindhag, Walddorf und Westfurt kleine Polizeistationen mit jeweils einem Amtsdiener und zwei bis drei kräftigen Gehilfen. Die hatten jedoch in der Regel nicht besonders viel zu tun, weshalb auch die dortigen Gefängniszellen nur selten belegt waren. Hin und wieder kam es vor, dass einige notorische Zechbrüder nach einem kräftigen Gelage ihren Übermut nicht zügeln konnten und dann einen oder zwei Tage Zeit hatten, hinter Schloss und Riegel Besserung zu geloben. Ernsthaftere Vergehen waren jedoch die Ausnahme und wurden meist innerhalb der betroffenen Familien gelöst. Kapitalverbrechen gab es in Fornland äußerst selten. Dafür, und dass keiner zu hart durch das gesellschaftliche Netz fiel, sorgte die soziale Einstellung und der gute Zusammenhalt der Familien. Selbst ein Rentensystem war unnötig, weil die Versorgung älterer Mitbewohner von den Familien selbst und die Fürsorge für die Schwächeren von der Gemeinschaft übernommen wurde.

Profitstreben und übersteigertes Geltungsbedürfnis waren den Fornländern fremd. Wenn es die Umstände zuließen, beendeten sie die Arbeit gerne auch einmal ein wenig früher als üblich und setzten sich – Männer wie Frauen – auf eine Tasse Kaffee (den sie Kopo nannten) zusammen. An lauen Sommerabenden trafen sich die Familien nicht selten in den Gärten der gemütlichen Schenken und Wirtshäuser, aßen, tranken und tauschten Neuigkeiten aus oder genossen bei einem kühlen Bier den Ausklang des Tages.

Die Bekleidung der Fornländer konnte man im Allgemeinen eher zweckmäßig als elegant nennen. Weil es sich im beruflichen Einsatz der Schmiede und Bergknappen bewährt hatte, bevorzugten die Männer als Material für besonders strapazierfähige Kleidungsstücke Leder. Dieses wurde in einem besonderen Verfahren wasserfest und farbecht gegerbt, und dann, je nach Anwendung entweder glatt oder in weicher Ausführung weiterverarbeitet. Lederne Hosen waren ausgesprochen beliebt. An den Füßen trugen die Handwerker normalerweise schwere, lederne Schuhe, bisweilen auch solche aus Holz. Für den Alltag, auf Reisen und vor allem im Winter bevorzugte man jedoch halbhohe Stiefel – vorzugsweise mit flachen Absätzen, um sich auch zu Fuß bequem und schnell fortbewegen zu können.

Die Kleidung der Frauen bestand im Alltag aus Leinen und leichten Wollstoffen. Für besondere Anlässe oder an Festtagen schmückten sie sich jedoch gerne mit bunten Kleidern aus Taft oder reiner Seide, die, ebenso wie Baumwolle, aus dem südlichen Heras bezogen wurde. Mäntel und Umhänge fertigte man für Vertreter beiderlei Geschlechts aus wasserabweisenden, zugleich leichten und robusten Tuch- oder Lodenstoffen. Hüte waren in Fornland in der Regel nur bei Frauen gebräuchlich. Bisweilen sah man Männer in gesetztem Alter oder zu formellen Anlässen mit einer flachen, runden Kappe mit geradem Rand. Bei kühler Witterung trug man gestrickte Wollmützen oder zog bei Regenwetter einfach die Kapuze seines Mantels oder Umhangs über den Kopf. Im Allgemeinen pflegte man ein eher schlichtes Erscheinungsbild. Glitzerkram oder protziges Beiwerk waren an fornländischer Kleidung verpönt. Allerdings legte man Wert auf kleine und edle Details. Nicht unbedingt bei der Arbeit, aber bei allen übrigen Anlässen gesellschaftlichen Beisammenseins. Schöne Broschen oder Schließen für den Mantel, aus Silber getriebene oder ziselierte Schmuckelemente und Beschläge an Gürtel oder Mieder der Frauen oder an den Waffengehängen der Männer zeugten von einen gewissen Stolz und einem feinen Gespür für zurückhaltende Eleganz.

Als fester Bestandteil ihres äußeren Erscheinungsbildes, den jeweiligen Anlässen und Umständen entsprechend, waren es die fornländischen Männer gewohnt, bewaffnet zu sein. Nicht, dass dies im Alltag nötig gewesen wäre. Doch waren sie in gewisser Weise zu stolz auf ihre Kunstfertigkeit im Umgang mit Metallen, um ihre Erzeugnisse vor den Augen anderer zu verbergen. Am Gürtel trugen sie nicht selten reich verzierte Messer, welche als Werkzeug oder bei Bedarf auch als Essbesteck dienten. Bei Versammlungen, bei feierlichen Anlässen und auf Reisen führten sie ein Schwert mit sich. Dieses verkörperte nicht nur das Selbstverständnis seines Trägers als freier, wehrhafter und stolzer Landesbewohner. Es diente den jungen Männern im wehrfähigen Alter auch als Waffe zur Landesverteidigung.

In Fornland, ebenso wie in ganz Elegien gebräuchlich war das Langschwert. Insgesamt um die dreieinhalb Fornland-Fuß lang und mit einem eineinhalb Hand langen Griffstück versehen, war es ein- wie beidhändig zu führen. Vor allem die Schwerter aus den Fertigungsstätten rund um Lindhag waren in ihrer Form und Funktion technische Meisterleistungen. Ihre Klingen aus bestem Fornstahl hatten genau die richtige Länge und Ausgewogenheit, um gut zu handhaben und beim Tragen nicht hinderlich zu sein.

Bis die jungen Fornländer allerdings die Erlaubnis erhielten, ein solches Meisterstück zu tragen, stand ihnen eine lange und sorgfältige Ausbildung bevor. Zunächst stand die Schule im Vordergrund, die gewöhnlich im Alter von zehn Jahren begann. Abgeschlossen wurde diese mit siebzehn oder, wenn man eine höhere Schule wählte, mit neunzehn Jahren. Daran schloss sich in der Regel eine dreijährige Berufsausbildung an. War diese in einem ersten Schritt abgeschlossen, meist zwischen dem zwanzigsten und dem zweiundzwanzigsten Lebensjahr, dann begann für die jungen Männer eine einjährige Dienstzeit an den Militärakademien in Westfurt oder im lusilischen Dornburg. Hier in der Siola, wie man sie auf Laudoranisch nannte, vervollkommneten sie ihre Kenntnis im Umgang mit Waffen, erfuhren mehr über das Leben und Überleben in freier Natur, über ihre möglichen Feinde und entwickelten einen respektvollen und freundschaftlichen Umgang miteinander. Nach Ablauf eines Jahres erhielten sie den Status eines Schwertläufers und damit die Erlaubnis, ihr Schwert auch in der Öffentlichkeit zu tragen. Diese Auszeichnung erfolgte in einer feierlichen Zeremonie, Schwertweihe genannt, und fiel oft auf das einundzwanzigste Lebensjahr, in dem die jungen Fornländer auch ihre Volljährigkeit erlangten.

Wenn sie nicht ein in der Regel dreijähriges Studium in Pern absolvierten (was jedoch nur einigen wenigen privilegierten Familien vorbehalten war), brach für die jungen Männer jetzt der berufliche Alltag an. Nachfolgende militärische Pflichten mussten sie deshalb nicht in einem starren zeitlichen Rahmen absolvieren. Je nach Bedarf wurde eine Anzahl junger Schwertläufer, meist für einen nicht allzu langen Zeitraum, zur Bewachung der elegischen Grenzen oder als Garnison im thornländischen Fort Trontil ausgewählt. Die jungen Kämpfer sahen diese Beschäftigung weniger als lästige Verpflichtung, sondern als Möglichkeit, den oft viel anstrengenderen beruflichen Pflichten eine Zeit lang zu entgehen und einem freien und ungezwungenen Leben nachzugehen. Ihre Aufgaben erledigten sie, wie schon ihr traditioneller Namen vermuten lässt, in der näheren Umgebung meist zu Fuß. Bei längere Patrouillen waren sie jedoch in der Regel zu Pferd mit nur leichtem Gepäck unterwegs. Bewaffnet waren sie mit ihrem Schwert und einem Bogen aus Eibenholz.

Mit letzterem waren junge Fornländer nicht erst durch ihre militärische Ausbildung vertraut. Abgesehen davon, dass der Bogen in ganz Elegien ein notwendiges Mittel zur Jagd war, übten sich seine Einwohner seit früher Jugend im Umgang damit. Vor allem die Jungen, vereinzelt auch Mädchen, sah man spielerisch mit Pfeil und Bogen umgehen. Jede nur anstehende Festlichkeit wurde auch für ein Wettschießen genutzt und ein guter Schütze zu sein, galt als allgemein erstrebenswertes Ziel bei Jung und Alt. Zudem sahen sich die Fornländer (allein schon bedingt durch ihre beruflichen Wurzeln), mehr noch als die Ackerbauern und Städter Iridiens oder die Ziegenhirten und Weinbauern Lusiliens, den Traditionen von Wehrhaftigkeit und Geschicklichkeit im Umgang mit Waffen verpflichtet. Deshalb gab es in Lindhag und Walddorf zwei Fechtschulen. In diesen konnte die ältere Jugend die Kunst des Schwertkampfes mit stumpfen Waffen zur Kurzweil, zur körperlichen Ertüchtigung oder zum späteren Nutzen erlernen.

Über Elme

Wir haben bereits erfahren, dass die Einwohner Fornlands meist groß und von stattlicher Statur waren. Aber es gab auch welche, für die genau das Gegenteil zutraf. In einem versteckten Seitental des Halvortgebirges lebte das Völkchen der Elme.

Elme waren schon seit vielen Jahrhunderten hier ansässig – lange bevor sich Menschen am Rande des Westwalds ansiedelten. Doch stammten auch die Elme nicht aus dieser Gegend. Ursprünglich – noch zu Beginn des 3. Jahrtausends nach Laudora Zeitrechnung[12] – bevölkerten sie die Gegend an den westlichen Abhängen des Taurongebirges, nördlich der uralten Festung Ormor. Zu diesem Zeitpunkt musste ein Ereignis im Lande Arkandra und seiner Hauptstadt Linhor eingetreten sein, welches die Elme bewog, von dort fortzuziehen. Jedenfalls traf Tantriloz III., Herrscher über den Elmenstamm der Sirdain, im Jahr 2198 die Entscheidung, mit dem größten Teil seines Volkes eine weite Reise zu unternehmen. Sie führte ihn und seine Untertanen fast 500 Wegmeilen nach Südwesten, bis an das Arnokgebirge im Land Arangion. Hier fand sein Volk die Lebensbedingungen, die es sich gewünscht hatte: Frieden, Freiheit, ein angenehmes Klima und Nahrung im Überfluss.

---

[12] Dies war die Zeitrechnung, die allgemein auf dem Kontinent Laudora üblich war. In elmischen Kreisen nannte man sie auch die Elurische Zeitrechnung, denn dort erzählte man sich, dass sie auf ein längst verschwundenes Volk, die Eluren, zurückgehen solle. Den Anlass ihres Ursprungsjahres kannten aber auch die Elme nicht. Auch niemand sonst in Elegien oder den anderen Ländern Laudoras. Man hatte diese Rechnung einfach übernommen und nie aufgehört, weiter zu zählen.

Doch nicht alle Elme der Sirdain hatten die Reise bis nahe an die Gestade der Alursee unternommen. Eine kleine Gruppe unter Führung Tebronils des Weisen hatte es vorgezogen, sich nach Osten zu wenden. Dort gab es bereits Elme. Sie gehörten zum Stamme der Turdain und unter ihrem Fürsten Nehor dem Zweiten bewohnten sie die alte Festung Bahor im nördlichen Hochland von Thornland. Beeinflusst von der Missgunst Nehors gegenüber Tantriloz waren sie den Sirdain nicht wohl gesonnen. Deshalb suchte Tebronil nach einer anderen Bleibe für seine Schützlinge. Er hatte von sagenhaften Schätzen im Lande Elegien gehört, die in den Tiefen des Halvortgebirges verborgen ihrer Entdeckung und Bergung harrten. Und so kam es, dass sich eine Anzahl von Familien der Sirdain in Elmbruck an den Ufern des Rauquells niederließ[13]. Dort fanden, schürften und verarbeiteten sie das Metall Forn. Und sie nannten ihr neues Domizil Fornland[14]. Auch auf reiche Silbervorkommen waren sie im Laufe der Zeit gestoßen, welche auch nach Jahrhunderten kaum etwas von ihrer Ergiebigkeit eingebüßt hatten.

Denn Elme waren genügsam. Ausbeutung war ihnen fremd, und so förderten sie an Edelmetallen nur die Mengen, die sie für einen komfortablen Lebensunterhalt benötigten, oder die ihrem jeweiligen Arbeitseifer entsprachen. Und auch nur so viel, wie sie und die mit ihnen freundschaftlich verbundenen Menschen verarbeiten konnten. Zudem war Fornerz außerordentlich ergiebig und die als Zusatz zur Stahlveredelung benötigten Mengen waren eher gering. Dazu kam, dass sich die Anzahl ihrer Familien im Laufe ihrer Anwesenheit in Fornland kaum vergrößert hatte. Nicht wesentlich mehr als einhundertzwanzig Familien dürften es wohl gewesen sein, die zum Zeitpunkt unserer Erzählung in dem Tal lebten. Dazu eine gewisse Anzahl, die sich im weiteren Umfeld von Elegien niedergelassen hatte, um dort als

---

[13] So hießen diese Örtlichkeiten in der Sprache der Menschen. Die Elme selbst nannten sich Helin, ihren Heimatort *Helinfor* und den vorbei fließenden Bach *Eluil*.

[14] In der Elmensprache *Fornor*.

gesuchte Spezialisten Tätigkeiten nachzugehen, auf die wir an späterer Stelle noch näher eingehen wollen.

In Kleidung und Verhalten unterschieden sich die Elme nur unwesentlich von ihren großen Nachbarn, den Menschen. Auf den ersten Blick wirkten sie ruhig und abgeklärt, manchmal fast ein wenig träge. Jedoch verriet ein Blick in ihre wachen, klaren Augen die ständige Aufmerksamkeit und geistige Wachheit, die spätestens in der Unterhaltung mit ihnen offen zutage trat. Hier zeigte sich, dass sie ihren menschlichen Gesprächspartnern oft schon einige Gedankengänge voraus waren. Allerdings machten sie ihre Geistesschärfe eher auf humorvolle Art und Weise, bisweilen gepaart mit leichter Ironie deutlich. Doch wirkten sie dabei nie überheblich, wie sie auch sonst ein hilfsbereites und zuvorkommendes Verhalten an den Tag legten. Kurz gesagt, die Fornländer hatten mit ihnen ein recht gutes Auskommen.

Eine bereits eingangs erwähnte Eigenschaft unterschied sie jedoch besonders augenscheinlich von den Menschen: Elme waren ziemlich klein. Durchschnittlich etwas über dreieinhalb Fornland-Fuß maßen sie – was ziemlich genau der Höhe der Flöze in den Fornstollen entsprach. Dies kam ihnen bei der Arbeit zustatten, denn es ermöglichte ihnen, ihre Tätigkeit in den Minen in aufrechter Haltung auszuführen. Ja sie konnten dadurch überhaupt erst in jene unterirdischen, an Fornerz reichen Gefilde vordringen, die für ihre großen Nachbarn unerreichbar waren.

Den Zwergen, die weit im Westen Laudoras im Lande Nimbor am Fuße des Marzadgebirges hausten, ähnelten Elme nur auf den ersten Blick. Elme waren ein Stück kleiner, weniger stämmig und weniger untersetzt als Zwerge, wenn auch mitunter ebenso kräftig und ausdauernd. Und sie hatten weit weniger Körperbehaarung, was ihrem äußeren Erscheinungsbild sehr zugutekam. Meist hatten männliche Elme ein glatt rasiertes Gesicht. Einige von ihnen trugen, vor allem im etwas reiferen Alter, kurz geschnittene Bärte. Doch konnte man diese nicht mit den wilden und langen Bärten und dem ungebändigten Haupthaar der Zwerge vergleichen. Noch deutlicher traten die Unterschiede zwischen den beiden Völkern beim weiblichen Geschlecht zutage. Im Vergleich zu den für unsere Begriffe recht grobgesichtigen und stämmigen Zwergenfrauen waren die Frauen und Mädchen des Elmenvolkes anmutig und wohlgestaltet.

Beiden Völkern gemein waren allerdings ihre Vorliebe und Begabung für die Metallverarbeitung und den Bergbau. Und tatsächlich gab es in alten Zeiten gemeinsame Bindungen zwischen den Ländern Arkandra und Nimbor. Man trieb Handel und tauschte sich im Wissen um die Geheimnisse der Gebirge und ihrer Erschließung aus. Doch dann entfremdeten sich diese beiden Völker. Es kam sogar zu offenen Feindseligkeiten. Mit dem Verschwinden der Elme aus Arkandra erloschen schließlich sämtliche Bindungen und zwischen Elegien und dem Zwergenreich Nimbor gab es keinerlei Kontakte mehr.

Nach ihrer Ankunft in Elegien hatten die Elme die Metallerzeugung und Weiterverarbeitung zuerst allein betrieben. In den vergangenen Jahrhunderten hatte sich aber das Zusammenleben zwischen Elmen und ihren neu zugezogenen Nachbarn, den Menschen, so weit entwickelt, dass man seit vielen Jahrhunderten eine enge Gemeinschaft pflegte. Immerhin hatten die Menschen den überwiegenden Teil ihres Wissens um den Bergbau, die Metallverhüttung und -verarbeitung von den Elmen gelernt und übernommen. Die Elme bauten das Fornerz in den nördlich des Lochbachs liegenden Fornstollen mit kleinen Spitzhacken, Meißeln und Grabsticheln ab. Von dort wurde es auf Ochsenkarren talabwärts nach Siebenhütten oder Blechhammer zur Verhüttung transportiert.

Elme waren nicht nur tüchtige Bergleute, sondern auch besonders geschickte Metallhandwerker. Die groben Arbeiten der Erzverhüttung und der Erzeugung von Eisen und Stahl hatten sie mittlerweile ganz den Menschen überlassen. Sie widmeten sich lieber den handwerklich anspruchsvollen Tätigkeiten. Neben der Herstellung von Silberschmuck und medizinischen Instrumenten gehörte die Erzeugung von Ringpanzerhemden zu ihren besonderen Kunstfertigkeiten. Deren Herstellung erforderte große Erfahrung und Geduld. Das Rohmaterial, einen durch seinen hohen Fornanteil besonders leichten und zähen Draht, bezogen sie aus den Eisenhämmern in Siebenhütten und Blechhammer. Ring für Ring galt es nun zu formen, zu verflechten und an der richtigen Position einzeln zusammenzunieten. Dies war eine Tätigkeit, der auch die Frauen und Mitglieder der älteren Generation an langen Winterabenden in geselliger Runde nachgingen. Das Ergebnis oft monatelanger Arbeit waren metallene Hemden, die sowohl für ihr unbeschwertes Tragegefühl und – nachdem sie in einem geheimen Verfahren gehärtet waren – für ihre Festigkeit in weitem Umkreis berühmt waren. Doch hatte diese Arbeit auch ihren Preis. Denn die Nachfrage nach solchen Meisterwerken der Schmiedekunst war viel größer als das Angebot.

Besondere Berühmtheit genossen allerdings Panzerhemden aus gediegenem Fornmetall. Dieses war schwierig zu verarbeiten und nur wenige Elme beherrschten diese Kunst. Das fertige Erzeugnis glich einem eleganten Kleidungsstück mehr als einer Rüstung: es war wunderbar leicht und warm auf der Haut und dennoch nahezu undurchdringlich. Wer ein solches Prunkstück besaß, war entweder sehr wohlhabend oder er hatte gute Beziehungen.

Wenn sie nicht ihrer Arbeit in den Fornstollen nachgingen, führten fast alle erwachsenen männlichen Elme eine kleine Armbrust mit sich, mit der sie meisterlich zu treffen verstanden. Dieses Utensil trugen sie (zusammen mit einem Pfeilköcher) entweder am Gürtel oder auf dem Rücken in einem Futteral.

Die Armbrust diente den Elmen im Notfall als wirksame Waffe, in Friedenszeiten jedoch fast ausschließlich als Jagdgerät. Denn Elme gingen gerne auf die Jagd. Und wenn es darauf ankam, konnten sie sich auch sonst durchaus selbst versorgen. Außer auf das Erlegen von Wildbret verstanden sie sich auf das Sammeln von allerlei Wurzeln und Pilzen. In den Gärten hinter ihren Hütten bauten sie eigenes Gemüse und Kräuter an und nutzten auch manche Gelegenheit zum Angeln in den zahlreichen Bergbächen der Umgebung.

Im Laufe der Zeit war die Symbiose zwischen Elmen und Menschen so weit fortgeschritten, dass sich das kleine Volk auch gerne die Vorteile und Errungenschaften der Menschen zunutze machte. Die Verständigung untereinander war einfach, denn die Elme sprachen und schrieben Laudoranisch ebenso, wie sie unter sich die elmische Schrift und Sprache pflegten. Der Bergbau bescherte den Elmen stattliche Erlöse und damit erhandelten sie Getreide, Mehl, Fleisch, Käse, Milchprodukte, Bier, Wein und nicht zuletzt all die importierten Genussmittel und Gewürze, welche sich auch die großen Fornländer gerne gönnten.

Ja, man konnte sogar vereinzelt Vertreter des kleinen Völkchens in Familien der Fornländer finden, wo sie entweder eine handwerkliche Sonderstellung einnahmen oder ihre Fähigkeiten anderweitig einbrachten. Denn eine ihrer Kunstfertigkeiten wurde bisher noch nicht erwähnt: Elme waren den Menschen in Bezug auf medizinische Fähigkeiten und heilkundliches Wissen weit überlegen.

Gerade bei den nicht ungefährlichen Tätigkeiten der Schmiede und der Arbeiter in den Eisenhämmern waren Verletzungen an der Tagesordnung. Selbst schwere Unfälle kamen bisweilen vor. Hier war die Heilkunst der Elme von unschätzbarem Wert. Denn nicht nur auf dem Gebiet der Kräuter- und Arzneikunde hatten sie großes Wissen. Auch die menschliche Anatomie war ihnen bestens vertraut und als Chirurgen hatte sie einen ausgezeichneten Ruf. So zum Beispiel im Sanatorium von Lindhag, in welchem zwei elmische Ärzte heilerisch tätig waren. Auch in Westfurt praktizierte ein Elm als tüchtiger Mediziner. Selbst in der Hauptstadt Pern verrichteten Ärzte vom Volk der Elme ihren

Dienst und sogar in Dornburg gab es Heilkundige elmischer Herkunft.

Über einige Merkmale der Elme sprach man allerdings nur hinter vorgehaltener Hand: Sie sollten über hellseherische Fähigkeiten verfügen, eine Art siebenten Sinn, der ihnen half, in schwierigen Situationen die richtige Entscheidung zu treffen. Auch hätte sich in ihren Familien geheimes Wissen aus längst vergangenen Zeiten erhalten. Schließlich gab es unter ihnen noch immer Gelehrte und Schriftkundige, welche die alte Sprache und die überlieferten Riten pflegten. Man munkelte sogar, dass ihnen selbst die Kunst der Magie nicht fremd sei. Ob und in welchem Maße dies zutraf, wusste allerdings niemand außerhalb des Elmenvolks so ganz genau. Allerdings bestärkte manch merkwürdiges Ereignis im Rauquelltal den neugierigen Beobachter in der Vermutung, dass es wirklich so sein könnte.

Anhang II. Der Weg der Gefährten
(1 Fornlandmeile entspricht 4 Kilometern)

Die Reise von Fornland nach Arangion im Jahr 2941:

Abreisetag	Von		Nach	Meilen	Tage[15]	Reiseart	Meilen/Tag
Robin, Bero, Boffo:							
Di., 04.06.	Lindhag	-	Tivuilpass	10	1	Pferd	10
Mi., 05.06.	Tivuilpass	-	Erinburg (Thornland)	12	1	Pferd	12
Do., 06.06.	Erinburg	-	Fort Trontil	10	1	Pferd	10
Fr., 07.06.	Fort Trontil	-	Bahor	6	2	Fuß	3
So., 09.06.	Bahor	-	Fort Trontil	5	0,5	Fuß	5
Mi., 12.06.	Fort Trontil	-	Drogwald, Lager	14	1	Pferd	14
Do., 13.06.	Drogwald	-	Tolbrandpass	10	1	Pferd	10
Fr., 14.06.	Tolbrandpass	-	Turontal	10	2	Fuß	5
04.06.-15.06.	Lindhag	-	Turontal (Esselien)	77	9,5	-	(∅) 8
Robin, Bero, Boffo, Lorin, Bert:							
So., 16.06.	Turontal	-	Glimm (Nirondebene)	28	5	Fuß	5,5
Fr., 21.06.	Glimm	-	Taurongebirge	17	3	Fuß	5,5
Mo., 24.06.	Taurongebirge	-	Tuforpass	15	3	Fuß	5
Do., 27.06.	Tuforpass	-	Tal (Arkandra)	6	1,5	Fuß	4
Sa., 29.06.	Tal	-	Linhor	30	5	Fuß	6
Do., 04.07.	Linhor	-	Grotte am Iruhin	12	2	Fuß	6
Sa., 06.07.	Grotte	-	Ormor	10	1,5	Fuß	6,5
16.06.-07.07.	Turontal	-	Ormor (Arkandra)	118	21	Fuß	(∅) 5,5
Mo., 08.07.	Ormor	-	Orind'hor (Arkandra)	30	1	Floß	30
Sa., 13.07.	Orind'hor	-	Einod (Lurien)	46	7	Fuß	6,5
Sa., 20.07.	Einod	-	Cohend	10,5	1,5	Fuß	7
Mo., 22.07.	Cohend	-	Koss	3,5	0,5	Fuß	7
Mi., 24.07.	Koss	-	Largon	30	2	Pferd	15
08.07.-25.07.	Ormor	-	Largon (Lurien)	120	12	-	(∅) 10
Do., 01.08.	Largon	-	Nergath (Norien)	80	7,5	Pferd	10,5
Fr., 09.08.	Nergath	-	Turonmündung	75	3	Floß	25
Mo., 12.08.	Turonmünd.	-	Nalidwüste	26	1	Fuß/Pferd	26
Di., 13.08.	Nalidwüste	-	Yalbo Tibbits Haus	19	1	Pferd/Fuß	19
Mo., 19.08.	Tari Walid	-	Gilathem im Sil	15	2	Fuß	7,5
01.08.-20.08.	Largon	-	Sil	215	14,5	-	(∅) 15

---

[15] Reine Reisetage mit Art der Fortbewegung; Ruhetage sind nicht mitgerechnet. Der jeweilige Ankunftstag ergibt sich durch Hinzuzählung der Reisetage zum Abreisetag (Abreisetag inbegriffen). Beispiel: Abreisetag: Fr., 23.08. (morgens); Reisetage: 2; Ankunftstag: Sa., 24.08. (abends). Halbe Reisetage werden aufgerundet.

Abreisetag	Von		Nach	Meilen	Tage	Reiseart	Meilen/Tag
Robin, Bero, Boffo:							
Fr., 23.08.	Gilathem	-	Straße von Nergath	25	2	Pferd	12,5
So., 25.08.	Straße	-	Norgid (Yerdor)	40	2,5	Pferd	16
Mi., 28.08.	Norgid	-	Sirdun	85	7	Pferd	12
23.08.-04.09.	Sil	-	Sirdun (Arangion)	150	11,5	Pferd	(Ø) 13
Gesamt:							
04.06.-04.09.	Lindhag	-	Sirdun (Arangion)	680	68,5	-	(Ø) 10
				(ca. 2.720 km)			(ca. 40 km Ø/Tag)

Einige Entfernungen in Fornland (Ortsmitte zu Ortsmitte)

Von		Nach	Meilen	Kilometer
Lindhag	-	Steinwasser	0,75	3
Lindhag	-	Glashütte	5	20
Lindhag	-	Kreuzung Siebenhütten	1	4
Lindhag	-	Blechhammer	1,5	6
Lindhag	-	Siebenhütten	2	8
Lindhag	-	Rotfelsmine	2,6	10,5
Lindhag	-	Elmbruck (Helinfor)	4	16
Elmbruck	-	Fornstollen	0,6	2,4
Blechhammer	-	Fornstollen	2	8
Siebenhütten	-	Fornstollen	2	8
Siebenhütten	-	Alte Zeche	0,8	3,2
Steinwasser	-	Blechhammer	0,8	3,2
Lindhag	-	Walddorf	4	16
Walddorf	-	Westfurt	13	52
Lindhag	-	Westfurt	17	68
Westfurt	-	Quellsteigklause	14	56
Quellsteigklause	-	Tirionpass	3	12
Lindhag	-	Pern	16,2	65
Lindhag	-	Dornburg	11	44

Anhang III.

Personen-, Orts- und Sachnamenregister

A. Personen und Charaktere in Elegien und Thornland

Protagonisten:

Robin Rob, geb. 03.12. 2914 in Lindhag, Fornland, Schwertläufer, studierter Bergbaumeister.

Bero Bordin, geb. 13.3.2916 in Dornburg, Lusilien, Kontorist im Handelsunternehmen der Bordins in Dornburg, Ausbilder der Schwertläufereleven an der Siola von Dornburg.

Boffo (Falbor), Falons Sohn, ein Elm, Heilkundiger aus Elmbruck im Rauquelltal, Faktotum im Rob'schen Familienunternehmen.

Lorin (Lorinel) Klingsporn, geb. 26.05.2915, Jugendfreund Robins, Schwertläufer, Schmiedemeister in Steinwasser.

Bert (Bertram) Bartsohn, geb. 06.02.2913, Schwertläufer, Schwertfegermeister in der Klingspornschmiede in Steinwasser.

Merien Arisel, geb. 11.01.2919, Tochter des Werkmeisters Baldur Arisel und seiner Frau Emilia.

Familie Rob:

Randolf Rob, Schultheiß von Lindhag und Vorsitzender des Fornlandrats, Inhaber eines Handelshauses, Großanteilseigner einer Eisenerzmine und Besitzer eines Hammerwerks; Miria, seine Frau.

Robin, deren Sohn.

Frida, Robins Schwester.

Marin, Robins Bruder.

Großvater Gerolf, Großmutter Elma, Urgroßvater Fridolf.

Helmbert, Bertold, Hausknechte; Rudo, Stallknecht.

Ninia und Laris, zwei junge Hausmägde.

Familie Klingsporn: Sigbert Klingsporn, Mitglied des Fornlandrats, Besitzer der Klingspornschmiede in Steinwasser; Imelia, dessen Frau.

Lorin und Janik, deren Söhne.

Bert Bartsohn, Schwertfegermeister und de facto Familienmitglied.

Bodo Steinbeiss, Borko Knappstock, Altgesellen.

Gunilf, Hausknecht.

Der alte Linus, Schmied in der Klingspornschmiede.

Mathild, Haushälterin bei den Klingsporns.

Familie Arisel: Baldur Arisel, Werkmeister des Rob'schen Eisenhammers in Blechhammer; Emilia, seine Frau.

Merien, deren Tochter; Thorn (†), deren Sohn.

Harm Forger, Hinno Rollinger, Altgesellen.

Thoril Brenner, Vorarbeiter.

Sefina (Fina), junge Haushälterin.

Wolko, Hofhund der Arisels in Blechhammer.

Familien in Lindhag: Rigur Bäringer, Fornhändler (Sohn Knut).

Nothur Birkenfeld, Bankier (Sohn Korf).

Ludo Eichinger, Schmiedemeister (Söhne Boro †, Frolo, Filo; Gesellen Bron und Olin; Lehrjunge Volko Birkmann).

Jert Einhorn, Apotheker (Sohn Nils).

Pauls Harteisen, Inhaber eines Handelshauses (Söhne Thorif und Borik).

Wilm Hohlgräber, Minenverwalter (Sohn Bruno †).

Aron Klinghammer, Stadtbaumeister (Sohn Linus).

Raul Thorson, Eisenhändler (Sohn Roart).

Personen in Lindhag: Metorn Breggland, Lagerverwalter bei Thorsons.

Philander (Phil) Grünling, Rathausdiener.

Enno Richling, Ratsschreiber.

Siglund (Sig) Rotmor, Kontorist des Rob'schen Handelshauses in Lindhag.

Personen in Walddorf: Bretolf Erdmann, Fechtmeister in Walddorf.

Edu und Janna Bartsohn, die Eltern Berts.

Personen in Westfurt: Lug Borgmann, Klausner am Quellsteig (unterhalb des Tirionpasses gelegen).

Mero Bruhin, Kommandant der Schwertläufergarnison.

Familien in Fornland: Carol Arisel, Meriens Onkel, Wirt der Gasthauses zur Post in Walddorf; Tante Ofelia, dessen Frau; Barthold, deren Stallknecht.

Toro Berghammer (†), Schmied in Steinwasser (Töchter Luisa, Marill).

Tobin Blankhorst, Inhaber der Blankhorstschmiede in Siebenhütten (Sohn Thorolf).

Larko Grabeisen, Besitzer eines Gutshofes in Hochtobel (Ehefrau Wilma, Sohn Beon, Knecht Brandis).

Birker Rob, Robins Onkel, Uhrmachermeister in Steinwasser, Ratsmitglied; Tante Ortelia, seine Frau.

Lonno Singhammer, Schlossermeister in Steinwasser (Sohn Leort, Tochter Mila), sein Schmiedegeselle Jans.

Bordins in Lusilien: Benno Bordin, Burgverwalter (Burgvogt), stellvertretender Bürgermeister und Vorsitzender des Stadtrates von Dornburg, Inhaber des Handelshauses Bordin und Felsbruck; Thalia, seine Frau.

Bero, deren Sohn, Kontorist im Handelshaus seines Vaters, Ausbilder der Schwertläufereleven an der Siola in Dornburg.

Hilda, Haushälterin der Bordins.

Tirolf, Hausmeister auf der Dornburg.

Torald, Hausdiener im Stadtpalais der Bordins.

Personen in Dornburg: Lebo Berghauer, stellvertretender Kommandant der Schwertläufergarnison.

Bilko Borkmann (Frau Tirona), Stadtkämmerer.

Brino, Raik und Lodor, Schwertläufereleven an der Siola.

Berulf Breitschuh, Wirt der Alten Post in Dornburg.

Stanislaus Calmond, Konditor (Sohn Ferdinand).

Bono und Zorg Ebermann, Miro Breitspieß, Buron Kienspan, alle Schwertläufer der Garnison in Dornburg.

Fredolf, Oberwächter.

Borin Fundik, Wirt im Roten Greifen in Dornburg.

Thorolt Grimbart (Frau Jolena), Vorsteher der Stadtverwaltung.

Der alte Marquart, Tagelöhner.

Wimbold Schutzspeer (Frau Tora), Erster Bürgermeister.

Jesko Turmwart, Leiter der Siola (Militärakademie) und Kommandant der Schwertläufergarnison in Dornburg.

Thronk Vautthir, Spion und Agent Balfurs.

Personen in Iridien: Sinzo Braupott, elegischer Oberkämmerer in Pern.

Bred Giborn, Schwertläufer aus Pern.

Falko Jobolin, Vorsitzender des Sicherheitsrates von Elegien, später Präsident.

Turo Leoman, Sekretär der Fornlandkammer in Pern.

Othmar Schäuffelin, Präsident der elegischen Regierung in Pern.

Personen in Thornland:	Brent Fahro, Schwertläufer und Kundschafter aus Fort Trontil.
	Helmold, Nemo, Schwertläufer aus Fort Trontil.
	Ragnar Reitmor, Kommandant in Fort Trontil.
Personen in Erinburg:	Friedloff Eberwein, Wirt vom Goldenen Bären.
	Paul, Schankkellner; Kurt, Stallknecht ebendort.
	Bronolf Fernot, Kanzler der thornländischen Regierung.
	Arno Grünling, Feinkosthändler.
Elme in Elegien:	Boffo (Falbor), Falons Sohn (Alter 45-55, Größe 1,25 m).
	Belo und Melo, zwei Brüder, tätig in Lindhag.
	Biril, Oberarzt am Sanatorium von Dornburg.
	Bronif (Boffos Vetter), Apotheker in Dornburg.
	Ello und Enko, zwei Junggesellen aus Lindhag.
	Laril mit seiner Frau Sirge, Elmenpaar aus Lindhag.
	Tebor mit seiner Frau Teite, Elmenpaar aus Lindhag.
	Taril, Boffos jüngerer Bruder, Silberschmied in Elmbruck; Merit, Tarils Frau.
	Rinuil, Oberarzt am Sanatorium in Erinburg.
	Tsirgit, Krämerin in Elmbruck.
	Tulain der Ältere, Gemeindeoberhaupt in Elmbruck.
Altvordere der Elme:	Aranur, erster König der Elme, Herrscher über das Land Arkandra und die elmischen Fürstentümer Ormor, Bahor und Trintal, letzter Nachfahre der Eluren.
	Meridoz, Sohn des Helorn, Gesandter des Tantriloz.
	Narduil, Fürst letzter Elmenherrscher in Arangion.
	Nehor II., Elmenfürst der Turdain von Bahor.
	Selmir, Sendbote des Tantriloz an Nehor II.

Tantriloz III., Elmenfürst der Sirdain von Linhor.

Tebronil der Weise, vom Volk der Sirdain, Gründer der Elmengemeinde Elmbruck im Rauquelltal.

Thorndil, legendärer Schmied der Elme.

Pferde:

Birit, Meriens Stute (braun).

Bork, Robins Hengst (pechschwarz).

Clothilde, Sontrelle, zwei Maultiere.

Frido, Moris, Baros, Luk, Rosie, Tinker (Schecke), Hauspferde der Robs.

Lesara, Lorins Pferd (schwarz); Benoe, Berts Pferd (braun), zwei edle Stuten, Geschenke der Silenad.

Reno (Robins Pferd) und Groll (Beros Pferd) zwei dunkelbraune, von den Trok erbeutete Wallache.

Rodin, Brent Fahros Hengst (braun).

Rollo, Beros Wallach (braun).

Saroe, Kiras schwarze Silenadstute.

Sid, Boffos Ponystute, Geschenk der Silenad.

B. Mystische und magische Gestalten, Dinge und Symbole, Orte und Ereignisse in Laudora

Gestalten, Symbole:

Balog und Therok, zwei Dämonenfratzen in Bahor.

Blaues Sternenbuch von Linhor (Enthält Aufzeichnungen der Geschichte der Sirdain).

Grolds (Erzwürmer), Schöpfungen der Eluren.

Eluren, geheimnisvolle Zivilisation, erbauten Ormor, Bahor und Trintal.

Khor, 1. Schlüssel (Schlüssel der Tirith von Bahor).

Khrit, 2. Schlüssel (Schlüssel der Sirdain von Linhor), beide auch die Schlüssel von Ormor (oder Schlüssel der Macht) genannt.

Lorgren, Name des Meeresgottes in der Sprache der Schiffer von Nolind.

Macht der Sieben Gestirne. Sie wohnt der Sonnengöttin Tirith inne und muss alle 740 Jahre mit Hilfe der Schlüssel von Ormor erneuert werden. Der Besitzer von Aranurs Zepter hat die Fähigkeit, sie ihr zu entreißen und zu missbrauchen.

Morhultamulett (Faust mit stilisiertem Blitzbündel), magisches Zeichen des Morhultkultes.

Myrtenstein, runde Stele aus Orynth, steht am Eingang zur Festung Ormor.

Narnenstein, Schlüsselstein im Inneren der Festung Ormor.

Nurins Spiegel, Amulett Boffos, besitzt die Fähigkeit, das äußere Erscheinungsbild von Personen zu verändern.

Orlon, Beros Bogen aus der Schatzkammer Ormors.

Orynth, sehr hartes Mineral, geschürft im Westteil des Taurongebirges; in geschmolzener und gegossener Form nahezu unzerstörbar; Baumaterial der Eluren.

Quellspiegel der Sirlin (Quellnymphen), gewährt einen Blick in die Vergangenheit.

Silith, die Tiriphe der Silenad. Steht in Verbindung mit der Tirith von Bahor (s. unter Tirith und Tiriphe).

Sirgenstein, fahlsilbern leuchtender Stein, ursprünglich aus Bahor; Robin erbeutet ihn von einem Kaurokkrieger.

Sirgitor anrufen: Prozedur, sich mit Hilfe von Nurins Spiegel zu tarnen.

Solhir (Sonnenschrein), Aufbewahrungsort des Solmen (Sonnensteins) in Linuvar.

Thorndil, Robins erstes Schwert, Thiron (Sternenstrahl), Robins zweites Schwert.

Tirith, Sonnengöttin, auch Goldene Statue von

Bahor genannt (Statue der Tirith von Bahor), Bewahrerin des Schlüssels Khor. Hüterin der Macht der Sieben Gestirne.

Tiriths Auge, Schlangensymbol mit stilisiertem Auge, welches die Sonnengöttin in Händen hält. Bei der Tirith von Bahor birgt es den Schlüssel Khrit.

Tiriphe, Abbild der Tirith (in Form eines Amuletts oder einer Statue), Symbol des Sonnenkultes der elmischen Altvorderen. Das Schlangensymbol mit dem Auge in ihren Händen leuchtet bläulich bei Gefahren, die mit dem Morhultzauber in Verbindung stehen.

Trotnir und Rofur, die Wächter Trintals.

Zepter Aranurs oder Zepter der Macht (der Sieben Gestirne), bildet zusammen mit der Krone und dem Schwert Thiron die Kroninsignien Aranurs, des ersten Königs der Elme.

Mystische Orte:

Arkron (großer Bogen), Wahrzeichen Arkandras.

Bahor, teilweise verfallene Festung im Norden Thornlands (im Hochland von Egulin), ehemaliger Sitz des Elmenvolks der Turdain.

Linhor, verlassene Ruinenstadt des Elmenvolks der Sirdain in Arkandra.

Ormor, geheimnisvolle Festung am Fuß des Vulkans Tarantuil im Taurongebirge, aus Orynth erbaut.

Die Heißen Quellen von Orind'hor, ehemalige Kultstätte der Sirdain in Arkandra.

Sethor, weitgehend unterirdische Ruinenstadt an und in den östlichen Abbrüchen des Marzadgebirges im Land Saragon gelegen. Vormals Siedlungsstätte des Volkes der Seth, jetzt Heimstatt der Schwärzlinge

(Nephrods oder Froks genannt). Dem unterirdischen Teil Sethors schließt sich ein weitläufiges Höhlenlabyrinth an.

Trintal, verlassene Festung in Norindor, am Oberlauf des Merlon gelegen; ehemals Herrschersitz des gleichnamigen Fürstentums der Sirdain, zuletzt Wirkungsstätte Balfurs.

Mystische Ereignisse:	Fembornfest (Lichtfeier: 27. Februar).

Jahr des Siebengestirns, alle 740 Jahre (2197, 2937 etc.); in jeweils diesem Jahr beendet die Sonnengöttin Tirith die Durchmessung des Universums.

Kohirfest (jeweils letzte Septemberwoche im Jahr d. Siebengestirns -1); zu diesem Anlass wird das Schlüsselritual vollzogen.

Mithreilfest (Wintersonnenwende: 22. Dezember).

C. Monster, Dämonen und dunkle Mächte

Monster, Dämonen:	Bergtrolle, leben im Thrunwald und in den Graubergen, wagen sich bisweilen bis zu den Kirkunbergen.

Drolir, ein Larkwolf (eine Art Werwolf).

Shariks, räuberische Tausendfüßler in der Nalidwüste.

Grobbler, klauenbewehrte Mischwesen mit Fangzähnen, behaart aber primitiv bekleidet und bewaffnet, leben in Symbiose mit Bergtrollen.

Khronks, Teufel in der Sprache der Nephrods.

Klaedra, eine Nartakh (Seeschlange).

Neraks, Urweltungeheuer in den Tiefen Sethors.

Sirks, räuberische Fauchschaben in Yerdor.

Skreblins, fliegende Waldgeister bei Sethor.

Taruks, Wolfsgestalten aus den nördlichen

Throndbergen im Dienste Balfurs und der Kaurok.

Dunkle Mächte: Balfur, zauberkundiger Beschwörer des Morhultkultes, beherrscht damit die Horden der Bethun, der Kaurok und der Thronds; hat seinen Sitz in der Festung Trintal.

Bethun, wildes Nomadenvolk, Invasoren aus dem Nordreich (Schneeland, Windland und Weitland).

Josso Brauwlin, Morhultagent aus Nergath.

Froks (Nephrods), Schwärzlinge aus den Tiefen Sethors.

Kaurok, räuberisches Kriegervolk, Invasoren von jenseits der Throndberge im hohen Norden Laudoras.

Lurgs, Wildlinge von der Westflanke des Taurongebirges.

Morhult, Zauberkult Balfurs und der Kaurok, richtet sich gegen Tirith und die Macht der Sieben Gestirne.

Norkot, Morhultagent aus Kird (Saragon).

Trok, abtrünnige Rebellen aus Süd-Norien, die sich in der verlassenen Festung Drakor im Naurwald südlich des Bolgirgebirges festgesetzt haben.

Thrond(s), räuberisch grausames Volk, Invasoren aus den Throndbergen.

Thronk Vautthir, Morhultagent aus Dornburg.

Namen der Bethun: Ranok (groß), Kaithor (klein, verschlagen).

Namen der Kaurok: Prozok, Ropoz.

Namen der Froks: Neron (Häuptling), Droghur, Ugh, Gorn, Mronk.

Namen der Thronds: Mortruk, Tranok (zwei Anführer).

D. Landschaften, Flüsse und Seen Laudoras

Flüsse: Rauquell (Eluil), Springbach und Lochbach fließen in den Hochquell.

Hochquell, Perlbach, Moosbach, Quellbach, Schneebach, Lurchbach und Grünbach fließen in die Weißwasser.

Die Weißwasser fließt in den Miruin. Miruin und Rovin vereinigen sich zum Mirondell, dieser fließt in den Raduin.

Die Rips fließt in den Tribor, Tribor und Schlangenbach fließen in die Flessa, die Flessa fließt an ihrem Ursprung durch den Mondsee und mündet in den Merlon.

Idris, Kirkon, Elborn und Merlon fließen in den Raduin, den längsten Strom im Osten Laudoras. Der mündet bei der Stadt Tabron in das Nurische Meer.

Die Etter und der Lerdon fließen in den Turon. Der Turon fließt durch den Leronsee.

Sefir, Merin, Turon und Lesir fließen in den Iruhin, den längsten Strom in der Mitte Laudoras.

Legris, Bor, Nook, Rook, Libur, Trim, Tarso, Semir und Ranon fließen in den Tibor, den längsten Strom im Westen Laudoras.

Schnellen am Lerdok, Stromschnellen am Oberlauf des Tibor, vor der Einmündung des Libur gelegen.

Seen: In Fornland: Grünsee, Fallende Seen, Großer Grundsee.

In Arkandra: Lomond'hir.

In Thornland: Mondsee.

In Esselien: Leronsee bei Eldar.

In Lurien: Eronsee bei Einod.

In Norien: Trionsee bei Nergath.

Troksee, unterhalb der Festung Drakor am Bolgirgebirge.

Gebirge:	Arnokgebirge (Arangion).
	Blauberge (zwischen Fornland und Iridien).
	Bolgirgebirge, Borungebirge und Gollwydberge (umrahmen das Sil und die Nalidwüste).
	Dornberge (zwischen Fornland und Lusilien).
	Grauberge (nördlich des Thrunwaldes in Norindor).
	Halvortgebirge, Nargathgebirge (Elegien).
	Kirkunberge (nördlich von Thornland).
	Krokberge mit Kohirschlucht (nördlich von Nergath)
	Lerok (Gebirgssporn am Marzadgebirge). Er wird geteilt durch den Gebirgsbach Libur, dessen obere Klamm von der Regenbogenbrücke (Liburbrücke) überspannt wird.
	Marzadgebirge (großer Gebirgszug westlich des Tibor).
	Pforte von Rok (Gebirgsschlucht mit See und Wasserfall am Fluss Merlon).
	Taurongebirge (zwischen Esselien und Arkandra).
Berge:	Brock, Aussichtsberg im Lerdwald (Norien).
	Ortulin, zweithöchster Berg des Halvortgebirges.
	Tarantuil, (auch Nolintor oder Nebelberg), Vulkan im Taurongebirge.
	Tirion, höchster Berg des Nargathgebirges.
	Tivuil, höchster Berg des Halvortgebirges.
Wälder:	Farnwald (Lusilien).
	Fermwald und Drogwald (Thornland).
	Lerdwald (Halb Lurien, halb Norien).
	Naurwald (in Erun, südlich des Bolgirgebirges).
	Thrunwald (Norindor).
	Westwald (Fornland).

E. Orte in den Provinzen Elegiens und in Thornland

Elegien:
Land im Nordosten des Kontinents Laudora, bestehend aus den Provinzen Fornland, Lusilien und Iridien. Thornland ist ein eigenständiges Land nördlich von Elegien.

Orte in Fornland:
Lindhag (Hauptort Fornlands, Sitz eines Schultheißen und der Fornländischen Ratsversammlung), Steinwasser, Blechhammer, Siebenhütten, Elmbruck (Helinfor), Tannenbühl, Glashütte, Alte Zeche, Hochtobel, Kelterbach, Quellwasser, Grüngarten, Sandhofen, Seestetten, Westfurt, Wehrfurt, Altes Mauthaus (ehemaliger Grenzposten zwischen Fornland und Lusilien), Meilerhof, Steinfurt.

Orte in Lusilien:
Dornburg, einzige Stadt Lusiliens mit gleichnamiger Burg.

Orte in Iridien:
Pern (Hauptstadt Elegiens), Pernfurt (Hafen), Lonn (Dörfchen), Murdorf (verlassene Bergbausiedlung).

Orte in Thornland
Erinburg (Hauptstadt Thornlands), Barnheim, Trog, Wiesental, Zuflucht am Mondsee, Koben, Lohe, Klarwasser, Moos, Grüntal, Krenn, Kessel, Floßlände.

F. Länder und Gegenden im restlichen Laudora
(in der Reihenfolge der Reise)

Nirondebene
Wüstenhafte und unbewohnte Gegend am nördlichen Rand des Taurongebirges. Durch sie führt die Alte Heerstraße, die das Turontal mit dem Tuforpass verbindet. An dieser Straße liegt auf halber Strecke die verlassene Raststation Glimm.

Arkandra
Weitgehend unbewohntes Land an der West-

flanke des Taurongebirges. Ehemaliges Fürstentum der Elme vom Volk der Sirdain; Orte: Ruinenstadt Linhor (Lurgbanden hausen hier); die Festung Ormor birgt ein Geheimnis; die Heißen Quellen von Orind'hor sind eine verfallene Kultstätte der Sirdain.

Lurien — Fürstentum an den Südausläufern des Taurongebirges. Hauptstadt und Regierungssitz ist Largon; weitere Orte sind Einod, Cohend (am Lerdon) und die Waldstadt Koss (alle im Lerdwald gelegen); die Goldgräbersiedlung Lonor'lin liegt 20 Meilen südlich von Largon.

Esselien — Langgestreckte Landschaft entlang der Osthänge des Taurongebirges und der Gestade des Turon. Esselien ist die nördliche Provinz Luriens. Ihr Statthalter residiert in der Stadt Eldar am Leronsee.

Norien — Fürstentum westlich von Lurien, an den Ufern des Iruhin gelegen. Hauptstadt: Nergath. Weitere Orte sind Lind und die Holzfällersiedlung Timber im Lerdwald. Der westliche Teil des Lerdwaldes gehört zu Norien.

Trokland — Bewaldetes Niemandsland im Süden des Bolgirgebirges am Iruhin gelegen. In der Festung Drakor im Naurwald lebt die grausame Gemeinschaft der Trok, abtrünniger Rebellen aus dem Süden Noriens.

Das Tari Walid — Auch Dornental genannt. Verstecktes, fruchtbares Tal nördlich der Nalidwüste. Durchflossen vom Bach Teris. Gehört zum Herrschaftsgebiet der Silenad.

Das Sil — Geheimnisvolles Land zwischen Bolgirgebirge, Nalidwüste Borungebirge, dem Fluss Lesir und den Gollwydbergen. Heimstatt der Silenad, eines wehrhaften Amazonenvolks.

Deren Siedlung heißt Gilathem, am Bach
Gial gelegen.

Yerdor Waldland zwischen den Flüssen Bor und Tibor.
Seine Hauptstadt heißt Norgid, am Tibor
gelegen. Weitere Orte sind Taron und Horat
am Fluss Bor. Yerdor wird vom den Yerdun
bewohnt, einem friedlichen Volk, nur wenig
kleinwüchsiger als normale Menschen. Im
südöstlichen Landesteil entlang des Flusses
Bor lebt zugewandertes Raubgesindel.

Arangion Land im Westen Laudoras, an zwei Seiten
begrenzt vom Arnokgebirge und durchflos-
sen vom Legris. Seine Hauptstadt ist Sirdun.
Ursprünglich von Elmen vom Volk der Sirdain gegründet, jetzt bewohnt von den Arsid, einem großgewachsenen
Menschenvolk. Eine weitere Siedlung der
Arsid ist Targit, Zentrum des Kohleberg-
baus. Sedir, Netar und Nilor, Siedlungen
der Sirdain im Arnokgebirge, sind verlassen. Ist es auch Linuvar, die Kultstätte der
letzten Sirdain?

G. Personen in diesen Ländern
(in gleicher Reihenfolge)

Personen in Lurien: Urt Merlot, Bauer und Ortsvorsteher von Einod
im Lerdwald; seine Frau Lina; Söhne: Derk
und Bolin; Töchter: Tira und Lede. Fiorr
und Burn, Schlittenpferde der Merlots.
Familie Lorot aus Einod, deren Sohn Melin;
dessen Freund, der Nachbarjunge Mert.
Gerrit, reitender Bote aus Einod.
Talbot Freidon, Heilmeister aus dem Weiler
Nordin (fünf Meilen südlich von Einod).
Bort, Schmied am Ortseingang von Cohend am
Lerdon.

751

Lois Borkun, Gemeindevorsteher und Händler in Cohend.

Sergo Forondir, Sägewerksbesitzer in Cohend.

Notker Barinkor, Wirt der Singenden Säge in Cohend; Selina (seine Frau); Kata (Köchin); Freoff (Hausknecht); Gustlin (Schankkellner).

Josso Brauwlin, Vorarbeiter im Sägewerk Sergo Forondirs in Cohend, Spitzel, später Morhultagent.

Balkor, Korbmacher in der Waldstadt Koss.

Bokrol, Polizeipräfekt in Koss.

Lumir Marsol, Frau Elka: Wirte in der Herberge zur Einkehr in Largon; Bennik, deren Hausbursche.

Borotil, Fürst von Lurien u. Esselien; residiert in Largon.

Sirlog Maturin, Oberhofmeister Fürst Borotils.

Notger Torbur, Abgesandter Fürst Borotils.

Broderik Merlock, Oberster Heermeister Fürst Borotils.

In Eldar, Esselien: Nil Torbin, Statthalter Fürst Borotils in Esselien, residiert in Eldar am Leronsee.

Norgar Elgin, Hauptmann einer esselischen Kompanie und Kommandant der Leibgarde.

Torik Bor, Kundschafter Nil Torbins.

Taunir, Merton, zwei von Nil Torbins Soldaten.

In Nergath, Norien: Lobomir, Fürst v Norien (†).

Prinz Lainok, sein Nachfolger.

Prinzessin Lirinda, Prinz Lainoks Gemahlin.

Sorok, Vorsteher des Gerichtshofes in Nergath.

Josso Brauwlin, sein Spitzel.

Benk, ein Tischler.

Friso, Wächter am Grauen Turm.

Ibo, ein Fischer und dessen Sohn.

Freno Lodt, mit Ehefrau Sarah und Sohn Delf, Wirtsfamilie in Lind bei Nergath.

	Kort, Holzfäller und Wirt in Timber am Lerd-wald.
Im Tari Walid:	Yalbo Tibbit, genannt Yal (vom Volk der Yer-dun), Bewohner des Tari Walid. Rhila, Yalbos Frau (eine Silenad); Rhea und Khona, Yals Töchter).
Im Sil:	Silenad, Amazonenvolk im Sil. Sirud, die Oberste Silenad. Alia, Waffenmeisterin. Liria, die Gesandte. Lesia (Lorin), Lara (Bert), Kira (Bero), Tenoe, Tirana, Solin und Sahira, Kriegerinnen der Silenad. Sirin, Rhana, junge Silenadfrauen. Xerxia, eine Krähe, die Botin genannt. Männer der Silenad: Cirus, Kainur.
Yerdun in Norgid:	Jerbo Tibbit, Bruder Yalbos; seine Frau Selma. Bren Toffit (Archivar), Yon Linbor (Huf-schmied).
In Sirdun, Arangion:	Jesper Bat, Wirt im Grünen Papagei; Jorn, sein Stallbursche. Helm Bur, Kapitän auf der Talbir. Furch, Kaufmann; Birthe, seine Hausmagd. Jenno, Wirt der Kneipe zum Kohlenschipper. Jeromir (Trödler, fahrender Händler). Jolin, Kneipengast im Kohlenschipper. Der alte Kalmis (Angler am Kai von Sirdun). Salmund, Fürst der Arsid (vor 40 Jahren).

H. Besonderheiten, Eigenheiten und Spezialitäten Laudoras

Antimorinsalz	Gegenmittel gegen das Gift Mithrion.
Beraunpilz	Essenz des, Gegenmittel gegen Mithrion.
Dorin, Golddorin	Silbermünze oder (kleinere) Goldmünze, Währung in Laudora (1 Dorin = 100 Heller).
Elnur	Warmer Wind in Lusilien.

Elons	Dreihornige, büffelartige Paarhufer aus Nardor.
Fornerz	Mineralische Verbindung, bisweilen als gediegenes Metall vorkommend (Forn). Verleiht bei der Verhüttung von Eisenerz den gewonnenen Stählen Leichtigkeit, Glanz und Härte. Namensgeber von Fornland.
Hemir	Gehaltvoller Kuchen aus Früchten und Nüssen, Spezialität aus Erinburg.
Imril	Eine Art Zuckerohr, aus dem ein ergiebiger Süßstoff gleichen Namens gewonnen wird.
Inuil	Lebenswasser, aus Gerstenmalz und fornländischem Torfquellwasser vergorener und gebrannter Schnaps.
Kopo	Getränk aus gerösteten und gemahlenen Kopobohnen, vergleichbar mit dem uns bekannten Kaffee.
Korrik	Eintopfgericht mit Hammelfleisch aus Yerdor.
Mithrion	Pfeilgift der Kaurok, gewonnen aus den Wurzeln des Mithrionstrauches.
Haftis	Getränk aus getrockneten und gemahlenen Morobohnen (ähnlich Kakao), Milch und Imril.
Poros	In Heras gebräuchliche Bezeichnung für Tabak.
Ratis	Zuckerrohrschnaps aus dem Süden Eruns.
Rauniks	Harmlose Rüsseltiere, leben in den Wäldern südlich und nördlich der Kirkunberge.
Schwertläufer	Mit dem Zeremoniell der Schwertweihe erhalten junge Elegier und Thornländer nach einjähriger militärischer Ausbildung den Status eines Schwertläufers (mehr darüber im Abschnitt *Über Fornland und seine Bewohner* im Anhang dieses Bandes, S. 725f.).
Sidhir	Berauschendes Getränk der Silenad.
Sin	Anisschnaps, beliebt in Largon (Lurien) und Pern (Iridien).
Siola	Schwerläuferschule, eine Art Militärakademie innerhalb der Schwertläufergarnisonen von Dornburg und Westfurt.

Sud	Südwind an der Tibormündung im Land Erun.
Sumach	Exotische Frucht aus dem Tari Walid, ähnlich der Mango.

J. Herbergen und Gasthäuser

In Elegien:	Zur Alten Post, Dornburg (Wirt Berulf Breitschuh).
	Zum Roten Greifen, Dornburg (Wirt Borin Fundik).
	Zum Eisenross, Lindhag.
	Zum Goldenen Löwen, Lindhag.
	Zum Hechtfischer, Pernfurt (Wirt Samuel Senfkorn).
	Zur Linde, Westfurt (Wirt Rutto Meiringer).
	Zur Post, Walddorf (Wirt Carol Arisel).
	Quellsteigklause am Tirionpass (Klausner Lug Borgmann).
In Thornland:	Zum Brückenwirt, Grüntal (Wirt Barnulf).
	Zum Goldenen Bären, Erinburg (Wirt Friedloff Eberwein).
	Zum Schwarzen Ochsen, Barnheim (Wirt Albin).
	Wegsteinklause, nördlich des Tivuilpasses.
In Lurien:	Zur Singenden Säge, Cohend (Wirt Notker Barinkor).
	Zum Weißen Einhorn, Koss.
	Zur Einkehr, Largon (Wirtsleute Lumir u. Elka Marsol).
	Zur Taverne unter den Arkaden, Largon.
In Norien	Zum Wilden Mann, Lind (Wirt Freno Lodt).
	Holzfällerkneipe in Timber (Wirt Kort).
In Yerdor:	Zum Alten Schmied, Norgid.
In Arangion:	Zum Grünen Papagei, Sirdun (Wirt Jesper Bat).
	Zum Kohlenschipper, Sirdun (Wirt Jenno).

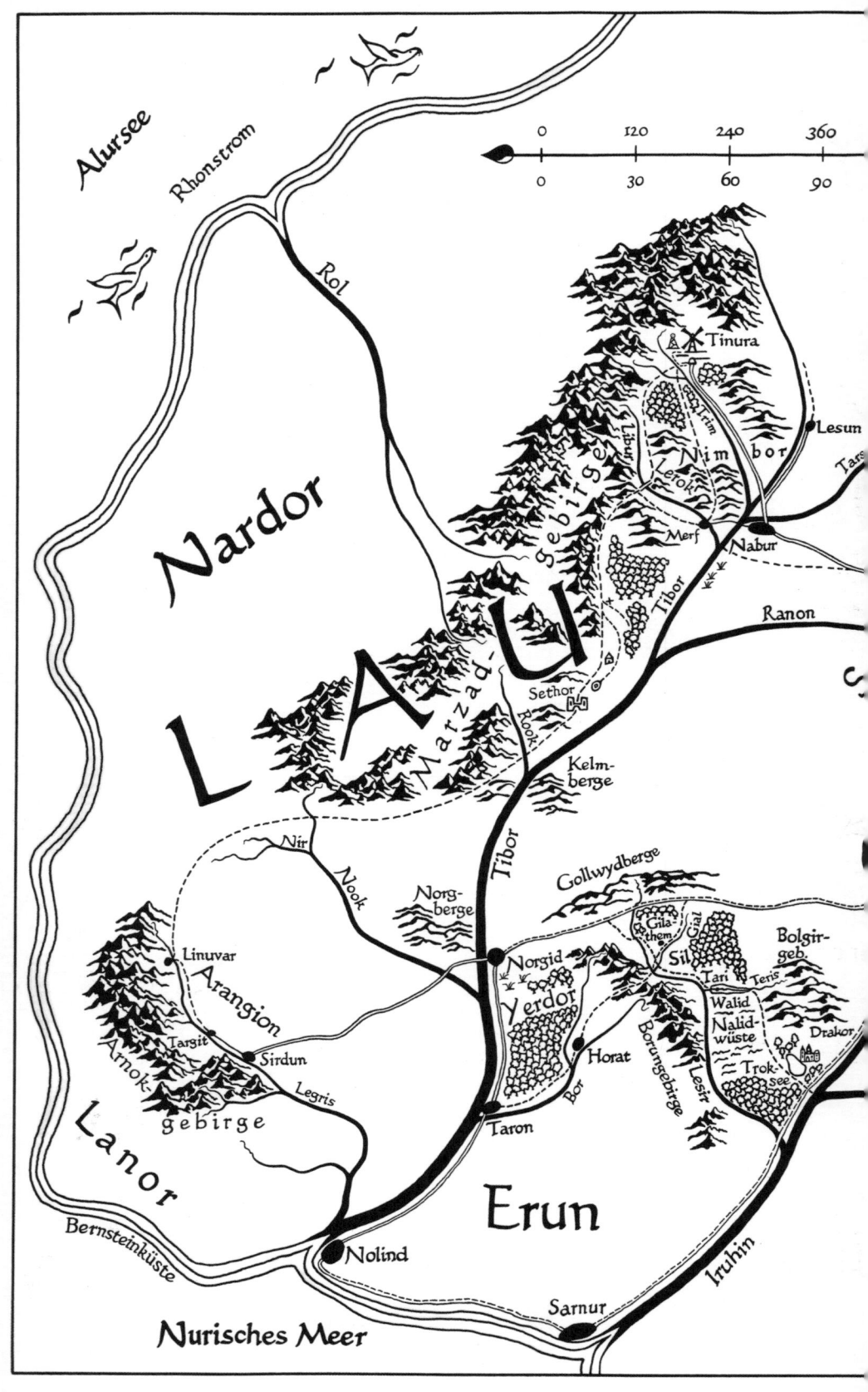